MENTIRAS GENUÍNAS

NORA ROBERTS

Romances

A pousada do fim do rio
O testamento
Traições legítimas
Três destinos
Lua de sangue
Doce vingança
Segredos
O amuleto
Santuário
A villa
Tesouro secreto
Pecados sagrados
Virtude indecente
Bellissima
Mentiras genuínas
Riquezas ocultas
Escândalos privados
Ilusões honestas
A testemunha
A casa da praia
A mentira
O colecionador
A obsessão
Ao pôr do sol
O abrigo
Uma sombra do passado
O lado oculto
Refúgio
Legado
Um sinal dos céus
Aurora boreal
Na calada da noite

Trilogia do Sonho

Um sonho de amor
Um sonho de vida
Um sonho de esperança

Saga da Gratidão

Arrebatado pelo mar
Movido pela maré
Protegido pelo porto
Resgatado pelo amor

Trilogia do Coração

Diamantes do sol
Lágrimas da lua
Coração do mar

Trilogia da Magia

Dançando no ar
Entre o céu e a terra
Enfrentando o fogo

Trilogia da Fraternidade

Laços de fogo
Laços de gelo
Laços de pecado

Trilogia do Círculo

A cruz de morrigan
O baile dos deuses
O vale do silêncio

Trilogia das Flores

Dália azul
Rosa negra
Lírio vermelho

NORA ROBERTS

MENTIRAS GENUÍNAS

Tradução
Bruna Hartstein

2ª edição

BERTRAND BRASIL

Rio de Janeiro | 2023

CIP-BRASIL. CATALOGAÇÃO NA PUBLICAÇÃO
SINDICATO NACIONAL DOS EDITORES DE LIVROS, RJ

R549m   Roberts, Nora
2. ed.   Mentiras genuínas / Nora Roberts ; tradução Bruna Hartstein. - 2. ed.
            - Rio de Janeiro : Bertrand Brasil, 2023.

            Tradução de: Genuine lies
            ISBN 978-65-5838-231-7

            1. Romance americano. l. Hartstein, Bruna. II. Título.

23-85685   CDD: 813
                            CDU: 82-31(73)

Meri Gleice Rodrigues de Souza - Bibliotecária - CRB-7/6439

Copyright © Nora Roberts, 1991

Título original: Genuine Lies

Texto revisado segundo o Acordo Ortográfico da Língua Portuguesa de 1990.

Todos os direitos reservados.
Não é permitida a reprodução total ou parcial desta obra, por quaisquer meios, sem a prévia autorização por escrito da Editora.

Direitos exclusivos de publicação em língua portuguesa somente para o Brasil adquiridos pela:
EDITORA BERTRAND BRASIL LTDA.
Rua Argentina, 171 — 3º andar — São Cristóvão
20921-380 — Rio de Janeiro — RJ
Tel.: (21) 2585-2000,
que se reserva a propriedade literária desta tradução.

Seja um leitor preferencial.
Cadastre-se no site www.record.com.br
e receba informações sobre nossos
lançamentos e nossas promoções.

Atendimento e venda direta ao leitor:
sac@record.com.br

Para Pat e Mary Kay

Obrigada pelas risadas, e pelos almoços.

Prólogo
❖❖❖❖

De alguma forma, apelando para uma mistura de orgulho e pavor, ela conseguiu manter a cabeça erguida e engolir o enjoo. Não era um pesadelo. Nem uma fantasia macabra que conseguiria espantar ao raiar do dia. Ainda assim, tal como num sonho, tudo parecia acontecer em câmera lenta. Ela lutava para atravessar a densa parede de água, atrás da qual via os rostos das pessoas à sua volta. Os olhos delas estavam famintos; suas bocas abriam e fechavam como se quisessem engoli-la de uma só vez. As vozes vinham e voltavam, como ondas batendo nas rochas. No entanto, mais fortes e mais insistentes eram as batidas descompassadas do seu coração, um tango feroz dentro de um corpo enregelado.

Continue andando, continue andando, seu cérebro ordenou às pernas trêmulas, enquanto mãos firmes a empurravam através da multidão até os degraus da entrada do tribunal. O brilho do sol fez seus olhos lacrimejarem, e ela colocou os óculos escuros. As pessoas pensariam que estava chorando. Não podia permitir que elas penetrassem suas emoções. O silêncio era seu único escudo.

Tropeçou e sentiu um momento de pânico. Não podia cair. Se caísse, os jornalistas e os curiosos pulariam em cima dela, rosnando, agarrando e puxando como cães selvagens sobre um coelho. Precisava manter-se ereta por mais alguns metros, escondida atrás do silêncio. Eve lhe ensinara isso.

Dê a eles apenas o seu lado racional, garota, nunca suas emoções.

Eve. Tinha vontade de gritar. De cobrir o rosto com as mãos e gritar, gritar, até se ver livre de toda a raiva, o medo e a dor.

Foi bombardeada por perguntas. Os microfones surgiram diante de seu rosto como pequenos dardos mortais, enquanto o pessoal da imprensa se acotovelava para cobrir o fechamento da acusação formal de Julia Summers por assassinato.

— Piranha! — gritou alguém, com uma voz rouca de ódio e lágrimas. — Piranha sem coração!

Teve vontade de parar e gritar de volta: *Como você sabe quem eu sou? Como sabe o que eu sinto?*

Mas a porta da limusine estava aberta. Ela entrou no casulo de ar-refrigerado, protegido por vidros escuros. A multidão se aproximou, fazendo pressão contra as barricadas colocadas junto ao meio-fio. Viu-se cercada por rostos zangados; urubus rodeando um corpo que ainda não parara de sangrar. Enquanto o carro se afastava, manteve a cabeça virada para a frente, as mãos fechadas em punhos sobre o colo e os olhos misericordiosamente secos.

Não disse nada quando seu companheiro lhe serviu um drinque. Dois dedos de conhaque. Após vê-la tomar o primeiro gole, ele falou, de um jeito calmo, quase descontraído, naquela voz que ela aprendera a amar:

— E então, Julia, você a matou?

Capítulo Um
♦♦♦♦

ELA ERA UMA LENDA. Um produto do tempo e do talento, e de sua própria e incansável ambição. Eve Benedict. Homens trinta anos mais novos a desejavam. Mulheres a invejavam. Os figurões dos estúdios a cortejavam, sabendo que nos dias de hoje, em que os filmes eram avaliados por sua rentabilidade, seu nome era ouro puro. Em uma carreira de quase cinquenta anos, Eve Benedict conhecera os altos e baixos, e usara ambos para transformar a si mesma no que desejava ser.

Ela fazia o que bem entendia, tanto pessoal quanto profissionalmente. Se um papel a interessava, Eve corria atrás com o mesmo vigor e ferocidade que empregara para conseguir o primeiro trabalho. Se desejasse um homem, ela o envolvia, descartando-o apenas depois de estar saciada, e — como gostava de se vangloriar — nunca com malícia. Todos os seus antigos amantes, que formavam uma legião, permaneciam seus amigos. Ou tinham o bom senso de fingir ser.

Aos 67 anos, Eve mantinha o corpo magnífico através de disciplina e intervenções cirúrgicas. Durante mais de meio século ela aguçara seus talentos até se tornar uma lâmina afiada. E usara tanto as frustrações quanto os triunfos para temperar essa lâmina e fazer dela uma arma temida e respeitada no reino de Hollywood.

Ela já fora uma deusa. Agora era uma diva com uma mente sagaz e uma língua ferina. Poucos conheciam seu coração. Ninguém conhecia seus segredos.

— É uma merda. — Eve jogou o roteiro no piso de ladrilhos do solário, deu-lhe um bom chute e começou a andar de um lado para o outro. Movia-se como sempre fizera, com um fino véu de dignidade sobre uma chama de sensualidade. — Nos últimos dois meses eu só li merda!

Sua agente, uma mulher roliça, de aparência suave e vontade de ferro, deu de ombros e tomou um gole do seu drinque vespertino.

— Eu falei que era uma porcaria, Eve, mas você quis ler mesmo assim.

— Você falou porcaria. — Eve pegou um cigarro de um prato Lalique e enfiou a mão no bolso da calça em busca dos fósforos. — Há sempre algo que valha a pena quando se trata de uma porcaria. Já peguei um monte de porcarias e as fiz brilhar. Isso... — chutou o roteiro mais uma vez, com prazer — ... é uma merda!

Margaret Castle tomou outro gole de seu suco de toranja batizado com vodca.

— Certo. A minissérie...

Uma virada brusca de cabeça, um rápido olhar de relance com olhos afiados como bisturis.

— Você sabe como eu detesto essa palavra.

Maggie pegou um pedaço de marzipã e o enfiou na boca.

— Chame como quiser, mas o papel da Marilou é perfeito para você. Não vemos uma beldade sulista tão poderosa e fascinante assim desde Scarlett.

Eve sabia disso, e já decidira aceitar a oferta. No entanto, não gostava de ceder tão rápido. Não só por orgulho, mas por uma questão de imagem.

— Três semanas de filmagem na Geórgia — murmurou. — Sendo picada por mosquitos e correndo o risco de ser devorada por jacarés.

— Querida, seus parceiros sexuais são problema seu — retrucou Maggie, o que lhe garantiu uma breve risada. — Eles chamaram Peter Jackson para o papel de Robert.

Os olhos verdes e brilhantes de Eve se estreitaram.

— Quando você soube disso?

— Hoje, durante o café da manhã. — Maggie sorriu e afundou um pouco mais nas almofadas em tom pastel do sofá de vime branco. — Achei que você pudesse se interessar.

Enquanto ponderava, sem parar de andar de um lado para o outro, Eve soprou uma longa baforada de fumaça.

— Ele parece o gostosão da semana, mas trabalha muito bem. Pode até ser que faça valer a pena as corridas pelo pântano.

Maggie resolveu aproveitar a brecha:

— Eles estão pensando em chamar Justine Hunter para o papel de Marilou.

— Aquela Barbie tapada? — Eve começou a soltar mais baforadas e a andar mais rápido. — Justine arruinaria o filme. Ela não tem talento nem cérebro para fazer a Marilou. Você a viu em *Midnight*? A única coisa que sobressaiu em sua atuação foram os peitos. Meu Deus.

A reação foi exatamente como Maggie esperava.

— Ela fez um bom trabalho em *Right of Way*.

— Isso porque ela fez o papel dela mesma, uma piranha de cabeça oca. Meu Deus, Maggie, ela é um desastre!

— Os telespectadores conhecem o nome dela e... — Maggie escolheu outro pedaço de marzipã, o examinou e sorriu. — Ela tem a idade certa para o papel. Marilou está na casa dos 40.

Eve se virou. Parou sob um facho de luz do sol, o cigarro destacando-se entre os dedos como uma arma. Magnífica, pensou Maggie, enquanto esperava pela explosão. Eve Benedict era magnífica, com seu rosto de traços marcantes, os lábios cheios, pintados de vermelho, os cabelos de ébano lisos e bem-cortados. Seu corpo era a fantasia de qualquer homem — esbelto e flexível, com seios fartos. Ela usava um conjunto de seda em tom de pedra preciosa, sua marca registrada.

E, então, Eve sorriu, o famoso sorriso-relâmpago que tirava o fôlego de qualquer pessoa a quem ele se dirigisse. Jogando a cabeça para trás, soltou uma longa e prazerosa gargalhada.

— Direto no alvo, Maggie. Diabos, você me conhece bem demais.

Maggie cruzou as pernas roliças.

— Depois de 25 anos, era de esperar.

Eve foi até o bar para se servir de um grande copo de suco feito de laranjas provenientes de seu próprio pomar. Acrescentou uma dose generosa de champanhe.

— Comece a trabalhar no contrato.

— Já comecei. Esse projeto fará de você uma mulher rica.

— Eu *sou* uma mulher rica. — Com um dar de ombros, Eve apagou o cigarro. — Nós duas somos.

— Então ficaremos mais ricas. — Ela levantou o copo, brindou com Eve e bebeu, fazendo os cubos de gelo tilintarem. — Agora, por que você não me conta o verdadeiro motivo de ter me chamado aqui hoje?

Recostada contra o balcão do bar, Eve tomou um gole de seu drinque. Diamantes cintilaram em suas orelhas; os pés estavam descalços.

— Você realmente me conhece muito bem. Tenho outro projeto em mente. Um sobre o qual venho pensando há um bom tempo. Vou precisar da sua ajuda.

Maggie arqueou uma das sobrancelhas finas e louras.

— Minha ajuda, e minha opinião não?

— Sua opinião é sempre bem-vinda, Maggie. Uma das poucas que eu aprecio. — Eve sentou-se numa cadeira de vime com espaldar alto e almofadas escarlates. Dali podia ver seus jardins, os brotos cuidados com esmero, as cercas-vivas diligentemente aparadas. O brilho da água lançada para o alto e acumulada na bacia da fonte de mármore. Um pouco mais além ficava a piscina e, em seguida, a casa de hóspedes — uma réplica exata da casa em estilo Tudor usada em um de seus filmes de maior sucesso. Atrás de uma fileira de palmeiras havia a quadra de tênis, que ela usava pelo menos duas vezes por semana, um pequeno campo gramado para treinar tacadas de golfe de curto alcance, no qual Eve perdera o interesse, e um estande de tiro que mandara instalar vinte anos antes, após os assassinatos de Manson. A propriedade contava também com um pomar de laranjeiras, uma garagem para dez carros, um lago artificial e um muro de pedras de 6 metros de altura protegendo tudo.

Eve trabalhara para adquirir cada metro quadrado de sua propriedade em Beverly Hills. Da mesma forma como trabalhara para transformar um símbolo sexual de voz rouca numa atriz respeitada. Houvera sacrifícios, embora raramente pensasse neles. Houvera dor. Isso era algo que ela jamais esquecera. Galgara com suor e sangue os degraus da escada — e se mantivera no topo desde então. Mas estava lá sozinha.

— Fale-me do projeto — disse Maggie. — Eu te dou minha opinião e, depois, minha ajuda.

— Que projeto?

As duas mulheres se viraram para a porta ao som da voz masculina. Ela possuía um leve sotaque britânico, como uma camada de verniz sobre uma madeira de qualidade, embora o homem não tivesse morado na Inglaterra por mais de dez dos seus 35 anos. Paul Winthrop vivia no sul da Califórnia.

— Você está atrasado. — Eve, porém, sorria, com os dois braços estendidos para recebê-lo.

— Estou? — Ele beijou-lhe as mãos primeiro e, em seguida, a face, sentindo em ambas a maciez de pétalas de rosas. — Olá, gloriosa. — Levantou o copo dela, tomou um gole e sorriu. — As melhores laranjas do país. Oi, Maggie.

— Oi, Paul. Meu Deus, a cada dia que passa você se parece mais com o seu pai. Eu poderia lhe arrumar um teste para o cinema num piscar de olhos.

Paul tomou outro gole antes de devolver o copo para Eve.

— Vou cobrar a promessa... no dia em que o inferno congelar.

Ele foi até o bar, um homem alto e esbelto com uma insinuação de músculos bem-definidos sob a camisa larga. O cabelo tinha a cor de mogno envelhecido e estava revolto pela viagem em alta velocidade com a capota do conversível abaixada. O rosto, que tinha sido quase belo demais para um menino, ganhara contornos másculos — para seu grande alívio. Eve o estudava agora, o nariz longo e reto, os ossos salientes, os olhos profundamente azuis circundados por suaves rugas, que para uma mulher seriam uma maldição, mas para um homem atribuíam personalidade. Os lábios fortes e bem-desenhados estavam retraídos num meio-sorriso. Uma boca pela qual ela se apaixonara 25 anos antes. A boca do pai.

— Como está o velho filho da mãe? — perguntou Eve de modo afetuoso.

— Aproveitando a quinta esposa, e as mesas de Monte Carlo.

— Ele nunca vai aprender. Mulheres e jogo sempre foram as fraquezas do Rory.

Como planejava trabalhar mais tarde, Paul serviu-se apenas de suco. Interrompera seu dia por causa de Eve, o que não teria feito por mais ninguém.

— Felizmente, ele sempre teve uma sorte excepcional com ambos.

Eve tamborilou os dedos no braço da cadeira. Fora casada com Rory por dois breves e tumultuados anos, 25 anos antes, e não tinha certeza de que concordava com a declaração do filho.

— Quantos anos tem a atual, 30?

— Segundo os releases. — Divertido, Paul inclinou a cabeça meio de lado, enquanto Eve pegava outro cigarro. — Vamos lá, gloriosa, não me diga que está com ciúmes.

Se qualquer outra pessoa tivesse insinuado isso, Eve arrancaria sua pele. Ela, porém, apenas deu de ombros.

— Odeio vê-lo fazer papel de idiota. Além disso, toda vez que ele embarca num novo casamento, a mídia faz um levantamento de suas ex-esposas. — Uma nuvem de fumaça pairou na frente do rosto dela por um momento, em seguida foi espalhada pelo vento do ventilador de teto. — Detesto ver meu nome associado ao de suas piores escolhas.

—Ah, mas o seu se destaca como o mais brilhante! — Paul levantou o copo num brinde. — Como tem de ser.

— Sempre as palavras certas no momento certo. — Deliciada, Eve recostou-se de volta na cadeira. Seus dedos, porém, continuaram tamborilando sem parar no braço. — A marca registrada de um romancista de sucesso. Um dos motivos para eu tê-lo chamado aqui hoje.

— Um dos?

— O outro é que não nos vemos o suficiente, Paul, quando você está no meio de um dos seus livros. — Ela estendeu novamente a mão para ele. — Posso ter sido sua madrasta por pouco tempo, mas você continua sendo meu único filho.

Comovido, ele levou a mão dela aos lábios.

— E você continua sendo a única mulher que eu amo.

— Porque você é seletivo demais. — Mas Eve apertou os dedos dele antes de soltá-los. — Não chamei vocês aqui por motivos sentimentais. Preciso de seus conselhos profissionais. — Ela tragou o cigarro lentamente, conhecendo o valor dramático do suspense. — Decidi escrever minhas memórias.

— Ai, meu Deus! — Foi a primeira reação de Maggie, mas Paul apenas levantou uma sobrancelha.

— Por quê?

Somente o mais aguçado dos ouvidos teria percebido a hesitação. Eve sempre falava de modo calculado:

— Receber um prêmio pelos sucessos de uma vida me fez começar a pensar.

— Isso foi uma homenagem, Eve — interveio Maggie. — Não um pé na bunda.

— Um pouco dos dois — replicou Eve. — Lutei muito para ter meu trabalho homenageado, mas minha vida... e minha carreira... estão longe de estarem no fim. Isso me fez refletir sobre o fato de que meus 50 anos nesse negócio foram tudo, menos entediantes. Acho que nem uma pessoa com a imaginação do Paul conseguiria sonhar com uma história mais interessante... com personagens tão variados. Seu lábio se curvou ligeiramente, tanto com malícia quanto com humor. — Alguns não ficarão muito felizes de verem seus nomes e seus pequenos segredos expostos num livro.

— E não há nada que você goste mais do que pôr uma boa lenha na fogueira — murmurou Paul.

— Nada — concordou Eve. — E por que não? O fogo apaga se você não puser lenha. Pretendo ser franca, brutalmente honesta. Não vou perder tempo numa daquelas biografias de celebridades que parecem um release ou uma carta de fã. Preciso de um escritor que não vá suavizar minhas palavras ou explorá-las. Alguém que escreva minha história do jeito que ela é, e não como os outros gostariam que fosse. — Eve riu ao perceber a expressão no rosto de Paul. — Não se preocupe, querido, não estou pedindo que assuma a tarefa.

— Imagino que você tenha alguém em mente. — Ele pegou o copo dela para completá-lo. — Foi por isso que você me mandou a biografia de Robert Chambers na semana passada?

Eve aceitou o copo e sorriu.

— O que você achou?

Ele deu de ombros.

— Bem-feita, para o gênero.

— Não seja esnobe, querido. — Divertida, ela brandiu o cigarro no ar. — Como tenho certeza de que você sabe, o livro recebeu ótimas críticas e permaneceu na lista dos mais vendidos do New York Times por vinte semanas.

— Vinte e duas — corrigiu ele, fazendo-a rir.

— Um trabalho interessante, se você quiser saber sobre as bravatas e machismos de Robert, mas o que eu achei fascinante foi que a autora conseguiu desencavar um bom número de verdades em meio a todas as mentiras cuidadosamente construídas.

— Julia Summers — interveio Maggie, numa intensa e demorada luta interior para decidir se pegava ou não outro doce. — Eu a vi no Today Show durante a turnê promocional da primavera passada. Muito controlada, muito atraente. Havia um boato de que ela e Robert eram amantes.

— Se eram, ela manteve a objetividade. — Eve fez um círculo no ar com o cigarro antes de apagá-lo. — A vida pessoal dela não está em discussão.

— Mais a sua vai estar — lembrou-lhe Paul. Colocando o copo de lado, aproximou-se dela. — Eve, não gosto da ideia de vê-la se abrir. O que quer que digam sobre paus e pedras, palavras deixam marcas, especialmente quando são lançadas por um escritor esperto.

— Você está absolutamente certo... por isso pretendo me certificar de que a maior parte das palavras seja minha. — Ela descartou o protesto dele com um aceno de mão impaciente, indicando que já tomara sua decisão. — Paul, sem querer entrar numa discussão sobre literatura, o que você acha de Julia Summers profissionalmente?

— Ela faz bem o seu trabalho. Talvez bem demais. — A ideia o deixou desconfortável. — Você não precisa se expor à curiosidade do público dessa forma, Eve. Você não precisa do dinheiro, nem da publicidade.

— Meu querido, não estou fazendo isso por dinheiro ou publicidade. Estou fazendo pelo mesmo motivo que faço a maioria das coisas: satisfação. — Eve olhou de relance para a agente. Conhecia Maggie bem o suficiente para saber que ela já pusera as engrenagens para girar. — Ligue para o agente dela — falou, de supetão. — Faça a oferta. Farei uma lista das minhas exigências. — Levantou-se e deu um beijo no rosto de Paul. — Não faça essa cara. Confie em mim, sei o que estou fazendo.

Ela andou decidida até o bar, a fim de acrescentar mais champanhe ao drinque, esperando não ter desencadeado uma avalanche que terminaria por soterrá-la.

◆◆◆◆

JULIA NÃO SABIA ao certo se tinha ganhado o presente de Natal mais fascinante do mundo ou apenas sarna para se coçar. Parada ao lado da grande janela saliente de sua casa em Connecticut, observou as rajadas de vento espalharem a neve numa dança branca ofuscante. Do outro lado da sala, a lenha estalava e chiava na grande lareira de pedra. O consolo estava decorado com duas meias vermelhas, uma de cada lado. De modo distraído, brincou com uma estrela prateada, fazendo-a girar no galho do pinheiro.

A árvore estava bem no meio do nicho da janela, exatamente onde Brandon quisera colocá-la. Eles haviam escolhido o pinheiro de quase dois metros de altura juntos, colocado os bofes para fora a fim de arrastá-lo até a sala e depois passado a noite inteira decorando-o. Brandon sabia exatamente onde queria cada enfeite. Por ela, eles teriam atirado os enfeites sobre a árvore de qualquer maneira, mas o filho insistira em arrumá-los um por um.

Ele também já escolhera o lugar onde plantariam a árvore no primeiro dia do ano, dando início a uma nova tradição em sua nova casa, num novo ano.

Aos 10 anos, Brandon era louco por tradições. Talvez, pensou ela, porque ele jamais tivesse conhecido um lar tradicional. Ao pensar no filho, Julia baixou os olhos para os presentes empilhados sob a árvore. Ali também havia organização. Brandon tinha a necessidade típica de um garoto de 10 anos de sacudir, cheirar e chacoalhar as caixas embaladas em papel brilhante. Ele era curioso e esperto o suficiente para imaginar o que havia dentro delas. No entanto, ao devolvê-las, colocava-as de volta no lugar exato.

Dali a algumas horas ele começaria a implorar para que ela o deixasse abrir um dos presentes — só um — na véspera do Natal. Isso também era uma tradição. Ele tentaria bajulá-la. Ela fingiria relutância. Ele passaria à persuasão. E, naquele ano, pensou Julia, eles finalmente poderiam celebrar o Natal numa casa de verdade. Não um apartamento no centro de Manhattan, mas uma casa, um lar, com um jardim onde eles podiam montar bonecos de neve e uma cozinha grande, perfeita para preparar biscoitos. Ela desejara com todas as forças poder proporcionar tudo isso a ele. Esperava que ajudasse a compensar a falta do pai que não pudera lhe oferecer.

Virando-se de costas para a janela, Julia começou a perambular pela sala. Uma mulher pequena, de aparência delicada, numa gigantesca camisa de flanela e jeans largos, ela sempre se vestia de maneira confortável quando estava em casa, a fim de dar um tempo de sua figura pública de mulher escrupulosamente arrumada e friamente profissional. Julia Summers orgulhava-se da imagem que apresentava aos editores, aos telespectadores e às celebridades que entrevistava. Sentia-se satisfeita com sua habilidade nas entrevistas, descobrindo o que precisava saber sobre os outros sem permitir que eles soubessem nada sobre ela.

O material que fornecera à mídia dizia a quem quisesse saber que ela crescera na Filadélfia, filha única de dois advogados bem-sucedidos. Informava também que se formara na Brown University, e que era mãe solteira. Listava suas realizações profissionais, seus prêmios. Mas não falava do inferno que vivera nos três anos antes do divórcio dos pais, ou do fato de que tinha dado à luz um filho, sozinha, aos 18 anos. Tampouco mencionava a dor que sentira ao perder a mãe e, dois anos depois, o pai, aos vinte e poucos anos.

Embora não fosse segredo, poucos sabiam que ela havia sido adotada aos 6 meses e, dezoito anos depois, gerado um filho cujo pai constava na certidão de nascimento como desconhecido.

Julia não via suas omissões como mentiras — embora, é claro, soubesse o nome do pai de Brandon. O fato, puro e simples, é que ela era uma entrevistadora bastante esperta para evitar cair na armadilha de revelar qualquer coisa que não quisesse.

E, feliz por ser frequentemente capaz de enxergar através das fachadas, ela gostava de vestir sua personagem pública, a srta. Summers que usava o cabelo louro num coque-banana impecável, escolhia terninhos elegantes e bem-cortados em tons de pedras preciosas, e que conseguia aparecer nos programas de Donahue, Carson ou Oprah para a promoção de um novo livro sem deixar transparecer o menor sinal dos nervos tensos e quentes que viviam sob essa imagem pública.

Ao chegar em casa, tudo o que queria era ser Julia, a mãe de Brandon. Uma mulher que gostava de preparar o jantar do filho, espanar a poeira dos móveis, planejar um jardim. Manter um lar era sua necessidade mais vital, e escrever tornava isso possível.

Agora, enquanto esperava o filho entrar como um tufão pela porta para lhe contar tudo sobre a brincadeira de trenó com os vizinhos, pensava na proposta que sua agente acabara de fazer por telefone. Ela surgira assim, do nada.

Eve Benedict.

Sem parar de andar, Julia pegou e colocou de volta os enfeites, afofou as almofadas do sofá, rearrumou as revistas. A sala de estar tinha a desorganização típica de uma casa habitada, mais culpa sua que de Brandon. Enquanto decidia a posição de um vaso de flores desidratadas ou o ângulo de um prato ornamental, ela tropeçou em pares de sapatos, ignorou um cesto de roupas limpas que precisavam ser dobradas. E ponderou.

Eve Benedict. O nome pipocou em sua mente como mágica. Ela não era uma simples celebridade, mas uma mulher que ganhara o direito de ser chamada de estrela. Seu talento e seu temperamento eram tão conhecidos e respeitados quanto seu rosto. Um rosto, lembrou Julia, que brilhava nas telas dos cinemas há quase cinquenta anos e já estrelara mais de cem filmes. Dois Oscars, um Tony, quatro maridos — esses eram apenas alguns dos prêmios que decoravam sua estante de troféus. Ela havia conhecido a Hollywood de Bogart e Gable; sobrevivera à tomada dos estúdios pelos contadores, e até mesmo triunfara.

Após quase cinquenta anos sob os holofotes, essa seria a primeira biografia autorizada de Benedict. Sem dúvida, era a primeira vez que a estrela entrava em contato com um escritor e oferecia sua total cooperação. Com condições, lembrou-se Julia, afundando no sofá. Essas condições é que a tinham forçado a dizer à agente que protelasse.

Escutou a porta da cozinha batendo e sorriu. Não, na verdade só havia um motivo para fazê-la hesitar em agarrar aquela oportunidade de ouro. E ele acabara de entrar.

— Mãe!

— Estou indo. — Enquanto atravessava o corredor, imaginou se devia mencionar logo a proposta ou se era melhor esperar até depois do feriado. Jamais lhe ocorrera tomar a decisão sozinha, e só então informar Brandon. Julia entrou na cozinha, parou e riu. A um passo da soleira estava uma montanha de neve com olhos escuros e animados. — Você veio andando ou rolando na neve?

— Foi fantástico! — Brandon lutava de modo determinado com o cachecol xadrez, molhado e amarrado em volta do pescoço. — Posicionamos o trenó e o irmão mais velho do Will deu um empurrão bem forte. Lisa Cohen gritou sem parar o caminho todo, e chorou quando a gente virou. E a meleca dela congelou.

— Que adorável! — Julia se abaixou para ajudar a desfazer o nó intrincado.

— Eu voei e... pou!... Bati de cara num banco de neve. — Flocos de gelo voaram para todos os lados quando ele bateu as mãos enluvadas uma na outra. — Foi fantástico!

Ela não podia insultá-lo perguntando se ele tinha se machucado. Brandon estava claramente bem. Mas Julia não gostava da ideia de vê-lo voando de um trenó e batendo de cara num banco de neve. Saber que ela mesma teria adorado a sensação a impediu de soltar os gemidos maternais que lhe pinicaram a garganta. Após desfazer o nó, foi esquentar o leite para preparar um chocolate quente enquanto Brandon se livrava do casaco impermeável.

Ao olhar por cima do ombro, viu que o filho já pendurara o casaco — ele era muito mais rápido nessas coisas do que ela —, e estava pegando um biscoito no cesto de vime sobre a bancada da cozinha. Seu cabelo, do mesmo tom louro escuro que o dela, estava molhado. Brandon era baixo, como a mãe, algo que Julia sabia que o incomodava bastante. Ele tinha um rosto pequeno e fino que se livrara cedo das gordurinhas infantis. E um queixo teimoso — igualzinho ao dela. Os olhos, porém, em vez de acinzentados como os seus, eram de um tom rico de conhaque. A única herança visível do pai.

— Dois — disse, de modo automático. — O jantar vai ser daqui a umas duas horas.

Brandon deu uma mordida na cabeça de uma rena de biscoito e imaginou quando poderia começar a convencê-la a deixá-lo abrir um dos presentes. Já podia sentir o cheiro do molho de espaguete que fervia sobre o fogão. O aroma rico e denso o agradava, quase tanto quanto lamber o açúcar colorido grudado em seus lábios. Eles *sempre* comiam espaguete na noite de Natal. Porque era seu prato favorito.

Esse ano, mãe e filho passariam o Natal na nova casa, mas Brandon sabia exatamente o que iria acontecer, e quando. Eles jantariam — na sala de jantar porque a noite era especial — e, em seguida, lavariam a louça. A mãe colocaria alguma música para tocar e eles se sentariam na frente do fogo para uma sessão de jogos. Depois, se revezariam para encher as meias penduradas na lareira.

Brandon sabia que Papai Noel não existia de verdade, mas isso não o incomodava. Era divertido fingir *ser* Papai Noel. Quando as meias estivessem cheias, ele já a teria convencido a deixá-lo abrir um presente. Sabia muito bem qual deles queria hoje. O que estava embrulhado em papel verde e prateado, e que chacoalhava. Desejava com todas as forças que fosse um kit de construção.

Começou a sonhar com a manhã seguinte, quando acordaria a mãe antes do amanhecer. Eles desceriam, acenderiam as luzes da árvore, colocariam uma música e abririam os presentes.

—Até amannã de manhã é muito tempo — começou ele a reclamar enquanto Julia colocava uma caneca de chocolate sobre a bancada. — A gente não pode abrir todos os presentes hoje? Muitas pessoas fazem isso, e então não é preciso levantar tão cedo.

— Eu não me incomodo de levantar cedo. — Ela apoiou os cotovelos na bancada e sorriu. Um sorriso manhoso, desafiador. O jogo, ambos sabiam, havia começado. — Mas, se você preferir, pode dormir até mais tarde. A gente abre os presentes ao meio-dia.

— É melhor fazer isso quando está escuro. Está escurecendo agora.

— Está mesmo. — Julia esticou o braço e afastou o cabelo dos olhos do filho. — Eu te amo, Brandon.

Ele se ajeitou na cadeira. Não era assim que o jogo funcionava.

— Legal.

Ela teve de rir. Deu a volta na bancada, pegou o banco que estava ao lado do filho e se sentou, apoiando os pés calçados só com meias na haste horizontal entre as pernas do banco.

— Preciso conversar com você sobre uma coisa. Ann me ligou ainda há pouco.

Brandon sabia que Ann era a agente de sua mãe, e que a conversa só podia ser sobre trabalho.

— Você vai sair em turnê de novo?

— Não. Por enquanto, não. É sobre um novo livro. Tem uma mulher na Califórnia, uma grande estrela, que quer que eu escreva sua biografia oficial.

Brandon deu de ombros. A mãe já escrevera dois livros sobre estrelas do cinema. Gente velha. Não atores bacanas como Arnold Schwarzenegger ou Harrison Ford.

— Tudo bem.

— Só que é um pouco complicado. A mulher... Eve Benedict... é uma grande estrela. Tenho alguns dos filmes dela gravados.

O nome não significava nada. Ele tomou um gole do chocolate quente, ficando com uma linha de espuma marrom sobre o lábio superior. O primeiro bigode de um menino.

— Aqueles filmes chatos em preto e branco?

— Alguns são em preto e branco, mas não todos. O problema é que para escrever o livro nós temos de ir para a Califórnia.

Brandon ergueu os olhos, desconfiado.

— A gente vai ter de se mudar de novo?

— Não. — Mantendo os olhos sérios, ela colocou as mãos sobre os ombros do filho. Sabia o quanto a casa significava para ele. Brandon não conseguira criar raízes nos seus 10 anos, e ela jamais faria isso com ele de novo. — Não, a gente não teria de se mudar, mas precisaríamos ficar lá por alguns meses.

— Tipo uma visita?

— Uma visita bem longa. É por isso que precisamos pensar sobre o assunto. Você teria de mudar de escola por algum tempo, e sei que ainda está se acostumando com a daqui. Portanto, nós dois precisamos pensar bem.

— Por que ela não pode vir para cá?

Julia sorriu.

— Porque ela é a estrela, meu bem, não eu. Uma de suas condições é que eu vá para lá e fique até ter terminado o primeiro esboço. Não sei o que pensar sobre isso. — Desviando os olhos dele, Julia olhou para fora pela janela da cozinha. Parara de nevar e já estava escurecendo. — A Califórnia fica bem longe daqui.

— Mas a gente vai voltar, certo?

Típico dele, ir direto ao ponto.

— Sim, vamos voltar. Esta é a nossa casa agora. Para sempre.

— Podemos ir à Disneylândia?

Surpresa e divertida, ela se virou de volta para o filho.

— Claro.

— Posso conhecer o Arnold Schwarzenegger?

Com uma risada, Julia abaixou as sobrancelhas.

— Não sei. Podemos pedir.

— Tudo bem, então. — Satisfeito, Brandon terminou de beber seu chocolate quente.

Capítulo Dois
••••

Estava tudo bem, disse Julia a si mesma enquanto o avião se aproximava do Aeroporto Internacional de Los Angeles. Ela tomara todas as providências e trancara a casa. Sua agente e a de Eve Benedict tinham trocado vários faxes nas últimas três semanas. No momento, Brandon quicava no assento, esperando, impaciente, que o avião terminasse o pouso.

Não havia nada com o que se preocupar. No entanto, sabia que era o tipo de pessoa que fazia da preocupação uma arte. Estava roendo as unhas de novo, o que a deixava irritada por ter arruinado o trabalho da manicure — especialmente porque detestava todo o processo de fazer as unhas: a tortura de deixar as mãos de molho para amolecer a cutícula, a agonia de escolher o tom certo de esmalte. "Lilás Resplandecente" ou "Fúcsia Brilhante". Como sempre, acabara optando por duas camadas de esmalte clarinho. Sem graça, mas também sem erro.

Julia pegou-se roendo o que restava da unha do polegar e entrelaçou os dedos com força sobre o colo. Deus do céu, agora estava pensando em esmalte de unha como se fosse vinho. Um tom suave, porém encorpado.

Será que eles nunca iam pousar?

Arregaçou as mangas da jaqueta e as puxou para baixo de novo, enquanto Brandon olhava pela janela com os olhos arregalados. Pelo menos conseguira não passar para ele seu pavor de voar.

Quando o avião aterrissou, soltou um longo e silencioso suspiro e seus dedos relaxaram um pouco. *Você sobreviveu a outro voo, Jules*, disse a si mesma antes de deixar a cabeça recostar de volta no assento. Agora, tudo o que precisava fazer era sobreviver à primeira entrevista com Eve, a Grande, fazer da casa de hóspedes da estrela seu lar temporário, certificar-se da adaptação de Brandon à nova escola e ganhar seu sustento.

Nada tão difícil, pensou, abrindo o espelhinho do pó compacto para ver se ainda tinha alguma cor na face. Retocou o batom e a base sobre o nariz. Uma de suas maiores habilidades era a de disfarçar o nervosismo. Eve Benedict não veria nada, a não ser confiança.

Assim que o avião parou de taxiar na pista, Julia pegou um antiácido no bolso da jaqueta.

— Pronto ou não — falou para o filho com uma piscadinha de olho —, aqui vamos nós, campeão.

Ele pegou a mochila, e ela a maleta. Desembarcaram de mãos dadas e, antes mesmo de conseguirem atravessar o portão de desembarque, um homem num uniforme escuro e quepe se aproximou.

— Srta. Summers?

Julia puxou Brandon um pouco mais para perto.

— Sim?

— Sou Lyle, o motorista da srta. Benedict. Irei levá-los diretamente para a propriedade. A bagagem de vocês será entregue lá.

Ele não tinha mais do que 30 anos, calculou Julia, com a cabeça assentindo. E o físico de um jogador de futebol americano. Havia uma certa arrogância no jeito de andar dele que fazia o discreto uniforme parecer uma piada. Lyle os conduziu pelo terminal; Brandon seguia arrastando os pés, tentando ver tudo ao mesmo tempo.

O carro estava esperando junto ao meio-fio. Carro, pensou Julia, era um termo bem pobre para a brilhante limusine branca de um quilômetro e meio de comprimento.

— Uau! — exclamou Brandon por entre os dentes. Mãe e filho viraram-se um para o outro, reviraram os olhos e entraram rindo na limusine. O interior cheirava a rosas, couro e um resquício de perfume.

— Tem televisão e tudo — sussurrou ele. — Espere até eu contar pro pessoal.

— Bem-vindo a Hollywood — disse Julia e, ignorando o champanhe gelado, serviu a ambos uma Pepsi para comemorar. Ela brindou a Brandon com seriedade, mas, em seguida, riu. — A você, campeão.

Ele falou o tempo todo, sobre as palmeiras, os skatistas, o passeio prometido à Disneylândia. Isso ajudou a acalmá-la. Julia o deixou ligar a televisão, mas vetou o uso do telefone. Quando eles finalmente chegaram em Beverly Hills, Brandon estava convencido de que ser motorista era um ótimo trabalho.

— Alguns diriam que ter um é ainda melhor.
— Não, porque aí você nunca dirige.

Simples assim, pensou ela. Seu trabalho com as celebridades já lhe mostrara que a fama cobrava um preço alto. Um deles, concluiu, enquanto tirava o sapato e deixava o pé afundar no carpete macio, era ter um motorista com a constituição física de um guarda-costas.

O preço seguinte tornou-se visível à medida que prosseguiam paralelamente a um grande muro de pedras até um imponente portão de ferro trabalhado, onde um segurança, também uniformizado, botou a cabeça para fora da janelinha de uma pequena guarita de pedras. O portão se abriu devagar, quase majestosamente, com um longo zumbido. E se fechou com um estalido das fechaduras. Trancado lá dentro ou trancado do lado de fora, pensou Julia.

O terreno era belíssimo, adornado com adoráveis árvores antigas e arbustos bem-aparados que iriam florescer precocemente naquele clima ameno. Um pavão passeava pelo gramado, e sua fêmea emitiu um grito semelhante ao de uma mulher. Julia riu ao ver Brandon de queixo caído.

Havia também um laguinho cheio de nenúfares e, sobre ele, uma sofisticada ponte em arco. Poucas horas antes, eles haviam deixado para trás a neve e os ventos gélidos do nordeste e vindo para o Paraíso. O Paraíso de Eve. Julia sentia como se tivesse saído de uma gravura da Currier and Ives e entrado num quadro de Dalí.

Quando a casa surgiu, ela ficou tão boquiaberta quanto o filho. Tal como a limusine, a casa era de um branco brilhante, três graciosos andares no formato da letra "E", com adoráveis pátios cobertos entre as pernas do E. Era uma construção feminina, atemporal e tão sofisticada quanto a proprietária. Janelas arredondadas e portas em arco suavizavam as linhas sem diminuir sua aura de força. Varandas agraciavam os andares de cima, com seu trabalho em ferro tão delicado quanto uma renda branca. Num contraste vívido, flores em tons vibrantes de escarlate, safira, púrpura e açafrão decoravam as treliças que subiam de forma arrogante pelas paredes branquíssimas.

Quando Lyle abriu a porta, Julia se surpreendeu com o silêncio. Nenhum som do mundo lá fora penetrava os altos muros de pedras. Nenhum barulho de carro ou de escapamentos de ônibus ou de pneus cantando ousaria invadir aquele lugar. Tudo o que se podia escutar era o canto dos pássaros, o sussurro sedutor da brisa através da vegetação fragrante, os respingos da água na fonte do pátio. Acima, o céu era de um azul onírico entremeado por nuvens algodoadas.

Julia foi novamente acometida pela sensação de estar entrando num quadro.

— Sua bagagem será levada para a casa de hóspedes, srta. Summers — informou Lyle. Ele a analisara pelo espelho retrovisor durante a longa viagem de carro, imaginando a melhor forma de convencê-la a um rápido *tête-à-tête* em seu quarto acima da garagem. — A srta. Benedict pediu que eu a trouxesse aqui antes.

Ela não encorajou nem desencorajou o brilho que viu nos olhos dele.

— Obrigada. — Julia olhou para os degraus da escadaria de mármore branco em curva e deu a mão ao filho.

Lá dentro, Eve afastou-se da janela. Queria vê-los primeiro. Precisava fazer isso. Julia tinha uma aparência mais delicada pessoalmente do que ela fora levada a crer pelas fotografias que vira. A jovem tinha um gosto impecável para roupas. O terninho bem-cortado em tom de morango, acompanhado por joias discretas, recebeu a aprovação de Eve. Assim como sua postura.

E o garoto... o menino tinha um rosto doce e um ar de energia reprimida. Ele serviria, disse ela a si mesma, fechando os olhos. Os dois serviriam.

Eve abriu os olhos novamente e foi até a mesinha de cabeceira. Na gaveta estavam os comprimidos que apenas ela e o médico sabiam que precisava tomar. Ali também estava um bilhete impresso em papel barato:

NÃO BRINQUE COM FOGO.

Como ameaça, Eve considerava essa ridícula. E encorajadora. Nem começara o livro ainda e as pessoas já estavam suando. O fato de que ela podia ter vindo de diversas fontes apenas deixava o jogo mais interessante. Suas regras, pensou. O poder estava em suas mãos. Já estava mais do que na hora de usá-lo.

Serviu-se de um copo de água da jarra de cristal Baccarat. Engoliu o remédio, odiando sua própria fraqueza. Após colocar os comprimidos de volta na gaveta, andou até um comprido espelho com moldura de prata. Não se dava ao trabalho de repensar nenhuma das suas decisões. Nem agora. Nem nunca.

Com olhos cautelosos e brutalmente honestos, Eve avaliou o próprio reflexo. O macacão de seda verde-esmeralda lhe caía bem. Ela mesma se maquiara e arrumara os cabelos uma hora antes. Ouro brilhava em suas orelhas, pescoço e dedos. Segura de que parecia uma verdadeira estrela, Eve desceu a escada. Faria, como sempre, uma grande entrada.

Travers, a governanta de olhos frios e braços fortes, levou Julia e Brandon até o salão. O chá, disse-lhes ela, viria logo em seguida. Eles deviam se sentir em casa.

Julia imaginou como alguém podia considerar uma sala daquelas, numa casa daquelas, um lar. As cores se sobrepunham, pincelando e matizando o branco das paredes, do carpete e dos estofados. As almofadas e os quadros, as flores e as porcelanas davam um toque dramático ao ambiente imaculado. Uma sanca de gesso fazia o acabamento do teto de pé-direito alto. As janelas eram enfeitadas com cortinas de seda azul-petróleo.

No entanto, o que chamava a atenção era o quadro, o retrato gigantesco sobre a lareira de mármore branco. Apesar da dramaticidade do aposento, era a pintura que dominava... que exigia.

Ainda de mãos dadas com Brandon, Julia ergueu os olhos para o quadro. Eve Benedict, quase quarenta anos antes, com sua beleza desconcertante, seu poder assustador. O vestido de cetim vermelho pendia-lhe dos ombros nus e escorria sobre o corpo exuberante, enquanto ela sorria para a plateia, não tanto com humor quanto com sabedoria. Seu cabelo caía livremente, negro como ébano. Ela não usava nenhuma joia. Não precisava de nenhuma.

— Quem é? — quis saber Brandon. — Ela é uma rainha?

— Isso mesmo. — Julia curvou-se e plantou um beijo no topo da cabeça do filho. — Essa é Eve Benedict, e podemos dizer que ela é uma rainha.

— Carlotta — disse Eve, em sua voz rica e sedosa, ao entrar. — Do filme *No Tomorrows*.

Julia virou-se para encará-la.

— MGM, 1951 — reconheceu. — Você atuou com Montgomery Clift. Foi seu primeiro Oscar.

— Muito bem. — Eve manteve os olhos fixos em Julia ao cruzar a sala e estender a mão. — Bem-vinda à Califórnia, srta. Summers.

— Obrigada. — Julia sentiu o aperto de mãos firme, enquanto Eve a estudava. Sabendo que a primeira impressão era crucial, devolveu o olhar de igual para igual. Percebeu que tanto o poder quanto a beleza tinham envelhecido, e aumentado.

Mantendo seus pensamentos bem escondidos, Eve se virou para Brandon.

— E você é o sr. Summers.

Ele soltou uma risadinha diante do tratamento e olhou de relance para a mãe.

— Acho que sim. Mas pode me chamar de Brandon.

— Obrigada. — Ela sentiu uma vontade enorme de tocar o cabelo dele, mas se conteve. — E você pode me chamar de... srta. B, na falta de algo melhor. Ah, Travers, sempre a postos. — Acenou com a cabeça para a governanta, que entrou empurrando o carrinho do chá. — Por favor, sentem-se. Não vou prendê-los por muito tempo. Estou certa de que vocês querem se acomodar. — Eve puxou uma cadeira branca de espaldar alto e esperou Julia e o menino se sentarem no sofá. — O jantar é às sete, mas, como sei que a comida do avião é um horror, achei que vocês poderiam querer um lanchinho.

Brandon, que não ficara muito entusiasmado com a ideia do chá, notou que o lanchinho incluía bolos confeitados, pequenos sanduíches e uma jarra grande de limonada. Ele riu.

— É muito gentil da sua parte — agradeceu Julia.

— Nós vamos passar um bom tempo juntas, e você vai descobrir que eu raramente sou gentil. Não é mesmo, Travers?

Travers respondeu com um grunhido, colocou os pratos de delicada porcelana chinesa sobre a mesa de centro e saiu da sala.

— Tentarei, contudo, mantê-la confortável, pois é do meu interesse que você faça um bom trabalho.

— Farei um bom trabalho, estando confortável ou não. Um só — falou para Brandon ao vê-lo esticar o braço para pegar o segundo bolo. — Mas aprecio a sua hospitalidade, srta. Benedict.

— Eu posso comer mais um se comer dois sanduíches?

Julia olhou para o filho. Eve notou que o sorriso surgiu com facilidade e os olhos suavizaram.

— Coma os sanduíches primeiro. — Ao voltar sua atenção para Eve, o sorriso tornou-se formal de novo. — Espero que não se sinta obrigada a nos entreter enquanto estivermos aqui. Sabemos que você deve ter uma agenda muito ocupada. Assim que for conveniente, podemos combinar os horários das entrevistas da forma como for melhor para você.

— Ansiosa para começar o trabalho?

— É claro.

Estava certa em seu julgamento, pensou Eve. Essa era uma mulher que tinha sido treinada — ou treinado a si mesma — a ir direto ao ponto. Eve tomou um gole do chá e ponderou.

— Tudo bem, minha assistente vai lhe passar o cronograma. Semana a semana.

— Vou precisar da segunda de manhã para levar Brandon até a escola. E eu também gostaria de alugar um carro.

— Não precisa. — Eve balançou a mão como quem descarta a sugestão. — Tenho uma meia dúzia na garagem. Um deles vai servir. Lyle, meu motorista, irá levar e pegar o menino na escola.

— Na limusine branca? — perguntou Brandon de boca cheia, os olhos arregalados.

Eve riu e tomou outro gole do chá.

— Acho que não. Mas vamos providenciar para que você dê um passeio de limusine de vez em quando. — Ela percebeu que ele estava de olho nos bolinhos de novo. — Eu vivi com um menino mais ou menos da sua idade durante um tempo. Ele tinha uma queda por *petit fours*.

— Tem alguma criança por aqui agora?

— Não. — Uma sombra passou pelos olhos de Eve. Ela se levantou, numa despedida rápida e casual. — Estou certa de que vocês querem descansar antes do jantar. Se saírem pelas portas que dão para o terraço e seguirem o caminho até a piscina, verão que a casa de hóspedes fica logo à direita. Querem que eu peça a um dos empregados que os acompanhe até lá?

— Não, a gente descobre. — Julia levantou-se e pousou a mão sobre o ombro de Brandon. — Obrigada.

Já na porta, Eve parou e se virou.

— Brandon, se eu fosse você, enrolava alguns desses bolinhos num guardanapo para levar comigo. Seu estômago ainda deve estar no horário da Costa Leste.

♦♦♦♦

Ela estava certa. O primeiro voo de costa a costa de Brandon esculhambara seu organismo. Às cinco da tarde ele já estava com tanta fome que Julia preparou uma ceia leve na pequena, porém bem sortida, cozinha da casa de hóspedes. Às seis, mal-humorado de cansaço e ansiedade, ele cochilou na frente da televisão. Julia o carregou até o quarto, onde uma das eficientes empregadas de Eve já desfizera as malas.

Era uma cama estranha, num quarto estranho, apesar do kit de construção, dos livros e dos brinquedos favoritos que levara consigo. Ainda assim, como sempre, ele dormiu como uma pedra, sem sequer se mexer quando a mãe tirou seus sapatos e a calça. Depois de cobrir o filho, Julia ligou para a casa principal a fim de se desculpar e dizer a Travers que sentia muito por não poder ir ao jantar daquela noite.

Ela própria estava cansada o bastante para ficar em dúvida se tomava um banho na tentadora banheira de hidromassagem ou se ia direto para a cama *kingsize* da suíte principal. No entanto, sua mente recusava-se a desligar. A casa de hóspedes era luxuosa e sofisticada, uma estrutura de dois andares com aconchegante acabamento em madeira e paredes em tons pastel. A escada em curva e a varanda davam a ela um ar espaçoso e informal. Julia preferia muito mais o brilhante piso de tábuas corridas e os tapetes coloridos espalhados casualmente aos quilômetros de carpete branco da casa principal.

Imaginou quem já havia se hospedado naquela casa, apreciando seu pequeno jardim inglês e a brisa morna e fragrante. Olivier fora amigo de Eve. Será que o grande ator já havia preparado chá na charmosa cozinha em estilo rural, com suas reluzentes panelas de cobre e a pequena lareira de tijolos? Será que Katharine Hepburn já passeara por aquele jardim? Teriam Peck e Fonda cochilado no comprido sofá cheio de almofadas?

Desde criança, Julia sempre sentira um fascínio pelas pessoas que ganhavam a vida nas telas ou nos palcos. Por um breve período durante a adolescência, sonhara em se juntar a elas. Uma terrível timidez a fizera suar nas audições para as peças da escola. A vontade desesperada e a determinação haviam lhe garantido alguns papéis, alimentado o sonho... e então viera Brandon. Mãe aos 18 anos, Julia mudara sua trajetória. E sobrevivera à traição, ao medo e ao desespero. Algumas pessoas, sentia, tinham de crescer mais cedo e mais rápido.

Sonhos diferentes, ponderou, enquanto vestia um puído roupão atoalhado. Ela agora escrevia sobre os atores, mas nunca seria um deles. Saber que Brandon dormia tranquilo e em segurança no quarto ao lado não deixava espaço para arrependimentos. E, também, saber que sua própria força e competência a ajudariam a proporcionar ao filho uma infância longa e feliz.

Julia estava levantando os braços para tirar os grampos do cabelo quando escutou uma batida na porta. Baixou os olhos para seu roupão esfarrapado e deu de ombros. Se essa seria sua casa por um tempo, precisava ser capaz de relaxar ali.

Ao abrir a porta, deu de cara com uma jovem loura e bonita, com olhos azul-piscina e um sorriso resplandecente.

— Oi, sou CeeCee. Trabalho para a srta. Benedict. Estou aqui para cuidar do seu filho enquanto você janta.

Julia ergueu uma sobrancelha.

— Isso é muito gentil da sua parte, mas já liguei para a casa principal para me desculpar por não poder comparecer.

— A srta. Benedict falou que o garoto... Brandon, certo?... estava cansado. Eu tomo conta dele enquanto você vai lá jantar.

Julia abriu a boca para recusar, mas CeeCee já irrompera porta adentro. Ela usava jeans e camiseta, o cabelo de um louro tipicamente californiano varria-lhe os ombros e os braços estavam carregados de revistas.

— Este lugar não é fantástico? — continuou ela, em sua voz de champanhe borbulhante. — Adoro limpar esta casa, e vou fazer isso para você enquanto estiver aqui. Apenas me diga se você quiser alguma coisa especial.

— Está tudo perfeito. — Julia teve de sorrir. A moça vibrava de energia e entusiasmo. — Mas não acho uma boa ideia deixar Brandon sozinho na primeira noite com uma pessoa que ele não conhece.

— Não se preocupe. Tenho dois irmãos mais novos e tomo conta deles desde que tinha 12 anos. Dustin, o caçula, foi temporão. Ele tem 10 anos... e é um verdadeiro megamonstro. — Ela abriu outro sorriso faiscante... os dentes brancos e perfeitos como os de alguém em um comercial de pasta de dentes. — Ele vai ficar bem comigo, srta. Summers. Se ele acordar e chamar por você, a gente liga para a casa principal. Você vai estar a dois minutos daqui.

Julia hesitou. Sabia que Brandon dormiria a noite inteira. E a loura alegre era exatamente o tipo de babá que ela própria teria escolhido. Ela estava sendo cuidadosa e protetora demais — duas coisas que lutava para não ser.

— Tudo bem, CeeCee. Vou me trocar e desço em uns dois minutos.

Quando Julia retornou, cinco minutos depois, CeeCee estava sentada no sofá, folheando uma revista de moda. A televisão estava ligada num dos seriados cômicos de sábado à noite. Ela ergueu os olhos e analisou Julia.

— Essa cor fica muito bem em você, srta. Summers. Quero ser estilista, então presto atenção, você sabe, aos tons, linhas e materiais. Nem todo mundo pode usar uma cor tão forte quanto esse vermelho-tomate.

Julia alisou a jaqueta que escolhera para usar com a calça preta social. Optara por ela porque lhe transmitia confiança.

— Obrigada. A srta. Benedict falou que o jantar seria informal.

— Está perfeito. É Armani?

— Você tem bom olho.

CeeCee jogou o cabelo longo e liso para trás.

— Talvez um dia você use um McKenna. É o meu sobrenome. A não ser que eu decida usar o primeiro nome. Você sabe, como a Cher e a Madonna.

Julia pegou-se sorrindo, até olhar de relance por cima do ombro para a escada.

— Se Brandon acordar...

— A gente vai se dar bem — assegurou-a CeeCee. — Mas se ele ficar nervoso, eu ligo imediatamente.

Julia assentiu, virando a bolsa de noite sem parar entre as mãos.

— Não vou demorar.

— Divirta-se. A srta. Benedict dá excelentes jantares.

Julia repreendeu-se durante a curta caminhada até a outra casa. Brandon não era uma criança tímida ou dependente. Se ele acordasse, não apenas aceitaria a babá, como se divertiria com ela. Além disso, lembrou, ela própria tinha um trabalho a fazer. Parte desse trabalho — a parte que considerava mais difícil — era socializar. Quanto mais cedo começasse, melhor.

A iluminação era suave, e ela podia sentir o aroma das rosas, dos jasmins, o cheiro úmido das folhas recém-regadas. A piscina de um azul-claro, em formato de meia-lua, era alimentada por uma fonte num dos cantos. Julia esperava que o uso da piscina fosse um dos privilégios atrelados à casa de hóspedes; caso contrário, seria um inferno conviver com Brandon.

Hesitou ao chegar no terraço, e decidiu que seria melhor entrar pela porta da frente. Passou por outra fonte gorgolejante, uma sebe de oliveiras russas com um perfume glorioso e, então, viu dois carros parados no pátio. Um era um Porsche vermelho flamejante último tipo, o outro, um Studebaker antigo na cor creme, lindamente restaurado. Ambos significavam dinheiro.

Quando finalmente tocou a campainha da porta da frente, o comprimido de antiácido já se dissolvera em sua língua. Travers atendeu a porta, cumprimentou-a com um menear de cabeça frio e a conduziu até o salão.

Os aperitivos já estavam rolando. Debussy tocava baixinho ao fundo e o aroma do jardim à noite fora capturado por um enorme buquê de rosas escarlates. A luz era suave, lisonjeira. O palco estava armado.

Da porta, Julia analisou rapidamente as pessoas no salão. Notou uma ruiva peituda num vestido preto brilhante e mínimo que parecia tremendamente entediada. Ao lado dela estava um Adônis bronzeado com cabelos louros queimados pelo sol — o Porsche.

Ele usava um terno cinza perolado muito caro e muito bem-cortado, e estava recostado contra o consolo da lareira tomando um drinque e conversando baixinho com a ruiva. Uma mulher esguia num tubinho azul-gelo com cabelos castanho-claros curtinhos serviu uma taça de champanhe para Eve. A anfitriã estava deslumbrante num conjunto solto azul-royal com detalhes amarelo-esverdeados. Ela sorria para o homem ao seu lado.

Julia reconheceu Paul Winthrop de imediato. Em primeiro lugar, devido à semelhança com o pai. E, em seguida, pela foto da capa de seus livros. Tal como o pai, ele sempre atrairia olhares e despertaria fantasias. Sua aparência não era tão sofisticada quanto a do outro homem, mas era muito mais perigosa.

Ele parecia mais durão pessoalmente, percebeu Julia. Menos professoral e mais acessível. Pelo menos ele seguira à risca a regra da informalidade e usava uma jaqueta com uma calça simples e tênis Nike já bem gastos. Paul sorriu enquanto acendia o cigarro de Eve. Em seguida, virou-se e, ao ver Julia, o sorriso desapareceu.

— Pelo visto, sua última convidada chegou.

— Ah, srta. Summers. — Eve deslizou pela sala, fazendo a seda sussurrar. — Suponho que CeeCee esteja com tudo sob controle.

— Sim, ela é uma graça.

— Ela é cansativa, como todo jovem. O que você quer beber?

— Apenas um copo de água mineral. — Sabia que com um gole de qualquer coisa mais forte e o cansaço gerado pela diferença de fuso horário, entraria em coma.

— Nina, minha querida — chamou Eve —, temos uma abstêmia que necessita de uma Perrier. Julia, deixe-me apresentá-las a todos. Meu sobrinho, Drake Morrison.

— Estava ansioso para conhecê-la. — Ele tomou a mão de Julia e sorriu. A palma de sua mão era macia e quente, os olhos do mesmo verde cativante que os de Eve, embora com um brilho um pouco menos selvagem. — É você quem vai desencavar todos os segredos de Eve. Nem mesmo a família conseguiu fazer isso.

— Porque isso não é da conta da minha família, até que eu diga o contrário. — Eve soltou uma lenta baforada de fumaça. — Essa é... qual é mesmo o seu nome, querida? Carla?

— Darla. — A ruiva corrigiu Eve fazendo um biquinho de desagrado. — Darla Rose.

— Muito charmoso. — O tom ligeiramente divertido de Eve deixou Julia em alerta. — Nossa Darla é uma modelo-atriz. Que termo fascinante! Mais sugestivo do que aquela outra expressão pejorativa que costumávamos usar: *starlet*. E esta é Nina Soloman, meus braços direito e esquerdo.

— Burro de carga e bode expiatório — respondeu a elegante loura, entregando um copo a Julia. Ela exibia uma atitude de silenciosa confiança e sua voz transmitia bom humor. Olhando mais de perto, Julia notou que a mulher era mais velha do que pensara a princípio. Mais perto dos 50 do que dos 40, mas com uma elegância que disfarçava a idade. — Vou logo avisando, você vai precisar de mais do que água mineral se passar muito tempo trabalhando com a srta. B.

— Se a srta. Summers tiver feito seu dever de casa, já sabe que eu sou uma bruxa sem coração. E este é meu verdadeiro amor, Paul Winthrop. — Eve só faltou ronronar ao deslizar os dedos pelo braço dele. — Uma pena eu ter me casado com o pai, em vez de esperar pelo filho.

— A hora que você quiser, gloriosa. — Seu tom ao falar com Eve foi caloroso. Mas os olhos que fitavam Julia eram frios. Ele não estendeu a mão. — Você fez seu dever de casa, srta. Summers?

— Fiz. Mas sempre encontro um tempo para formar minhas próprias opiniões.

Ele ergueu o copo para tomar um gole do próprio drinque e observou Julia ser imediatamente envolvida num bate-papo informal. Ela era mais baixa do que imaginara, e mais delicada. Apesar do brilho de Darla e da elegância de Nina, ela era a única mulher na sala que podia competir com a beleza de Eve. Ainda assim, ele preferia a exibição óbvia de atributos e desejos da ruiva ao jeito frio de Julia. Um homem não precisaria cavar muito fundo para descobrir tudo o que precisava saber sobre Darla Rose. A altiva srta. Summers já era outro caso. Contudo, pelo bem de Eve, Paul pretendia descobrir tudo sobre a biógrafa.

Julia não conseguiu relaxar. Mesmo quando eles se sentaram para jantar e ela aceitou uma taça de vinho, não conseguiu forçar os músculos do pescoço e da barriga a relaxarem. Disse a si mesma que a sensação de hostilidade era fruto do seu nervosismo. Não havia motivo algum para que alguém daquele pequeno grupo se sentisse ofendido pela presença dela. Na verdade, Drake estava dando o melhor de si para ser charmoso. Darla deixara de lado a irritação e atacava a truta recheada com arroz selvagem. Eve degustava o champanhe, e Nina ria de algum comentário que Paul havia feito sobre um conhecido dos dois.

— Curt Dryfuss? — intrometeu-se Eve, pescando o fim da conversa. — Ele seria um diretor melhor se tivesse aprendido a manter o zíper fechado. Se a protagonista do seu último projeto não tivesse passado tanto tempo pulando em cima dele, talvez ele tivesse conseguido uma atuação decente por parte dela. Na tela, quero dizer.

— Ele poderia ser um eunuco, e ainda assim não teria conseguido uma atuação decente por parte dela. — Paul corrigiu Eve. — Na tela, quero dizer.

— Nos dias de hoje, tudo se resume a peitos e bundas. — Eve olhou de relance para Darla. Julia esperava jamais ser o alvo daquele olhar divertidamente frio. — Diga-me, srta. Summers, o que você acha do nosso atual grupo de atrizes?

— Eu diria que o mesmo acontece a cada geração. A nata sobe. Você subiu.

— Se eu tivesse esperado para subir, ainda estaria fazendo filmes B com diretores de segunda linha. — Ela balançou sua taça. — Lutei com unhas e dentes para chegar ao topo, e passei a maior parte da vida numa batalha sangrenta para permanecer lá.

— Então imagino que a pergunta seguinte seria: valeu a pena?

Os olhos de Eve se estreitaram e faiscaram. Os lábios se curvaram.

— Pode ter certeza de que sim.

Julia inclinou-se para a frente.

— Se você tivesse de fazer tudo de novo, mudaria alguma coisa?

— Não, nada. — Ela tomou um rápido e generoso gole do champanhe. Uma dor de cabeça começava a se insinuar por trás dos olhos, uma dor surda que a deixava furiosa. — Mudar alguma coisa significaria mudar tudo.

Paul pousou uma das mãos sobre o braço de Eve, mas manteve os olhos fixos em Julia. Como ele não se deu ao trabalho de disfarçar, Julia finalmente percebeu a origem da hostilidade que vinha sentindo.

— Por que não deixamos as perguntas para o horário de trabalho?

— Não seja tão antipático, Paul — falou Eve calmamente. Soltando uma risada, deu-lhe um tapinha na mão e virou-se para Julia. — Ele desaprova o projeto. Tenho certeza de que ele acha que vou expor seus segredos juntamente com os meus.

— Você não conhece os meus segredos.

Dessa vez, a risada dela foi mais sarcástica.

— Meu menino, não há segredo, mentira ou escândalo que eu não conheça. Houve um tempo em que as pessoas achavam que tinham de se preocupar com Parsons e Hopper. Mas eles não sabiam guardar um segredo até que ele amadurecesse. — Ela tomou outro gole, como se brindasse a algum triunfo pessoal. — Quantos telefonemas de celebridades preocupadas você recebeu nas últimas duas semanas, Nina?

Nina soltou um suspiro.

— Dúzias.

— Exatamente. — Satisfeita, Eve se recostou de volta na cadeira. Sob a luz das velas, seus olhos brilhavam como as joias em suas orelhas e em torno do pescoço. — É muito satisfatório ser a responsável por jogar a merda no ventilador. E você, Drake, como meu assessor de imprensa, o que acha do meu projeto?

— Acho que você vai fazer muitos inimigos. E muito dinheiro.

— Eu passei 50 anos fazendo essas duas coisas. E quanto a você, srta. Summers, o que espera ganhar com isso?

Julia colocou a taça de lado.

— Um bom livro. — Ao perceber o olhar de escárnio de Paul, ela enrijeceu. Teve vontade de esvaziar seu copo de água no colo dele, mas optou por manter a dignidade. — Embora, é claro, já esteja acostumada com o fato de que muitos consideram as biografias de celebridades algo muito aquém da literatura. — Desviou os olhos para fitá-lo. — Da mesma forma que muitos consideram a ficção de consumo uma forma de escrita sem valor.

Eve jogou a cabeça para trás e soltou uma gargalhada; Paul pegou o garfo e começou a brincar com o que restava de sua truta. Seus olhos azuis, antes límpidos, escureceram, mas ele manteve um tom suave ao perguntar:

— Como você vê o seu trabalho, srta. Summers?

— Como entretenimento — respondeu ela sem hesitar. — Como você vê o seu?

Ele ignorou a pergunta, atendo-se apenas à resposta:

— Então você considera apenas entretenimento explorar o nome e a vida de figuras públicas?

Ela já não estava mais com vontade de roer as unhas, e sim de arregaçar as mangas.

— Duvido que Sandburg tenha pensado isso ao escrever sobre Lincoln. E definitivamente não acredito que eu esteja explorando ninguém numa biografia *autorizada*!

— Você não está comparando seu trabalho ao de Sandburg, está?

— O seu foi comparado ao de Steinbeck. — Ela girou os ombros de modo descuidado, embora estivesse rapidamente perdendo a calma. — Você conta uma história com base na sua imaginação... ou em mentiras. Eu conto uma com base em fatos e lembranças. O resultado de ambas as técnicas é uma obra lida e apreciada.

— Eu certamente li e apreciei o trabalho dos dois — interveio Nina, botando panos quentes. — Sempre admirei os escritores. Tudo o que eu faço é redigir correspondências de cunho profissional. Mas Drake, claro, é o responsável pelos releases sensacionais.

— Que são uma mistura de verdades e mentiras — replicou ele. Virou-se para Julia com um sorriso. — Imagino que para obter um quadro mais completo você vá entrevistar outras pessoas além de Eve.

— Esse é o procedimento padrão.

— Estou à sua disposição. A hora que você quiser.

— Acho que Darla está pronta para a sobremesa — falou Eve de modo seco, tocando a campainha para mandar servi-la. — A cozinheira preparou torta de framboesa. Leve algumas fatias para Brandon.

— Ah, sim, seu menino. — Satisfeita com o fato de a discussão ter esfriado, Nina se serviu de mais vinho. — Esperávamos conhecê-lo hoje.

— Ele estava exausto. — Julia olhou de relance para seu relógio. O gesto serviu apenas para lembrá-la de que seu corpo insistia em lhe dizer que já passava da meia-noite. — Acredito que ele vá acordar às quatro da manhã e imaginar por que o sol ainda não saiu.

— Ele tem 10 anos? — perguntou Nina. — Você me parece jovem demais para ter um filho de 10 anos.

O sorriso educado de Julia foi sua única resposta. Ela se virou para Eve enquanto o último prato de sobremesa era servido.

— Gostaria de saber as áreas da propriedade que estão fora dos limites.

— O garoto pode aproveitar o que quiser. Ele nada?

— Nada, sim. E muito bem.

— Então não precisamos nos preocupar com a piscina. Nina irá lhe avisar sempre que eu decidir entreter algum convidado.

Conhecendo suas obrigações, Julia forçou-se a permanecer alerta até que o jantar tivesse terminado. Seu único cálice de vinho tinha sido um erro, percebeu. Desesperada para se deitar, pediu licença e agradeceu à anfitriã pelo jantar. E não ficou nem um pouco feliz quando Paul insistiu em acompanhá-la.

— Eu conheço o caminho.

— Está escuro hoje, não tem lua. — Ele a tomou pelo cotovelo e a conduziu em direção ao terraço. — É fácil a gente se perder no escuro Ou você pode pegar no sono, tropeçar e cair na piscina.

Julia afastou-se dele de modo automático.

— Eu nado muito bem.

— Pode ser, mas o cloro faz o maior estrago na seda. — Ele tirou uma cigarrilha do bolso e, com as mãos em concha em volta do isqueiro, a acendeu. Percebera diversas coisas a respeito de Julia naquela noite; uma delas era que ela não quisera que o filho se tornasse um dos temas do jantar. — Você podia ter dito a Eve que estava tão cansada quanto seu filho.

— Eu estou bem. — Ela inclinou a cabeça de lado para estudar o perfil dele enquanto caminhavam. — O senhor não tem a minha profissão em alta conta, não é mesmo, sr. Winthrop?

— Não. Mas a biografia é problema de Eve, não meu.

— Quer o senhor goste ou não do que eu faço, espero que me dê uma entrevista.

— E você sempre consegue o que deseja?

— Não, mas consigo o que preciso. Sempre. — Ela parou na porta da casa de hóspedes. — Obrigada por vir comigo até aqui.

Muito controlada, pensou Paul. Muito controlada e muito esperta. Ele talvez a tivesse aceitado sem questionar, caso não tivesse visto a unha de seu polegar direito roída até o sabugo. Num gesto deliberado, ele se aproximou um pouco mais. Ela não se afastou, mas levantou um muro invisível. Seria interessante, decidiu Paul, tentar descobrir se ela fazia isso com qualquer homem ou se era apenas com ele. No momento, porém, sua prioridade era uma só.

— Eve Benedict é a pessoa mais importante da minha vida. — A voz dele saiu baixa, perigosa. — Tome cuidado, srta. Summers. Tome muito cuidado. Você não vai querer ter a mim como inimigo.

As palmas dela estavam suadas, o que a deixava furiosa. Julia mascarou seu gênio com uma camada de gelo.

— Pelo visto, já é. Mas posso lhe garantir, sr. Winthrop, que serei cuidadosa. Muito cuidadosa. Boa-noite.

Capítulo Três
••••

Na segunda-feira, às dez, Julia já estava pronta. Passara o fim de semana com o filho, aproveitando o clima ameno para cumprir a promessa do passeio à Disneylândia, com um tour de bônus pela Universal. Ele se adaptara rapidamente — mais rápido do que ela — à mudança de fuso.

Sabia que os dois estariam com os nervos à flor da pele ao entrarem na escola naquela manhã. Haviam tido uma entrevista com o diretor antes de Brandon, parecendo muito pequeno e corajoso, ir para a primeira aula. Julia preenchera dúzias de formulários, apertara a mão do diretor e conseguira manter-se controlada até chegar em casa.

E, então, entregara-se a uma longa crise de choro.

Agora, com o rosto cuidadosamente lavado e a maquiagem retocada, e o gravador e o caderno de anotações na pasta, tocou a campainha da porta da frente da casa principal. Instantes depois, Travers abriu a porta e bufou em sinal de desaprovação.

— A srta. Benedict está lá em cima, no escritório. Ela está esperando você. — Dizendo isso, Travers se virou e seguiu em direção à escada.

O escritório ficava na perna central do "E", com uma enorme janela em meia-lua tomando toda a parede da frente. As outras três estavam cobertas por prateleiras com os prêmios da longa carreira de Eve. Às estatuetas e placas intercalavam-se fotos, cartazes e recordações de seus filmes.

Julia reconheceu o leque de renda branco que fora usado num filme cuja história se passava antes da Guerra Civil Americana, os sensuais sapatos de salto vermelhos que Eve usara ao fazer o papel de uma cantora de bar igualmente sensual, a boneca de pano à qual ela se agarrara ao estrelar como uma mãe à procura da filha desaparecida.

Julia notou também que o escritório não era tão arrumado quanto o restante da casa. Era ricamente mobiliado, com uma combinação de objetos antigos e cores vibrantes. As paredes eram revestidas de seda e o carpete, grosso e macio. Ao lado da enorme escrivaninha de jacarandá onde Eve se sentava havia pilhas de roteiros. Uma máquina de café, com a jarra já pela metade, estava sobre uma mesinha estilo Queen Anne. Havia também pilhas de exemplares da revista *Variety* espalhados pelo chão, além de um cinzeiro abarrotado ao lado do telefone para o qual Eve rosnava no momento.

— Eles podem pegar o certificado de honra e enfiá-lo você sabe onde. — Ela brandiu o cigarro incandescente, sinalizando para que Julia entrasse, e, em seguida, deu uma tragada. — Não dou a mínima se isso é boa publicidade, Drake, não vou pegar um avião para Timbuktu e me sentar para comer frango com um bando de republicanos imbecis. Pode ser a capital do país, mas pra mim continua sendo Timbuktu. Eu não votei no idiota, não vou jantar com ele. — Ela bufou e esmagou o cigarro no meio das outras guimbas, apagando-o pela metade. — Se vira. É para isso que eu te pago. — Assim que desligou, indicou uma cadeira para Julia se sentar. — Política. É para idiotas e maus atores.

Julia colocou a pasta no chão, ao lado da cadeira.

— Devo anotar isso?

Eve esboçou um ligeiro sorriso.

— Vejo que está pronta para começar. Pensei em termos nosso primeiro encontro num ambiente mais profissional.

— Onde você se sentir confortável. — Julia lançou um olhar de relance para a pilha de roteiros. — Rejeições?

— Metade deles quer que eu faça a avó de alguém, e a outra metade quer que eu tire a roupa. — Eve levantou um pé calçado com um tênis vermelho e chutou a pilha. Ela virou de lado, uma avalanche de sonhos se derramando. — Um bom escritor vale uma fortuna.

— E um bom ator?

Eve riu.

— Sabe como transformar chumbo em ouro... como qualquer mágico. — Ao ver Julia pegar o gravador e o colocar sobre a mesinha do café, levantou uma sobrancelha. — Eu decido o que pode ou não ser gravado.

— Claro. — Ela simplesmente se certificaria de que tudo o que queria fosse gravado. — Não traio a confiança de ninguém, srta. Benedict.

— No fim, todos traem. — Eve brandiu a mão comprida e fina, adornada com um único anel de rubi. — Antes que eu comece a trair a minha própria, quero saber mais sobre você... e não aquela baboseira publicada na mídia. Seus pais?

Julia cruzou as mãos sobre o colo, mais impaciente do que irritada.

— Estão mortos.

— Irmãos?

— Sou filha única.

— E nunca se casou.

— Não.

— Por quê?

Apesar da leve fisgada de dor, a voz de Julia permaneceu calma, inalterada:

— Nunca quis.

— Uma vez que eu já entrei e saí dessa instituição quatro vezes, não posso recomendá-la, mas eu diria que criar um filho sozinha deve ser difícil.

— Tem seus problemas, e suas recompensas.

— Por exemplo?

A pergunta a deixou tão desconcertada que ela precisou se controlar para não se retrair.

— Só precisar contar com seus próprios sentimentos na hora de tomar uma decisão.

— Isso é um problema ou uma recompensa?

Um ligeiro sorriso insinuou-se nos lábios de Julia.

— Os dois. — Ela pegou o caderno de anotações e um lápis na pasta. — Já que você só pode me despender duas horas hoje, gostaria de começar logo. Eu já conheço as informações básicas publicadas, é claro. Você nasceu em Omaha, e é a segunda de três filhos. Seu pai era vendedor.

Certo, decidiu Eve, elas iriam começar. O que ela precisava saber saberia ao longo do tempo.

— Caixeiro-viajante — declarou Eve, enquanto Julia apertava o botão de gravar. — Sempre suspeitei que eu tivesse vários meios-irmãos espalhados pelas planícies centrais. Na verdade, já fui abordada diversas vezes por pessoas que se declaravam parentes, na esperança de conseguir alguma coisa.

— Como você se sente com relação a isso?

— Isso era problema do meu pai, não meu. Um filho acidental não vai se beneficiar às minhas custas. — Tamborilando os dedos, ela se recostou na cadeira. — Eu fiz sucesso. Mérito meu. Se eu ainda fosse Betty Berenski, de Omaha, você acha que alguma dessas pessoas iria se preocupar comigo? Só que Eve Benedict é outra pessoa. Deixei Betty e os milharais para trás quando estava com 18 anos. Não acredito em reviver o passado.

Essa era uma filosofia que Julia compreendia e respeitava. Ela começou a sentir um entusiasmo latente — o brotar de uma intimidade que fazia seu trabalho ser tão bem-sucedido.

— Fale da sua família. Como foi a adolescência para Betty?

Eve jogou a cabeça para trás e riu.

— Ah, minha irmã mais velha vai ficar chocada quando vir que eu chamei nosso pai de mulherengo. Mas verdade seja dita. Ele colocava o pé na estrada para vender seus potes e panelas... e sempre vendeu o suficiente para evitar a fome e a miséria. Meu pai voltava com pequenas lembrancinhas para suas meninas. Chocolates, lenços ou fitas. Papai sempre trazia presentes. Ele era um homem alto e bonito, com cabelos pretos, bigode e as faces coradas. Nós o adorávamos. Mas também, dos sete dias da semana, passávamos cinco longe dele.

Ela pegou um cigarro e o acendeu.

— Lavávamos a roupa dele aos sábados. Suas camisas fediam a perfume. Aos sábados, minha mãe sempre perdia o olfato. Eu nunca a vi questionar, acusar ou reclamar. Não que ela fosse covarde, ela era... cordata, aceitava seu destino, e a infidelidade do marido. Acho que ela sabia que era a única mulher que ele amava de verdade. Quando ela morreu, de forma bastante repentina... eu estava com 16 anos... meu pai se tornou uma alma penada. Ele chorou por ela até morrer, cinco anos depois. — Eve fez uma pausa e inclinou-se para a frente de novo. — O que você anotou aí?

— Observações — respondeu Julia. — Opiniões.

— E o que você observou?

— Que você amava seu pai, mas ficava desapontada com o comportamento dele.

— E se eu lhe disser que isso é bobagem?

Julia bateu com o lápis no caderno. Sim, precisava haver compreensão, pensou. E um equilíbrio de poder.

— Então nós duas estaríamos perdendo nosso tempo.

Após um instante de silêncio, Eve pegou o telefone.

— Quero café fresco.

Quando Eve terminou de fazer o pedido à cozinha, Julia já decidira deixar de lado as discussões sobre família. Quando conhecesse Eve melhor, voltaria ao assunto.

— Você tinha 18 anos quando veio para Hollywood — começou.
— Sozinha. Recém-saída da fazenda, por assim dizer. Quero saber o que você sentiu, suas impressões. Como foi para a jovem de Omaha saltar de um ônibus em Los Angeles?

— Animador.

— Você não estava com medo?

— Eu era jovem demais para ter medo. Arrogante demais para achar que podia fracassar. — Eve se levantou e começou a andar de um lado para o outro. — Estávamos em guerra, e nossos rapazes estavam sendo enviados à Europa para lutar e morrer. Eu tinha um primo, um garoto engraçado que se alistou na Marinha e foi enviado para o Pacífico Sul. Ele voltou num caixão. Seu funeral foi em junho. Em julho, eu fiz as malas. De repente, me dei conta de que a vida podia ser muito curta, e bastante cruel. Eu não ia desperdiçar mais um segundo dela.

Travers chegou com o café.

— Ponha o bule ali — mandou Eve, apontando para a mesinha baixa na frente de Julia. — Deixe a garota servir.

Eve quis seu café puro; em seguida, recostou-se contra a quina da escrivaninha. Julia anotou suas observações: a força de Eve — visível em seu rosto, na voz, nas linhas do corpo.

— Eu era ingênua — falou Eve, com a voz rouca —, mas não era burra. Sabia que tinha dado um passo que mudaria a minha vida. Sabia também que haveria sacrifícios e provações. Solidão. Você entende?

Julia lembrou de si mesma aos 18 anos, deitada na cama de um hospital, com um bebê pequeno e indefeso nos braços.

— Sim, entendo.

— Eu tinha 35 dólares quando saltei do ônibus, e não pretendia passar fome. Trazia comigo um portfólio com fotos e recortes de jornal.

— Você já havia feito alguns trabalhos como modelo.

— Já, e tinha participado de algumas peças de teatro. Naquela época, os estúdios enviavam olheiros, mais pela publicidade do que realmente em busca de talentos. Mas eu percebi que seria mais fácil o inferno congelar do que um olheiro me descobrir em Omaha. Portanto, decidi vir para Hollywood. E foi assim, consegui um trabalho num restaurante, e algumas aparições como figurante em filmes da Warner Bros. O truque era ser vista... nos estúdios, nos sets, no clube. Trabalhei como voluntária no Hollywood Canteen.* Não por desprendimento, nem por causa dos soldados, mas porque eu sabia que iria me deparar com as celebridades. Causas e boas ações eram a última coisa que eu tinha em mente. Estava preocupada apenas comigo. Você acha isso muito frio, srta. Summers?

Julia não via como sua opinião pudesse fazer alguma diferença, mas pensou, antes de responder:

— Sim, mas também acho prático.

— É verdade. — A boca de Eve se contraiu. — A ambição requer pragmatismo. E foi uma experiência emocionante observar Bette Davis servir café, Rita Hayworth servir sanduíches. E eu fazia parte daquilo. Foi lá que conheci Charlie Gray.

♦♦♦♦

A pista de dança fervilhava de soldados e belas garotas. Os aromas de perfume, loção pós-barba, fumaça e café preto pairavam no ar. Harry James tocava uma música agitada. Eve gostava de escutar o soar do trompete acima do barulho e dos risos. Após um turno inteiro no restaurante, mais as horas passadas perseguindo agentes, seus pés a estavam matando. Não ajudava em nada o fato de os sapatos de segunda mão que comprara serem meio tamanho menores.

No entanto, ela se certificara de que seu rosto não traísse a fadiga. Não havia como prever quem poderia aparecer e notá-la. Tinha absoluta certeza de que só precisava ser notada uma única vez para começar sua escalada profissional.

---

* O Hollywood Canteen era um clube que oferecia comida, dança e entretenimento aos soldados da Segunda Guerra Mundial. Foi fundado por Bette Davis, John Garfield e Jules Stein, então presidente da Music Corporation of America, e era completamente operado por voluntários da indústria do entretenimento. Muitos astros trabalharam lá, entre eles, Fred Astaire, Cary Grant, Ava Gardner, Lauren Bacall, Rita Hayworth etc. (N.T.)

A fumaça pairava no teto, envolvendo as luminárias em formato de roda de carroça. A música tornou-se sentimental. Uniformes e vestidos de festa foram atraídos um para o outro, balançando-se.

Imaginando quando poderia fazer um intervalo, Eve serviu mais uma xícara de café para outro soldado embasbacado com as celebridades do local e sorriu.

— Você trabalhou todas as noites esta semana.

Eve lançou um olhar de relance na direção da voz e estudou o homem alto e esbelto. Em vez do uniforme, ele usava um terno cinza de flanela que não disfarçava os ombros magros. O cabelo louro, penteado para trás e engomado, deixava à mostra um rosto anguloso. Seus olhos eram grandes e castanhos, ligeiramente caídos como os de um *basset hound*.

Ela o reconheceu e abriu o sorriso um pouco mais. Ele não era um dos grandes. Charlie Gray fazia sempre o melhor amigo do herói. Mas era um nome. E a notara.

— Todos fazemos nossa parte nos esforços de guerra, sr. Gray. — Eve levantou uma das mãos para afastar uma longa mecha de cabelo do olho. — Café?

— Claro. — Ele se recostou no balcão do bar enquanto ela servia. Observando-a trabalhar, puxou um maço de Lucky Strike e acendeu um cigarro. — Acabei de terminar meu turno limpando as mesas, e pensei em me aproximar para uma conversinha com a garota mais bonita do salão.

Ela não corou. Poderia, se quisesse, mas optou por uma atitude mais sofisticada.

— A srta. Hayworth está na cozinha.

— Eu gosto de morenas.

— Sua primeira mulher era loura.

Ele riu.

— A segunda também. É por isso que eu gosto das morenas. Qual é o seu nome, querida?

Ela já o escolhera, cuidadosa e deliberadamente.

— Eve — respondeu. — Eve Benedict.

Ele achou que a tinha compreendido. Jovem, com um brilho nos olhos, esperando por uma chance de ser descoberta.

— E você quer fazer cinema?

— Não. — Sem tirar os olhos dele, Eve tomou o cigarro de sua mão, deu uma tragada, expeliu a fumaça e o devolveu. — Eu vou fazer cinema.

A maneira como ela disse isso, seu jeito ao falar, o obrigou a repensar sua primeira impressão. Intrigado, levou o cigarro aos lábios e sentiu uma insinuação do sabor dela.

— Há quanto tempo você está na cidade?

— Cinco meses, duas semanas e três dias. E você?

— Tempo demais. — Atraído, como sempre, por uma mulher de resposta rápida e aparência perigosa, Gray a avaliou rapidamente. Ela usava um terninho azul muito comportado, mas que parecia glorioso devido ao corpo que escondia com tanta discrição. Seu pulso acelerou. Quando seus olhos reencontraram os dela e ele viu um frio divertimento refletido neles, soube que a desejava. — Quer dançar?

— Tenho de servir café por mais uma hora.

— Eu espero.

Ao vê-lo se afastar, Eve pensou se teria exagerado na atuação. Ou se não tinha sido enfática o suficiente. Repassou mentalmente cada palavra, cada gesto, testando dúzias de outros. Enquanto fazia isso, continuou servindo café e flertando com os jovens e imaculados soldados. Seus nervos tremiam por trás dos sorrisos ardentes. Quando o turno terminou, ela saiu de trás do balcão com aparente indiferença.

— Você tem um andar e tanto — disse Charlie, aproximando-se, e Eve soltou um silencioso suspiro de alívio.

— Ele me leva de um lugar a outro.

Eles entraram na pista de dança e ele passou os braços em volta dela. E assim ficaram por quase uma hora.

— De onde você é? — murmurou ele.

— Lugar nenhum. Eu nasci há cinco meses, duas semanas e três dias.

Ele riu, esfregando a face no cabelo dela.

— Você já é jovem demais para mim. Não piore as coisas. — Pai do céu, era como segurar uma deusa do sexo... pura, vibrante. — Está quente demais aqui.

— Eu gosto do calor. — Ela jogou a cabeça para trás e sorriu para ele. Era uma nova expressão que estava experimentando: um meio sorriso de lábios entreabertos e um olhar preguiçoso, meio de lado, sob pestanas parcialmente fechadas. Pela maneira como os dedos dele apertaram os dela, Eve percebeu que tinha funcionado. — Mas podemos dar um passeio de carro se você quiser esfriar a cabeça.

Ele dirigia rápido, de forma um tanto imprudente, e a fez rir. Em algum momento, Gray abriu a tampa de um cantil de prata de uísque, tomou um gole e o ofereceu, mas ela recusou. Pouco a pouco, Eve deixou que ele lhe arrancasse as informações — coisas que desejava que ele soubesse. Ainda não conseguira arrumar um agente, mas dera um jeito de entrar num dos sets e fora contratada como figurante para *The Hard Way*, com Ida Lupino e Dennis Morgan. A maior parte do dinheiro que ganhava como garçonete servia para pagar as aulas de teatro. Era um investimento: ela queria ser uma profissional, e pretendia virar uma estrela.

Ela perguntou sobre o trabalho dele — não sobre as estrelas mais famosas com as quais trabalhava, mas sobre o trabalho em si. Ele havia bebido o suficiente para se sentir ao mesmo tempo lisonjeado e protetor. Quando finalmente a deixou em casa, Charlie já estava completamente encantado.

— Querida, você é uma donzela inocente. Há muitos lobos por aí que adorariam tirar uma casquinha.

Com os olhos sonolentos, ela recostou a cabeça no encosto do assento.

— Ninguém tira casquinha de mim... a menos que eu permita. — Quando ele se inclinou para beijá-la, Eve esperou até os lábios dele roçarem os dela e, então, se afastou e abriu a porta do carro. — Obrigada pelo passeio. — Com uma passada de mão pelo cabelo, seguiu para a porta da frente do prédio velho e cinzento. Ao chegar lá, virou-se e lançou um sorriso de despedida por cima do ombro. — A gente se vê por aí, Charlie.

No dia seguinte chegaram as flores, uma dúzia de rosas vermelhas que fizeram com que sua companheira de casa começasse a rir. Eve as colocou num vaso emprestado, pensando nelas não como flores, mas como seu primeiro triunfo.

Ele a levou a festas. Eve negociava seus tíquetes de alimentação, comprava tecidos, costurava vestidos. As roupas eram outro investimento. Certificava-se de que seus vestidos fossem apenas ligeiramente apertados demais. Não se importava de usar o corpo para conseguir o que queria. Afinal, o corpo era seu para usar.

As casas enormes, os exércitos de criados, as mulheres glamourosas em peles e sedas, nada disso a assustava. Não podia se dar ao luxo de ficar assustada. As noites em locais famosos também não a intimidavam. Ela descobriu que podia aprender muita coisa no toalete da Ciro's — qual papel estava disponível, quem estava dormindo com quem, que atriz fora botada para escanteio e por quê. Ela observava, escutava, absorvia.

Na primeira vez que viu sua foto estampada no jornal, tirada após jantar com Charlie no Romanoff's, Eve passou uma hora criticando o próprio cabelo, sua expressão facial e sua postura.

Não pedia nada a Charlie, apenas o mantinha sempre por perto, embora estivesse ficando difícil continuar a fazer essas duas coisas. Bastaria insinuar que desejava um teste para um filme e ele lhe arrumaria um, ela sabia. Como sabia também que ele queria levá-la para a cama. Eve queria o teste, da mesma forma que desejava tomá-lo como amante — mas tinha consciência da importância de escolher o momento certo.

Charlie organizou uma festa na véspera do Natal. A pedido dele, Eve chegou mais cedo em sua enorme mansão de tijolos aparentes em Beverly Hills. O cetim vermelho lhe custara uma semana de tíquetes de alimentação, mas achava que o vestido valia cada centavo. Ele escorria por seu corpo, tinha um decote generoso e era justo nos quadris. Ela ousara alterar o caimento abrindo uma fenda lateral — e arriscara-se ainda mais acrescentando um alfinete de strass no topo da fenda, no intuito de atrair os olhares.

— Você está uma delícia. — Ainda no vestíbulo, Charlie correu as mãos pelos braços dela. — Você não tem uma echarpe?

Suas finanças não tinham lhe permitido comprar uma que combinasse com o vestido.

— Tenho sangue quente — respondeu, entregando a ele um pequeno embrulho envolto por um laço de fita vermelho. — Feliz Natal.

Dentro havia um já bem lido livro de poesias de Byron. Pela primeira vez desde que o conhecera, Eve sentiu-se tola e insegura.

— Quis te dar alguma coisa minha. — Sentindo-se estranha, procurou na bolsa pelo maço de cigarros. — Sei que não é muito, mas...

Charlie pousou a mão sobre as dela, a fim de tranquilizá-la.

— É um belo presente. — Extremamente comovido, ele a soltou e acariciou sua face. — É a primeira vez que você me dá algo verdadeiramente seu. — Quando Charlie baixou os lábios para beijá-la, Eve experimentou calor e desejo. Dessa vez, não resistiu quando ele aprofundou o beijo, demorando-se em sua boca. Deixando-se levar pelo momento, envolveu-o em seus braços e usou a língua para excitá-lo. Até então só havia sido beijada por garotos. Mas agora estava diante de um homem, experiente e faminto, alguém que sabia o que fazer com seus desejos. Sentiu os dedos dele deslizando pelo cetim, aquecendo a pele por baixo.

Ah, sim, pensou, ela o desejava também. Quer fosse o momento ideal ou não, o desejo deles não esperaria muito mais tempo. Cautelosa, ela se afastou.

— Os feriados me fazem ficar sentimental — conseguiu dizer. Sorrindo, limpou o batom que ficara nos lábios dele. Charlie agarrou-lhe o pulso e plantou um beijo em sua palma.

— Vamos lá para cima.

Eve sentiu uma palpitação, o que a deixou surpresa. Ele nunca pedira isso antes.

— Não tão sentimental assim. — Lutou para reencontrar o equilíbrio. — Seus convidados vão chegar a qualquer momento.

— Que se danem os convidados.

Ela riu e deu o braço a ele.

— Vamos lá, Charlie, nós sabemos que você quer transar comigo. Só que agora você vai me servir uma taça de champanhe.

— E depois?

— Só existe o agora, Charlie. O bom e belo agora.

Eve atravessou um par de portas duplas e entrou na sala de estar com uma árvore de Natal de três metros de altura decorada com luzinhas e bolas coloridas. A sala era bem masculina, o que a fez gostar dela logo de cara. O mobiliário simples, de linhas retas, contava com cadeiras acolchoadas e confortáveis. O fogo ardia na enorme lareira num dos cantos do aposento e, do outro, ficava um comprido bar de mogno muito bem sortido. Eve sentou-se num dos bancos com estofamento de couro do bar e pegou um cigarro.

— Barman — disse —, a dama aqui precisa de um drinque. — Observou Charlie abrir a garrafa e servir o champanhe. Ele usava um smoking, e a roupa formal lhe caía muito bem. No entanto, jamais poderia competir com os galãs do momento. Charlie Gray não era nenhum Gable ou Grant, mas tinha firmeza e doçura, e estima pelo que fazia. — Você é um homem bom, Charlie. — Eve ergueu a taça. — A você, meu primeiro amigo de verdade nesse meio.

— Ao agora — replicou ele, batendo de leve com sua taça na dela. — E ao que vamos fazer com ele. — Saindo de trás do bar, foi até a árvore para pegar um presente. — Não é nada tão íntimo quanto Byron, mas quando vi, pensei em você.

Eve botou o cigarro de lado para abrir a caixa. O colar de diamantes faiscava como fogo branco contra o veludo preto. No centro, como uma pedra de sangue, destacava-se um enorme e ardente rubi. Os diamantes tinham o formato de estrela, e o rubi, de gota.

— Ai, meu Deus. Oh, Charlie!

— Não vai me dizer que eu não devia ter feito isso.

Ela fez que não.

— Eu nunca diria algo tão cafona assim. — Mas seus olhos estavam úmidos, e ela sentiu um nó na garganta. — Eu ia dizer que você tem um gosto excelente. Droga, não consigo pensar em nada mais inteligente para dizer. Ele é espetacular!

— Assim como você. — Ele pegou o colar, deixando-o escorrer entre os dedos. — A busca pelo estrelato exige sangue e lágrimas, Eve. Nunca se esqueça disso. — Ele o passou em torno do pescoço dela e prendeu o fecho. — Algumas mulheres nasceram para usar diamantes.

— Tenho certeza de que sou uma delas. Agora, vou fazer algo bem típico. — Rindo, abriu a bolsa para pegar a caixinha do pó de arroz. Abrindo-a, analisou o colar no pequeno espelho quadrado. — Meu pai do céu. *Ai, meu Deus*, ele é lindo! — Ela se virou no banco e o beijou. — Eu me sinto uma rainha.

— Quero que você seja feliz. — Ele envolveu o rosto dela em suas mãos. — Eu amo você, Eve. — Viu a surpresa estampada nos olhos dela e, logo em seguida, o constrangimento. Segurando um xingamento, deixou as mãos caírem ao lado do corpo. — Tenho outra coisa para você.

— Mais? — Ela tentou manter a voz descontraída. Sabia que ele a desejava, que gostava dela. Mas amor? Não queria que ele a amasse, uma vez que não podia corresponder esse amor. Ou melhor, não queria sequer se arriscar a tentar. Sua mão não estava totalmente firme ao levantar a taça de champanhe. — Vai ser difícil superar esse colar.

— Se eu te conheço tão bem quanto imagino, isso vai superar, sim, e muito. — Ele puxou um pedaço de papel do bolso do paletó e o colocou sobre o balcão do bar.

— Doze de janeiro, às dez da manhã, palco 15. — Intrigada, ela ergueu uma sobrancelha. — O que é isso? A primeira pista de uma caça ao tesouro?

— Seu teste para um filme. — As faces dela ficaram pálidas e os olhos escureceram. Seus lábios entreabriram-se, trêmulos, mas ela apenas sacudiu a cabeça. Entendendo perfeitamente, ele sorriu, mas o sorriso não chegou aos olhos. — É, imaginei que isso significaria mais para você do que os diamantes. — Já sabia que uma vez dado o empurrão, ela dispararia na frente dele.

Com muito cuidado, Eve dobrou o papel e o guardou na bolsa.

— Obrigada, Charlie. Jamais me esquecerei disso.

♦♦♦♦

— Fui para a cama com ele naquela noite — falou Eve, baixinho. Sua voz estava embargada, mas não havia lágrimas. Ela agora só chorava nos momentos certos. — Ele era gentil, inacreditavelmente doce, e ficou bastante comovido ao descobrir que foi meu primeiro homem. Uma mulher nunca esquece sua primeira vez. E, quando há carinho, a lembrança torna-se preciosa. Fiquei com o colar enquanto fazíamos amor. — Ela riu e pegou o café já frio. — Depois tomamos mais champanhe e fizemos amor de novo. Gosto de pensar que dei a ele mais do que apenas sexo naquela noite, e durante as poucas semanas em que fomos amantes. Ele tinha 32 anos. A assessoria de imprensa do estúdio divulgara quatro anos a menos, mas ele me contou a verdade. Charles Gray não mentia.

Com um suspiro, ela colocou o café de lado de novo e baixou os olhos para as mãos.

— Ele me acompanhou no dia do teste. Charlie era um bom ator, embora subestimado na época. Em dois meses, consegui um papel num dos filmes dele.

Percebendo que o silêncio se prolongava, Julia botou o caderno de lado. Não precisava dele. Não esqueceria nada sobre aquela manhã.

Desperate Lives, com Michael Torrent e Gloria Mitchell. Você fez o papel da Cecily, a sensual vilã que seduz e trai Torrent, um jovem advogado idealista. Uma das cenas mais eróticas já filmadas até hoje é quando você entra no escritório, se senta em cima da mesa e tira a gravata dele.

— Tive uma participação de 18 minutos, e dei o melhor de mim. Eles me mandaram apelar para o sexo, e foi o que eu fiz. — Ela deu de ombros. — O filme não foi um marco na história do cinema. Hoje em dia ele passa na TV a cabo às três da manhã. Mesmo assim, consegui causar uma boa impressão, o suficiente para que o estúdio me desse outro papel de vagabunda em seguida. Eu era o mais novo símbolo sexual de Hollywood... uma mina de ouro para eles, visto que meu contrato previa um salário fixo. Contudo, não me arrependo, nunca me arrependi. Esse primeiro filme me garantiu algumas coisas.

— Inclusive um marido.

— Ah, sim, meu primeiro erro. — Ela encolheu os ombros com indiferença e abriu um leve sorriso. — Nossa, Michael tinha um belo rosto. Mas o cérebro de uma minhoca. Na cama, tudo bem. Mas conversar com ele? Só saía merda. — Seus dedos começaram a tamborilar sobre a mesa de jacarandá. — Charlie era um ator muito melhor, mas Michael tinha o rosto certo, a presença. Ainda me irrita pensar que eu fui idiota o suficiente para acreditar que o cretino tinha qualquer coisa a ver com os homens que representava na tela.

— E quanto ao Charlie? — Julia observou o rosto de Eve com cuidado. — Ele cometeu suicídio.

— As finanças dele estavam uma confusão, e sua carreira estagnara. Mesmo assim, as pessoas tiveram dificuldade em acreditar que fosse mera coincidência o fato de ele se suicidar no dia em que eu me casei com o Michael. — A voz dela não se alterou e seus olhos permaneceram calmos ao encontrarem os de Julia. — Se eu sinto por isso? Sim. Charlie era um em um milhão, e eu o amava. Não da forma como ele me amava, mas eu o amava, sim. Se eu me culpo? Não. Fizemos nossas escolhas, Charlie e eu. Para sobreviver, temos de viver com nossas escolhas. — Inclinou a cabeça de lado. — Não é verdade, Julia?

Capítulo Quatro
♦♦♦♦

ERA VERDADE, pensou Julia, algum tempo depois. Para sobreviver, a pessoa precisava viver com suas escolhas, e também pagar por elas. Imaginou de que forma Eve teria pagado.

De onde estava, sentada à mesa de vidro sob o guarda-sol do terraço da casa de hóspedes, a impressão era de que Eve Benedict tivera apenas recompensas. Trabalhando em suas anotações, Julia via-se cercada por árvores frondosas e fragrantes jasmins. Um zunido pairava no ar — o eco distante do cortador de grama, vindo de algum lugar atrás da fileira de palmeiras, o zumbido das abelhas deliciando-se com o néctar das flores, o sussurrar das asas de um beija-flor que buscava alimento num dos hibiscos do jardim.

Ali havia luxo e privilégio. No entanto, pensou Julia, as pessoas que compartilhavam tudo aquilo com Eve eram pagas para fazer isso. Ela era uma mulher que alcançara um sucesso atrás do outro, mas que continuava sozinha. Um preço alto a pagar pelo sucesso.

Ainda assim, não conseguia ver Eve como uma mulher que acalentava arrependimentos, e sim como uma que os enterrava debaixo de mais sucessos. Fizera uma lista das pessoas que desejava entrevistar — ex-maridos, eventuais amantes, antigos empregados. Eve dera sua aprovação com um mero dar de ombros. Pensativa, Julia circundou o nome de Charlie Gray duas vezes. Queria conversar com pessoas que o tivessem conhecido, que pudessem falar sobre seu relacionamento com Eve de um outro ângulo.

Tomando um gole de seu suco, começou a escrever:

Ela tem defeitos, é claro. Onde há generosidade, há também egoísmo. Onde há gentileza, há também um inconsequente desprezo pelos sentimentos. Eve pode ser volúvel, fria, dura, rude — enfim, humana. Os defeitos fazem com que a mulher real seja tão fascinante e vigorosa quanto qualquer personagem que tenha representado nas telas. Sua força é incrível. Está presente nos olhos, na voz, em cada gesto do corpo disciplinado. A vida, ao que parece, é um desafio, um papel que ela aceitou representar com grande entusiasmo — e sem a direção de ninguém. Quaisquer erros ou falhas são de sua inteira responsabilidade. Ela não culpa ninguém. Além do talento, da beleza, da voz rica e rouca ou da inteligência aguçada, devemos admirá-la por seu inabalável senso de si mesma.

— Você não perde tempo.

Julia tomou um susto. Em seguida, virou-se rapidamente e olhou para trás. Não escutara Paul se aproximando e não fazia ideia de há quanto tempo ele estava ali, lendo por cima de seu ombro. De modo deliberado, virou o caderno de cabeça para baixo. A espiral de metal retiniu ao bater no vidro.

— Diga-me, sr. Winthrop, o que o senhor faria com alguém que lê seu trabalho sem o seu consentimento?

Ele sorriu e se sentou confortavelmente na cadeira em frente a ela.

— Eu cortaria todos os seus dedinhos enxeridos. Mas o fato é que sou conhecido por ter um temperamento difícil. — Paul pegou o copo dela e tomou um gole do suco. — E você?

— As pessoas costumam me achar pacata. O que muitas vezes é um erro. — Não gostava de vê-lo ali. Ele interrompera seu trabalho e invadira sua privacidade. Ela usava short e uma camiseta desbotada, estava descalça e com o cabelo preso num rabo de cavalo frouxo. A imagem cuidadosamente criada fora mandada às favas, e ela se sentia mal em ser vista daquele jeito, ao natural. Olhou fixamente para o copo que ele levou aos lábios mais uma vez. — Quer que eu pegue um copo para você?

— Não precisa, este aqui está ótimo. — Seu visível constrangimento o divertia, e ele gostava do fato de ser tão fácil deixá-la incomodada. — Você fez sua primeira entrevista com Eve.

— Ontem.

Ele pegou uma cigarrilha, tornando clara sua intenção de continuar por ali. As mãos dele eram grandes e com dedos compridos, percebeu Julia. Mais apropriadas para contar dinheiro, pensou, do que para criar complexos e muitas vezes pavorosos assassinatos para as páginas de um livro.

— Sei que não estou ralando sentada num escritório — disse ela. — Mas estou trabalhando.

— Eu sei, posso ver. — Ele sorriu com prazer. Ela teria de fazer mais do que apenas insinuar que não o queria ali. — Você não gostaria de compartilhar as observações dessa primeira entrevista?

— Não.

Sem se deixar intimidar, Paul acendeu a cigarrilha e apoiou o braço no encosto da cadeira de ferro trabalhado.

— Para alguém que deseja a minha cooperação, você não é nada amigável.

— Para alguém que desaprova o meu trabalho, você é muito insistente.

— Não desaprovo o seu trabalho. — Com as pernas esticadas e os pés confortavelmente cruzados na altura dos tornozelos, Paul tragou devagar e soltou a fumaça. O cheiro da cigarrilha pairou no ar, perturbadoramente masculino. Envolveu o perfume das flores como o braço de um homem em torno de uma mulher relutante. — Desaprovo apenas seu projeto atual. Tenho um interesse pessoal nisso.

Eram os olhos, percebeu Julia, os maiores responsáveis pelo charme dele — e, como consequência, pelo incômodo dela. Não exatamente a cor, embora algumas mulheres suspirassem diante de um azul tão profundo e vibrante. E sim a expressão, a incrível intensidade do olhar, que lhe dava a sensação de estar sendo não apenas observada, mas invadida.

O olhar de um caçador, decidiu, e ela não seria a presa de homem algum.

— Se você está preocupado que eu possa escrever alguma coisa desfavorável a seu respeito, não fique. Sua participação na biografia de Eve provavelmente não ocupará mais do que uma pequena parte de um único capítulo.

Entre escritores, isso teria sido um excelente insulto se o ego dele estivesse em jogo. Paul riu, gostando ainda mais dela por isso.

— Me diz uma coisa, Jules: sou só eu ou são todos os homens?

O uso do apelido a perturbou quase tanto quanto a pergunta. Como um beijo em vez de um aperto de mãos.

— Não sei do que você está falando.

— Claro que sabe. — O sorriso dele era amigável, mas seus olhos a desafiavam. — Ainda não consegui me livrar de todas as farpas do nosso primeiro encontro.

Ela brincou com a caneta e desejou que ele fosse embora. Paul parecia relaxado demais, o que a deixava ainda mais tensa. Homens com aquele grau de autoconfiança sempre a deixavam insegura.

— Se bem me lembro, foi você quem soltou a primeira farpa.

— Pode ser. — Ele balançou a cadeira para a frente e para trás, observando-a. Não, ainda não a compreendia direito, mas era só uma questão de tempo.

Julia franziu o cenho quando ele se levantou para jogar a guimba num balde de areia que havia num dos cantos do terraço. Paul tinha um corpo perigoso, notou ela, esguio e musculoso. O corpo de um esgrimista. Tendo em vista que era do tipo que não pode ser capturado, uma mulher esperta precisava manter sua imaginação trancada a sete chaves ao lidar com ele. E ela se considerava uma mulher esperta.

— Precisamos negociar alguma espécie de trégua. Pelo bem de Eve.

— Não vejo por quê. Você vai estar ocupado, assim como eu; portanto, duvido que nos encontremos o suficiente para precisarmos de bandeiras brancas.

— Engano seu. — Ele voltou para a mesa, mas não se sentou. Em vez disso, parou ao lado dela com os polegares enfiados nos bolsos da calça. — Terei de ficar de olho em você, para defender os interesses de Eve. E, imagino, para defender os meus.

A caneta retiniu ao cair e bater na borda do copo. Ela a deixou ali e entrelaçou os dedos, nervosa.

— Se isso é alguma espécie de cantada distorcida...

— Gosto mais de você assim — interrompeu ele. — Descalça e desconcertada. A mulher que conheci na outra noite era fascinante e intimidante.

Ela estava sentindo pequenas alfinetadas e comichões, contra as quais, até então, tinha certeza de ser imune. Era possível, lembrou, sentir-se fisicamente atraída por um homem de quem a gente não gostava. Tal como era possível resistir a essa atração.

— Sou a mesma pessoa, com ou sem sapatos.

— De jeito nenhum. — Ele se sentou novamente, apoiou os cotovelos na mesa e descansou o queixo nas mãos fechadas em concha, analisando-a. — Você não acha que seria entediante demais acordar todos os dias da sua vida sendo sempre a mesma pessoa?

Aquele era o tipo de pergunta que ela apreciava, que gostaria de debater e explorar. Só que tinha certeza de que se tentasse explorar qualquer coisa com ele, terminaria se metendo em solo pantanoso. Virou o caderno de cabeça para cima e passou as páginas até encontrar uma em branco.

— Já que você está aqui e parece disposto a conversar, que tal me dar aquela entrevista agora?

— Não. Vamos esperar, ver como as coisas se desenrolam. — Sabia que estava sendo teimoso, e gostava disso.

— Que coisas?

Paul sorriu.

—Todo tipo de coisas, Julia.

De repente, eles escutaram uma porta batendo e uma voz jovem gritando.

— Meu filho. — Julia juntou rapidamente suas anotações e se levantou. — Com licença, preciso...

Brandon, porém, atravessara correndo a porta dos fundos e já estava no terraço. Usava um boné laranja fosforescente virado para trás, jeans largos, uma camiseta do Mickey Mouse e suas velhas botinas. Trazia um sorriso enorme estampado no rosto sujo.

— Acertei duas cestas na aula de educação física — anunciou.

— Meu herói!

Ela o puxou para um abraço, e Paul a observou mudar mais uma vez. Não havia nada da elegância estudada, nem da esgotada vulnerabilidade, apenas um prazer puro. Era visível em seus olhos, no seu sorriso ao passar o braço em torno dos ombros dele. Colocou-o a seu lado. A sutil linguagem corporal dizia claramente: ele é meu.

— Brandon, esse é o sr. Winthrop.

— Oi. — Brandon sorriu de novo, deixando antever dois buracos entre os dentes.

— Em que posição você jogou?

Os olhos dele acenderam ao escutar a pergunta.

— No ataque. Não sou muito alto, mas sou rápido.

— Tenho uma cesta em casa. Você vai ter de ir até lá um dia para me mostrar seus lances.

— Jura? — Brandon só faltou dançar no mesmo lugar enquanto erguia os olhos para a mãe, em busca de permissão. — Posso?

— Vamos ver. — Ela deu um puxão no boné dele. — Tem dever de casa?

— Só vocabulário e um gigantesco problema de divisão idiota. — Ambos os quais ele se sentia obrigado a adiar até o último minuto. — Posso tomar alguma coisa?

— Vou pegar.

— Isso é para você. — Brandon tirou um envelope do bolso e, em seguida, se virou de volta para Paul. — Você costuma ir ver os jogos dos Lakers?

— De vez em quando.

Julia deixou-os conversando sobre placares e jogos perdidos. Encheu um copo com gelo, do jeito que Brandon gostava, e adicionou o suco. Embora isso a irritasse, encheu outro para Paul, acrescentando também um prato de biscoitos. A grosseria com que preferiria tratá-lo não seria um bom exemplo para o filho.

Após arrumar tudo numa bandeja, olhou de relance para o envelope que jogara em cima da bancada. Seu nome estava impresso em letras de forma. Franzindo o cenho, pegou-o novamente. Imaginava que fosse um bilhete de algum professor de Brandon. Abriu o envelope, leu a curta mensagem e sentiu o sangue lhe fugir das faces:

A CURIOSIDADE MATOU O GATO.

Que coisa idiota! Julia releu as palavras, dizendo a si mesma que era idiotice, porém a folha de papel tremeu em suas mãos. Quem lhe mandaria uma mensagem daquelas, e por quê? Seria uma espécie de aviso ou ameaça? Meteu o papel no bolso. Não havia motivo para que uma mensagem boba e tão clichê a assustasse.

Após uma pequena pausa para se recobrar, ela pegou a bandeja e voltou para o terraço, onde Paul estava novamente sentado, entretendo Brandon com um relato passo a passo sobre algum jogo dos Lakers.

— A gente já assistiu um jogo dos Knicks — contou Brandon. — A mamãe não entende muito de basquete. Mas ela conhece beisebol — acrescentou, à guisa de desculpa.

Paul ergueu os olhos e seu sorriso desapareceu ao ver o rosto de Julia.

— Algum problema?

— Não. Só dois, campeão — falou quando Brandon voou em cima dos biscoitos.

— O sr. Winthrop já foi a um monte de jogos — comentou ele, enfiando o primeiro biscoito na boca. — Ele conhece Larry Bird e um monte de outros caras.

— Que legal!

— Ela não sabe quem ele é — sussurrou Brandon para Paul. Lançou-lhe um sorriso, de homem para homem, e, em seguida, ajudou o biscoito a descer com um gole do suco. — Ela se liga mais em coisas de mulher.

Talvez conseguisse algumas respostas através do garoto, pensou Paul.

— Tipo?

— Bem. — Brandon pegou outro biscoito enquanto pensava na resposta. — Você sabe, filmes antigos, onde as pessoas olham umas para as outras o tempo todo. E flores. Ela é louca por flores.

Julia abriu um sorriso meio sem graça.

— Será que eu devo deixar os cavalheiros sozinhos com seus aperitivos e charutos?

— Não tem problema gostar de flores se você é uma garota — replicou Brandon.

— Meu pequeno chauvinista. — Ela o esperou terminar de beber o suco. — Dever de casa.

— Não posso...

— Não?

— Eu odeio vocabulário.

— E eu odeio matemática. — Ela correu um dedo pelo nariz dele. — Faça a divisão primeiro, que depois eu te ajudo com o vocabulário.

— Combinado. — Sabia que se tentasse convencê-la a deixar o dever de casa para depois do jantar, perderia a chance de assistir a televisão. Os homens nunca ganhavam. — A gente se vê — falou para Paul.

— Com certeza. — Paul esperou a porta de tela bater. — Ele é um bom garoto.

— É, sim. Sinto muito, mas preciso entrar para supervisionar o dever.

— Só um minuto. — Ele se levantou. — O que foi que aconteceu, Julia?

— Não sei do que você está falando.

Ele a segurou pelo queixo para mantê-la quieta. Seus dedos eram quentes, firmes, com as pontas ásperas devido ao trabalho ou a algum tipo de atividade bem masculina. Ela precisou lutar contra a vontade de puxar a cabeça.

— Com algumas pessoas, tudo o que elas sentem fica escancarado nos olhos. Os seus parecem assustados. O que foi?

Ela não gostou nem um pouco do fato de sentir vontade de contar a ele, de compartilhar. Lidava sozinha com os próprios problemas havia mais de dez anos.

— Longas equações matemáticas — respondeu, de modo distraído. — Fico absurdamente assustada.

Ele se surpreendeu ao perceber o próprio desapontamento, e deixou a mão cair.

—Tudo bem. Imagino que você não tem motivo algum para confiar em mim, pelo menos não ainda. Me ligue para marcarmos a entrevista.

— Pode deixar.

Quando ele se afastou em direção à casa principal, Julia se deixou cair numa das cadeiras. Não precisava de ajuda, nem a dele nem a de ninguém, porque não havia nada de errado. Com os dedos firmes, puxou o papel amassado do bolso, esticou-o e leu a mensagem mais uma vez.

Soltando um longo suspiro, levantou-se e começou a arrumar a bandeja. Depender dos outros era sempre um erro — um que ela não cometeria. Mas gostaria que Paul Winthrop tivesse escolhido outro lugar para passar o tempo naquela tarde.

♦ ♦ ♦ ♦

Enquanto Brandon brincava na banheira do segundo andar, Julia se serviu de um indulgente cálice de vinho Pouilly Dumé que Eve lhe enviara. Já que sua anfitriã desejava vê-la confortável, decidiu fazer-lhe esse favor. Contudo, mesmo enquanto sorvia o líquido de um dourado pálido num cálice de cristal, continuava preocupada com o papel em seu bolso.

Será que tinha sido Paul quem deixara a mensagem? Após ponderar sobre essa ideia por alguns minutos, descartou-a. Aquela era uma investida indireta demais para um homem como Paul Winthrop. De qualquer forma, não fazia ideia de quantas pessoas haviam atravessado os gigantescos portões de ferro naquele dia, e qualquer uma delas poderia ter deixado o envelope na soleira de sua casa.

Além disso, ela também não sabia o suficiente sobre as pessoas que viviam dentro daqueles mesmos portões.

Ao olhar para fora pela janela da cozinha, viu as luzes acesas no apartamento acima da garagem. Lyle, o motorista de ombros largos e andar preguiçoso. Percebera logo de cara que ele era o tipo de homem que se considerava o garanhão do Oeste. Será que ele e Eve... não. Eve podia ser indulgente com relação a homens, mas nunca com alguém como Lyle.

Travers. A governanta de jeito esquivo, cuja reprovação apertava ainda mais a boca de lábios permanentemente crispados. Não havia dúvidas de que ela decidira não gostar de Julia à primeira vista. E, como Julia duvidava que fosse por causa do seu perfume, só podia ser devido ao trabalho que fora fazer ali. Talvez Travers tivesse imaginado que uma mensagem anônima e enigmática a mandaria correndo de volta para Connecticut. Se fosse isso, pensou enquanto bebia o vinho, a governanta teria uma grande decepção.

Havia também Nina. Eficiente e chique. Por que uma mulher daquelas se contentaria em subjugar sua vida aos caprichos de outra? As informações que conseguira levantar sobre ela eram poucas. Vivendo há quinze anos no universo de Eve, ela era solteira e não tinha filhos. Durante o jantar, conseguira discretamente manter a paz. Será que ela estava preocupada com o fato de que a publicação da biografia de Eve poria um fim à paz, de maneira irrevogável?

Enquanto pensava sobre Nina, Julia a viu se aproximar com passos rápidos, carregando uma enorme caixa de papelão.

Abriu a porta da cozinha.

— Entrega especial?

Com uma risada ofegante, Nina passou a caixa pela porta.

— Eu disse a você que eu era um burro de carga. — Soltando um leve gemido, Nina colocou a caixa sobre a mesa da cozinha. — Eve me pediu para juntar essas coisas para você. Fotos, recortes de jornal, imagens publicitárias. Ela achou que isso poderia ajudar.

Imediatamente curiosa, Julia abriu a tampa.

— Ah, que bom! — Deliciada, ergueu uma antiga foto publicitária de Eve... ardente e estonteante, abraçada a um incrivelmente belo Michael Torrent. Começou a vasculhar o conteúdo da caixa.

Para crédito de Nina, ela se retraiu de maneira quase imperceptível quando Julia começou a destruir sua cuidadosa organização.

— Isto é maravilhoso — disse Julia, pegando uma foto simples, um pouco desbotada e ligeiramente comida nas pontas. Seu coração feminino teve um espasmo de entusiasmo: — Ai, meu Deus, é o Clark Gable!

— Isso mesmo, a foto foi tirada aqui, ao lado da piscina, durante uma das festas da Eve. Isso foi pouco antes de eles filmarem *The Misfits*. Ele morreu logo depois.

— Diga a ela que isso não só irá ajudar no livro, como vai me dar um enorme prazer. Estou me sentindo como uma criança numa fábrica de chocolate.

— Então vou deixá-la se divertindo.

— Espere. — Julia forçou-se a largar a caixa de lembranças antes que Nina abrisse a porta. — Você tem alguns minutos?

Por questão de hábito, Nina checou a hora.

— Claro. Quer dar uma olhada nas fotos comigo?

— Na verdade, não. Gostaria de entrevistá-la. Prometo não demorar — acrescentou Julia rapidamente ao ver a expressão de dúvida no rosto de Nina. — Sei que você é muito ocupada, e não quero atrapalhá-la durante o trabalho. — Sorriu, satisfeita consigo mesma. Uma grande inspiração virar o jogo de modo a parecer que estava sendo inconveniente. — Vou pegar meu gravador. Por favor, sirva-se de um cálice de vinho. — Saiu às pressas, sabendo que não dera a Nina a chance de concordar ou recusar.

Ao voltar, Nina já se servira e completara o cálice dela. Ela sorriu, uma bela mulher acostumada a ajustar seus horários de acordo com os outros.

— Eve me pediu para cooperar, mas, para falar a verdade, Julia, não consigo pensar em nada que possa interessá-la.

— Deixe isso comigo. — Julia abriu o caderno e ligou o gravador. Reconhecia um entrevistado relutante. Isso só significava que precisaria cavar com mais cuidado. Mantendo um tom de voz tranquilo, disse: — Nina, você deveria saber que as pessoas ficam fascinadas só de ouvirem sobre a rotina diária de Eve Benedict. O que ela gosta de comer no café da manhã, que tipo de música prefere, se ela belisca na frente da televisão à noite. Só que tudo isso eu posso descobrir sozinha, e não quero tomar o seu tempo com coisas triviais.

Nina manteve o sorriso cordial.

— Como eu falei, Eve me pediu para cooperar.

— Fico muito grata. O que eu gostaria de você é que me desse sua opinião a respeito dela como pessoa. Como alguém que trabalha lado a lado com ela há quinze anos, você provavelmente a conhece melhor do que ninguém.

— Gosto de pensar que desenvolvemos uma amizade que vai além do relacionamento profissional.

— É difícil trabalhar e conviver na mesma casa que alguém que, segundo suas próprias palavras, é uma pessoa exigente?

— Nunca achei difícil. — Nina inclinou a cabeça e tomou um gole do vinho. — Desafiador, sem dúvida. No decorrer dos anos, Eve me apresentou muitos desafios.

— Qual deles você diria que foi o mais memorável?

— Ah, essa é fácil. — Nina riu. — Há cerca de cinco anos, durante as filmagens de *Heat Wave*, ela decidiu dar uma festa. Isso pode não soar incomum. Eve adora uma festa. Só que ela estava tão encantada com as locações, em Nassau, que insistiu para que a festa fosse armada numa ilha... e dali a duas semanas. — A lembrança fez com que substituísse o sorriso cordial por outro genuíno. — Já tentou alugar uma ilha inteira no Caribe, Julia?

— Não posso dizer que sim.

— Tem suas complicações... principalmente se você quiser quaisquer das comodidades modernas, como abrigo, eletricidade, água encanada. Consegui descobrir um lugarzinho muito charmoso a cerca de 55 quilômetros da costa de St. Thomas. Tivemos de levar geradores, para o caso de uma tempestade tropical. Isso sem falar, claro, de todo o resto: as comidas, as bebidas, as porcelanas, a prataria, a diversão. Além das mesas e cadeiras. Do gelo. — Ela fechou os olhos. — Infinitas montanhas de gelo.

— Como você fez?

Nina abriu os olhos novamente.

— Levei tudo de avião ou de barco, o que me custou um esforço sobre-humano. Passei três dias no lugar lidando com marceneiros... Eve queria montar duas cabanas. Com jardineiros... ela queria um ambiente mais exuberante, mais tropical. E com alguns cozinheiros bem mal-humorados. Foi... digamos assim, uma de suas ideias mais interessantes.

Fascinada, Julia apoiou o queixo na mão enquanto tentava visualizar todo o cenário em sua mente.

— E então, como foi a festa?

— Um estrondoso sucesso. Havia rum suficiente para encher um navio de guerra, música nativa... e Eve, parecendo a própria rainha da ilha num sarongue de seda azul.

— Me fale uma coisa: como alguém descobre como alugar uma ilha?

—Tentativa e erro. Com Eve, a gente nunca sabe o que esperar, portanto você se prepara para qualquer situação. Já fiz cursos sobre direito, contabilidade, decoração, mercado imobiliário e dança de salão... entre outros.

— Com todos esses cursos, você nunca se sentiu tentada a seguir outra carreira?

— Não. — Não houve a menor hesitação. — Eu nunca deixaria Eve.

— Como você começou a trabalhar com ela?

Nina baixou os olhos para o vinho. Num gesto lento, passou o dedo pela borda do cálice.

— Sei que pode soar melodramático, mas Eve salvou a minha vida.

— Literalmente?

— Literalmente. — Ela girou os ombros como se quisesse espantar qualquer resquício de dúvida quanto a continuar. — Poucas pessoas conhecem o meu passado. Eu preferiria manter isso assim, mas sei que Eve está determinada a contar toda a história. Imagino que seja melhor eu mesma te contar.

— Geralmente é.

— Minha mãe era uma mulher fraca que pulava de um homem para o outro. Nós tínhamos pouco dinheiro e vivíamos em quartinhos alugados.

— Seu pai?

— Ele nos deixou. Eu era muito pequena quando ela se casou de novo. Um caminhoneiro que passava tanto tempo longe de casa quanto dentro dela. Isso acabou sendo uma bênção. — A dor em sua voz era profunda. Nina começou a abrir e fechar os dedos em torno da haste do cálice, observando o vinho como se ele guardasse algum segredo. — As coisas melhoraram um pouco financeiramente e tudo ficou bem... por um tempo... até eu deixar de ser tão jovem. — Com esforço, ela ergueu os olhos. — Eu tinha 13 anos quando ele me estuprou.

— Ah, Nina. — Julia sentiu uma dor fria, do tipo que uma mulher sente ao ouvir falar de estupro. — Sinto muito. — De forma instintiva, esticou o braço para pegar a mão de Nina. — Sinto muito, mesmo.

— Comecei a fugir depois disso — continuou Nina, aparentemente encontrando conforto no aperto firme dos dedos de Julia. — Nas duas primeiras vezes, voltei por conta própria. — Sorriu com tristeza. — Eu não tinha para onde ir. Nas outras, eles me trouxeram de volta.

— E sua mãe?

— Não acreditou em mim. Não quis acreditar em mim. Não lhe convinha imaginar que estava competindo com a própria filha.

— Isso é monstruoso.

— A realidade geralmente é. Os detalhes não são importantes — prosseguiu. — Finalmente, consegui fugir de vez. Menti sobre a minha idade, arrumei um emprego como garçonete e dei o melhor de mim até me tornar gerente. — Ela começou a falar mais rápido, como se o pior ainda estivesse por vir e precisasse começar logo com o restante do relato: — Minhas experiências anteriores me ajudaram a manter a concentração no trabalho. Eu não saía com ninguém, nem permitia nenhuma distração. Até que cometi um engano. Me apaixonei. Eu estava com quase 30 anos, e o sentimento me passou uma rasteira.

Algo brilhou em seus olhos — lágrimas ou velhas lembranças —, mas foi rapidamente obscurecido por suas pestanas quando ela levou o cálice aos lábios.

— Ele era maravilhoso comigo, generoso, atencioso, gentil. Queria casar, mas deixei que meu passado arruinasse isso. Certa noite, zangado por eu não assumir o compromisso, ele saiu do meu apartamento. E morreu num acidente de carro.

Nina puxou a mão que Julia segurava.

— Eu me desesperei. Tentei me suicidar. Foi quando conheci Eve. Ela estava fazendo uma pesquisa para seu papel de esposa suicida em *Darkest at Dawn*. Minha tentativa de suicídio tinha sido um fracasso, eu não engolira pílulas suficientes, e estava no hospital sob observação. Eve conversou comigo, me escutou. No começo, podia ser apenas o interesse de uma atriz num tipo de personagem, mas ela voltou. Sempre me perguntei o que ela viu em mim que a fez voltar. Ela perguntou se eu pretendia desperdiçar minha vida com arrependimentos, ou se eu preferia usá-los em benefício próprio. Eu gritei com ela, a xinguei. Eve deixou seu telefone e me disse para ligar caso eu decidisse fazer algo proveitoso com a minha vida. Em seguida, foi embora, daquele jeito vá-se-danar dela. No fim, acabei ligando. Ela me deu um lar, um trabalho, uma vida. — Nina tomou o restante do vinho. — E é por isso que estou disposta a alugar ilhas ou qualquer outra coisa que ela me peça.

♦♦♦♦

Horas mais tarde, Julia continuava acordada. A história de Nina fervilhava em sua mente. Eve Benedict era uma pessoa muito mais complexa do que sua figura pública dava a entender. Quantas pessoas se comoveriam com a tragédia de uma estranha e buscariam uma forma de ajudá-la? Não só com dinheiro. O que é sempre uma coisa fácil para quem tem. Tampouco com discursos. Palavras não custam nada. Mas abrindo o que temos de mais íntimo, o coração.

A ambição de Julia com relação ao livro começou a tomar um caminho diferente. Não era mais uma história que desejava contar, e sim uma que precisava contar.

Enquanto seus planos a longo prazo começavam a tomar forma, pensou no papel em seu bolso. Estava mais preocupada agora que Brandon lhe dissera que havia encontrado o envelope na soleira da porta da frente. Correu os dedos pelo papel, mas os puxou novamente antes que cedesse à tentação de reler a mensagem. Melhor esquecer, disse a si mesma.

A noite esfriava pouco a pouco. Uma brisa com cheiro de rosas fez as folhas farfalharem. A fêmea do pavão gritou ao longe. Mesmo tendo reconhecido o som, ele lhe provocou um calafrio. Precisou lembrar-se de que o único perigo que teria de encarar seria o de ficar acostumada demais ao luxo.

Havia pouca chance de isso acontecer, ponderou, curvando-se para pegar uma de suas sandálias. Não se considerava o tipo de mulher que se sentiria confortável com peles e diamantes. Algumas nasciam para usá-los — jogou a sandália de couro na direção do armário —, outras, não.

Ao pensar na frequência com que colocava os brincos nos lugares errados, ou deixava uma jaqueta amarfanhada no porta-malas do carro, reconheceu que estava muito melhor com roupas simples e bijuterias de strass.

Além disso, sentia saudades de casa. Da simplicidade, da rotina básica de arrumar as próprias coisas, guardar os próprios sapatos. Escrever sobre os ricos e famosos era uma coisa. Viver como eles, outra bem diferente.

Julia meteu a cabeça para dentro do quarto de Brandon e deu uma espiada. Ele estava deitado de barriga para baixo, com o rosto amassado no travesseiro. Seu último projeto de construção estava bem arrumadinho no centro do quarto. Todos os carrinhos em miniatura encontravam-se alinhados num bem-orquestrado engarrafamento sobre a escrivaninha. Para Brandon, cada coisa tinha o seu lugar. Aquele quarto, que devia ter sido usado por gente famosa e poderosa, agora pertencia totalmente ao seu menino. Tinha o cheiro dele — um misto de lápis de cera e aquele estranhamente doce e selvagem aroma de suor infantil.

Recostando-se no umbral da porta, Julia sorriu para o filho. Sabia que se o levasse para o Ritz ou o soltasse numa caverna, em um dia Brandon estaria feliz e contente com seu próprio espaço organizado. Imaginou de quem ele teria puxado aquela confiança, aquela habilidade de transformar qualquer lugar em um ninho.

Não dela, pensou. Tampouco do homem que o concebera juntamente com ela. Era nessas horas que imaginava de quem seria o sangue que corria em suas veias e que havia sido passado para seu filho. Não sabia nada sobre seus pais biológicos, e nunca quisera saber — exceto durante as madrugadas em que se via sozinha, olhando para Brandon... e imaginando.

Deixou a porta do quarto aberta, um velho hábito do qual nunca conseguira se livrar. Mesmo enquanto seguia para o próprio quarto, sabia que estava agitada demais para tentar dormir ou trabalhar. Após vestir uma calça de malha, desceu a escada e saiu em direção à noite.

A lua brilhava no céu, derramando-se em longos fachos prateados. Reinava o silêncio, aquela quietude estranha que ela aprendera a valorizar após os anos passados em Manhattan. Julia podia escutar o ar passando por entre as árvores, o fluido ir e vir da música dos insetos. Qualquer que fosse a qualidade do ar em Los Angeles, ali a respiração parecia embebida de flores e partículas lunares.

Passou pela mesa onde estivera sentada à tarde, trocando farpas com Paul Winthrop. Era estranho, pensou agora, que aquela tivesse sido a conversa mais longa que tivera com um homem em mais tempo do que conseguia se lembrar. Ainda assim, não achava que eles se conhecessem melhor do que se conheciam antes.

Fazia parte do seu trabalho descobrir mais sobre ele — já que isso dizia respeito a Eve. Tinha certeza de que ele era o menino sobre o qual ela falara com Brandon. O garoto que gostava de *petit fours*. No entanto, tinha dificuldade em imaginá-lo como uma criança ansiosa por uma guloseima.

Que tipo de figura materna Eve Benedict teria sido? Julia contraiu os lábios enquanto pensava. Esse era o ângulo que precisava explorar. Será que ela havia sido indulgente, negligente, devotada ou distante? Afinal, ela jamais gerara um filho. Como será que tinha reagido aos poucos enteados que haviam entrado e saído de sua vida? E que lembrança teriam eles dela?

E quanto ao sobrinho, Drake Morrison? Eles eram ligados por laços de sangue. Seria interessante conversar com ele sobre a tia, e não a cliente.

Só depois de começar a escutar vozes foi que percebeu que havia penetrado os recônditos do jardim. Reconheceu imediatamente o tom sedoso da voz de Eve e, ao mesmo tempo, uma leve diferença nele. Parecia mais suave, mais gentil, com aquela riqueza que a voz de uma mulher ganha ao falar com um amante.

A outra voz era tão singular quanto uma impressão digital. O tom grave e rouco soava como se as cordas vocais tivessem sido esfregadas com uma lixa.

Victor Flannigan — o lendário protagonista das décadas de 1940 e 1950, o belo e perigoso galã romântico da de 1960 e parte da de 1970. Agora, embora seu cabelo estivesse grisalho e o rosto profundamente marcado, ele ainda garantia estilo e sensualidade aos seus papéis. Além disso, Victor era considerado por muitos como um dos melhores atores do mundo.

Fizera uns três filmes com Eve, obras brilhantes e ardentes que provocaram muitos rumores sobre o fogo que havia entre eles fora das telas. Victor Flannigan, porém, era casado com uma católica fervorosa. Ainda pipocavam rumores sobre ele e Eve de vez em quando, embora nenhum dos dois alimentasse as chamas com comentários.

Julia escutou o som da risada de ambos e percebeu que estava ouvindo dois amantes.

Seu primeiro impulso foi dar meia-volta e retornar para a casa de hóspedes. Podia ser uma jornalista, mas não podia se intrometer num momento tão claramente particular. As vozes estavam se aproximando. De forma instintiva, retrocedeu um pouco e se escondeu nas sombras para deixá-los passar.

— Você já me viu fazer alguma coisa de forma impensada? — perguntou Eve a Victor. Estava de braços dados com ele e com a cabeça apoiada em seu ombro largo. De seu esconderijo, Julia notou que jamais a vira tão linda, nem tão feliz.

— Já. — Ele parou e tomou o rosto de Eve entre as mãos. Era apenas alguns centímetros mais alto do que ela, mas com a compleição de um touro, uma parede sólida de corpo e músculos. O cabelo grisalho parecia uma juba prateada sob o luar. — Imagino que eu seja o único que pode dizer isso e continuar vivo.

— Vic, meu querido Vic. — Eve olhou fixamente para o rosto que conhecia e amava havia mais de trinta anos. Enquanto o fitava, percebendo a idade e lembrando-se da juventude, sentiu as lágrimas formarem um nó em sua garganta. — Não se preocupe comigo. Tenho minhas razões para querer esse livro. Quando ele estiver terminado... — Envolveu o pulso dele com os dedos, precisando terrivelmente sentir sua pulsação forte e vital. — Vamos nos enroscar na frente da lareira e ler um para o outro.

— Por que trazer tudo de volta, Eve?

— Porque chegou a hora. Nem tudo foi ruim. Na verdade... — Ela riu e pressionou o rosto contra o dele — ... e desde que tomei essa decisão, tenho pensado, lembrado, reavaliado. Percebi o grande prazer que existe em viver, pura e simplesmente.

Ele segurou-lhe as mãos e levou-as aos lábios.

— Ninguém nunca me proporcionou mais coisas na vida do que você. Sempre desejei...

— Não. — Ela o interrompeu, fazendo que não. Julia viu o brilho das lágrimas nos olhos de Eve. — Não deseje. Tivemos o que pudemos ter. Eu não mudaria nada.

— Nem mesmo as brigas provocadas pelo álcool?

Ela riu.

— Nem mesmo isso. Na verdade, às vezes fico irritada por você ter deixado Betty Ford influenciá-lo a parar. Você era o bêbado mais sexy que eu já vi.

— Lembra da vez em que eu roubei o carro do Gene Kelly?

— Foi do Spencer Tracy, que Deus o tenha!

— Ah, bem, somos todos irlandeses. Nós dois fomos de carro até Vegas e de lá ligamos para ele.

— Não podemos esquecer do que ele nos chamou. — Eve se aproximou um pouco mais, absorvendo os aromas que o definiam: tabaco, menta e a loção pós-barba de pinho que ele usava havia décadas. — Foram bons momentos, Victor.

— Foram mesmo. — Ele se afastou e analisou o rosto dela, achando-o fascinante, como sempre. Será que era o único, pensou, que conhecia suas fraquezas, os pontos vulneráveis que ela escondia do mundo faminto? — Não quero que você se machuque, Eve. O que você está fazendo irá deixar muita gente... gente desprezível... bem chateada.

Percebeu o brilho em seus olhos quando ela sorriu.

— Você é o único que já me chamou de garota velha e turrona e conseguiu escapar ileso. Esqueceu?

— Não. — A voz dele ficou mais rouca. — Você é a minha garota velha e turrona.

— Confie em mim.

— Em você eu confio. Mas confiar nessa escritora é muito diferente.

— Você gostaria dela. — Eve se aconchegou a ele e fechou os olhos. — Ela exala classe e integridade. É a escolha certa, Vic. Ela é forte o suficiente para terminar o que começa, e orgulhosa o bastante para fazer um bom trabalho. Acredito que vou gostar de ver a minha vida pelos olhos dela.

Ele correu a mão pelas costas de Eve e sentiu a chama acender. O desejo por ela jamais envelhecera ou enfraquecera.

— Eu a conheço o suficiente para não perder meu tempo tentando dissuadi-la de algo que você já decidiu. Só Deus sabe o quanto eu tentei fazer isso antes do seu casamento com Rory Winthrop.

A risada de Eve foi suave, sedutora, assim como os dedos que acariciaram a nuca dele.

— E você ainda fica com ciúmes por eu ter tentado me convencer de que podia amá-lo do jeito que eu amo você.

Ele sentiu a fisgada, mas apenas uma parcela era devido ao ciúme.

— Eu não tinha o direito de tentar impedi-la, Eve. Nem na época nem agora.

— Você nunca me impediu de fazer nada. — Ela agarrou o que sempre desejara, mas que nunca pudera ter completamente. — É por isso que você é o único que importa, sempre foi.

Victor a beijou como já fizera milhares de vezes, de forma possessiva, apaixonada e silenciosamente desesperada.

— Meu Deus, eu amo você, Eve. — Ele riu ao sentir que ficara muito excitado. — Há 10 anos, eu a possuiria aqui e agora. Hoje em dia, preciso de uma cama.

— Então, venha para a minha. — De mãos dadas, eles se afastaram.

Julia continuou em seu esconderijo por um longo tempo. Não se sentia constrangida, nem excitada por ter descoberto um segredo. Seu rosto estava molhado de lágrimas, do tipo que afloravam quando escutava uma música particularmente comovente ou assistia a um belo pôr do sol.

Havia amor ali. Duradouro, gratificante, generoso. Julia notou também que, além da emoção, o que sentia era inveja. Não havia ninguém para passear com ela num jardim enluarado. Ninguém que fizesse sua voz adquirir aquele tom almiscarado. Ninguém.

Sozinha, voltou para a casa de hóspedes, a fim de passar uma noite insone numa cama vazia.

Capítulo Cinco
♦ ♦ ♦ ♦

O RESERVADO NUM dos cantos do Denny's estava longe de ser um bom lugar para tomar o café da manhã, mas pelo menos Drake tinha certeza de que não daria de cara com ninguém que conhecia. Ninguém importante. Juntamente com a segunda xícara de café, pediu uma porção de panquecas com ovos e presunto. Sempre comia quando ficava nervoso.

Delrickio estava atrasado.

Drake adicionou três saquinhos de açúcar no café e verificou a hora em seu Rolex pela terceira vez em cinco minutos. Tentou não começar a suar.

Se tivesse ousado se arriscar a levantar da mesa, teria ido até o toalete para dar uma olhada no cabelo. Passou a mão com cuidado pela cabeça para se certificar de que nenhum fio estava fora do lugar. Em seguida, correu os dedos pelo nó da gravata de seda e viu que ela continuava firme. Ainda agitado, alisou as mangas de seu paletó Uomo. As abotoaduras de ouro brilhavam em contraste com a camisa de linho em tom marfim com monograma no bolso.

Imagem era tudo. Para aquele encontro com Delrickio precisava parecer tranquilo, confiante, controlado. Por dentro, sentia-se como um menininho de pernas bambas sendo conduzido para o castigo.

Por mais que tivesse apanhado muito, isso não era nada se comparado ao que aconteceria com ele caso não conseguisse chegar a um acordo na reunião. Pelo menos sabia que após apanhar da mãe continuaria vivo.

O lema dela era: quem poupa o cinto estraga a criança, e ela brandira o cinto com um brilho de fervor religioso nos olhos.

O lema de Delrickio tinha mais a ver com algo como: negócio é negócio, e ele amputaria partes vitais do corpo de Drake com a mesma displicência de um homem cortando as unhas.

Drake verificava o relógio pela quarta vez quando Delrickio chegou.

— Você toma café demais. — Ele sorriu enquanto puxava a cadeira para se sentar. — Isso faz mal à saúde.

Michael Delrickio tinha quase 60 anos e levava seu colesterol tão a sério quanto o negócio que herdara do pai. Como resultado, era um homem rico e robusto. A face azeitonada recebia tratamentos toda semana e contrastava dramaticamente com o cabelo grisalho e o bigode abundante. As mãos eram macias, com dedos compridos de violinista. A única joia que usava era uma aliança de ouro. Ele tinha um rosto fino e agradável, com apenas umas poucas rugas, e olhos de um castanho forte e profundo, que podiam sorrir de forma indulgente para os netos, chorar de emoção por causa de uma ópera ou ficar sem nenhuma expressão ao ordenar a morte de alguém.

Os negócios raramente mexiam com as emoções de Delrickio.

Ele gostava de Drake, quase como um tio, embora o considerasse um idiota. Por causa dessa afeição é que concordara em se encontrar com ele pessoalmente, em vez de mandar alguém menos atencioso dar um trato naquele belo rosto.

Delrickio fez sinal para a garçonete. O restaurante estava cheio, barulhento devido ao choramingo das crianças e ao tilintar dos talheres, mas ele conseguiu ser atendido imediatamente. O poder lhe caía tão bem quanto seu terno italiano.

— Um suco de toranja — pediu, com seu leve sotaque de Boston. — Uma tigela de bolinhas de melão, bem geladas, e uma torrada de pão integral. Pois então — começou, quando a garçonete se afastou. — Você está bem?

— Estou. — Drake sentiu as axilas úmidas. — E você?

— Saudável como um touro. — Delrickio se recostou na cadeira e deu um tapinha na barriga lisa. — Minha Maria ainda faz o melhor linguini do estado, mas reduzi minhas porções. Como apenas uma salada no almoço e malho três vezes por semana. Meu colesterol está em 170.

— Isso é ótimo, sr. Delrickio.

— Só temos um corpo.

Drake não queria ver o seu próprio corpo destrinchado como um peru.

— E sua família, como vai?

— Maravilhosa. — Sempre o pai coruja, ele sorriu. — Angelina me deu mais um neto na semana passada. Agora tenho 14 netos. — Seus olhos se enevoaram. — Isso é o que torna um homem imortal. E você, Drake, devia estar casado com uma bela moça, planejando filhos. Isso colocaria sua vida nos eixos. — Inclinou-se para a frente, como um pai zeloso e preocupado prestes a dar um sábio conselho. — Uma coisa é trepar com belas mulheres. No fim das contas, um homem precisa ser um homem. Mas a família, não tem nada que a substitua.

Drake conseguiu abrir um sorriso enquanto levantava sua xícara.

— Ainda estou procurando.

— Quando parar de pensar com seu pau e começar a pensar com o coração, você irá encontrar. — Soltou um suspiro enquanto a refeição era servida e ergueu uma sobrancelha ao calcular a quantidade de calorias do prato de Drake. — Então... — Quase se encolhendo ao ver a calda que Drake derramou sobre as panquecas, Delrickio pescou delicadamente uma das bolinhas de melão. — Está preparado para pagar sua dívida?

Drake quase engasgou com o pedaço de presunto. Enquanto lutava para engoli-lo, sentiu uma linha fina de suor escorrer pelo lado do corpo.

— Como você sabe, tive uma maré de azar. No momento, estou com um pequeno problema financeiro, mas temporário. — Mergulhou as panquecas em mais calda enquanto Delrickio comia solenemente sua fruta. — Posso lhe dar dez por cento, como sinal de boa-fé.

— Dez por cento. — Com a boca contraída, Delrickio espalhou um pouco de geleia de morango sobre a torrada. — E os outros 90 mil?

Noventa mil. As duas palavras retumbaram como marteladas no cérebro de Drake.

— Assim que as coisas melhorarem para mim. Tudo o que eu preciso é de um lance de sorte.

Delrickio limpou os lábios com o guardanapo.

— Foi o que você disse antes.

— Eu sei, mas dessa vez...

Delrickio só precisou erguer uma das mãos para interromper as explicações de Drake.

— Eu gosto de você, Drake, portanto vou lhe dizer que apostar é tolice. Para mim, faz parte do meu negócio, mas me preocupa ver você arriscar sua... sua saúde por causa de uma aposta.

—Vou conseguir me recobrar no Super Bowl. — Drake começou a comer rápido, lutando para preencher o buraco deixado pelo medo em suas entranhas. — Só preciso de uma semana.

— E se você perder?

— Não vou. — Sorriu de modo desesperado, sentindo o suor escorrer pelas costas.

Delrickio continuou a comer. Um pedacinho de melão, outro de torrada, um gole do suco. Na mesa ao lado deles, uma mulher ajeitou um bebê numa cadeirinha alta. Delrickio deu uma piscadinha para a criança e, em seguida, voltou para sua rotina — melão, torrada, suco. Drake sentiu os ovos gelarem no estômago.

— Sua tia está bem?

— Eve? — Drake passou a língua pelos lábios. Era um dos poucos que sabia que a tia e Delrickio haviam tido um breve e tórrido caso. No entanto, nunca tivera certeza se isso contava a seu favor. — Ela está bem.

— Ouvi dizer que ela decidiu publicar suas memórias.

— É verdade. — Embora seu estômago protestasse, tomou mais um gole de café. — Isto é, ela contratou uma escritora da Costa Leste para redigir sua biografia autorizada.

— Uma jovem.

— Julia Summers. Ela me parece competente.

— E o que a sua tia pretende tornar público?

Drake sentiu uma leve onda de alívio com a mudança de rumo da conversa. Passou manteiga num pedaço de torrada.

— Quem sabe? Em se tratando de Eve, depende do humor dela no momento.

— Mas você irá descobrir.

O tom fez Drake parar com a faca no ar.

— Ela não conversa comigo sobre esse tipo de coisa.

— Mas você irá descobrir — repetiu Delrickio. — E eu lhe darei uma semana. Um favor em troca do outro. — Sorriu. — É assim que as coisas são entre amigos. E família.

Mergulhar na piscina a fazia se sentir jovem. A noite passada com Victor a fizera brilhar como uma garota novamente. Eve acordara mais tarde que de costume, com uma terrível dor de cabeça. Contudo, os remédios, e agora a água fria e transparente, estavam ajudando a tornar a dor tolerável.

Ela nadava devagar, de forma metódica, sentindo prazer nos movimentos precisos das pernas e dos braços. Não havia nada de tão especial assim em movimentar o corpo, mas aprendera a apreciar o exercício.

Já a noite anterior fora bastante especial, pensou, enquanto trocava para um nado de lado. Com Victor, o sexo era sempre fenomenal. Apaixonado ou gentil, lento ou frenético. Deus era testemunha de que eles haviam feito amor de todas as formas possíveis no correr dos anos.

Uma noite maravilhosa. Eles tinham continuado abraçados após o fogo da paixão ter se extinguido, cochilando como dois velhos cavalos de guerra, e Eve acordara sentindo-o deslizar novamente para dentro dela.

De todos os homens, de todos os amantes, não havia ninguém como Victor. Porque, de todos os homens e de todos os amantes, ele era o único que conseguira capturar verdadeiramente seu coração.

Houvera um tempo, muitos e muitos anos antes, em que esse sentimento a deixara desesperada, a fizera amaldiçoar, xingar e brandir os punhos diante do destino que permitira ser impossível os dois ficarem juntos. Esse tempo havia passado. Agora, por cada momento que passavam juntos, sentia-se grata.

Eve saiu da piscina e tremeu ao sentir o ar frio fustigar a pele molhada. Pegou um comprido roupão atoalhado vermelho. Como se esperasse sua deixa, Travers surgiu com uma bandeja de café e um pote de hidratante.

— Nina já ligou para ela? — perguntou Eve.

Travers bufou. O som foi semelhante ao de uma chaleira liberando vapor.

— Ela está a caminho.

— Ótimo. — Eve pegou o pote e o sacudiu de modo distraído enquanto observava a governanta. — Você não precisa fazer essa cara de reprovação.

— Eu tenho a minha própria opinião.

— E sabe do que se trata — acrescentou Eve, com um sorriso. — Por que você a culpa?

Travers arrumou o café da manhã sobre a brilhante mesa branca.

— É melhor mandá-la de volta e esquecer esse negócio todo. Você está arrumando confusão. Ninguém vai lhe agradecer por isso.

Com dedos experientes, Eve espalhou o creme no rosto.

— Eu preciso dela — disse, com simplicidade. — Não posso fazer isso sozinha.

Travers contraiu os lábios.

— Você sempre fez tudo o que teve vontade, a vida inteira. Mas está errada com relação a isso.

Eve se sentou e enfiou uma framboesa na boca.

— Espero que não. Isso é tudo.

Travers se afastou pisando duro. Ainda sorrindo, Eve colocou os óculos escuros e esperou por Julia. Não precisou esperar muito. Por trás das lentes escuras, observou e avaliou os sapatos confortáveis, a calça de malha de corte reto azul-royal e a blusa listrada que Julia usava ao se aproximar. Um pouco mais relaxada, mas ainda cautelosa, decidiu, baseando-se tanto na linguagem corporal quanto na roupa.

Imaginou quando, se é que isso aconteceria, elas conseguiriam forjar alguma espécie de confiança.

— Espero que não se importe de conversar aqui fora. — Eve apontou para a cadeira acolchoada ao seu lado.

— Não, de jeito nenhum. — Quantos, imaginou Julia, já haviam visto aquele rosto famoso sem uma gota de maquiagem? E quantos saberiam que a beleza estava na compleição e na estrutura óssea, e não nos artifícios? — Para mim, o melhor lugar é onde quer que você se sinta mais relaxada.

— Posso dizer o mesmo. — Eve serviu o suco e levantou uma sobrancelha quando Julia sacudiu a cabeça indicando que não queria o acréscimo de champanhe. — Você nunca relaxa? — perguntou.

— Claro que sim. Mas não quando estou trabalhando.

Pensativa, Eve tomou um gole do drinque e, aprovando-o, tomou mais outro.

— O que você faz? Para relaxar, quero dizer.

Pega de surpresa, Julia gaguejou:

– Bem, eu... eu...

— Peguei você. — Eve soltou uma rápida e sonora gargalhada. — Deixe-me lhe falar sobre você, posso? Você é invejavelmente jovem, e adorável. É uma mãe devotada cujo filho é o centro da sua vida, e está determinada a dar o melhor de si na criação dele. Seu trabalho vem em segundo lugar, embora você se dedique a ele com uma seriedade deliberada. Etiqueta, dignidade e boas maneiras são suas palavras de ordem, especialmente porque debaixo de todo esse controle há uma mulher forte e apaixonada. A ambição é um vício secreto do qual você quase se envergonha. Os homens estão cá embaixo na sua lista de prioridades, menos importantes, eu diria, do que dobrar as meias do Brandon.

Julia precisou de toda a sua força de vontade para manter o rosto sereno. No entanto, não conseguiu esconder o brilho quente que faiscou em seus olhos.

— Você faz com que eu pareça muito chata.

— Admirável — corrigiu-a Eve, pescando outra framboesa. — Embora, às vezes, essas duas coisas sejam sinônimas. Na verdade, eu esperava mexer com você, sacudir esse seu autocontrole.

— Por quê?

— Gostaria de ter certeza de que estou abrindo minha alma para outro ser humano. — Com um dar de ombros, Eve arrancou a ponta de um croissant. — Durante sua pequena discussão com Paul no jantar da outra noite, percebi o vislumbre de um gênio forte. Admiro pessoas geniosas.

— Nem todos podem se dar ao luxo de deixarem o gênio correr solto. — O dela, porém, continuava cintilando em seus olhos. — Eu sou humana, srta. Benedict.

— Eve.

— Eu sou humana, Eve, humana o suficiente para não gostar nem um pouco de ser manipulada. — Julia abriu a pasta para pegar o caderno e o gravador. — Foi você quem o mandou ir conversar comigo ontem?

Eve sorriu.

— Mandei quem?

— Paul Winthrop.

— Não. — A surpresa e o interesse ficaram claramente evidentes, mas Julia lembrou-se de que a mulher era uma atriz. — Paul visitou você?

— Visitou. Ele parece preocupado com o livro, e com a forma como vou escrevê-lo.

— Ele sempre foi muito protetor. — Nos últimos tempos, o apetite de Eve ia e vinha. Ela trocou o restante do café da manhã por um cigarro. — E imagino que esteja intrigado com você.

— Duvido que seja pessoal.

— Pois não duvide. — Eve riu de novo, mas uma ideia começou a fervilhar em sua mente. — Minha querida, a maioria das mulheres fica babando após cinco minutos com ele. Paul é mimado. Com sua aparência, seu charme, e aquele apelo sexual tão latente, é difícil esperar qualquer outra coisa, eu sei — acrescentou, dando uma tragada no cigarro. — Eu me apaixonei pelo pai dele.

— Me fale sobre isso. — Julia aproveitou a deixa e ligou o gravador. — Sobre Rory Winthrop.

— Ah, Rory... o rosto de um anjo caído, a alma de um poeta, o corpo de um deus e a mente de um dobermann perseguindo uma cadela no cio. — Não houve malícia em sua risada, apenas bom humor. — Sempre achei que foi uma pena não ter dado certo. Eu gostava do filho da mãe. O problema do Rory é que toda vez que ele tinha uma ereção, sentia-se obrigado a não desperdiçá-la. Empregadas francesas, cozinheiras irlandesas, atrizes e vagabundas idiotas e sensuais. Se ele ficasse excitado com um simples olhar, achava que era seu dever de homem enfiar o pau em algum buraco. — Ela sorriu, completando o copo com suco e champanhe. — Eu poderia ter tolerado a infidelidade... não havia nada de pessoal naquilo. O erro do Rory foi achar que era necessário mentir.

Eu não podia continuar casada com um homem que me achava idiota o bastante para acreditar em suas desculpas esfarrapadas.

— A infidelidade não a incomodava?

— Não estou dizendo isso. Só que o divórcio é uma forma muito limpa e pouco criativa de punir um homem por ser infiel. Acredito na vingança, Julia. — Saboreou a palavra ao mesmo tempo que saboreava o champanhe. — Se eu gostasse um pouco mais do Rory, e um pouco menos do Paul, bom, digamos apenas que as coisas poderiam ter terminado de forma mais explosiva.

Mais uma vez, Julia compreendeu e concordou. Ela própria se preocupara demais com uma criança para destruir o pai.

— Embora o seu relacionamento com Rory tenha terminado há muitos anos, você ainda mantém uma estreita relação com o filho dele.

— Eu amo o Paul. Ele é o mais perto que eu já tive de um filho. — Ela brandiu uma das mãos como se descartasse o sentimento e acendeu outro cigarro, imediatamente após apagar o primeiro. Fora muito difícil dizer aquilo. — Não sou uma figura materna padrão — continuou, com um sorriso fraco. — Mas ele despertou meu lado mãe. Eu tinha pouco mais de 40 anos, estava naquela idade em que uma mulher sabe que seu relógio biológico não lhe dará muito mais tempo para tomar essa decisão. E lá estava aquela criança esperta, linda... com a mesma idade do seu Brandon agora. — Tomou outro gole do drinque, dando a si mesma tempo para controlar as emoções. — Paul foi minha única oportunidade de dar vazão ao meu lado mãe.

— E a mãe dele?

— Marion Heart? Uma belíssima atriz... um pouco esnobe no que dizia respeito a Hollywood. Afinal de contas, ela fazia *teatro*. Ela e Rory faziam com que o filho ficasse para lá e para cá entre Nova York e Los Angeles. Marion sentia uma afeição displicente pelo Paul, como se ele fosse um animalzinho de estimação que ela comprara por impulso e que agora precisava alimentar.

— Que coisa horrível!

Foi a primeira vez que Eve escutou uma emoção genuína na voz de Julia, um sentimento que combinava com o brilho em seus olhos.

— Muitas mulheres vivem a mesma situação. Você não acredita em mim — acrescentou — por causa do Brandon. Mas eu juro, nem todas as mulheres nasceram para ser mães. Não havia abuso. Nem Marion nem Rory jamais sonhariam em machucar o garoto. Também não havia negligência. Apenas uma espécie de afável desinteresse.

— Isso devia machucá-lo — murmurou Julia.

— Não sentimos falta do que não conhecemos. — Eve notou que Julia parara de fazer anotações e estava escutando, apenas escutando. — Quando conheci Paul, ele era um menino inteligente e autossuficiente. Eu não podia chegar e tentar bancar a mãe zelosa... mesmo que soubesse como fazer isso. Mas eu podia prestar atenção e aproveitar a oportunidade. Na verdade, muitas vezes acho que me casei com Rory porque caí de quatro pelo filho dele.

Ela se recostou na cadeira, deleitando-se com aquela lembrança em particular.

— Claro que eu já conhecia Rory há algum tempo. Nós frequentávamos os mesmos círculos. Havia uma atração, uma fagulha, mas até então o momento nunca fora propício. Sempre que eu estava livre, ele estava envolvido com alguém, e vice-versa. Até que fizemos um filme juntos.

— *Fancy Face*.

— Isso mesmo, uma comédia romântica. Muito boa por sinal. Foi uma das minhas melhores experiências. Um roteiro afiado e inteligente, um diretor criativo, um figurino elegante e um coadjuvante que sabia fazer a química funcionar. Duas semanas de filmagem e a química já estava funcionando fora das telas também.

♦♦♦♦

Um pouco bêbada e muito impulsiva, Eve entrou na casa de praia de Rory, em Malibu. As filmagens tinham terminado tarde, e depois eles haviam se escondido num restaurante escuro, tomando cerveja e devorando comidas gordurosas. Rory enfiara uma moeda depois da outra na jukebox, de modo que as risadas e alfinetadas sexuais foram acompanhadas pelos Beach Boys.

O movimento *Flower Power* dos hippies estava começando a ganhar adeptos na Califórnia. A maior parte dos outros frequentadores era composta por adolescentes e alunos de faculdade com cabelos que escorriam pelas costas e camisetas em estilo *tie-dye*.

Uma jovem, chapada de maconha, enfiou um colar de miçangas pela cabeça de Rory quando ele inseriu dois dólares em moedas na jukebox.

Eles eram astros consagrados, mas passaram despercebidos. Os garotos que frequentavam o restaurante não gastavam seu dinheiro para assistir filmes estrelados por Eve Benedict e Rory Winthrop. Eles o gastavam com shows, drogas e incensos. Woodstock estava apenas a três anos e um continente de distância.

Eve e Rory não se preocupavam muito com o Vietnã nem com música de cítara.

Eles haviam deixado o restaurante e partido para Malibu com a capota do Mercedes de Rory abaixada, embriagados de cerveja e expectativa. Eve escolhera a noite com cuidado. Não haveria filmagem no dia seguinte, portanto ela não precisava se preocupar com a possibilidade de acordar com os olhos inchados. Por mais que desejasse uma noite de sexo, era, antes de mais nada, uma atriz.

Decidira tomar Rory como amante de forma consciente. Havia lacunas em sua vida, lacunas que tinha certeza de que jamais seriam preenchidas novamente. No entanto, podia tentar cobri-las, ainda que por um breve período.

Com o cabelo desgrenhado pelo vento e os sapatos deixados para trás no chão do carro, Eve deu uma rápida volta pela sala de estar. Teto alto com revestimento de lambris, paredes de vidro e o som das ondas. Aqui, pensou, sentando no tapete em frente à enorme lareira de pedra. Aqui e agora.

Sorriu para ele. Rory parecia fantástico à luz das velas que se apressara em acender. Pele bronzeada, cabelos cor de mogno e olhos azul-safira. Apesar de já ter experimentado o beijo de Rory, isso ocorrera em meio a uma multidão de técnicos. Queria o beijo — e ele — sem roteiro nem diretor.

Eve desejava um sexo selvagem e perigoso, a fim de ajudá-la a esquecer por algumas horas o que teria de encarar pelo resto da vida

Ele se ajoelhou ao seu lado.

— Sabe há quanto tempo eu desejo você?

Não havia poder maior do que o de uma mulher prestes a se entregar para um homem, Eve sabia.

— Não.

— Há quanto tempo a gente se conhece?

— Uns cinco, seis anos.

— Esse tempo todo. — Ele abaixou a cabeça para dar uma mordiscada no lábio dela. — O problema é que tenho passado tempo demais em Londres, quando eu devia estar aqui, fazendo amor com você.

Isso era parte do charme dele, fazer uma mulher acreditar que era a única na qual ele pensava. Na verdade, qualquer que fosse a mulher com quem ele estivesse no momento, a fantasia era bem real.

Eve acariciou seu rosto, fascinada com as linhas, curvas e planos que formavam uma beleza masculina tão desconcertante. Fisicamente, Rory Winthrop era perfeito. E pelo menos naquela noite ele era dela.

— Então me possua agora. — Ela acompanhou o convite com uma risada rouca, enquanto puxava a camisa dele por cima da cabeça. À luz das velas, seus olhos faiscaram, famintos e cheios de promessas.

Rory sentiu que ela desejava não uma dança, mas uma corrida. Embora ele talvez tivesse preferido um pouco mais de romance e expectativa na primeira vez, estava sempre disposto a agradar uma mulher. Isso também era parte do seu charme — e da sua fraqueza.

Arrancou a roupa dela, deliciado, arrebatado pelo modo como as unhas de Eve deixavam leves arranhões em suas costas. O corpo de uma mulher sempre o excitava, quer fosse esguio ou cheio, jovem ou maduro. Rory se banqueteou com o corpo de Eve, mergulhando em suas curvas exuberantes, deixando-se seduzir pelos aromas e texturas, e gemeu quando ela lhe rasgou a calça e o encontrou já pronto.

Não foi rápido o suficiente. Ela ainda conseguia pensar. Ainda podia escutar o bater das ondas na areia, o martelar de seu próprio coração, sua própria respiração ofegante. Queria o vazio provocado pelo sexo, aquele vácuo onde não há nada, apenas prazer. Desesperada, rolou sobre ele, o corpo ágil e perigoso como um chicote. Ele precisava fazê-la esquecer. Não queria se lembrar da sensação de outras mãos percorrendo seu corpo, o gosto de outra boca, o cheiro de outra pele.

Precisava escapar em prol da própria sobrevivência, e prometera a si mesma que Rory lhe proporcionaria esse escape.

A chama da vela brilhou em sua pele quando ela arqueou o corpo sobre ele. Seu cabelo escorria-lhe pelas costas numa cascata de ébano. Ao tomá-lo dentro de si, soltou um grito, uma simples súplica. E o cavalgou com força, até finalmente encontrar a libertação no esquecimento.

Exaurida e sem forças, escorregou para o lado dele. O coração de Rory martelava de encontro ao dela, e Eve sorriu, agradecida. Se pudesse se dar para ele, encontrar prazer e paixão com aquele homem, poderia se curar e se sentir inteira novamente.

— Você ainda está viva? — murmurou Rory.

— Acho que sim.

— Que bom. — Ele encontrou energia para correr as mãos pelas costas de Eve e apertar de leve sua bunda. — Essa foi uma cavalgada e tanto, Evie.

Ela sorriu. Ninguém jamais lhe chamara de Evie, mas ela decidiu que gostava da forma como o apelido soava naquela voz grave e impostada. Erguendo a cabeça, olhou para ele. Rory estava com os olhos fechados e ostentava um sorriso bobo de pura satisfação. Isso a fez rir, e ela o beijou, grata mais uma vez.

— Quer tentar uma segunda rodada?

Os olhos dele abriram devagar. Eve viu desejo e afeição refletidos neles. Até aquele momento, não percebera o quanto desejava essas duas coisas. Entregue-se a mim, apenas a mim, pensou, e eu farei o máximo para me entregar a você.

— Vou lhe fazer uma proposta. Tenho uma cama bela e enorme lá em cima, além de uma bela e enorme banheira do lado de fora, no deque superior. Por que não testamos as duas?

E foi o que fizeram: brincaram na banheira quente, rasgaram os lençóis de cetim. Como crianças gulosas, alimentaram-se um do outro até seus corpos implorarem por descanso.

Eve acordou um pouco depois do meio-dia com um outro tipo de fome. Ao seu lado, Rory dormia de barriga para baixo, espalhado na cama enorme como se estivesse em coma. Ainda relaxada pela cálida lembrança da véspera, deu-lhe um rápido beijo no ombro e foi para o chuveiro.

Havia uma variedade de roupões femininos no armário — comprados por ele em prol da conveniência ou deixados ali por outras amantes. Eve escolheu um azul de seda porque combinava com seu humor, e desceu com o intuito de preparar um leve café da manhã para os dois, o qual poderiam comer na cama.

O ruído de uma televisão a atraiu até a cozinha. Devia ser a governanta, pensou. Melhor ainda. Poderia pedir o café, em vez de prepará-lo ela mesma. Assobiando, pegou o maço de cigarros que enfiara no bolso do roupão.

A última coisa que esperava ver era um garoto parado em frente à bancada da cozinha. Dali da porta, Eve percebeu a profunda semelhança com o pai. O mesmo cabelo escuro e abundante, a boca suave, os olhos de um azul intenso. Enquanto o menino passava manteiga de amendoim com um cuidado quase religioso numa fatia de pão, a televisão do outro lado do aposento passou do comercial para um desenho. Pernalonga despontou de sua toca mastigando uma cenoura com cara de deboche.

Antes que Eve pudesse decidir se entrava na cozinha ou saía de fininho, o garoto ergueu a cabeça — como um lobo jovem farejando o ar. Assim que seus olhos se encontraram, ele parou o que estava fazendo e a estudou.

No decorrer de sua vida, Eve fora analisada e avaliada por mais homens do que poderia contar, mas, ainda assim, o olhar incisivo e desconcertante do menino, mais condizente com o de um adulto, a deixou sem palavras. Tempos depois, riria de tudo aquilo, mas na hora sentiu como se ele conseguisse enxergar através da imagem que ela própria criara e ver Betty Berenski, a garota ambiciosa e sonhadora que se transformara deliberadamente em Eve Benedict.

— Olá — cumprimentou-a com uma voz que parecia um eco infantil da voz impostada do pai. — Eu sou Paul.

— Olá. — Ela sentiu uma necessidade ridícula de arrumar o cabelo e alisar o roupão. — Eu sou Eve.

— Eu sei. Já vi sua foto.

Eve sentiu-se constrangida. Ele a observava quase como se ela fosse tão engraçada quanto Pernalonga ludibriando o Hortelino Troca-Letras. Era óbvio que ele sabia o que acontecia no quarto do pai. A repuxada cínica do lábio deixava isso claro.

— Você dormiu bem?

Que pestinha, pensou Eve, sentindo o constrangimento dar lugar à diversão.

— Muito bem, obrigada. — Entrou na cozinha como uma rainha entrando na sala de visitas. — Eu não sabia que o filho de Rory vivia com ele.

— Às vezes. — Ele pegou um pote de geleia e começou a espalhá-la em outra fatia de pão. — Eu não gostava da minha última escola, portanto meus pais decidiram me transferir para a Califórnia por um ou dois anos. — Juntou as duas fatias, acertando as pontas. — Eu estava enlouquecendo a minha mãe.

— Estava é?

— Estava sim. — Virando-se para a geladeira, pegou uma garrafa grande de Pepsi. — Sou muito bom nisso. Até o verão, quem vai estar louco é meu pai, e aí serei mandado de volta para Londres. Gosto de viajar de avião.

— Gosta? — Fascinada, Eve o observou se acomodar à mesa com tampo de vidro da cozinha. — Você se importa se eu preparar um sanduíche para mim?

— Claro que não. Você está fazendo um filme com o meu pai — falou ele sem rodeios, como se esperasse ver todas as atrizes que contracenavam com o pai paradas na cozinha, num sábado à tarde, com um roupão emprestado.

— Isso mesmo. Você gosta de filmes?

— Alguns. Vi um dos seus na telinha. Televisão — corrigiu-se, lembrando que não estava mais na Inglaterra. — Você era uma cantora de cabaré e os homens matavam por sua causa. — Deu uma mordida no sanduíche. — Sua voz é muito agradável.

— Obrigada. — Eve olhou por cima do ombro para se certificar de que estava conversando com uma criança. — Você pretende se tornar ator?

Um brilho divertido cintilou em seus olhos enquanto ele dava outra mordida no sanduíche.

— Não. Se eu entrasse nesse meio, seria para ser um diretor. Acho que deve ser muito prazeroso dizer aos outros o que fazer.

Eve decidiu não preparar café nenhum; em vez disso, abriu a geladeira, pegou outro refrigerante e se sentou com Paul à mesa. A ideia de levar um lanche para Rory e aproveitar uma tarde inteira na cama fora esquecida.

— Quantos anos você tem?

— Dez. E você?

— Um pouco mais. — Ao pegar a manteiga de amendoim e a geleia, foi arrebatada por um *déjà-vu*. Antes de conhecer Charles Gray, passara um mês à base de sopa enlatada e sanduíches de geleia e manteiga de amendoim. — O que você mais gosta aqui na Califórnia?

— Do sol. Chove muito em Londres.

— Foi o que eu escutei falar.

— Você sempre morou aqui?

— Não, mas às vezes sinto como se tivesse — disse, tomando um longo gole de sua Pepsi. — Me conte, Paul, do que você não gostava na sua última escola?

— Do uniforme — respondeu ele prontamente. — Odeio uniformes. Parece que eles querem que a gente se vista igual para que pensemos igual.

Eve quase engasgou, depois botou a garrafa de volta sobre a mesa.

— Tem certeza de que você só tem 10 anos?

Com um dar de ombros, ele engoliu o restante do sanduíche.

— Eu tenho quase 10. E sou precoce — falou ele, com tamanha seriedade que ela precisou engolir o riso. — E eu faço perguntas demais.

Sob o verniz de sabe-tudo, havia um tom comovente de menininho solitário. Um peixe fora d'água, pensou Eve, controlando a vontade de bagunçar o cabelo dele. Conhecia o sentimento muito bem.

— As pessoas só dizem que você faz perguntas demais quando não sabem as respostas.

Paul lançou-lhe um olhar demorado, com aqueles olhos diretos e adultos. Em seguida, sorriu, o que quase o fez parecer um menino de 10 anos com um dente faltando.

— Eu sei. E elas ficam loucas quando você continua fazendo perguntas.

Dessa vez, ela não resistiu à vontade de bagunçar o cabelo dele. O sorriso a cativara.

— Você vai se sair muito bem na vida, garoto. Mas, por enquanto, que tal a gente dar uma caminhada na praia?

Ele a observou sem dizer nada por uns trinta segundos. Eve poderia ter apostado seu último centavo que as amantes de Rory jamais passavam algum tempo com ele. Poderia apostar, também, que Paul Rory Winthrop desejava desesperadamente um amigo.

— Pode ser. — Ele correu o dedo pela garrafa de Pepsi, fazendo desenhos no vidro condensado. — Se você quiser. — Não queria parecer muito ansioso.

— Ótimo. — Ela se sentia exatamente da mesma forma, e se levantou de modo distraído. — Deixe-me só vestir alguma coisa.

♦♦♦♦

— Caminhamos por umas duas horas — disse Eve. Estava sorrindo; o cigarro queimara até o filtro, intocado no cinzeiro. — Chegamos até a construir castelos de areia. Foi uma das tardes mais... mais intimistas da minha vida. Quando finalmente voltamos, Rory já tinha acordado, e eu estava de quatro pelo filho dele.

— E Paul? — perguntou Julia, baixinho. Conseguira visualizá-lo perfeitamente, um garotinho solitário preparando sozinho um sanduíche numa tarde de sábado.

— Ah, ele era mais cauteloso do que eu. Percebi depois que ele suspeitava que eu o estivesse usando para me aproximar do pai. — Inquieta, Eve remexeu-se na cadeira e pegou outro cigarro. — Quem poderia culpá-lo? Rory era um homem muito desejado, rico e poderoso no meio... tanto por mérito próprio quanto por herança de família.

— Você e ele se casaram antes de o filme no qual trabalharam ser lançado.

— Um mês depois daquele sábado em Malibu. — Eve fumou em silêncio por alguns instantes, olhando para o pomar de laranjeiras. — Admito que corri atrás dele de modo obstinado. O homem não teve muita chance. Eu queria aquele casamento, a família já pronta. Tinha meus motivos.

— Quais?

Virando-se para Julia de novo, Eve sorriu.

— Por enquanto, digamos apenas que Paul foi um dos grandes responsáveis. É verdade, não tenho a intenção de mentir. E, naquela época, eu ainda acreditava em casamento. Rory me fazia rir, ele era... é... inteligente, gentil e um pouco selvagem, o suficiente para ser interessante. Eu precisava acreditar que daria certo. Não deu, mas, dos meus quatro casamentos, é o único do qual não me arrependo.

— Houve outros motivos?

— Você não deixa escapar nada — murmurou Eve. — Sim. — Apagou o cigarro com um movimento rápido e repentino. — Mas vamos deixar essa história para um outro dia.

— Tudo bem. Então me conte seus motivos para contratar Nina.

Eve raramente era pega de surpresa. Agora, a fim de ganhar tempo, piscou e sorriu, fazendo-se de desentendida.

— Como?

— Conversei com ela ontem à noite. Nina me contou que você a conheceu no hospital depois que ela tentou suicídio, que lhe deu não apenas trabalho, mas uma razão para viver.

Eve pegou o copo e analisou os poucos centímetros restantes de suco e champanhe.

— Entendi. Ela não comentou nada comigo.

— Conversamos quando ela levou as fotos para mim na noite passada.

— Ah, sim. Não a vi hoje ainda. — Mudando de ideia, Eve colocou o copo de volta na mesa, sem beber. — Meus motivos para contratá-la foram dois, mas não quero falar sobre isso agora, é complicado. Direi apenas que detesto desperdício.

— Imaginei — insistiu Julia, mais interessada em observar o rosto de Eve do que em escutar a resposta — se não teria sido uma forma de pagar uma velha dívida? Charlie Gray cometeu suicídio e você não pôde fazer nada para impedir. Já com Nina, podia. E fez.

Uma tristeza insinuou-se nos olhos de Eve. Julia observou o verde escurecer, se aprofundar.

— Você é muito perceptiva, Julia. Parte do que eu fiz foi uma espécie de restituição a Charlie. Mas já que eu ganhei uma funcionária bastante eficiente e uma amiga devotada, pode-se dizer que isso não me custou nada.

Foram os olhos, e não a resposta, que fizeram Julia pousar sua mão sobre a de Eve antes de perceber que passara dos limites.

— O que quer você tenha ganhado, compaixão e generosidade valem mais. Eu sempre a admirei como atriz. E, nos últimos dias, comecei a admirá-la como mulher.

Enquanto Eve baixava os olhos para as mãos entrelaçadas, um misto de emoções atravessou-lhe o rosto. Foi preciso lutar uma rápida e brava guerra para controlá-las antes de falar:

—Você terá muito tempo para desenvolver outras opiniões a meu respeito... como mulher... antes de terminarmos. Muitas delas não chegarão nem perto da admiração. Enquanto isso, tenho negócios a resolver. — Ela se levantou e apontou para o gravador. Mesmo relutante, Julia o desligou. — Vai haver um jantar de caridade seguido de baile hoje à noite. Tenho um ingresso para você.

— Hoje? — Julia ergueu os olhos, cobrindo-os com a mão para protegê-los do sol. — Acho que não vai dar para eu ir.

— Se você pretende escrever esse livro, não poderá fazê-lo ficando apenas aqui em casa. Sou uma figura pública, Julia — lembrou-a Eve. —

Quero você ao meu lado, em público. Esteja pronta às sete e meia. CeeCee cuidará do Brandon.

Julia levantou-se também. Preferia lidar com o inesperado de pé.

— Eu irei, é claro. Mas é melhor dizer logo, eu não me misturo muito bem. — Com ironia, acrescentou: — Nunca consegui me livrar do hábito de enlouquecer as pessoas por fazer perguntas demais.

Eve riu e, satisfeita, saiu em direção à casa. Tinha certeza de que aquela seria uma noite interessante.

Capítulo Seis
••••

Se havia uma coisa que Julia odiava mais do que receber ordens era ser obrigada a obedecê-las. Não que tivesse problemas em aproveitar uma noite fora de casa, principalmente num evento glamouroso. Se isso a fizesse se sentir hedonista demais, poderia justificar como pesquisa. O problema era saber na manhã do evento que seu comparecimento era esperado.

Não lhe haviam pedido, nem convidado. E sim exigido.

E ela era humana o suficiente para passar grande parte da tarde preocupada com o que iria vestir. Um tempo, pensava agora, que deveria ter passado trabalhando. No auge de sua irritação com Eve, Nina bateu à porta trazendo três vestidos. Peças, disse-lhe Eve, que escolhera pessoalmente em seu armário para o caso de Julia não ter levado nada apropriado a uma festa formal.

Uma atitude tirânica, talvez, mas atenciosa. E foi tentador, muito tentador, escolher um dos três deslumbrantes longos. Julia chegou a estendê-los sobre a cama, milhares de dólares em seda e paetês. Até mesmo cedeu à tentação de experimentar um deles, um tomara que caia de seda em tom de coral. Ele ficou ligeiramente folgado nos seios e quadris, o que a fez imaginar que devia deslizar pelo corpo de Eve como água.

Nesse momento, enquanto observava a si mesma com o glamouroso vestido, com sua pele parecendo, de alguma forma, mais macia e suave em contraste com o tecido vibrante, sentiu como se estivesse sob o efeito de um encanto, arrebatada pela magia.

Se sua vida não tivesse sofrido uma guinada, será que teria feito de Beverly Hills seu lar? Será que teria agora um armário cheio de roupas belíssimas? Será que seu rosto, seu nome, deixaria milhões de fãs boquiabertos a cada vez que sua imagem surgisse na tela de um cinema?

Talvez sim, talvez não, pensou, permitindo a si mesma algumas voltas diante do espelho. Contudo, sua vida tomara outro rumo, dando-lhe algo muito mais importante, muito mais duradouro do que a fama.

No fim, seu pragmatismo venceu. Julia decidiu que seria melhor recusar os vestidos do que passar uma noite fingindo ser o que não era.

Decidiu usar o único vestido que trouxera consigo, um longo simples azul-marinho, com um bolero justo bordado com canutilhos. Nos dois anos desde que o comprara numa promoção na Sacks, só o havia usado uma única vez. Enquanto prendia os brincos de strass, escutou as risadas do filho vindas lá de baixo. Ele e CeeCee, já grandes amigos, estavam profundamente envolvidos num jogo de cartas, o Oito Maluco.

Julia deu uma última verificada no conteúdo da bolsa, calçou os belos e terrivelmente desconfortáveis sapatos de noite, e desceu.

— Oi, mãe. — Brandon a observou descer a escada. Ela estava bonita, diferente. Sempre o deixava orgulhoso, e com uma sensação engraçada no estômago, perceber o quanto a mãe era bonita. — Você está muito elegante.

— Você está deslumbrante — corrigiu CeeCee. Ela estava esparramada com Brandon no tapete, de barriga para baixo, mas trocou de posição e se colocou de joelhos. — Esse não é um dos vestidos da srta. B.

— Não. — Envergonhada, Julia alisou a saia. — Não achei que seria de bom tom. Espero que este sirva.

— Serve — declarou CeeCee, concordando com um meneio de cabeça. — Clássico e elegante. E, com o cabelo preso desse jeito, você deu um toque de sensualidade. O que mais poderia desejar?

Invisibilidade, pensou Julia, mas apenas sorriu.

— É melhor eu não me atrasar. Espero conseguir escapar logo após o jantar.

— Por quê? Esse vai ser um grande evento. — CeeCee se sentou sobre os calcanhares. — Todo mundo vai estar lá. E é por uma boa causa e coisa e tal. Você sabe, o Actors' Fund. Divirta-se. Se eu ficar cansada, deito no quarto extra.

— A gente pode fazer pipoca? — quis saber Brandon.

— Tudo bem. Apenas certifique-se de... — Ao escutar uma batida, Julia olhou por cima do ombro e se deparou com Paul parado à porta.

— ... botar muita manteiga — completou ele, dando uma piscadinha para Brandon enquanto entrava na casa.

CeeCee imediatamente afofou o cabelo.

— Olá, sr. Winthrop.

— Oi, CeeCee, como vai?

— Bem, obrigada. — Seu coração de 20 anos disparou. Ele usava o smoking com uma graça displicente que levava as pessoas a pensarem em sexo. CeeCee imaginou se existiria alguma mulher que não fantasiasse em afrouxar aquela impecável gravata-borboleta.

— Eve disse que você estaria pronta — falou Paul para Julia. Ela parecia ruborizada. Era assim que ele mais gostava de vê-la, decidiu.

— Não sabia que você ia também. Achei que eu fosse com Eve.

— Ela foi com Drake. Eles tinham alguns negócios a tratar. — O sorriso surgiu lentamente. — Somos só você e eu, Jules.

— Estou vendo. — A simples frase a deixou completamente tensa. — Brandon, quero você na cama às nove. — Ela se abaixou para dar um beijo no filho. — E lembre-se, o que CeeCee disser é lei.

Ele deu uma risadinha, pensando que isso lhe daria a oportunidade de convencer CeeCee a estender o horário de dormir para às nove e meia.

— Pode demorar o tempo que quiser. A gente não se importa.

— Muito obrigada. — Ela se empertigou. — Não o deixe convencê-la a ser complacente, CeeCee. Ele é danado!

— Eu já conheço os truques dele. Divirta-se. — Ela soltou um leve suspiro ao vê-los sair.

As coisas não estavam saindo de acordo com o plano, pensou Julia, enquanto percorria o caminho estreito e pavimentado até o lugar onde Paul estacionara o Studebaker. Decidira ao acordar que passaria uma noite tranquila em casa, trabalhando. Depois tivera de se ajustar à ideia de sair, mas somente para uma pesquisa de campo de umas duas horas, durante a qual se manteria discretamente em algum canto. Agora tinha um acompanhante que provavelmente se sentiria obrigado a entretê-la.

— Sinto muito que Eve o tenha forçado a fazer isso — começou, ao vê-lo abrir a porta do carro para ela.

— Fazer o quê?

— Você devia ter outros planos para esta noite.

Ele se apoiou na porta aberta, apreciando o modo como ela entrou no carro, como se deslizasse — um dos joelhos despontando pela fenda do vestido, as panturrilhas bem-definidas se erguendo, a mão sem adornos puxando para dentro a ponta da saia. Muito harmonioso.

— Na verdade, eu pretendia tomar muito café, fumar demais e entrar em guerra com o capítulo dezoito. Mas...

Ela ergueu a cabeça, os olhos muito sérios sob a luz difusa.

— Odeio quando meu trabalho é interrompido. Você deve se sentir da mesma forma.

— É verdade. — Embora, por mais estranho que pudesse parecer, não se sentisse assim agora. — Mas aí, em momentos como esse, procuro me lembrar que não sou um neurocirurgião. O paciente pode esperar confortavelmente até amanhã. — Após fechar a porta, ele deu a volta pela frente do carro para se sentar ao volante. — Além disso, Eve não me pede quase nada.

Julia soltou um rápido suspiro enquanto Paul ligava o carro. Da mesma forma que o vestido de Eve, aquele carro a fazia se sentir uma pessoa diferente. Dessa vez uma debutante mimada, envolta em pele de vison, descendo os degraus de mármore branco, a fim de sair com o namorado para uma volta de carro em alta velocidade. Até parece, pensou Julia, e disse:

— Agradeço a atenção, mas realmente não era necessário. Não preciso de um acompanhante.

— Não, tenho certeza de que não. — Ele guiou o carro pelo caminho que se afastava da casa principal. — Você me parece o tipo de mulher que se vira muito bem sozinha. Alguém já lhe disse que isso é intimidante?

— Não. — Ela obrigou-se a relaxar. — As pessoas acham que a sua competência intimida?

— Provavelmente. — Distraído, ele ligou o rádio do carro baixinho, mais pelo clima do que pela música. Ela usava o mesmo perfume... romântico e antiquado. O vento que entrava pelas janelas lhe oferecia essa fragrância como se fosse um presente. — Mas eu gosto de deixar as pessoas perturbadas. — Virou a cabeça por tempo suficiente para olhar de relance para ela. — Você não?

— Nunca pensei nisso. — Imaginar-se com aquele tipo de poder a fez sorrir. Seis em cada doze meses ela passava praticamente sozinha com Brandon, isolada da civilização. — Esse evento de hoje — continuou. — Você costuma comparecer a muitos?

— Alguns a cada ano... geralmente instigado por Eve.

— Então você não gosta desse tipo de evento?

— Ah, eles são divertidos o suficiente.

— Mas você só vai a pedido dela?

Paul parou o carro por alguns instantes, esperando os portões da propriedade abrirem.

— Sim, eu vou por ela.

Julia mudou de posição a fim de analisar o perfil dele, e viu tanto o pai quanto o garotinho que Eve descrevera. Mas viu também alguém completamente diferente.

— Hoje de manhã Eve me contou sobre o dia em que vocês se conheceram.

Ele sorriu enquanto seguia pela rua silenciosa, flanqueada por palmeiras.

— Na casa de praia de Malibu, um encontro regado a manteiga de amendoim e geleia.

— Você pode me contar qual foi a sua primeira impressão?

O sorriso desapareceu e ele tirou uma cigarrilha do bolso.

— Ainda trabalhando?

— Sempre. Você devia entender.

Ele acendeu o isqueiro e deu de ombros. Entendia muito bem.

— Tudo bem, então. Eu sabia que uma mulher havia passado a noite com ele. Havia algumas reveladoras peças de roupa feminina espalhadas pela sala. — Ao perceber a expressão dela, arqueou uma sobrancelha. — Chocada, Jules?

— Não.

— Mas desaprova.

— Só estava pensando no Brandon nas mesmas circunstâncias. Eu não gostaria que ele pensasse que eu...

— Que você transou?

A surpresa a fez se enrijecer.

— Que eu fui insensata ou descuidada.

— Meu pai era... é... as duas coisas. Com a idade do Brandon, eu já estava bastante acostumado. Isso não me causou nenhum trauma duradouro.

Ela não tinha muita certeza quanto a isso.

— E quando você conheceu Eve?

— Estava preparado para descartá-la de cara. Eu era um pequeno cínico. — À vontade, ele soltou a fumaça. — Eu a reconheci assim que ela entrou na cozinha, mas fiquei surpreso. A maioria das mulheres que meu pai levava para a cama parecia, digamos assim, amarrotada demais na manhã seguinte. Eve, porém, era linda. Claro que isso era apenas uma coisa física, mas me deixou impressionado. Além disso, havia uma tristeza nos olhos dela. — Ele se deu conta do que dissera e fez uma careta. — Ela não vai gostar disso. O mais importante para mim na época foi o fato de que ela não me tratou como se eu fosse um bebê, o que muitas delas faziam.

Compreendendo perfeitamente, Julia riu.

— Brandon odeia quando as pessoas dão tapinhas na cabeça dele e dizem que ele é um menininho fofo.

— É revoltante.

Isso foi dito com tanta raiva que ela riu de novo.

— E você disse que não havia traumas.

— Considero isso mais como uma maldição... até a minha puberdade. De qualquer forma, Eve e eu conversamos. Ela parecia interessada. Ninguém melhor do que uma criança para perceber rapidamente um falso interesse, e não havia nada de falso com relação a Eve. Caminhamos pela praia, e eu pude conversar com ela de uma maneira como jamais conseguira conversar com ninguém antes. As coisas que eu gostava e não gostava. O que eu queria e não queria. Desde aquele dia, ela foi fantástica comigo, e eu desenvolvi uma atração monumental por ela.

— Vocês...

— Espere um pouco. Estamos quase chegando e você já fez um monte de perguntas. — Ele deu uma última tragada de forma preguiçosa e apagou a cigarrilha. — Por que biografias de celebridades?

Com esforço, ela mudou de assunto:

— Porque não tenho imaginação suficiente para escrever ficção.

Paul parou no sinal vermelho, tamborilando os dedos no volante ao ritmo da música.

— Essa resposta foi evasiva demais para ser verdadeira. Tente de novo.

— Certo. Admiro as pessoas que não apenas toleram, mas que buscam os holofotes. Como eu sempre funcionei melhor ficando à margem, sinto interesse pelo tipo de pessoa que consegue brilhar no centro do palco.

— Ainda evasiva, Julia, e só parcialmente verdadeira. — Ele colocou o carro em movimento quando o sinal abriu. — Se isso fosse totalmente verdade, como você explica o fato de que chegou a pensar em uma carreira como atriz?

— Como você sabe disso? — Sua voz saiu mais cortante do que ela pretendia, o que o agradou. Já estava na hora de ele conseguir penetrar o escudo.

— Achei que era meu dever descobrir isso, entre outras coisas. — Olhou para ela. — Faço minhas pesquisas.

— Quer dizer que você andou pesquisando a meu respeito? — Julia crispou as mãos sobre o colo enquanto lutava para controlar o gênio. — Meu passado não é da sua conta. Meu acordo é com Eve, apenas com ela, e me ofende saber que você andou metendo o bedelho na minha vida privada.

— Pode ficar ofendida o quanto quiser. E pode também me agradecer. Se eu tivesse encontrado qualquer coisa fora do normal, você teria levado um belo chute nessa bundinha linda.

Foi a gota d'água. Julia virou a cabeça para o outro lado.

— Seu filho da mãe arrogante.

— Sou mesmo. — Após encostar o carro em frente ao hotel Beverly Wilshire, ele se virou para encará-la. — Lembre-se: na volta, *eu* faço as perguntas. — Pousou a mão sobre o braço dela antes que Julia pudesse abrir a porta. — Se você perder as estribeiras e bater a porta, as pessoas vão começar a fazer perguntas. — Observou-a retesar o corpo, lutar para recuperar o controle e vencer. — Eu sabia que você conseguiria. Meu Deus, você é boa!

Julia respirou fundo e, quando sentiu o rosto voltar ao normal, virou-se para ele e falou com calma:

— Foda-se, Winthrop.

Ele levantou a sobrancelha esquerda e soltou uma rápida gargalhada.

— Quando você quiser. — Saiu do carro e entregou as chaves para o manobrista. Julia já estava na calçada. Paul tomou-lhe o braço retesado e a guiou em direção ao prédio. — Eve quer que você se misture — falou baixinho enquanto eles atravessavam um mar de jornalistas com minicâmaras. — Muita gente nesta festa vai querer olhar para você, e talvez tentar desencavar uma ou outra coisa do que Eve andou lhe contando.

— Eu conheço o meu trabalho — falou ela, por entre os dentes.

— Ah, Jules, tenho certeza de que sim. — A tranquilidade com que ele falou fez o sangue dela ferver. — Mas há pessoas que adoram mastigar jovens mocinhas virtuosas para depois cuspi-las longe.

— Já passei por isso. — Ela teve vontade de se livrar dele com um safanão, mas achou que isso poderia parecer humilhante, especialmente ao notar dois jornalistas fazendo fila para esperá-los.

— Eu sei — murmurou Paul, tomando deliberadamente seu outro braço para obrigá-la a encará-lo. — Não vou pedir desculpas por bisbilhotar, Julia, mas devo lhe dizer que o que eu encontrei é admirável, mais do que fascinante.

O contato era íntimo demais, quase um abraço; Julia queria se afastar.

— Não quero sua admiração, nem seu fascínio.

— Mesmo assim você tem os dois. — Dizendo isso, abriu um sorriso muito charmoso para as câmeras.

— Sr. Winthrop, é verdade que Mel Gibson foi cotado para o papel principal da adaptação de *Chain Lightning*?

— É melhor perguntar aos produtores... ou ao próprio sr. Gibson. — Paul incentivou Julia a prosseguir, enquanto um círculo de jornalistas se fechava em torno deles.

— Seu noivado com Sally Bowers foi cancelado?

— Você não acha que essa é uma pergunta indelicada, já que estou em companhia de uma bela mulher? — Paul manteve um sorriso amigável mesmo enquanto outros jornalistas se aproximavam, mas sentiu Julia começar a tremer. — Esse noivado foi criação da mídia. Sally e eu não somos nem mesmo bons amigos. Eu diria que somos apenas meros conhecidos.

— A senhorita pode nos dizer o seu nome?

Alguém enfiou um microfone debaixo do nariz de Julia. Ela se retesou e, em seguida, lutou para relaxar.

— Summers — respondeu calmamente. — Julia Summers.

— A escritora que está escrevendo a biografia de Eve Benedict? — Antes que ela pudesse responder, foi bombardeada por mais perguntas.

— Comprem o livro — sugeriu, sentindo o alívio assim que eles entraram no salão.

Paul curvou-se para sussurrar em seu ouvido:

— Você está bem?

— Claro.

— Mas está tremendo.

Ela se amaldiçoou por isso e deu um passo para o lado, fugindo do braço que a envolvia.

— Não gosto de me sentir cercada.

— Então foi bom você não ter vindo com Eve. Você teria sido cercada por mais do que apenas meia dúzia de jornalistas. — Após fazer sinal para um garçom, Paul pegou duas taças de champanhe.

— Não seria melhor procurarmos nossa mesa?

— Minha querida Jules, não está na hora de nos sentarmos ainda. — Ele bateu sua taça de leve na dela antes de tomar um gole. — Ninguém irá nos ver assim. — Ignorando o protesto de Julia, passou o braço em torno da cintura dela.

— Você tem de ficar com a mão em cima de mim? — perguntou por entre os dentes.

— Não. — Mas ele não a soltou. — Agora, me diga: quem você gostaria de conhecer?

Já que se mostrar irritada não estava adiantando nada, ela tentou a frieza:

— Você não precisa me fazer companhia. Pode deixar que eu me viro sozinha.

— Eve arrancaria a minha pele se eu a deixasse sozinha. — Ele a guiou através dos risos e conversas. — Especialmente desde que ela decidiu bancar a casamenteira.

Julia quase engasgou com o champanhe.

— Como é que é?

— Você deve saber que ela enfiou na cabeça que, se nos colocar juntos por tempo suficiente, isso acabará em romance.

Julia ergueu os olhos e inclinou a cabeça ligeiramente.

— É uma pena que tenhamos de desapontá-la.

— É, seria uma pena mesmo.

Estava claro que suas intenções batiam de frente com as dela. Julia viu desafio nos olhos dele, e sentiu uma súbita mudança no ar. Não fazia ideia de como reagir a nenhuma das duas coisas. Ele continuou sorrindo e baixou os olhos para sua boca, demorando-se ali, com um olhar tão intenso quanto um beijo.

— Eu me pergunto o que aconteceria... — A mão de alguém se fechou em seu ombro.

— Paul, seu filho da mãe. Como eles conseguiram arrastá-lo para esta festa?

— Victor. — O sorriso de Paul tornou-se mais caloroso ao apertar a mão de Victor Flannigan. — As responsáveis foram duas belas mulheres.

— É sempre assim. — Ele se virou para Julia. — E esta é uma delas.

— Julia Summers, Victor Flannigan.

— Eu a reconheci. — Victor tomou a mão que Julia lhe oferecia. — Você está trabalhando com Eve.

— Estou. — Ela se lembrava perfeitamente da devoção, da intimidade que testemunhara no jardim enluarado. — É um prazer conhecê-lo, sr. Flannigan. Admiro muito o seu trabalho.

— Isso é um alívio, especialmente se houver alguma nota de rodapé a meu respeito na biografia de Eve.

— Como está Muriel? — perguntou Paul, referindo-se à mulher de Victor.

— Um pouco indisposta. Estou sozinho hoje. — Ele ergueu um copo cheio de um líquido transparente e suspirou. — Água tônica. Mas, preciso dizer, é muito difícil sobreviver a esses eventos sem umas duas doses de bebidas mais fortes. O que está achando da festa, srta. Summers?

— Ainda é cedo para dizer.

— Diplomática. — Exatamente como Eve lhe dissera. — Vou lhe perguntar de novo daqui a umas duas horas. Só Deus sabe o que eles irão servir no jantar. Acho que seria esperar demais um prato de bife com batatas. Não suporto essa maldita comida francesa. — Ao perceber um brilho de compreensão nos olhos de Julia, abriu um sorriso. — Você pode tirar o camponês da Irlanda, mas não pode tirar a Irlanda do camponês. — Ofereceu-lhe uma piscadinha. — Vou rodar um pouco, mas espero que depois a senhorita me conceda uma dança.

— Com muito prazer.

— Impressões? — perguntou Paul quando Victor se afastou.

— Muitas vezes um ator parece menor fora das telas. Victor não, ele parece maior. Ao mesmo tempo, acho que me sentiria à vontade em sentar com ele diante da lareira para um jogo de buraco.

— Você possui um excelente poder de observação. — Paul colocou um dedo no maxilar dela para obrigá-la a virar o rosto e fitá-lo. — E já não está mais zangada.

— Estou, sim. Mas estou guardando minha irritação para o momento certo.

Ele riu e passou o braço em volta do ombro dela de maneira amigável.

— Meu Deus, Jules, estou começando a gostar de você. Vamos encontrar nossa mesa. Talvez consigamos comer antes das dez.

♦♦♦♦

— Que droga, Drake, odeio ser pressionada. — Eve falou com impaciência ao tomar seu lugar à mesa, embora mantivesse o rosto tranquilo. Não gostava de ver os fofoqueiros murmurando sobre o fato de que ela estava passando um sabão em seu assessor de imprensa.

— Eu não precisaria pressionar se você me desse uma resposta direta. — Ao contrário da tia, Drake não era um ator e olhou de cara feia para seu próprio drinque. — Como posso promover alguma coisa se você não me dá nada com o que trabalhar?

— Não há nada para promover ainda. — Ela ergueu uma das mãos para cumprimentar alguns rostos conhecidos na mesa ao lado e sorriu para Nina, que ria com um grupo de pessoas no meio do salão. — De qualquer forma, se as pessoas souberem de antemão o conteúdo do livro, não haverá nenhuma expectativa... ou nervosismo. — Sorriu só de pensar nisso. — Concentre-se em promover esse projeto que estou fazendo para a televisão.

— A minissérie.

Ela se encolheu ao escutar a palavra — não conseguiu evitar.

— Apenas espalhe a notícia de que Eve Benedict está envolvida num *evento* televisivo.

— O meu trabalho é...

— ... fazer o que eu mando — completou ela. — Não se esqueça disso. — Impaciente, terminou de beber o champanhe. — Vá pegar outra taça para mim.

Com esforço, Drake controlou a vontade de descarregar uma série de alfinetadas. Conhecia muito bem o valor da imagem pública.

Assim como conhecia o potencial assassino do gênio de Eve. Fervendo por dentro, levantou-se, e viu Julia e Paul atravessando o salão. Julia, pensou, deixando o ressentimento de lado. Conseguiria a informação que Delrickio lhe pedira. Ela era a fonte que poderia explorar.

— Ah, aí está você. — Eve ergueu ambas as mãos. Julia segurou-as, sentiu um leve puxão e percebeu que devia se curvar e cumprimentá-la com um beijo no rosto. Sentindo-se um tanto tola, acedeu. — E Paul. — Percebendo os olhares curiosos que haviam se virado para observá-los, Eve repetiu o gesto com seu antigo enteado. — Vocês formam um belo casal. — Olhou de relance por cima do ombro. — Drake, certifique-se de que todos tenhamos champanhe suficiente.

Erguendo a cabeça, Julia viu os lábios dele apertarem e um brilho rápido e letal atravessar-lhe os olhos. Isso, porém, foi rapidamente substituído por um sorriso estonteante.

— É um prazer vê-lo, Paul. Julia, você está adorável. Esperem um pouco enquanto eu banco o garçom.

— Você está realmente adorável, Julia — concordou Eve. — Paul está fazendo um bom trabalho em apresentá-la aos demais convidados?

— Não vi necessidade de fazer isso. — Recostando-se na cadeira, Paul passou os olhos em torno do salão. — Assim que a virem sentada com você, todos irão sacar quem ela é e virão se apresentar.

Ele estava certo. Antes mesmo que Drake voltasse com o champanhe, as pessoas começaram a se aproximar. Durante todo o jantar, Eve permaneceu sentada como uma rainha concedendo audiências, enquanto outras celebridades passavam de mesa em mesa, abrindo caminho até seu trono. Na hora em que o *crème brûlée* foi servido, um homem incrivelmente gordo e com cabelos ralos aproximou-se da mesa.

Anthony Kincade, o segundo marido de Eve, não envelhecera bem. Nos últimos vinte anos ele engordara tanto que parecia uma montanha de carne flácida esmagada dentro de um smoking. Cada ofego de respiração provocava uma avalanche de gordura tremulante em sua barriga. Atravessar o salão deixara seu rosto vermelho e brilhante como o de alguém com uma queimadura de sol de dois dias. Suas bochechas tremiam e o queixo triplo balançava em sequência.

Ele deixara de ser o atlético e culto diretor de filmes A e se transformara num obeso e patético diretor de filmes B. A maior parte de sua fortuna acumulada durante as décadas de 1950 e 1960 fora usada na compra de propriedades. Um homem de alma preguiçosa, Kincade ficava satisfeito apenas em se sentar sobre seus investimentos e comer.

Olhar para ele fez Eve tremer só de pensar que tinha sido casada com aquele homem por cinco anos.

— Tony.

— Eve. — Ele apoiou o corpanzil em sua cadeira, esperando os pulmões voltarem a funcionar normalmente. — Que merda é essa que eu escutei falar? Um livro?

— Não sei, Tony, me diga você. — Ela se lembrou de que um dia os olhos dele haviam sido belos. Agora eles estavam soterrados sob camadas e mais camadas de pele. Anthony fechou a mão nas costas de sua cadeira... uma empada de carne com cinco salsichas gorduchas. Aquelas mãos já tinham sido grandes, fortes e exigentes. Elas haviam conhecido e apreciado cada centímetro de seu corpo. — Você conhece Paul e Drake. — Pegou um cigarro, a fim de apaziguar, com a fumaça, um pouco da bile em sua garganta. — E esta é Julia Summers, minha biógrafa.

Ele se virou.

— Cuidado com o que você vai escrever. — Com a respiração de volta ao normal, era possível perceber um resquício da voz possante de sua juventude. — Eu, por exemplo, tenho dinheiro e advogados suficientes para mantê-la no tribunal pelo resto da sua vida.

— Não ameace a garota, Tony. — Eve falou com tranquilidade. Não ficou surpresa que Nina tivesse vindo até a mesa e se colocado em silêncio do outro lado, pronta para protegê-la. — Você está sendo rude. E, lembre-se... — De modo deliberado, soltou uma baforada de fumaça no rosto dele. — Julia só poderá escrever o que eu lhe contar.

Ele fechou uma das mãos no ombro de Eve com tanta força que Paul começou a se levantar, só parando quando Eve fez sinal para que ele continuasse sentado.

— Esse é um terreno perigoso, Eve. — Kincade sugou um pouco mais de ar. — Você está muito velha para se arriscar.

— Estou muito velha para não me arriscar — corrigiu-o ela. — Relaxe, Tony, não pretendo deixar que Julia escreva nada que não seja a mais pura verdade. — Embora tivesse quase certeza de que seu ombro amanheceria doendo, ergueu sua taça. — Uma boa dose de honestidade nunca machucou ninguém que não merecesse.

— Verdades ou mentiras — murmurou ele. — É uma antiga tradição matar o mensageiro. — Dizendo isso, ele se afastou, abrindo caminho pela multidão.

— Você está bem? — perguntou Nina baixinho. Embora mantivesse um sorriso tranquilo estampado no rosto ao se abaixar, Julia percebeu a preocupação em seus olhos.

— Claro que sim. Meu Deus, que verme nojento. — Eve tomou um gole do champanhe e fez uma careta para seu *crème brûlée*. O encontro arruinara seu apetite. — É difícil acreditar que há trinta anos ele era um homem vigoroso e interessante. — Um olhar de relance para Julia foi o bastante para fazê-la rir. — Minha querida, posso ver essas suas engrenagens literárias trabalhando. Nós iremos conversar sobre o Tony — prometeu, dando um tapinha na mão de Julia. — Muito em breve.

As engrenagens estavam em movimento. Julia ficou sentada em silêncio durante o bate-papo pós-jantar, a encenação cômica e a brilhante apresentação dos produtores. Anthony Kincade não ficara irritado com a possibilidade de Eve revelar seus pequenos segredos matrimoniais. Ficara furioso. E fizera ameaças. Não tinha dúvida de que a reação dele agradara Eve imensamente.

A reação dos homens à mesa fora tão esclarecedora quanto. Paul mostrara-se pronto a agarrar Kincade pela sua nuca flácida e arrastá-lo para longe da mesa. A idade e a saúde do homem não teriam feito a menor diferença. O vislumbre da violência tinha sido muito real e muito chocante, principalmente partindo de um homem que bebericava champanhe numa taça de cristal e usava um smoking.

Drake apenas observara, absorvendo cada detalhe. E ele havia sorrido. Julia tinha a impressão de que ele continuaria sentado, e sorrindo, mesmo que Kincade tivesse tentado enforcar Eve com seus dedos gorduchos.

— Você está pensando muito.

Julia piscou e, em seguida, concentrou-se em Paul.

— Como?

— Você está pensando muito — repetiu ele. — Vamos dançar. — Levantando-se, puxou-a para que se colocasse de pé. — Disseram-me que quando eu envolvo uma mulher em meus braços ela tem dificuldade em pensar o que quer que seja.

— Como você conseguiu enfiar esse seu ego dentro de um smoking tão pequeno?

Eles se juntaram aos outros casais na pista de dança, e Paul a puxou mais para perto.

— Prática. Anos de prática. — Sorriu, satisfeito com o modo como ela se encaixava em seus braços, excitado pelo fato de que o vestido tinha um grande decote nas costas, profundo o suficiente para que ele pudesse deslizar a mão e sentir sua pele. — Você se leva a sério demais. — O maxilar dela era adorável, pensou. Firme, ligeiramente proeminente. Se estivessem sozinhos, ele se entregaria ao prazer de dar pequenas mordiscadas nele. — Quando se vive na terra dos sonhos, deve-se dançar conforme a música.

Não havia uma forma digna de dizer a ele que parasse de correr os dedos pelas suas costas. E, sem dúvida, não havia um jeito seguro de reconhecer o que a sensação lhe provocava por dentro. Tal como pequenos choques elétricos, os dedos de Paul liberavam uma descarga que fazia seu sangue ferver.

Julia sabia o que era desejar. E não queria desejar novamente.

— Por que viver aqui? — perguntou. — Você poderia escrever em qualquer lugar.

— Força do hábito. — Olhou por cima do ombro dela em direção à mesa. — Eve. — Quando ela começou a falar de novo, ele fez que não. — Mais perguntas. Não devo estar me comportando direito, porque você ainda está pensando. — Sua solução foi puxá-la ainda mais para perto, de modo que ela teve de virar a cabeça para que suas bocas não se tocassem. — Você me faz pensar em uma tarde tomando chá na varanda de uma casa de campo inglesa. Devon, eu diria.

— Por quê?

— Seu perfume. — Os lábios dele brincaram com o lóbulo de sua orelha, enviando pequenas ondas de choque. — Erótico, etéreo, maliciosamente romântico.

— Imaginação sua — murmurou ela, com os olhos fechando. — Não sou nenhuma dessas coisas.

— Certo. Você é uma mãe solteira trabalhadora e com uma visão prática das coisas. Por que estudou poesia na Brown?

— Porque eu gosto. — Ela se controlou a tempo, antes que seus dedos começassem a brincar com as pontas do cabelo dele. — Poesia é algo bastante estruturado.

— Imagem, emoção e romance. — Ele se afastou um pouco, a fim de olhar para ela, porém continuou perto o bastante para que ela visse a si mesma refletida nos olhos dele. — Você é uma fraude, Jules. Uma fraude complexa e fascinante.

Antes que ela pudesse pensar numa resposta, Drake se aproximo e deu um tapinha no ombro de Paul.

— Você não se importa de ceder a dama, se importa?

— Eu me importo, sim. — Mas recuou.

— Como você está se adaptando? — perguntou Drake enquanto detectava o ritmo da dança.

— Bem. — Ela sentiu um alívio imediato e imaginou como pudera esquecer o quão diferentes podiam ser os braços de dois homens distintos.

— Eve me contou que você já fez um progresso considerável. Ela teve uma vida fantástica.

— É verdade, colocar no papel vai ser um desafio.

Ele a conduziu com graça pela pista, sorrindo e cumprimentando os conhecidos com um aceno de cabeça.

— Que ângulo você irá usar para abordar o assunto?

— Ângulo?

— Todo mundo vê as coisas de algum ângulo.

Ela tinha certeza de que ele via, mas apenas inclinou a cabeça ligeiramente.

— As biografias costumam ser bem diretas.

— A forma, então. Você pretende seguir ano a ano na vida de uma estrela?

— Ainda é cedo para dizer, mas acho que vou utilizar a abordagem mais óbvia, escrever sobre a vida de uma mulher que escolheu uma carreira difícil e conseguiu se tornar um sucesso, um sucesso duradouro. O fato de que Eve continua sendo um dos principais nomes na indústria após cinquenta anos fala por si só.

— Então você irá se concentrar no aspecto profissional.

— Não. — Ele estava tentando desencavar informações, notou Julia, tentando ir fundo, ainda que com cuidado. — Tanto a vida profissional quanto a vida pessoal de Eve estão interligadas. Seus relacionamentos, seus casamentos, a família, todos são vitais para uma visão completa. Eu irei precisar não apenas das lembranças de Eve, como de fatos documentados, opiniões e relatos das pessoas que foram ou são íntimas dela.

Drake decidiu usar uma tática diferente:

— Entenda, Julia, estou com um problema. Se você puder me manter atualizado sobre o livro, o conteúdo, à medida que for progredindo, poderei planejar os releases, a forma de anunciá-lo e promovê-lo. — Ofereceu-lhe um sorriso. — É do interesse de todos que o livro seja um sucesso.

— Com certeza. Infelizmente, não há muito o que contar.

— Mas você irá cooperar comigo à medida que o livro for tomando forma?

— Tanto quanto possível.

Ela esqueceu a conversa pelo restante da noite. Ainda havia muito de menininha deslumbrada dentro de Julia para que ela se sentisse animada ao ser convidada por Victor para dançar, e por outros atores de carne e osso que brilhavam na tela dos cinemas.

Desejava anotar dúzias de impressões e observações antes que a noite se transformasse num sonho. Sonolenta, mais relaxada do que pensava ser possível, entrou de volta no carro de Paul às duas da madrugada.

— Você se divertiu — comentou ele.

Julia ergueu o ombro. Não ia deixar o traço de galhofa na voz dele estragar sua noite.

— Sim, me diverti. E por que não?

— Isso foi apenas uma observação, e não uma crítica. — Lançando um olhar de relance, viu que os olhos dela estavam semicerrados e os lábios repuxados num ligeiro sorriso. As perguntas que desejava fazer pareciam inapropriadas. Haveria outros momentos. Em vez disso, ele a deixou cochilar durante o trajeto.

Quando finalmente parou em frente à casa de hóspedes, Julia dormia profundamente. Com um pequeno suspiro, Paul pegou uma cigarrilha, acendeu-a e ficou ali, fumando e observando-a.

Julia Summers era um desafio. Diabos, ela era um paradoxo. Não havia nada que Paul gostasse mais do que desvendar um mistério. A princípio, pretendera apenas se aproximar dela, se certificar de que os interesses de Eve fossem protegidos. No entanto... Sorriu ao atirar a cigarrilha para fora da janela. Não havia nenhuma lei que o proibisse de aproveitar a proximidade quando tinha a chance.

Acariciou de leve o cabelo de Julia, e ela soltou um murmúrio. Correu a ponta do dedo pela sua face, e ela suspirou.

Pego de surpresa por uma súbita reviravolta em seu estômago, ele se afastou, tentando pensar com clareza. Em seguida, entregando-se ao hábito de uma vida, fez o que tinha vontade de fazer. Cobriu a boca de Julia com a sua enquanto ela dormia.

Tranquila e relaxada pelo sono, os lábios dela cederam sob os dele, entreabrindo-se quando Paul deslizou a língua por cima deles. Agora ele podia não apenas escutar o suspiro de Julia como sentir seu gosto. A sensação se espalhou pelo seu corpo, deixando-o sedento por mais. Suas mãos imploravam para tocá-la, mas ele as crispou, obrigando-se a se satisfazer apenas com aquela boca.

Algumas regras não podiam ser quebradas.

Ela sonhava, um sonho magnífico e glorioso. Descia flutuando um rio longo e tranquilo. Estava sendo levada pela corrente, cochilando naquela água azul e fresca. Os raios dourados do sol incidiam sobre seu corpo, transmitindo um calor suave, cicatrizante, compassivo.

Sua mente, turva de fadiga e vinho, recusava-se a fazer qualquer esforço para clarear a névoa. O sonho era envolvente demais.

Mas, então, o sol ficou mais forte, a corrente, mais rápida. Sua pele começou a emitir pequenas faíscas vermelhas de excitação.

Seus lábios moveram-se sob os dele, e, então, entreabriram-se com um gemido, convidando-o. Sem hesitar, ele deslizou a língua sobre a dela, enlouquecendo com sua resposta preguiçosamente sedutora.

Amaldiçoando-se em silêncio, mordiscou-lhe o lábio. Julia acordou, aturdida e confusa.

— Que diabos você pensa que está fazendo? — Ela se afastou e o empurrou, indignada. Quando a mão dela bateu em seu peito, Paul percebeu que ela era muito mais forte do que aparentava.

— Estou satisfazendo minha curiosidade. E arrumando um problema para nós dois.

Ela pegou a bolsa que estava em seu colo, mas conseguiu controlar a vontade de usá-la para esbofeteá-lo. As palavras surtiriam mais efeito:

— Eu não fazia ideia de que você estava tão desesperado, ou que não tivesse o menor senso de certo ou errado. É preciso alguma espécie de perversão para se aproveitar de uma mulher que está dormindo.

Os olhos dele se estreitaram, faiscaram e escureceram. Ao falar, sua voz saiu enganosamente tranquila:

— Se aproveitar é uma expressão forte demais, mas talvez você tenha razão. — Segurando-a pelos ombros, puxou-a para si. — Agora você está acordada.

Dessa vez, sua boca não foi doce nem sedutora, e sim quente e exigente. Julia sentiu o gosto da raiva, da frustração. E sentiu o desejo atravessar-lhe o corpo como uma lança.

Ela o desejava. Esquecera-se de como era desejar de verdade. A sede por um homem, tal como a sede por água. Com as defesas em frangalhos, foi tomada por um misto de sensações, desejos e necessidades. O bombardeio deixou-a fraca o suficiente para que se agarrasse a ele, faminta o bastante para se entregar desesperadamente ao beijo, e retribuir.

Seus braços o envolveram como cordas, unindo-os, amarrando-os. Sua boca — céus, sua boca movia-se com avidez, frenética, quente. Ele sentiu o corpo dela ser sacudido por rápidos e indefesos tremores, e escutou sua respiração ofegante. Esqueceu-se da raiva, e a frustração deu lugar à paixão. Restou apenas o desejo.

Seus dedos enterraram-se no cabelo dela, entrelaçando-se com força. Ele a queria ali, no banco do carro. Ela o fazia se sentir como um adolescente inexperiente, um garanhão desesperado para cruzar. E como um homem que deixa de lado o bom senso e mergulha de cabeça rumo ao desconhecido.

— Vamos entrar. — Paul podia escutar seu próprio sangue bombeando enquanto os lábios deslizavam sobre os dela, frenéticos. — Deixe-me levá-la para a cama.

Quando os dentes dele arranharam de leve sua garganta, Julia quase gritou de desespero. Mas lutou para se recobrar. Responsabilidade. Ordem. Cautela.

— Não. — Julia lançou mão de todos os anos de autocontrole, pontuados por lembranças dolorosas, e conseguiu resistir: — Não é isso que eu quero.

Ao tomar seu rosto entre as mãos, Paul percebeu que ele também estava tremendo.

— Você é uma péssima mentirosa, Julia.

Ela precisava recuperar o controle. Seus dedos se fecharam em volta da bolsa como garras ao olhar para ele. Paul parecia perigoso sob o luar. Irresistível, impulsivo. Perigoso.

— Não é isso que eu quero para mim — disse ela. Colocou a mão sobre a maçaneta da porta e puxou-a duas vezes antes de conseguir abri-la. — Você cometeu um erro, Paul. — Atravessou correndo o gramado e entrou na casa.

— Não há dúvida quanto a isso — murmurou ele.

Já dentro de casa, Julia recostou-se contra a porta. Não podia subir correndo naquele estado. Inspirou fundo algumas vezes para acalmar as marteladas de seu coração. Em seguida, apagou a luz que CeeCee deixara acesa e subiu. Uma rápida espiada no quarto extra mostrou que CeeCee estava dormindo. Passou para o quarto em frente e observou o filho.

Isso foi o suficiente para acalmá-la, para assegurar-lhe de que tinha feito a escolha certa ao fugir de Paul. Não podia permitir que suas conturbadas necessidades pusessem em risco o que construíra. Não havia espaço para homens como Paul Winthrop em sua vida. Para amantes habilidosos que excitavam, seduziam e depois iam embora. Demorou um tempo ajeitando as cobertas de Brandon antes de seguir para seu próprio quarto.

A tremedeira recomeçou. Com um palavrão, Julia jogou a bolsa em cima da cama. Ela deslizou e caiu no chão, espalhando seu conteúdo. Embora tenha ficado tentada a chutar cada coisa para um lado, Julia se ajoelhou para pegar a caixinha do pó, o pente e a carteira.

E viu o papel dobrado.

Estranho, pensou. Não se lembrava de ter posto nenhum papel na bolsa. Ao abri-lo, teve de usar a cama como apoio para se levantar:

OLHE ANTES DE PULAR.

Deixando os objetos que haviam caído da bolsa espalhados pelo chão, sentou-se na cama. Que diabos era aquilo? E o que ela ia fazer com relação a isso?

Capítulo Sete
♦♦♦♦

JULIA OBSERVOU Brandon sair para a escola, grata por vê-lo dentro do discreto Volvo preto com Lyle ao volante. Brandon estaria seguro com o motorista.

Claro que não havia nada com o que se preocupar. Repetira isso diversas vezes no decorrer da noite que passara sem dormir. Dois bilhetes anônimos idiotas não podiam machucá-la — e certamente não podiam machucar seu filho. Contudo, ia se sentir melhor depois que investigasse tudo aquilo a fundo. Algo que pretendia fazer imediatamente.

De repente, pensou sobre como era estranho observar seu menino sair para seu próprio mundinho de aulas e recreios, num lugar fora de seu controle.

Assim que o carro sumiu de vista, fechou a porta para bloquear o ar frio da manhã. Podia escutar CeeCee acompanhando alegremente o rádio enquanto arrumava a cozinha. Sons alegres — o tilintar da louça e a voz jovem e animada competindo com o interessante timbre de Janet Jackson. Não gostava de admitir que isso lhe dava forças pelo simples fato de que significava que não estava sozinha. Levou sua xícara semivazia de volta para a cozinha, a fim de completá-la com café.

— Foi um excelente café da manhã, srta. Summers. — Com o cabelo preso num rabo de cavalo meio frouxo, CeeCee passou um pano úmido pela bancada enquanto batia o pé no chão, acompanhando a música seguinte da lista de quarenta sucessos. — Não consigo imaginar alguém como você cozinhando.

Ainda sonolenta, Julia se serviu de mais café.

— Alguém como eu?

— Bem, famosa e tudo mais.

Julia sorriu. Era confortavelmente fácil descartar o indistinto peso da preocupação.

— Quase famosa. Talvez famosa por tabela, depois da noite passada.

Com seus grandes olhos azuis e o rosto lavado, CeeCee suspirou.

— Foi tão bom assim?

Duas mulheres numa cozinha ensolarada, e nenhuma delas estava falando de um jantar beneficente cheio de celebridades. E sim de um homem.

Julia pensou na dança com Paul, no momento em que acordara extremamente agitada, com o calor da sua boca sobre a dela. E a necessidade que partira dele e se apossara dela com um pulsar muito mais primitivo do que o de qualquer música já gravada.

— Foi... diferente.

— O sr. Winthrop não é simplesmente maravilhoso? Toda vez que eu falo com ele, minha boca fica seca e minhas mãos, úmidas. — Ela fechou os olhos enquanto enxaguava o pano. — Selvagem demais.

— Ele é o tipo de homem que é difícil a gente não notar — comentou Julia, num tom de voz cheio de ironia diante da modéstia da própria declaração.

— Isso é o que você está dizendo. As mulheres ficam loucas com ele. Acho que ele nunca trouxe uma mesma mulher aqui duas vezes. Essa é uma cidade promíscua, entende?

— Hum. — Julia tinha sua própria opinião sobre um homem que pulava tão arbitrariamente de mulher para mulher. — Ele me parece devotado à srta. Benedict.

— Com certeza. Acho que ele faria qualquer coisa por ela... exceto se amarrar e lhe dar os netos que ela tanto deseja. — CeeCee afastou a franja do rosto. — É engraçado pensar na srta. B como avó.

Engraçado não era a palavra que vinha à mente de Julia. Algo mais como *inacreditável*.

— Há quanto tempo você trabalha para ela?

— Tecnicamente, uns dois anos, mas vivo por aqui desde que me entendo por gente. A tia Dottie costumava me deixar vir para cá nos finais de semana e durante as férias de verão.

— Tia Dottie?

— Travers.

— Travers? — Julia quase engasgou com o café, tentando imaginar qualquer semelhança entre a governanta de lábios crispados e olhos desconfiados e a expansiva CeeCee. — Ela é sua tia?

— É, ela é a irmã mais velha do meu pai. Travers é um nome artístico. Ela fez alguns trabalhos como atriz na década de 1950, se não me engano. Mas nunca fez grande sucesso. Minha tia trabalha com a srta. B há séculos. É meio estranho quando você pensa que elas foram casadas com o mesmo homem.

Dessa vez, Julia teve o bom senso de apoiar a xícara na mesa antes de tentar tomar outro gole do café.

— Como é que é?

— Anthony Kincade — explicou CeeCee. — Você sabe, o diretor? A tia Dottie se casou com ele primeiro. — Um olhar de relance para o relógio fez com que ela empertigasse o corpo que estava apoiado preguiçosamente contra a bancada. — Uau, preciso ir. Tenho aula às dez. — Saiu correndo em direção à sala para pegar seus livros e sacolas. — Volto amanhã para trocar a roupa de cama. Tem problema se eu trouxer meu irmão caçula? Ele quer muito conhecer o Brandon.

Julia assentiu com um meneio de cabeça, ainda tentando se recobrar.

— Pode trazer. Vai ser bom tê-lo por aqui.

CeeCee lançou um sorriso por cima do ombro enquanto corria para a porta.

— Quero ver você dizer isso depois de umas duas horas com ele.

Quando a porta fechou, Julia já estava ocupada fazendo seus cálculos mentais. Anthony Kincade. Aquela montanha de carne amarga fora casada tanto com a glamourosa Eve quanto com a monossilábica governanta. A curiosidade fez com que atravessasse correndo a sala e entrasse em seu escritório temporário para verificar os livros de referência. Julia murmurou e xingou por alguns minutos, tentando localizar o que nunca parecia estar no último lugar em que havia deixado.

Iria se organizar, iria, sim, jurou para qualquer que fosse o santo padroeiro dos escritores distraídos. Assim que satisfizesse sua curiosidade, passaria uma hora — tudo bem, quinze minutos — colocando tudo em ordem.

Aparentemente, o juramento funcionou. Julia agarrou o livro com um urro de vitória. Encontrou a lista sem demora no Quem é quem.

Kincade, Anthony, leu. Nascido em Hackensack, Nova Jersey, em 12 de novembro de 1920... Julia passou os olhos rapidamente por suas realizações, sucessos e fracassos. Casou-se com Margaret Brewster em 1942; dois filhos, Anthony Jr. e Louise; divorciou-se em 1947. Casou-se com Dorothy Travers em 1950; um filho, Thomas, falecido. Divorciou-se em 1953. Casou-se com Eve Benedict em 1954. Divorciou-se em 1959.

Havia ainda mais dois outros casamentos, que não a interessavam; era fascinante demais especular sobre aquele peculiar triângulo amoroso. Dorothy Travers — o nome fez um sininho soar de leve em sua cabeça — fora casada com Kincade por três anos, e lhe dera um filho. Kincade casara-se com Eve um ano após se divorciar de Travers. Agora, ela trabalhava para Eve como governanta.

Como duas mulheres que haviam compartilhado o mesmo homem conseguiam dividir a mesma casa?

Essa era uma pergunta que Julia pretendia fazer. Mas primeiro ia mostrar para Eve os bilhetes anônimos que recebera, esperar sua reação e, quem sabe, conseguir uma explicação. Colocou o livro de lado, a barganha com o santo sofredor já completamente esquecida.

Quinze minutos depois, Travers abriu a porta da casa principal. Ao analisar a estampa da mulher, o rosto carrancudo e a barriga saliente, Julia imaginou como ela podia ter atraído o mesmo homem que a estonteante e perfeita Eve.

— Ela está na sala de ginástica — murmurou Travers.

— Como?

— Na sala de ginástica — repetiu a governanta, e seguiu na frente com seu jeito relutante. Ela virou em direção à ala leste e continuou por um corredor com vários e intricados nichos na parede, cada qual com uma estatueta de Erté, pintor e estilista francês. À direita ficava uma grande janela em arco que dava para o jardim central, onde Julia viu o jardineiro, de óculos escuros e fones de ouvido, podando delicadamente as plantas decorativas.

O corredor terminava num par de maciças portas duplas pintadas de azul-petróleo. Travers nem bateu, apenas abriu uma das portas. O corredor foi imediatamente invadido por uma música alta e animada, e pelos constantes xingamentos de Eve.

Julia jamais teria chamado aquele aposento pelo humilde nome de *sala de ginástica*. Apesar dos equipamentos de musculação, das pranchas inclinadas, da parede espelhada e da barra de balé, ele era elegante. Um palácio devotado ao exercício, pensou Julia, analisando o teto alto pintado com figuras em estilo *art déco*. A luz entrava na sala por um trio de claraboias em vitral, num arco-íris de cores refratárias. Um palácio não, corrigiu-se. Um templo dedicado ao arrogante deus do suor.

O piso de madeira encerada brilhava, e um reluzente bar de vidro fumê, com direito a geladeira e micro-ondas, tomava toda uma parede. A música provinha de um sofisticado aparelho de som, localizado entre vasos de begônias e gigantescas figueiras.

Eve estava deitada num banco acolchoado, exercitando as pernas, com o sr. Músculos em pé ao seu lado. Julia soltou um longo suspiro ao observá-lo, temporariamente embasbacada. Ele devia ter uns dois metros de altura — um deus nórdico com o corpo bronzeado coberto por um minúsculo macaquinho de lycra. O tecido branco colante deixava à mostra a maior parte do tórax reluzente, cobria-lhe os quadris como uma segunda pele e terminava logo abaixo do bumbum bastante musculoso.

O cabelo louro estava preso num rabo de cavalo, e seus olhos azul-claros sorriam como se aprovassem os xingamentos que Eve soltava e que tornavam o ar muito mais quente e intenso.

— Pro inferno com isso, Fritz!

— Só mais cinco repetições, minha flor — disse ele, num inglês perfeito e cadenciado que levou Julia a pensar em lagos de água fresca e córregos montanhosos.

— Você está me matando.

— Estou deixando-a mais forte. — Assim que ela terminou, bufando, a última das repetições, ele pousou uma das mãos enormes em sua coxa e apertou. — Você tem o tônus muscular de uma mulher de 30 anos. — Em seguida, deu-lhe uma palmadinha cheia de intimidade no bumbum.

Pingando de suor, Eve desmoronou.

— Se algum dia eu conseguir andar de novo, vou dar um belo chute nesse seu saco gigantesco.

Ele riu, deu-lhe outra palmadinha e sorriu para Julia.

— Oi.

Com dificuldade, Julia engoliu em seco. O último comentário de Eve a fizera baixar os olhos e comprovar que o adjetivo não era um exagero.

— Sinto muito. Não quero interromper.

Eve conseguiu abrir os olhos. Se tivesse energia para tanto, teria rido. A maioria das mulheres ficava de queixo caído, com aquele ar estupefato, ao ver Fritz pela primeira vez. Ficou feliz ao notar que Julia não era imune.

— Graças a Deus. Travers, sirva-me algo bem gelado... e ponha um pouco de arsênico na bebida do meu amigo aqui.

Fritz riu de novo, um som forte e alegre que suplantou com facilidade os criativos insultos de Eve.

— Pode beber um pouco, mas depois vamos trabalhar nesses braços. Você não vai querer que a pele fique pendurada como a de um peru.

— Eu volto depois — disse Julia, e Eve se virou.

— Não, fique. A sessão de tortura está quase acabando. Não está, Fritz?

— Quase. — Ele pegou a bebida que Travers lhe ofereceu e tomou tudo de um gole só, antes mesmo que a governanta conseguisse deixar o aposento. Enquanto Eve enxugava o rosto numa toalha, analisou Julia. A expressão em seus olhos deixou-a incomodada. Brandon ficava com a mesma cara quando lhe ofereciam um belo pedaço de massinha para modelar. — Você tem belas pernas. Costuma malhar?

— Na verdade, não. — O que era considerado um terrível pecado no sul da Califórnia, lembrou-se. Pessoas eram enforcadas por muito menos. Estava imaginando se devia se desculpar quando ele se aproximou e começou a apalpar-lhe os braços. — Ei...

— Braços magros. — Ela ficou de boca aberta quando ele correu as mãos por sua barriga. — Abdômen forte. A gente pode dar um jeito em você.

— Obrigada. — Os dedos dele eram como barras de ferro, e ela não queria irritá-lo. — Mas eu realmente não tenho tempo.

— Você precisa encontrar tempo para o seu corpo — disse Fritz com tamanha seriedade que Julia engoliu o riso nervoso. — Venha na próxima segunda. Vou montar uma série para você.

— Eu realmente não acho...

— É uma ótima ideia — intrometeu-se Eve. — Odeio ser torturada sozinha. — Fez uma careta quando Fritz arrumou os pesos no aparelho para o exercício dos braços. — Sente-se, Julia. Você pode conversar comigo e me fazer esquecer da minha desgraça.

— Segunda uma ova — murmurou Julia.

— O que você disse?

Ela sorriu enquanto Eve se posicionava no aparelho.

— Eu disse que estava pensando se o tempo vai continuar assim.

Eve, que escutara muito bem da primeira vez, apenas ergueu uma sobrancelha.

— Foi o que eu imaginei. — Uma vez posicionada, inspirou fundo e começou a puxar os pesos para junto do peito, afastando-os em seguida. — Gostou da noite de ontem?

— Gostei, obrigada.

— Tão educada. — Eve sorriu para Fritz. — Ela não xingaria voce.

Julia observou os músculos de Eve se retesarem. O suor começou a brotar de novo.

— Ah, sim, xingaria sim.

Eve riu, mesmo enquanto o esforço fazia o suor escorrer por sua pele.

— Sabe qual é o problema de ser bonita, Julia? Todo mundo nota o menor defeitinho... as pessoas adoram encontrá-los. Sendo assim, você precisa se manter. — Sentindo o esforço dos próprios músculos, ela inspirou fundo e soltou o ar. — É como uma religião. Estou determinada a fazer o melhor que eu posso pelo corpo que Deus e os cirurgiões me deram. Não vou dar a ninguém a satisfação de dizer que eu *era* bonita. — Fez uma pequena pausa para xingar ao sentir os braços latejarem. — Algumas pessoas dizem que são viciadas nisso. Só posso imaginar que elas são doentes, muito doentes. Quantos mais? — perguntou a Fritz.

— Vinte.

— Cretino. — Mas ela não diminuiu o ritmo. — Quais foram as suas observações sobre a noite passada?

— Que um grande número de pessoas se preocupa tanto com a caridade quanto com a publicidade. Que a nova Hollywood nunca terá a mesma classe que a antiga. E que Anthony Kincade é um homem desagradável e potencialmente perigoso.

— E eu pensando se você poderia se deixar iludir com facilidade. Pelo visto, não. Quantos mais, seu filho da mãe?

— Cinco.

Eve terminou a série entre um xingamento e outro, arfando como uma mulher nos últimos momentos do parto. Quanto mais fortes os insultos, maior o sorriso de Fritz.

— Espere um pouco — falou para Julia. Em seguida, colocou-se de pé e desapareceu por uma porta.

— Ela é uma mulher encantadora — comentou Fritz. — Forte.

— É mesmo. — Contudo, ao tentar imaginar a si mesma levantando peso com quase 70 anos de idade, Julia estremeceu. Aceitaria a flacidez de bom grado. — Você não acha que isso é esforço demais, levando em consideração a idade dela?

Fritz olhou de relance para a porta por onde Eve saíra e ergueu uma sobrancelha. Sabia que se ela tivesse escutado esse comentário, faria bem mais do que apenas xingar.

— Para uma pessoa normal, sim, mas não para Eve. Sou um personal trainer. Montei esse programa especialmente para ela, para o corpo e a mente dela. Seu espírito. Todos os três são fortes. — Ele andou até uma das janelas. Ao lado ficava uma mesa de massagem e uma prateleira com óleos e cremes. — Para você, eu montaria um programa diferente.

Julia queria fugir desse assunto. E rápido.

— Há quanto tempo você trabalha como personal trainer dela?

— Cinco anos. — Após escolher os óleos, Fritz usou o controle remoto para trocar a música. Colocou uma clássica, tranquila. — Ela me trouxe vários clientes. Mas se eu tivesse de escolher apenas um, escolheria Eve.

Ele pronunciou o nome de Eve de modo quase reverente.

— Ela inspira lealdade.

— Ela é uma grande dama. — Fritz levou um pequeno frasco ao nariz, fazendo Julia pensar em Ferdinando, o Touro, cheirando as flores. — Você está escrevendo o livro dela.

— Estou.

— Certifique-se de dizer que ela é uma grande dama.

Eve voltou embrulhada num roupão branco curto, com o cabelo úmido e o rosto corado e brilhante. Sem dizer uma única palavra, andou até a mesa, despiu-se com a naturalidade de uma criança e se deitou de barriga para baixo. Fritz jogou uma toalha de maneira descuidada sobre seus quadris e se pôs a trabalhar.

— Depois do inferno vem o paraíso. — Ela suspirou. Apoiou o queixo nas mãos fechadas e fitou Julia com um brilho nos olhos. — Talvez seja bom você incluir que eu passo por essa tortura infernal três vezes por semana. E, embora eu odeie cada minuto, isso mantém meu corpo em forma o suficiente para que Nina tenha de rejeitar anualmente a oferta da *Playboy*, e me dá resistência para aguentar as dez, doze horas de filmagens sem desmoronar. Na verdade, vou roubar Fritz quando for para a Geórgia. Ele tem as melhores mãos em todos os cinco continentes.

Ele corou como um menininho ao escutar o elogio.

Enquanto Fritz usava as mãos para massagear e relaxar os músculos de Eve, Julia focou a conversa em saúde, exercícios e rotinas diárias. Pacientemente esperou Eve vestir o roupão de novo e trocar um beijo muito íntimo e terno com seu treinador. Pensou na cena que testemunhara no jardim e imaginou como uma mulher tão apaixonada por um homem conseguia flertar de modo tão descarado com outro.

— Segunda-feira — falou Fritz para Julia, com um aceno de cabeça enquanto vestia uma calça de malha. — Vamos montar sua série.

— Ela virá — prometeu Eve, antes que Julia pudesse, educadamente, recusar. Deu uma risadinha quando Fritz pegou sua sacola de ginástica e saiu da sala. — Considere isso como parte da sua pesquisa — aconselhou. — Bom, o que achou dele?

— Eu estava babando?

— Só um pouquinho. — Eve flexionou os músculos cansados e pegou um maço de cigarros no bolso do roupão. — Meu Deus, estou morrendo de vontade de fumar. Não tenho coragem... ou talvez audácia... de fumar perto do Fritz. Você pode nos preparar um drinque? Quero bastante champanhe no meu.

Enquanto Julia se levantava para fazer o que lhe fora pedido, Eve deu uma longa e forte tragada no cigarro.

— Não consigo pensar em outro homem no mundo que me faça desistir de fumar, ainda que apenas por algumas horas. — Soltou outra baforada de fumaça quando Julia lhe entregou o drinque. Sua risada foi rápida e forte, como se risse de uma piada particular. — Quanto mais eu a conheço, Julia, maior a facilidade que tenho em interpretá-la. No momento, você está dando o máximo de si para não me julgar, imaginando como eu posso justificar um romance com um homem que tem idade para ser meu filho.

— Não cabe a mim julgar.

— Não, não cabe, e você está determinada a fazer apenas o seu trabalho. Só para que fique claro, eu não tentaria justificar, simplesmente aproveitaria a situação. Mas o fato é que não estou tendo um caso com aquele fabuloso pedaço de mau caminho, pela simples razão de que ele, obstinadamente, é gay. — Ela riu e tomou um gole do drinque. — Agora você está chocada, e dizendo a si mesma para não ficar.

Incomodada, Julia trocou de posição e tomou um gole do seu próprio drinque.

— Sou eu quem deve explorar os seus sentimentos, e não você os meus.

— A coisa funciona nos dois sentidos. — Eve levantou-se da mesa de massagem e se enroscou como uma gata numa cadeira de vime cheia de almofadas. Cada movimento de seu corpo era sinuosamente feminino, sedutor. Ocorreu a Julia que a jovem Betty Berenski escolhera muito bem o nome. Eve era uma mulher em todos os sentidos... tão imortal e misteriosa quanto a primeira Eva. — Até o final do livro, eu e você iremos nos conhecer tão bem quanto duas pessoas podem conhecer uma à outra. Seremos mais íntimas do que dois amantes, mais ligadas do que mãe e filha. À medida que formos forjando uma confiança mútua, você irá compreender o objetivo do livro.

No intuito de deixar as coisas num plano mais confortável, Julia pegou o gravador e o caderno.

— Que motivo eu teria para não confiar em você?

Eve sorriu através da cortina de fumaça. Os segredos, maduros como ameixas prontas a serem colhidas, cintilaram em seus olhos.

— É verdade, que motivo? Vamos lá, Julia, faça as perguntas que estão fervilhando nessa sua cabecinha. Estou disposta a respondê-las.

— Anthony Kincade. Por que não me conta sobre seu casamento com ele, e como a segunda mulher dele passou de atriz de filmes B a sua governanta?

Em vez de responder, Eve deu mais uma tragada no cigarro e ponderou:

— Você andou conversando com CeeCee.

Julia notou um quê de irritação no comentário, o bastante para deixá-la satisfeita. Talvez elas conseguissem alcançar um nível de confiança e intimidade, porém isso teria de acontecer em pé de igualdade.

— Conversei, sim, verdade. Se você não queria que ela me contasse alguma coisa, devia ter dito isso a ela. — Ao ver que Eve permanecia em silêncio, Julia bateu com o lápis no caderno. — Ela comentou hoje de manhã que costumava vir muito aqui quando criança, para visitar a tia Dottie. Naturalmente, eu quis saber quem era essa tia.

— E você aproveitou a deixa.

— Faz parte do meu trabalho desencavar informações — disse Julia, com calma, não apenas percebendo a irritação de Eve crescer, mas apreciando o fato. Talvez fosse mesquinho, pensou, mas gostava de ver que tinha finalmente conseguido penetrar as defesas de Eve.

— Bastava me perguntar.

— É exatamente o que estou fazendo agora. — Julia inclinou ligeiramente a cabeça, num ângulo tal que poderia parecer tanto um desafio quanto alguém se preparando para revidar um ataque. — Se pretendia guardar segredos, Eve, escolheu a biógrafa errada. Eu não trabalho com uma venda nos olhos.

— A história é minha. — Os olhos de Eve pareciam duas afiadas foices verdes. Julia percebeu a ameaça, mas recusou-se a ceder.

— Sim, eu sei. Mas por sua própria escolha, ela é minha também. — Trincou os dentes e trancou o maxilar, como um lobo agarrado a um osso suculento. Sua força de vontade agora se equiparava à de Eve. Seus músculos estavam retesados. Os nervos fumegavam como brasas incandescentes em seu estômago. — Se você quer alguém que se curve à sua vontade, é melhor pararmos agora. Eu volto para Connecticut e a gente deixa nossos advogados resolverem as coisas. — Fez menção de se levantar.

— Sente-se. — A voz de Eve tremia de raiva. — Sente-se, merda! Já entendi o seu ponto de vista.

Meneando a cabeça em aquiescência, Julia acomodou-se na cadeira de novo. Enfiou discretamente a mão no bolso e tirou um antiácido.

— Eu gostaria de entender o seu, mas isso não será possível se você me cortar sempre que eu tocar num assunto que a incomoda.

Eve ficou em silêncio por alguns momentos, enquanto a raiva cedia e dava lugar a um relutante respeito.

— Já vivi muito — falou, por fim. — Estou acostumada a fazer as coisas do meu jeito. Vamos ver, Julia, vamos ver se conseguimos encontrar uma forma de combinar o seu jeito com o meu.

— Muito justo. — Ela enfiou o antiácido na boca, esperando que tanto ele quanto a pequena vitória a ajudassem a acalmar o estômago em brasa.

Eve levou o copo aos lábios, tomou um gole e se preparou para abrir uma porta há muito trancada e enferrujada.

— Me conte o que você sabe.

— Foi muito fácil verificar que Dorothy Travers foi a segunda mulher de Kincade, de quem ele se divorciou apenas uns poucos meses antes de se casar com você. Não consegui situá-la muito bem a princípio, mas depois me lembrei que ela havia trabalhado em mais ou menos uma dúzia de filmes B durante a década de 1950. Em sua maior parte, filmes góticos e de terror, até que Travers saiu de cena. Imagino que isso aconteceu porque ela veio trabalhar para você.

— Nada é tão simples assim. — Embora continuasse irritada por não ter sido a primeira a falar sobre o caso, Eve deu de ombros e continuou: — Ela veio trabalhar comigo alguns meses depois que Tony e eu nos divorciamos. Isso aconteceu, pai do céu, há mais de trinta anos. Você acha isso estranho?

— Que duas mulheres tenham desenvolvido um forte e duradouro relacionamento por três décadas depois de terem sido apaixonadas pelo mesmo homem? — A tensão deu lugar ao interesse. — Acredito que sim.

— Apaixonadas? — Eve sorriu enquanto se espreguiçava de forma ostensiva. Sempre se sentia magnífica depois de malhar com Fritz. Purificada, energizada e satisfeita. — Ah, Travers talvez o tenha amado por um curto período. No entanto, Tony e eu nos casamos apenas por luxúria e ambição. Algo completamente diferente. Ele era lindo naquela época. Um homem grande, forte e muito perigoso. Quando ele me dirigiu em *Separate Lives*, seu casamento estava desmoronando.

— Ele e Travers tiveram um filho que morreu.

Eve hesitou e tomou um gole do drinque. Talvez Julia a tivesse encurralado, mas só havia um jeito de contar a história. O seu jeito.

— A perda do filho destruiu a base do casamento deles. Travers não conseguia nem queria esquecer. E Tony estava determinado a colocar uma pedra no assunto. Ele sempre foi totalmente egocêntrico. Isso era parte do seu charme. Eu não sabia de todos os detalhes quando começamos a sair. Isso... nosso caso e subsequente casamento... foi um escândalo sem grande importância na época.

Julia já anotara uma pequena observação para dar uma olhada nos números antigos da *Photoplay* e da *Hollywood Reporter*.

— Travers não era uma atriz famosa o suficiente para despertar simpatia ou indignação. Você acha isso arrogante — comentou Eve. — É apenas a verdade. Nosso pequeno triângulo ganhou umas poucas linhas em algumas colunas, mas foi logo esquecido. As pessoas ficaram muito mais incomodadas quando Taylor roubou Eddie Fisher de Debbie Reynolds. — Achando tudo isso muito divertido, ela apagou o cigarro. — Eu talvez tenha sido, ou talvez não, a gota d'água que fez o copo transbordar.

— Vou perguntar a Travers.

— Estou certa de que sim. — Ela brandiu as mãos como quem descarta o assunto e se acalmou de novo. — É improvável que ela fale com você, mas pode tentar. Por ora, talvez ajude se eu começar pelo início, como acabei me relacionando com o Tony. Como eu disse, ele era um homem muito atraente, de um jeito perigoso. Eu tinha muito respeito por ele como diretor.

— Vocês só se conheceram na época que fizeram *Separate Lives*?

— Ah, a gente já tinha se esbarrado antes... como acontece com frequência nessa nau dos insensatos. No entanto, um set de filmagens, Julia, é um universo pequeno e particular, à parte da realidade. Ou melhor, imune a ela. — Sorriu consigo mesma. — Por mais difícil que seja trabalhar com a fantasia, ela é viciante. É por isso que muitos atores acabam se iludindo e acreditando que estão perdidamente apaixonados por outro personagem dessa bolha reluzente... pelo tempo que leva para fazer um filme.

— Mas você não se apaixonou pelo ator com quem contracenava — observou Julia. — E sim pelo diretor.

Com as pálpebras semicerradas, Eve voltou no tempo:

— Foi um filme difícil, muito obscuro, muito desgastante. A história era sobre um casamento condenado, com direito a traição, adultério e colapso emocional. Tínhamos passado o dia inteiro filmando a cena em que minha personagem finalmente tomava conhecimento da infidelidade do marido, e pensava em suicídio. Eu tirava a roupa, ficando só de calcinha e sutiã, os dois de renda preta, passava batom e colocava um pouco de perfume. Ligava o rádio e dançava, sozinha. Abria uma garrafa de champanhe e bebia, à luz de velas, enquanto engolia um comprimido para dormir atrás do outro.

— Eu me lembro dessa cena — murmurou Julia. Mesmo naquela sala iluminada, com cheiro de suor e óleos perfumados, conseguiu visualizar a cena nitidamente. — Foi terrível, trágico.

— Tony queria emoção, que eu me mostrasse tão eufórica quanto desesperada. Foram várias tomadas, mas ele ainda não estava satisfeito. Senti como se minhas emoções estivessem sendo arrancadas à força, em estado latente, para serem trituradas até virarem pó. A mesma cena, hora após hora. Quando assisti à montagem prévia no final do dia, vi que ele tinha conseguido exatamente o que queria de mim. A exaustão, a raiva, a infelicidade e o brilho nos olhos, decorrente do ódio.

Ela sorriu, vitoriosa. Aquele fora, e continuava sendo, um dos seus melhores momentos nas telas.

— Quando terminamos de arrumar as coisas, fui para o meu camarim. Minhas mãos estavam tremendo. Merda, minha alma estava tremendo. Ele entrou atrás de mim e trancou a porta. Meu Deus, lembro perfeitamente da expressão dele, parado ali, os olhos incandescentes. Gritei e chorei, cuspi veneno suficiente para matar dez homens. Ele me agarrou e eu revidei, arrancando sangue. Tony rasgou meu roupão. Arranhei e mordi. Ele me jogou no chão e avançou na calcinha de renda preta, deixando-a em frangalhos, tudo sem dizer uma única palavra. Meu Deus, transamos como uma dupla de cães selvagens.

Julia engoliu em seco.

— Ele a estuprou.

— Não. Seria mais fácil mentir e dizer que sim, mas, quando caímos no chão do camarim, eu estava mais do que excitada. Estava maníaca. Se eu não o quisesse, ele teria me estuprado. Foi inacreditavelmente estimulante perceber isso. Pervertido — acrescentou, acendendo outro cigarro —, mas muito excitante. Tivemos uma relação depravada desde o começo. Durante os três primeiros anos do casamento, foi o melhor sexo que eu já havia tido. Quase sempre violento, quase sempre à beira de algo indescritível.

Com uma rápida risada, Eve se levantou para preparar outro drinque.

— Bem, após cinco anos casada com Tony, nada nem ninguém pode me chocar de novo. Eu me considerava uma mulher bem-informada... — Com os lábios contraídos, Eve acrescentou o champanhe quase até a borda e, em seguida, preparou outro copo para Julia. — É humilhante admitir que eu entrei naquele casamento tão inocente quanto um cordeirinho. Ele era um profundo conhecedor dos desvios sexuais, das coisas sobre as quais ninguém falava na época. Sexo oral, sexo anal, escravidão, sadomasoquismo, voyeurismo. Tony tinha um armário cheio de brinquedinhos depravados. Achei alguns divertidos, outros revoltantes e outros, excitantes. Só que havia também as drogas.

Eve tomou um gole grande o bastante para que o champanhe não derramasse enquanto andava. Julia pegou o segundo copo que lhe foi oferecido. Ali, naquele momento, não lhe pareceu algo tão estranho tomar champanhe antes do almoço.

— No quesito drogas, Tony estava muito à frente do seu tempo. Ele gostava de alucinógenos. Eu mesma experimentei alguns, mas eles nunca me atraíram muito. Tony, porém, era um glutão com relação a toda e qualquer coisa, e gostava de abusar. Comida, álcool, drogas, sexo. Mulheres.

A lembrança a machucava, percebeu Julia, descobrindo que tinha vontade de protegê-la. Elas haviam travado uma luta de vontades, porém Julia não gostava quando a vitória causava sofrimento.

— Eve, a gente não precisa falar sobre tudo isso agora.

Com esforço, Eve livrou-se da tensão e se sentou de volta na cadeira com tanta flexibilidade quanto um gato se enroscando num tapete.

— Como você entra numa piscina gelada, Julia? Pouco a pouco ou de uma vez só?

Um sorriso despontou-lhe nos lábios e se expandiu para os olhos.

— Eu mergulho de cabeça.

— Ótimo. — Eve tomou outro gole, desejando o gosto de algo fresco em sua garganta antes de mergulhar. — O começo do fim foi a noite em que ele me prendeu à cama. Com algemas de veludo. Nada que a gente já não tivesse feito antes, aproveitado antes. Chocada?

Julia não conseguia sequer imaginar como seria — ficar tão indefesa, totalmente entregue às mãos de outra pessoa. Será que servidão era sinônimo de confiança? Tampouco conseguia imaginar uma mulher como Eve disposta a se subjugar daquela forma. Deu de ombros.

— Não sou uma puritana.

— É, sim. Essa é uma das coisas que eu mais gosto em você. Debaixo de toda essa sofisticação, bate o coração de uma puritana. Não fique irritada — disse Eve, descartando a reclamação com um aceno de mão. — Isso é reconfortante.

— Eu diria que é um insulto.

— De jeito nenhum. Vou lhe avisar, minha jovem, quando uma mulher se entrega sexualmente a um homem, se entrega de verdade, ela faz coisas que a deixariam roxa de vergonha à luz do dia. Mesmo que esteja louca para fazer de novo. — Ela se recostou na cadeira como uma rainha, segurando o copo com as duas mãos. — Mas chega de sabedoria feminina... você irá descobrir por si só. Se tiver sorte.

Se tivesse sorte, pensou Julia, sua vida continuaria do jeito que era.

— Você estava me falando sobre Anthony Kincade.

— É verdade. Ele gostava, hum, suponho que podemos chamar de fantasias. Naquela noite, Tony usava uma tanga de couro preta e uma máscara de seda. Ele já estava começando a engordar, portanto o efeito se perdeu um pouco. Tony acendeu velas pretas. E incenso. Esfregou óleo no meu corpo até me deixar brilhante e trêmula de excitação. Começou a fazer coisas comigo, coisas maravilhosas, sempre parando quando eu estava a ponto de gozar. E quando eu já estava desesperada por ele... Meu Deus, por qualquer um... Ele se levantou e abriu a porta. E deixou entrar um rapazinho.

Eve fez uma pausa para beber. Ao falar de novo, sua voz saiu fria e indiferente:

— O garoto não podia ter mais do que uns 16, 17 anos. Eu me lembro de ter xingado Tony, de ameaçá-lo, até mesmo implorar, enquanto ele despia o menino. Enquanto o tocava com aquelas mãos fantasticamente cruéis. Descobri que mesmo depois de quase quatro anos casada com um homem como Tony eu ainda era inocente em algumas coisas, ainda era capaz de ficar escandalizada. Como não conseguia olhar para o que eles estavam fazendo, fechei os olhos. Em seguida, Tony trouxe o menino até mim e disse a ele para fazer o que quisesse, enquanto ele próprio observava. Percebi que o garoto era muito menos inocente do que eu. Ele me usou de todas as maneiras que uma mulher pode ser usada. Enquanto o garoto ainda estava dentro de mim, Tony se ajoelhou atrás dele e... — Sua mão não estava firme quando ela levantou o cigarro, mas a voz continuou seca: — Tivemos uma foda a três. Isso continuou por horas, com eles trocando de posição diversas vezes. Parei de xingar, de implorar, de chorar, e comecei a planejar. Depois que o garoto se foi e Tony me soltou, esperei até que ele pegasse no sono. Desci até a cozinha e peguei a maior faca que consegui encontrar. Quando

Tony acordou, eu segurava o pau dele com uma das mãos e a faca com a outra. Disse a ele que jamais me tocasse de novo, ou eu o castraria, que teríamos um divórcio rápido e discreto, e que ele concordaria em deixar para mim a casa, com tudo o que havia dentro, o Rolls-Royce, o Jaguar e a pequena cabana que tínhamos comprado nas montanhas. Se ele não concordasse, eu iria dar a seu pau um tratamento que ele nunca recebera antes. — Lembrar da expressão dele, do modo como balbuciara, a fez sorrir. Até que olhou de relance para Julia.

— Não chore — falou calmamente, ao ver as lágrimas escorrerem pelo rosto de Julia. — Recebi meu pagamento.

— Não há nada que pague uma coisa dessas. — Sua voz estava rouca, tomada por um ódio que jamais imaginara ser capaz de sentir. Ele cintilava em seus olhos. — Não pode haver.

— Talvez não. No entanto, quando isso for publicado, vou ter a minha vingança. Esperei muito tempo por ela.

— Por quê? — Julia secou as lágrimas com as costas da mão. — Por que você esperou?

— A verdade? — Eve suspirou e terminou o drinque. Sua cabeça começava a latejar, o que lhe causava um amargo ressentimento. — Vergonha. Eu tinha vergonha de ter sido usada desse jeito, de ter sido humilhada dessa forma.

— Mas você foi usada. Não tinha do que se envergonhar.

Eve baixou as pestanas longas e negras. Era a primeira vez que falava daquela noite — não a primeira em que a revivia, mas a única em que não fizera isso sozinha. Ainda machucava; não fazia ideia de que aquilo ainda pudesse machucar. Tampouco sabia que a compaixão incondicional pudesse ser tão apaziguadora, tão cicatrizante.

— Julia. — As pestanas levantaram de novo e, sob elas, seus olhos continuavam secos. — Você realmente acredita que não há vergonha alguma em ser usada?

Diante disso, Julia só conseguiu sacudir a cabeça, fazendo que não. Ela também havia sido usada. Não de forma tão aviltante, tão terrível, mas conhecia muito bem a vergonha que podia mordiscar os calcanhares de alguém por anos a fio.

— Não sei como você conseguiu se impedir de usar a faca, ou a história.

— Sobrevivência — respondeu Eve de modo simples. — Naquele momento da minha vida, eu também não queria que a história vazasse, tanto quanto Tony. E, então, veio Travers. Fui vê-la algumas semanas depois do divórcio, após descobrir vários rolos de filmes que Tony havia escondido. Não apenas de nós dois em várias façanhas sexuais, mas dele com outros homens, dele com duas garotas bem jovens. Aquilo me fez perceber que meu casamento tinha sido doentio. Acho que a procurei para provar a mim mesma que outra mulher também havia sido enganada, iludida, seduzida. Ela vivia sozinha num pequeno apartamento no centro da cidade. A pensão que Tony fora obrigado a lhe dar mal dava para cobrir o aluguel e as demais despesas. Sendo que as demais despesas significavam a instituição de tratamento para o filho dela.

— O filho?

— A criança que Tony fazia questão que o mundo achasse que estava morta. O nome dele é Tommy. Ele tem um retardo grave, uma imperfeição que Tony sempre se recusou em aceitar. Ele prefere considerar o filho morto.

— Todos esses anos? — Julia foi tomada por um novo tipo de ódio, que a fez se levantar e andar até uma das janelas, onde talvez o ar estivesse mais limpo. — Ele virou as costas para o filho, e se manteve dessa forma por todos esses anos?

— Ele não foi o primeiro nem será o último a fazer isso, não é mesmo?

Julia virou-se de volta. Reconhecia a simpatia, a compreensão, e automaticamente se fechou.

— Essa escolha foi minha também. Além disso, eu não era casada com o pai do Brandon. Travers era casada com o pai do Tommy.

— É verdade, ela era, sim... mas Tony já tinha dois filhos perfeitamente saudáveis e mimados com sua primeira mulher. Ele optou por não reconhecer um filho com defeitos.

— Você devia tê-lo castrado.

— Ah, bom. — Eve sorriu de novo, satisfeita por perceber raiva em vez de tristeza. — Perdi minha chance, pelo menos literalmente.

— Me fale sobre o filho de Travers.

— Tommy tem quase 40 anos. Ele é incontrolável, não sabe se vestir nem comer sozinho. Ninguém esperava que ele chegasse à idade adulta; no entanto, o problema é com a cabeça dele, não com o corpo.

— Como ela concordou em declarar que o próprio filho estava morto?

— Não a condene, Julia. — A voz de Eve tornou-se mais gentil. — Ela sofreu. Travers concordou com as exigências do Tony porque tinha medo do que ele poderia fazer com a criança. E porque se culpa pela situação do filho. Ela está convencida de que, digamos, as práticas sexuais doentias sob as quais ele foi concebido são as responsáveis pelo retardo dele. É bobagem, claro, mas ela acredita nisso. Talvez precise acreditar. De qualquer forma, Travers recusou o que considerava caridade, mas concordou em trabalhar para mim. Ela vem fazendo isso há mais de três décadas, e eu guardei seu segredo.

Não, pensou Julia, ela não a condenava. Entendia muito bem as escolhas que uma mulher sozinha precisava fazer.

— Você guardou o segredo até agora.

— Até agora.

— Por que quer tornar isso público?

Eve recostou-se na cadeira.

— Não há nada que Tony possa fazer com o garoto, nem com Travers. Eu me certifiquei disso. Meu casamento com ele é parte da minha vida, e decidi compartilhar essa vida... sem mentiras, Julia.

— Se ele descobrir o que você me contou, ou que é possível que isso seja publicado, ele tentará impedi-la.

— Parei de sentir medo do Tony há séculos.

— Ele é capaz de apelar para a violência?

Eve deu de ombros.

— Todo mundo é capaz de apelar para a violência.

Sem dizer nada, Julia meteu a mão na pasta e puxou os dois bilhetes. Entregou-os a Eve. Assim que os leu, Eve empalideceu um pouco. Em seguida seus olhos escureceram e ela os ergueu.

— Onde você encontrou isso?

— Um foi deixado na porta da frente da casa de hóspedes. O outro alguém enfiou na minha bolsa ontem à noite.

— Vou cuidar disso. — Enfiou-os no bolso do roupão. — Se você receber mais algum, me entregue.

Lentamente, Julia fez que não.

— Isso não é o suficiente. Eles foram endereçados a mim, Eve, portanto acho que mereço algumas respostas. Devo considerá-los como ameaças?

— Eu preferiria considerá-los como avisos patéticos enviados por um covarde.

— Quem poderia ter deixado o bilhete na porta da frente da casa de hóspedes?

— Isso é algo que pretendo descobrir.

— Certo. — Julia precisava respeitar o tom, e o brilho nos olhos de Eve. — Me diga uma coisa: existe alguém, além do Tony, que poderia se sentir ameaçado o suficiente por essa biografia, a ponto de escrever esses bilhetes?

Eve sorriu.

— Ah, minha queria Julia. Existe, sim, com certeza.

Capítulo Oito

♦♦♦♦

Eve não pensava com frequência em Tony, nem no período de sua vida em que se deixara escravizar pelo lado mais obscuro do sexo. Afinal de contas, isso ocorrera apenas durante cinco dos seus 67 anos. Sem dúvida cometera outros erros, realizara outras façanhas, aproveitara outros prazeres. Era o livro, o projeto que ela própria instigara, que a obrigava a rever sua vida por partes. Como pedaços de um filme numa sala de edição. Contudo, no que dizia respeito a esse drama em particular, não deixaria nenhum pedaço acabar no chão da sala.

Queria tudo, pensou, enquanto tomava seus remédios com água mineral. Cada cena, cada tomada. Para o inferno com as consequências.

Esfregou o centro da testa, onde a dor parecia se concentrar essa noite como um punho fechado. Tinha tempo, tempo suficiente. Ela se certificaria disso. Podia confiar em Julia para fazer o trabalho — precisava confiar. Fechando os olhos por alguns instantes, desejou que o remédio fizesse efeito logo e que pelo menos aliviasse um pouco a dor.

Julia... Concentrar-se na outra mulher aliviou a dor tanto quanto os remédios que tomava em segredo. Julia era competente, esperta, íntegra. E compassiva. Eve ainda não sabia bem o que pensar com relação às lágrimas que vira em seus olhos. Não esperava simpatia, apenas choque e, quem sabe, reprovação. Não esperava ter seu próprio coração trespassado.

Culpa da sua arrogância, refletiu. Estava tão certa de que poderia dirigir a forma como o roteiro seria escrito, com cada personagem assumindo seu respectivo papel. Julia... Julia e o garoto não se enquadravam muito bem nos papéis que ela lhes destacara. Como diabos poderia ter previsto que começaria a se preocupar com eles, em vez de só usá-los, como esperara fazer?

Além disso, havia os bilhetes. Eve espalhou-os sobre a penteadeira para analisá-los. Até o momento, dois para ela e dois para Julia. Todos os quatro haviam sido escritos com a mesma letra de forma, todos com dizeres banais que poderiam ser interpretados como avisos. Ou ameaças.

Os seus a haviam divertido, até mesmo encorajado. Afinal, passara muito do ponto em que alguém poderia machucá-la. No entanto, os avisos endereçados a Julia mudavam as coisas. Precisava descobrir quem os estava escrevendo e colocar um ponto final naquilo.

Tamborilou as unhas duras, pintadas com esmalte em tom de coral, sobre a mesa de jacarandá. Muita gente não queria que ela contasse sua história. Não seria interessante, até mesmo divertido, colocar o maior número possível dessas pessoas sob o mesmo teto, ao mesmo tempo?

Ao escutar uma batida na porta do quarto, Eve enfiou todos os bilhetes na gaveta da penteadeira. Por enquanto eles seriam o seu segredo. Seu e de Julia.

— Pode entrar.

— Trouxe um pouco de chá — disse Nina, entrando com uma bandeja. — E algumas cartas que você precisa assinar.

— Coloque o chá ao lado da cama. Tenho dois roteiros que pretendo analisar ainda hoje.

Nina colocou o bule de porcelana Meissen e a xícara sobre a mesinha de cabeceira.

— Achei que você fosse tirar umas férias depois da minissérie.

— Depende. — Pegou a caneta que Nina lhe trouxera e rubricou as cartas sem se dar ao trabalho de lê-las. — Onde está o cronograma de amanhã?

— Bem aqui. — Sempre eficiente, Nina abriu a agenda com capa de couro. — Seu tratamento de beleza está marcado para as nove horas no Armando's; à uma da tarde tem o almoço com Gloria DuBarry no Chasen's.

— Ah, sim, por isso eu marquei hora no Armando's. — Eve sorriu enquanto abria um pote de hidratante. — Não seria bom deixar a velha bruxa encontrar nenhuma ruguinha nova.

— Você sabe que tem grande apreço pela srta. DuBarry.

— Claro. Mas já que ela vai me analisar enquanto come sua minguada salada, preciso estar bem. Quando duas mulheres de uma certa idade almoçam juntas, Nina, não é apenas para se compararem, mas para se autoafirmarem. Quanto melhor a minha aparência, mais aliviada Gloria DuBarry vai se sentir. E o resto?

— Drinques com Maggie às quatro. No Polo Lounge. E, por fim, jantar com o sr. Flannigan aqui, às oito.

— Peça para a cozinheira preparar canelone de carne.

— Já pedi. — Ela fechou a agenda. — Ela vai fazer *zabaglione* para a sobremesa.

— Você é um tesouro, Nina. — Eve analisou o próprio rosto enquanto espalhava o hidratante no pescoço, nas faces e na testa. — Me diga: em quanto tempo podemos organizar uma festa?

— Festa? — Franzindo o cenho, Nina abriu a agenda novamente. — De que tipo?

— Grandiosa. Extravagante. Digamos, para duzentas pessoas. Black tie. Com direito a orquestra no jardim, jantar e dança sob as estrelas. Piscinas de champanhe... ah, e alguns prósperos membros da mídia.

Enquanto fazia seus cálculos mentais, Nina folheou a agenda.

— Acredito que se eu tiver uns dois meses...

— Quero antes.

Nina soltou um longo suspiro, já pensando nos desesperados telefonemas para os bufês, floristas, músicos. Bem, se podia alugar uma ilha, podia organizar uma festa black tie em menos de dois meses.

— Seis semanas. — Percebendo a expressão de Eve, suspirou de novo. — Tudo bem, três. Antes de você sair para as filmagens na Geórgia.

— Ótimo. A gente vê a lista de convidados no domingo.

— Qual é a ocasião? — perguntou Nina, ainda anotando na agenda.

— A ocasião. — Eve sorriu e se recostou na cadeira. Sob a luz do espelho da penteadeira, seu rosto era forte, belo, orgulhoso. — Digamos que é uma oportunidade para revivermos e relembrarmos certos fatos. Uma retrospectiva de Eve Benedict. Velhos amigos, velhos segredos, velhas mentiras.

Por força do hábito, Nina foi até a mesinha de cabeceira servir o chá que Eve esquecera. Não foi o ato de uma empregada, mas de uma pessoa há anos acostumada a cuidar dos outros.

— Eve, por que você está tão determinada a criar problemas?

Com a destreza de um artista, Eve espalhou outro creme em torno dos olhos.

— A vida é muito chata sem um probleminha de vez em quando.

— Estou falando sério. — Nina colocou a xícara de volta sobre a mesinha de cabeceira, entre as loções e cremes de Eve. O quarto exalava uma fragrância totalmente feminina, nem floral nem adocicada, mas misteriosa e erótica. — Você sabe... eu já lhe falei o que eu penso. E agora... a reação do Kincade na outra noite realmente me deixou preocupada.

— Tony não merece um segundo da sua preocupação. — Deu um tapinha na mão de Nina antes de pegar a xícara de chá. — Ele é um verme — falou calmamente, apreciando o gosto e o aroma de jasmim. — E já está mais do que na hora de alguém contar as perversões que ele cultiva naquele corpo monstruoso.

— Mas há outras pessoas também.

— Sim, é verdade. — Ela riu, lembrando de várias delas com prazer. — Minha vida tem sido uma colcha de retalhos de eventos e personalidades. Todas aquelas espertas meias-verdades, mentiras genuínas, alinhavando-se para formar uma interessante colcha, cruzando-se interligando-se. O interessante é que quando você puxa uma linha, a estampa inteira se altera. Até mesmo o bem que você faz tem consequências, Nina. Estou mais do que pronta para encará-las.

— Nem todos estão tão prontos quanto você.

Eve tomou um gole do chá, observando Nina pela borda da xícara. Ao falar de novo, sua voz foi mais gentil:

— A verdade não é nem de perto tão destrutiva ao ser esclarecida quanto uma mentira mantida no escuro. — Deu um aperto na mão de Nina. — Você não devia se preocupar.

— Às vezes, é melhor deixar algumas coisas como estão — insistiu Nina.

Eve suspirou e botou o chá de lado.

— Confie em mim. Tenho meus motivos para fazer o que estou fazendo.

Nina aquiesceu com um meneio de cabeça e abriu um leve sorriso.

— Espero que sim. — Pegou a agenda e virou-se para sair. — Não leia até tarde. Você precisa descansar.

Depois que a porta fechou, Eve olhou para seu reflexo de novo.

— Em breve terei muito tempo para descansar.

◆ ◆ ◆ ◆

*J*ULIA PASSOU a maior parte do sábado debruçada sobre o trabalho. Brandon divertia-se com CeeCee e seu irmão caçula, Dustin, a quem ela chamava de "o grande pestinha". Ele era o complemento perfeito para a natureza mais introspectiva de Brandon. Dustin falava na hora qualquer coisa que lhe viesse à cabeça. Sem uma única gota de timidez no corpo, ele não via o menor problema em perguntar, exigir, questionar. Enquanto Brandon podia brincar por horas a fio no mais absoluto silêncio, Dustin achava que não era divertido se não fosse barulhento.

De seu escritório no primeiro andar, Julia podia escutá-los jogando e batendo coisas no quarto do andar de cima. Sempre que a brincadeira ficava destrutiva demais, CeeCee soltava um grito de onde quer que estivesse limpando e arrumando.

Não era fácil contrabalançar a barulheira das brincadeiras infantis, o zumbido do aspirador de pó e as batidas alegres da música que tocava no rádio com a vilania da história que estava transcrevendo.

Não esperava deparar-se com tanta feiura. Como lidar com isso? Eve queria publicar a verdade nua e crua. Sua própria insistência para que tudo fosse verdade era a principal característica do trabalho. Ainda assim, será que era necessário, ou até mesmo prudente, desencavar situações tão doídas e danosas?

Isso faria o livro vender, pensou Julia com um suspiro. Mas a que custo? Precisava lembrar-se de que não era seu trabalho censurar, e sim contar a história da vida daquela mulher, as coisas boas e ruins, as tragédias e os sucessos.

Sua própria hesitação a irritava. A quem estava tentando proteger? Certamente não Anthony Kincade. Em sua opinião, ele merecia muito, mas muito mais do que o constrangimento e a desgraça que a história poderia lhe trazer.

Eve. Por que sentia tamanha necessidade de proteger uma mulher que mal conhecia e que sequer compreendia direito ainda? Se a história fosse escrita exatamente como Eve contara, ela não sairia ilesa disso. Não havia ela própria admitido a atração pelo lado mais obscuro, mais depravado do sexo? Que participara avidamente, de livre e espontânea vontade, até aquela última e terrível noite? Será que as pessoas perdoariam a rainha do cinema por tudo isso, ou por ter experimentado algumas drogas?

— Talvez sim. No entanto, o mais importante, ponderou Julia, era o fato de que Eve não parecia se importar. Ela não tentara se desculpar, nem despertar simpatia. Como biógrafa, era sua responsabilidade contar a história, acrescentando suas impressões, opiniões e sentimentos. Seus instintos lhe diziam que o casamento com Kincade era uma das experiências que ajudara a transformar Eve no que ela era agora.

O livro não estaria completo nem seria sincero sem esse relato.

Julia forçou-se a escutar a fita mais uma vez, fazendo anotações sobre as variações de voz, pausas e hesitações. Acrescentou também suas próprias lembranças: a frequência com que Eve tomava um gole do drinque ou dava uma tragada no cigarro. O modo como a luz entrara pela janela, o cheiro de suor que pairava no ambiente.

Essa parte deveria ser contada por Eve, decidiu. Um diálogo direto, para que a sinceridade do tom garantisse uma certa pungência. Julia passou quase três horas trabalhando no capítulo, e então seguiu para a cozinha. Queria se distanciar da cena, da lembrança tão vívida que parecia sua. Já que a cozinha estava um brinco, não podia se entregar à mecânica tarefa de limpá-la, portanto decidiu cozinhar.

Os afazeres domésticos sempre a acalmavam. Nas primeiras semanas após descobrir que estava grávida, passara horas intermináveis com um pano e um vidro de óleo de peroba, polindo com paciência e persistência todos os móveis e peças de madeira. Na época, as roupas haviam ficado espalhadas pela casa e os sapatos, perdidos no buraco negro do armário. A mobília, porém, ficara brilhando. Tempos depois, percebera que a monotonia daquela simples tarefa a salvara de algumas crises histéricas.

Fora então que decidira, com muita calma, não apelar para o aborto ou a adoção, duas soluções que considerara com seriedade e sofrimento. Dez anos depois, percebia que havia feito a escolha certa.

Preparava agora um dos pratos prediletos de Brandon. A pizza caseira que ele nem mais se dava ao trabalho de pedir que ela fizesse. O tempo e o trabalho extra ajudavam-na a lidar com a culpa que tantas vezes sentia durante as semanas em turnê longe do filho e, também, por todas as vezes que se envolvia tanto com um livro que não preparava nada mais elaborado do que uma rápida combinação de sopa e sanduíches.

Julia deixou a massa crescendo e começou a preparar o molho. Enquanto trabalhava, pensava em sua casa na Costa Leste. Será que o vizinho se lembraria de limpar a neve dos teixos e juníperos? Conseguiria voltar a tempo de plantar as sementes de ervilha-de-cheiro e espora? Daria para arrumar o filhote que Brandon queria tanto antes do final da primavera?

E as noites em casa seriam tão solitárias quanto estavam começando a ser ali?

— Alguma coisa está cheirando bem.

Tomando um susto, Julia olhou de relance para a porta da cozinha. Lá estava Paul, apoiado preguiçosamente contra o umbral, com as mãos nos bolsos do jeans justo e desbotado e um sorriso amigável estampado no rosto. Ela imediatamente ficou tão tensa quanto ele estava relaxado. Talvez ele já tivesse esquecido as carícias calorosas que eles haviam trocado no último encontro. Julia, porém, ficara marcada.

— CeeCee me deixou entrar — explicou ele, vendo que Julia continuava em silêncio. — Já vi que você conheceu Dustin, o príncipe do caos.

— É bom para o Brandon ter um amigo da idade dele. — Com o corpo rijo, Julia voltou a mexer o molho.

— Todo mundo precisa de um amigo — murmurou Paul. — Conheço essa expressão. — Embora estivesse de costas para ele, Julia sentiu o sorriso de Paul ao entrar na cozinha. — Você está esperando um pedido de desculpas por meu... comportamento não muito cavalheiresco da outra noite. — De modo distraído, correu os dedos por sua nuca, que o cabelo preso num coque frouxo deixava exposta. — Isso eu não posso lhe oferecer, Jules.

Ela afastou a mão dele com um movimento de ombro mal-humorado.

— Não quero suas desculpas. — Com as sobrancelhas unidas, olhou de relance para trás. — O que você quer, Paul?

— Conversar, companhia. — Aproximou o nariz da panela e cheirou. — Talvez uma refeição.

Ao virar a cabeça, seu rosto ficou a centímetros do dela. Os olhos brilhavam, bem-humorados e desafiadores. Maldito, pensou Julia, enquanto sentia uma onda de calor invadir seu ventre.

— E — acrescentou ele — o que mais eu conseguir.

Julia virou a cabeça para o outro lado. A colher retiniu ao bater na panela.

— Acho que você pode encontrar todas essas coisas em outro lugar.

— Com certeza. Mas gosto daqui. — Em um movimento rápido demais para ser ameaçador, ele apoiou as mãos no fogão, encurralando-a. — É uma massagem no ego ver o quanto eu a deixo nervosa.

— Nervosa, não — replicou ela, mentindo sem o menor escrúpulo. — Irritada.

— Tanto faz. Continua sendo uma reação. — Ele sorriu, divertindo-se ao notar que ela preferiria ficar mexendo o molho até o dia do Juízo Final a se virar e arriscar ser envolvida por seus braços. A menos que a deixasse furiosa o suficiente. — O problema com você, Jules, é que você é contida demais para se dar ao direito de ganhar um beijo sem pensar.

Ela trincou os dentes.

— Não sou contida.

— É, sim. — Paul cheirou o cabelo dela, achando a fragrância tão envolvente quanto o aroma dos temperos. — Fiz minha pesquisa, lembra? Não encontrei um único homem ao qual você tenha se ligado nos últimos dez anos.

— Minha vida pessoal é assunto meu. Não é da sua conta quem eu decido incluir nessa vida ou não.

— É verdade. Mas é fascinante perceber que não houve nenhum. Minha querida Julia, você não sabe que não há nada mais tentador para um homem do que uma mulher que guarda suas paixões a sete chaves? A gente se desafia a tentar destrancar esses cadeados. — De modo deliberado, tocou os lábios dela com os seus, num beijo rápido e arrogante, que enfureceu mais do que excitou. — Não consigo resistir.

— Tente com mais força — sugeriu ela, empurrando-o para o lado.

— Pensei nisso. — Havia uma tigela de uvas verdes sobre a bancada. Paul pegou uma e a jogou dentro da boca. Não era o gosto que desejava, mas teria de servir. Por enquanto. — O problema é que eu gosto de ceder aos impulsos. Você tem pés lindos.

Julia se virou para fitá-lo com um tabuleiro numa das mãos.

— Como?

— Sempre que eu apareço de surpresa, você está descalça. — Paul olhou maliciosamente para seus pés. — Eu não fazia ideia de que os dedos dos pés pudessem ser excitantes.

Ela não teve a intenção de rir — sem dúvida não queria. Mas a risada escapou.

— Se ajudar, vou passar a usar meias grossas e sapatos pesados.

— Agora é tarde. — Julia começou a untar o tabuleiro com movimentos hábeis de dona de casa, que Paul achou incrivelmente sedutores. — Eu apenas fantasiaria sobre o que há por baixo. Vai me contar o que está preparando?

— Pizza.

— Pensei que pizzas viessem congeladas ou dentro de uma caixa de papelão.

— Não nesta casa.

— Se eu prometer não mordiscar os seus atraentes dedos dos pés, você me convida para almoçar?

Ela ponderou, pesando os prós e os contras enquanto preaquecia o forno. Em seguida, polvilhou farinha sobre uma tábua de madeira.

— Eu o convido para almoçar se você concordar em responder algumas perguntas honestamente.

Ele cheirou o molho de novo e, cedendo à tentação, provou um pouco do que estava agarrado na colher de madeira.

— Combinado. Teremos direito a pepperoni?

— Isso e muito mais.

— Imagino que você não tenha cerveja aí.

Ela começou a sovar a massa, e ele se esqueceu da pergunta. Embora os dedos de Julia fossem habilidosos como os de uma avó, eles não o faziam pensar em senhoras corpulentas, mas em jovens espertas que sabiam onde e como tocar. Julia disse alguma coisa, mas ele não registrou. Tudo começara como uma brincadeira, mas agora Paul não conseguia entender como observá-la conduzir algum antigo ritual feminino podia deixá-lo com a boca seca.

— Mudou de ideia?

Paul desviou os olhos das mãos dela e fitou seu rosto.

— Como?

— Eu disse que CeeCee guardou um monte de bebidas na geladeira. Tenho quase certeza de que tem cerveja.

— Certo. — Pigarreando para limpar a garganta, Paul abriu a geladeira. — Quer uma?

— Hum. Não. Talvez um refrigerante.

Ele pegou uma garrafa de Coors e outra de Pepsi.

— Já marcou alguma entrevista?

— Algumas. Converso regularmente com a Eve, é claro. Já falei com a Nina e fiz algumas perguntas ao Fritz.

— Ah, o Fritz. — Paul tomou um gole rápido. — O deus viking da saúde. O que você achou dele?

— Um homem doce, dedicado e lindo.

— Lindo? — Franzindo o cenho, ele abaixou a garrafa de novo. — Deus do céu, ele parece um trem de carga. As mulheres realmente acham aqueles músculos exagerados atraentes?

Julia não conseguiu resistir. Virou-se rapidamente para ele e sorriu.

— Querido, adoramos ser subjugadas por um homem forte.

Paul tomou outro gole, franzindo ligeiramente o cenho, enquanto resistia à tentação de testar seus bíceps.

— Quem mais?

— Quem mais o quê?

— Com quem mais você conversou?

Satisfeita com a reação dele, ela voltou ao trabalho:

— Tenho algumas entrevistas marcadas para a próxima semana. A maioria das pessoas que contatei se mostrou bem disposta a cooperar. — Sorriu consigo mesma enquanto esticava a massa. — Acho que elas pensam que irão conseguir arrancar alguma informação de mim.

Era exatamente o que ele estava fazendo — ou melhor, o que pretendia fazer antes que ela o distraísse.

— E o que você irá dizer?

— Nada que elas já não saibam. Estou escrevendo a biografia de Eve Benedict, com a autorização dela. — Ainda bem que eles tinham deixado de lado o incômodo assunto do que acontecera entre eles; melhor assim, pensou Julia. Com as mãos ocupadas e as crianças lá em cima, sentiu sua confiança voltar. — Talvez você possa me falar um pouco sobre as pessoas que irei encontrar.

— Quem, por exemplo?

— Drake Morrison é o primeiro da lista, a entrevista com ele será na segunda de manhã.

Paul tomou outro gole da cerveja.

— O sobrinho da Eve... seu único sobrinho. A irmã mais velha dela teve um filho, em seguida mais dois, que nasceram mortos, e então abraçou a religião fervorosamente. A irmã mais nova nunca se casou.

A informação não era grande coisa.

— Drake é o único parente de sangue. Isso está nos arquivos públicos.

Paul esperou até que ela tivesse terminado de abrir a massa e cobri-la com o molho.

— Ambicioso, atraente. Chegado a roupas caras, carros e mulheres. Nessa ordem, eu diria.

Erguendo uma sobrancelha, ela se virou.

— Você não gosta muito dele.

— Não tenho nada contra ele. — Ele pegou uma de suas cigarrilhas enquanto ela vasculhava a geladeira. Novamente relaxado, podia se entregar ao simples prazer de observar um par de pernas compridas despontando de um short curto. — Eu diria que Drake faz seu trabalho bem o suficiente. Por outro lado, Eve é sua principal cliente e não é exatamente uma figura difícil de promover. Ele gosta de coisas caras e, às vezes, se vê em situações complicadas por causa de sua fraqueza por apostas. — Percebendo a expressão de Julia, deu de ombros. — Isso não é exatamente um segredo, embora ele seja discreto. Drake usa o mesmo agente de apostas que meu pai quando vem aos Estados Unidos.

Julia decidiu deixar as coisas por aí até ter tempo de fazer outras pesquisas.

— Espero conseguir uma entrevista com o seu pai. Eve parece gostar muito dele.

— Não foi um divórcio amargo. Meu pai geralmente se refere ao casamento deles como uma cena curta numa peça excelente. Ainda assim, não sei o que ele acharia de discutir esse relacionamento com você.

Julia fatiou os pimentões verdes.

— Posso ser muito persuasiva. Ele está em Londres agora?

— Está, está fazendo *Rei Lear*. — Pegou uma das fatias de pepperoni antes que ela tivesse a chance de arrumá-las sobre a pizza.

Ela fez que sim, esperando que não tivesse de fazer uma viagem transoceânica.

— Anthony Kincade?

— Eu não chegaria muito perto dele. — Paul soltou uma baforada de fumaça. — Ele e uma cobra venenosa. Sua preferência por mulheres jovens não é nenhum segredo. — Brindou a Julia batendo sua garrafa na dela. — Tome cuidado onde pisa.

— É melhor observar onde o outro pisa. — Ela própria pegou uma fatia de pepperoni. — Até onde você acha que ele iria para impedir que seus segredos sejam revelados?

— Por quê?

Julia escolheu as palavras com cuidado enquanto arrumava a muçarela sobre a pizza.

— Ele me pareceu muito irritado na outra noite. Até um tanto ameaçador.

Paul esperou um pouco.

— É difícil dar uma resposta quando alguém faz a pergunta pela metade.

— Responda apenas a parte que lhe foi perguntada. — Ela meteu a pizza no forno e ligou o timer.

— Não o conheço bem o suficiente para ter uma opinião. — Observando-a, Paul apagou a cigarrilha. — Ele ameaçou você, Julia?

— Não.

Estreitando os olhos, Paul se aproximou.

— Alguém a ameaçou?

— Por que alguém me ameaçaria?

Ele apenas sacudiu a cabeça.

— Por que você está roendo as unhas?

Pega de surpresa, Julia abaixou a mão. Antes que conseguisse fugir, ele a agarrou pelos ombros.

— Que tipo de coisa Eve anda lhe contando? Quem ela está envolvendo nessa busca pelas lembranças do passado? Você não vai me dizer —

falou com calma. — E aposto que Eve também não. — Mas ele descobriria, pensou. De um jeito ou de outro. — Você virá me procurar se tiver problemas?

Essa era a última coisa que ela gostaria de ser tentada a fazer.

— Não estou prevendo nenhum problema com o qual não consiga lidar.

— Deixe-me colocar isso de outra forma. — Seus dedos desceram pelos braços dela, massageando-os gentilmente. Em seguida, apertaram com um pouco mais de força, enquanto a puxava para si e cobria sua boca com a dele.

Paul a manteve ali, aprofundando o beijo antes que o cérebro dela pudesse formular a ordem para que se afastasse. Julia crispou as mãos ao lado do corpo, mal conseguindo resistir ao desejo de agarrá-lo e envolvê-lo. Enquanto lutava para resistir à vontade de se entregar, sua boca cedeu à investida e retribuiu o beijo.

Um encontro cheio de calor e fome, paixão e promessa. Julia sentiu os olhos arderem à medida que suas emoções afloravam, despertas pela chance de liberdade. Meu Deus, como queria ser desejada assim. Como podia ter se esquecido?

Mais atordoado do que gostaria de admitir, Paul escorregou os lábios para o pescoço de Julia. Inacreditavelmente macio. Sedutoramente firme. Além da textura, havia também o sabor e a fragrância, e aquele rápido e débil tremor que ele achava absurdamente excitante.

Pensava nela com demasiada frequência. Desde aquela primeira prova, ele desejara mais. Ela era a única mulher por quem temia ser capaz de implorar.

— Julia. — Ele murmurou seu nome enquanto os lábios voltavam a atiçar-lhe a boca. Agora, mais suaves e persuasivos. — Quero que você venha comigo. Quero que me deixe tocá-la, que me deixe mostrar como pode ser.

Julia sabia como seria. Ela se entregaria. Satisfeito com a conquista, ele iria embora assobiando, deixando-a em pedaços. De novo não.

Nunca mais. No entanto, não conseguia fugir à tentação daquele corpo ao encontro do seu. Se conseguisse se convencer a ser tão forte quanto ele, tão imune às dores e decepções, então talvez pudesse aproveitar o prazer e sair inteira.

— É cedo demais. — Não parecia fazer diferença que sua voz não estivesse firme. Seria tolice fingir que ele não a afetava. — Rápido demais.

— Nem cedo nem rápido o suficiente — murmurou ele, mas se afastou. Jamais havia implorado... por nada nem ninguém. — Tudo bem. Vamos mais devagar, por enquanto. Seduzir uma mulher na cozinha com um trio de crianças no andar de cima normalmente não faz o meu estilo. — Pegou a cerveja de novo. — Você... mudou as coisas, Julia. Talvez seja melhor eu pensar nisso com tanto cuidado quanto você. — Tomou um gole e colocou a cerveja de lado com um gesto brusco. — Ou talvez não.

Antes que ele conseguisse dar um passo na direção dela, escutou o barulho de pés descendo as escadas.

Capítulo Nove
••••

GLORIA DUBARRY estava numa idade esquisita para uma atriz. Sua biografia oficial dizia que tinha 50 anos. Já sua certidão de nascimento, sob o nome de Ernestine Blofield, acrescentava cinco perigosos anos a essa marca.

Devido a uma boa herança genética, só tivera de fazer algumas pequenas intervenções no intuito de manter a imagem de mulher ingênua. Gloria ainda usava o cabelo louro-mel bem curtinho, como o de um menino, um estilo que fora copiado por milhões de mulheres durante o auge de sua fama. O rosto travesso era contrabalançado por enormes e sinceros olhos azuis.

A mídia a adorava — ela se certificara disso. Sempre concordara graciosamente em dar entrevistas. O sonho de qualquer assessor de imprensa, Gloria fora generosa com as fotos de seu único casamento, além de oferecer depoimentos e vislumbres de seus filhos.

Conhecida por ser uma amiga leal e uma guerreira empenhada em projetos de caridade, estava atualmente envolvida com uma ONG de proteção aos animais, a Actors and Others for Animals.

Durante os rebeldes anos da década de 1960, a comunidade americana a colocara num pedestal — um símbolo de inocência, moralidade e confiança. E, com sua própria ajuda, fora mantida nesse pedestal por mais de trinta anos.

Ela e Eve haviam feito apenas um único filme juntas, no qual Eve representara a mulher mais velha e fatal que seduzia e traía o inocente, sofredor e fraco marido de Gloria. Os papéis haviam coroado a imagem de cada uma das duas. Garota inocente. Mulher maquiavélica. Por mais estranho que pudesse parecer, as atrizes tinham se tornado amigas.

Os cínicos talvez dissessem que a amizade fora ajudada pelo fato de elas nunca terem sido forçadas a competir por um papel — ou um homem. O que era parcialmente verdade.

Quando Eve entrou no Chasen's, Gloria já estava sentada, bebericando um cálice de vinho branco e remoendo alguma coisa. Poucos a conheciam suficientemente bem para conseguir enxergar através do semblante plácido e perceber o incômodo que havia por baixo. Mas Eve sim. A tarde seria longa, pensou.

— Champanhe, srta. Benedict? — perguntou o garçom, após as duas mulheres terem se cumprimentado com um rápido beijo no rosto.

— Com certeza. — Eve se sentou, pegou um cigarro e sorriu para o garçom, que o acendeu para ela. Agradava-lhe saber que estava com uma aparência ótima após a manhã passada no salão de beleza. Sentia a pele firme e brilhante, o cabelo macio e sedoso, os músculos relaxados. — Como vai você, Gloria?

— Bem. — A boca generosa apertou-se num sorriso fino ao levantar o cálice de vinho. — Considerando que a *Variety* arrasou meu novo filme.

— O importante é a arrecadação na bilheteria. Você trabalha há bastante tempo para se preocupar com a opinião de um crítico metido a besta.

— Não sou tão forte quanto você — replicou Gloria, com uma insinuação de superioridade afetada. — Você apenas diria para o crítico ir... você sabe.

— Se foder? — completou Eve suavemente, enquanto o garçom colocava o champanhe sobre a mesa. Rindo, deu um tapinha na mão dele. — Desculpe, querido, não estava falando com você.

— Eve, francamente — repreendeu Gloria, debruçando-se sobre a mesa. Seu tom, porém, traía a vontade de rir.

A menininha careta pega rindo na igreja, pensou Eve, com afeição. Como seria, imaginou, acreditar realmente no que a mídia dizia a seu respeito?

— Como vai o Marcus? — perguntou. — Sentimos falta de vocês no jantar beneficente da outra noite.

— Infelizmente não pudemos comparecer. Marcus estava com uma terrível dor de cabeça. Pobrezinho. Você não pode imaginar como é difícil para ele se manter nos negócios hoje em dia.

Falar de Marcus Grant, o marido de Gloria havia 25 anos, sempre deixava Eve entediada. Soltando um grunhido condescendente, pegou o cardápio.

— O ramo dos restaurantes é um dos piores — continuou Gloria, sempre disposta a sofrer as dores do marido... mesmo que não as compreendesse. — A Vigilância Sanitária vive rondando, e agora as pessoas começaram a reclamar de colesterol e gordura. Eles não levam em conta que a Quick and Tasty alimenta a classe média americana praticamente sozinha.

— A pequena caixinha vermelha em cada esquina — observou Eve, descrevendo a cadeia de restaurantes fast-food de Marcus. — Não se preocupe, Gloria, antenados ou não em questões de saúde, os americanos jamais irão abrir mão de um bom hambúrguer.

— Isso é verdade. — Ela sorriu para o garçom. — Só uma salada, com molho de limão e pimenta.

Ela jamais perceberia a ironia daquilo, pensou Eve, pedindo um prato de chili.

— Pois bem... — Eve pegou sua taça. — Conte-me as fofocas.

— Na verdade, você encabeça a lista. — Gloria tamborilou as unhas curtas e pintadas com esmalte clarinho na taça de vinho. — O seu livro é o assunto do momento.

— Que bom! O que as pessoas estão falando?

— Estão todos muito curiosos. — Com uma pausa para efeito, Gloria trocou o vinho pela água. — E alguns um tanto ressentidos.

— E eu que estava esperando medo.

— Isso também. Medo de serem incluídos. Medo de não serem incluídos.

— Querida, você fez o meu dia!

— Pode brincar, Eve — começou ela, mas parou quando o pão foi servido. Tirou um naco da ponta e, em seguida, quebrou-o em pedaços menores sobre o prato. — As pessoas estão preocupadas.

— Você pode ser mais específica?

— Bom, o que Tony Kincade pensa não é segredo. Escutei também que Anna del Rio andou falando em processo por calúnia.

Eve sorriu enquanto passava manteiga num pedaço de pão.

— A Anna é uma designer maravilhosa e criativa, Deus sabe. Mas será que ela é tão burra de pensar que o público se importa com as coisas que ela enfia no nariz às escondidas?

— Eve. — Enrubescida e constrangida, Gloria tomou um gole do vinho e correu os olhos com nervosismo em volta do salão para ver se alguém podia escutá-las. — Você não pode sair por aí dizendo coisas desse tipo. Eu própria não aprovo o uso de drogas... já dei três declarações em público a respeito disso... mas a Anna é muito poderosa. E se ela usa um pouco de vez em quando, para se divertir...

— Gloria, não banque a idiota. Ela é uma viciada com um hábito diário de 5 mil dólares.

— Você não tem como saber.

— Mas eu sei. — Dessa vez, Eve foi discreta o bastante para fazer uma pausa quando o garçom voltou com os pedidos. Bastou um simples meneio de cabeça e suas taças foram completadas. — Expor a Anna talvez salve a vida dela — continuou Eve —, mas eu estaria mentindo se dissesse que meus motivos são altruístas. Quem mais?

— Gente demais para contar. — Gloria baixou os olhos para a salada. Tal como fazia com qualquer papel, ensaiara aquele almoço por horas a fio. — Eve, essas pessoas são suas amigas.

— Dificilmente. — Com o apetite em alta, Eve mergulhou no chili. — Em sua maioria, são apenas pessoas com as quais eu trabalhei ou participei de algum evento. E homens com os quais dormi. Quanto à amizade, conto nos dedos de uma única mão as pessoas nesse meio que posso considerar amigas de verdade.

Gloria fez o biquinho que encantara milhões de espectadores.

— E você me considera uma delas?

— Sim, claro. — Eve saboreou outra colherada do chili antes de continuar: — Gloria, parte do que vou contar irá machucar, e parte poderá ajudar a cicatrizar as feridas. Essa, porém, não é a questão.

— E qual é a questão? — Gloria debruçou-se sobre a mesa, os olhos azuis muito intensos.

— Contar a minha história, toda ela, sem hesitações. Isso inclui as pessoas que entraram e saíram dessa vida. Não vou mentir em benefício próprio nem por ninguém.

Gloria esticou o braço e fechou a mão em torno do pulso de Eve. Até mesmo esse gesto fora estudado, porém, no ensaio, seu dedos eram leves e suplicantes. Agora, eles se mostravam fortes e desesperados, endurecidos por uma emoção genuína.

— Eu confiei em você.

— Com bons motivos — lembrou-a Eve. Sabia que isso viria, e sentia muito por não poder evitar. — Você não tinha a quem mais recorrer.

— E por acaso isso lhe dá o direito de usar algo tão particular, tão pessoal, para me destruir?

Com um suspiro, Eve usou a mão livre para erguer sua taça.

— À medida que minha história for sendo contada, algumas pessoas e eventos estarão interligados, e será impossível apagá-los. Se eu deixar alguma parte de fora para proteger alguém, o negócio inteiro cairá por terra.

— E como sua vida pode ter sido afetada por algo que eu fiz há tantos anos?

— Nem sei como começar a explicar — murmurou Eve. Ainda doía, percebeu com surpresa, uma dor que medicamento algum poderia aliviar. — Mas tudo virá à tona, e espero de todo coração que você compreenda.

— Você irá me arruinar, Eve.

— Não seja ridícula. Você realmente acha que as pessoas ficarão chocadas ou horrorizadas pelo fato de uma garota ingênua de 24 anos, que se apaixonou cegamente por um homem manipulador, ter feito um aborto?

— Quando essa garota é Gloria DuBarry, sim, acho. — Ela puxou a mão de volta. Deixou-a pairar sobre o vinho por alguns instantes, mas decidiu-se pela água. Não podia se dar ao luxo de ficar alta em público. — Fiz de mim mesma uma instituição, Eve. E, maldição, acredito nas coisas que passei a defender. Integridade, inocência, valores antiquados e romance. Você faz ideia do que eles farão comigo se descobrirem que eu tive um caso com um homem casado e fiz um aborto, tudo isso durante as filmagens de *The Blushing Bride*?

Impaciente, Eve empurrou o chili para o lado.

— Gloria, você está com 55 anos.

— Cinquenta.

— Meu Deus! — Eve pegou um cigarro. — Você é amada e respeitada... praticamente idolatrada. Tem um marido rico que... por sorte... não faz parte do meio. Tem também dois filhos adoráveis que levam uma vida bem normal e certinha. Algumas pessoas talvez até acreditem que eles foram concebidos imaculadamente, e depois encontrados sob um pé de repolho. Será que, nessa altura do campeonato, a revelação de que você transou irá fazer alguma diferença... já que, como você mesmo disse, é uma instituição?

— Para o meu casamento, não. Mas para minha carreira...

— Nós duas sabemos que você não recebe um papel decente há mais de cinco anos. — Gloria eriçou-se, mas Eve ergueu a mão, pedindo silêncio. — Você fez bons trabalhos, e ainda irá fazer outros, mas o cinema já não é mais o foco da sua vida há um bom tempo. Nada do que eu diga sobre o passado irá mudar o que você conquistou, ou que ainda irá conquistar.

— Meu rosto será estampado em todos os tabloides.

— Provavelmente — concordou Eve. — E talvez isso faça com que lhe ofereçam um papel interessante. A questão é: ninguém vai condená-la por lidar com uma situação difícil e depois continuar com sua vida.

—Você não entende... Marcus não sabe.

Eve ergueu uma sobrancelha, surpresa.

— Por que não?

O rosto travesso corou, os olhos inocentes endureceram.

— Ele se casou com Gloria DuBarry. Casou-se com uma imagem, e eu me certifiquei de que essa imagem jamais fosse manchada. Nem sequer pela sombra de um escândalo. Você vai arruinar isso para mim. Vai arruinar tudo.

— Sinto muito. Juro. Mas não me sinto responsável pela falta de intimidade em seu casamento. Acredite em mim, irei contar a minha história, e farei isso honestamente.

— Jamais a perdoarei por isso. — Gloria pegou o guardanapo no colo e o atirou sobre a mesa. — E farei tudo o que estiver ao meu alcance para impedi-la.

Ela saiu sem derramar uma única lágrima, pequena e elegante em seu terninho branco Chanel.

Do outro lado do salão, um homem voltou a atenção para seu almoço. Já tirara meia dúzia de fotos com sua pequenina câmera e estava satisfeito. Com sorte, poderia dar o dia de trabalho por encerrado e chegar em casa a tempo de assistir ao Super Bowl.

◆ ◆ ◆ ◆

Drake assistia ao jogo sozinho. Pela primeira vez desde que se tornara um homem adulto, não desejava uma mulher ao alcance do braço. Não queria nenhuma loura burra esparramada em seu sofá de cara feia porque ele estava dando mais atenção ao jogo do que a ela.

Estava no salão de jogos de sua casa de pedra e madeira de cedro, em Hollywood Hills. A gigantesca televisão onde os times se exibiam tomava toda uma parede. Ao seu redor estavam os brinquedos de gente grande que ele comprara para compensar aqueles que sua mãe lhe negara durante a infância. Três máquinas de *pachinko*, uma mesa de bilhar, uma cesta de basquete com a tabela em bronze, e o que havia de mais sofisticado em pinball, arcade e aparelhos de som. Sua videoteca contava com mais de quinhentos exemplares, e ele tinha um videocassete em cada cômodo da casa. Um hóspede teria dificuldade em encontrar qualquer material de leitura, com exceção de periódicos sobre corridas de cavalos e revistas de negócios, porém Drake tinha outras diversões a oferecer.

O quarto ao lado estava atulhado de brinquedos de cunho sexual — do sublime ao ridículo. Aprendera desde cedo que o sexo era pecado, mas há muito decidira que se era para pecar, então que fizesse isso direito. De qualquer forma, pequenas ajudas visuais aumentavam seu apetite.

Embora não fosse um grande apreciador de drogas, mantinha um estoque de pílulas e pós aos quais poderia recorrer caso algumas festa ameaçasse ficar chata. Drake Morrison considerava-se um anfitrião atencioso.

Naquele domingo, recusara mais de uma dúzia de convites para assistir ao Super Bowl. Para ele, esse não era um jogo qualquer, algo a ser visto e discutido com amigos. Era uma questão de vida ou morte. Havia apostado 50 mil no resultado, e não podia se dar ao luxo de perder.

Antes do final do primeiro quarto, Drake já havia tomado duas cervejas Beck's e comido meio pacote de batatas fritas com guacamole. Com seu time vencendo por três pontos, ele relaxou um pouco.

O telefone tocou duas vezes, porém Drake deixou a secretária eletrônica atender, convencido de que traria azar levantar de seu poleiro durante o jogo até mesmo para urinar, quanto mais para atender o telefone.

O segundo quarto começara há apenas dois minutos e ele já se sentia orgulhoso. Seu time segurava a linha de defesa como touros. Pessoalmente, detestava o jogo. Era tão... físico. No entanto, sua necessidade de apostar era implacável. Pensou em Delrickio e sorriu. Quitaria a dívida com o italiano cretino, até o último centavo. Não precisaria mais suar ao escutar a voz fria e educada ao telefone.

Aí, então, talvez saísse para uma rápida viagem durante o inverno. Poderia ir para Porto Rico, para apostar nos cassinos e trepar com algumas beldades da alta classe. Bem que merecia algo assim, depois que conseguisse sair do buraco em que se encontrava.

E sem a ajuda de Eve, pensou, pegando outra cerveja. A piranha velha recusara-se a lhe emprestar um centavo que fosse — só porque ele havia tido uma maré de azar. Se ela soubesse que ele ainda fazia negócios com Delrickio... Bom, não precisava se preocupar com isso. Drake Morrison sabia ser discreto.

De qualquer forma, ela não tinha nenhum direito de ser tão pão-dura. Onde, diabos, ela ia enfiar todo aquele dinheiro depois que morresse? Eve só tinha duas irmãs, ambas imprestáveis. Sobrava apenas ele, Drake. Ele era seu único laço de sangue, e passara toda sua vida adulta bajulando-a.

Drake voltou ao jogo no susto, quando o último homem da linha de ataque do time adversário disparou por 35 jardas para um *touchdown*.

Sentiu sua pequena bolha de euforia estourar — como se uma bola de encher tivesse travado e explodido em sua garganta. Pegou outro punhado de batatas fritas. Um monte de farelos caiu sobre sua camisa e seu colo ao enfiá-las na boca. Não tinha importância, falou consigo mesmo. Era apenas uma vantagem de três pontos. Quatro, corrigiu-se, limpando a boca com a mão, enquanto o chute mandava a bola por entre as traves.

Ele se recuperaria. Ainda havia tempo suficiente.

♦ ♦ ♦ ♦

Em sua casa de praia em Malibu, Paul encontrava-se debruçado sobre o teclado. O livro estava dando trabalho — mais do que ele esperava. Estava, porém, determinado a vencer seu atual bloqueio. Em geral, via a escrita dessa forma. Uma parede a ser escalada depois da outra. Não gostava disso — embora escrever fosse o maior prazer da sua vida. Uma relação de amor e ódio em proporções iguais, tal qual a relação de alguns homens com suas mulheres. Escrever uma história era algo que precisava fazer — não pelo dinheiro, tinha mais do que suficiente —, mas da mesma forma como precisava comer ou dormir ou esvaziar a bexiga.

Recostando-se na cadeira, olhou para a tela e para o pequeno cursor que piscava atrás da última palavra que havia escrito.

A palavra era *assassinato*.

Sentia um grande prazer em elaborar suspenses, complicando a vida dos personagens que cresciam dentro dele. Acima de tudo, gostava de observá-los contrabalançar a vida e a morte nas mãos. Só que, no momento, Paul não conseguia importar-se o bastante com eles.

Distrações demais, admitiu, olhando por cima do ombro para a televisão que narrava aos berros os acontecimentos do terceiro quarto do grande jogo. Sabia que era infantilidade ter ligado o aparelho e fingir estar assistindo. A verdade é que não dava a mínima para o futebol americano. No entanto, todos os anos era atraído pelo Super Bowl. Chegara até mesmo a escolher um time, tentando redimir sua fraqueza torcendo para o que considerava o azarão — já que no primeiro quarto do jogo eles estavam perdendo por três pontos.

O jogo era, sem dúvida, uma distração, mas não o que vinha atrapalhando seu trabalho nas últimas duas semanas. Essa distração era certamente mais fascinante do que um bando de homens colidindo uns contra os outros e se derrubando no chão. Uma loura de olhos frios e pernas compridas chamada Julia.

Não sabia bem o que queria dela. Além do óbvio, é claro. Imaginar-se correndo as mãos por aquele corpo era uma fantasia bastante agradável — particularmente por seu jeito distante e suas explosões de paixão enviarem sinais tão contraditórios e irresistíveis. Mas se fosse só isso, por que ele não conseguia tirá-la da cabeça, como fizera com tantas outras quando precisava trabalhar?

Talvez se sentisse atiçado por sua complexidade. Julia era astuciosamente profissional, tranquilamente caseira. Ambiciosa e retraída. Já percebera que ela era mais tímida do que altiva. Mais cautelosa do que cínica. Ainda assim, fora ousada e corajosa o bastante para atravessar o país com seu filho e aceitar os caprichos de uma das lendas de Hollywood.

Teria sido uma decisão motivada apenas pelo dinheiro?, ponderou ele.

Investigar o histórico de Julia havia ajudado a preencher algumas das lacunas. Sabia que ela fora criada por dois profissionais, sobrevivera a um lar desfeito, uma gravidez na adolescência e à morte dos pais. Apesar das vulnerabilidades que ele próprio notara, ela era forte. Tinha de ser.

Minha nossa, ela o fazia lembrar de Eve, percebeu com uma risada. Talvez fosse por causa de Brandon, um garoto bem diferente do que ele próprio havia sido.

Paul sabia que Eve não cuidara dele de um jeito tradicionalmente materno. Mas ela o salvara. Ainda que só tivesse ficado casada com seu pai por pouco tempo, ela mudara sua vida. Dera-lhe a atenção que ele tão desesperadamente precisava: os elogios inesperados e as críticas construtivas. Acima de tudo, ela lhe oferecera um amor descomplicado.

Brandon estava sendo criado desse jeito; portanto, como poderia deixar de ser uma criança cativante? Estranho, pensou Paul, jamais se considerara um homem particularmente atraído por crianças. Não que não gostasse delas, gostava, achava-as divertidas e muitas vezes interessantes e, sem dúvida, necessárias à preservação da raça humana.

Mas ele realmente apreciava a companhia de Brandon. Sentira-se bem na véspera, comendo pizza e trocando histórias sobre basquete. Precisava levar o garoto a um jogo, decidiu. E se a mãe quisesse ir junto, melhor ainda.

Olhando rapidamente por cima do ombro para a televisão, viu que o time azarão estava entrando no último quarto do jogo com três pontos de desvantagem. Pensou por alguns instantes em todo o dinheiro que seria ganho e perdido nos próximos quinze minutos, e, em seguida, voltou ao trabalho.

◆◆◆◆

Drake estava na ponta do sofá, com o tapete a seus pés repleto de farelos de batatas fritas e pretzels que ele devorava sem parar. Combustível para alimentar o torturante buraco em suas entranhas deixado pelo medo. Já tomara mais de seis cervejas, e seus olhos estavam vermelhos e vidrados — como os de um homem com uma terrível ressaca. Contudo, não ousava desviá-los da tela.

Faltavam quatro minutos e 26 segundos para o jogo terminar, e seu time vencia por três pontos. Eles haviam conseguido marcar um *touchdown*, embora tivessem perdido o ponto extra.

Eles iam conseguir. Iam lhe dar a vitória e uma boa margem de lucro. Drake enfiou um punhado de pretzels na boca. A camisa polo Ralph Lauren estava encharcada de suor e seu coração martelava no peito.

Com a respiração rápida e entrecortada, fez um brinde aos gladiadores com sua garrafa de cerveja semivazia, mas, em seguida, deu um pulo, em choque, como se um dos jogadores da linha de defesa tivesse lhe dado um chute no saco. O recebedor do time adversário pegou um passe longo e partiu sem obstáculos para a área de finalização, a *end zone*.

A bola cravou na grama. A multidão enlouqueceu.

A vida de Drake passou diante dos seus olhos, restavam apenas três minutos e dez segundos de jogo.

Um bando de panacas, pensou, tentando aliviar a garganta seca com cerveja. Eles haviam perdido a posse de bola duas vezes nos últimos dez minutos. Até mesmo ele faria melhor. Retardados. Virou a cerveja, comeu as batatas e rezou.

Pouco a pouco, eles foram avançando pelo campo. A cada jarda conquistada, Drake chegava um pouco mais para a ponta. Seus olhos ficaram marejados de lágrimas quando eles bateram numa sólida parede defensiva na 17ª jarda.

— Só um *touchdown*! — gritou, levantando-se e começando a andar de um lado para o outro ao escutar o aviso de que faltavam apenas dois minutos. Suas pernas pareciam molas enferrujadas.

Cinquenta mil dólares. Drake continuou andando de um lado para o outro, estalando os dedos enquanto esperava o fim dos comerciais. Não conseguia sequer pensar no que Delrickio faria se ele não aparecesse com o restante do dinheiro. Pressionou os olhos com as mãos trêmulas.

Como podia ter feito uma coisa dessa? Como podia ter apostado 50 mil dólares num jogo idiota quando devia 90 mil a um mafioso?

O jogo recomeçou, assim como seu desespero. Drake não se sentou, ficou em pé na frente da televisão de 72 polegadas. Os olhos do *quarterback* pareciam encará-lo. Desespero fitando desespero. Ouviram-se rosnados. O choque. Homens grandes e suados digladiando-se na tela, a centímetros do rosto de Drake.

Eles avançaram três jardas. Tempo.

Drake começou a roer as unhas.

Os times se alinharam de novo. Para ele, parecia a mesma coisa. Qual era a diferença?, pensou, desesperado. Qual era a merda da diferença?

O *quarterback* foi derrubado. Eles perderam seis jardas.

Drake começou a chorar, o tempo estava acabando. Um homem adulto debulhando-se em lágrimas num aposento cheio de brinquedos. A vontade de urinar tornou-se tão intensa que ele começou a pular de um pé para o outro. Menos de um minuto para o jogo terminar e a defesa se mantinha firme. Eles avançaram, recuperando duas jardas. Correr, passar ou chutar. Após uma pausa excruciante em que Drake aproveitou para aliviar os rins doloridos, eles optaram por correr. Os pesados uniformes formaram uma montanha colorida suja de grama.

Os jogadores começaram a se empurrar e se acotovelar; Drake ofegou; o árbitro se meteu no meio para apartar a briga. Drake queria que eles se engalfinhassem, que arrancassem sangue uns dos outros. Seus olhos se encheram de lágrimas novamente quando o árbitro deu a falta.

— Por favor, por favor, por favor! — implorou.

Poucos segundos para terminar. A esperança se esvaía. Quando a bola trocou de mãos, o jogo foi encerrado.

Drake continuou de pé, chorando, enquanto a multidão exultava. Os jogadores tiraram os capacetes, seus rostos imundos expressando a alegria pela vitória ou a tristeza pela derrota.

Aquele jogo mudara o curso de algumas vidas.

Capítulo Dez

♦♦♦♦

JULIA ENTROU na recepção do escritório de Drake Morrison às dez horas em ponto para a entrevista. Lutou para não fazer nenhuma careta ao cruzar a sala até o balcão da recepcionista, a fim de se anunciar para a bela morena que parecia estar no comando.

— O sr. Morrison está esperando pela senhorita — disse ela, numa voz sedosa de contralto que faria qualquer homem babar ao telefone. Se isso não desse resultado, o busto generoso, com uma pedra de zircônio em formato de cubo acomodada entre os seios, terminaria o serviço. — Por favor, sente-se um pouco.

Não havia nada que Julia desejasse mais. Com um suspiro longo e silencioso, ela se sentou num dos sofás, pegou uma revista *Premiere* e fingiu ler. Sentia como se tivesse sido espancada, lenta e metodicamente, por um taco de beisebol revestido com espuma.

Uma hora de malhação com Fritz e estava pronta para implorar por misericórdia — de preferência enquanto continuava deitada de bruços.

Tinha certeza de que Fritz era o verdadeiro Conan, só que com olhos gentis, encorajadores e lisonjeiros.

Julia lembrou-se de virar a página da revista quando a recepcionista atendeu o telefone com sua voz de Lauren Bacall. De perfil, o busto gigantesco fazia Dolly Parton parecer uma criança. Curiosa, Julia olhou de relance em volta e percebeu que nenhum dos homens na recepção estava babando.

Recostando-se de volta no sofá, deixou a mente vagar.

Apesar do corpo dolorido, a manhã tinha sido interessante. Pelo visto, compartilhar uma sessão de tortura fazia com que as mulheres se tornassem mais expansivas. Eve se mostrara amigável e engraçada —

principalmente depois que Julia deixou de lado a dignidade e soltou uma série de xingamentos durante o último grupo de temíveis exercícios.

Era difícil, para não dizer impossível, manter um distanciamento profissional quando duas mulheres exaustas e nuas tomavam uma chuveirada juntas.

Elas não haviam conversado sobre ninguém durante aquela entrevista, mas sobre coisas. Os jardins que Eve gostava tanto. Seu tipo de música predileto, suas cidades favoritas. Só lhe ocorreu algum tempo depois que tinha sido mais uma conversa do que uma entrevista. E que Eve descobrira tanto sobre ela quanto ela sobre Eve.

Quanto mais desconfortável se sentia, mais à vontade ficava em falar sobre si mesma. Fora fácil descrever sua casa em Connecticut, falar de como a mudança de Nova York tinha sido boa para Brandon. O quanto ela odiava viajar de avião e o quanto adorava comida italiana. E como ficara assustada ao se ver rodeada por pessoas durante sua primeira sessão de autógrafos.

E, o que foi que Eve lhe dissera mesmo, quando lhe confessara o quanto a assustava fazer aparições em público?

"Dê a eles apenas o seu lado racional, garota, nunca suas emoções."

Ao se lembrar disso, Julia sorriu. Gostara do conselho.

Com cuidado, mudou de posição. Quando os músculos fatigados gritaram em coro, não conseguiu segurar o gemido. Os homens à sua frente lançaram-lhe um olhar de relance por cima de suas revistas e, desprezando-a, voltaram às suas leituras. Para afastar a mente das múltiplas dores, Julia especulou sobre eles.

Dois atores à espera de serem representados por um dos grandes agentes da indústria cinematográfica? Não, decidiu. Atores jamais sairiam juntos à procura de um agente publicitário. Nem mesmo se fossem amantes.

Não era justo rotulá-los como homossexuais só porque eles não estavam babando pela Dolly Bacall. Talvez fossem homens de família leais e fiéis que não olhavam para nenhuma outra mulher que não suas esposas.

E talvez ela estivesse apenas sentada em frente a dois zumbis.

Uma dupla de fiscais da Receita Federal esperando para verificar os livros de Drake, decidiu. Muito mais provável. Os homens tinham aquele jeito frio, antipático e implacável que ela esperava de fiscais da Receita — ou de assassinos da máfia. O que será que eles traziam debaixo dos bem-cortados paletós pretos: calculadoras ou revólveres?

Isso a fez rir por alguns instantes, até que um deles ergueu os olhos e a pegou no flagra, observando-os. Esperava que seus próprios livros estivessem em ordem.

Uma rápida olhadela para o relógio mostrou que já estava esperando há dez minutos. O par de portas brancas com o nome de Drake estampado numa plaquinha continuava firmemente fechado. Olhando fixamente para elas, imaginou por que ele estava demorando.

◆ ◆ ◆ ◆

Dentro do escritório excessivamente decorado em tons de bege e verde-esmeralda, tão elegante e estiloso quanto a recepção, Drake mantinha as mãos trêmulas entrelaçadas sobre o tampo reluzente de sua mesa. Sentado em uma cadeira executiva com estofamento de couro, a impressão era de que seu corpo havia reduzido até chegar ao tamanho do de uma criança.

A janela às suas costas garantia uma visão de Los Angeles do alto do Century City. Drake gostava de saber que, se lhe desse na veneta, podia observar numa rápida olhadela o panorama que os produtores de *L.A. Law* haviam imortalizado.

Estava de costas para ela agora, com os olhos voltados para baixo. A agitação provocada pelo pânico não lhe deixara dormir na noite anterior, pelo menos até tomar dois calmantes, acompanhados por uma garrafa de conhaque.

— Vim pessoalmente — dizia Delrickio —, porque sinto que temos um relacionamento. — Ao ver que Drake apenas meneou a cabeça em concordância, crispou os lábios em repulsa por alguns instantes. — Você sabe o que aconteceria agora se nós não tivéssemos uma ligação pessoal?

Sentindo que precisava responder, Drake umedeceu os lábios.

— Sei.

— Os negócios só podem ser afetados pela amizade até certo ponto. Chegamos a esse ponto. Você não teve sorte ontem à noite. Como amigo, posso simpatizar. Mas como homem de negócios, minhas prioridades são meus lucros e perdas. Você, Drake, está me saindo caro.

— Isso não devia ter acontecido. — As emoções de Drake ameaçaram vir à tona mais uma vez, enchendo-lhe os olhos de lágrimas. — Até os últimos cinco minutos...

— Isso não vem ao caso. Você julgou mal e seu tempo acabou. — Delrickio raramente elevava a voz, e não fez isso agora. Ainda assim, suas palavras retumbaram e ecoaram na cabeça de Drake. — O que você pretende fazer?

— Eu... eu posso conseguir mais 10 mil em duas ou três semanas.

Com os olhos ocultos pelas pestanas semicerradas, Delrickio pegou um pacotinho de balas de menta, tirou uma e a meteu na boca.

— Isso está longe de ser satisfatório. Espero o restante do pagamento em uma semana. — Após uma pausa, fez que não com o dedo. — Não, como somos amigos, vou lhe dar dez dias.

— Noventa mil em dez dias? — Drake esticou o braço para pegar a jarra Waterford sobre a mesa, mas suas mãos tremiam demais para servir a água. — Isso é impossível.

O rosto de Delrickio permaneceu impassível.

— Quando um homem tem uma dívida, ele paga. Ou assume as consequências. Um homem que não paga suas dívidas pode se tornar estabanado... tão estabanado que fecha a porta na mão e esmaga os dedos. Ou ele pode ficar tão distraído por suas obrigações que se torna descuidado ao fazer a barba... e acaba cortando o rosto... ou a garganta. No final, ele pode ficar tão deprimido que se joga pela janela. — Delrickio olhou de relance para a grande vidraça atrás de Drake. — Uma janela como esta.

O pomo de adão de Drake fez pressão contra o nó da gravata quando ele tentou engolir o nó em sua garganta causado pelo medo. Sua voz saiu fina como o ar que escapa de uma bola de encher.

— Preciso de mais tempo.

Delrickio suspirou como um pai desapontado ao ver o boletim do filho cheio de notas baixas.

— Você está me pedindo um favor, mas não fez o que eu lhe pedi.

— Ela se recusa a me dizer qualquer coisa. — Drake pegou um punhado de amêndoas açucaradas numa tigela Raku que estava sobre a mesa. — Você sabe que Eve não é uma pessoa razoável.

— Sim, eu sei. Mas deve haver um jeito.

— Tentei pressionar a biógrafa. — Drake percebeu uma suave luz no fim do túnel e aproveitou: — Na verdade, estou tentando amaciá-la. Nesse momento, ela está me esperando na recepção.

— E daí? — Delrickio ergueu uma sobrancelha, o único sinal de interesse.

— Já captei o jeito dela — apressou-se Drake a dizer, agarrando a oportunidade com unhas e dentes. — Você sabe, uma solitária mulher de carreira em busca de um pouco de romance. Em duas semanas, ela vai estar comendo na minha mão. Vou descobrir tudo o que Eve lhe contar.

Os lábios de Delrickio curvaram-se ligeiramente enquanto ele alisava o bigode com o dedo.

— Você tem uma boa reputação com as damas. Eu também tinha quando era mais jovem. — Quando ele se levantou, Drake sentiu uma onda de alívio descer-lhe pela pele pegajosa. — Três semanas, *paisan*. Se você me trouxer alguma informação útil, poderemos renegociar o prazo do empréstimo. E, para provar suas boas intenções, quero 10 mil daqui a uma semana. Em dinheiro.

— Mas...

— É um excelente acordo, Drake. — Delrickio andou até a porta e se virou. — Acredite em mim, você não teria tamanha consideração se estivesse lidando com outra pessoa. Não me desaponte — acrescentou, alisando o punho da camisa. — Seria uma pena se sua mão tremesse tanto a ponto de danificar esse rosto ao se barbear.

Quando Delrickio saiu, Julia viu um homem distinto por volta dos 60 anos. Ele tinha o aspecto suave e elegante dos ricos e poderosos, aliado a belos traços que, com a idade, agora lhe garantiam um ar de nobreza. Os outros dois homens se levantaram. O senhor distinto cumprimentou Julia com um ligeiro curvar de cabeça, dando a entender, pela expressão em seus olhos, que não se esquecera de como era apreciar uma mulher jovem e atraente.

Ela sorriu — o gesto dele fora tão lisonjeiro e antiquado. Em seguida, ele saiu, acompanhado pelos dois sujeitos silenciosos.

Mais cinco minutos se passaram antes que a recepcionista atendesse o interfone e dissesse a Julia que ela podia entrar.

Drake lutava para se recompor. Não ousara tomar outro calmante, mas entrara no banheiro adjacente e colocara para fora a maior parte do medo. Após jogar um pouco de água no rosto, fazer um bochecho com um líquido antisséptico bucal para eliminar o gosto de vômito e alisar o cabelo e o terno, cumprimentou Julia com um aperto de mãos hollywoodiano e um beijo no rosto.

— Desculpe por fazê-la esperar — começou ele. — Posso lhe trazer alguma coisa? Um café? Uma Perrier? Um suco?

— Nada, estou bem.

— Fique à vontade, vamos conversar. — Olhou de relance para o relógio, querendo que ela visse que ele era um homem ocupado, com muitos afazeres. — Como vão as coisas com Eve, você já conseguiu se acomodar?

— Muito bem, para falar a verdade. Tive uma sessão com Fritz hoje de manhã.

— Fritz? — Drake ficou sem expressão por um minuto, em seguida bufou. — Ah, sim, a rainha da malhação. Pobrezinha!

— Eu gostei do exercício. E dele — replicou Julia com frieza.

— Você é uma guerreira. Me diga: como está indo o livro?

— Acho que podemos ser otimistas.

— Ah, ele será um best-seller, sem dúvida. Eve é uma contadora de histórias fascinante... embora eu me pergunte se sua memória continua confiável. Ainda assim, a velha cocota é uma em um milhão.

Julia tinha certeza de que Eve daria um cascudo em Drake se ele ousasse referir-se a ela como "velha cocota" na sua frente.

— Você está falando como sobrinho ou como assessor de imprensa?

Ele riu enquanto pegava outro punhado de amêndoas.

— Os dois. Não hesitaria em dizer que ter uma tia como Eve Benedict acrescentou tempero à minha vida. Tê-la como cliente foi a cobertura do bolo.

Julia não se deu ao trabalho de comentar a mistura de metáforas. Alguma coisa, ou alguém, deixara Drake tremendo em seus sapatos de couro de crocodilo. Teria sido o senhor distinto de cabelos grisalhos com seu jeito galante? Isso não era problema seu — a menos que tivesse algo a ver com Eve. Era melhor deixar esse assunto de lado.

— Por que você não começa me contando sobre sua tia? A gente fala dela como cliente mais tarde. — Julia pegou o gravador e ergueu uma sobrancelha, esperando pela permissão de Drake. Assim que conseguiu equilibrar o caderno no joelho, abriu um sorriso. Drake pegava punhados de amêndoas com uma das mãos e, com a outra, ia enfiando uma de cada vez na boca, como se fossem balas. Enfia, mastiga, engole. Imaginou se ele alguma vez pulava uma etapa e engolia uma amêndoa inteira. A simples ideia a forçou a desviar os olhos por alguns instantes, sob o pretexto de preparar a fita. — Sua mãe é a irmã mais velha de Eve, correto?

— Correto. Eram três garotas Berenski. Ada, Betty e Lucille. Claro que, quando eu nasci, Betty já se tornara Eve Benedict. Ela já era uma estrela consagrada, podemos até mesmo dizer que uma lenda. Pelo menos ela já era uma lenda em Omaha.

— Ela costumava visitar sua cidade natal?

— Que eu me lembre, ela foi lá umas duas vezes. A primeira quando eu estava com uns 5 anos. — Ele lambeu o açúcar dos dedos e esperou conseguir demonstrar a dose certa de sofrimento. Tinha certeza de que uma mãe solteira com um filho jovem iria simpatizar com o que estava prestes a dizer: — Veja bem, meu pai abandonou a gente. Como você pode imaginar, minha mãe ficou arrasada. Na época, eu era jovem demais para entender. Apenas me perguntava por que meu pai não voltava para casa.

— Sinto muito. — Julia realmente simpatizou. — Deve ter sido muito difícil.

— Foi terrivelmente doloroso. Acho que nunca superei isso completamente. — Drake não pensava em seu pai havia mais de vinte anos. Pegando um lenço com suas iniciais, secou os dedos. — Ele simplesmente bateu a porta e nunca mais voltou. Eu me culpei por vários anos. Acho que ainda me culpo. — Fez uma pausa como que para se recobrar, virando a cabeça um pouquinho e olhando com tristeza pelo painel de vidro que o protegia da névoa matinal. Tinha certeza de que nada comovia mais uma mulher do que uma história triste contada com bravura. — Eve apareceu, embora, para ser honesto, ela e minha mãe sempre acabassem brigando. À sua maneira estouvada, Eve era muito gentil, e se certificou de que nunca nos faltasse nada. Por fim, minha mãe arrumou um emprego de meio período numa loja de departamentos, mas era a contribuição de Eve que mantinha um teto decente sobre nossas cabeças. Ela também se certificou de que eu recebesse uma boa educação.

Embora Julia não tivesse caído no pequeno show que ele armara para comovê-la, estava interessada na história.

— Você disse que elas sempre acabavam brigando. O que quis dizer com isso?

— Bom, não sei o que aconteceu quando elas eram crianças. Tenho a impressão de que as três irmãs competiam pela atenção do pai. Ele passava muito tempo longe de casa. Acho que era uma espécie de caixeiro-viajante. Segundo minha mãe, elas tinham uma vida apertada, e Eve nunca estava satisfeita. Talvez fosse algo ainda mais simples do que isso, não sei — continuou Drake, com um sorriso. — Vi fotos delas ainda jovens, as três juntas. Acho que não devia ser fácil para três mulheres bonitas viverem sob o mesmo teto.

Julia piscou e quase perdeu o fio do pensamento. Será que Drake tinha ideia do quanto ele brilhava? A pulseira de ouro do Rolex, o brilho das obturações, o gel no cabelo.

— Eu... ahn. — Julia baixou os olhos rapidamente para suas anotações e não viu a expressão de orgulho no rosto de Drake, convencido de que era sua atração por ele que a estava distraindo. — E então Eve foi embora.

— Isso mesmo, e, como dizem, o resto é história. Minha mãe se casou. Ouvi fofocas de que meu pai era apaixonado pela Eve. Mamãe não era exatamente jovem quando se casou, e acredito que ela tenha lutado por vários anos para engravidar. Tem certeza de que não quer nada? — perguntou ele, levantando-se para ir até o bem sortido bar num dos cantos do escritório.

— Não, nada. Por favor, continue.

— Tudo bem, então. De qualquer forma, acabei sendo o único filho. — Enquanto falava, serviu um copo de água gasosa com gelo. Teria preferido algo mais forte, mas tinha certeza de que Julia não aprovaria uma dose de álcool antes do almoço. Enquanto bebericava, inclinou a cabeça, oferecendo a ela a possibilidade de analisá-lo de perfil. — Lucille passou a vida viajando. Acho até que chegou a morar numa comunidade hippie por alguns anos. Algo bem anos 1960. Ela morreu num acidente de trem em Bangladesh, ou Bornéu, ou em algum lugar do tipo, há cerca de uns dez anos, se não me engano. — Ele discorreu sobre a vida da tia como se fosse algo sem importância.

Julia fez uma anotação.

— Vocês não eram muito chegados, certo?

— Eu e tia Lucille? — Ele começou a rir, mas disfarçou com uma tosse. — Acho que não a vi mais do que umas três ou quatro vezes durante toda a minha vida. — Optou por não comentar que ela sempre lhe trazia algum brinquedo ou livro fascinante. Ou que tinha morrido com pouco mais do que a roupa do corpo e alguns trocados no bolso. Sem herança, sem doces lembranças. — Ela nunca me pareceu... muito real, se entende o que eu quero dizer.

Julia abrandou um pouco. Não era justo chamar o homem de insensível só porque ele não demonstrava grande afeto por uma tia que mal conhecera. Ou porque era um pavão orgulhoso que se achava irresistível.

— Acho que sim. Sua família se espalhou, cada um para um lado.

— Verdade. Minha mãe manteve a pequena fazenda que ela e meu pai haviam comprado, e Eve...

— Como você se sentiu ao vê-la pela primeira vez?

— Ela sempre foi grandiosa, exuberante. — Ele se empoleirou na ponta da mesa para apreciar a visão das pernas de Julia. Aproveitar-se dela não seria sacrifício algum. E, para ser justo, pretendia fazer com que ela se divertisse também. — Linda, é claro, mas com aquela qualidade que poucas mulheres possuem. Uma sensualidade inata, eu diria. Ate mesmo uma criança consegue ver, mesmo que não entenda. Acho que a vi pela primeira vez na época em que ela estava casada com Anthony Kincade. Ela chegou com montanhas de malas, lábios vermelhos, unhas vermelhas, um terninho Dior e seu inseparável cigarro entre os dedos. Ela era, para resumir, fabulosa.

Ele tomou um gole da água, surpreso ao perceber o quão vívida era a lembrança.

— Lembro de uma cena que aconteceu pouco antes de ela partir. Uma discussão com minha mãe na cozinha da fazenda. Lá estava Eve, soltando baforadas de fumaça e andando de um lado para o outro sobre o piso de linóleo rachado, enquanto minha mãe permanecia sentada à mesa, com os olhos vermelhos e furiosos.

♦♦♦♦

— Pelo amor de Deus, Ada, você engordou quatorze quilos. Não é de admirar que Eddie tenha fugido com alguma garçonete barata!

Ada apertou os lábios em sinal de desagrado. Sua pele tinha o aspecto de mingau estragado.

— Não admito que você use o nome do Senhor em vão nesta casa.

— Em pouco tempo não haverá mais casa, a menos que você dê um jeito em si mesma.

— Sou uma mulher sozinha, praticamente sem um centavo, e com um filho para criar.

Eve brandiu o cigarro, de modo que a fumaça fez um zigue-zague no ar.

— Você sabe muito bem que dinheiro não será problema. E há um monte de mulheres sozinhas pelo mundo. Às vezes é melhor assim. — Bateu as mãos espalmadas sobre a mesa de madeira, o cigarro sobressaindo entre os dedos. — Me escute, Ada. Mamãe se foi. Papai também.

E Lucille idem. Até mesmo aquele canalha preguiçoso que você chamava de marido se foi. Nenhum deles vai voltar.

— Não admito que você fale assim do meu marido...

— Ah, cale a boca! — Eve deu um soco na mesa com tanta força que o saleiro e a pimenteira de plástico, em formato, respectivamente, de galo e galinha, balançaram e viraram. — Ele não merece que você o defenda e, por Deus, muito menos as suas lágrimas. Você recebeu uma nova chance, a oportunidade de recomeçar. Já passamos dos anos 1950, Ada. Em janeiro, teremos um novo presidente na Casa Branca, e um que ainda não está senil. As mulheres vão começar a deixar de lado seus aventais. Há uma mudança no ar, Ada. Você não consegue sentir? Ela está a caminho.

— Os americanos não tinham nada de ter eleito um católico, um papista. Uma desgraça nacional, isso sim. — Ela projetou o queixo para a frente. — De qualquer forma, o que isso tem a ver comigo?

Eve fechou os olhos, sabendo que Ada jamais saborearia a mudança, jamais se deleitaria com algo novo e fresco, não com toda aquela amargura dentro de si.

— Vida nova, Ada — murmurou. — Pegue o garoto e venha comigo para a Califórnia.

— Por que eu faria isso?

— Porque somos irmãs. Venda este lugar esquecido por Deus, mude para outro onde você possa arrumar um trabalho decente, ter uma vida social, onde o garoto possa ter sua própria vida.

— Uma vida como a sua — bufou Ada, os olhos vermelhos transbordando de ressentimento e inveja. — Posando seminua numa tela, para que qualquer um com um trocado no bolso possa assisti-la. Casando e se divorciando quando lhe dá na veneta, e se entregando para qualquer homem que pisque para você. Vou manter meu garoto aqui, onde ele pode crescer em meio a valores decentes, aprendendo a respeitar nosso Deus, muito obrigada.

— Faça como quiser — disse Eve, cansada. — Embora eu não consiga entender por que você acha que Deus gostaria de vê-la se tornar uma mulher amarga e seca antes mesmo dos 40. Vou enviar o dinheiro para o menino. Use-o como bem entender.

♦♦♦♦

— Claro que ela aceitou o dinheiro — continuou Drake. — Cuspindo adjetivos, como iníqua, ateia etc. e tal, enquanto depositava o cheque. — Ele deu de ombros, acostumado demais ao gosto amargo na boca para notá-lo se espalhando. — Até onde eu sei, Eve ainda lhe manda um cheque todo mês.

Julia ficou incomodada ao perceber a total falta de gratidão. Imaginou se Drake percebia o quanto ele era parecido com a mãe.

— Se você teve tão pouco contato com Eve enquanto crescia, como acabou trabalhando para ela?

— No verão em que eu me formei no ensino médio, vim de carona até Los Angeles com 37 dólares no bolso. — Ele sorriu e, pela primeira vez, Julia achou que conseguia ver um traço do charme da tia. — Levei quase uma semana para conseguir falar com ela depois que cheguei aqui. Foi uma aventura e tanto. Eve foi me pegar pessoalmente numa espelunca na East Los Angeles. Ela entrou na engordurada lanchonete de tacos usando um vestido de arrasar e sapatos de salto agulha que poderiam atravessar o coração de um homem. Eu a pegara de saída para uma festa. Ela me chamou fazendo sinal com o dedo indicador, se virou e saiu. Saí atrás dela como uma bala. Eve não me fez uma única pergunta no caminho de volta para a casa dela. Ao chegarmos lá, ela me mandou tomar um banho e raspar o projeto de barba que eu estava usando. E Travers me serviu a melhor refeição da minha vida.

Alguma coisa remexeu dentro dele com a lembrança — uma ternura soterrada sob várias camadas de ambição e mesquinharia.

— E sua mãe?

A ternura desapareceu.

— Eve resolveu tudo com ela. Nunca perguntei. Ela me colocou para trabalhar com o jardineiro e depois me mandou para a faculdade. Aprendi muita coisa com Kenneth Stokley, seu assistente na época. Nina apareceu pouco antes de Eve e Stokley terem um grande desentendimento. Ao ver que eu tinha potencial, ela me colocou como seu assessor de imprensa.

— A família de Eve é bem pequena — comentou Julia. — Mas ela é leal e generosa com os poucos que tem.

— É mesmo, do jeito dela. Contudo, amigo, parente ou empregado, você tem de andar na linha. — Ele colocou a água de lado, lembrando que era melhor dissimular qualquer insatisfação: — Eve Benedict é a mulher mais generosa que eu conheço. A vida dela não foi fácil, mas ela se deu bem. E proporciona aos que a cercam a inspiração para fazerem o mesmo. Em resumo, eu a adoro.

— Você se considera uma espécie de filho substituto?

Os dentes dele cintilaram num sorriso presunçoso demais para ser afetuoso.

— Com certeza.

— E quanto a Paul Winthrop? Como você descreveria o relacionamento dele com ela?

— Paul? — As sobrancelhas de Drake se uniram. — Não há nenhum laço de sangue ali, embora ela certamente goste muito dele. Você poderia considerá-lo um dos membros de seu séquito, um dos jovens atraentes que Eve gosta de manter à sua volta.

Não apenas ingratidão, refletiu Julia, mas uma pequena dose de crueldade.

— Estranho. Eu diria que Paul Winthrop é um homem independente.

— Ele certamente possui sua própria vida, seus próprios sucessos, pelo menos no que diz respeito à carreira de escritor. — Ele sorriu. — No entanto, se Eve estalar os dedos, você pode apostar seu último centavo que Paul irá correndo até ela. Muitas vezes imaginei... só entre nós, certo?

— Claro. — Julia pressionou o botão de parar do gravador.

— Bom, imagino se eles já não se entregaram a algum tipo de relacionamento mais íntimo.

Julia endureceu. Mais do que uma pequena dose, notou. Debaixo de todo aquele brilho, Drake Morrison acalentava uma grande parcela de crueldade.

— Ela é mais de trinta anos mais velha do que ele.

— A diferença de idade não impediria Eve. Isso é parte do misticismo dela, do seu charme inesgotável. Quanto a Paul, ele pode não se casar como faz o pai, mas tem a mesma fraqueza por belas mulheres.

Achando o assunto de mau gosto, Julia fechou o caderno. Por enquanto, já conseguira tudo o que queria de Drake Morrison.

— Tenho certeza de que Eve irá me contar se achar que o relacionamento deles merece espaço no livro.

Ele tentou aproveitar a brecha:

— Ela lhe conta coisas tão pessoais? A Eve que eu conheço mantém essas coisas em segredo.

— É o livro dela — observou Julia, levantando-se. — Não valeria a pena se não fosse pessoal. Espero que possamos conversar de novo. — Estendeu a mão e tentou não puxá-la quando ele a levou aos lábios.

— Apenas me diga a hora e o local. Na verdade, por que não marcamos um jantar? — Sem soltar a mão de Julia, acariciou seus dedos com o polegar. — Tenho certeza de que poderíamos conversar sobre outras coisas além da Eve... por mais fascinante que ela seja.

— Sinto muito, mas o livro está tomando quase todo o meu tempo.

— Você não pode trabalhar todas as noites. — Ele correu a mão pelo braço de Julia, a fim de brincar com o brinco de pérola em sua orelha. — Por que não combinamos um encontro informal na minha casa? Tenho um monte de fotos e recortes de jornal que você pode querer usar.

Como tentativa de demonstrar suas intenções, aquela não era muito criativa.

— Adotei a política de sempre tentar passar as noites com meu filho... mas adoraria ver os recortes, se você não se incomodar de enviá-los para mim.

Drake soltou uma meia risada.

— Pelo visto, estou sendo muito sutil. Gostaria de vê-la de novo, Julia. Por motivos pessoais.

— Você não está sendo muito sutil. — Ela pegou o gravador e o guardou na pasta. — Eu apenas não estou interessada.

Ele conseguiu manter a mão sobre o ombro dela sem pressionar. Com uma careta engraçada, levou a outra ao coração.

— Essa doeu!

O gesto arrancou-lhe uma risada, e fez com que sentisse que tinha sido grosseira.

— Sinto muito, Drake, não fui muito delicada. Eu devia ter dito que me sinto lisonjeada pelo convite, mas não é um bom momento. Brandon e o livro me deixam ocupada demais para pensar numa vida social.

— Assim está melhor. — Ele manteve a mão sobre o ombro dela enquanto a acompanhava até a porta. — E que tal isso? Sou provavelmente a pessoa mais indicada para lhe ajudar com esse projeto. Por que você não me mostra suas anotações à medida que for avançando, ou o que você já fez até o momento? Posso conseguir preencher alguns dos espaços em branco, sugerir alguns nomes ou até mesmo dar uma burilada nas memórias da Eve. Enquanto faço isso... — Seu olhar percorreu lentamente o rosto dela. — Podemos aproveitar para nos conhecermos melhor.

— É muito generoso da sua parte. — Ela levou a mão à maçaneta, lutando para não ficar irritada quando Drake espalmou a dele na porta para mantê-la fechada. — Se eu me deparar com algum empecilho, peço a sua ajuda. Mas já que é a história da Eve, terei de pedir a permissão dela. — Sua voz saiu suave a amigável ao abrir a porta: — Obrigada, Drake. Acredite em mim, eu ligo para você, se precisar de alguma coisa.

Julia sorriu consigo mesma ao atravessar a recepção. Tinha absoluta certeza de que algo estava acontecendo. E que Drake Morrison estava metido nisso até o pescoço.

Capítulo Onze
••••

JULIA TIROU os sapatos e entrou no escritório descalça. A frésia que o jardineiro galantemente lhe dera na véspera imprimia ao aposento entulhado um ar delicado de primavera prematura. Ao dar uma topada numa pilha de livros de pesquisa sobre o chão, xingou com desânimo. Precisava dar um jeito na bagunça, definitivamente. E logo.

Por força do hábito, pegou as fitas do dia na pasta para guardá-las na gaveta da escrivaninha. Pensava num cálice de vinho gelado, e talvez um rápido mergulho na piscina antes que Brandon chegasse da escola. No entanto, ao olhar para a gaveta, Julia foi chamada de volta à realidade, e se sentou na cadeira para não cair.

Alguém estivera ali.

Lentamente, Julia correu os dedos por cima das fitas. Não estava faltando nenhuma, mas elas estavam fora de ordem. Uma das poucas coisas que mantinha compulsivamente organizadas eram suas entrevistas. Rotuladas e datadas, as fitas eram guardadas em ordem alfabética. Agora estavam misturadas.

Abriu outra gaveta e puxou o rascunho que datilografara. Um rápido olhar de relance assegurou-lhe que todas as páginas estavam ali. Contudo, sentia, ou melhor, *sabia* que alguém as lera. Fechou a gaveta com força e abriu mais outra. Alguém andara remexendo em suas coisas, pensou. Mas por quê?

Uma fisgada de pânico a fez subir correndo para o segundo andar. Não tinha muitas coisas de valor, apenas umas poucas joias que haviam pertencido à sua mãe e que considerava importantes. Enquanto vasculhava o quarto, recriminou-se por não ter pedido a Eve que as guardasse no cofre. Ela devia ter um, claro. Mas também tinha um bom sistema de segurança. Por que diabos alguém invadiria a casa de hóspedes para roubar um punhado de relíquias de família?

Nada fora roubado. Enquanto sentia uma onda de alívio percorrer-lhe o corpo, Julia xingou a si mesma de idiota. O colar de pérolas de um só fio com os brincos combinando, o pingente de diamante, o broche de ouro no formato de uma balança da justiça. Estava tudo ali, no mesmo lugar.

Sentindo as pernas bambas, sentou-se na beira da cama, apertando as caixinhas de joias de encontro ao peito. Era tolice, falou consigo mesma, ter tamanho apego a coisas materiais. Raramente usava qualquer peça daquelas, apenas as tirava de vez em quando para apreciá-las.

Tinha 12 anos quando seu pai dera o broche para a mãe como presente de aniversário. Lembrava-se de como ela ficara extasiada ao ganhá-lo. Ela o usara em todos os julgamentos dos quais participara, mesmo depois do divórcio.

Julia levantou-se e colocou as caixinhas de volta no lugar. Era possível que ela própria tivesse bagunçado as fitas. Possível, ainda que improvável. Assim como era improvável que alguém conseguisse burlar o sistema de segurança de Eve em plena luz do dia e invadir sem o menor pudor a casa de hóspedes.

Eve, pensou Julia com uma rápida gargalhada. Eve era a candidata mais provável. Há três dias elas não conversavam. Talvez a curiosidade e a arrogância tivessem feito a anfitriã querer checar seu trabalho.

Isso teria de ser corrigido.

Julia desceu de novo, no intuito de dar outra olhada nas fitas antes de ligar para Eve. Ainda estava no meio das escadas quando escutou Paul batendo na porta da frente.

— Oi. — Sem esperar pelo convite, Paul abriu a porta e entrou.

— Sinta-se em casa.

O tom fez com que ele inclinasse ligeiramente a cabeça.

— Algum problema?

— Problema? Não. — Ela parou onde estava, com os pés afastados e o queixo projetado para a frente, em desafio. — Por que eu teria problemas com as pessoas entrando e saindo daqui à vontade? Afinal de contas, essa não é a minha casa. Eu apenas estou morando aqui temporariamente.

Ele ergueu as mãos com as palmas voltadas para fora.

— Desculpe. Acho que estou acostumado demais ao estilo informal da Califórnia. Quer que eu saia e bata novamente?

— Não. — Ela cuspiu a palavra como um dardo. Não permitiria que ele a fizesse se sentir uma boba. — O que você quer? Você me pegou num péssimo momento, portanto seja rápido.

Julia não precisava lhe dizer que o momento era ruim. Sua expressão permaneceu calma — ela era muito boa nisso —, mas seus dedos remexiam-se, inquietos. Isso apenas fez com que ele se sentisse mais decidido a ficar.

— Na verdade, não vim para ver você. Vim para ver o Brandon.

— Brandon? — Sininhos de alarme soaram imediatamente e ela deixou os braços penderem sem vida ao lado do corpo. — Por quê? O que você quer com ele?

— Relaxe, Jules. — Paul se sentou no braço do sofá. Gostava dali... gostava muito, percebeu. Havia algo na maneira como ela se acomodara na casa de hóspedes, transformando-a no seu recanto particular. Uma espécie de desorganização charmosa, ponderou, que fazia com que Julia estivesse presente em todos os lugares. O brinco sobre a mesinha Hepplewhite, os belos sapatos de salto alto equilibrados um contra o outro no lugar onde ela os descalçara, o bilhete rabiscado, a tigela de porcelana chinesa cheia de pétalas de rosas e ramos de alecrim.

Se fosse para a cozinha, encontraria mais indícios dela por lá. E também no segundo andar, no banheiro, no quarto do filho e no quarto onde ela própria dormia. O que encontraria sobre Julia no seu cantinho mais privado?

Olhando para ela, sorriu.

— Sinto muito, você disse alguma coisa?

— Disse, eu disse alguma coisa. — Ela bufou com impaciência. — Perguntei: o que você quer com o Brandon?

— Não estou planejando raptá-lo ou levá-lo para ver meu mais novo exemplar da *Penthouse*. É assunto de homem. — Deu uma risadinha ao vê-la descer o restante dos degraus pisando duro. — Você teve um dia difícil?

— Tive um dia longo — replicou Julia. — Ele ainda não chegou da escola.

— Posso esperar. — Paul baixou os olhos e, em seguida, ergueu-os novamente. — Você está descalça de novo. Fico muito feliz por você não ter me desapontado.

Julia enfiou as mãos inquietas nos bolsos do terninho. A voz de Paul deveria estar registrada na polícia, pensou, apreensiva. Ou constar nos anais da pesquisa científica. Ela podia colocar uma mulher em coma — ou tirá-la de um, completamente excitada.

— Estou muito ocupada, Paul. Por que você não me conta sobre o que quer falar com o Brandon?

— Você é uma mãe e tanto. Isso é admirável. Quero falar sobre basquete. Os Lakers vão jogar no sábado à noite. Achei que o garoto gostaria de ir ao jogo.

— Ah. — Sua expressão era um exemplo de contradições. Satisfação pelo filho, preocupação, dúvida, divertimento. — Tenho certeza de que ele gostaria, sim. Mas...

— Pode checar com a polícia, Jules. Eu não tenho ficha por estupro. — De modo distraído, pegou uma das pétalas de rosa na tigela e a esfregou entre o polegar e o indicador. — Na verdade, tenho três ingressos, caso você queira ir.

Então era isso, pensou Julia, decepcionada. Não era a primeira vez que um homem tentava usar seu filho para chegar a ela. Bom, Paul

Winthrop ficaria muito desapontado, decidiu. Ele estava se dispondo a passar uma noite com um garoto de 10 anos, e era isso que ele teria.

— Basquete não faz muito a minha cabeça — falou com calma. — Tenho certeza de que você e Brandon ficarão melhor sem mim.

— Tudo bem. — Ele respondeu com tanta prontidão que ela só conseguiu encará-lo. — Não dê nada a ele antes do jogo. A gente come alguma coisa por lá.

— Não sei, não... — Julia parou de falar ao escutar um carro se aproximando.

— Pelo visto ele chegou da escola — comentou Paul, guardando a pétala no bolso. — Não se prenda por mim. Brandon e eu podemos combinar os detalhes.

Julia ficou onde estava enquanto o filho passava feito um tufão pela porta, com a mochila balançando num dos ombros.

— Tirei dez no teste de vocabulário.

— Parabéns, campeão!

— E a Millie teve filhotes. Cinco. — Ele olhou de relance para Paul. — Millie é o porquinho-da-índia da escola.

— É bom saber que deu tudo certo e que ela está bem.

— Foi meio nojento. — Brandon não conseguia disfarçar o entusiasmo. — Ela parecia doente, estava lá, deitada, respirando super-rápido. Aí começaram a sair aquelas coisinhas molhadas. E muito sangue também. — Ele torceu o nariz. — Se eu fosse mulher, não faria isso.

Paul riu. Esticando o braço, deu um tapa na pala do boné de Brandon, cobrindo-lhe os olhos.

— Sorte a nossa que elas são mais duronas do que a gente.

— Acho que deve doer. — Ele olhou para a mãe. — Dói?

— Pode apostar que sim. — Julia riu e passou o braço em volta dos ombros do filho. — Mas, às vezes, temos sorte e acaba valendo a pena. Estou quase convencida de que você valeu. — Como não parecia ser a hora para uma conversa sobre educação sexual e reprodução, ela apenas o apertou de leve. — O sr. Winthrop veio aqui para falar com você.

— Jura? — Até onde Brandon conseguia se lembrar, era a primeira vez que um adulto fazia isso. Em especial um homem.

— Ouvi dizer — começou Paul — que os Lakers vão jogar aqui no sábado.

— Verdade, eles vão jogar contra o Celtics. Acho que vai ser o maior jogo da temporada e... — Um pensamento cruzou-lhe a mente, algo tão absurdo e estarrecedor que o deixou de boca aberta.

Os lábios de Paul se curvaram num sorriso ao perceber a esperança nos olhos do menino.

— Acontece que consegui dois ingressos extras. Quer ir?

— Uau! — Os olhos de Brandon ameaçaram pular para fora das órbitas. — Uau! Mãe, por favor! — Ele se virou para abraçá-la pela cintura, o rosto implorando permissão. — *Por favor!*

— Como eu posso dizer não para alguém que tirou dez no teste de vocabulário?

Brandon soltou um Iupii! e a abraçou. Em seguida, para surpresa de Paul, ele se virou e se lançou em seus braços.

— Obrigado, sr. Winthrop! Isso é fantástico! Realmente fantástico!

Comovido pela demonstração de afeto espontânea, Paul deu-lhe um tapinha nas costas e, em seguida, empurrou para o lado a mochila que lhe pressionava os rins. Tinha por hábito comprar dois ingressos para a temporada de basquete todos os anos, e conseguira o terceiro com um amigo que estaria fora da cidade no fim de semana. Quando Brandon sorriu, o rosto brilhando de entusiasmo e gratidão, Paul desejou que, no mínimo, tivesse sido obrigado a matar alguns dragões pelas cadeiras.

— Não tem de quê. Escute, tenho mais um ingresso. Você conhece alguém que gostaria de ir com a gente?

Era quase bom demais para acreditar. Como ir dormir em agosto e acordar na manhã de Natal. Brandon deu um passo para trás, subitamente em dúvida se era bacana um homem abraçar outro homem. Não sabia.

— A mamãe.

— Já disse que não posso, obrigada — respondeu ela.

— Acho que o Dustin ficaria louco.

— O Dustin já é louco — replicou Paul. — Por que você não liga para ele e pergunta se quer ir?

— Posso mesmo? Legal! — Ele saiu em disparada em direção à cozinha.

— Não gosto de me meter em assuntos de homem. — Julia desabotoou o terninho. — Mas você faz ideia de no que está se metendo?

— Uma noite só de garotos?

— Paul. — Ela não conseguiu evitar se sentir mais bem-disposta com relação a ele... não depois de ver a expressão de Brandon. — Se não estou enganada, você foi filho único, nunca se casou nem teve filhos.

Paul baixou os olhos para os dedos de Julia, que ainda brincavam com os botões do paletó.

— Até agora.

— Você já cuidou de alguma criança?

— Como?

— Imaginei que não. — Com um suspiro, Julia despiu o paletó e o jogou sobre as costas da cadeira. Usava um body justo, sem mangas, num tom vermelho-tijolo. Paul ficou deliciado em perceber que além das pernas maravilhosas ela possuía belos ombros. — E logo em sua noite de estreia você vai levar dois garotos de 10 anos a um jogo de basquete profissional. Sozinho.

— Não é como se eu estivesse tentando cruzar a Amazônia, Jules. Sou um homem razoavelmente competente.

— Tenho certeza de que sim... em circunstâncias normais. Só que quando se trata de crianças de 10 anos, as circunstâncias nunca são normais. É um estádio muito grande, não é?

— E daí?

— Vou me divertir muito imaginando você com dois garotos enlouquecidos.

— Pode deixar que eu dou conta. Você me convida para um... drinque depois do jogo?

Julia estava com as mãos sobre os ombros de Paul, e, de repente, sentiu uma terrível vontade de deslizar os dedos pelo cabelo dele.

— Talvez — murmurou ela. Seus olhos escureceram. Cedendo ao impulso, começou a abaixar a cabeça.

— Ele pode ir! — Brandon berrou da porta da cozinha. — A mãe dele concordou, mas ela disse que quer falar com você para se certificar de que ele não está inventando isso.

— Tudo bem. — Paul manteve os olhos fixos nos de Julia. Mesmo que estivesse do outro lado da sala, teria percebido o desejo se transformar em constrangimento. — Já volto.

Julia soltou um rápido suspiro. Em que diabos estava pensando? Pergunta errada, corrigiu-se. Não estava pensando em nada, apenas sentindo. E isso era sempre perigoso.

Deus do céu, ele era atraente, cativante, sexy, charmoso. Tinha todas as qualidades para deixar uma mulher tentada a cometer erros. Ainda bem que conhecia as armadilhas.

Sorriu ao escutar a voz animada de Brandon, em contraste com o tom mais grave e seco da voz de Paul. Com ou sem cautela, não conseguia evitar gostar dele. Imaginou se ele fazia ideia da cara que havia feito quando Brandon pulara em seus braços. Primeiro a surpresa, aos poucos dando lugar ao prazer. Era possível que o tivesse julgado mal, que ele tivesse convidado o garoto para ir ao jogo sem segundas intenções.

Teria de esperar para ver.

Por ora, era melhor começar a pensar no jantar. Lançou um olhar de relance para o relógio de bronze sobre o consolo da lareira, a fim de checar a hora. Ele não estava lá. Desconcertada, Julia fitou o espaço vazio, lívida.

Não estava enganada. Alguém estivera na casa. Lutando para não entrar em pânico de novo, fez uma busca detalhada pela sala. Além do relógio, estavam faltando uma estatueta de porcelana de Dresden, um par de castiçais de jade e três miniaturas de caixinhas de rapé antigas que ficavam na cristaleira.

Fazendo um inventário mental, correu para a sala de jantar. Ali também estavam faltando várias peças pequenas e valiosas. A borboleta de ametista que cabia na palma da mão e provavelmente valia milhares de dólares. Um par de saleiros do período georgiano.

Quando vira essas coisas pela última vez? Ela e Brandon sempre comiam na cozinha ou no terraço. Um dia? Uma semana? Duas semanas? Levou uma das mãos ao estômago inquieto.

Talvez houvesse uma explicação simples. Talvez Eve tivesse decidido retirar as peças da casa. Agarrando-se a isso, Julia voltou para a sala de estar e encontrou Paul e Brandon sentados, combinando os planos para a grande noite.

— A gente vai sair cedo — informou Brandon. — Assim poderemos ir até o vestiário para conhecer alguns jogadores.

— Que bom! — Ela forçou um sorriso. — Escute, por que você não come alguma coisinha agora? A gente resolve o seu dever de casa mais tarde.

—Tudo bem. — Ele se levantou num pulo e ofereceu outro sorriso para Paul. — A gente se vê.

— É melhor você se sentar — aconselhou Paul, assim que eles ficaram sozinhos. —Você está branca como papel.

Julia meneou a cabeça em concordância.

— Sumiram algumas coisas. Preciso ligar para Eve imediatamente.

Ele se levantou e pegou-a pelo braço.

— Que coisas?

— Um relógio, caixinhas antigas. Coisas — respondeu Julia de modo brusco, com medo de começar a gaguejar. — Coisas valiosas. As fitas...

— O que aconteceu com elas?

— Elas estão fora de ordem. Alguém... — Forçou-se a respirar fundo. — Alguém esteve aqui.

— Me mostre as fitas.

Ela o conduziu até o escritório, contíguo à sala de estar.

— Elas estão fora de ordem — repetiu, abrindo a gaveta. — Eu sempre as guardo em ordem alfabética.

Após colocá-la sentada na cadeira, Paul deu uma olhada.

— Você tem andado ocupada — murmurou, observando os nomes e datas. — Existe alguma chance de que, cansada de uma noite de trabalho, você mesma tenha misturado as fitas?

— Quase nenhuma. — Percebeu a expressão de dúvida no rosto de Paul ao passar os olhos pelo escritório bagunçado. — Escute aqui, sei o que parece, mas se tem uma coisa que mantenho obsessivamente organizada são as minhas fitas. Isso faz parte da minha disciplina de trabalho.

Ele fez que sim, concordando.

— Poderia ter sido o Brandon, brincando com as fitas?

— De jeito nenhum.

— Não imaginei que pudesse. — A voz dele soou tranquila, mas havia uma chama em seus olhos, um brilho perigoso, ao olhar para ela novamente. — Tudo bem, Julia, tem alguma coisa nessas fitas que você não gostaria que alguém escutasse antes da publicação do livro?

Ela hesitou e, em seguida, deu de ombros.

— Tem.

Paul apertou os lábios e fechou a gaveta.

— Obviamente você não vai me contar o que é. Está faltando alguma?

— Não, estão todas aí. — Uma ideia súbita a deixou ainda mais pálida. Julia pegou o gravador na pasta e escolheu uma fita qualquer. Momentos depois, uma voz nasalada ecoou no ambiente:

"Minha opinião sobre Eve Benedict? Uma atriz tremendamente talentosa e um pé no saco."

Julia soltou um rápido suspiro e parou o gravador.

— Alfred Kinsky — explicou. — Eu o entrevistei na segunda à tarde. Ele dirigiu Eve em três dos seus primeiros filmes.

— Sei quem ele é — replicou Paul de modo seco.

Meneando a cabeça em assentimento, Julia guardou a fita na caixa, mas continuou segurando-a.

— Fiquei com medo de que as fitas pudessem ter sido apagadas. Vou ter de checar todas, mas... — Ela correu uma das mãos pelo cabelo, soltando alguns grampos. — Não faria sentido. Eu poderia refazer as entrevistas. Não estou pensando direito. Não estou pensando direito — repetiu consigo mesma. Colocou a fita sobre a mesa e pressionou os olhos com os dedos. — Alguém veio aqui roubar. Preciso ligar para Eve. E para a polícia.

Paul segurou-a pelo pulso quando ela tentou pegar o telefone.

— Pode deixar que eu ligo. Relaxe. Sirva-se de um cálice de conhaque.

Ela fez que não.

Paul discou o número da casa principal.

— E sirva um para mim... ah, e deixe a garrafa a postos para Eve.

Por mais que acatar uma ordem pudesse deixá-la ressentida, pelo menos era algo a fazer. Julia estava tampando o decantador quando Paul entrou na sala.

— Ela está a caminho. Você já verificou suas coisas pessoais?

— Já, verifiquei minhas joias. Algumas peças que herdei da minha mãe. — Entregou a ele o cálice. — Não está faltando nada.

Ele girou o conhaque no cálice, observando-a enquanto tomava um gole.

— É um absurdo você se sentir responsável.

Julia andava de um lado para o outro, sem conseguir se forçar a parar.

— Você não sabe como eu me sinto.

— Julia, quase dá para ver seus pensamentos. "É minha culpa", você está pensando. "Eu devia ter evitado isso." — Ele tomou outro gole. — Esses seus ombros adoráveis não ficam cansados de carregar o peso do mundo?

— Sai fora!

— Ah, esqueci. Julia gosta de enfrentar sozinha a ira do mundo.

Ela se virou nos calcanhares e entrou marchando na cozinha. Paul escutou-a murmurando alguma coisa para Brandon e, em seguida, a porta de tela bateu. Presumiu que ela tivesse mandado o garoto brincar lá fora. Por mais perturbada que Julia estivesse, o filho vinha em primeiro lugar. Paul entrou na cozinha e a viu em pé com as mãos apoiadas na pia, olhando para fora pela janela.

— Se você está preocupada com o valor das peças roubadas, posso garantir-lhe de que elas estão no seguro.

— Essa não é a questão, é?

— Não, não é. — Colocando o conhaque de lado, Paul chegou por trás de Julia e começou a massagear-lhe os ombros enrijecidos. — A questão é que seu espaço foi invadido. Afinal, essa é a sua casa enquanto você estiver aqui.

— Não gosto de saber que alguém pode entrar aqui, olhar meu trabalho, escolher algumas bugigangas caras e sair. — Ela se afastou da pia. — Eve está chegando.

Eve entrou na cozinha seguida por Nina.

— Que diabos aconteceu? — Ela exigiu saber.

Reunindo forças, Julia contou da maneira mais clara e breve possível o que havia descoberto.

— Filho da puta. — Foi o único comentário que Eve fez enquanto passava da cozinha para a sala de estar. Seus olhos afiados varreram a sala, notando os espaços onde antes ficavam as peças. — Eu adorava aquele relógio.

— Eve, sinto muito...

Com um brandir de mão impaciente, ela cortou a desculpa de Julia.

— Nina, pegue a sua lista e verifique o restante do lugar. Paul, pelo amor de Deus, sirva-me um cálice de conhaque.

Como já estava fazendo isso, Paul apenas ergueu uma sobrancelha. Ela pegou o cálice e tomou um generoso gole.

— Cadê o garoto?

— Eu o mandei ir brincar lá fora.

— Ótimo. — Eve tomou outro gole. — Onde você montou seu escritório?

— No quartinho ao lado da sala.

Eve entrou e começou a abrir as gavetas antes que Julia conseguisse dizer mais alguma coisa.

— Você alega que alguém andou remexendo suas fitas.

— Não estou alegando nada — replicou Julia no mesmo tom. — Estou afirmando.

Uma ligeira insinuação de divertimento esboçou-se nos lábios de Eve.

— Não precisa subir nas tamancas, garota! — Passou o dedo por cima das fitas e soltou uma rápida gargalhada. — Bem, bem, você é uma formiguinha ocupada, não é mesmo? Kinsky, Drake, Greenburg, Marilyn Day. Meu Deus, você até conseguiu falar com a Charlotte Miller!

— Não foi para isso que você me contratou?

— Com certeza. Velhos amigos e velhos inimigos — murmurou Eve. — Tudo perfeitamente organizado. Estou certa de que Charlotte encheu seus ouvidos.

— Ela te respeita quase tanto quanto te detesta.

Eve ergueu os olhos ferozmente e, em seguida, deixou-se cair na cadeira com uma sonora gargalhada.

— Você é uma filha da mãe ferina, Julia. Deus do céu, eu gosto de você.

— Faço minhas as suas palavras, Eve. Mas, voltando ao assunto, o que vamos fazer?

— Hum. Você por acaso não tem nenhum cigarro por aqui, tem? Esqueci meu maço em casa.

— Não, infelizmente.

— Não tem importância. Onde está o meu conhaque? Ah, Paul. — Ela sorriu e deu um tapinha no rosto dele quando ele se aproximou para entregar-lhe o cálice. — É muito conveniente você estar aqui nesse momento de crise.

Ele deixou a indireta passar.

— Julia ficou muito perturbada pelo fato de alguém ter invadido a casa e revirado seu trabalho, naturalmente. Mas o que talvez não seja tão natural é ela se sentir responsável pelas coisas roubadas.

— Não seja ridículo. — Eve descartou a observação com um displicente brandir de mão; em seguida, sentou-se de novo e fechou os olhos para pensar. — Vamos checar com o segurança do portão. Talvez alguém tenha vindo fazer uma entrega ou consertar alguma coisa...

— A polícia — interrompeu Julia. — A gente devia chamar a polícia.

— Não, não. — Já planejando, Eve girou o conhaque no cálice. — Acho que podemos lidar com esse incidente com mais tato do que a polícia.

— Eve? — Nina apareceu na porta com uma prancheta nas mãos. — Acho que já consegui verificar tudo.

— Qual é a estimativa?

— Trinta, talvez 40 mil dólares. A borboleta de ametista. — Seus olhos se encheram de preocupação. — Sinto muito. Sei que gostava muito dela.

— Verdade, gostava mesmo. Victor me deu essa borboleta há quase vinte anos. Bom, acho que o mais sensato é fazer um inventário da casa principal. Gostaria de saber se está faltando alguma coisa lá também. — Terminando o conhaque, levantou-se. — Sinto muito, Julia. Paul estava certo em usar aquele tom de censura ao me dizer que tudo isso a deixou perturbada. Vou falar com o segurança pessoalmente, pode ter certeza. Não gosto de ver meus hóspedes perturbados.

— Posso falar com você um instante, em particular?

Eve fez que sim e se empoleirou na beira da escrivaninha. Julia fechou a porta atrás de Paul e Nina.

— Sinto muito que isso a tenha deixado perturbada, Julia — começou Eve. Enquanto tamborilava os dedos de uma das mãos sobre o tampo da mesa, massageou a têmpora com a outra. — Se pareço não estar dando muita atenção ao caso é porque estou furiosa pela simples ousadia.

— Acho que você devia pensar melhor em chamar a polícia.

— Figuras públicas têm muito pouca privacidade. Quarenta mil dólares em bugigangas é pouco para ter meu rosto estampado em todos os tabloides. É muito mais interessante ver isso acontecer devido a um caso com um fisiculturista de 30 anos.

Julia abriu a gaveta e pegou uma fita.

— Aqui estão as memórias do seu casamento com Anthony Kincade. A fita pode ter sido copiada, Eve. Com certeza alguém vazou a informação para ele.

— E daí?

— Ele me assusta. E me assusta também pensar no que ele pode fazer para impedir que isso venha a público.

— Tony é problema meu, Julia. Não há nada que ele possa fazer para me ferir, e eu não permitiria que ele fizesse nada para feri-la. Ainda não está convencida? — Ela ergueu um dedo e elevou a voz ligeiramente: — Nina, querida?

A porta se abriu em menos de dez segundos.

— Sim, Eve?

— Redija uma carta, por favor. Para Anthony Kincade... você tem o endereço atual dele?

— Tenho. — Nina pegou a prancheta, virou a folha e começou a anotar de forma abreviada.

— Querido Tony. — Ela entrelaçou os dedos lentamente, como se estivesse se preparando para uma oração. Seus olhos brilharam com malícia. — Espero que esta carta o encontre em péssimo estado É apenas um rápido e loquaz bilhete para lhe informar que continuo com o livro a todo vapor. Sei o quanto está interessado nesse projeto. Você deve saber que algumas pessoas estão bastante preocupadas com o conteúdo... tão preocupadas que andei escutando fofocas de que vão tentar impedi-lo. Tony, você melhor do que ninguém sabe como eu reajo à pressão. A fim de lhe poupar o transtorno, caso você próprio esteja pensando em tomar alguma medida desse tipo, estou escrevendo para lhe informar que ando pensando seriamente em aceitar o convite da Oprah para ir ao seu programa falar da minha biografia. Se eu sentir qualquer interferência da sua parte, querido, agarrarei a oferta com unhas e dentes, e irei entreter a audiência com algumas lembranças de nossos fascinantes anos juntos. Acredito que uma leve dose de autopromoção num programa televisivo pode ajudar a vender toneladas de cópias. Como sempre, Eve. — Sorrindo, Eve ergueu uma das mãos. — Isso vai deixar o cretino num estado de apoplexia.

Sem saber ao certo se queria rir ou gritar, Julia se sentou na beira da mesa também.

— Admiro a sua coragem, ainda que não concorde com sua estratégia.

— É só porque você não a compreende muito bem. — Apertou a mão de Julia. — Mas vai acabar compreendendo. Agora, tome um banho quente, beba um pouco de vinho e deixe Paul convencê-la a levá-la para a cama. Acredite em mim, a combinação disso tudo fará maravilhas por você.

Julia riu, fazendo que não.

— Talvez as duas primeiras sugestões.

Eve surpreendeu a ambas passando o braço em volta dos ombros de Julia. Foi um gesto de conforto e apoio e, inegavelmente, afeto.

— Minha cara Jules... não é assim que ele a chama? Qualquer mulher pode ter os dois primeiros. Me encontre na casa principal amanhã às dez. Vamos ter uma conversa.

— Eve? — interrompeu Nina. — Amanhã de manhã você tem a primeira prova para o figurino da minissérie.

— Certo. Então verifique com a Nina — disse Eve, dirigindo-se para a porta. — Ela conhece a minha vida melhor do que eu.

Nina esperou Eve sair.

— Sei o quanto isso deve ser terrível para você. Basta uma única palavra que coloco você e o Brandon na casa principal.

— Não, não precisa. Estamos bem aqui.

As sobrancelhas finas de Nina uniram-se, em dúvida.

— Se mudar de ideia, podemos resolver isso rápido, sem confusão alguma. Mas, por ora, há algo que eu possa fazer por você?

— Não, agradeço a oferta, mas, para ser sincera, já estou me sentindo melhor.

— Qualquer coisa, ligue para a casa principal. — Nina esticou o braço para pegar a mão de Julia. — Caso não consiga dormir. Ou mesmo se quiser alguém para conversar.

— Obrigada. Não vou ter problemas para dormir sabendo que você está aqui.

— Eu chego em dois minutos — acrescentou Nina, apertando a mão de Julia uma última vez.

Sozinha, Julia reorganizou as fitas. Era uma tarefa boba, inútil no momento, mas ajudou a acalmar-lhe a mente. Pegou o cálice vazio de Eve e seguiu para a cozinha. Hesitou ao sentir o aroma de comida no fogão, sorveu o ar e continuou. Ao chegar na porta da cozinha, parou diante da visão de Paul Winthrop manejando um fogão.

— O que você está fazendo?

— Preparando o jantar. Macarrão parafuso com tomate e manjericão.

— Por quê?

— Porque massa faz bem à alma... e você não vai ter como não me convidar para jantar, já que sou eu quem está preparando. — Ele pegou uma garrafa de vinho tinto que deixara respirando sobre a bancada e serviu um cálice. — Aqui.

Ela pegou o cálice, envolvendo-o com ambas as mãos, mas não bebeu.

— E você é bom?

Ele abriu um sorriso. Como as mãos dela estavam ocupadas, aproveitou a oportunidade e envolveu-a pela cintura.

— Bom em quê?

Naquele exato momento, ver-se nos braços dele provocou-lhe uma sensação maravilhosa, maravilhosa demais.

— Em preparar macarrão parafuso com tomate e manjericão.

— Sou excelente. — Ele se inclinou para a frente e, em seguida, soltou um suspiro. — Não fuja, você vai derramar o vinho. — Paciente, deslizou uma das mãos até o pescoço de Julia, o que servia a dois propósitos: mantê-la quieta e, ao mesmo tempo, despertar uma dúzia de terminações nervosas. — Relaxe, Jules. Um beijo não é o fim do mundo.

— Do jeito que você beija é.

Os lábios dele estavam curvados num meio sorriso ao encontrarem os dela.

— Cada vez melhor — murmurou, roçando o nariz em seu rosto. — Me conte, você sente o mesmo tipo de explosão que eu quando faço isso? — Passou os dentes de leve por sua orelha e, em seguida, mordiscou-lhe o lóbulo.

— Não sei. — Ela, porém, sentiu como se as pernas estivessem se dissolvendo dos joelhos para baixo. — Não tenho muita experiência no que diz respeito a explosões.

Os dedos de Paul apertaram um pouco mais a nuca de Julia antes que ele conseguisse forçá-los a relaxar.

— As palavras certas para fazerem um homem como eu sofrer. — Afastou ligeiramente o corpo a fim de estudar o rosto dela. O cinza de suas íris tornara-se mais profundo, mais quente, um tom rico de fumaça, indicando a luta que ela travava por dentro. Era sua imaginação ou o perfume dela ficara mais intenso, aquecido pelo sangue que corria sob a pele? Era uma pena, pensou Paul, uma pena mesmo que ele tivesse escrúpulos. — A cor voltou ao seu rosto. Quando você fica perturbada, sua pele fica quase translúcida. Isso faz com que um homem se sinta determinado a resolver as coisas para você.

A espinha dorsal que ele dissolvera com tanta eficiência enrijeceu-se de novo.

— Não preciso que ninguém resolva nada para mim.

— O que faz com que alguns homens se sintam ainda mais determinados. Vulnerabilidade e independência. Eu não fazia ideia de que essa podia ser uma combinação tão devastadora.

Lutando para manter a voz tranquila, Julia levou o cálice de vinho aos lábios.

— Bom, nesse caso podemos dizer que você me ajudou fazendo o jantar.

Sem tirar os olhos dela, Paul pegou o cálice da mão de Julia e o colocou de lado.

— Gostaria de fazer muito mais.

— Talvez. — Ela olhou fixamente para os olhos dele, de um azul escuro e brilhante. Eles estavam muito próximos. Era fácil demais ver a si mesma refletida neles. Fácil demais deixar a imaginação correr solta. — Não tenho certeza de que aguento mais nada.

Quer isso fosse verdade ou não, ele percebeu que ela acreditava no que estava dizendo.

— Pelo visto teremos de avançar passo a passo.

Como isso parecia mais seguro do que a sensação de estar se desmanchando que acabara de experimentar, Julia concordou cautelosamente:

— Acho que é melhor assim.

— O próximo passo será você me dar um beijo.

— Achei que já tinha feito isso.

Ele fez que não. Havia desafio no gesto, um desafio não tão amigável assim.

— Eu beijei você.

Julia ponderou e disse a si mesma para agir como uma pessoa adulta. Uma mulher feita não precisava aceitar todo e qualquer desafio que lhe fizessem. Em seguida, suspirou.

Com suavidade, tocou os lábios dele com os seus. Só precisou de um instante para perceber que esse passo poderia ser bem complicado. Ainda assim, entregou-se por mais alguns instantes, mantendo os lábios aquecidos pressionados contra os dele, absorvendo a emoção do perigo.

— Preciso mandar o Brandon entrar — disse, afastando-se. Queria ter tempo suficiente para pensar antes de decidir dar mais outro passo.

Capítulo Doze
••••

Michael Delrickio cultivava orquídeas em uma estufa de 1.500 metros quadrados, a qual se ligava à sua fortaleza em Long Beach por meio de uma larga passagem coberta. Levava seu hobby muito a sério e era membro do clube de jardinagem local, contribuindo não apenas financeiramente, como com palestras divertidas e informativas sobre a família das orquídeas. Um de seus maiores triunfos era a criação de um híbrido que batizara de Madonna.

Era um hobby caro, mas ele era um homem riquíssimo. Muitos de seus empreendimentos eram legalizados, e Delrickio não se esquivava de pagar os impostos — mais, talvez, do que muitos homens naquele ramo em particular. Não queria problemas com a Receita Federal, uma instituição pela qual possuía profundo respeito.

Seus negócios englobavam traslado, fornecimento de materiais para restaurantes e teatros, imobiliárias, serviços de buffet, prostituição, agências de apostas, materiais eletrônicos, extorsão, computadores, entre outros. Era proprietário ou sócio de várias lojas de bebidas, boates e butiques — chegando até mesmo a ter um percentual nos ganhos de um lutador de boxe peso-pesado. Na década de 1970, após deixar de lado a resistência decorrente de uma aversão pessoal, a Delrickio Enterprises decidira entrar no comércio das drogas. Pessoalmente, considerava um infeliz sinal dos tempos que essa área de seu conglomerado fosse tão lucrativa.

Era um marido amoroso que tratava seus casos extraconjugais com discrição e bom gosto, um pai zeloso que criara seus oito filhos com mão firme e justa, e um avô indulgente que tinha dificuldades em negar qualquer coisa aos netos.

Delrickio não era um homem dado a cometer erros, mas, quando isso acontecia, reconhecia-os sem pestanejar. Eve Benedict fora um desses erros. Apaixonara-se perdidamente por ela, o que o fizera ser indiscreto e tolo. Mesmo agora, quinze anos após o romance, ainda se lembrava da sensação de tê-la em seus braços. A simples lembrança o deixava excitado.

No momento, enquanto esperava pelo sobrinho de Eve, passeava em volta de suas orquídeas, cuidando delas, conversando com elas. Apesar de todos os defeitos, o rapaz não era mau. Chegara até mesmo a permitir que ele namorasse uma de suas filhas. Claro que não teria permitido que isso se desenvolvesse para nada mais sério. Não via problemas com híbridos, eles eram até mesmo desejados quando o assunto era floricultura —, mas jamais quando se tratava de netos.

Michael Delrickio acreditava que os relacionamentos deveriam ser de igual para igual, um dos motivos para nunca ter se perdoado por ter ficado tão fascinado por Eve. Ou a ela, por exercer esse fascínio.

Por considerar isso uma falha pessoal é que tinha mais paciência com o imprestável sobrinho de Eve do que o apropriado a uma relação de negócios.

— Padrinho.

Delrickio, que se encontrava debruçado sobre um trio de orquídeas-aranhas, empertigou-se. O jovem Joseph estava parado à porta. Ele era um rapaz bonito e truculento, que gostava de levantar pesos e praticar boxe na academia que seu patrão estava interessado em adquirir. Filho de um dos primos de sua esposa, Joseph trabalhava no negócio da família há quase cinco anos. Delrickio mandara seu próprio testa de ferro treiná-lo, sabendo que o rapaz não era muito inteligente, mas era leal e disposto a agradar.

Músculos não precisavam ser inteligentes, apenas obedientes.

— Pois não, Joseph.

— Morrison chegou.

— Ótimo, ótimo.

Delrickio limpou as mãos no avental branco que usava ao cuidar das flores. Sua filha mais nova o fizera para ele, pintando no material cor de neve uma bela caricatura de seu sorridente pai com uma pá de jardinagem numa das mãos e uma orquídea sexy e curvilínea, do tamanho de uma mulher, envolvendo-o com suas longas pernas femininas.

— Traga-o aqui. Você parece melhor do resfriado. — Era um bom patrão, preocupado com os empregados.

Joseph deu de ombros, constrangido pela falha física.

— Estou bem.

— Mas ainda está congestionado. Tome alguns pratos da sopa da Teresa. Fluidos, Joseph, para limpar seu corpo das impurezas. Sua saúde é seu maior bem.

— Sim, padrinho.

— E fique por perto, Joseph. Drake pode precisar de algum incentivo.

Joseph riu, fez que sim e se afastou.

♦♦♦♦

No espaçoso salão de visitas, Drake encontrava-se sentado numa confortável poltrona, tamborilando os dedos sobre o joelho. Ao perceber que o ritmo não conseguia acalmá-lo, estalou as articulações. Não estava suando ainda, pelo menos não muito. Aos seus pés estava uma maleta com sete mil dólares. Era menos do que o combinado, e Drake se amaldiçoou por isso. Conseguira quinze mil com a venda das bugigangas de Eve. Embora soubesse que tinha sido "roubado" na troca das mercadorias por dinheiro, era o suficiente. Isto é, até resolver dar uma passadinha no jóquei-clube.

Tinha certeza de que conseguiria transformar os quinze mil em trinta, talvez até quarenta. Isso teria aliviado a pressão por um tempo. Examinara atentamente o formulário das corridas, calculando suas apostas com cuidado. Chegara até mesmo a deixar uma garrafa de Dom Pérignon gelando em casa, juntamente com uma moreninha sofisticada para aquecer seus lençóis.

Só que em vez de voltar triunfante para casa, perdera metade do seu investimento.

Mas ia dar tudo certo. Estalou as articulações de novo. *Pop. Pop. Pop.* Ia dar tudo certo. Além dos sete mil dólares, tinha três fitas copiadas na maleta.

Fora tão fácil, lembrou-se. Ensacar alguns itens variados — coisas que Eve não daria pela falta. A velha cocota não entrava na casa de hóspedes mais do que uma ou duas vezes por ano. Além disso, ela possuía coisas demais, ninguém conseguiria se lembrar de onde ficava cada uma. Achava que tinha sido muito esperto da sua parte levar as fitas virgens. Teria copiado mais do que três, mas escutara alguém se aproximando pela porta dos fundos.

Drake sorriu consigo mesmo. Conseguira, também, uma pequena garantia extra. Escondera-se na despensa e observara a pessoa vasculhar as fitas e escutá-las. Isso poderia vir a ser útil.

— Ele está esperando você — informou Joseph, conduzindo-o em direção à estufa.

Drake o seguiu, sentindo-se superior. Brutamontes, pensou com desprezo. O velho se cercava de brutamontes. Cérebros de minhoca e corpos bem-definidos em ternos italianos que não deixariam à mostra o volume do coldre de ombro. Um homem esperto conseguiria sempre ludibriar um valentão idiota.

Ai, meu Deus, eles estavam indo para a estufa! Seguindo atrás de Joseph, Drake revirou os olhos. Odiava o lugar, o calor úmido, a luz filtrada, a selva de flores nas quais deveria fingir interesse. Sabendo o que se esperava dele, abriu um sorriso ao entrar.

— Espero não estar interrompendo.

— De jeito nenhum. — Delrickio verificou a terra com o polegar. — Estou apenas cuidando das minhas meninas. Fico feliz em vê-lo, Drake. — Fez um sinal com a cabeça para Joseph, que desapareceu. — Me agrada ver que você foi rápido.

— Agradeço por concordar em me receber num sábado.

Delrickio descartou o comentário com um brandir da mão. Embora seu sistema de controle de temperatura fosse o melhor do mercado, verificou um dos seis termômetros que mantinha espalhados pelo aposento comprido.

— Você é sempre bem-vindo na minha casa. O que trouxe para mim?

Com orgulho, Drake colocou a maleta sobre a mesa de trabalho. Após abri-la, deu um passo para trás, a fim de deixar Delrickio inspecionar o conteúdo.

— Sei...

— Bom, não consegui o dinheiro todo. — Ele sorriu, um menininho confessando ter gastado toda a mesada. — Achei que as fitas pudessem compensar a diferença.

—Achou? — Foi tudo o que Delrickio disse. Não se deu ao trabalho de contar o dinheiro; em vez disso, começou a examinar um exemplar particularmente belo de uma *Odontoglossum triumphans*. — Quanto você conseguiu?

— Sete mil. — Drake sentiu o suor começar a escorrer das axilas e disse a si mesmo que era por causa da umidade.

— Então, na sua opinião, cada uma das fitas vale mil dólares?

— Eu, ahn... Foi difícil copiá-las. Arriscado. Mas sabia o quanto você estava interessado.

— Estou interessado, sim. — Sem se apressar, foi passando de planta em planta. — Então, após semanas de trabalho, a srta. Summers só conseguiu três fitas?

— Bom, na verdade, não. Só consegui copiar essas aí.

Delrickio continuou passando de planta em planta, examinando, elogiando e repreendendo suas delicadas meninas.

— Quantas mais?

— Não tenho certeza. — Drake afrouxou o nó da gravata e umedeceu os lábios. — Talvez umas seis ou sete. — Percebeu que estava na hora de improvisar: — Ela tem andado tão ocupada, que ainda não pudemos passar muito tempo juntos, mas...

— Seis ou sete — interrompeu-o Delrickio. — Tantas assim e você só me trouxe três, juntamente com uma parte do pagamento. — Sua voz tornou-se mais calma, o que era mau sinal: — Estou desapontado, Drake.

— Foi arriscado copiar as fitas. Eu quase fui pego.

— Isso não é problema meu, é claro. — Ele suspirou. — Você merece alguns pontos pela iniciativa. No entanto, quero o restante das fitas.

— Você quer que eu volte lá e invada a casa novamente?

— Eu quero as fitas, Drake. O modo como você vai conseguir arrumá-las é problema seu.

— Mas não posso fazer isso. Se eu for pego, Eve mandará servir minha cabeça numa bandeja.

— Sugiro que tome cuidado para não ser pego. Não me decepcione novamente. Joseph.

O homem apareceu na porta, bloqueando todo o espaço.

— Joseph irá lhe mostrar a saída, Drake. Você virá me procurar logo, certo?

Drake só conseguiu menear a cabeça em assentimento, aliviado ao sair da estufa e sentir a temperatura cair consideravelmente. Delrickio levou apenas um minuto para dar a ordem. Erguendo um dedo, fez sinal para Joseph entrar.

— Uma pequena lição — ordenou. — Mas não machuque o rosto dele, eu gosto do rapaz.

Drake foi ganhando confiança a cada passo. Não fora tão difícil, afinal. O velho era um banana, e ele encontraria um modo de copiar o restante das fitas. Delrickio talvez até perdoasse o resto da dívida se ele conseguisse fazer isso rápido o bastante. Pensando bem, tinha sido muito esperto.

Ficou surpreso quando Joseph o pegou pelo braço e o puxou em direção a um grupo de pereiras.

— Que merda...

Isso foi tudo o que ele conseguiu dizer antes que um punho do tamanho e com o peso de uma bola de boliche o acertasse no estômago. Drake perdeu todo o ar dos pulmões ao se dobrar ao meio, quase vomitando o café da manhã.

A surra foi metódica, sem emoção e eficiente. Joseph ergueu Drake com uma das mãos e usou a outra para golpear e machucar, restringindo-se à sensível área dos órgãos internos. Rins, fígado, intestinos. Em menos de dois minutos, com apenas os gemidos choramingados de Drake para pontuar os golpes de seu punho contra a carne, deu-se por satisfeito e deixou o sobrinho de Eve escorregar para o chão. Sabendo que não precisava de palavras para corroborar a mensagem, afastou-se em silêncio.

Enquanto as lágrimas escorriam por seu rosto, Drake lutou para puxar o ar. Respirar era uma agonia. Não entendia esse tipo de dor, o tipo que irradiava até a ponta dos dedos. Vomitou sob as pereiras floridas, e apenas o pavor de que alguém voltasse para surrá-lo ainda mais fez com que se forçasse a ficar de pé sobre as pernas bambas e seguisse cambaleando em direção ao carro.

◆◆◆◆

Paul nunca mais pensaria que criar um filho era uma função natural da vida. Na verdade, era um trabalho incrivelmente difícil, desgastante e complicado. Estava brincando de ser pai substituto por apenas uma noite, porém, no intervalo do jogo já se sentia como se tivesse corrido a maratona de Boston numa perna só.

— Posso...

Paul levantou uma sobrancelha antes que Dustin conseguisse completar a frase.

— Garoto, se você comer mais alguma coisa, vai explodir.

Dustin tomou um gole da Coca-Cola tamanho gigante e deu uma risadinha.

— A gente ainda não comeu pipoca.

A única coisa que eles não tinham comido, pensou Paul. Os garotos deviam ter estômago de avestruz. Olhou de relance para Brandon, que estava com seu boné dos Lakers nas mãos, analisando os autógrafos que conseguira nele antes do jogo. Ao erguer os olhos, o menino corou, deu uma risadinha e enfiou o boné de volta na cabeça.

— Esta é a melhor noite da minha vida — falou, com uma simplicidade e uma certeza que os homens tinham por pouco tempo, e apenas durante a infância.

Quando foi que tinha arrumado um coração de marshmallow?, ponderou Paul.

— Tudo bem, vou fazer essa última concessão.

Eles assistiram a segunda metade do jogo com os dedos engordurados e os olhos fixos na ação. O placar oscilava, gerando explosões emocionais na plateia e nos jogadores. Uma cesta perdida, um rebote bem-sucedido, e a barulheira aumentou como as águas de um rio caudaloso. Uma disputa debaixo do aro resultou num cruzado de direita, seguido por uma expulsão.

— Foi ele que fez a falta! — gritou Brandon, derrubando pipoca para todos os lados. — Você viu? — Revoltado, colocou-se de pé na cadeira enquanto as vaias ecoavam pelo ginásio. — Eles expulsaram o cara errado!

Paul estava se divertindo tanto em observar a reação de Brandon que perdeu parte da confusão na quadra. O garoto quicava na cadeira, brandindo a bandeira dos Lakers no ar como se fosse um machado. Seu rosto estava molhado com o suor dos justos.

— Merda! — disse. Percebendo o que acabara de dizer, lançou um olhar envergonhado na direção de Paul.

— Ei, não ache que eu vou lavar a sua boca com sabão. Eu mesmo não poderia ter escolhido palavra melhor.

Ao se sentarem de volta para assistir a cobrança da falta, Brandon saboreou a pequena vitória. Dissera *merda* e fora tratado como um adulto. Sentiu-se absurdamente feliz pela mãe não estar ali.

◆◆◆◆

*J*ULIA APROVEITOU para trabalhar até tarde. Através das fitas e transcrições, voltou aos anos do pós-guerra, durante a década de 1940, quando Hollywood brilhava com suas estrelas mais cintilantes e Eve era um cometa incandescente. Ou, como Charlotte Miller declarara, uma piranha ambiciosa e implacável que gostava de devorar a competição.

Não era uma questão de afeto perdido, ponderou Julia, afastando-se do teclado. Charlotte e Eve haviam disputado o mesmo papel inúmeras vezes, como também haviam se envolvido em vários momentos com o mesmo homem. E, por duas vezes, tinham concorrido ao Oscar ao mesmo tempo.

Um diretor particularmente corajoso escalara as duas para o mesmo filme, um longa-metragem de época ambientado na França pré-revolucionária. A mídia divulgara animadamente as disputas pelos closes, camarins, cabeleireiros, até mesmo o tamanho do decote a ser exibido. A Batalha dos Peitos divertira o público por semanas a fio — e o filme acabara sendo um grande sucesso.

A piada que corria na cidade era que o diretor fazia terapia desde então. E, é claro, nenhuma das duas atrizes falava *com* a outra, apenas *sobre* a outra.

Essa era uma das histórias interessantes que faziam parte do folclore hollywoodiano, especialmente porque, quando pressionada, Charlotte não era capaz de denegrir a habilidade profissional de Eve. O que Julia achava mais interessante ainda era o breve envolvimento de Charlotte Miller com Charlie Gray.

Para refrescar sua própria memória, Julia escutou de novo uma parte da entrevista com Charlotte:

"Charlie era um homem maravilhoso, muito divertido e animado." A voz seca de Charlotte, semelhante a um andamento em *staccato*, suavizou-se um pouco ao falar dele. Tal como sua beleza, ela endurecera ligeiramente com o tempo, mas ainda era singular e admirável. "Ele nunca recebeu o merecido crédito por sua atuação. O que lhe faltava era presença... o jeito arrojado de galã que os estúdios e o público exigiam naquela época. E, é claro, ele se acabou por causa da Eve."

Julia escutou um coro de latidos rápidos e esganiçados, o que a fez sorrir. Charlotte possuía três lulus-da-pomerânia que corriam soltos por sua mansão em Bel Air.

— Aí estão minhas bebezinhas, minhas fofinhas. — Charlotte arrulhou e cacarejou. Julia lembrou que ela havia colocado uma tigela de cristal Baccarat com caviar sobre um tapete Aubusson para as bolinhas de pelo que não paravam de latir. — Não seja gulosa, Lulu. Deixe suas irmãs comerem também. Que menina doce! Isso, boa menina. Bebezinha da mamãe. Agora, onde eu estava mesmo?

— Você estava me contando sobre Charlie e Eve. — Julia escutou sua própria risada abafada na gravação. Por sorte, Charlotte não havia percebido.

— Sim, é claro. Bom, ele se apaixonou perdidamente por ela. Charlie não sabia julgar as mulheres, e Eve era inescrupulosa. Ela o usou para conseguir um teste, e o manteve ao alcance da mão até conseguir aquele papel em *Desperate Lives*, com Michael Torrent. Não sei se você se lembra, mas, no filme, ela fez o papel da vagabunda. O elenco era maravilhoso. — Ela fungou enquanto dava pedacinhos de salmão às cachorrinhas esfomeadas. — Ele ficou completamente devastado quando ela e Michael Torrent se tornaram amantes.

— Não foi na mesma época em que seu nome começou a aparecer associado ao dele?

— Nós éramos amigos — respondeu Charlotte, de modo recatado. — Fico feliz em dizer que ofereci um ombro para que Charlie pudesse chorar, e compareci a festas e eventos com ele para ajudar a proteger seu orgulho próprio. Não estou dizendo que Charlie não tenha ficado um pouquinho apaixonado por mim, mas acho que ele acreditava que eu e Eve éramos farinha do mesmo saco. O que, certamente, não somos nem nunca fomos. Eu gostava da companhia dele. E o consolei. Ele estava tendo problemas na época, estava passando por dificuldades financeiras por causa de uma de suas ex-esposas. Havia uma criança no meio, entenda, e a ex-mulher insistia para que Charlie pagasse uma pensão exorbitante, a fim de que o bebê pudesse ser criado em grande estilo. E Charlie, sendo como era, pagava.

— Você sabe o que aconteceu com a criança?

— Não posso dizer que sim. De qualquer forma, fiz o que pude pelo Charlie, mas, quando Eve se casou com Michael, ele pirou de vez. — Ela fez uma longa pausa e, em seguida, suspirou. — Mesmo na morte, Charlie ajudou a alavancar a carreira da Eve. O fato de ele ter se suicidado por amor a ela virou manchete, e criou uma lenda. Eve, a mulher por quem os homens eram capazes de se matar.

A lenda, ponderou Julia. A diva. A estrela. Ainda assim, o livro não era sobre nada disso. Ele era pessoal, íntimo, honesto. Pegando uma caneta, rabiscou em seu caderno:

EVE
A MULHER

Isso, pensou Julia, esse seria o título.

Começou a digitar, e logo se perdeu numa história que ainda não possuía um final. Mais de uma hora se passou antes de Julia parar, pegar uma Pepsi já meio sem gás com uma das mãos e abrir a gaveta com a outra. Folheou as páginas que já escrevera, queria verificar um detalhe. Quando um quadradinho de papel deslizou e caiu em seu colo, tudo o que conseguiu fazer foi olhar para ele fixamente.

Como tinha de ser, o papel caiu virado para cima. As palavras impressas em negrito pareciam encará-la de forma zombeteira:

É MELHOR PREVENIR DO QUE REMEDIAR

Julia continuou sentada, imóvel, dizendo a si mesma para não entrar em pânico. Eram bilhetes ridículos, quase cômicos, ditados que não passavam de clichês. Uma brincadeira idiota de uma mente imbecil.

Mas quem seria esse imbecil? Não tinha verificado as folhas dias antes, após a invasão? Não tinha?

Lutando para manter a calma, Julia fechou os olhos e esfregou o copo, úmido pela condensação, no rosto. Não encontrara o bilhete no dia — era a única explicação. Quem quer que tivesse bagunçado suas fitas o colocara lá.

Não queria acreditar, ou melhor, não podia acreditar que alguém tivesse voltado depois que Eve mandara intensificar a segurança. Depois que começara a trancar as portas e janelas sempre que saía de casa.

Não. Julia pegou o bilhete e o amassou entre os dedos. Ele devia estar ali há dias, esperando que ela o encontrasse. Se não demonstrasse reação, isso desencorajaria o autor.

Ainda assim, era impossível continuar ali dentro, sozinha, numa casa silenciosa, envolta pela escuridão. Sem se dar ao luxo de pensar, correu até seu quarto e vestiu o maiô. A piscina era aquecida, lembrou. Aproveitaria para nadar um pouco, alongar os músculos, relaxar a mente. Jogou seu puído roupão atoalhado sobre os ombros e enrolou uma toalha no pescoço.

O vapor se desprendia das águas profundamente azuis quando ela despiu o roupão. Julia tremeu de leve, inspirou fundo e mergulhou. Atravessou a piscina com braçadas fortes, imaginando a tensão sendo liberada e subindo para a superfície para se tornar tão insubstancial quanto o vapor que se elevava em direção ao céu.

Quinze minutos depois, emergiu na parte rasa, sibilando por entre os dentes ao sentir o ar gelado fustigar-lhe a pele molhada. Sentia-se maravilhosamente bem. Rindo consigo mesma, esfregou os braços e começou a se arrastar para fora da piscina quando uma toalha caiu sobre sua cabeça.

— Seque-se — sugeriu Eve. Ela estava sentada à mesa redonda na área ladrilhada. Tinha à sua frente uma garrafa e dois cálices. E, na mão, um lindo gerânio branco que colhera em seu próprio jardim. — Vamos tomar um drinque.

Julia esfregou a toalha nos cabelos de modo automático.

— Não a escutei se aproximar.

— Você estava ocupada treinando para o próximo recorde olímpico. — Passou o gerânio debaixo do nariz antes de colocá-lo de lado. — Nunca ouviu falar em nadar por prazer?

Com uma risada, Julia empertigou-se e pegou o roupão.

— Fiz parte da equipe de natação durante o ensino médio. Sempre fiz a última etapa dos revezamentos. E sempre ganhei.

— Ah, competitiva. — Os olhos de Eve brilharam em aprovação enquanto servia o champanhe. — Um brinde aos vencedores!

Julia se sentou, aceitando o drinque.

— Já temos um?

Isso provocou uma sonora e explosiva gargalhada.

— Ah, eu gosto de você, Julia.

Comovida, Julia brindou com Eve.

— Eu gosto de você também.

Eve fez uma pausa enquanto acendia um cigarro.

— Então, me conte. — Ela soltou uma baforada de fumaça que desapareceu na escuridão. — O que a fez vir nadar de forma não tão prazerosa?

Julia lembrou do bilhete, mas decidiu deixar o assunto de lado. Não queria estragar o clima do momento. Além disso, se fosse honesta, não saíra de casa apenas por causa do bilhete. Saíra também por causa da solidão, do peso esmagador de uma casa vazia.

— A casa estava silenciosa demais. Brandon saiu com Paul.

Eve sorriu ao levar a taça aos lábios.

— Eu sei. Encontrei seu filho ontem na quadra de tênis. Ele tem um excelente saque.

— Você... você jogou tênis com o Brandon?

— Ah, não foi nada combinado — respondeu ela, cruzando os pés descalços na altura dos tornozelos. — Mas prefiro jogar com ele a usar aquelas máquinas que atiram as bolas em cima de mim como se fosse um canhão. De qualquer forma, ele me contou que ia ao jogo hoje, uma saída só de meninos. Você não precisa se preocupar — acrescentou. — Paul pode ser um pouco irresponsável de vez em quando, mas não vai deixar o garoto ficar bêbado nem se enroscar com nenhuma mulher.

Julia teria rido se não se sentisse tão transparente.

— Não estou acostumada a vê-lo passar a noite fora de casa. Bom, ele já dormiu na casa de amigos e coisas desse tipo, mas...

— Mas ele nunca saiu com outro homem. — Ela bateu as cinzas do cigarro no cinzeiro em formato de cisne. — Você ficou muito machucada, não ficou?

Julia parou de remoer e empertigou os ombros.

— Não.

Eve apenas ergueu uma sobrancelha.

— Quando uma mulher está tão acostumada a mentir como eu, ela reconhece uma mentira com facilidade. Você não acha que fingir é destrutivo?

Após alguns instantes, Julia tomou um longo gole do champanhe.

— Acho que esquecer é construtivo.

— Isso se a gente conseguir. Só que você tem o Brandon para lembrá-la diariamente.

De modo deliberado, Julia encheu sua taça novamente e completou a de Eve.

— Brandon não me faz lembrar do pai dele.

— Ele é uma bela criança. Eu invejo você.

A irritação que Julia começara a sentir desapareceu.

— Posso acreditar.

— Ah, mas é a pura verdade. — Ela se levantou rapidamente e começou a despir o pijama verde-esmeralda, jogando as peças de seda de modo descuidado sobre o piso. — Vou dar um rápido mergulho. — Nua, com a pele leitosa brilhando sob as estrelas, apagou o cigarro. — Faça-me um favor, querida Julia, e pegue um roupão para mim no vestiário da piscina.

Divertida e intrigada, Julia obedeceu, escolhendo um roupão grosso e comprido azul-marinho. Entregou-o a Eve, junto com uma toalha combinando, assim que ela saiu da piscina, sacudindo o corpo como um cachorro — um de bom pedigree.

— Meu Deus, não há nada melhor do que nadar nua sob as estrelas. — Refrescada e revigorada, enfiou os braços nas mangas do roupão. — A não ser nadar nua sob as estrelas em companhia de um homem.

— Pena que eu não me qualifique.

Com um longo e satisfeito suspiro, Eve deixou-se cair de volta na cadeira e ergueu sua taça.

— Aos homens, Julia. Acredite em mim, alguns quase valem a pena.

— Pelo menos valem para alguma coisa — concordou Julia.

— Por que você não registrou o nome do pai do Brandon?

Um ataque surpresa, pensou Julia, mais cansada do que irritada.

— Não fiz isso para protegê-lo. Ele não merecia lealdade nem proteção. Meus pais mereciam.

— E você os amava muito.

— Eu os amava o suficiente para não querer machucá-los mais do que já tinha machucado. Claro que na época eu não entendia completamente como devia ter sido para eles escutar que a filha de 17 anos estava grávida. Mas eles nunca gritaram ou me repreenderam, nunca me julgaram nem culparam... talvez culpassem a si mesmos. Quando eles me perguntaram quem era o pai, percebi que não podia dizer, pois isso teria aberto ainda mais a ferida, em vez de deixá-la cicatrizar.

Eve esperou por alguns instantes.

— Você nunca conversou sobre isso com ninguém?

— Não.

— Falar sobre isso não pode machucá-los agora, Julia. Se existe alguém que não está em posição de julgar o comportamento de outra mulher, essa pessoa sou eu.

Julia não esperava que Eve lhe fizesse essa oferta, nem que sentisse tanta necessidade de aceitá-la. Era o momento certo, o lugar certo e a mulher certa, percebeu.

— Ele era um advogado — começou. — Nada tão surpreendente. Meu pai o contratou assim que ele se formou. Papai achava que Lincoln tinha muito potencial para o direito criminal. E, embora jamais tivesse dito qualquer coisa, acho que nem mesmo pensado de forma consciente, ele sempre desejara um filho... alguém que perpetuasse o sobrenome Summers nos corredores da justiça.

— E esse Lincoln se encaixava no perfil.

— Ah, perfeitamente. Ele era, ao mesmo tempo, ambicioso e idealista, dedicado e interessado. Meu pai ficou muito feliz ao ver que seu protegido estava subindo na carreira rapidamente.

— E você? — perguntou Eve. — Também se sentia atraída pela ambição e pelo idealismo dele?

Após pensar por um momento, Julia sorriu.

— Eu me sentia atraída, pura e simplesmente. No último ano do ensino médio, comecei a ajudar papai no escritório... depois da escola, à noite, aos sábados. Senti falta dele depois do divórcio, e era uma maneira de passarmos algum tempo juntos. Só que comecei a passar mais tempo com Lincoln.

Ela sorriu consigo mesma. Pensando bem, era difícil condenar uma garota que se sentira faminta por amor e romance.

— Ele era um homem atraente... elegante. Alto e louro, sempre tão educado, e com um leve traço de tristeza nos olhos.

Eve soltou uma rápida gargalhada.

— Nada seduz uma mulher mais rápido do que um leve traço de tristeza nos olhos.

Julia escutou com surpresa a própria risada. Estranho, não imaginava que algo que lhe parecera tão trágico pudesse ter um lado engraçado depois de um tempo.

— Achei que ele tinha um quê de Byron — comentou, rindo novamente. — E, é claro, a situação toda era ainda mais excitante e dramática pelo fato de ele ser mais velho. Quatorze anos mais velho.

Eve arregalou os olhos. Soltou um suspiro longo e silencioso antes de falar:

— Meu Deus, Julia, você devia se envergonhar, seduzindo um pobre coitado. Uma garota de 17 anos é fatal.

— Se algum dia uma garota vier para cima do Brandon, vou matá-la com um tiro no meio dos olhos. Mas... eu estava apaixonada — continuou, de modo distraído. Percebeu o absurdo da declaração. — Lá estava aquele homem, mais velho, arrojado, dedicado, digno... e casado — acrescentou. — Embora, é claro, o casamento estivesse em crise.

— É claro — assentiu Eve secamente.

— Ele começou a me pedir que fizesse alguns trabalhinhos extras. Meu pai lhe entregara seu primeiro caso de peso e ele queria estar bem preparado. Foi quando começou a troca de olhares compridos e cheios de significados por cima de fatias geladas de pizza e livros de direito. Alguns leves roçar de mãos. Suspiros silenciosos e cheios de desejo.

— Jesus, estou ficando com calor! — Eve apoiou o queixo na mão.
— Não pare.

— Ele me beijou na biblioteca, enquanto estudávamos o caso "O Estado contra Wheelwright".

— Idiota romântico.

— Foi melhor do que Tara e Manderley juntos.* Em seguida, ele me levou para o sofá... um sofá grande e aconchegante, revestido de couro em tom de vinho. Eu disse que o amava, e ele disse que eu era bonita. Só depois foi que percebi a diferença das declarações. Eu o amava, e ele me achava bonita. Bem... — Julia tomou um gole do champanhe. — O sexo acontece por motivos menos sublimes.

— E, em geral, quem está apaixonado é quem acaba se machucando.

— Ele pagou também, à sua maneira. — Julia não fez objeção quando Eve completou as duas taças. Era bom, muito bom, sentar ao ar livre à noite, beber um pouco demais e conversar com uma mulher compreensiva. — Fizemos amor durante uma semana naquele enorme sofá horroroso. Uma semana na vida de uma pessoa é muito pouco. E, então, Lincoln me disse da forma mais gentil e honesta que conseguiu que ele e a mulher iam tentar mais uma vez fazer com que o casamento desse certo. Fiz uma cena. E o deixei mortalmente assustado.

— Que bom!

— Foi satisfatório, mas durou pouco. Ele ficou fora do escritório nas duas semanas seguintes para julgar o caso. Ganhou, é claro, e

---

* Referência aos filmes *E o vento levou* e *Rebecca, a mulher inesquecível*, respectivamente (N. T.)

começou sua ilustre carreira, com papai pavoneando-se em volta como um pai orgulhoso a distribuir charutos. Quando descobri que minha menstruação não estava apenas atrasada, nem eu estava desregulada por causa de alguma gripe ou algo do gênero, mas que estava grávida, não procurei meu pai nem minha mãe. Contei para Lincoln, que acabara de saber por sua recém-reconciliada esposa que ela, também, estava esperando um lindo bebezinho.

Eve ficou com o coração ligeiramente partido, mas manteve a voz firme:

— O garoto tinha andado ocupado.

— Muito ocupado. Ele se ofereceu para pagar pelo aborto, ou arrumar alguém para adotar a criança. Nunca lhe ocorreu que eu podia querer ficar com o bebê. Na verdade, até então, não tinha me ocorrido também. E percebi, ao vê-lo lidar com o espinhoso problema à sua maneira, deveras organizada e dedicada, que eu jamais estivera apaixonada afinal. Quando finalmente decidi, e contei a meus pais sobre a gravidez, Lincoln passara meses preocupado em saber se eu ia ou não apontar o dedo para ele. Acho que foi punição quase suficiente para um homem que incentivou uma garota deslumbrada, porém receptiva, a se tornar mulher.

— Ah, não acho que tenha sido punição suficiente — replicou Eve. — Mas, por outro lado, você ficou com o Brandon. Isso, sim, é justiça.

Julia sorriu. Sim, pensou. Tinha sido o momento certo, o lugar certo e a mulher certa.

— Sabe de uma coisa, Eve? Acho que vou experimentar dar um mergulho como você, nua, antes de entrar.

Eve esperou Julia tirar o maiô e mergulhar na água aquecida. Permitiu que seus olhos se enchessem de lágrimas silenciosas, mas as secou antes que elas pudessem ser percebidas sob o brilho das estrelas.

♦ ♦ ♦ ♦

𝒥Á seca e aquecida, Julia relaxou na frente da televisão para assistir ao noticiário. A casa continuava tão vazia quanto estivera antes de sair para o mergulho na piscina, mas isso não a incomodava mais. Quer o livro se tornasse um sucesso ou não, sabia que seria eternamente grata a Eve por aquela hora ao lado da piscina.

A terrível tensão que lhe atormentava as costas e a base do pescoço havia desaparecido. Sentia-se tão relaxada, tão limpa que poderia fechar os olhos e deixar-se resvalar para o mundo dos sonhos.

Contudo, ao escutar um carro se aproximando, colocou-se de pé num pulo, com o coração na boca. Os faróis refletiram na janela e iluminaram a sala. Já estava com o telefone na mão antes que a porta do carro se abrisse e fechasse novamente. Com os dedos a postos para discar o 911, deu uma espiada através das persianas. Ao reconhecer o carro de Paul, soltou uma risada nervosa. Quando finalmente o encontrou na porta da frente, já conseguira recobrar o controle.

Brandon dormia aconchegado ao ombro dele. Por um breve momento, ao ver Paul sob a luz da varanda com seu filho nos seus braços, em segurança, Julia sentiu um desejo e uma necessidade que não podia se dar ao luxo de reconhecer. Deixando a necessidade de lado, esticou os braços para pegar o filho.

— Ele desmaiou — declarou Paul, de modo desnecessário, mudando ligeiramente de posição para manter o menino consigo. — Tem um monte de coisas no carro. Você pode pegá-las para mim enquanto eu o coloco na cama?

— Tudo bem. É a primeira porta à esquerda. — Tremendo um pouquinho, Julia seguiu para o carro. As "coisas" incluíam três pôsteres enrolados, uma bandeira, uma camiseta oficial da NBA, um programa completo e uma caneca repleta de broches, canetas e chaveiros. Enquanto reunia tudo, sentiu um suave odor de vômito e chiclete. Balançando a cabeça em reprovação, voltou para dentro de casa no momento em que Paul descia a escada.

— Bela força de vontade a sua, hein?

Ele meteu as mãos nos bolsos e deu de ombros.

— Eles se juntaram contra mim. Caso esteja interessada, nós vencemos, por 143 a 139.

— Parabéns! — Julia jogou os troféus de Brandon sobre o sofá. — Quem passou mal?

— As mães não deixam passar nada. Dustin. Eu estava destrancando o carro. Ele disse... uau, foi impressionante, ou algo do gênero. E aí vomitou nos tênis. Mas já estava praticamente recuperado quando o deixei em casa.

— E o Brandon?

— Ele tem um estômago de avestruz.

— E você?

Com um gemido curto e profundo, Paul caiu sentado nos degraus.

— Eu bem que mereço um drinque.

— Sirva-se. Vou dar uma subidinha e checar o Brandon.

Paul agarrou-a pelo pulso quando ela tentou passar.

— Ele está bem.

— Vou checar assim mesmo — replicou, e continuou subindo.

Julia o encontrou deitado e coberto, mas ainda com o boné. Uma rápida olhada debaixo das cobertas mostrou-lhe que Paul se dera ao trabalho de tirar os tênis e o jeans do menino. Deixou-o dormindo e desceu de novo, e encontrou Paul com duas taças de vinho nas mãos.

— Você não vai me deixar beber sozinho, vai? — Entregou a taça a Julia e bateu com a sua de leve na dela. — Às mães. Você tem meu eterno respeito.

— Eles o colocaram à prova, não foi?

— Oito vezes — respondeu ele, tomando um gole. — Esse é o número de vezes que dois meninos de 10 anos precisam ir ao banheiro durante um jogo de basquete.

Julia riu e se sentou no sofá.

— Não posso dizer que sinto por ter perdido isso.

— Brandon disse que você entende bastante de beisebol. — Paul empurrou as coisas para a ponta do sofá e se sentou ao lado dela.

— É verdade.

— Talvez possamos ir a um jogo dos Dodgers.

— Vou pensar, se a gente ainda estiver por aqui.

— Abril não está longe. — Apoiou um dos braços nas costas do sofá e deixou os dedos brincarem com o cabelo dela. — E Eve teve uma vida longa e agitada.

— É o que eu estou descobrindo. Por falar no livro, gostaria de marcar aquela entrevista o mais rápido possível.

Seus dedos penetraram o cabelo em busca do pescoço.

— Por que você não vai até a minha casa, digamos, amanhã à noite? Podemos jantar com privacidade e... discutir as coisas.

O revirar no estômago de Julia era em parte medo e em parte tentação.

— Sempre achei melhor tratar de negócios num lugar mais formal.

— Há mais do que apenas negócios entre nós, Julia. — Ele tirou o copo da mão dela e o colocou ao lado do dele. — Deixe eu te mostrar.

Antes que ele pudesse fazer isso, ela o impediu colocando as duas mãos em seu peito.

— Está ficando tarde, Paul.

— Eu sei. — Pegou uma de suas mãos pelo pulso e a levou à boca para mordiscar-lhe os dedos. — Adoro vê-la nervosa, Julia. — Passou a língua pela palma de sua mão. — Seus olhos travam uma enorme batalha, entre o que você gostaria e o que acha que é melhor para você.

— Eu sei o que é melhor para mim.

Quando ela crispou a mão, Paul se contentou em focar os dentes sobre os nós dos dedos. E sorriu.

— E você sabe do que gostaria?

Disso, pensou ela. Gostava muito disso.

— Não sou uma criança que se entrega sem pensar às coisas de que gosta. Conheço as consequências.

— Há coisas que valem as consequências. — Pegou o rosto dela entre as mãos e o manteve imóvel. O leve traço de impaciência que Julia sentiu nele apenas o tornou ainda mais sedutor. — Você acha que eu corro atrás de toda mulher que me atrai com tanta obstinação?

— Não faço ideia.

— Então, deixe eu lhe dizer. — Paul puxou a cabeça de Julia para trás com tamanha determinação que a deixou surpresa e excitada. — Você mexe comigo, Julia. Não sei bem por quê, mas não consigo mudar isso. Decidi parar de tentar entender e aceitar as coisas como elas são.

Sua boca estava a milímetros da dela. Julia se sentiu sendo sugada, de modo incontrolável, para um lugar que tinha medo de ir.

— Os dois têm de estar de acordo.

— É verdade. — Ele deixou a língua contornar os lábios dela. Julia começou a tremer. — Nós dois sabemos que, se eu insistisse, passaríamos a noite fazendo amor. — Ela teria feito que não, mas a boca de Paul fechou-se sobre a dela. Ele estava certo, total e completamente certo. Assim como o sabor de seus lábios.

— Quero você, Julia, e, de um jeito ou de outro, vou tê-la. Prefiro que seja do jeito certo.

Sua respiração estava ficando rápida demais, e a necessidade cada vez mais premente.

— E o que eu prefiro não conta.

— Se isso fosse verdade, já seríamos amantes. Sinto algo por você, algo perigoso, volátil. Só Deus sabe o que vai acontecer quando eu soltar isso.

— Você não quer saber como eu me sinto?

— Andei pensando muito sobre isso, talvez até demais, nas últimas semanas.

Ela precisava colocar uma distância entre eles, e rápido, e ficou grata quando ele não tentou impedi-la de se levantar.

— Também andei pensando muito sobre essa situação, e acho que devo ser honesta com você desde o princípio. Gosto da minha vida como ela é, Paul. Trabalhei duro para estabelecer a rotina e o ambiente adequados à criação de um filho. Não vou arriscar isso, por nada nem por ninguém.

— Não consigo ver como uma relação comigo poderia colocar Brandon em perigo.

— Talvez não, mas preciso ter certeza disso. Equilibrei minha vida de modo deliberado e com muito cuidado. Sexo por diversão não consta na minha lista.

Ele se levantou rapidamente e a puxou para si. Quando finalmente a afastou, Julia estava fraca e trêmula.

— Você acha que eu faço isso só por diversão, Julia? — perguntou, sacudindo-a de leve. — Você acha que isso é algo que possa colocar numa balança ou anotar numa lista?

Furioso, Paul a soltou e pegou o vinho. Não era assim que tinha planejado começar, ou terminar, a noite com ela. Sempre fora fácil manter o controle. Tinha medo de que jamais fosse fácil novamente — não com Julia.

— Não vou ser forçada a sentir, ou induzida a assumir um caso.

— Você está certa. Peço desculpas, pelo menos por enquanto. — Mais calmo, ele sorriu. — Ficou sem reação, não foi? Acho que essa é a melhor forma de lidar com você, Jules. O inesperado a desarma. — Correu um dedo pelo rosto dela, muito pálido agora. — Não quis assustá-la.

— Você não me assustou.

— Eu a deixei morta de medo, algo que normalmente não faço com as mulheres. Mas você é diferente — murmurou. — Acho que eu preciso aprender a lidar com isso. — Pegando-lhe a mão, beijou seus dedos com carinho. — Pelo menos vou para casa com a certeza de que esta noite você vai pensar em mim.

— Sinto decepcioná-lo, mas acho que não, ainda vou trabalhar por mais uma hora.

— Ah, mas você vai pensar em mim, sim — repetiu ele, dirigindo-se para a porta. — E vai sentir minha falta.

Ela quase sorriu quando Paul fechou a porta atrás de si. O problema era que ele estava certo.

Capítulo Treze
♦♦♦♦

Era bom estar de volta ao trabalho. Para Eve, não havia nada melhor do que uma filmagem para colocar a mente e o corpo em estado de alerta total. A seu modo, até mesmo o trabalho de pré-produção era estimulante, uma incrível e longa preliminar antes do clímax de representar para uma câmera.

Esse tipo de relação amorosa envolvia centenas de pessoas, e Eve gostava quando conseguia reconhecer alguns rostos. Os operadores de câmera, os diretores de iluminação, os assistentes de palco, a equipe de som e, até mesmo, os assistentes dos assistentes. Não pensava neles como membros de uma família, mas como participantes de uma orgia profissional que, se bem realizada, podia resultar em enorme satisfação.

Sempre fora paciente e cooperativa com os técnicos com os quais trabalhava — a menos que fossem burros, incompetentes ou preguiçosos. Sua tranquilidade e falta de arrogância haviam lhe rendido o afeto das equipes de filmagem por quase meio século.

Em decorrência de seu orgulho profissional, Eve tolerava horas de maquiagem e cabeleireiros sem reclamar. Detestava os resmungões. Nunca se atrasava para uma prova de figurino ou um ensaio. Quando necessário — o que acontecia com muita frequência —, permanecia sob um sol escaldante ou tremendo debaixo da chuva enquanto uma cena estava sendo preparada.

Alguns diretores a consideravam uma pessoa difícil, visto que ela não era uma marionete complacente que dançava conforme a vontade dos outros. Eve questionava, discutia, insultava e desafiava. A seu ver, acertara tanto quanto errara. Contudo, nenhum diretor, pelo menos nenhum diretor honesto, poderia dizer que ela não agia com profissionalismo. Na hora da ação, Eve Benedict botava para quebrar. Em geral, era a primeira a estar com suas falas decoradas — e quando acendiam as luzes e as câmeras começavam a gravar, ela entrava no personagem com tanta facilidade quanto uma mulher entra numa banheira de hidromassagem.

Agora, após quase uma semana de reuniões de última hora, mudanças no roteiro, sessões de fotos e provas de figurino, estava pronta para entrar em ação. Sentou-se, fumando em silêncio, enquanto arrumavam sua peruca. Hoje eles iriam ensaiar, já com todo o figurino, a cena do baile em que a personagem de Eve, Marilou, conhecia Robert, o personagem de Peter Jackson.

Devido a um conflito de agendas, as marcações de cena e a coreografia tinham sido feitas com o dublê de Jackson. Eve sabia que o ator estava no estúdio agora. Várias das mulheres no set estavam murmurando a respeito dele.

Quando ele entrou, ela descobriu o porquê. A vigorosa sensualidade que vira nas telas era tão inerente ao homem real quanto a cor de seus olhos. O smoking realçava seus ombros largos com perfeição. Uma vez que ele teria de ficar sem camisa durante a maior parte do filme, Eve imaginava que por baixo da seda e dos acessórios ele possuía o tórax para tanto. O cabelo louro e meio bagunçado lhe garantia um certo ar de menininho. E os olhos, de pestanas grossas e fulvas, acrescentavam um forte apelo sexual.

Segundo sua biografia, ele tinha 32 anos. Podia ser verdade, pensou Eve, dando uma boa olhada nele pela primeira vez.

— Srta. Benedict. — Peter parou ao seu lado. Ele tinha uma voz sedosa, boas maneiras e uma sensualidade inata. — É um prazer conhecê-la. E uma honra ter a chance de trabalhar com você.

Ela estendeu a mão, e não ficou desapontada quando ele a levou galantemente aos lábios. Um cafajeste, pensou, sorrindo. Talvez aquelas semanas na Geórgia acabassem sendo proveitosas, afinal.

— O senhor também já fez alguns trabalhos bem interessantes, sr. Jackson.

— Obrigado. — Ao vê-lo dar uma risadinha, Eve pensou: sim, um cafajeste, definitivamente. O tipo que toda mulher precisava experimentar pelo menos uma vez na vida. — Preciso confessar, srta. Benedict. Quando soube que você ia fazer a Marilou, fiquei dividido entre o medo e o êxtase. Ainda estou.

— É sempre gratificante deixar um homem dividido entre o medo e o êxtase. Agora, me conte, sr. Jackson... — Ela pegou outro cigarro e o bateu de leve no tampo da penteadeira. — O senhor é bom o bastante para convencer o público no papel de um homem viril e ambicioso que é totalmente seduzido por uma mulher com quase o dobro da sua idade?

Sem desviar os olhos dos dela, ele pegou uma caixa de fósforos, riscou um e aproximou a chama da ponta do cigarro.

— Isso, srta. Benedict, será... — manteve os olhos fixos nos dela por sobre a chama do fósforo — moleza.

— Com certeza. — Eve apagou o fósforo com um sopro.

◆ ◆ ◆ ◆

Seu corpo podia estar cansado, mas sua mente estava totalmente alerta quando Eve voltou para casa. A comichão que sempre sentia ao antecipar um romance deixara seu sangue acelerado. Tinha certeza de que Peter Jackson seria um amante interessante e criativo.

Enquanto subia a escada, chamou:

— Nina, minha querida, peça à cozinheira para preparar um bom bife. Estou com vontade de comer carne.

— Quer que eu leve para você?

— Vou pensar, eu te aviso. — Eve ergueu uma sobrancelha ao ver Travers parada no meio da escada.

— É o sr. Flannigan — avisou Travers. — Ele a está esperando na sala dos fundos. Andou bebendo.

Eve hesitou apenas por um instante e voltou a subir.

— Nina, peça então que a cozinheira prepare dois pratos. Vamos comer na sala. Acenda a lareira pra mim também, está bem, querida?

— Claro.

— Diga ao Victor que já estou indo.

De modo bem egoísta, Eve levou quase uma hora, precisando do tempo para se preparar para qualquer que fosse o problema. Quando o assunto era Victor, havia sempre algum problema.

Victor Flannigan continuava casado. Não podia, ou não queria, largar a mulher. No decorrer dos anos, Eve brigara, xingara, chorara e, por fim, aceitara a visão católica de Victor de que o casamento era uma instituição intocável. Não conseguia abrir mão dele, daquele homem que a fizera chorar como nenhum outro.

Deus era testemunha de que ela tentara, pensou, enquanto vestia uma túnica vermelha de seda. Casara-se várias vezes — e tivera muitos amantes. Não fazia diferença. Com a cabeça para trás e os olhos fechados, borrifou perfume no pescoço e, em seguida, prendeu devagarinho os fechos de ouro em formato de sapos, a fim de que o perfume pudesse entranhar suavemente na seda.

Tornara-se a mulher de Victor Flannigan desde o primeiro dia em que o conhecera. E morreria assim. Havia destinos piores na vida.

Encontrou-o andando de um lado para o outro na sala, com um copo de uísque na mão. Ele preenchia o aposento da mesma forma como preenchia o terno. Com arrogância e estilo. Eve sempre acreditara que a falta de estilo é que fazia com que a arrogância se tornasse uma característica desagradável.

Ele poderia ter subido e a confrontado no quarto com o que quer que o estivesse incomodando. Victor, porém, sempre respeitara seu trabalho sem questionar, e sua privacidade quando ela a requisitava.

— Eu devia saber que você ia cair do cavalo e aterrissar na minha porta. — Sua voz estava tranquila, sem o menor traço de censura.

— Amanhã vou pagar caro por isso. — Enquanto tomava outra dose do fogo líquido, desejou conseguir largar o copo. — Genes irlandeses,

Eve. Todos os irlandeses adoram a mãe e um bom copo de uísque. Minha mãe está morta, que Deus a tenha. Mas sempre haverá uísque. — Pegou um cigarro porque o gesto o obrigava a soltar o copo por alguns instantes.

— Desculpe por fazê-lo esperar. — Ela foi até o bar e abriu a pequena geladeira. Levou apenas alguns segundos para se decidir pela garrafa de champanhe, em vez da cerveja. Pelo visto a noite seria longa. — Quis tomar um banho para me livrar do cansaço do dia.

Victor a observou abrir a garrafa e a rolha pipocar com um estouro abafado.

— Você está linda, Eve. Suave, sexy e segura.

— Eu sou suave, sexy e segura. — Ela sorriu enquanto servia sua primeira taça. — Não é por isso que você me ama?

Ele se virou de modo abrupto para o fogo que Nina havia acendido. Entre as chamas e o álcool, imaginou a vida passando diante de seus olhos. Eve estava presente em quase todos os quadros daquele filme muito, muito longo.

— Deus do céu, eu realmente amo você. Mais do que um homem mentalmente são deveria. Se tudo o que eu tivesse de fazer para tê-la fosse matar, seria fácil.

Não era a bebida que a perturbava, mas o tom de desespero em sua voz, algo que Eve sabia que não tinha nada a ver com genética ou uísque irlandês.

— O que foi, Victor? O que aconteceu?

— Muriel foi hospitalizada de novo. — Pensar na mulher o fez pegar o copo novamente, e a garrafa.

— Sinto muito. — Eve pousou a mão sobre a dele, não para impedi-lo de beber, mas para oferecer, como sempre fizera, e faria, todo o conforto que estivesse ao seu alcance. — Eu sei o que isso significa para você, mas não pode continuar se culpando.

— Não? — Ele se serviu e bebeu de modo deliberado, com desespero e sem prazer. Eve sabia que ele queria ficar bêbado. Precisava ficar

Ao inferno se tivesse de pagar caro no dia seguinte. — Ela ainda me culpa, Eve, e por que não deveria? Se eu estivesse lá, se eu estivesse com ela na hora do parto, em vez de estar em Londres, gravando a porcaria de um filme, talvez todos nós estivéssemos livres agora.

— Isso aconteceu há quase 40 anos — replicou Eve com impaciência. — Não acha que é penitência suficiente para Deus, para a Igreja? Além disso, você estar lá não teria salvado o bebê.

— Nunca vou saber com certeza. — E, por causa disso, ele nunca encontrara absolvição. — Ela ficou lá deitada por horas a fio antes de conseguir chamar alguém para ajudá-la. Que droga, Eve! Para começar, ela jamais devia ter engravidado, não com seus problemas físicos.

— Foi escolha dela — rebateu Eve. — E isso são águas passadas.

— O começo de tudo... ou o fim. Perder o bebê a deixou tão frágil mentalmente quanto ela era fisicamente. Muriel nunca superou a perda da criança.

— Nem deixou você superar. Sinto muito, Victor, me machuca, e me deixa furiosa vê-la fazer você sofrer por algo que estava além do seu controle. Sei que ela não está bem, mas acho essa doença uma grande desculpa para arruinar a sua vida. E a minha — acrescentou com amargura. — Por Deus, a minha também.

Ele a fitou, os olhos cinzentos e amargurados observando a dor no rosto dela e os anos perdidos entre eles.

— Sei que é difícil para uma mulher forte simpatizar com outra que não é.

— Eu te amo, Victor. Odeio o que ela faz com você. E comigo. — Ela fez que não antes que ele dissesse alguma coisa. Mais uma vez, suas mãos buscaram as dele. Esse caminho já fora percorrido inúmeras vezes. Era inútil tentar percorrê-lo de novo. — Vou sobreviver. Preciso e irei. Mas gostaria de acreditar que o verei feliz antes de morrer. Verdadeiramente feliz.

Incapaz de responder, ele apertou os dedos dela, retirando o que precisava do contato. Depois de se forçar a respirar fundo algumas vezes, conseguiu colocar para fora seu pior medo:

— Não sei se ela vai escapar dessa vez. Muriel tomou Seconal.

— Ah, meu Deus! — Pensando apenas nele, Eve o envolveu com os braços. — Ah, Victor. Sinto muito!

Ele desejava entregar-se ao abraço, à compreensão suave — e o desejo o corroía por dentro, pois ainda conseguia ver nitidamente o rosto pálido da esposa.

— Eles fizeram uma lavagem, mas ela está em coma. — Esfregou o rosto com as mãos, mas não conseguiu se livrar do cansaço. — Eu mandei transferi-la, discretamente, para o centro de saúde Oak Terrace.

Eve viu Nina parada à porta e fez que não. O jantar teria de esperar.

— Quando isso aconteceu, Victor?

— Eu a encontrei hoje de manhã. — Não ofereceu resistência quando Eve o tomou pelo braço e o conduziu até uma poltrona. Sentou-se ali, na frente do fogo, com o perfume de sua amante e sua própria culpa martelando-lhe os sentidos. — No quarto. Ela colocou o robe de renda que eu lhe dei em nossas bodas de prata, quando tentamos, mais uma vez, fazer o casamento funcionar. E se maquiou. Foi a primeira vez que a vi de batom em mais de um ano. — Ele se inclinou para a frente e enterrou a cabeça entre as mãos, enquanto Eve massageava seus ombros. — Ela estava segurando os sapatinhos brancos que tricotou para o bebê. Achei que tivesse me livrado de todas essas coisas, mas ela deve tê-los escondido em algum lugar. O vidrinho de comprimidos estava ao lado da cama, com um bilhete.

O fogo crepitou, esbanjando vida e calor.

— O bilhete dizia que ela estava cansada, que queria estar com sua menininha. — Victor recostou-se na poltrona e pegou a mão de Eve.

— O pior de tudo é que a gente havia discutido na véspera. Ela havia saído para encontrar alguém, mas não quis me dizer quem. A tal pessoa a deixou bastante preocupada com o seu livro. Quando Muriel chegou em casa, estava louca, perigosamente furiosa. Ela me disse que eu precisava impedi-la, que tinha de impedi-la. Disse que não aceitaria ver seu sofrimento e sua tragédia impressos num livro. E disse também que a única coisa que já me pedira na vida foi que eu mantivesse meu relacionamento pecaminoso em segredo e a poupasse da dor da exposição. Não tinha ela própria honrado seus votos? Não tinha quase morrido ao tentar me dar um filho?

E não tinha ela, também, mantido um homem acorrentado a um casamento destrutivo e sem amor por quase cinquenta anos?, pensou Eve. Não conseguia sentir nenhuma simpatia, culpa ou arrependimento por Muriel Flannigan. O que sentia, além do amor por Victor, era ressentimento por ele desejar que ela sentisse qualquer dessas coisas.

— Foi uma cena feia — continuou ele. — Ela amaldiçoou nossas almas, a minha e a sua, dizendo que nós iríamos para o inferno e pedindo forças à Virgem.

— Deus do céu!

Ele sorriu com tristeza.

— Você precisa entender, ela falou sério. Se algo a manteve viva nos últimos anos, foi sua fé. Essa fé também a manteve calma na maior parte do tempo. Mas o livro, a simples ideia de vê-lo publicado, a fez entrar em crise.

Ele fechou os olhos por alguns instantes. A lembrança da mulher retorcida no chão, com os olhos revirados e o corpo em convulsão, fez com que sentisse a pele pegajosa.

— Chamei a enfermeira. Ela e eu conseguimos fazer Muriel tomar seu remédio. Quando finalmente a pusemos na cama, ela estava calma, chorosa e arrependida. Ela me abraçou por um tempo, pedindo que eu a protegesse. De você. A enfermeira ficou com ela até o raiar do dia Muriel tomou os comprimidos em algum momento durante o tempo em que ficou sozinha, entre a saída da enfermeira e eu ir checá-la, às dez da manhã.

— Sinto muito, Victor. — Eve o abraçou, colou seu rosto no dele e o ninou. Ninou, como faria com uma criança pequena. — Gostaria de poder fazer alguma coisa.

— Você pode. — Ele colocou as mãos sobre os ombros dela e a afastou. — Pode me prometer que não vai incluir nosso relacionamento nesse livro.

— Como você pode me pedir isso? — Ela se afastou com um safanão, surpresa que após todos aqueles anos, toda a dor, ele ainda conseguisse feri-la.

— Eu tenho que lhe pedir isso, Eve. Não é por mim. Deus sabe que não é por mim. Por Muriel. Já aguentei coisas demais por causa dela. Nós já aguentamos. Caso ela sobreviva, Muriel não vai conseguir superar isso.

— Muriel tem dado a palavra final durante quase metade da minha vida.

— Eve...

— Não, droga! — Eve andou de novo até o bar para completar sua taça de champanhe. Suas mãos estavam tremendo. Deus do céu, pensou, Victor era o único homem no mundo que conseguia fazê-la tremer. Gostaria de odiá-lo por isso. — O que *você* aguentou por causa *dela*? — Sua voz cortou o ar entre eles como um bisturi, dividindo-o em partes iguais que jamais poderiam ser unidas novamente. — Meu Deus, que escroque! Ela é a sua esposa, a mulher com quem você se sentia obrigado a passar os Natais, a mulher que você manteve em casa todo esse tempo, noite após noite, enquanto eu era forçada a viver com os restos.

— Ela é minha esposa — retrucou ele baixinho enquanto Eve rosnava. — Você é a mulher que eu amo.

— Você acha que isso torna as coisas mais fáceis, Victor? — Será que era tão mais fácil assim, pensou com amargura, engolir um punhado de comprimidos? Acabar com a dor, apagar todos os erros, em vez de encará-los. — Ela usou o seu nome, carregou um filho seu dentro da barriga para todo mundo ver. Eu guardo seus segredos, cuido das suas necessidades.

Victor se sentia envergonhado por nunca ter podido dar mais do que isso a ela. Corroía-o por dentro que ele nunca pudesse ter usufruído mais.

— Se eu pudesse mudar as coisas...

— Mas não pode — interrompeu-o. — Nem eu. Esse livro é vital para mim. Não posso e não vou desistir dele. Me pedir que faça isso é pedir para que eu vire as costas para minha própria vida.

— Só estou pedindo que deixe de fora a parte que diz respeito a nós.

— Nós? — Eve repetiu com uma risada. — Você, eu e Muriel. Além de todos os outros nos quais confiamos esse segredo no decorrer dos anos. Amigos e empregados leais, padres hipócritas que passam sermão e depois nos absolvem. — Esforçou-se para engolir o pior da raiva. — Você não conhece o ditado que diz que um segredo só pode ser mantido por três pessoas se duas delas estiverem mortas?

— Mas isso não precisa vir a público. — Ele se levantou e pegou o copo de uísque. — Você não precisa colocar isso no papel e depois vender em todas as livrarias... ou supermercados!

— Minha vida é pública, e você faz parte dela há mais de trinta anos. Não vou censurar meu livro, nem por você nem por ninguém.

— Você vai nos destruir, Eve.

— Não. Houve um tempo em que eu achava que sim. — O restante da raiva desapareceu enquanto observava as bolhas de gás dançando na taça, lembrando-se. — Acredito agora que eu estava errada. A decisão que tomei foi... incorreta. Eu poderia ter libertado a nós todos.

— Não sei sobre o que você está falando.

Ela sorriu de modo reticente.

— No momento, o que conta é que eu sei.

— Eve. — Victor tentou engolir a própria raiva ao se dirigir a ela. — Não somos mais crianças. A maior parte de nossa vida já ficou para trás. O livro não vai fazer a menor diferença para você ou para mim. Mas, para Muriel, ele pode ser a diferença entre alguns anos de paz ou de danação.

E quanto à minha danação? A pergunta cruzou-lhe a mente, mas ela não a exprimiu.

— Ela não foi a única que teve de viver com a dor e a perda, Victor.

Com o rosto rubro de emoção, ele se levantou da poltrona.

— Ela pode estar morrendo.

— Todos estamos morrendo.

Victor trancou o maxilar. As mãos que pendiam ao lado do corpo se fecharam em punhos.

— Por Cristo, tinha esquecido o quanto você pode ser fria.

— Então é bom se lembrar. — Ainda assim, ela pousou a mão sobre a dele, num toque suave que transmitia calor e carinho. — Vá ficar com a sua mulher, Victor. Vou estar aqui quando você precisar de mim.

Ele virou a mão, segurou a dela por alguns instantes e saiu.

Eve permaneceu por um longo tempo na sala, que recendia a madeira queimada, uísque e sonhos abandonados. Contudo, ao tomar a decisão, mexeu-se com rapidez.

— Nina! Nina, peça que alguém leve meu prato para a casa de hóspedes.

Eve já estava na porta que dava para o terraço quando Nina entrou na sala.

— Para a casa de hóspedes?

— Isso, e rápido. Estou faminta.

◆◆◆◆

Brandon encontrava-se absorto na construção de um porto espacial bastante complicado. A televisão bradava à sua frente, mas ele perdera o interesse pelo seriado. A ideia de construir uma passarela flutuante entre a plataforma de pouso e o laboratório acabara de lhe ocorrer.

Estava sentado de pernas cruzadas no tapete da sala de estar, usando seu adorado e desbotado pijama do Batman. Espalhada à sua volta, uma grande variedade de bonequinhos de ação.

Ao escutar uma batida à porta, levantou os olhos e viu Eve parada no terraço. A mãe lhe dissera repetidas vezes que não abrisse a porta para ninguém, mas ele sabia que a ordem não incluía a dona da casa.

Levantou-se e destrancou a fechadura.

— Oi, você veio ver a minha mãe?

— Isso mesmo. — Esquecera como uma criança de banho tomado e pijama podia ser cativante. Pairando sob o perfume de sabonete havia aquele cheiro de mata virgem típico dos meninos. Seus dedos coçaram com uma inesperada vontade de bagunçar o cabelo dele. — Como vai você, mestre Summers?

Ele soltou uma risadinha. Ela muitas vezes o chamava assim quando eles se cruzavam pela propriedade. Nas últimas semanas, Brandon começara a gostar dela, ainda que de um jeito meio distante. Eve sempre mandava a cozinheira entregar bolos confeitados e tortas na casa de hóspedes, os quais Julia repartia. E ela sempre acenava ou o chamava quando ele estava na piscina com a mãe ou com CeeCee.

— Estou bem. Entre.

— Uau, muito obrigada! — Eve entrou, a túnica de seda balançando à sua volta.

— Mamãe está falando ao telefone, lá no escritório. Quer que eu a chame?

— É melhor esperá-la acabar de falar.

Sem saber ao certo o que fazer, Brandon ficou onde estava e deu de ombros.

— Quer alguma coisa... algo pra comer ou beber? Nós temos brownies.

— Uma ideia deliciosa, mas não jantei ainda. Aliás, o jantar está a caminho. — Eve se sentou no sofá e pegou um cigarro. Ocorreu-lhe que era a primeira vez que tinha a chance de conversar com o garoto sozinha no que poderia considerar a casa dele. — Imagino que deveria lhe perguntar todas aquelas coisas sobre escola ou esportes, mas sinto dizer que não tenho muito interesse em nenhum desses assuntos. — Baixou os olhos. — O que você está fazendo aí?

— Estou construindo um porto espacial.

— Um porto espacial. — Intrigada, ela colocou o cigarro, ainda apagado, de lado e se inclinou para a frente. — Como se constrói um porto espacial?

— Não é tão difícil se você tiver uma ideia do que quer. — Disposto a compartilhar, ele se sentou no tapete novamente. — Veja bem, essas peças se encaixam, e você tem um monte de peças diferentes que pode usar para construir plataformas, curvas e torres. Vou colocar essa ponte entre a plataforma de pouso e o laboratório.

— Muito esperto, com certeza. Me mostre.

Quando Nina chegou, cinco minutos depois, com a bandeja, Eve estava sentada no chão ao lado de Brandon, lutando para encaixar duas peças de plástico.

— Você devia ter mandado um dos empregados trazer o jantar. — Eve apontou para a mesinha de centro. — Coloque ali.

— Queria lembrá-la de que você tem compromisso às seis e meia.

— Não se preocupe, querida — disse, soltando um gritinho de triunfo quando as peças se encaixaram. — Não vou perder meu sono restaurador.

Nina fez menção de sair, mas hesitou.

— Não vá deixar seu jantar esfriar.

Eve soltou uns grunhidos de concordância e continuou a construir. Brandon esperou até que as portas que davam para o terraço fossem fechadas e sussurrou:

— Ela parece uma mãe.

Eve ergueu os olhos e as sobrancelhas e, em seguida, soltou uma sonora gargalhada.

— Ai, meu Deus, querido, você está absolutamente certo. Um dia vou querer que você me fale sobre a sua.

— Ela quase nunca grita. — Brandon contraiu os lábios enquanto estudava a engenharia da ponte. — Mas se preocupa demais. Tipo: que eu saia correndo em direção à rua e acabe sendo atropelado por um carro, ou que eu coma doces demais e esqueça de fazer o dever de casa. Eu quase nunca esqueço.

— De ser atropelado por um carro?

Ele soltou uma risada rápida e com gosto.

— Do dever de casa.

— As mães sempre se preocupam. Quero dizer, se forem boas mães. — Ela ergueu a cabeça e sorriu. — Oi, Julia.

Julia continuou olhando fixamente para eles, imaginando como devia interpretar o fato de que Eve Benedict estava sentada no chão com seu filho, conversando sobre atitudes maternas.

— A srta. B veio vê-la — explicou Brandon. — Mas ela falou que podia esperar até você sair do telefone.

Num gesto automático e impensado, Julia desligou a televisão.

— Desculpe por fazê-la esperar.

— Não precisa se desculpar. — Dessa vez, Eve cedeu à vontade e bagunçou o cabelo de Brandon. — Ele é uma ótima companhia. — Levantou-se, sentindo apenas uma dorzinha leve nas articulações por ter ficado esparramada no chão. — Espero que não se importe se eu comer enquanto conversamos. — Apontou para a bandeja coberta.

— Não tive tempo de jantar desde que voltei do estúdio, e tenho uma história para lhe contar.

— Não, por favor, fique à vontade. Brandon, você tem aula cedo.

Era o sinal de que estava na hora de se deitar. Ele soltou um suspiro.

— Eu ia construir uma ponte.

— Você pode fazer isso amanhã. — Assim que ele se pôs de pé, ainda que de modo relutante, Julia pegou o rosto do filho entre as mãos. — É um porto espacial de primeira classe, campeão. Pode deixar tudo aí. — Ela o beijou na testa e, em seguida, no nariz. — E não esqueça...

— De escovar os dentes — completou ele, revirando os olhos. — Ah, mãe!

— Ah, Brandon. — Rindo, Julia o apertou de leve. — E apague a luz às dez.

— Sim, senhora. Boa-noite, srta. B.

— Boa-noite, Brandon. — Eve observou o menino subir a escada antes de se voltar para Julia. — Ele é sempre tão obediente assim?

— Brandon? Acho que sim. — Ela sorriu enquanto esfregava o pescoço para se livrar da tensão do dia. — Mas ele sabe que são poucas as regras que eu não sou capaz de quebrar.

— Sorte sua. — Eve levantou a tampa da bandeja e examinou seu bife. — Lembro da época em que muitos de meus amigos e colegas estavam com filhos pequenos. Como convidada, você geralmente se via rodeada por choramingos, reclamações, explosões de raiva e lágrimas. Isso me fez ter ressalvas com relação a crianças.

— É por isso que você nunca teve filhos?

Eve tirou o guardanapo do anel de porcelana e abriu o tecido quadrado de linho rosa sobre o colo.

— Você poderia dizer que é o motivo que me levou a passar um bom tempo imaginando por que as pessoas queriam tanto tê-los. Mas não vim aqui falar sobre os mistérios da maternidade. — Pescou um aspargo delicado. — Espero que você não se incomode de conversar aqui e agora.

— Não, nem um pouco. Me dê apenas alguns minutos para dar uma olhadinha no Brandon e pegar o gravador.

— Fique à vontade. — Eve serviu uma xícara do chá de ervas sobre a bandeja e esperou.

Embora apreciasse os sabores e texturas, comeu de forma mecânica. Precisava de combustível para poder dar o melhor de si no set no dia seguinte. Nunca dava menos do que o melhor que podia. Quando Julia finalmente se sentou na cadeira à sua frente, Eve já comera metade do jantar.

— Preciso dizer que recebi uma visita do Victor ainda há pouco, e é por isso que decidi conversar agora, enquanto estou com tudo fresco na cabeça. A mulher dele tentou se suicidar hoje de manhã.

— Ai, meu Deus!

Eve encolheu os ombros e fatiou o bife.

— Não foi a primeira vez. E provavelmente não será a última, isso se os médicos conseguirem salvá-la. Ao que parece, Deus protege os tolos e os neuróticos. — Levou a fatia à boca. — Você me acha insensível.

— Indiferente — retrucou Julia, após alguns instantes. — Existe uma diferença.

— É verdade, existe, sim. Eu sinto, Julia. Realmente sinto. — Eve tomou outro gole do chá, imaginando quanto tempo levaria para aliviar a dor na garganta. — Caso contrário, por que razão eu teria dedicado tantos anos da minha vida a um homem que jamais poderia ser realmente meu?

— Victor Flannigan.

— Ele mesmo. — Com um suspiro, Eve cobriu o prato e se recostou no sofá com um copo de água gelada. — Eu o amo e sou amante dele há trinta anos. Ele é o único homem pelo qual eu me sacrifiquei.

O único a me fazer passar noites realmente solitárias, do tipo que uma mulher passa chorando, desesperada e, ao mesmo tempo, esperançosa.

— Ainda assim, você se casou duas vezes nos últimos trinta anos.

— Sim. Além de ter tido e aproveitado vários amantes. Estar apaixonada pelo Victor não significava que eu precisava parar de tentar viver. Essa era, e ainda é, a visão da Muriel. Não a minha.

— Não estou pedindo para você se justificar, Eve.

— Não? — Ela passou os dedos pelos cabelos e, em seguida, começou a tamborilá-los sobre o braço do sofá. Julia podia não ter perguntado diretamente, mas seus olhos tinham. — Eu jamais tentaria prendê-lo por meio do meu próprio martírio. Além disso, tenho de admitir, tentei esquecê-lo preenchendo o espaço com outros homens.

— E ele a ama.

— Ah, sim, nossos sentimentos um pelo outro são bem parecidos. Isso é parte da tragédia, assim como da glória de tudo isso.

— Se é assim, Eve, por que ele continua casado com outra mulher?

— Ótima pergunta! — Eve acendeu um cigarro e se afundou de novo nas almofadas do sofá. — Uma que eu me fiz milhões de vezes no decorrer dos anos. Mesmo sabendo a resposta, eu continuava perguntando. Quando nos conhecemos, o casamento dele com a Muriel já estava em crise. Não estou dizendo isso para encobrir o adultério, digo porque é verdade. — Soltou a fumaça com uma baforada rápida. — Não faria a menor diferença para mim que eu tivesse sido a razão de Victor ter deixado de amar a esposa. Isso, porém, já havia acontecido antes de eu entrar em cena. Ele ficou com ela porque se sentia responsável, porque a fé de Muriel não permite que ela aceite o divórcio. E porque eles perderam uma filha no parto. Muriel nunca conseguiu superar essa perda... nunca se permitiu superar.

"Ela sempre teve uma condição física delicada. Epilepsia. Não", continuou Eve, sorrindo, "nunca houve fofocas ou insinuações de que a mulher de Victor fosse epiléptica. Claro que hoje em dia essa doença não é mais estigmatizada".

— Mas há uma geração era — interveio Julia.

— E Muriel Flannigan é o tipo de mulher que adora tirar proveito de tudo.

— Você está dizendo que ela usa a doença para provocar simpatia.

— Querida, ela usa com tanta esperteza, preparo e sangue-frio quanto um general ao lidar com a tropa. É seu escudo contra a realidade, e ela passou uma vida arrastando Victor para trás desse escudo.

— É difícil arrastar um homem para algum lugar que ele não deseje ir.

Os lábios de Eve se estreitaram por alguns instantes e, em seguida, se abriram num sorriso amargo.

— Touché!

— Desculpe, estou julgando. É só que... Eu me importo com você. — Julia soltou o ar com impaciência. Se alguém conseguiria vencer seus problemas sozinha, esse alguém era Eve. — Eu não devia estar fazendo isso — completou. — Você conhece os atores melhor do que eu.

— Bem-colocado — murmurou Eve. — Nós três somos atores num roteiro interminável. A amante, a esposa eternamente sofredora e o homem dividido entre seu coração e sua consciência. — Ela puxou outro cigarro, mas ficou olhando fixamente para o nada, sem acendê-lo. — Eu ofereço o sexo, Muriel oferece a responsabilidade, e ela joga com maestria. Com que frequência ela esquece, convenientemente, de tomar os remédios que ajudam a controlar a doença... em geral quando há alguma crise a ser encarada, alguma decisão a ser tomada?

Julia ergueu uma das mãos.

— Desculpe, Eve, mas por que ele toleraria isso? Por que alguém se permitiria ser usado ano após ano?

— Qual é a motivação mais forte, Julia? Consulte seu lado pragmático e me responda. O amor ou a culpa?

Julia levou apenas um segundo para perceber a resposta mais óbvia.

— Uma combinação dos dois suprimiria qualquer outro sentimento.

— E uma mulher tão desesperada sabe exatamente como usar essa combinação. — Ela soltou uma baforada impaciente, a fim de limpar a amargura da voz. — Victor tomou precauções para que a doença de Muriel fosse mantida em segredo. Ela insiste nisso... fanaticamente. Desde que perdeu a criança, sua saúde mental tornou-se, na melhor das hipóteses, instável. Nós dois sabíamos, e aceitamos, que enquanto Muriel estivesse viva ele jamais poderia ser meu.

Não era o momento de censurar ou criticar, percebeu Julia. Tal como a hora que elas haviam passado ao lado da piscina, era o momento de ser compreensiva.

— Sinto muito. Vejo agora que eu apenas acreditava estar apaixonada por um homem que jamais poderia ser meu. E isso já foi uma dor terrível. Não consigo nem imaginar como deve ser amar alguém por tanto tempo, e sem nenhuma esperança.

— Nunca sem esperança — corrigiu Eve. Precisou riscar o fósforo três vezes antes que ele acendesse. — Há sempre esperança. — Soltou a fumaça bem devagar. — Eu era um pouco mais velha do que você quando o conheci, mas ainda nova. Jovem o bastante para acreditar que milagres acontecem. Que o amor conquista tudo. Agora já não sou mais jovem, e embora tenha uma visão mais clara dos fatos, não mudaria minha vida em nada. Posso relembrar aqueles primeiros meses de euforia com Victor e me sentir grata. Muito grata.

— Me conte — pediu Julia.

Capítulo Quatorze
••••

— Acho que eu ainda estava me recuperando da decepção com Tony... ou comigo mesma — começou Eve. — Isso aconteceu uns dois anos após o divórcio, mas a ferida ainda sangrava. Eu havia saído da casa que nós dividíamos... a que eu obriguei Tony a passar para o meu nome. No entanto, não me desfiz dela. Tenho um certo interesse nos negócios imobiliários — continuou, com uma quase indiferença pelos mais de vinte milhões em propriedades de primeira linha. — Por que você não toma um pouco de chá? — sugeriu. — Ele ainda está quente, e Nina trouxe duas xícaras.

— Obrigada.

— Eu havia acabado de comprar esta casa — prosseguiu Eve, enquanto Julia se servia do chá. — E tinha mandado reformá-la e redecorá-la, portanto, acho que é seguro dizer que minha vida estava passando por um período de instabilidade.

— Mas não a sua vida profissional.

— Não. — Eve sorriu em meio a uma nuvem de fumaça. — Mas as coisas haviam mudado. Estávamos no começo da década de 1960, e os rostos estavam diferentes, mais jovens. Garbo havia se aposentado e vivia reclusa em algum lugar. James Dean estava morto. Monroe morreria também alguns meses depois. Contudo, mais do que essas duas juventudes perdidas, esses talentos desafiadores e interrompidos, havia a mudança da guarda. Fairbanks, Flynn, Power, Gable, Crawford, Hayworth, Garson, Turner. Todos esses rostos belíssimos e talentos magníficos estavam sendo substituídos, ou desafiados por novos rostos, novos talentos. O elegante Paul Newman, o jovem e arrojado Peter O'Toole, a etérea Claire Bloom, a travessa Audrey Hepburn. — Ela soltou um suspiro, sabendo que a guarda mudara novamente. — Hollywood é como uma mulher, Julia, sempre em transformação, sempre buscando a juventude.

— Mas, ao mesmo tempo, ela celebra a perseverança.

— Ah, sim, celebra, sim, é verdade. Quando conheci Victor no set de nosso primeiro filme juntos, eu não tinha nem 40 anos. Nem jovem nem velha... não mais uma menininha, embora ainda não fosse candidata ao troféu da perseverança. Droga, eu ainda nem tinha mexido nos meus olhos.

Julia teve que rir. Onde mais, além de Hollywood, as pessoas mediam suas vidas com base na quantidade de cirurgias plásticas?

— O filme foi *Dead Heat*. Ele lhe rendeu seu segundo Oscar.

— E me trouxe o Victor. — De modo preguiçoso, Eve enroscou as pernas em cima do sofá. — Como eu estava dizendo, antes de começar a divagar, eu continuava muito machucada pelo meu último casamento. Havia perdido a confiança nos homens, embora certamente soubesse que eles tinham suas utilidades e jamais tivesse sido tímida em usá-las. Eu estava feliz por estar fazendo aquele filme... principalmente porque Charlotte Miller quisera desesperadamente o papel que acabara sendo dado a mim. E porque eu ia trabalhar com Victor, que tinha uma tremenda reputação como ator... tanto nos palcos quanto na tela.

— Mas você já o encontrara antes.

— Não, na verdade não. Imagino que tenhamos participado do mesmo evento algumas vezes, mas nossos caminhos nunca haviam se cruzado. Em geral, Victor estava na Costa Leste fazendo alguma peça, e quando estava aqui na Califórnia, ele não costumava socializar, a não ser que você considere as saídas para beber com um grupo de amigos homens. Nós nos conhecemos no set. Tudo aconteceu tão rápido. Com a rapidez de um cometa.

Perdida em pensamentos, Eve correu um dedo pela gola da túnica. Estava com os olhos estreitados, compenetrados, como se lutasse contra alguma dor irritante.

— As pessoas falam de amor à primeira vista de modo displicente, bem-humorado e esperançoso. Não acredito que isso aconteça com frequência, mas, quando acontece, é irresistível e perigoso. Dissemos todas aquelas coisas educadas que duas pessoas na mesma profissão dizem uma para a outra no começo de um projeto importante. Porém, debaixo de toda a capa de boas maneiras, havia fogo. Isso é tão clichê, mas é verdade.

Ela esfregou as têmporas sem perceber.

— Você está com dor de cabeça? — perguntou Julia. — Quer um remédio?

— Não. Não é nada. — Eve tragou o cigarro com força, obrigando a mente a ignorar a dor e se concentrar nas lembranças. — Tudo começou muito bem. A trama era simples... eu era uma mulher forte que se envolvera inadvertidamente com a máfia. Victor era o policial designado para me proteger. O que tornou o filme um sucesso foi a soma das partes. Diálogos interessantes, cenários sombrios e mal iluminados, uma direção competente, um elenco de apoio de primeira linha e, claro, a química entre os protagonistas.

— Não sei nem dizer quantas vezes eu assisti esse filme. — Julia sorriu, na esperança de aliviar um pouco da dor que conseguia ver nos olhos de Eve. — Cada vez que eu assisto, descubro algo novo, algo diferente.

— Uma pequena e brilhante joia em minha coroa — replicou Eve, brandindo o cigarro. — Você lembra da cena em que Richard e Susan estão escondidos num sórdido quarto de hotel... ele esperando as ordens, e ela buscando um jeito de escapar? Eles estão discutindo, insultando um ao outro, lutando contra a atração que sentiram desde o começo. Ele, o tira irlandês bom e honesto que acreditava apenas no certo e no errado; ela, a garota desvirtuada que convivia com todas as nuances de cinza entre o branco e o preto.

— Lembro muito bem. Assisti uma noite sem querer, enquanto eu estava trabalhando como babá. Eu devia ter uns quinze, dezesseis anos, e sentia uma atração monstruosa pelo Robert Redford. Depois desse filme, passei a considerar o Redford como um sapato velho e me apaixonei perdidamente pelo Victor Flannigan.

— Ele ficaria muito lisonjeado. — A fim de abrandar o tom emotivo em sua voz, Eve tomou um gole de água. — E o sr. Redford muito desapontado.

— Ele superaria. — Julia fez um gesto com sua xícara. — Continue, por favor. Eu não devia tê-la interrompido.

— Gosto quando você interrompe — murmurou Eve, levantando-se para andar pela sala enquanto falava: — O que a maioria das pessoas, inclusive os envolvidos diretamente, não se lembra a respeito dessa cena é que ela não saiu do jeito que foi escrita. Victor mudou algumas partes e, com isso, nossas vidas.

◆◆◆◆

— Silêncio no set!

Eve assumiu seu lugar e ligou suas engrenagens mentais.

— Rodando!

Ela ignorou as câmeras, os assistentes de som e os técnicos. Projetou o queixo para a frente, jogou o peso do corpo num dos pés e fez biquinho. Enfim, transformou-se em Susan.

— Cena 24, tomada três. — Ouviu-se o sinal da claquete.

— E... ação!

— Você não sabe nada a meu respeito.

— Sei tudo sobre você, coração. — Victor aproximou-se, os olhos, tranquilos até poucos segundos antes, brilhavam de fúria e frustração. — Você descobriu aos 12 anos de idade que sua beleza a levaria a qualquer lugar que quisesse ir. E você foi, escolhendo o caminho mais fácil e deixando um rastro de homens para trás.

O close seria feito depois. Eve sabia que o plano médio não capturaria a frieza em seus olhos, nem o sorriso zombeteiro em seus lábios.

Ainda assim, os usou, da mesma forma como um bom carpinteiro usa seu martelo. De forma enfática.

— Se isso fosse verdade, eu certamente não estaria nesta pocilga com um fracassado como você.

— Foi você quem se meteu nessa enrascada. — Ele enfiou as mãos nos bolsos e começou a se balançar nos calcanhares. — Olhos abertos. Mulheres como você estão sempre com os olhos bem abertos. Você vai sair dessa. Esse é o seu feitio.

Virando-se, ela se serviu de uma dose da bebida que estava sobre a velha cômoda.

— Não é do meu feitio entregar meus amigos para a polícia.

— Amigos?! — Rindo, ele pegou um cigarro. — Você chama de amigo alguém que tenta abrir um talho em sua garganta? A escolha é sua, querida. — Com o cigarro equilibrado num dos cantos da boca, ele estreitou os olhos para enxergar através da fumaça que pairava entre eles. — Faça a escolha certa... para você. E irá receber por isso. A promotoria vai lhe dar alguns dólares pela informação. Uma mulher como você... — Tirou o cigarro da boca e soprou uma nuvem de fumaça. — Está acostumada a receber por favores.

Ela o esbofeteou, esquecendo-se de segurar a mão no último instante. A cabeça dele voou para trás e os olhos se estreitaram. Devagar, sem tirar os olhos dela, ele deu outra tragada no cigarro. Eve jogou o braço para trás mais uma vez, encolhendo-se um pouco quando os dedos dele envolveram-lhe o pulso. Estava pronta para o empurrão que eles tinham ensaiado, preparada para cair com força na cadeira atrás dele.

Em vez disso, ele soltou o cigarro no chão. O olhar de Eve, de surpresa, reconhecimento e pânico, ficou capturado para sempre em filme quando ele a puxou para seus braços. E quando sua boca se fechou sobre a dela, ela lutou. Não tanto contra os braços que a prendiam, como contra as furiosas explosões que se desencadearam dentro dela, que não tinham nada a ver com Susan, e tudo a ver com Eve.

Ela teria cambaleado se ele não a tivesse mantido firmemente em pé. Foi assustador sentir as pernas bambearem, escutar o rugido do sangue em suas veias. Quando ele a soltou, ela lutava para conseguir respirar. Sua pele apresentava uma palidez que não tinha nada a ver com truques de luz ou maquiagem. Seus lábios entreabriram-se, trêmulos. E seus olhos se encheram de lágrimas e, em seguida, de ódio. Ela só se lembrou de sua fala porque esta combinava perfeitamente com seus sentimentos.

— Seu filho da mãe! Você acha que isso é o suficiente para que uma mulher caia a seus pés?

Ele deu uma risadinha, que não suavizou nem um pouco a paixão ou a violência que pairavam no ar.

— Acho. — Ele a empurrou. — Sente-se e fique quieta.

— Corta!... Valeu. Jesus, Victor! — O diretor se levantou e entrou no set. — De onde diabos veio isso?

Victor se curvou, pegou o cigarro aceso e deu uma tragada.

— Me pareceu a coisa certa a fazer.

— Bom, funcionou. Deus-Pai Todo-poderoso, funcionou mesmo. Na próxima vez que vocês dois tiverem uma ideia genial, me avisem, por favor. Certo? — Ele se virou novamente para as câmeras. — Vamos filmar os closes.

Eve passou mais três horas filmando. Era o seu trabalho. Não permitiu que ninguém notasse o quanto ficara mexida. Era orgulhosa também.

De volta ao camarim, trocou as roupas de Susan pelas próprias. E deixou de lado os problemas de Susan em prol dos próprios. Sua garganta ardia, portanto aceitou o copo de chá gelado que sua assistente de palco lhe ofereceu.

— Susan fuma demais — comentou, com uma meia-risada. — Pode ir embora. Vou ficar aqui sentada um pouco para me acalmar.

— Você foi fantástica hoje, srta. Benedict. Você e o sr. Flannigan ficam maravilhosos juntos.

— É verdade. — Que Deus me ajude, pensou. — Obrigada, querida. Boa-noite.

— Boa-noite, srta. Benedict. Ah, olá, sr. Flannigan. Eu estava falando sobre como as coisas foram bem hoje.

— Fico feliz em escutar. Joanie, certo?

— Isso mesmo, senhor.

— Boa-noite, Joanie. A gente se vê amanhã.

Victor entrou no camarim. Eve permaneceu sentada, dura, observando-o pelo espelho da penteadeira. Relaxou um pouco quando viu que ele deixou a porta aberta. Não seria, percebeu, uma reprise de sua iniciação com Tony.

— Acho que eu devia me desculpar. — Não havia, contudo, o menor sinal de arrependimento em sua voz. Eve manteve os olhos fixos no reflexo dele, imaginando quando conseguiria vencer sua queda por atores arrogantes. Como quem não quer nada, levantou a escova e começou a pentear os cabelos que lhe pendiam até os ombros.

— Pela sua ideia genial?

— Por beijá-la. Não teve nada a ver com a cena. Era algo que eu queria fazer desde o primeiro dia em que nos conhecemos.

— Agora já fez.

— E agora ficou pior. — Ele correu a mão pelo cabelo, ainda escuro, com apenas alguns fios brancos nas têmporas. — Já passei um pouco da idade de joguinhos, Eve.

Eve colocou a escova de lado e pegou o copo novamente.

— Nenhum homem passa.

— Estou apaixonado por você.

A mão dela tremeu, fazendo os cubos de gelo retinirem. Com cuidado, ela colocou o copo de volta sobre a penteadeira.

— Não seja ridículo.

— Preciso ser, é verdade. Desde o primeiro minuto que passamos juntos.

— Existe uma diferença entre amor e luxúria, Victor. — Ela se levantou e pegou a bolsa de lona que costumava levar para o estúdio. — E não estou muito interessada em luxúria no momento.

— E quanto a uma xícara de café?

— Como?

— Uma xícara de café, Eve. Num local público. — Quando ela hesitou, ele deu uma risadinha... quase zombeteira. — Você não está com medo de mim, está, coração?

Ela teve de rir. Era Richard desafiando Susan.

— Se eu fosse ter medo de alguma coisa — respondeu, vestindo a personagem —, não seria de um homem. Você paga.

Eles conversaram por quase três horas, e por fim pediram um bolo de carne para acompanhar o café. Victor escolhera uma lanchonete mal iluminada, com mesas revestidas de fórmica e assentos de plástico duro que faziam com que um traseiro comum ficasse quadrado em dez a trinta minutos. O chão era de um cinza encardido que jamais ficaria branco de novo, e a garçonete soltava gritinhos ao falar.

Obviamente, pensou Eve, ele não estava tentando seduzi-la.

Victor falou de Muriel, do casamento fracassado, de suas obrigações. Ele não começou, como ela meio que esperava, com aquela tradicional desculpa de que a mulher não o compreendia, ou que tinha uma relação aberta. Em vez disso, admitiu que, a seu modo, Muriel o amava. E que, mais do que amor, ela precisava desesperadamente fingir que o casamento era sólido.

— Ela não está bem. — Ele brincou com a fatia de torta de amoras que pedira para complementar a refeição. A torta poderia ter sido feita pela sua mãe... um milhão de anos antes, na cozinha sufocante do apartamento do quinto andar, na East 132nd Street. Sua mãe, pensou por um breve instante, tinha sido uma péssima cozinheira. — Nem física nem emocionalmente. Não sei se ela vai melhorar algum dia, mas não posso deixá-la até que melhore. Ela não tem mais ninguém.

Por ser uma mulher que escapara havia não muito tempo de um casamento desastroso, Eve tentou simpatizar com a esposa de Victor.

— Deve ser difícil para ela, seu trabalho, as viagens, as horas de dedicação.

— Não, na verdade, ela gosta disso. Muriel adora a casa, e os empregados foram bem-treinados para servi-la. E cuidar dela caso seja necessário. Na verdade, ela seria autossuficiente se não se esquecesse com tanta frequência de tomar seus remédios, e aí... — Ele deu de ombros. — E ela pinta. Muito bem, por sinal, quando está inspirada. Foi como a conheci. Eu era um daqueles típicos atores iniciantes mortos de fome, e aceitei um trabalho de modelo para uma escola de arte, a fim de ganhar o suficiente para comer.

Ela deu uma garfada na torta dele e sorriu.

— Nu?

— Nu. — O sorriso dela o incentivou a sorrir também. — Eu era meio magricela na época. Após a aula, Muriel me mostrou o desenho que ela fizera de mim. Uma coisa levou a outra. Ela era o que a gente costumava chamar de boêmia. Um espírito livre, à frente do seu tempo. — O sorriso desapareceu. — Ela mudou. A doença... o bebê. Algumas coisas a fizeram mudar. Ela foi diagnosticada menos de um ano depois de nos casarmos, e desistiu completamente do sonho de seguir a carreira da arte. Substituiu-o por uma vida dedicada à religião, contra a qual nós dois havíamos nos rebelado. Eu estava certo de que conseguiria fazê-la voltar ao normal. Nós éramos jovens, e eu imaginava que nada realmente terrível poderia acontecer com a gente. Mas aconteceu. Eu comecei a ganhar papéis, nós começamos a ter dinheiro. Muriel foi aos poucos se tornando o que ela é hoje: uma mulher medrosa, infeliz e, muitas vezes, irritada.

— Você ainda a ama.

— Eu amo os raros, demasiadamente raros vislumbres daquela jovem boêmia que me encantou tanto. Mesmo que ela voltasse a ser o que era antes, não acho que o casamento perduraria. Mas nós nos separaríamos como amigos.

De repente, Eve se sentiu cansada, oprimida pelo cheiro de cebolas fritas, o gosto de café quente e forte demais, as cores vibrantes e enlouquecedoras que os cercavam.

— Não sei o que você espera que eu diga, Victor.

— Talvez nada. Talvez eu só precise que você compreenda. — Ele esticou o braço por cima da mesa e pegou a mão de Eve. Ao baixar os olhos, ela se viu completamente envolvida, subjugada, presa. — Eu tinha 22 anos quando a conheci. Agora estou com 42. Talvez o casamento tivesse dado certo se o destino não tivesse aprontado com a gente. Jamais saberei. Mas assim que a vi soube que você era a mulher com quem eu deveria passar a minha vida.

Ela sentiu a verdade nas palavras, a temível verdade que escapou do coração dele e penetrou o seu. Com a facilidade e a rapidez com que uma flor é arrancada do caule, o canto onde eles estavam pareceu se destacar do restante do mundo.

A voz de Eve estava instável ao puxar a mão.

— Você acabou de passar um bom tempo me explicando por que isso não é possível.

— Não é, mas não me impede de saber que é o que deveria ser. Eu sou irlandês demais para não acreditar em destino, Eve. Você é minha. Mesmo que se levante agora e vá embora, isso não irá mudar.

— E se eu ficar?

— Então eu lhe darei tudo o que eu puder pelo tempo que eu puder. Não estou falando apenas de sexo, Eve, embora só Deus saiba o quanto eu a desejo. Estou falando da necessidade de estar ao seu lado quando você abrir os olhos pela manhã. De me sentar com você numa varanda ensolarada para escutar o vento. De ler ao lado do fogo. Dividir uma cerveja durante um jogo de beisebol. — Ele inspirou com cuidado. — Faz quase cinco anos que eu e Muriel não dormimos juntos como marido e mulher. E eu não fui infiel... nem nesses cinco anos, nem em nenhum momento do nosso casamento. Não espero que você acredite em mim.

— Talvez seja por isso que eu acredito. — Ela se levantou, tremendo, e fez sinal com a mão para impedi-lo de se levantar também. — Preciso de tempo, Victor, e você também. Vamos terminar o filme. Depois a gente vê como se sente.

— E se continuarmos a sentir a mesma coisa?

— Se continuarmos a sentir a mesma coisa... aí veremos o que o destino reserva para nós.

♦♦♦♦

—Quando o filme terminou, nós ainda nos sentíamos da mesma forma. — Eve continuava segurando o copo. Lágrimas escorriam por seu rosto sem que percebesse. — O destino nos reservou um caminho longo e difícil.

—Você mudaria alguma coisa se pudesse? — perguntou Julia baixinho.

— Algumas partes, sim, por Deus. Mas no todo... não faria a menor diferença. Eu ainda estaria aqui, exatamente como estou hoje. E Victor continuaria sendo o único homem. — Ela riu e secou uma lágrima com o indicador. — O único homem capaz de me fazer chorar.

— E o amor vale a pena?

— O amor vale tudo. — Eve sacudiu a cabeça para afastar a tristeza. — Estou ficando sentimental. Meu Deus, eu adoraria um drinque, mas cedi à tentação mais cedo e a droga da câmera captura todo e qualquer gole. — Ela se sentou de novo. Recostando-se, fechou os olhos e ficou em silêncio por tanto tempo que Julia começou a imaginar se teria pegado no sono. —Você construiu um belo lar aqui, Julia.

— A casa é sua.

— Hum. A casa é minha. Mas foi você quem encheu os vasos de flores, soltou os sapatos no meio do chão, acendeu as velas sobre o consolo da lareira, colocou fotos de um menino sorridente na mesinha ao lado da janela. — Eve abriu os olhos preguiçosamente. — Acho que é preciso uma mulher esperta para transformar uma casa num lar feliz.

— Não seria uma mulher feliz?

— Mas você não é uma mulher feliz. Contente, sim, com certeza. Satisfeita com o seu trabalho, realizada como mãe, alegre com suas habilidades e disposta a melhorá-las. Mas feliz? Acho que não.

Julia se inclinou para a frente e apertou o botão de parar do gravador. Algo lhe dizia que essa não seria uma conversa que gostaria de escutar novamente mais tarde.

— Por que você acha que eu não sou feliz?

— Porque você carrega uma ferida, ainda não totalmente cicatrizada, feita pelo homem que concebeu Brandon junto com você.

O tom de Julia, antes tranquilo e interessado, tornou-se frio como gelo:

— Já conversamos sobre o pai do Brandon. Espero que eu não venha a me arrepender.

— Não estou discutindo o pai do Brandon, e sim você. Julia, você foi usada e jogada de lado quando era muito jovem. Isso a impediu de procurar um outro tipo de satisfação.

— Talvez você ache difícil entender, mas nem todas as mulheres medem seu índice de satisfação com base no número de homens em sua vida.

Eve apenas arqueou uma sobrancelha.

— Uau, pelo visto eu cutuquei a onça! Você está certa. Mas a mulher que faz isso é tão tola quanto a que se recusa a admitir que determinado homem pode lhe trazer um colorido à vida. — Ela se espreguiçou como uma gata. — Julia, querida, o gravador está parado. Estamos só nós duas.

Você pode me dizer, de mulher para mulher, que não se sente atraída, instigada e excitada com o Paul?

Julia inclinou a cabeça meio de lado e cruzou as mãos sobre o colo.

— E se eu me sentisse atraída pelo Paul, por acaso isso seria da sua conta?

— Diabos, não, de jeito nenhum. Mas quem quer saber só o que é da nossa conta? Você, melhor do que ninguém, entende a necessidade desesperada que todos temos de saber o que diz respeito aos outros.

Julia riu. Era difícil continuar irritada diante de tamanha e espirituosa honestidade.

— Não sou uma estrela, portanto, para minha sorte, meus segredos são apenas meus. — Como estava se divertindo, apoiou os pés sobre a mesinha de centro. — A verdade é que eles não são tão interessantes assim. Por que você não me conta o motivo de estar tentando me aproximar do Paul?

— Porque, quando os vejo juntos, alguma coisa me diz que vocês combinam. E como eu o conheço melhor do que conheço você, posso julgar a reação dele. Você o fascina.

— Então ele se fascina facilmente.

— Muito pelo contrário. Até onde eu sei... e digo isso com toda a modéstia pertinente ao caso... eu fui a única mulher que já o deixou fascinado, com exceção de você.

— Modéstia, sei. — De forma preguiçosa, Julia esfregou o calcanhar de um pé sobre o peito do outro, que estava coçando. — Você não tem uma gota de modéstia no corpo.

— Bingo.

Cedendo a um desejo inesperado por brownies, Julia se levantou e foi até a cozinha pegar o prato repleto de quadradinhos de bolo de chocolate. Ao voltar, colocou-o sobre a mesinha de centro. As duas mulheres observaram os bolinhos com suspeita e, em seguida, mergulharam neles.

— Sabe de uma coisa? — disse Julia, com a boca cheia. — Ele falou outro dia que eu o faço lembrar você.

— Falou? — Eve lambeu o chocolate da ponta dos dedos, deliciando-se. — Imaginação de escritor? Ou instinto? — Ao perceber o olhar intrigado de Julia, sacudiu a cabeça como quem diz "deixa pra lá". — Jesus, preciso sair daqui antes que eu coma outro pedaço!

— Se você comer, eu como também.

Com grande arrependimento, Eve resistiu.

— Você não precisa entrar numa determinada roupa amanhã de manhã. Mas pense nisto: você me perguntou se eu mudaria alguma coisa no meu relacionamento com o Victor. A primeira e única mudança que eu faria é muito simples. — Ela se inclinou para a frente, com um brilho intenso nos olhos. — Eu não esperaria até o filme ter terminado. Eu não desperdiçaria um dia, uma hora, um momento. Pegue o que você quer, Julia, e dane-se a cautela. Viva, divirta-se. Coma com voracidade. Caso contrário, o maior arrependimento que você terá no fim da vida será o tempo perdido.

◆◆◆◆

*L*YLE JOHNSON tomou um gole direto da garrafa de Budweiser e apertou de forma mecânica o botão do controle remoto para trocar de canal. Não tinha nada de bom passando na televisão. Estava deitado na cama desarrumada, usando apenas uma cueca transparente azul-bebê. Desse modo, se decidisse se levantar para pegar outra cerveja, poderia admirar o próprio corpo ao passar diante do espelho. Tinha muito orgulho da sua constituição física, e um apreço particular por seu pênis — que, segundo várias mulheres, era uma visão e tanto.

De modo geral, estava satisfeito com sua vida. Dirigia uma grande limusine para uma estrela do cinema. Eve Benedict podia não ser Michelle Pfeiffer ou Kim Basinger, mas, para uma mulher de idade, ela continuava muito bem. Na verdade, Lyle não se importaria de compartilhar seu fantástico e mundialmente renomado pênis com ela. A dama, porém, só queria saber de negócios.

Ainda assim, sua vida não estava nada mal. Seu apartamento em cima da garagem era maior e melhor do que a pocilga em Bakersfield onde passara a infância e uma desagradável adolescência. Tinha um forno de micro-ondas, TV a cabo e alguém para trocar os lençóis e limpar o lugar uma vez por semana.

CeeCee, a empregadinha esnobe, havia recusado uma viagem ao paraíso naqueles lençóis limpinhos. Ela não sabia o que estava perdendo. No que dizia respeito a Lyle, o que ela estava perdendo outras ganhavam. Já convencera muitas outras garotas mais sociáveis a conhecer os segredos de sua cama.

De qualquer forma, o irritava que ela tivesse ameaçado contar à srta. B caso ele desse em cima dela de novo.

Lyle sintonizou na MTV, mas, vendo que continuava completamente entediado, decidiu se levantar e pegar um baseado em seu estoque particular. Tinha dez baseados bem apertados, enrolados num saco plástico e escondidos numa caixa de aveia Quaker. A srta. B tinha uma política rígida com relação a drogas. Usou, perdeu. E não estava falando apenas das coisas pesadas, tinha deixado isso muito claro ao contratá-lo.

Como a noite estava tranquila, resolveu fazer ainda melhor. Vestiu um conjunto de moletom, pegou a cerveja, o baseado e os binóculos. No último minuto, aumentou o volume da televisão, de modo a poder escutá-la do telhado.

Com os binóculos pendurados no pescoço, o baseado na boca e a cerveja segura entre dois dedos, conseguiu subir com facilidade.

Uma vez acomodado em seu poleiro, Lyle acendeu o baseado. Dali conseguia ver a maior parte da propriedade. Acima de sua cabeça, uma fina faixa de lua brilhava no céu estrelado. A brisa suave trazia uma mistura de aromas do jardim, além do cheiro forte da grama que o jardineiro aparara naquela tarde.

A velha vivia bem, e ele respeitava isso. Ela possuía tudo que alguém poderia querer — a piscina, as quadras de tênis, uma variedade de árvores elegantes. Lyle tinha boas lembranças do pequeno campo de golfe pelo qual a srta. B perdera o interesse. Certa noite, conseguira botar uma garçonete para dentro da propriedade e a comera sem dó nem piedade sobre a grama baixinha e fresca do campo. Qual era mesmo o nome dela?, pensou, enquanto prendia a fumaça nos pulmões. Terri? Sherri? Merda, qualquer que fosse o nome, sua boca era um aspirador. Talvez devesse procurá-la de novo.

De forma preguiçosa, virou os binóculos na direção da casa de hóspedes. Ali, sim, havia uma bela bonequinha. E de qualidade. Uma pena que ela fosse tão travada. E fria como as tetas de uma bruxa.

E cuidadosa. Nunca conseguira pegá-la fazendo nada de interessante com as persianas levantadas. Já a vira passando em frente à janela, com a luz acesa, enrolada num roupão ou com uma camiseta grande e larga. No entanto, quando se despia, sempre abaixava as persianas antes. Como Lyle vinha brincando de "pique-esconde" há semanas, imaginou se a srta. Julia Summers tirava totalmente a roupa em algum momento.

A srta. B, por outro lado, não era tão cuidadosa. Já a vira ficar nua em pelo antes, e seria o primeiro a elogiá-la por ser tão bem-preservada.

As luzes da casa de hóspedes estavam acesas agora. Um homem podia ter esperanças. De qualquer forma, via sua brincadeirinha de voyeur como um trabalho. Um sujeito na sua posição, com suas ambições, podia sempre usar um dinheirinho extra. Talvez, se Julia tivesse sido mais amigável, ele houvesse recusado a proposta para espioná-la. Riu consigo mesmo enquanto começava a sentir os efeitos do cruzamento da cerveja com a maconha. Talvez não. Era um bom dinheiro, e o trabalho era moleza.

Tudo o que tinha de fazer era relatar quem entrava e saía da casa de hóspedes, anotar a rotina de Julia e manter um inventário de seus compromissos fora de casa. Nem isso era difícil. A mulher era tão fixada no filho que nunca deixava a propriedade sem dizer para onde estava indo.

Trabalho fácil. Bom pagamento. O que mais poderia pedir?

Lyle se empertigou quando as luzes do quarto de Julia se acenderam. Conseguiu um vislumbre dela. Ela ainda estava de calça e pulôver. E andava de um lado para o outro, distraída. Seu lascivo coração se encheu de esperança. Talvez ela estivesse distraída o bastante para esquecer de fechar as persianas. Ela parou, praticamente enquadrada no meio da janela, e ergueu os braços para tirar o elástico do cabelo.

— Isso. Vamos lá, gatinha. Continue. — Rindo consigo mesmo, Lyle segurou os binóculos com uma das mãos e enfiou a outra dentro das calças, onde seu companheiro já se encontrava lindamente enrijecido.

Sempre escutara que a paciência era recompensada. Acreditava nisso agora, ao ver Julia puxar o pulôver por cima da cabeça. Ela usava alguma coisa fina por baixo, rendada. Uma camisola. Um *négligé*. Sentiu-se orgulhoso por saber o nome correto da lingerie feminina.

Murmurou alguns encorajamentos enquanto acariciava sua ereção.

— Vamos lá, gatinha, não pare agora. Isso, assim. Tire a calça. Ai, meu Deus! Olhe aquelas pernas!

Soltou um resmungo quando as persianas fecharam, mas ainda tinha sua imaginação. Quando as luzes do quarto de Julia finalmente apagaram, ele já se lançara em direção à lua.

Capítulo Quinze
♦♦♦♦

— O LUGAR ESTÁ uma verdadeira loucura. — CeeCee entrou na cozinha, onde Julia preparava um lanche de final de tarde para Brandon e Dustin.

— Dá para escutar a comoção. — Isso já fora o suficiente para Julia arruinar duas unhas e engolir metade de um pacote de antiácidos. — Tive de recorrer a todos os truques que conheço para impedir os garotos de correrem até lá e se meterem no meio.

— Foi legal da sua parte levar o Dustin ao parque.

— Eles se distraem mutuamente. — Para manter a si própria distraída, Julia arrumou as fatias de frutas e legumes na bandeja de uma maneira que esperava conseguir disfarçar a questão da nutrição. — Gosto de vê-los juntos.

Como passara a se sentir tão confortável naquela cozinha quanto em sua própria, CeeCee pegou uma fatia de maçã.

— Se quiser um exemplo de um verdadeiro show, vá até a casa ao lado. Você tinha de ver as flores! Verdadeiros caminhões de flores. E tem um monte de gente andando de um lado para o outro, cada um falando uma língua diferente. Soloman está enlouquecido tentando coordenar todos eles, e eles continuam chegando.

— E a srta. Benedict?

— Ela está sendo arrumada e papariscada por três ao mesmo tempo — falou CeeCee, com a boca cheia. — O telefone não parou de tocar o dia inteiro. Vi um sujeito num terno branco que começou a chorar de verdade por causa de um bando de ovos de codorna que ainda não haviam chegado. Foi quando eu saí de perto.

— Boa ideia.

— Juro, Julia, a srta. B já deu algumas festas de arromba, mas essa deixa todas no chinelo. A impressão que a gente tem é que ela está caprichando porque tem medo de que seja a última. A tia Dottie me disse que ela mandou vir os ovos de codorna e os cogumelos do Japão, da China ou de algum outro lugar parecido.

— Eu diria apenas que a srta. B está sendo autoindulgente.

— Põe autoindulgente nisso. — CeeCee enfiou um pedaço de queijo na boca.

— Me sinto culpada por saber que você vai perder a festa para cuidar do Brandon.

— Ei, eu não ligo. — De qualquer forma, ela planejava se esconder com os garotos no meio dos arbustos para dar uma olhadinha por mais ou menos uma hora. — Metade da diversão é observar todo mundo enlouquecido preparando tudo. Você arrumou um vestido novo? — perguntou como quem não quer nada, seguindo Julia, que saíra da cozinha para chamar os meninos.

— Não, eu pretendia, mas acabei esquecendo. Ei, vocês aí! O lanche está pronto. — Com o som de pés batendo com força no chão e gritos de guerra, os garotos desceram correndo a escada e entraram na cozinha. — Vou improvisar alguma coisa — falou para CeeCee. — Talvez você possa me ajudar a decidir.

CeeCee deu uma risadinha e enfiou as mãos nos bolsos da bermuda feita a partir de uma calça jeans cortada.

— Claro. Adoro remexer num armário. Quer fazer isso logo?

Julia olhou para o relógio e suspirou. A hora passara voando.

— Acho que é uma boa ideia. É preciso pelo menos duas horas para a gente se aprontar para uma festa dessas.

— Você não me parece muito animada. Quero dizer, pelo visto, essa vai ser *a* festa do ano em Hollywood.

— Eu fico mais à vontade em festas de aniversário. Do tipo que a gente brinca de espetar o rabo do burro e umas 25 crianças enlouquecidas se empanturram de bolo e sorvete.

— Esta noite você não será uma mãe — observou CeeCee, empurrando Julia escadas acima. — Esta noite você é uma das convidadas especiais de Eve Benedict. — Ao escutar uma batida à porta, CeeCee deu um pulo, bloqueando a passagem de Julia. — Não, não, eu atendo. Pode subir, deixe que eu levo.

— Leva o quê?

— Quero dizer, vou ver quem é. Vá em frente. E se estiver de sutiã, tire.

— Se eu... — CeeCee, porém, já se afastara correndo. Com um sacudir de cabeça, Julia seguiu para o quarto. Sem grande interesse, foi passando uma a uma as peças em seu closet. Tinha a velha e confiável saia de seda azul, mas a usara quando ela e Paul... Culpa sua que tivesse decidido levar mais roupas de trabalho do que de festa. Podia sempre recorrer ao preto básico, pensou, pegando um vestido simples que lhe servira muito bem por cinco anos. Sorriu consigo mesma ao esticá-lo sobre a cama. CeeCee provavelmente torceria o nariz.

Voltou ao closet.

— Minhas opções — falou ao escutar CeeCee entrando no quarto. — Lamentavelmente limitadas. Mas com um pouco de criatividade, quem sabe? — Virou-se. — O que é isso?

— Entrega. — CeeCee colocou a caixa que carregava sobre a cama e deu um passo para trás. — Acho que você devia abrir.

— Eu não pedi nada. — Como a caixa não tinha nenhum tipo de identificação, Julia deu de ombros e começou a puxar a fita adesiva.

— Ei, pode deixar que eu faço isso. — Impaciente, CeeCee pegou uma lixa de unhas de metal sobre a mesinha de cabeceira e rasgou a fita de uma só passada.

— Eu adoraria ver você na manhã de Natal. — Julia soprou o cabelo dos olhos e levantou a tampa. — Papel de seda — observou. — Meu favorito. — A risada deu lugar a um assobio de assombro quando ela tirou o papel.

O brilho da seda esmeralda, o ofuscar das pedras de strass. Sem conseguir respirar, Julia tirou o vestido da caixa com cuidado. Ele era longo, justo e espetacular, uma pele de seda que escorregaria pelo corpo como água. Tinha uma gola alta pontilhada por pedras, que se repetiam nos punhos das mangas compridas e colantes. Nas costas, apenas um decote até a cintura.

— Ai, meu Deus! — Foi tudo o que Julia conseguiu dizer.

— Tem um cartão. — Com os dentes cravados no lábio inferior, CeeCee o entregou a Julia.

— É da Eve. Ela diz que gostaria que eu usasse o vestido hoje à noite.

— E o que você acha?

— Acho que ela me deixou numa posição constrangedora. — Com relutância, Julia colocou o vestido de volta na caixa, onde ele continuou a brilhar como se a chamasse. — Não posso aceitá-lo, de jeito nenhum.

CeeCee baixou os olhos para o vestido, ergueu-os de novo e fitou Julia.

— Você não gostou?

— Se eu não gostei? Ele é fabuloso. — Cedendo à tentação, Julia deslizou a mão pela seda. — Lindíssimo.

— Jura?

— E absurdamente caro. Não. — Brandiu a mão. — Pelo menos, eu não precisaria me preocupar se ele vai me respeitar ou não no dia seguinte.

— Ahn?

— Nada, não. — Julia percebeu o que tinha dito e botou o papel de seda de volta sobre o vestido. Era possível ver o brilho verde-esmeralda através do papel, chamando. — Isso não está certo. É muito generoso da parte dela, mas não está certo.

— O vestido não está certo?

— Não, pelo amor de Deus, CeeCee, o vestido é absolutamente fabuloso. É uma questão de ética. — Julia sabia que estava tateando em busca de uma desculpa. Queria o vestido, queria senti-lo deslizando pelo corpo, transformando-a num ser, numa pessoa elegante. — Eu sou a biógrafa de Eve Benedict, só isso. Eu me sentiria melhor... — Mentira. — Seria mais apropriado que eu usasse uma roupa minha.

— Mas ele é seu. — CeeCee pegou o vestido e o segurou na frente de Julia. — Foi feito para você.

— Admito que é o meu estilo, e certamente parece ser do meu tamanho...

— Não, estou falando sério, ele foi feito para você. Eu mesma o desenhei.

— Você desenhou? — Aturdida, Julia girou 360 graus, de modo a poder analisar, na frente do espelho, o vestido de encontro ao corpo.

— A srta. B me pediu. Ela queria que você tivesse algo especial para usar hoje à noite. E ela gosta de surpresas. Precisei dar uma olhada nas suas roupas. — CeeCee secou as palmas úmidas na bermuda enquanto Julia permanecia em silêncio. — Sei que fui bisbilhoteira, mas precisava ter noção do seu tamanho. Você gosta de cores fortes, portanto achei que verde-esmeralda fosse uma boa escolha, e o estilo... imaginei que devia pensar em algo sutilmente sensual. Você sabe, clássico, porém não careta nem nada do gênero. — Sem saber mais o que dizer, ela afundou na cama. — Você odiou. Tudo bem — apressou-se a dizer quando Julia se virou. — Quero dizer, não vou ficar ofendida. Entendo que não faça o seu gosto.

Julia ergueu uma das mãos ao perceber que CeeCee estava tomando fôlego.

— Eu não disse que ele era fabuloso?

— Sim, disse, mas você não queria me magoar.

— Eu não sabia que você tinha desenhado o vestido quando disse isso.

CeeCee contraiu os lábios enquanto a ficha caía.

— Certo.

Julia botou o vestido de lado de novo e pousou as mãos sobre os ombros de CeeCee.

— O vestido é maravilhoso, o mais bonito que eu já tive.

— Isso significa que você vai usá-lo?

— Se você acha que eu vou perder a chance de usar um McKenna original, está louca. — Julia riu quando CeeCee se levantou num pulo e a abraçou.

— A srta. B falou que eu podia pegar alguns acessórios também. — Vibrando de animação, ela se virou e rasgou o restante do papel de seda, revelando um pequeno saquinho de veludo. — A presilha de strass. Imaginei que você fosse prender seu cabelo, sabe? — Ela demonstrou levantando o próprio. — E colocar isso. Ah, e os brincos. Compridos, descendo até os ombros. — Com os olhos brilhando de entusiasmo, ela os mostrou. — O que você acha?

Julia balançou os compridos e brilhantes brincos sobre a mão. Nunca se imaginara com brincos que desciam até os ombros. Um pouco mais curtos, talvez. Mas já que CeeCee a vira neles, decidiu arriscar por uma noite.

— Acho que vou deixar todo mundo de queixo caído.

Duas horas e meia depois, após um longo e indulgente ritual feminino de cremes, óleos, pós e perfumes, Julia deixou que CeeCee a ajudasse a colocar o vestido.

— E então? — Fez menção de se virar para o espelho, mas CeeCee a segurou.

— Ainda não. Primeiro os brincos.

Enquanto Julia os prendia, CeeCee afofou seu cabelo, ajeitou a saia do vestido e a gola.

— Tudo bem. Pode olhar. — Com o estômago aos pulos, CeeCee respirou fundo e prendeu a respiração.

Bastou um simples olhar de relance para Julia confirmar que o vestido cumpria o prometido. O ofuscar do strass acrescentava esplendor às linhas clássicas, longas. A gola alta, juntamente com as mangas compridas e justas, insinuava dignidade. Enquanto as costas diziam algo completamente diferente.

— Eu me sinto a própria Cinderela — murmurou Julia. Virando-se, estendeu as mãos para CeeCee. — Não sei como lhe agradecer.

— Isso é fácil. Quando as pessoas começarem a fazer perguntas sobre o vestido, não se esqueça de dizer que você conheceu uma nova e maravilhosa estilista. CeeCee McKenna.

◆ ◆ ◆ ◆

A SENSAÇÃO DE pânico que Julia estava sentindo aumentou alguns graus ao caminhar em direção à casa principal. O cenário estava perfeito.

Um mar de flores rodeava três esculturas de gelo. Mesas cobertas por toalhas de linho tão brancas quanto a lua que despontava no céu sussurravam sob o peso de comidas elegantes. Piscinas de champanhe, e o brilho de lâmpadas em forma de estrela penduradas entre as árvores.

Havia uma combinação glamourosa entre o antigo e o novo, o tributo de Hollywood à juventude, e também à perseverança. Ali representados por Victor Flannigan e Peter Jackson, pensou Julia. O velho e duradouro amor de Eve e — se as trocas de olhares significavam alguma coisa — seu mais recente flerte.

Joias cintilavam, ofuscando a iluminação de fadas. Um suave aroma de rosas, camélias e magnólias flutuava em torno de peles igualmente perfumadas. A música pairava acima dos risos e das sempre presentes transações de negócios, entre aqueles que usavam uma festa com a mesma eficiência com que usavam uma sala de reuniões.

Havia mais estrelas do que num planetário, ponderou Julia, reconhecendo vários rostos que vira nas telas, tanto da televisão quanto do cinema. E, acrescentando os produtores, diretores, escritores e a mídia, havia poder suficiente reunido ali para acender qualquer metrópole.

Isso era Hollywood, pensou. Onde a fama e o poder travavam diariamente uma queda de braço.

Julia passou quase uma hora socializando, fazendo anotações mentais e desejando que não fosse falta de educação puxar um gravador. Precisando de um intervalo, afastou-se da multidão para ouvir a música num dos cantos do jardim.

— Se escondendo? — perguntou Paul.

O sorriso veio rápido demais, tão rápido que ela ficou satisfeita por estar de costas para ele. E, como Paul gostava do que via, ele também estava satisfeito.

— Recuperando o fôlego — respondeu Julia. Disse a si mesma que não estava esperando por ele, procurando por ele, desejando que ele aparecesse. — Você está elegantemente atrasado, não é?

— Não, só atrasado. O capítulo sete estava fluindo bem. — Ofereceu a ela uma das duas taças de champanhe que estava segurando. Observando-a, imaginou por que lhe parecera tão necessário terminar logo aquelas últimas páginas. Ela exalava o perfume de um jardim ao anoitecer, e estava linda como o pecado. — Por que não me põe a par do que já aconteceu?

— Bom, pessoalmente tive a mão e o rosto beijados e, num acidente infeliz, o traseiro beliscado. — Seus olhos riram por cima da borda da taça. — Saí pela tangente, esquivei-me e evitei um bom número de perguntas diretas sobre o livro de Eve, aguentei inúmeros olhares e sussurros... igualmente relevantes, tenho certeza... e interrompi uma pequena e feroz discussão entre duas criaturas lindíssimas por causa de alguém chamado Clyde.

Ele passou o dedo pelo brinco que roçava um dos sedosos ombros de Julia.

— Garota ocupada.

— Agora você pode entender por que eu precisava recuperar o fôlego.

De modo distraído, ele fez que sim enquanto corria os olhos pelos grupinhos de pessoas espalhados pelo terraço e pelo gramado. Elas o faziam pensar numa exibição de animais extremamente elegantes num zoológico caro.

— Quando Eve decide fazer alguma coisa, ela não poupa esforços.

— Até o momento, a festa está fabulosa. Temos ovos de codorna e cogumelos do Oriente. Trufas e patê das fazendas da França. Salmão do Alasca, lagosta do Maine. E acho que os corações de alcachofra foram importados da Espanha.

— Temos muito mais do que isso. Está vendo aquele homem? O de aparência frágil com cabelo branco e ralo? Ele está apoiado numa bengala e acompanhado por uma ruiva que parece...

— Sei, já vi.

— Aquele é Michael Torrent.

— Torrent? — Julia deu um passo à frente para ver melhor. — Achei que ele tivesse se mudado para a Riviera. Estou tentando entrar em contato com ele há um mês para marcar uma entrevista.

Cedendo ao desejo, Paul correu o dedo pelas costas dela e ficou feliz ao sentir um ligeiro tremor.

— Gosto das suas costas nuas quase tanto quanto dos seus pés descalços.

Ele não conseguiria distraí-la — nem mesmo se acendesse uma trilha de fogo em sua espinha. Julia se afastou um pouquinho, cautelosa. Os lábios de Paul se curvaram num meio sorriso.

— Nós estávamos falando sobre o Torrent — disse Julia. — O que você acha? Por que ele viria de tão longe, só por causa da boca livre e do champanhe?

— Obviamente ele achou que esta festa em particular valia a viagem. E lá?

Antes que pudesse dizer a Paul para parar de brincar com seus dedos, ela voltou a atenção para o homem que ele estava observando.

— Sei que o Anthony Kincade está aqui. Não entendo por que Eve o convidou.

— Se não entende, deveria.

— Bem, dois dos maridos dela...

— Três — corrigiu Paul. — Damien Priest acaba de pisar no terraço.

Julia o reconheceu imediatamente. Embora ele fosse o único dos ex-maridos de Eve que jamais atuara num filme, não deixava de ser uma celebridade. Antes de se aposentar, aos 35 anos de idade, ele havia sido um dos grandes campeões do tênis profissional. Vencera em Wimbledon, e também acumulara vitórias em outros torneios de Grand Slam.

Alto e magro, Priest tinha um alcance longo e uma esquerda imbatível. Tinha também uma sensualidade à flor da pele que qualquer mulher percebia de imediato. Vendo-o agora, com o braço em volta da cintura de uma jovem, Julia entendeu por que Eve se casara com ele.

O casamento deles gerara quilômetros de material para a imprensa. Uma cerimônia às escondidas, em Las Vegas, com um homem quase vinte anos mais novo. Embora o casamento só tivesse durado um único e turbulento ano, alimentara os tabloides por meses após o fim.

— Três dos quatro — murmurou Julia, imaginando como usar isso em seu benefício. — E seu pai?

— Sinto muito. Nem mesmo isso poderia afastá-lo das apresentações de *Rei Lear*. — Paul experimentou o champanhe e imaginou o quanto gostaria de experimentar o sabor das costas longas e suaves de Julia. — Embora eu esteja incumbido de relatar qualquer situação interessante.

— Vamos torcer para que ocorra alguma.

— Não arrume mais problemas. — Ele pousou uma das mãos sobre o braço dela. — Além dos ex-maridos, posso apontar uma variedade de ex-amantes, velhos rivais e amigos insatisfeitos.

— Então faça isso.

Ele apenas fez que não.

—Tem também um monte de gente aqui que provavelmente ficaria muito feliz de ver essa história do livro descer pelo ralo.

Os olhos de Julia faiscaram de irritação.

— Inclusive você.

— Verdade. Tive muito tempo para pensar sobre esse negócio de alguém invadir a sua casa e vasculhar seu trabalho. Talvez tenha sido apenas por pura curiosidade, mas duvido. Eu falei desde o começo que não queria ver Eve machucada. Tampouco quero ver você machucada.

— Nós duas somos bem grandinhas, Paul. Se isso ajudá-lo a ficar mais tranquilo, posso dizer que as coisas que Eve me contou até o momento são sensíveis, sem dúvida pessoais e talvez desconfortáveis para determinadas pessoas. Contudo, não acho que nada possa ser considerado ameaçador.

— Ela ainda não terminou. E ela... — Seus olhos se estreitaram e os dedos se fecharam com força em torno da haste da taça.

— O que foi?

— Outro dos Michael da Eve. — A voz de Paul tornou-se mais fria, mas nada em comparação com o brilho gélido em seus olhos. Julia imaginou por que o ar em volta deles não havia rachado. — Delrickio.

— Michael Delrickio? — Julia tentou descobrir para quem Paul estava olhando. — Eu o conheço?

— Não. E se tiver sorte, jamais vai conhecer.

— Por que você diz isso? — Enquanto fazia a pergunta, reconheceu o homem que vira sair do escritório de Drake. — Ele é aquele senhor distinto com cabelos grisalhos e bigode?

— As aparências enganam. — Paul entregou-lhe sua taça ainda pela metade. — Com licença.

Ignorando as pessoas que o chamaram ou que esticaram o braço para atrair sua atenção, ele foi direto até Delrickio. Talvez fosse a expressão em seus olhos ou a maldisfarçada fúria em seu andar que fez várias pessoas se afastarem — e o truculento Joseph se aproximar. Paul lançou um olhar de relance longo e desafiador para o leão de chácara de Delrickio e, em seguida, fixou os olhos no chefão. Com um imperceptível menear de cabeça, Delrickio mandou Joseph se afastar.

— Olá, Paul. Há quanto tempo eu não o vejo.

— O tempo é relativo. Como você conseguiu se esgueirar pelo portão, Delrickio?

Delrickio suspirou e pescou um dos delicados bolinhos de lagosta em seu prato.

— Você continua tendo problemas com respeito. Eve devia ter me deixado discipliná-lo naquela época.

— Há quinze anos eu era um garoto, e você era uma mancha negra no calcanhar da humanidade. A diferença é que já não sou mais um garoto.

O ódio era algo que Delrickio aprendera a controlar fazia tempo. Sentiu uma onda de fúria fervilhar em suas entranhas e subir até a boca, mas conseguiu engoli-la de volta em questão de segundos.

— Suas maneiras desonram a mulher que abriu as portas de sua casa para nós esta noite. — De forma cuidadosa e deliberada, ele escolheu outro canapé. — Até mesmo inimigos precisam demonstrar respeito em território neutro.

— Este nunca foi um território neutro. Se Eve o convidou para vir, ela cometeu um terrível erro de julgamento. E o fato de você estar aqui mostra que não faz ideia do que significa a palavra "honra".

O ódio fervilhou de novo.

— Estou aqui para aproveitar a hospitalidade de uma bela mulher. — Ele sorriu, mas seus olhos faiscaram, em brasa. — Como fiz muitas vezes no passado.

Paul lançou-se à frente num movimento súbito. Joseph se moveu simultaneamente. Enfiou a mão dentro do paletó do terno e encostou o cano do .32 automático que carregava na axila de Paul.

— Ai, meu Deus! — Julia tropeçou e derramou a taça inteira de champanhe sobre os lustrosos sapatos Gucci de Joseph. — Me desculpe! Que horror! Realmente, não sei como posso ser tão desastrada! — Sorrindo, puxou o lenço do bolso de Joseph num movimento rápido e se agachou a seus pés. — Vou secá-los antes que fiquem manchados.

A comoção que ela causou gerou uma onda de risos num grupo de pessoas que estava nas proximidades. Sorrindo com naturalidade, Julia ergueu uma das mãos, dando a Joseph pouca opção, a não ser ajudá-la a se colocar de pé — deixando-a entre ele e Paul.

— Acho que molhei todo o seu lenço.

Ele murmurou alguma coisa e o meteu de volta no bolso.

— Já não nos vimos antes? — perguntou ela.

— Que frase batida, Julia. — Eve chegou como se deslizasse e parou a seu lado. — Quase arruinou o efeito da cena de você ajoelhada aos pés dele. Olá, Michael.

— Eve. — Ele tomou a mão dela e a levou lentamente aos lábios. A velha necessidade o corroeu por dentro, escureceu seus olhos. Se Paul não tivesse lhe contado que eles tinham sido amantes, Julia teria percebido na hora, pela eletricidade que surgiu no ar. — Você está mais bela do que nunca.

— E você está com uma aparência... próspera. Vejo que encontrou velhos conhecidos... e novos. Você se lembra do Paul, é claro. E esta é minha charmosa e desastrada biógrafa, Julia Summers.

— Srta. Summers. — Ele roçou os lábios e o bigode sobre seus dedos. — Fico muito feliz por finalmente conhecê-la.

Antes que ela pudesse responder, Paul envolveu-a pela cintura e a puxou para si.

— Por que diabos ele está aqui, Eve?

— Paul, não seja rude. O sr. Delrickio é nosso convidado. Estava pensando, Michael: você já teve a chance de conversar com o Damien? Estou certa de que vocês têm muito a relembrar sobre os velhos tempos.

— Não.

Os olhos de Eve cintilaram, com um brilho tão frio quanto o das estrelas em sua garganta. Ela riu.

— Você talvez esteja interessada em saber, Julia, que conheci meu quarto marido através do Michael. Damien e Michael eram... sócios em algum negócio, não é assim que você diria, querido?

Nenhuma das pessoas que conhecera no decorrer de sua vida conseguia alfinetá-lo com tanta facilidade quanto Eve Benedict.

— Nós tínhamos... interesses em comum.

— Uma bela forma de colocar as coisas. Bom, Damien se aposentou como campeão, e todos conseguiram o que queriam. Ah, exceto Hank Freemont. Que tragédia! Você acompanha o tênis, Julia?

Havia algo ali, alguma coisa antiga e desagradável sob o aroma das flores e dos perfumes.

— Não, infelizmente não.

— Bem, isso aconteceu há uns quinze anos. O tempo voa. — Ela tomou um pequeno gole do champanhe. — Freemont era o maior rival de Damien... seu arqui-inimigo. Eles entraram no U.S. Open como primeiro e segundo do ranking. A aposta era alta para saber quem venceria. Mas, para resumir, Freemont sofreu uma overdose. Uma injeção de cocaína e heroína... acho que o nome é *speedball*. Foi uma tragédia. De repente, Michael apareceu no campeonato. Aqueles que apostaram com ele se deram muito bem. — Devagar, com as unhas carmim brilhando, ela correu um dedo pela borda da taça. — Você é um apostador, não é mesmo, Michael?

— Todos os homens são.

— Mas alguns são mais bem-sucedidos do que outros. Por favor, não me deixe impedi-lo de socializar, ou de apreciar o bufê, a música, os velhos amigos. Espero que tenhamos uma chance de conversar mais um pouco antes do fim da noite.

— Tenho certeza de que sim. — Ele se virou e viu Nina parada a alguns metros. Seus olhos se encontraram e permaneceram fixos um no outro. Ela desviou os seus antes de se virar e entrar correndo para dentro de casa.

— Eve — começou Julia, mas a outra fez que não.

— Nossa, preciso de um cigarro. — Em seguida, abriu um sorriso com a potência de cem velas. — Johnny, querido, que bom que você veio. — Afastou-se para ser abraçada e beijada.

Julia desistiu de pressionar aquela fonte e se virou para Paul.

— O que foi isso?

Ele pegou as mãos dela.

— Você está tremendo.

— Sinto como se tivesse acabado de testemunhar uma guerra, ainda que sem derramamento de sangue. Eu... — Mordeu a língua enquanto Paul pegava duas novas taças com um garçom.

— Três goles, devagar — ordenou ele.

Como precisava se acalmar, ela obedeceu.

— Paul, aquele homem estava com um revólver apontado para o seu coração?

Embora ele continuasse sorrindo, a expressão jocosa em seus olhos foi suplantada por algo mais perigoso, mais letal.

— Você tentou me salvar com uma taça de champanhe, Jules?

— Funcionou — respondeu ela de modo seco, tomando outro gole. — Quero saber por que você falou com Delrickio daquele jeito, quem é ele e por que ele trouxe um guarda-costas armado para uma festa.

— Eu já lhe disse que você está linda esta noite?

— Quero respostas.

Em vez disso, ele colocou a taça de lado sobre uma mesa de ferro trabalhado e pegou o rosto dela entre as mãos. Antes que Julia conseguisse fugir — antes mesmo que pudesse pensar em fazer isso —, ele a beijou de um jeito muito mais apaixonado do que seria conveniente em público. Por baixo, Julia sentiu o sabor amargo da raiva em estado latente.

— Fique longe do Delrickio — disse baixinho e, em seguida, a beijou de novo. — E se quiser aproveitar o restante da sua noite, fique longe de mim.

Paul se virou e entrou na casa em busca de algo mais forte para beber, deixando-a plantada ali.

— Bom, até agora está sendo um espetáculo e tanto.

Julia encolheu-se e soltou um longo suspiro ao sentir o tapinha de Victor em seu ombro.

— Gostaria que alguém tivesse me entregado o roteiro.

— Eve prefere o improviso. — Ele passou os olhos em volta, fazendo retinir os cubos de gelo em seu copo de água tônica. — Deus sabe o quanto ela gosta de jogar lenha na fogueira. Ela conseguiu reunir quase todos os jogadores esta noite.

— Acredito que você não vá me contar quem é Michael Delrickio, certo?

— Um empresário. — Victor sorriu para ela. — Gostaria de dar um passeio pelo jardim?

Ela teria de descobrir sozinha.

— Sim, claro, adoraria.

Eles deixaram o terraço e atravessaram o gramado em meio a sombras e luzes cintilantes. Penetraram o oásis perfumado ao som de "Moonglow". Julia lembrou-se que, semanas antes, vira Victor e Eve passeando por aquele mesmo jardim, sob a mesma lua.

— Espero que sua esposa esteja melhor. — Viu pela expressão dele que dissera isso cedo demais. — Me desculpe, Eve mencionou que ela estava doente.

— Você está sendo diplomática, Julia. Tenho certeza de que ela lhe contou mais do que isso. — Ele tomou um gole da água tônica e lutou contra o desejo alarmante por uma dose de uísque. — Muriel está fora de perigo. Mas sinto dizer que a recuperação será longa e difícil.

— Não deve ser fácil para você.

— Poderia ser mais fácil, mas Eve não permitiria. — Fitou Julia com olhos cansados. A forma como o luar incidiu sobre o rosto dela acionou alguma coisa dentro dele que Victor não conseguiu identificar. Esta noite o jardim fora preparado para os jovens. E ele se sentia velho. — Sei que Eve lhe contou tudo sobre nós dois.

— Contou, mas ela não precisava ter feito isso. Vi vocês dois aqui uma noite, há algumas semanas. — Ao vê-lo enrijecer, Julia pousou a mão sobre seu braço. — Eu não estava espionando. Estava apenas no lugar errado e na hora errada.

— Ou no lugar certo e na hora certa — retrucou ele sem piedade.

Julia assentiu com um meneio de cabeça e aproveitou o tempo, enquanto ele acendia um cigarro, para escolher as palavras seguintes.

— Sei que foi um momento íntimo, mas não posso dizer que sinto muito. O que eu vi foram duas pessoas profundamente apaixonadas. A cena não me chocou nem me fez voltar correndo para casa a fim de registrar o que tinha visto. Ela me comoveu.

Os dedos dele relaxaram ligeiramente, mas os olhos permaneceram frios.

— Eve sempre foi a melhor parte da minha vida, e a pior. Você consegue entender por que eu preciso manter o que temos em segredo?

— Sim, consigo. — Julia soltou a mão. — Assim como consigo entender o porquê de ela precisar contar. Por mais que eu simpatize com você, minha obrigação é para com ela.

— A lealdade é uma característica admirável. Mesmo quando não convém. Deixe-me lhe dizer algo sobre Eve. Ela é uma mulher fascinante, com um talento incrível, muito forte e profundamente sentimental. É também uma criatura de impulsos, alguém que comete erros incomensuráveis por causa de um momento de paixão. Ela vai se arrepender de ter escrito esse livro, mas aí talvez seja muito tarde. — Ele jogou o cigarro no chão e pisou nele para apagá-lo. — Tarde demais para todos nós.

Julia deixou-o se afastar. Não podia oferecer nenhuma espécie de consolo ou apoio. Por mais que simpatizasse com ele, sua lealdade era para com Eve. Sentindo-se subitamente cansada, deixou-se cair num banco de mármore. Estava quieto ali. A orquestra tocava "My Funny Valentine", acompanhada pela voz suave da vocalista. Eve estava definitivamente com um humor antiquado. Aproveitando a solidão e a música tranquilizante, Julia tentou recriar e avaliar o que vira e escutara até então.

Enquanto deixava a mente divagar, escutou vozes a distância, vindas da direção dos arbustos. A princípio, isso a deixou irritada. Queria apenas quinze minutos de paz. Mas então, ao perceber o tom, ficou curiosa. Um homem e uma mulher, definitivamente, pensou. E com certeza era uma discussão. Eve, talvez?, ponderou, tentando decidir se ficava ou saía.

Escutou um juramento, feito com raiva e em italiano, seguido por uma série de palavras duras na mesma língua e o choro amargo de uma mulher.

Pressionando os dedos contra as têmporas e massageando, Julia se levantou. Sair era provavelmente a melhor opção.

— Sei quem você é.

Julia viu uma mulher num cintilante vestido de um branco virginal cambaleando pela trilha. Reconheceu Gloria DuBarry de imediato. Ainda que o choro tivesse parado abruptamente, a pequena e embriagada atriz vinha em sua direção.

— Srta. DuBarry — cumprimentou Julia, imaginando o que diabos devia fazer agora.

— Sei quem você é — repetiu Gloria, tropeçando. — A pequena informante da Eve. Deixe-me lhe dizer uma coisa: se você publicar qualquer palavra a meu respeito, uma só que seja, irei processá-la sem piedade.

A rainha virgem estava bêbada como um gambá, percebeu Julia, e procurando briga.

— Talvez você devesse se sentar.

— Não me toque! — Gloria afastou a mão de Julia com um safanão e, em seguida, agarrou-lhe os braços, fincando as unhas em sua pele. Quando ela se aproximou, Julia encolheu-se, não por causa das unhas, mas devido ao hálito. Ela não estava bebendo champanhe, mas uísque, e dos bons.

— Quem está me tocando é você, srta. DuBarry — ressaltou Julia.

— Você sabe quem eu sou? Você sabe o que eu sou? Eu sou uma instituição, droga! — Embora as palavras tivessem saído balbuciadas, seus dedos pareciam de aço. — Meta-se comigo e estará se metendo com valores como maternidade, tortas de maçã e a droga da bandeira americana.

Julia tentou soltar as mãos de Gloria de seus braços e descobriu que a pequena mulher era surpreendentemente forte.

— Se você não me soltar — disse Julia, por entre os dentes —, eu vou derrubá-la.

— Escute. — Gloria deu um empurrão em Julia que quase a fez cair sentada sobre o banco de mármore. — Se souber o que é bom para você, vai esquecer tudo o que ela lhe contou. É tudo mentira, um bando de mentiras cruéis e maldosas.

— Não sei do que você está falando.

— É dinheiro o que você quer? — cuspiu Gloria. — É isso? Você quer mais dinheiro. Quanto? Quanto você quer?

— Quero que você me deixe em paz. Se quiser conversar comigo, faremos isso quando estiver sóbria.

— Eu nunca fico bêbada. — Com os olhos transbordando veneno, Gloria bateu com a base da mão entre os seios de Julia. — Eu nunca fico bêbada, não se esqueça disso. Não preciso que uma vagabunda contratada por Eve como informante me diga que estou bêbada.

O mau gênio aflorou. Num gesto súbito, Julia estendeu a mão e agarrou um punhado do tecido em torno do pescoço de Gloria.

— Se me tocar de novo...

— Gloria. — A voz de Paul soou tranquila ao se aproximar pela trilha. — Você não está se sentindo bem?

— Não. — Ela começou a chorar com tanta facilidade quanto alguém abre uma torneira. — Não sei o que há de errado comigo. Estou tão fraca e trêmula. — Enterrou o rosto no paletó dele. — Onde está o Marcus? Ele vai cuidar de mim.

— Por que não me deixa acompanhá-la até a casa? Deite-se um pouco. Eu o chamo para você.

— Estou com uma terrível dor de cabeça. — Ela choramingou enquanto deixava Paul conduzi-la.

Ele olhou de relance para Julia por cima do ombro.

— Sente-se. — Foi tudo o que disse.

Julia cruzou os braços e se sentou.

Paul voltou em dez minutos e despencou ao seu lado com um suspiro.

— Acho que nunca vi a rainha dos bons samaritanos completamente embriagada. Quer me dizer o que estava acontecendo?

— Não faço ideia. Mas pretendo pressionar Eve na primeira oportunidade e descobrir.

Curioso, ele correu um dedo pela nuca de Julia.

— E o que você pretendia fazer se Gloria a tocasse de novo?

— Dar um belo soco naquele queixo empinado.

Paul riu e a apertou de encontro ao corpo.

— Meu Deus, que mulher! Gostaria de ter chegado dez segundos depois.

— Não gosto de discussões.

— Não, dá para ver. Eve, por outro lado, conseguiu gerar uma série de discussões numa única noite de festa. Quer que eu lhe conte o que você perdeu durante seu passeio pelo jardim?

Já que ele estava tentando acalmá-la, o mínimo que ela podia fazer era dar-lhe uma chance

— Pode falar.

— Kincade está andando que nem um pato de um lado para o outro, parecendo gordo e ameaçador, mas sem conseguir um momento a sós com Eve para uma conversinha particular. Anna del Rio, a estilista? Ela está contando histórias cabeludas sobre sua anfitriã, na esperança, imagino, de ofuscar qualquer história cabeluda que Eve venha a contar sobre ela. — Ele pegou uma cigarrilha. Sob a luz da chama do isqueiro, seu rosto parecia tenso, em contraste com o tom levemente divertido de sua voz: — Drake está saltitando de um lado para o outro como se estivesse com carvão em brasa nos fundilhos.

— Talvez seja pelo fato de eu ter visto Delrickio e aquele outro homem no escritório dele, na semana passada.

— Você viu? — Paul soltou a fumaça devagar. — Bom, bom. Voltando ao zoológico... Torrent está com uma aparência de dar pena, especialmente depois da conversinha que teve com Eve. Priest está fazendo pose, rindo sem parar. Mas estava suando quando dançou com Eve.

— Pelo visto, eu devia voltar lá e ver com meus próprios olhos.

— Julia. — Paul a impediu de se levantar. — Precisamos conversar sobre várias coisas. Vou dar uma passadinha na sua casa amanhã.

— Amanhã não — respondeu ela, sabendo que estava apenas adiando. — Brandon e eu temos planos.

— Segunda, então, enquanto ele estiver na escola. Assim é melhor.

— Tenho uma entrevista marcada com a Anna às onze e meia, no ateliê dela.

— Então chegarei às nove. — Ele se levantou e estendeu uma das mãos para ajudá-la a se colocar de pé.

Eles começaram a caminhar em direção à música e aos risos.

— Paul, você tentou me salvar da Gloria com simpatia e cavalheirismo?

— Funcionou.

— Então estamos quites.

Ele hesitou apenas por um instante antes de dar a mão a ela.

— Quase.

Capítulo Dezesseis
♦♦♦♦

A BARULHEIRA DA festa só amainou depois das três. Ficaram apenas alguns poucos e resistentes convidados bebendo o que restava do champanhe e lambendo o caviar das pontas dos dedos. Talvez esses fossem os espertos, que felicitariam o raiar de um novo dia com os olhos turvos, a cabeça enevoada e o estômago abarrotado. Muitos dos que saíram numa hora mais conservadora acabaram perdendo uma noite de sono, e sem os benefícios extras.

Com o paletó de brocado do smoking envolvendo um peito gigantesco, alegre candidato a um ataque cardíaco, Anthony Kincade sentou-se na cama fumando um dos charutos que, segundo seus médicos, acabariam por matá-lo antes do tempo. O garoto com o qual escolhera passar a noite estava esparramado entre lençóis de seda e travesseiros de penas, roncando após uma pequena dose de metanfetamina e uma sessão de sexo brutal. Uma fileira de vergões rosados decorava suas costas magras e delgadas.

Kincade não se arrependia por tê-lo marcado — o garoto estava sendo bem pago —, arrependia-se apenas por ter de se satisfazer com um substituto. Durante todo o tempo em que o açoitara, em que se projetara para dentro do garoto com força e crueldade, imaginara-se punindo Eve.

Vaca. Vaca filha da puta. Ofegou como um carro enferrujado ao virar o corpo monstruoso para pegar um cálice de vinho do porto ao lado da cama. Quem era ela para achar que podia ameaçá-lo? Quem era ela para achar que podia brincar, alfinetar e acenar com uma exposição diante do seu nariz?

Ela não ousaria publicar o que sabia. Mas se ousasse... Sua mão tremeu ao tomar um gole do vinho. Os olhos, praticamente soterrados sob camadas de pele flácida, brilharam com malícia. Se Eve fizesse isso, quantos mais criariam coragem para atravessar a porta que ela abrira? Ele não podia permitir isso. Não ia permitir.

Poderia acabar sendo preso, enfrentando um julgamento e talvez até uma condenação.

Isso não aconteceria. Não permitiria que acontecesse.

Kincade bebeu, fumou e planejou. A seu lado, o jovem gigolô murmurou enquanto dormia.

♦♦♦♦

Em Long Beach, Delrickio afundou na banheira de hidromassagem, deixando a água quente, com perfume de jasmim, envolver seu corpo bronzeado e bem-disciplinado. Fizera amor com sua mulher ao chegar em casa. De forma doce e carinhosa. Sua adorável Teresa dormia agora o sono dos justos.

Deus do céu, como amava aquela mulher, e odiava o fato de que, enquanto se lançara para dentro dela, ficara fantasiando sobre Eve. De todos os pecados que já cometera, Eve era o único do qual se arrependia. Mesmo com o que ela estava fazendo, com o que estava ameaçando fazer, não conseguia acabar com a fome dentro dele. Essa era a sua penitência.

Lutando para não deixar que os músculos tencionassem de novo, Delrickio observou o vapor desprender-se da banheira, embaçar as janelas e bloquear a visão das estrelas. Eve era assim, como um vapor que embaça os sentidos, que bloqueia a sanidade. Será que ela não percebia que ele a teria mantido a salvo, feliz, que teria lhe dado tudo o que uma mulher poderia desejar? Em vez disso, ela o rejeitara, o tirara de sua vida com uma determinação e uma crueldade que lhe fizera lembrar da morte. E tudo por causa dos negócios.

Forçou a mão a relaxar e esperou até que seu coração estivesse completamente livre da raiva. Um homem que pensava com o coração cometia erros. Tal como acontecera com ele. Era culpa sua que Eve tivesse descoberto as transações menos convencionais da Delrickio Enterprises. A paixão o fizera ser descuidado. Ainda assim, ele havia acreditado, ou quisera acreditar, que podia confiar nela.

Mas, então, ela esfregara Damien Priest em sua cara. E o fitara com olhos cheios de repulsa.

O antigo jogador de tênis era uma ponta solta que poderia ser eliminada facilmente. Isso, porém, não resolveria as coisas. Era Eve quem tinha poder para desfazer sua capa de respeitabilidade cuidadosamente fabricada.

Precisava dar um jeito nisso, e lamentava que tivesse de ser assim. Contudo, a honra vinha antes do amor.

◆ ◆ ◆ ◆

Gloria DuBarry enroscou-se ao lado do marido adormecido e deixou as lágrimas escorrerem por seu rosto. Estava enjoada — álcool demais sempre esculhambava seu organismo. Era culpa de Eve ela ter ficado bêbada e chegado tão perto de se humilhar.

Era tudo culpa de Eve. Dela e daquela bruxinha intrometida da Costa Leste.

Elas a fariam perder tudo — sua reputação, seu casamento e talvez até mesmo sua carreira. E tudo por causa de um único erro. Um único errinho.

Fungando, acariciou o ombro do marido. Marcus era forte e sólido, tal como seus 25 anos de casamento. Ela o amava tanto! E ele cuidava tão bem dela. Quantas vezes Marcus lhe dissera que ela era seu anjo, seu anjinho puro e imaculado?

Como ele iria compreender, como qualquer pessoa poderia compreender, que a mulher que construíra uma carreira representando virgens sardentas havia se envolvido num caso tórrido e ilícito com um homem casado? Que fizera um aborto ilegal, a fim de se livrar das consequências desse caso?

Ó céus, como pudera se apaixonar por Michael Torrent? E o que era pior, muito pior, enquanto eles se encontravam em motéis sórdidos, nas telas ele fazia o papel do pai dela. Do pai.

E ela o encontrara cara a cara naquela noite, velho, encarquilhado... frágil. Sentia nojo só de pensar que já o tivera dentro de si. A simples ideia a aterrorizava. Ela o detestava. E detestava Eve. Desejou que ambos estivessem mortos. Entregando-se à autopiedade, Gloria chorou com o rosto colado ao travesseiro.

◆◆◆◆

Michael Torrent estava acostumado a noites insones. Seu corpo estava tão tomado pela artrite que ele raramente passava um dia sem dor. A idade e a doença o haviam depauperado, deixando apenas carne e nervos suficientes em sua carcaça para comportar a miséria. Esta noite era sua cabeça, e não seu corpo, que estava lhe tirando o prazer do sono.

Poderia amaldiçoar a idade que arruinara seu corpo, drenara sua energia e lhe roubara a satisfação do sexo. Podia chorar sabendo que fora um rei, e agora era menos do que um homem. Todas as lembranças do que fora um dia o atormentavam como agulhas quentes que não davam paz à sua carcaça cansada. Isso, porém, não era nada.

Agora Eve estava ameaçando tirar o pouco que lhe restara. Seu orgulho, e sua imagem.

Talvez não pudesse mais atuar, mas conseguira saciar essa sede com a criação de um mito. Era reverenciado, admirado, respeitado; seus fãs e associados o viam como um grande senhor, o supremo rei da era romântica de Hollywood. Grant e Gable, Power e Flynn estavam mortos. Michael Torrent, que terminara graciosamente sua carreira representando velhos e sábios avôs, continuava vivo. Ele estava vivo, e as pessoas se levantavam e o aplaudiam sempre que aparecia em público.

Odiava o fato de que Eve ia dizer ao mundo que ele traíra seu melhor e mais querido amigo, Charlie Gray. Por anos, Michael usara sua influência para se certificar de que os estúdios não oferecessem a Gray nada além de papéis secundários. Fizera tudo ao seu alcance para esgueirar-se sorrateiramente por trás de Gray e traí-lo com cada uma de suas mulheres. Como conseguiria fazer as pessoas entenderem que tudo não passara de um jogo, uma insignificante brincadeira de criança, decorrente da juventude e da inveja? Charlie era mais esperto, mais habilidoso e uma pessoa melhor do que Michael jamais conseguiria ser. Nunca tivera a intenção de magoar Charlie, não de verdade. Após o suicídio do amigo, fora consumido pela culpa, até que confessara tudo a Eve.

Esperara conforto, solidariedade, compreensão. Ela não lhe dera nada disso, apenas um ódio frio. A confissão destruíra o casamento deles. Agora, Eve arruinaria o que restava de sua vida com uma humilhação amarga.

A menos que alguém a impedisse.

♦♦♦♦

O suor despontava da pele de Drake como balas de um revólver. Com um brilho selvagem nos olhos, ele perambulou pela casa. Não estava bêbado o suficiente para dormir. Ainda faltavam cinquenta mil para quitar a dívida, e o tempo estava acabando.

Precisava se acalmar, sabia disso, mas ver Delrickio o deixara tão assustado que sentia como se suas entranhas tivessem se liquefeito.

Delrickio conversara com ele de forma educada e afetuosa, porém, durante todo o tempo, Joseph o observara com olhos impassíveis. Era como se ele jamais houvesse sido espancado — como se a ameaça implícita no ato não existisse.

De alguma forma, isso tornava tudo pior, saber que o que quer que fizessem com ele seria feito sem paixão, apenas com a frieza e a clareza típicas de uma transação de negócios.

Como poderia convencer Delrickio de que tinha uma relação mais íntima com Julia se todo mundo a vira com Paul Winthrop?

Precisava haver um jeito de se aproximar dela, das fitas, de Eve.

E ele precisava descobrir qual. Quaisquer que fossem os riscos, não seria pior do que o risco de não fazer nada.

◆◆◆◆

Victor Flannigan pensou em Eve. Em seguida, pensou na mulher. Imaginou como podia ter se envolvido com duas mulheres tão diferentes. As duas tinham o poder de destruir a sua vida. Uma através da fraqueza, a outra, da força.

Sabia que o único culpado era ele próprio. Mesmo amando-as, ele as usara. Ainda assim, dera a elas o melhor que tinha a oferecer — e, fazendo isso, traíra todos os três.

Não havia como voltar atrás e consertar as coisas, e definitivamente não havia como mudar o passado. Tudo o que podia fazer era lutar para que nada disso fugisse ao controle.

Enquanto se virava de um lado para o outro em sua grande cama vazia, Victor ansiou por Eve, ainda que a temesse. Da mesma forma que ansiava por uma garrafa de uísque, e temia. Porque jamais conseguira saciar seu desejo por nenhum dos dois. Ainda que houvesse tentado inúmeras vezes se afastar de ambos os vícios, era sempre atraído de volta. Embora tivesse aprendido a odiar a bebida, pela mulher tudo o que conseguia sentir era amor.

A Igreja não o condenaria por esvaziar uma garrafa, mas faria isso se ele se entregasse a uma noite de amor. E ele se entregara centenas de vezes.

Nem mesmo o medo por sua alma conseguia fazê-lo se arrepender de uma única noite.

Por que Eve não conseguia entender que, por mais que o machucasse, precisava proteger Muriel? Após tantos anos, por que ela insistia em revelar todas as mentiras e segredos? Será que não percebia que isso lhe traria tanto sofrimento quanto para ele?

Victor levantou-se, afastou-se da cama e foi até a janela, a fim de observar o céu clareando. Dali a algumas horas estaria com sua esposa.

Precisava encontrar um meio de proteger Muriel, e salvar Eve de si mesma.

♦♦♦♦

Em sua suíte no Beverly Wilshire, Damien Priest esperava o sol nascer. Recusava-se a fazer uso de álcool ou remédios para ajudá-lo a dormir. Precisava pensar, e para tanto tinha de estar acordado e alerta.

O que ela estaria planejando contar? O que ousaria publicar? Gostaria de acreditar que a festa daquela noite tinha sido preparada para deixá-lo em pânico. Não lhe dera essa satisfação. Ele rira, contara histórias, trocara farpas. Deus do céu, tinha até mesmo dançado com ela!

Eve lhe perguntara com toda a delicadeza como andava sua cadeia de artigos esportivos. E comentara, com extrema malícia, que Delrickio estava com uma ótima aparência.

Ele, porém, apenas sorrira em resposta. Se ela esperava deixá-lo assustado, ficara desapontada.

Ele se sentou e olhou através da janela escura. Estava bastante assustado.

♦♦♦♦

Eve acomodou-se na cama com um suspiro longo e satisfeito. No que lhe dizia respeito, a noite tinha sido um tremendo sucesso. Além do prazer de observar alguns convidados pisando em ovos, gostara de ver Paul e Julia juntos.

Havia um estranho e doce senso de justiça naquilo, pensou, sentindo os olhos pesados. E, no fundo, era tudo uma questão de justiça, não era? Isso e uma saudável dose de vingança.

Sentia muito pelo fato de Victor ainda estar aborrecido. Ele teria de aceitar que ela estava fazendo o que precisava fazer. Talvez ele só precisasse de um pouco mais de tempo.

Sentindo a cama enorme a vazia à sua volta, desejou do fundo do coração que ele tivesse podido passar a noite com ela. Fazer amor com ele teria sido uma forma esplêndida de coroar a noite, e aí eles poderiam se aconchegar um ao outro e conversar, sonolentos, até o amanhecer.

Ainda havia tempo para isso. Eve apertou os olhos com força e agarrou-se a esse simples desejo.

Enquanto resvalava para o sono, escutou Nina atravessar o corredor, entrar no quarto e andar agitadamente de um lado para o outro antes de fechar a porta.

Pobre moça, pensou Eve. Ela se preocupava demais.

◆◆◆◆

Na segunda-feira, às nove da manhã, Julia já havia se espreguiçado, enroscado, estalado, feito força, suado e ficado irritada. Seu corpo tinha sido girado, massageado, sovado e esfregado. Deixou a casa principal com sua sacola de ginástica, que continha o suado macaquinho de lycra que usara para malhar e uma toalha.

Usava agora um conjunto de malha nem um pouco atraente, e puxou a camiseta ainda mais para baixo ao passar por Lyle, que encerava preguiçosamente o carro do lado de fora da garagem.

Não gostava da forma como ele olhava para ela, ou do fato de que sempre que saía de manhã para malhar, dava de cara com ele fazendo alguma coisa. Como de costume, Julia o cumprimentou de modo frio e educado:

— Bom-dia, Lyle.

— Senhorita. — Ele tocou a borda do quepe de uma maneira que pareceu mais insinuante do que servil. — Espero que não esteja se desgastando demais. — Gostava de imaginá-la na ginástica, usando alguma peça pequena e colante, e suando como uma cadela no cio. — Eu diria que a senhorita não precisa de tanto exercício.

— Eu gosto — mentiu Julia, sem parar de andar, sabendo que ele a observava. Tentou desvencilhar-se do incômodo que sentia entre as omoplatas e disse a si mesma para manter as persianas do quarto abaixadas.

Paul esperava no terraço com os pés apoiados sobre uma das cadeiras. Bastou um simples olhar para fazê-lo rir.

— Acho que você precisa de um refresco bem gelado.

— Fritz — respondeu ela, enfiando a mão no bolso da sacola de ginástica para pegar as chaves. — Ele está trabalhando nos meus deltoides. Meus braços parecem dois elásticos esticados ao limite. — Abriu a porta, jogou as chaves e a sacola sobre a mesa da cozinha e seguiu direto para a geladeira. — Ele teria sido um astro na Inquisição Espanhola. Hoje, enquanto eu sofria no banco de supino inclinado, Fritz me obrigou a confessar que eu gostava de sonho e rocambole.

— Você podia ter mentido.

Ela bufou enquanto se servia de um copo de suco.

— Ninguém consegue olhar para aqueles olhos azuis enormes e sinceros e mentir. Você iria direto para o inferno. Quer um pouco?

— Não, obrigado.

Ao terminar de beber o suco, Julia se sentiu quase humana novamente.

— Tenho pouco mais de uma hora antes de ter de me trocar para a entrevista. — Refrescada e pronta para começar a trabalhar, colocou o copo vazio sobre a pia. — Sobre o que você queria falar comigo?

— Uma série de coisas. — De modo distraído, ele correu a mão pelo rabo de cavalo dela. — As fitas, por exemplo.

— Você não precisa se preocupar com elas.

— Trancar a casa é uma boa precaução, Julia, mas não é o suficiente.

— Fiz mais do que isso. Venha comigo. — Ela seguiu na frente, em direção ao escritório. No caminho, Paul percebeu que ela espalhara vasos e potes de flores por todos os lados. Muitos dos brotos brancos usados na festa tinham encontrado uma segunda utilidade. — Vá em frente — convidou-o Julia, apontando para a gaveta da escrivaninha. — Olhe.

Paul abriu a gaveta e viu que ela estava vazia.

— Onde?

Irritou-a um pouco que ele não parecesse surpreso.

— Elas estão num lugar seguro. Eu só pego alguma quando estou trabalhando. Portanto... — Fechou a gaveta. — Se alguém tentar espionar de novo, ele ou ela vai sair de mãos vazias.

— Se fosse assim.

— O que você quer dizer com isso?

— Quero dizer que alguém pode ter um interesse mais sério nesse livro. — Com os olhos fixos nela, ele se sentou na beirada da escrivaninha. — Veja o comportamento de Gloria DuBarry na festa, por exemplo.

Julia deu de ombros.

— Ela estava bêbada.

— Exatamente... isso por si só já é uma anomalia. Eu nunca tinha visto Gloria nem alta, quanto mais bêbada de cair. — Ele pegou um peso de papel, um globo facetado de cristal que explodia em luzes ao girá-lo. Imaginou se Julia fazia isso... passar do frio e tranquilo para o quente e explosivo com o toque certo. — Ela ameaçou você. Por quê?

— Não sei. Não sei, mesmo — insistiu, ao ver que ele continuou apenas olhando. — O nome dela ainda não surgiu em minhas conversas com a Eve, exceto uma vez, de passagem. E hoje nós conversamos sobre outras coisas. — A viagem de Eve para a Geórgia, a bunda do Peter Jackson, o teste de estudos sociais que Brandon teria, e a vontade que Julia tinha duas vezes ao ano de cortar o cabelo bem curtinho. Eve a fizera desistir da ideia.

Com um longo suspiro, ela se deixou cair na cadeira.

— Tive a impressão de que Gloria acha que vou escrever alguma coisa que pode ameaçar sua reputação. Ela chegou a me oferecer suborno... embora eu acredite que ela preferiria me matar. — Ao ver os olhos dele se estreitando, soltou um resmungo: — Pelo amor de Deus, Paul, eu estava sendo sarcástica. — Em seguida, riu e se recostou, fazendo a cadeira balançar. — Posso vê-lo escrevendo a cena. Gloria DuBarry, com o hábito de freira que usou em *McReedy's Little Devils*, chega sorrateiramente por trás da intrépida biógrafa. Espero que você me ponha com alguma roupa curta e justa após todo o tempo que passei tonificando os músculos. Ela ergue uma faca... não, muita sujeira. Puxa um revólver... não, muito lugar-comum. Ah, já sei, ela se lança à frente e estrangula sua vítima com seu terço. — Juntou as pontas dos dedos e sorriu por cima deles. — Que tal?

— Nem de perto tão engraçado quanto você gostaria que fosse. — Ele colocou o peso de cristal de lado. — Julia, quero que você me deixe escutar as fitas.

A cadeira estalou ao ir para trás.

— Você sabe que eu não posso fazer isso.

— Quero ajudá-la.

A voz de Paul denotava um esforço tão grande para se manter paciente que Julia não resistiu, esticou o braço e pousou a mão sobre a dele.

— Aprecio a sua oferta, Paul, mas não preciso de ajuda.

Ele baixou os olhos para a mão que Julia mantinha sobre a dele, magra, delicada.

— Se precisar, você vai me dizer?

Como desejava ter certeza de que daria uma resposta honesta, Julia pensou por um instante.

— Vou. — Ela sorriu, percebendo que não era tão difícil, ou tão arriscado, confiar em alguém. — Vou, sim.

— Pelo menos consegui uma resposta. — Ele virou a mão e segurou a dela antes que ela conseguisse puxá-la. — E se você achasse que Eve precisa de ajuda?

Dessa vez não houve hesitação:

— Você seria o primeiro a saber.

Satisfeito, Paul deixou essa parte do problema de lado, tal como faria com uma trama que precisa de tempo para amadurecer.

— Agora quero te perguntar outra coisa.

Imaginando que o pior já passara, ela relaxou:

— E eu achando que teria minha entrevista hoje.

—Você terá a sua vez. Julia, você acredita que eu me importo com você?

Ela não poderia dizer que a pergunta surgira do nada, mas isso não tornava a resposta mais fácil.

— No momento, acredito.

A simples frase disse a ele mais do que um sim ou um não.

—Tudo na sua vida tem sido tão temporário assim?

Ele a segurava com firmeza, a palma da mão mais áspera do que alguém esperaria de um escritor. Embora Julia pudesse ter resistido ao aperto da mão, não conseguiu resistir aos olhos dele. Se era impossível mentir para Fritz, era inútil tentar fazer isso com Paul. Aqueles olhos conseguiriam enxergar a verdade.

—Acredito que, com exceção do Brandon, sim.

— E é assim que você quer que continue? — perguntou ele, incomodado ao perceber o quanto a resposta era importante.

— Nunca pensei muito sobre isso. — Ela se levantou, esperando conseguir se afastar do precipício que parecia ter se aproximado sem que notasse. — Nunca precisei pensar.

— Agora precisa. — Paul envolveu o rosto dela com a mão livre. — Acredito que esteja na hora de eu fazer algo que a faça começar a pensar nisso.

Ele a beijou, tal como da última vez, com paixão, traços de raiva e vislumbres de frustração. E a puxou para si, sem diminuir o ataque rápido e implacável aos sentidos dela. Para sua satisfação, podia sentir, realmente sentir, a pele de Julia se aquecendo à medida que o sangue em suas veias acelerava. Insuportavelmente excitante era o leve gosto de pânico que sentiu em sua boca quando os lábios se abriram para recebê-lo.

Paul prendeu o quadril de Julia entre as pernas e, com os dentes, começou a mordiscar e sugar seus lábios, passeando a língua entre eles. Escutou o gemido de prazer que ela emitiu ao deslizar as mãos por baixo da camiseta e acariciar suas costas.

A pele de Julia parecia esquentar e esfriar, tremendo e suando sob seu toque. O medo a estava abandonando, uma emoção fraca demais para competir com todas as outras que ele lhe imputava. O desejo, há tanto ignorado, veio à tona como uma onda que leva tudo embora. Tudo, com exceção de Paul.

Agarrada a ele, Julia sentia como se estivesse flutuando, deslizando a centímetros do chão. Podia imaginar a si mesma entregue àquela corrente, mergulhada em sensações, fraca — fraca o bastante para se deixar levar por outra pessoa.

Quando ele abaixou a cabeça e começou a traçar aqueles beijos ardentes por seu pescoço, ela viu que não estava flutuando, e sim sendo conduzida lentamente para fora do escritório, entrando na sala e seguindo para a base da escada.

Isso estava acontecendo de verdade. No mundo real, se deixar levar muitas vezes era o mesmo que se render.

— Para onde estamos indo? — Seria mesmo a sua voz, aquele murmúrio rouco e ofegante?

— Quero que a nossa primeira vez seja na cama.

— Mas... — Ela tentou clarear a mente, mas foi novamente tomada pela boca de Paul. — Estamos no meio da manhã.

A risada dele foi como sua pulsação, rápida e descompassada. Paul estava louco para botar as mãos nela, senti-la debaixo dele, e a si mesmo dentro dela.

— Meu Deus, você é uma delícia. — Seus olhos faiscaram. — Eu quero mais, Julia. Essa é a sua chance de me dizer o que você quer.

— Ele lhe arrancou a camiseta e a deixou cair no alto das escadas. Por baixo, Julia não usava nada além do perfume do sabonete e do óleo corporal. — Quer que eu espere até o sol se pôr?

Ela soltou um pequeno gemido quando a mão dele se fechou sobre seu seio, alarmada, mas também deliciada.

— Não.

Paul comprimiu suas costas contra a parede, deixando que as mãos ásperas e experientes continuassem a sedução. Ele estava ofegante como se tivesse escalado uma montanha, e não subido uma escada. Julia sentiu a respiração dele em sua garganta, face e boca.

Ela parecia pequena e firme em suas mãos, suave como as águas plácidas de um lago. Ele sabia que ficaria louco se não experimentasse aquela carne macia e trêmula.

— O que você quer, Julia?

— Isso. — Sua boca mexia-se freneticamente sob a dele. Julia o empurrou para longe da parede e o puxou para o quarto. — Você. — Tateou em busca dos botões da camisa de Paul, os dedos trêmulos. Xingou. Deus do céu, precisava tocá-lo! De onde quer que tivesse surgido aquela fome terrível, parecia queimá-la de dentro para fora. — Não consigo... faz tanto tempo. — Por fim, deixou as mãos penderem ao lado do corpo e fechou os olhos diante da humilhação.

— Você está indo bem. — Ele quase riu, mas percebeu que ela não fazia ideia do que suas tentativas frenéticas e inexperientes estavam fazendo com ele. Por ele. — Relaxe, Julia — murmurou, deitando-a na cama. — Certas coisas a gente nunca esquece.

O melhor que ela conseguiu foi abrir um pequeno sorriso de pânico. O corpo de Paul parecia de ferro sobre o dela.

— Dizem isso sobre andar de bicicleta, mas eu costumo perder o equilíbrio e cair.

Paul correu a língua pelo maxilar dela, espantado com o que um simples e rápido tremor conseguia provocar em seu corpo.

— Eu aviso se você começar a balançar.

Quando Julia tentou tocá-lo novamente, Paul prendeu seus pulsos com uma das mãos e começou a fazer amor com seus dedos. Rápido demais, repreendeu-se, enquanto a observava através da luz que penetrava pelas persianas. Ele a estava apressando, estimulado por suas próprias necessidades. Ela precisava de cuidado, paciência e todo o carinho que ele tinha para dar.

Algo mudou. Julia não sabia ao certo o quê, mas alguma coisa havia mudado. O turbilhão em seu estômago tornou-se mais rápido — mais excitante e, ao mesmo tempo, mais doce. Paul não mais a tocava de forma possessiva, mas experimental, deslizando os dedos por seu corpo. Ao beijá-la, já não havia mais frustração, apenas persuasão. Irresistível.

Ele sentiu os músculos dela relaxando, um a um, até que Julia se tornou como cera quente derretendo por baixo dele. Não conhecia esse tipo de rendição, esse nível de confiança que o fazia se sentir um herói.

Queria dar-lhe mais, mostrar mais. Prometer mais.

Lentamente, com os olhos fixos no rosto de Julia, ele soltou o elástico de seu cabelo, que se espalhou como ouro escuro sobre os lençóis rosados. Quando os lábios dela se entreabriram, ele os cobriu com os seus, porém com suavidade, esperando que ela aprofundasse o mais básico e complexo dos contatos. Ao sentir a língua de Julia procurando a sua, mergulhou.

A mente de Julia enevoou-se de excitação, deixando-a ofegante. Embora seus dedos ainda tremessem, lutou para abrir os botões da camisa de Paul, soltando um longo suspiro de satisfação ao sentir a pele dele deslizar sobre a sua. De olhos fechados, teve a impressão de escutar o coração dele competindo com o seu, cada vez mais rápido.

Julia sentiu-se envolver por um manto de sensações, um véu indistinto que lhe permitia fazer o que quisesse com suas mãos e boca, sem hesitação nem arrependimento. Coma com voracidade. Sim, é o que ela faria. Uma alma que conhecera a fome por tanto tempo entendia a gula tão bem quanto a abstinência. Queria banquetear-se.

Correu os lábios cheios de desejo pelo rosto de Paul e, em seguida, desceu para seu pescoço, deliciando-se com o luxuriante sabor animal de homem. Ele murmurou alguma coisa, um som rápido e rouco, e ela escutou a própria risada, uma risada que terminou num ofego ao senti--lo pressionar o corpo contra o dela.

Quando ele passou a língua por seu mamilo, o prazer cortante das vibrações que assaltaram seu corpo a fez arquear-se debaixo dele. O roçar dos dentes de Paul, a súbita voracidade de sua boca, a glória de uma fome milenar pelo sabor da carne. Com um gemido que ficou preso na garganta, Julia puxou a cabeça de Paul para si, exigindo e oferecendo o que ele lhe pedira.

Mais.

Isso era liberdade, pura e simples, esse encontro insensato de desejos que ela negara, e até mesmo menosprezara, por tanto tempo.

O ar do quarto estava impregnado pelo perfume das camélias sobre a mesinha de cabeceira. A cama rangeu sob o peso dos seus corpos. O sol penetrava através das persianas, preenchendo o ambiente com sua luz dourada, suave e sedutora. Sempre que Paul a tocava, essa luz explodia em raios coloridos sob suas pálpebras pesadas.

Era assim que ele a queria, galgando lentamente em direção ao ápice da paixão. Aferrando-se com força à necessidade de tomar, ele ofereceu, atiçou, atormentou — e teve a satisfação de escutar Julia proferir seu nome.

A pele dela era suave como seda, perfumada pelo óleo cuidadosamente esfregado em seus músculos. Querendo mais, Paul puxou a calça de Julia para baixo, gemendo ao ver que ela estava nua sob a malha.

Ele descobriu que ainda conseguia esperar um pouco mais, deliciando-se com a sensação daquelas coxas compridas e esbeltas sob suas mãos. O gosto delas sob seus lábios. Quando Paul trocou as mãos pela boca, um leve roçar a fez se lançar pela beira do precipício onde ele a estava mantendo.

O clímax a rasgou por dentro, deixando-a aturdida, tonta e chocada. Depois de uma introdução tão gentil, o prazer ardente era assustador. E viciante. Enquanto Julia tateava em busca de Paul, ele a levou ao êxtase novamente, e observou seus olhos ficarem turvos de paixão, sentiu seu corpo tremer com a descarga elétrica e escutou-a prender a respiração, em choque, para em seguida soltá-la, em glória.

Ao sentir o corpo de Julia perder as forças, Paul ergueu-se por cima dela e esperou, com o próprio corpo trêmulo, que seus olhos se abrissem e encontrassem os dele.

Deslizou para dentro dela. Ela se ergueu para encontrá-lo. Veludo envolvendo ferro. Fundidos, eles se moveram em uníssono, num ritmo espontâneo, primitivo, belo. Quando as pálpebras de Julia tremularam novamente, ela abriu os braços e o puxou para si. Dessa vez, ao se lançar do precipício, levou-o consigo.

♦♦♦♦

*P*AUL ESTAVA deitado, em silêncio, ainda mergulhado nela. O perfume da pele de Julia, aquecido pela paixão, atiçava-lhe os sentidos e se misturava à suave fragrância das camélias. A luz, obscurecida pelas persianas, parecia não pertencer ao dia nem à noite, mas a algum espaço parado no tempo, escondido entre os dois. Preso entre seus braços, o corpo dela mexia-se suavemente a cada leve inspiração. Erguendo a cabeça, Paul observou seu rosto, ainda corado pelo brilho da paixão. Precisava apenas dar-lhe um beijo para saborear os resquícios doces e ardentes do prazer que eles haviam se proporcionado mutuamente.

Achava que conhecia o romance, que o entendia e o apreciava. Quantas vezes ele o usara para seduzir uma mulher? Com que frequência o alinhavara de forma inteligente na construção de uma trama?

Agora, porém, era diferente. Dessa vez — ou com essa mulher — tudo havia passado para um outro plano. Paul pretendia fazê-la entender que os dois iriam juntos para esse outro plano, várias vezes.

— Eu te disse que certas coisas a gente nunca esquece.

Os olhos de Julia se abriram devagar. Enormes, escuros e sonolentos. Ela sorriu. Não fazia sentido dizer a ele que não havia do que se lembrar, porque ela jamais experimentara nada parecido com o que eles haviam acabado de compartilhar.

— Isso é o mesmo que perguntar se foi bom para você?

Paul riu e deu uma mordiscada no lóbulo da orelha dela.

— É muito mais do que isso. Na verdade, estava pensando que podemos ter um dia muito mais produtivo se nenhum dos dois sair daqui.

— Produtivo? — Julia correu os dedos pelo cabelo de Paul e, em seguida, desceu para as costas, enquanto ele esfregava o nariz em sua garganta. Não se sentia como um gato que lambeu o creme, mas como um que descobriu um atalho direto até a vaca. — Uma ideia interessante. Certamente prazerosa, mas produtiva é outro papo. Minha entrevista com Anna é que deveria ser... hum... produtiva. — De forma preguiçosa, ela olhou de relance para o relógio. Com um gritinho rápido, lutou para se colocar de pé, mas foi mantida firmemente no lugar. — São onze e quinze. Como já podem ser onze e quinze? Eram nove e pouquinho quando a gente...

— O tempo voa — murmurou ele, bastante lisonjeado. — Você não vai conseguir chegar a tempo.

— Mas...

— Você vai precisar de quase uma hora para se arrumar e chegar lá. Remarque.

— Merda. Isso não é nada profissional. — Ela se livrou dos braços de Paul com uma sacudidela e abriu a gaveta da mesinha de cabeceira em busca do número. — Será culpa minha se ela se recusar a me dar outra chance.

— Gosto de te ver assim — disse Paul, enquanto ela pegava o telefone. — Quente e esgotada.

— Fique quieto enquanto eu penso. — Tirando o cabelo dos olhos, Julia discou o número e, em seguida, soltou um suspiro.

Paul apenas sorriu e continuou a mordiscar seus dedos do pé.

— Desculpe, mas essa é uma fantasia que eu preciso realizar.

— Agora não é a hora... — Tomada por uma sensação de prazer, lançou a cabeça para trás. — Paul, por favor. Eu preciso... ó céus! O quê? — Ela lutou para recuperar o fôlego enquanto a recepcionista repetia o cumprimento. — Sim, me desculpe. — Ele havia passado para seu outro pé agora, e deslizava a língua pelo arco. Jesus, quem diria que algo assim poderia deixá-la excitada até a raiz do cabelo? — Quem... quem está falando é Julia Summers. Tenho uma entrevista marcada para às onze e meia com a srta. Del Rio. — Ele agora atacava seus tornozelos. Julia escutou o sangue reverberando em sua cabeça. — Eu, ahn, preciso remarcar. Tive um... — beijos quentes e sedutores em sua panturrilha — ... imprevisto. Não poderei fugir. Por favor, diga à srta...

— Del Rio — completou Paul, mordiscando a parte de trás do joelho dela. Os dedos de Julia se fecharam em volta do lençol amarrotado.

— Diga a ela que sinto muito, e diga também... — Uma série de beijos ardentes na parte interna de sua coxa. — Diga que entrarei em contato novamente. Obrigada.

O telefone espatifou-se no chão.

Capítulo Dezessete
••••

Drake cumprimentou o segurança do portão de forma bem-humorada. Enquanto entrava com o carro na propriedade, trincou os dentes e começou a atacar as coxas. O nervosismo lhe provocava uma coceira que nenhum dos cremes e loções aplicados conseguia aplacar. Quando por fim chegou à casa de hóspedes, estava choramingando e falando consigo mesmo:

— Vai dar tudo certo. Não há nada com o que se preocupar. É só entrar e sair e, em cinco minutos, estará tudo terminado. — O suor escorreu, provocando uma agonia abrasadora nas coxas em carne viva.

Seu prazo terminaria em 48 horas. A simples ideia do que Joseph faria com ele com aqueles punhos de concreto foi suficiente para fazê-lo saltar rapidamente do carro.

Estava seguro. Pelo menos tinha certeza disso. Eve estava filmando em Burbank, e Julia saíra para entrevistar a bruxa da Anna. Tudo o que precisava fazer era entrar, copiar as fitas e sair.

Levou quase um minuto brigando com a maçaneta para perceber que a porta estava trancada. Soltando o ar por entre os dentes, deu a volta na casa, a fim de checar todas as portas e janelas. Quando finalmente voltou ao ponto de partida, estava encharcado de suor.

Não podia ir embora de mãos vazias. Por mais que fosse bom em enganar a si mesmo, sabia que não teria coragem de voltar depois. Precisava ser agora. Esfregando os dedos sobre as coxas em brasa, alcançou o terraço numa corrida desengonçada. Com olhares furtivos por cima do ombro, pegou um pequeno vaso de barro com petúnias. O barulho do vidro se quebrando pareceu-lhe tão alto quanto o tiro de um fuzil de assalto, porém nenhum soldado apareceu correndo para um contra-ataque.

O vaso escorregou de seus dedos fracos e espatifou-se sobre as pedras do terraço. Atento ao que acontecia às suas costas, enfiou a mão pelo buraco que fizera e destrancou a janela.

Ao se ver dentro da casa vazia, Drake sentiu uma pequena satisfação e se encheu de coragem. Passou da cozinha para o escritório com passos firmes e confiantes. Abriu a gaveta com um sorriso nos lábios. Seus olhos ficaram sem expressão por alguns instantes, mas ele riu consigo mesmo e abriu outra. E outra.

O sorriso virou uma careta enquanto ele abria uma gaveta vazia atrás da outra, fechando-as com força novamente.

◆◆◆◆

JULIA NÃO se lembrava de nenhuma entrevista tão exaustiva quanto a que tivera com Anna. A mulher parecia um disco em alta rotação. Talvez encontrasse alguns detalhes interessantes e divertidos em meio à orgia de palavras a que Anna se entregara — assim que tivesse energia suficiente para ouvir a fita novamente.

Ao parar na frente de casa, continuou sentada no carro com os olhos fechados e a cabeça apoiada no encosto. Pelo menos não precisara forçar ou incentivar Anna a se abrir. A mulher falava como água jorrando de um cano quebrado, com a mente a mil por hora e o corpo magérrimo jamais acomodado em um único lugar por mais do que uns poucos e intensos minutos. Tudo o que precisara fazer fora perguntar como era desenhar guarda-roupas inteiros para Eve Benedict.

Anna falara sem parar sobre as expectativas surreais e excêntricas de Eve, suas exigências impacientes, suas ideias de último minuto. Segundo Anna, fora ela quem fizera Eve parecer uma rainha em *Lady Love*. Ela, Anna, quem a fizera brilhar em *Paradise Found*. O que ela não mencionara, e que fora dito durante as entrevistas com Kinsky e Marilyn Day, era que tinha sido Eve quem insistira para que Anna fosse sua estilista em *Lady Love*, dando-lhe, assim, sua primeira oportunidade real.

A ingratidão fazia Julia se lembrar de Drake.

Começava a chover; Julia suspirou e desceu do carro. A chuva fina e rápida dava a impressão de que continuaria por dias. Tal como a Anna, pensou, enquanto corria para a porta da frente. Gostaria de poder fechar a porta para aquela fita em particular, da mesma forma como ia fechá-la e deixar a chuva gelada do lado de fora.

No entanto, sabia, ao procurar as chaves, que qualquer que fosse seu sentimento pessoal, iria revisar a fita. Se Anna acabasse retratada no livro como uma pessoa traiçoeira, mimada e ingrata, a culpa seria dela própria.

Imaginando se devia preparar porco ou frango para o jantar, Julia abriu a porta e sentiu o cheiro de flores frescas e esmagadas. A sala de estar, que antes estava limpa, para não dizer arrumada, era agora uma confusão de mesas viradas, luminárias quebradas e almofadas rasgadas. Enquanto sua mente processava o que seus olhos viam, ela ficou parada onde estava, com a pasta numa das mãos e as chaves na outra. Soltando-as, andou pelas ruínas do lugar que tentara transformar num lar.

Todos os cômodos estavam da mesma forma — vidros quebrados, móveis virados. Quadros tinham sido arrancados das paredes e gavetas, quebradas. Na cozinha, o chão estava coberto por potes e garrafas retirados dos armários, o conteúdo deles formando uma maçaroca nojenta sobre o piso de ladrilhos.

Julia se virou e subiu correndo para o segundo andar. Em seu quarto, encontrou as roupas espalhadas pelo chão. O colchão fora arrastado parcialmente para fora da cama, os lençóis que o cobriam, amontoados e rasgados. O conteúdo da penteadeira estava todo revirado sobre ela.

Contudo, foi o quarto de Brandon que a fez perder o controle ao qual tentava desesperadamente se agarrar. O quarto do seu filho tinha sido invadido, seus brinquedos, suas roupas, seus livros, tudo revirado. Julia pegou o paletó do pijama do Batman e, com ele nas mãos, correu para o telefone.

— Residência da srta. Benedict.

— Travers, preciso falar com a Eve.

À guisa de resposta, Travers bufou:

— A srta. Benedict está no estúdio. Deve chegar por volta das sete.

— Entre em contato com ela, agora. Alguém invadiu a casa de hóspedes e a revirou. Vou dar a ela uma hora antes de eu mesma ligar para a polícia. — Julia desligou sem escutar as perguntas guinchadas de Travers.

Suas mãos estavam tremendo. Isso era bom, decidiu. Era por raiva, e não se incomodava de tremer de raiva. Precisava se agarrar a isso, a isso e a qualquer outra emoção do gênero que viesse a sentir.

De forma deliberada, Julia desceu novamente e andou pelas ruínas da sala de estar. Agachou-se em frente a uma seção do painel de lambris e pressionou o mecanismo escondido, tal como Eve havia lhe mostrado. O painel deslizou para o lado, revelando o cofre. Julia girou o dial, recitando mentalmente a combinação. Quando ele abriu, verificou o conteúdo. As fitas, as anotações, as poucas caixinhas de joias. Satisfeita, fechou-o de novo e foi até a janela fustigada pela chuva, a fim de esperar.

Trinta minutos depois, viu o Studebaker de Paul parando em frente à casa. O rosto dele estava impassível quando ela abriu a porta.

— O que diabos aconteceu?

— Travers ligou para você?

— Ligou, ela me ligou... algo que você não se deu ao trabalho de fazer.

— Não me ocorreu.

Ele permaneceu em silêncio, até se desvencilhar da raiva provocada pelo comentário:

— Isso é óbvio. O que foi? Outra invasão?

— Veja por você mesmo. — Julia deu um passo para o lado para que ele pudesse entrar. Ao olhar para a confusão de novo, sentiu uma nova onda de fúria. Precisou de toda a sua força de vontade para se controlar. Entrelaçou as mãos com força até os nós dos dedos ficarem brancos. — Eu diria que a pessoa ficou aborrecida por não encontrar as fitas, e decidiu revirar o lugar até achá-las. — Com a ponta do pé, empurrou para o lado um pedaço de vaso quebrado. — Só que não achou.

A fúria e o gosto amargo do medo no fundo da garganta o fizeram se virar rapidamente para ela. Seus olhos eram de um azul tão ardente que Julia deu um passo para trás antes de se empertigar.

— É só nisso que você pensa?

— É a única razão — replicou ela. — Não conheço ninguém que faria isso por um ressentimento pessoal.

Paul fez que não, lutando para ignorar o aperto no estômago ao ver a almofada em frangalhos. E se ele a tivesse encontrado assim — surrada, machucada e jogada no chão? Ao falar de novo, a voz saiu fria como gelo:

— Então as fitas estão a salvo, e isso é tudo?

— Não, isso não é tudo. — Julia soltou as mãos, e como se essa fosse a única coisa que a estivesse contendo, a fúria que vinha lutando para controlar explodiu: — Alguém entrou no quarto do Brandon. E revirou as coisas dele. — Em vez de empurrar os destroços com a ponta do pé, ela deu um chute, os olhos da cor de nuvens de tempestade descarregando chuvas torrenciais. — Ninguém, ninguém chega perto do meu filho assim. Quando eu descobrir quem fez isso, essa pessoa vai pagar!

Paul preferia a explosão ao controle frio. Mas estava longe de estar satisfeito.

— Você disse que me ligaria se tivesse problemas.

— Posso lidar com isso.

— Pro inferno que pode. — Num movimento rápido, Paul agarrou seus braços e a sacudiu antes que ela tivesse a chance de protestar.

— Se essa pessoa está tão desesperada para pegar as fitas, da próxima vez o alvo vai ser você. Pelo amor de Deus, Julia, será que isso vale a pena? Será que um livro, algumas semanas na lista dos mais vendidos e cinco minutos de destaque no programa de Johnny Carson valem tudo isso?

Tão lívida quanto ele, Julia se soltou com um safanão e esfregou os braços no lugar onde os dedos de Paul haviam se enterrado. O vento agora fazia com que a chuva tamborilasse na janela como dedos impacientes.

— Você sabe que é mais do que isso. Você, acima de qualquer um, deveria saber. Tenho algo valioso a desenvolver aqui. O que vou escrever sobre Eve será mais profundo, mais comovente, mais poderoso do que qualquer obra de ficção.

— E se você estivesse em casa na hora?

— A pessoa não teria invadido se eu estivesse aqui — rebateu ela.

— Obviamente, quem quer que seja esperou até a casa estar vazia. Seja lógico.

— Foda-se a lógica! Não vou deixá-la se arriscar.

— Você não está sendo...

— Não, por Deus, não estou. — Paul levantou uma das mesas, a fúria, antes gélida, esquentara. Mais vidros quebraram, como trovões em resposta à chuva. — Você espera que eu fique quieto, sem fazer nada? Quem quer que tenha entrado aqui não estava apenas procurando pelas fitas, estava desesperado para achá-las. — Pegou uma das almofadas em frangalhos e a jogou em cima de Julia. — Olhe só isso. Olhe, droga! Poderia ter sido você!

Julia não havia pensado nisso, nem por um segundo, e ficou irritada pelas palavras colocarem uma imagem bastante vívida em sua mente. Lutando para não tremer, deixou a almofada cair no chão.

— Não sou um móvel, Paul. E você tampouco pode tomar decisões por mim. O fato de termos passado uma tarde na cama não o torna responsável pelo meu bem-estar.

Lentamente, ele a agarrou pelas lapelas. A raiva e o medo pareciam uma lâmina fina cortando com rapidez e profundidade.

— Foi mais do que apenas uma tarde na cama, mas esse é outro problema com o qual você terá de lidar. No momento, você está vivendo uma situação onde a merda de um livro a está colocando em risco.

— Se, por acaso, eu estivesse pensando em abandonar o livro, isso teria me feito mudar de ideia. Não vou fugir desse tipo de intimidação.

— Muito bem-dito — declarou Eve, parada na porta. Seu cabelo estava molhado, assim como o suéter de caxemira que vestira rapidamente após o telefonema de Travers. Seu rosto parecia muito pálido ao entrar na casa, mas a voz se manteve forte e firme: — Parece que alguém está assustado, Julia.

— Qual é o problema com você? — Paul se virou para Eve com uma raiva que jamais demonstrara com ela. — Você realmente acha isso divertido? Está satisfeita com a ideia de que alguém faria isso por sua causa? A sua vaidade e a sua tentativa de se tornar imortal valem qualquer preço? O que isso faz de você, Eve?

Com cuidado, ela se sentou no braço do sofá danificado, pegou um cigarro e o acendeu. Estranho, pensou, tinha certeza de que Victor era o único homem que conseguia machucá-la. A dor era muito mais aguda e profunda quando provocada por um homem que considerava um filho.

— Divertido — repetiu ela devagar. — Você acha que eu gosto de ver minha propriedade destruída ou a privacidade da minha hóspede invadida? — Com um suspiro, soprou a fumaça. — Não, não gosto. Acha que eu gosto de saber que alguém está tão apavorado com o que eu posso contar ao mundo, a ponto de arriscar uma atitude fútil e idiota como essa? Sim, meu Deus, disso eu gosto.

— Você não é a única envolvida.

— Vou cuidar da Julia e do Brandon. — Bateu as cinzas de modo descuidado sobre os destroços espalhados pelo chão. Cada batida do coração era como uma terrível martelada em sua cabeça. — Travers está preparando os quartos de hóspedes na casa principal enquanto falamos. Julia, vocês podem ficar lá o tempo que quiserem, ou podem se mudar de volta para cá assim que a casa estiver habitável. — Ergueu os olhos, mas os manteve, assim como a voz, cuidadosamente neutros: — Ou, é claro, sinta-se à vontade para abandonar o projeto, se quiser.

Numa demonstração de aliança não planejada, Julia se colocou ao lado de Eve.

— Não tenho a menor intenção de abandonar o projeto. Nem você.

— A integridade — falou Eve, com um sorriso — é uma característica invejável.

— Mas a teimosia cega não é — rebateu Paul. Virou-se para Julia. — É óbvio que nenhuma das duas quer ou precisa da minha ajuda.

Eve se levantou ao vê-lo sair da casa. Em silêncio, observou Julia segui-lo até o meio da sala.

— O ego masculino — murmurou, cruzando a sala para colocar um braço em volta dos ombros de Julia. — É uma coisa enorme e frágil. Sempre o visualizei como um pênis gigantesco feito de vidro fino.

Apesar das emoções conflitantes, Julia riu.

— Assim está melhor. — Eve se abaixou para pegar um pedaço de vaso quebrado e o usou como cinzeiro. — Ele vai voltar, querida. Com certeza bufando e resmungando, mas ele está envolvido demais com você para não voltar correndo. — Sorrindo, ela apagou o cigarro; em seguida, com um dar de ombros, jogou a guimba e o pedaço de cerâmica no meio dos destroços. — Você acha que eu não percebo que vocês dormiram juntos?

— Eu realmente não acho...

— Não ache. — Querendo um pouco de ar fresco, Eve foi até a porta. Gostava da chuva, de sentir o frescor da água batendo em seu

rosto. Chegara a um ponto em que apreciava as pequenas coisas da vida.
— Pude ver logo de cara o que aconteceu entre vocês. E que você, silenciosamente e sem o menor esforço, roubou meu lugar de primeira-dama no coração dele.

— Ele estava zangado — começou Julia. Sentindo subitamente a própria cabeça latejar, tirou os grampos do cabelo.

— Estava, e ele tem todo o direito. Eu coloquei a mulher dele numa situação difícil, talvez perigosa.

— Ah, saia da chuva. Você pode pegar um resfriado. — Julia se eriçou sob o olhar divertido de Eve. — Sou responsável por minhas próprias decisões.

— Todos devem ser. — Cedendo, Eve voltou para dentro de casa. Ficou aliviada ao ver uma jovem na sua frente. Jovem, corajosa e geniosa. — Mesmo quando uma mulher se entrega a um homem, ela precisa ser dona de si. Por mais que você o ame, ou venha a amá-lo, seja sempre você mesma. — A dor irradiou tão rápido e com tanta força que ela soltou um grito e pressionou a base da mão um pouco acima do olho esquerdo.

— O que foi? — Num átimo de segundo, Julia estava ao lado de Eve, oferecendo-lhe apoio. Com um palavrão, carregou-a até o que restava do sofá. — Você está doente. Vou chamar um médico.

— Não. Não. — Antes que Julia pudesse se afastar para pegar o telefone, Eve a segurou. — É só estresse, excesso de trabalho ou choque tardio. Qualquer coisa. Eu sempre tenho dores de cabeça. — Quase sorriu diante da amarga meia-verdade. — Você pode me dar um copo de água?

— Tudo bem. Espere um pouco.

Enquanto Julia ia até a cozinha procurar um copo que não estivesse quebrado, Eve pegou o vidrinho de comprimidos em sua sacola de lona. As dores estavam começando a surgir com mais frequência — como os médicos tinham dito que aconteceria. E eram mais fortes —, o que batia com o prognóstico. Pegou dois comprimidos e, em seguida, se forçou a devolver um. Não cederia à tentação de dobrar a dose. Ainda não. Quando Julia voltou com a água, ela já recolocara o vidrinho na bolsa e mantinha apenas um comprimido na palma da mão.

Julia trouxe também uma toalha molhada — e, como teria feito com o filho, a esfregou na testa de Eve enquanto esta engolia o remédio.

— Obrigada. Você tem um toque muito suave.

— Apenas relaxe até se sentir melhor. — De onde surgira aquela afeição?, ponderou Julia, enquanto procurava, pacientemente, ajudar a aliviar a dor. Abriu um sorriso quando Eve pegou sua mão. Em algum momento no decorrer do relacionamento delas formara-se uma amizade, aquele laço feminino que nenhum homem jamais conseguiria entender.

— Você me conforta, Julia. De várias formas. — A dor estava quase tolerável agora. Ainda assim, Eve continuou sentada, com os olhos fechados, deixando que o toque suave e eficiente de Julia ajudasse a apaziguá-la. — Sinto muito que nossos caminhos tenham demorado tanto a se cruzar. O tempo perdido. Nunca se esqueça, como eu lhe disse: esse é o único arrependimento genuíno que alguém pode ter.

— Gosto de pensar que tempo perdido não existe. Que as coisas acontecem quanto têm de acontecer.

— Espero que você esteja certa. — Eve voltou ao silêncio, pensando nas coisas que ainda tinha de fazer. — Pedi ao Lyle que leve o Brandon direto para a casa principal. Achei que você fosse preferir assim.

— Prefiro, sim, obrigada.

— Isso é o mínimo que eu podia fazer para compensar esse contratempo. — Sentindo-se mais forte e mais segura de si, abriu os olhos novamente. — Você verificou as fitas?

— Elas continuam lá.

Eve apenas anuiu com um meneio de cabeça.

— Vou para a Geórgia no fim da semana. Quando eu voltar, vamos terminar isso, você e eu.

— Ainda tenho várias entrevistas a fazer.

— Você terá tempo. — Ela se certificaria disso. — Enquanto eu estiver fora, não quero que se preocupe com o que aconteceu.

Julia passou os olhos pela sala.

— É um pouco difícil não me preocupar.

— Mas não precisa. Sei quem fez isso.

Julia enrijeceu-se e deu um passo para trás.

— Você sabe! Então...

— Eu só tive de perguntar ao segurança do portão. — Já recobrada, Eve se levantou e pousou uma das mãos sobre o ombro de Julia. — Confie em mim. Vou cuidar disso.

♦♦♦♦

Drake jogava as roupas freneticamente dentro da mala. Camisas lavadas e bem-passadas eram lançadas por cima de sapatos, cintos e calças amarrotadas.

Precisava fugir, e rápido. Com menos de cinco mil dólares após uma aposta desesperada e fracassada nos cavalos de Santa Anita, e sem nenhuma fita para usar como barganha, Drake não ousava encarar Delrickio. Precisava ir para algum lugar onde Delrickio não pudesse encontrá-lo.

Argentina, talvez, ou o Japão. Jogou as clássicas meias com estampa de diamantes sobre as sungas. Talvez fosse melhor ir para Omaha primeiro, onde não chamaria a atenção. Quem iria procurar Drake Morrison em Omaha?

A mãe não podia mais arrastá-lo para trás do celeiro a fim de lhe dar uma surra. Não podia forçá-lo a ir aos encontros de oração nem obrigá-lo a viver apenas de pão e água para limpar o corpo e a alma das impurezas.

Poderia ficar na fazenda por umas duas semanas, até decidir o que ia fazer. Talvez até conseguisse arrancar alguns milhares de dólares de sua velha. Deus era testemunha de que ela lucrara bastante com ele — pegando o dinheiro que Eve lhe mandava e o investindo na fazenda ou na igreja.

Ele merecia alguma coisa, não merecia? Tanto dela quanto de Eve. Afinal de contas, era o único filho. Não havia vivido com a louca da Ada durante a primeira metade de sua vida e trabalhado para Eve na segunda?

Elas deviam isso a ele.

— Drake. — Ele estava com os braços abarrotados de meias e cuecas de seda. Tudo voou para o chão ao se deparar com Eve em seu quarto.

— Como você...

Ela ergueu a chave e a balançou.

— Você geralmente manda a Nina molhar suas plantas quando está fora da cidade. — Meteu a chave de volta no bolso, desafiando-o a protestar, e se sentou na beirada da cama. — Vai viajar?

— Tenho alguns negócios a tratar.

— Assim, de repente? — Eve ergueu as sobrancelhas enquanto analisava as roupas amontoadas dentro da mala. — Isso não é jeito de guardar um terno de cinco mil dólares.

A coceira nas coxas o fez trincar os dentes.

— Mandarei passar tudo quando chegar lá.

— E onde é lá, meu querido?

— Nova York — disse Drake, imaginando que era uma resposta inspirada. — Você é a minha cliente favorita, Eve, mas não é a única. Tenho, ahn, alguns detalhes a resolver sobre um acordo televisivo.

Ela inclinou a cabeça ligeiramente de lado para estudá-lo.

— Você deve estar muito perturbado para soltar uma mentira tão fajuta. Uma das suas melhores qualidades... talvez a única... é a capacidade de mentir com total sinceridade.

Ele queria demonstrar irritação, mas o pânico venceu.

— Escute, Eve, sinto muito se não tive a chance de colocá-la a par dos meus planos, mas nem todas as minhas obrigações giram em torno de você.

— Vamos deixar essa merda de lado e ir direto ao ponto, certo? — Seu tom de voz era agradável. A expressão em seu rosto, não. — Sei que você invadiu a casa de hóspedes hoje de manhã.

— Invadi? — O suor começou a escorrer pelo rosto de Drake. Ele riu, mas a risada saiu esganiçada. — Por que diabos eu faria um negócio desses?

— Essa é exatamente a minha pergunta. Não tenho dúvidas de que foi você quem fez isso antes e roubou as minhas coisas. Não sei nem como lhe dizer o quanto me decepciona, Drake, que um dos meus poucos parentes de sangue sinta necessidade de roubar.

— Não preciso escutar isso. — Ele fechou a mala com brutalidade. Sem se dar conta, começou a atacar as coxas. — Olhe em volta, Eve. Você acha que eu precisaria roubar algumas bugigangas de você?

— Acho. Quando um homem insiste em viver bem acima de suas posses, ele pode vir a se tornar um ladrão. — Soltou um fraco suspiro enquanto acendia um cigarro. — Você andou apostando de novo?

— Já te falei que não faço mais isso. — Ele soou quase indignado.

Eve soltou a fumaça em direção ao teto; em seguida, voltou os olhos para Drake novamente.

— Você é um mentiroso, Drake. E, a menos que queira que eu conte minhas suspeitas para a polícia, é bom parar de mentir imediatamente. Quanto você está devendo?

Ele desmoronou como um castelo de cartas sob o sopro de uma criança.

— Oitenta e três mil dólares, mais os juros.

Eve comprimiu os lábios.

— Idiota. Para quem?

Drake limpou a boca com as costas da mão.

— Delrickio.

Ela levantou de um pulo, pegou um sapato e o brandiu na direção dele. Choramingando, Drake cruzou os braços na frente do rosto para se proteger.

— Seu idiota! Eu falei, eu avisei! Há quinze anos eu o livrei das garras daquele verme. E novamente há dez anos.

— Tive uma maré de azar.

— Imbecil! Você nunca teve uma maré de sorte em toda a sua vida. Delrickio! Jesus Cristo! Ele come idiotas como você no café da manhã. — Furiosa, ela jogou o cigarro no carpete e o apagou antes de agarrar Drake pelo colarinho da camisa. — Você foi pegar as fitas para ele, não foi? Seu filho da mãe traidor, você ia dar as fitas a ele para salvar a própria pele!

— Ele vai me matar — balbuciou Drake, os olhos e o nariz escorrendo. — É verdade. Ele já mandou um de seus capangas me dar uma surra. Delrickio quer escutar as fitas, só isso. Não achei que isso fosse machucar ninguém, e talvez ele perdoe parte da dívida. Eu só...

Eve deu-lhe um tapa com força suficiente para mandar sua cabeça para trás.

— Controle-se! Você é patético. — Ela o soltou e começou a andar de um lado para o outro do quarto. Drake pegou um lenço para secar o rosto.

— Eu entrei em pânico. Por Deus, Eve, você não entende como é viver com a ideia do que ele pode fazer comigo. E tudo por causa de oitenta mil dólares.

— Oitenta mil dólares que você não tem. — Mais calma, ela se virou. — Você me traiu, Drake, traiu minha confiança, meu afeto. Sei que a sua infância foi uma merda, mas isso não é desculpa para trair alguém que tentou lhe dar uma chance.

— Estou com medo. — Ele começou a chorar de novo. — Se eu não der o dinheiro a ele em dois dias, ele vai me matar. Eu sei que vai.

— E as fitas serviriam para amansar a fera. Que pena, querido, você ficou sem cartas na manga.

— Elas não precisam ser reais. — Ele lutou para se colocar de pé. — Nós podíamos falsificar algumas e entregar a ele.

— E ele o mataria depois por mentir. A mentira sempre vem à tona, Drake. Acredite em mim.

Enquanto digeria a verdade dessas palavras, os olhos de Drake dardejaram pelo quarto, com medo de se fixarem em algum lugar.

— Vou fugir. Vou sair do país...

— Você vai ficar aqui e enfrentar o problema como um homem. Pelo menos uma vez nessa sua vidinha miserável, encare as consequências.

— Eu vou morrer — respondeu ele, os lábios trêmulos.

Eve abriu a bolsa e pegou o talão de cheques. Viera preparada, mas isso não diminuía sua raiva, nem a decepção.

— Cem mil dólares — disse, sentando-se e começando a preencher o cheque. — Isso deve cobrir a dívida, e os juros.

— Ó céus, Eve. — Ele caiu a seus pés e enterrou o rosto em seus joelhos. — Não sei o que dizer.

— Não diga nada, apenas me escute. Você vai pegar este cheque e não vai usar nem um centavo para apostar. Leve o dinheiro para Delrickio.

— Pode deixar. — O rosto molhado de Drake brilhou de pura felicidade. Parecia um santo convertido. — Eu juro.

— Essa é a última vez que você faz negócios com aquele homem. Se eu descobrir que você se envolveu com ele de novo, eu mesma irei matá-lo... de um jeito que até Delrickio respeitaria e admiraria.

Drake concordou, meneando a cabeça de forma entusiasmada. Seria capaz de prometer tudo e qualquer coisa, e com sinceridade — pelo menos temporariamente —, em troca da salvação.

— Eu sugiro que você faça uma terapia para ajudá-lo a se livrar desse vício.

— Não precisa. Nunca mais vou apostar. Eu juro.

— Você já jurou antes, mas isso é problema seu. — Revoltada, Eve o empurrou para o lado e se levantou. O afeto e a esperança que um dia tivera pelo sobrinho haviam acabado. Sabia que esses sentimentos não voltariam. Assim que passasse a raiva e a repulsa, talvez viesse a sentir pena. Mas nada além disso. — Não dou a mínima se você resolver desperdiçar a sua vida, Drake. Vou salvá-lo pela última vez. Ah, e você está despedido.

— Eve, você não pode estar falando sério. — Ele lutou para se colocar de pé, abrindo seu sorriso mais cativante. — Eu meti os pés pelas mãos, admito. Foi burrice, não acontecerá de novo.

— Meteu os pés pelas mãos? — Achando quase engraçado, ela tamborilou os dedos em sua bolsa. — Que expressão conveniente! Ela serve para tanta coisa. Você invadiu a minha casa, me roubou, destruiu coisas de que eu gostava e invadiu a privacidade de uma mulher por quem não sinto apenas afeto, mas que respeito e admiro, e que é uma hóspede em minha casa. — Ergueu a mão antes que ele pudesse dizer alguma coisa. — Não estou dizendo que você não irá mais trabalhar nesta cidade, Drake. Isso seria melodramático demais, um clichê. Mas você não vai mais trabalhar para mim.

A sensação de alívio e felicidade desapareceu. Um sermão, tudo bem — algumas ameaças ele poderia aguentar. Aquele tipo de punição, porém, era pior, bem pior do que apanhar de cinto atrás do celeiro, e mais definitivo. Preferiria entregar a alma ao diabo a ser açoitado por uma mulher de novo.

— Você não tem o menor direito de me tratar assim, de me jogar de lado como se eu não fosse nada.

— Tenho todo o direito de despedir um empregado que eu não considero competente.

— Eu fiz um monte de coisas boas para você.

Eve arqueou uma das sobrancelhas diante da audácia.

— Então podemos dizer que estamos quites. Esse cheque é todo o dinheiro que você receberá de mim. Pense nele como sua herança.

— Você não pode fazer isso! — Ele agarrou o braço de Eve antes que ela pudesse sair do quarto. — Sou da família, sou tudo o que você tem. Você não pode me cortar da sua vida desse jeito.

— Posso, sim. Eu lutei para ganhar cada centavo que eu tenho... algo que você jamais entenderia. Deixarei minhas coisas para quem eu quiser. — Ela soltou o braço com um safanão. — Não posso recompensar a traição, Drake, e, nesse caso, não vou nem puni-lo por isso. Acabei de lhe devolver a sua vida. Faça algo de útil com ela.

Ele correu atrás da tia ao vê-la sair do quarto e começar a descer a escada.

— Você não vai deixar tudo para aquele canalha do Winthrop. Prefiro vê-la no inferno primeiro!

Ela se virou ao alcançar a base das escadas. A expressão em seus olhos fez com que ele parasse no meio do caminho.

—Você provavelmente me verá lá. Até então, estamos terminados.

Isso não ia acontecer. Drake se sentou nos degraus e apoiou a cabeça entre as mãos. Escutou a porta bater e reverberar. Isso não ia acontecer. Ele a faria entender que não podia ser comprado com míseros cem mil dólares.

Capítulo Dezoito

No quarto grande e arejado da casa principal, Brandon se sentou na cama de dossel e observou a mãe terminar de fazer a mala.

— Como é possível as mulheres levarem muito mais coisas do que os homens para um simples fim de semana?

— Isso, meu filho, é um dos mistérios do universo. — Com uma certa culpa, Julia acrescentou outra blusa. — Tem certeza de que não está chateado por não ir a Londres comigo?

— De jeito nenhum. Vou me divertir muito mais com os McKenna do que você com esse ator velhote. Eles têm um Nintendo.

— Bom, Rory Winthrop não pode competir com isso. — Fechou a mala. Em seguida, checou a valise para ver se tinha pego todos os produtos de higiene e cosméticos. Sacudiu a cabeça ao verificar o peso. Na verdade, não havia mistério algum, pensou. Era pura vaidade feminina. — CeeCee vai chegar a qualquer minuto. Você pegou sua escova de dentes?

— Peguei, mãe. — Ele revirou os olhos. — Você já checou minha mala duas vezes.

Como estava verificando novamente, Julia não viu a cara que o filho fez.

— Talvez você devesse pegar outro casaco. Para o caso de chover.

— Ou para o caso de Los Angeles ser subitamente devastada por alguma nevasca, enchente ou tornado. Um terremoto. Ai, meu Deus, e se houvesse um terremoto enquanto ela estivesse fora? Sentindo o medo e a culpa que sempre sentia ao deixar o filho, Julia se virou para ele. Brandon estava quicando suavemente e assobiando, com o estimado boné dos Lakers enterrado na cabeça. — Vou sentir sua falta, bebê.

Ele se encolheu, da forma como qualquer garoto de dez anos faria ao ser chamado de bebê. Pelo menos eles não estavam em público.

— Vou ficar bem. Não precisa se preocupar.

— Preciso, sim. Esse é o meu trabalho. — Julia foi até ele para abraçá-lo, e ficou satisfeita ao sentir os braços do filho envolverem-na num abraço apertado. — Estarei de volta na terça.

— Você vai me trazer alguma coisa?

Ela puxou a cabeça dele para trás.

— Vou pensar. — Deu dois beijinhos em seu rosto, um de cada lado. — Não cresça demais enquanto eu estiver fora.

Ele riu.

— Vou pensar.

— Eu vou continuar sendo maior. Vamos lá, está na hora de começar o show. — Ela pegou a pasta, tentando se lembrar se havia colocado o passaporte e a passagem no lugar certo, pendurou a valise num dos ombros e a mala no outro. Brandon pegou sua bem-arrumada sacola de ginástica, tudo o que um garoto moderno precisava para passar alguns dias com os amigos.

Não ocorreu a nenhum dos dois chamar um empregado para descer as malas.

— Vou ligar todas as noites às sete, no horário daqui. Logo depois do jantar. Já coloquei o número do hotel na sua sacola.

— Eu sei, mãe.

Julia reconhecia a impaciência ao escutá-la, mas não deu a mínima. Uma mãe tinha o direito de agir assim.

— Você pode me ligar a hora que quiser, se precisar. Se eu não estiver, a recepcionista anotará o recado.

— Eu sei como fazer. É igual a quando você sai em turnê.

— Isso mesmo. — Só que dessa vez haveria um oceano separando os dois.

— Julia. — Nina atravessou apressada o corredor quando eles pararam na base da escada. — Você não devia estar carregando isso.

— Estou acostumada. Mesmo.

— Tudo bem. — Ela já estava tirando a mala do ombro de Julia e a colocando de lado. — Pedirei a Lyle que coloque suas coisas na limusine.

— Muito obrigada. Você sabe, não é realmente necessário que ele me leve até o aeroporto. — A simples ideia lhe dava arrepios. — Posso chamar...

— Você é convidada da srta. B. — replicou Nina, de modo sério. — E está indo a Londres por causa dela. — Na cabeça de Nina, isso resolvia a discussão. Sorriu para Brandon. — As coisas por aqui vão ficar terrivelmente quietas e chatas nos próximos dias, mas tenho certeza de que você vai se divertir muito com os McKenna.

— Eles são legais. — Brandon não achou que seria esperto acrescentar que Dustin McKenna prometera ensiná-lo como fazer barulhos mal-educados com o sovaco. As mulheres não entendiam esse tipo de coisa. Ao escutar a campainha, partiu correndo para a porta. — Você chegou! — gritou para CeeCee.

— Pode apostar que sim. Todos prontos para três dias de diversão, risos e banheiros lotados? Olá, srta. Soloman. Obrigada pelo dia de folga.

— Você merece. — Nina abriu um sorriso sem expressão enquanto pensava nas coisas que precisava fazer. — De qualquer forma, com todos fora de casa, não tem muita coisa para você fazer aqui. Divirta-se, Brandon. Boa viagem, Julia. Vou chamar o Lyle e pedir a ele para trazer o carro até a porta.

— Comporte-se. — Julia aproximou-se de Brandon para lhe dar um último abraço. — Não brigue com o Dustin.

— Pode deixar. — Ele pendurou a sacola de ginástica no ombro. — Tchau, mãe.

— Tchau. — Ela mordeu o lábio ao vê-lo se afastar.

— Vamos cuidar bem dele, Julia.

— Eu sei. — Conseguiu abrir um sorriso. — Essa é a parte fácil. — Pela porta aberta, viu a grande limusine preta parar atrás do Sprint de CeeCee. — Acho que essa é a minha deixa.

Enquanto Julia seguia para o aeroporto sob o sol brilhante da Califórnia, Eve espreguiçou-se na cama e escutou o forte tamborilar da chuva sobre o telhado do bangalô. Hoje não houvera filmagem, pensou, apenas algumas longas e preguiçosas horas dentro da pequena e aconchegante cabana que os produtores haviam alugado pelo tempo que durassem as filmagens no local.

Não se importava em ter um dia de folga — não sob aquelas circunstâncias. Espreguiçou-se de novo, ronronando ao sentir a mão forte e larga passear por seu corpo.

— Pelo visto a chuva não vai parar tão cedo — comentou Peter, mudando de posição, de modo a poder puxá-la para cima dele. Estava surpreso, e excitado, com a ótima aparência dela pela manhã. Eve parecia um pouco mais velha, é claro, sem sua cuidadosa maquiagem. Contudo, a musculatura, os olhos e a pele clara faziam com que a idade não fizesse quase diferença nenhuma. — Se continuar assim, vamos ficar presos aqui dentro o dia inteiro.

Sentindo-o duro e pronto de encontro a ela, Eve ergueu e desceu o corpo para recebê-lo dentro de si.

— Acho que podemos arrumar alguma coisa para fazer.

— É verdade. — Ele agarrou-lhe os quadris, incitando-a a se mexer um pouco mais rápido. — Aposto que sim.

Eve arqueou o corpo para trás, a fim de absorver todas aquelas deliciosas ondas de prazer. Estava certa sobre ele ser um amante interessante. Peter era jovem, viril, enérgico, e tinha uma consciência natural das necessidades de uma mulher, tanto quanto das dele. Eve gostava da generosidade sexual em um homem. Tinha sido um bônus, quando decidira finalmente dar o último passo e convidá-lo para sua cama, que acabasse desenvolvendo uma certa afeição por ele.

E, na cama... Que mulher na idade dela não se sentiria feliz por conseguir deixar tão excitado um homem com menos de 40 anos? Sabia que ele estava totalmente entregue — o ritmo entrecortado de sua respiração, o brilho do suor sobre o peito, os tremores que o assaltaram ao se aproximar do clímax.

Sorrindo, ela jogou a cabeça para trás e o cavalgou com força, e lançou os dois no abismo do prazer.

♦♦♦♦

—Deus do céu! — Exausto, Peter caiu de volta na cama. Seu coração parecia uma britadeira. Já tivera outras mulheres, mais jovens, mas nunca uma com tamanha habilidade. — Você é incrível.

Eve deslizou para fora da cama e pegou um roupão que estava sobre a cadeira.

— E você é bom. Muito bom. Com sorte, será incrível quando chegar à minha idade.

— Querida, se eu passar muito tempo transando desse jeito, vou estar morto muito antes de chegar à sua idade. — Ele se espreguiçou como um gato grande e esguio. — Contudo, seria uma vida curta e feliz.

Ela riu, satisfeita, e foi até a penteadeira passar uma escova nos cabelos. Ele não tentava ignorar a idade dela, como muitos homens mais jovens sentiam-se obrigados a fazer. Tampouco tentava apimentar o sexo com mentiras e lisonjas. Eve descobrira que o que Jackson dizia era pra valer.

— Por que você não me conta como se sente a respeito de sua vida curta e feliz até agora?

— Estou fazendo o que eu sempre quis. — Ele cruzou os braços sob a cabeça. — Acho que eu queria ser ator desde os 16 anos... quando fiquei encantado pelas peças da escola. Acabei estudando teatro na faculdade, partindo, assim, o coração da minha mãe. Ela queria que eu fosse médico.

Ela o encarou através do espelho e, então, baixou os olhos preguiçosamente para seu corpo.

— Bem, você tem mãos boas para um médico.

Ele riu.

— É, mas odeio sangue. E sou péssimo no golfe.

Divertida, Eve colocou a escova de lado e começou a passar hidratante debaixo dos olhos. O barulho da chuva e o som da voz dele a acalmavam.

— Então você deixou a medicina de lado e veio para Hollywood.

— Eu tinha 22 anos. Passei fome durante um pequeno período, e fiz alguns comerciais. — Como sentia as forças voltando, Peter se ergueu num dos cotovelos. — Ei, você nunca me viu vendendo Blueberry Crunch Granola?

Os olhos dela encontraram os dele, sorridentes, através do espelho.

— Infelizmente, não.

Ele pegou um dos cigarros que estavam sobre a mesinha de cabeceira.

— Uma performance maravilhosa. Cheia de coragem, estilo e paixão. E isso tudo só para o cereal.

Eve foi até a cama para fumar junto com ele.

— Vou me assegurar de que a cozinheira faça um estoque imediatamente.

— Para falar a verdade, ele tem gosto de algo que você desenterrou do meio da floresta. Por falar em comida, que tal se eu preparar um café da manhã?

— Você?

— Claro. — Ele tirou o cigarro dos dedos dela e o levou à boca. — Antes de estrear nas novelas, fiz um bico como cozinheiro numa lanchonete. Trabalhando em turnos.

— Isso quer dizer que você está se oferecendo para me preparar ovos com bacon?

— Pode ser... se isso a deixar animada.

Com cuidado, Eve deu outra tragada no cigarro. Ele estava começando a se apaixonar por ela, percebeu. O que era agradável e lisonjeiro e, se as circunstâncias fossem diferentes, ela talvez até permitisse que isso acontecesse. No entanto, dada a situação, precisava manter as coisas simples.

— Acho que já mostrei que estou animada.
— Mas.

Ela roçou os lábios suavemente sobre os dele.

— Mas — repetiu. E isso foi tudo.

Era mais difícil do que ele imaginava aceitar as silenciosas limitações. Surpreendentemente difícil.

— Acho que alguns dias na Geórgia não é um acordo tão ruim.

Grata, Eve o beijou de novo.

— É um ótimo acordo. Para nós dois. E quanto ao café?

— Que tal isso... — Peter se inclinou para beijar o ombro de Eve, apreciando não apenas o perfume e a textura da pele dela, como também a firmeza. — Por que não tomamos um banho? Aí você pode me observar na cozinha. Depois disso, tenho uma ótima ideia de como podemos passar o restante da tarde.

— Tem, é?

— Tenho sim. — Ele a acariciou suavemente e sorriu. — Podemos ir ao cinema.

— Ao cinema?

— Claro. Você já escutou falar em cinema, não escutou? É um lugar onde as pessoas se sentam para assistir outras pessoas fingindo ser pessoas diferentes. O que me diz? A gente pode pegar uma matinê, comer um pouco de pipoca.

Ela pensou por alguns instantes e decidiu que a ideia parecia divertida.

— Tudo bem.

♦♦♦♦

JULIA TIROU os sapatos e deixou os pés afundarem no carpete de seu quarto no Savoy. Era uma suíte pequena e elegante, decorada com muito bom gosto. O carregador tinha sido tão escrupulosamente educado ao lhe entregar as malas que parecera quase constrangido enquanto esperava pela gorjeta.

Ela foi até a janela para observar o rio e se recuperar um pouco do cansaço da viagem. Seus nervos precisariam de mais tempo. O voo de Los Angeles até Nova York não fora tão ruim — não chegara a ser uma tortura. Contudo, do Aeroporto Kennedy até o Heathrow — todas aquelas horas sobrevoando o Atlântico — tinha sido um inferno.

Mas acabara. Agora ela estava na Inglaterra. E tinha o prazer de dizer a si mesma que Julia Summers estava hospedada no Savoy.

Ainda se surpreendia por poder bancar um lugar tão sofisticado. A sensação, porém, era boa, a surpresa que lhe dizia que ela não havia esquecido como era ganhar, subir na vida ou precisar.

Estavam em pleno mês de março, e as luzes noturnas da cidade cintilavam. Era como se ela tivesse entrado no sonho de outra pessoa, toda aquela escuridão aveludada, o facho enevoado da lua, a sombra da água. E ali tudo era tão aconchegante, tão maravilhosamente quieto. Com um grande bocejo, Julia deu as costas à janela, às luzes. Sua aventura teria de esperar até o dia seguinte.

Retirou das malas apenas o que precisava para passar a noite e mergulhou em seu próprio mundo de sonhos em menos de vinte minutos.

♦♦♦♦

NA MANHÃ seguinte, Julia saltou do táxi em Knightsbridge e pagou o motorista, sabendo que estava exagerando na gorjeta. Tinha certeza também de que nunca se acostumaria com a moeda inglesa. Lembrou de pedir um recibo — seu contador quase arrancava os cabelos com seu sistema de contabilidade — e o meteu de modo distraído no bolso.

A casa era exatamente como havia imaginado. Uma gigantesca mansão vitoriana de tijolos vermelhos, cercada por árvores enormes e retorcidas. Julia imaginou que elas deviam proporcionar lindas sombras no verão, mas, por ora, o vento agitava seus galhos desnudos, criando uma música ao estilo Charles Dickens estranhamente cativante. A fumaça desprendia-se das chaminés em nuvens espessas e cinzentas que eram rapidamente absorvidas pelo céu nublado.

Embora houvesse carros passando na rua de trás, podia imaginar com facilidade o toc-toc dos cavalos, o tilintar das carruagens, os gritos dos vendedores de rua.

Julia atravessou o pequeno portão de ferro, cruzou o caminho de paralelepípedos que dividia o gramado, amarelado pelo frio do inverno, subiu os degraus imaculadamente brancos e parou diante de uma porta também imaculadamente branca. Trocou a pasta de mão, incomodada pelo fato de suas mãos estarem úmidas e geladas. Não adiantava negar, disse a si mesma, estava pensando em Rory Winthrop não como um dos ex-maridos de Eve, mas como o pai de Paul.

Paul estava a quase dez mil quilômetros de distância, e furioso com ela. O que ele pensaria, ponderou, se soubesse que ela estava ali, não apenas dando continuidade ao livro, como prestes a entrevistar seu pai? Ele não ficaria muito satisfeito, tinha certeza, e desejou que houvesse um modo de combinar suas necessidades com as dele.

Lembrando a si mesma que o trabalho vinha em primeiro lugar, tocou a campainha. Instantes depois, uma empregada atendeu, e Julia viu de relance um gigantesco salão, de pé-direito alto e piso de ladrilhos.

— Julia Summers — informou. — Tenho uma entrevista marcada com o sr. Winthrop.

— Pois não, senhorita, ele a está esperando. Entre, por favor.

O piso era um tabuleiro de xadrez vermelho-amarronzado e marfim, e do teto pendiam pesados lustres de um metal amarelo e cristal.

À direita ficava uma majestosa escada em curva. Julia entregou seu casaco para a solícita empregada e a seguiu, passando por duas cadeiras George III ao lado de uma mesa de mogno decorada com um vaso de hibiscos e uma luva feminina de couro em tom de safira.

De forma instintiva, comparou a sala de estar com a de Eve. Esse ambiente era certamente mais formal, mais mergulhado em tradição do que a arejada e ensolarada sala de visitas de Eve. A dela transpirava riqueza e estilo. Esta murmurava dinheiro de família e fortes raízes.

— Por favor, fique à vontade, srta. Summers. O sr. Winthrop está a caminho.

— Obrigada.

A empregada saiu da sala silenciosamente, fechando as pesadas portas de mogno atrás de si. Ao se ver sozinha, Julia foi até a lareira para aquecer as mãos geladas sobre as chamas crepitantes. A fumaça tinha um cheiro agradável de madeira de macieira, transmitindo boas-vindas e aconchego. Como ela a fazia se lembrar um pouco de sua própria lareira em Connecticut, Julia relaxou.

O consolo da lareira, artisticamente esculpido, estava entulhado de fotografias antigas em molduras de prata decoradas, as quais brilhavam de tão polidas. Julia tinha certeza de que as empregadas deviam praguejar cada vez que tinham de polir todas aquelas curvas e reentrâncias.

Distraiu-se observando cada uma das fotos, analisando os semblantes austeros e a postura empertigada dos ancestrais do homem que viera ver.

Reconheceu Rory Winthrop, e captou uma pequena dose de seu bom-humor na foto em preto e branco em que ele posava de colarinho engomado e chapéu de pele de castor. O filme era *Delaney Murders*, lembrou-se Julia, e ele fizera o papel de um distinto e ensandecido assassino com um brilho de prazer nos olhos.

Julia não ficou satisfeita em apenas observar a foto seguinte. Precisou pegá-la, segurá-la. Devorá-la. Era Paul, tinha certeza, embora o menino na foto não tivesse mais do que uns 11, 12 anos. Seu cabelo estava mais claro e mais bagunçado, e, pela expressão em seu rosto, ele não estava nem um pouco feliz de ter sido obrigado a se meter num terno engomado, com uma gravata apertada.

Os olhos eram os mesmos. Estranho, pensou Julia, que mesmo criança ele já tivesse aqueles olhos intensamente adultos. Eles não estavam sorrindo, apenas a fitavam de volta como se dissessem que ele já vira, escutara e compreendera mais do que alguém com o dobro da sua idade.

— Pestinha assustador, não é mesmo?

Julia se virou com o porta-retratos na mão. Estava tão concentrada na foto que não escutara Rory Winthrop entrar. Ele a observava, com um charmoso sorriso no canto dos lábios e uma das mãos casualmente enfiada no bolso da calça cinza perolada. Fisicamente, parecia mais o irmão de Paul do que o pai. O cabelo em tom de mogno era cheio e penteado para trás como a juba de um leão. Apenas as têmporas eram ligeiramente grisalhas, o que lhe acrescentava mais distinção do que idade. Seu rosto era firme e másculo, assim como o corpo. Ele também não era nenhum desconhecido da fonte da juventude oferecida pelos cirurgiões plásticos. Além dos *liftings*, Rory se entregava a tratamentos semanais que incluíam máscaras de algas e massagens faciais.

— Desculpe, sr. Winthrop. O senhor me pegou de surpresa.

— A melhor forma de pegar uma bela mulher. — Gostava da maneira como ela o encarava. Um homem podia preservar o rosto e o corpo com cuidados, empenho e dinheiro. Mas era preciso uma mulher, uma jovem, para preservar seu ego.

— Gostou da minha pequena galeria do tempo?

— Ah. — Ela se lembrou do retrato em sua mão e o devolveu ao consolo da lareira. — É muito interessante.

— Essa do Paul foi tirada pouco depois de Eve e eu nos casarmos. Eu não o compreendia melhor na época do que compreendo agora. Ele falou de você.

— Ele... — Surpresa, prazer, constrangimento. — Jura?

— Juro. Não me lembro de ele jamais ter mencionado uma mulher pelo nome antes. Esse foi um dos motivos por que fiquei feliz por você ter podido fazer essa viagem até aqui. — Ele andou até Julia e tomou sua mão entre as dele. De perto, o sorriso que devastara mulheres por várias gerações era muito poderoso. — Por que não nos sentamos perto da lareira? Ah, aqui está o nosso chá.

Enquanto eles se acomodavam em duas poltronas de encosto arredondado, na frente da lareira, uma segunda empregada entrou empurrando um carrinho.

— Quero lhe agradecer por concordar em me receber num fim de semana.

— O prazer é todo meu. — Ele dispensou a empregada com um amigável meneio de cabeça e serviu o chá. — Tenho de estar no teatro ao meio-dia para a matinê; portanto, sinto informar que não tenho muito tempo. Limão ou leite, querida?

— Limão, obrigada.

— Experimente esses pãezinhos. Acredite em mim, eles são deliciosos. — Ele pegou dois, acrescentando uma generosa porção de geleia de laranja. — Então, Eve está dando o que falar com esse livro, não está?

— Podemos dizer que ela tem gerado muito interesse e especulação.

— Você é diplomática, Julia. — Mais uma vez, o rápido sorriso que derretia as mulheres. — Espero que possamos nos chamar de Julia e Rory. É mais confortável assim.

— Claro.

— E como está a minha fascinante ex-esposa?

Embora não fosse gritante, Julia percebeu a afeição na voz dele.

— Eu diria que ela está mais fascinante do que nunca. Eve fala com muito carinho de você.

Ele tomou um gole do chá com um murmúrio de apreciação.

— Tínhamos uma daquelas raras amizades que se tornam mais fortes depois que a paixão esfria. — Ele riu. — Não estou dizendo que ela não tenha ficado mais do que um pouco irritada comigo nos últimos meses do nosso casamento... mas com bons motivos.

— A infidelidade geralmente "irrita" as mulheres.

Ele abriu um sorriso tão parecido com o de Paul que Julia não conseguiu se impedir de sorrir também. As mulheres diretas sempre o encantavam.

— Minha querida, sou um especialista em como as mulheres reagem à infidelidade. Felizmente, a amizade sobreviveu... em grande parte, imagino, por Eve ser tão afeiçoada ao Paul.

— Você não acha estranho que sua ex-mulher e seu filho sejam tão próximos?

— De jeito nenhum. — Ele pegou outro pãozinho enquanto falava e comeu devagar, apreciando cada pedacinho. Não foi difícil para Julia imaginar que ele apreciava suas mulheres praticamente da mesma forma. — Para ser honesto, fui um pai relapso. Sinto dizer que eu simplesmente não fazia ideia de como lidar com um garoto em crescimento. Enquanto eles são bebês, você só precisa dar uma olhada no berço de vez em quando e fazer uma festinha, ou passear pelo parque empurrando um carrinho, sentindo-se orgulhoso e meio convencido. Tínhamos uma babá para lidar com os aspectos menos agradáveis das obrigações paternas.

Sem se sentir ofendido, ele riu ao ver a expressão dela e, em seguida, deu-lhe um tapinha na mão antes de se servir de um pouco mais de chá.

— Julia, querida, não seja tão dura comigo. Pelo menos eu reconheço minhas falhas. O teatro era a minha família. Paul teve o azar de nascer de duas criaturas vergonhosamente egoístas e com um extraordinário talento, que não tinham a mínima ideia de como criar um filho. E ele era tão assustadoramente inteligente.

— Você faz com que isso pareça mais um insulto do que um elogio.

A-há, pensou ele, escondendo o sorriso incontrito com o guardanapo. A moça era sagaz.

— Na época eu teria dito que o garoto era como um enigma que eu não tinha inteligência para resolver. Eve, por outro lado, lidava com ele com a maior naturalidade. Era atenciosa, interessada e paciente. Confesso que ela fez com que Paul e eu nos divertíssemos mais um com o outro do que jamais havia acontecido antes.

Não julgue, Jules, repreendeu-se ela, e lutou para voltar à objetividade.

— Você se importa se eu ligar o gravador? Ele me ajuda a ser mais precisa depois.

Ele hesitou apenas por um instante e, então, anuiu em concordância.

— De jeito nenhum. Todos queremos exatidão.

Tentando não fazer nenhum barulho, Julia colocou o gravador na beirada da mesinha do chá e o ligou.

— Foram publicados alguns artigos sobre você, Eve e Paul durante o primeiro ano do casamento de vocês. Uma espécie de retrato de família.

— Família. — Rory testou a palavra e, em seguida, fez que sim por cima da borda da xícara. — Esse era um conceito estranho para mim, mas, sim, nós éramos uma família. Eve queria muito construir uma família. Talvez porque tivesse sentido falta disso durante a infância. Ou talvez porque estivesse naquela idade em que os hormônios fazem com que uma mulher anseie por fraldas e carrinhos de bebê, e por pezinhos balançando. Ela chegou até a me convencer de que devíamos ter um filho nosso.

Essa nova e fascinante informação deixou Julia em alerta.

— Você e Eve planejavam ter um bebê?

— Minha querida, Eve é uma mulher muito persuasiva. — Ele riu e se recostou na poltrona. — Nós planejamos e esquematizamos como dois generais acampados em território inimigo. Mês após mês, meu esperma declarava guerra ao óvulo dela. As batalhas não deixavam de ser divertidas, mas nunca alcançamos a vitória. Eve foi à Europa... França, eu acho, para se consultar com um especialista. Ao voltar, veio com a notícia de que não podia ter filhos. — Colocou a xícara sobre a mesinha. — Sou obrigado a dizer, Eve encarou essa notícia, que eu sabia ser devastadora para ela, de frente. Não chorou, não reclamou, nem praguejou contra Deus. Apenas se jogou de cabeça no trabalho. Eu sei que ela sofreu. Durante semanas, ela dormiu mal e seu apetite diminuiu.

Objetividade?, perguntou Julia a si mesma enquanto observava as chamas crepitantes. Sem chance. Tudo o que conseguia sentir era empatia.

— Vocês nunca consideraram uma adoção?

— Estranho você mencionar adoção. — Os olhos de Rory se estreitaram enquanto ele recorria às lembranças. — Eu pensei nisso. Odiava ver a Eve lutando contra a infelicidade. E, para ser sincero, ela me deixara animado com a ideia de ter outro filho. Quando mencionei essa possibilidade, ela ficou muito quieta. Chegou a se encolher, como se eu tivesse batido nela. Ela disse... quais foram suas palavras exatas? "Rory, nós tivemos nossa chance. Como não podemos voltar no tempo, por que não nos concentramos em seguir em frente?"

— O que ela quis dizer com isso?

— Achei que ela estivesse dizendo que tínhamos feito o máximo para termos um filho, sem sucesso, e que, portanto, era mais sábio seguir com as nossas vidas. Foi o que fizemos. Por fim, acabamos seguindo por caminhos diferentes. Nossa separação foi amigável, chegamos até a discutir a possibilidade de virmos a trabalhar juntos de novo. — Seu sorriso foi ligeiramente melancólico. — Talvez isso ainda aconteça.

Talvez Eve tivesse demonstrado tanto interesse na história de como Brandon havia sido concebido — a garota que engravidara sem querer —, porque ela própria não pudera ter filhos, refletiu Julia. Isso, porém, não era algo que Rory saberia responder. Decidiu voltar a um tema que ele pudesse discutir:

— O casamento de vocês era considerado sólido. Foi um choque para a maioria das pessoas quando vocês se separaram.

— Nós tivemos bons momentos, Eve e eu. Mas em qualquer espetáculo a cortina sempre se fecha, mais cedo ou mais tarde.

— Você não acredita em "até que a morte nos separe"?

Ele abriu um sorriso maliciosamente charmoso.

— Minha querida, acredito, sim, sempre acreditei, do fundo do coração. Fui sincero cada vez que eu disse isso. Mas agora sinto dizer que você terá de me desculpar. O teatro é a amante mais exigente de um homem.

Ela desligou o gravador e o meteu de volta na pasta.

— Aprecio o tempo que você me dispensou, e a sua hospitalidade, sr. Winthrop.

— Rory. — Ele a lembrou, tomando-lhe a mão enquanto se levantavam. — Espero que esta não seja uma despedida. Ficaria muito feliz em conversar com você de novo. Não haverá espetáculo amanhã. Talvez possamos continuar essa conversa durante o jantar.

— Eu adoraria, se isso não for interferir nos seus planos.

— Julia, os planos de um homem são feitos para serem mudados por uma linda mulher. — Ele levou a mão dela aos lábios. Julia sorria quando a porta da sala de estar se abriu.

— Galanteador como sempre — comentou Paul.

Rory manteve a mão tensa de Julia entre as dele enquanto se virava para o filho.

— Paul, que surpresa maravilhosa, ainda que numa hora ruim. Não preciso perguntar o que te trouxe aqui.

Paul manteve os olhos fixos em Julia.

— Não, não precisa. Você não tem uma matinê hoje?

—Tenho, sim, verdade. — Rory abafou uma risada. Era a primeira vez que via aquela fome temerária nos olhos do filho. — Eu estava me despedindo dessa charmosa senhorita. Agora, acredito que terei de mexer os pauzinhos e arrumar dois ingressos para o espetáculo de hoje à noite. Gostaria muito que vocês fossem.

— Obrigada. Eu...

— Estaremos lá — interrompeu Paul.

— Ótimo. Mandarei entregar os ingressos no seu hotel, Julia. Por agora, deixarei você aos cuidados do meu filho, que tenho certeza ser muito competente. — Ele começou a se afastar, mas parou ao lado de Paul. — Enfim você me deu a oportunidade de lhe dizer que seu gosto é impecável. Se não fosse pela Lily, garoto, você teria de dar muito duro para disputá-la comigo.

Os lábios de Paul se curvaram num sorriso presunçoso, mas assim que o pai saiu da sala, o sorriso desapareceu.

— Você não acha que vir até Londres é uma maneira elaborada demais de me evitar?

— Estou fazendo o meu trabalho. — Irritada e com os nervos à flor da pele, Julia pegou a pasta. — Você não acha que me seguir até aqui é uma maneira elaborada demais de dar continuidade à nossa conversa?

— Inconveniente seria a palavra. — Ele atravessou a sala com uma graça singela que fez Julia pensar em um caçador experiente que percebe o cheiro da presa. Contornou uma das cadeiras a fim de parar junto dela na frente do fogo. Um dos pedaços de madeira estalou, lançando uma chuva de fagulhas para o alto. — Por que você não me contou que estava vindo ver meu pai?

As palavras dele foram tão calculadas quanto haviam sido seus passos, percebeu Julia. Lentas e pacientes. Como resultado, as dela saíram rápido demais:

— Não achei necessário contar meus planos para você.

— Se enganou.

— Não vejo por que eu precise consultá-lo antes.

— Então vai ver agora. — Ele a puxou para si, esmagando sua boca com a dele, provocando-lhe uma explosão de sensações. O gesto foi tão violento, tão inesperado que ela não teve tempo de protestar. Muito mal conseguiu puxar um pouco de ar.

— Isso não é...

Ele cobriu sua boca de novo, impedindo-a de falar, enevoando sua mente. Com um gemido balbuciado, Julia largou a pasta para puxá-lo mais para perto. No instante em que seu lado racional foi ofuscado pela emoção, ela se entregou por completo a ele.

— Estou sendo claro o bastante?

— Fique quieto — murmurou ela, passando os braços em volta do pescoço dele. — Apenas fique quieto.

Ele fechou os olhos, terrivelmente comovido pela forma como ela descansou a cabeça em seu ombro. O gesto, seguido por um pequeno suspiro entrecortado, fez com que ele sentisse vontade de carregá-la para algum lugar seguro e silencioso.

— Você me preocupa, Julia.

— Por eu ter vindo a Londres?

— Não, porque eu vim atrás de você. — Ele a afastou. Acariciou o rosto dela com as costas da mão. — Você está no Savoy?

— Estou.

— Então vamos. Odiaria que algum dos empregados do meu pai entrasse enquanto estou fazendo amor com você.

♦♦♦♦

𝓐 cama passava segurança. O quarto estava silencioso. O corpo dela parecia fluido e embriagante como vinho debaixo do dele. Cada tremor, cada suspiro que ele arrancava dela fazia seu sangue correr mais rápido. Impedira Julia de fechar as cortinas, a fim de ter o prazer de observar o rosto dela sob a luz fraca do inverno.

Ele não fazia ideia de que pudesse sentir tanto prazer. Fora envolvido por esse prazer quando, devagar e com cuidado, fizera Julia despir o terninho que estava usando e se deparara com o conjunto de seda que havia por baixo. Depois, sentira outra onda de prazer percorrer seu corpo ao tirar esse conjunto de seda, centímetro por centímetro, com muito erotismo. Ela estava ali, delicada, misteriosa, excitante, entregue, tendo soltado apenas um suspiro quando ele a deitara na cama.

Agora ela estava com ele, a pele úmida e escorregadia deslizando sobre a sua, a respiração trêmula em seu ouvido, as mãos, a princípio gentis, em seguida exigentes e, por fim, desesperadas. Paul podia sentir as necessidades emanando do corpo dela, a loucura crescendo à medida que ele ia satisfazendo essas necessidades, uma a uma.

Foi ela quem alterou o ritmo, quem aumentou a velocidade até eles estarem rolando entrelaçados sobre a cama, numa paixão desmedida e turbulenta.

A cama já não parecia mais segura, mas repleta de delícias perigosas. O quarto já não estava mais silencioso, mas ecoando exigências sussurradas e gemidos entrecortados. Lá fora, o sol fraco foi engolido pela chuva que começou a cair como uma cortina de água. Enquanto o quarto ia sendo invadido pela penumbra, ele a tomou com uma fome cega e enlouquecida que temia jamais ser capaz de saciar.

Mesmo depois, deitados em silêncio, enroscados um ao outro e escutando a chuva, Paul continuou sentindo essas pequenas fisgadas de fome.

♦♦♦♦

— Preciso ligar para o Brandon — murmurou Julia.

— Hum. — Paul mudou de posição, aconchegando seu corpo ao dela e envolvendo-lhe os seios com as mãos. — Pode ligar.

— Não, não posso... quero dizer, não posso ligar para ele com você...

Ele riu, esfregando o nariz em sua orelha.

— Jules, o telefone oferece apenas som, e não imagem.

Não fazia diferença que isso a fizesse se sentir tola, ela fez que não e se afastou.

— Não, juro, não posso. — Ela olhou para seu roupão, largado sobre a cadeira a um metro de distância. Percebendo a expressão dela, Paul riu.

— Quer que eu feche os olhos?

— Claro que não. — Mas não era fácil andar até o roupão e vesti-lo, sabendo que ele a observava.

— Você é um doce, Julia.

Ela fechou o roupão, olhando para as próprias mãos.

— Se esse é seu jeito de me dizer que eu não sou sofisticada...

— Doce — repetiu ele. — E meu ego fica bastante satisfeito em perceber que você não está acostumada a se ver nessa posição com um homem. — Teve vontade de perguntar a ela o porquê disso, mas resistiu. Olhou para a chuva que castigava as janelas. — Tinha pensado em darmos um passeio por Londres, mas hoje não parece um bom dia para isso. Que tal se eu for até a antessala e pedir o almoço?

— Tudo bem. Você pode verificar se há alguma mensagem?

Ela esperou até ele vestir a calça antes de ligar. Dez minutos depois, entrou na sala de estar e viu Paul ao lado da janela, perdido em pensamentos. Decidindo dar o que para ela era um grande passo, foi até ele, passou os braços em torno de sua cintura e pressionou o rosto contra suas costas.

— Está fazendo sol em Los Angeles, e uma temperatura de 26 graus. Os Lakers perderam para os Pistons e Brandon foi ao zoológico. Onde você está?

Ele cobriu as mãos dela com as suas.

— Eu estava aqui imaginando por que sempre me sinto um estrangeiro no lugar onde nasci. A gente tinha um apartamento em Eaton Square, e me disseram que a babá costumava me levar para passear no Hyde Park. Não me lembro disso. Você sabia que eu nunca ambientei uma história aqui? Sempre que venho para cá, fico esperando sentir aquele clique de reconhecimento.

— Acho que não faz a menor diferença, juro. Eu nem mesmo sei onde nasci.

— E isso não te incomoda?

— Não. Quero dizer, às vezes, por causa do Brandon. — Querendo sentir o contato, esfregou o rosto nas costas dele. A pele de Paul havia esfriado, mas ela a aqueceu de novo. — Mas raramente penso nisso no dia a dia. Eu amava meus pais, e eles me amavam. Eles me queriam. — O modo como ele levou seus dedos aos lábios a fez sorrir. — Acho que essa é a melhor coisa de ser adotado... saber que você foi desejado com todas as forças, completamente. Acho que é o laço mais forte que existe.

— Acho que é assim entre mim e Eve. Eu nunca soube de verdade o que era ser desejado até meus 10 anos, quando ela entrou em minha vida. — Ele se virou, precisando ver o rosto dela. — Não sei se você consegue entender, mas eu nunca soube o que era desejar, não até que você aparecesse.

As palavras dele mexeram com ela, fazendo com que alguma coisa se abrisse, ansiasse. Mais do que o toque, mais do que o desejo dele, essas simples palavras puseram abaixo todas as proteções.

— Eu... — Ela se afastou. Enxergar com clareza o próprio coração não a deixava menos assustada. — Eu achei... eu esperava — corrigiu-se —, depois de perceber que poderíamos ficar juntos, assim, desse jeito, que eu fosse conseguir lidar com isso... bem, do modo como imagino que os homens lidem com seus casos.

Subitamente nervoso, ele enfiou as mãos nos bolsos.

— Como assim?

— Você sabe, de um jeito tranquilo, aproveitando o lado físico sem me deixar envolver emocionalmente e sem expectativas.

— Entendo. — Paul a observou andar de um lado para o outro. Não era só ele que estava nervoso, percebeu. Julia sempre se mexia quando estava tensa. — Você acha que é assim que estou lidando com isso?

— Não sei. Só posso falar por mim mesma. — Ela se forçou a parar, virar e encará-lo. Era mais fácil com o espaço da sala entre eles. — Queria conseguir lidar com esse relacionamento sem pensar muito, aproveitando as coisas como elas são. Um ótimo sexo entre dois adultos que se sentem atraídos um pelo outro. — Fez um esforço consciente para respirar com calma e soltar o ar devagar. — E queria ter certeza de que conseguiria ir embora, quando tudo terminasse, sem mágoas. O problema é que não consigo. Quando você apareceu hoje de manhã, tudo o que consegui pensar foi o quanto eu desejava vê-lo, o quanto tinha sentido a sua falta, e como eu estava infeliz por estarmos zangados um com o outro.

Ela parou e empertigou os ombros. Paul sorria, balançando-se para a frente e para trás nos calcanhares. Julia tinha certeza de que em um minuto ele começaria a assobiar.

— Ficaria feliz se você tirasse esse ar presunçoso da cara. Isso não é...

— Eu amo você, Julia.

Chocada, ela se sentou no braço da poltrona. Um soco no plexo solar não teria sido uma forma mais eficiente de deixá-la sem ar.

— Você... você devia ter me deixado terminar, e aí dizer alguma coisa do tipo: vamos aproveitar o momento sem expectativas.

— Sinto muito. Você realmente acha que eu pulei num Concorde com pouco mais do que uma muda de cuecas só para passar uma tarde na cama com você?

Ela disse a primeira coisa que lhe veio à mente:

— Acho.

A risada dele foi rápida e forte.

— Você é muito boa, Jules, mas não tão boa assim.

Sem saber ao certo o que pensar disso, ela projetou o queixo para a frente.

— Alguns minutos atrás, você disse... na verdade foi mais um gemido... que eu era magnífica. Isso — continuou ela, cruzando os braços. — Essa foi a palavra. *Magnífica*.

— Falei, é? — Por Deus, ela era mesmo. — Bom, isso é bem possível. Mas nem mesmo um sexo magnífico teria me arrancado de um trecho muito difícil do meu livro. Pelo menos não por mais do que uma ou duas horas.

Isso, imaginou Julia, a botava em seu devido lugar.

— Então por que diabos você veio?

— Quando você fica irritada, seus olhos adquirem um tom de fuligem. Não é uma descrição muito lisonjeira, mas é precisa. Eu vim — prosseguiu ele, antes que ela tivesse a chance de pensar numa resposta apropriada — porque estava preocupado com você, porque estava furioso pelo fato de você ter viajado sozinha, e porque quero estar com você se surgir qualquer problema. E porque eu a amo tanto que mal consigo respirar quando você não está comigo.

— Ah. — Isso agora realmente a botava em seu devido lugar, pensou ela. — Isso não devia estar acontecendo. — Ela se levantou de novo e recomeçou a andar. — Eu tinha tudo calculado, de forma lógica e racional. Você não devia me fazer sentir desse jeito.

— Que jeito?

— Como se eu não pudesse viver sem você. Que droga, Paul, não sei o que fazer.

— Que tal isso? — Ele a pegou no meio do caminho e quase a levantou do chão. O beijo selou o argumento. Após uma última e rápida luta, ela se entregou completamente.

— Eu também amo você. — Ela se agarrou a isso, e a ele. — Não sei como lidar com isso, mas eu amo você.

— Você nunca mais vai lidar com nada sozinha. — Paul a afastou o suficiente para que ela visse que ele estava falando sério. — Entendeu, Julia?

— Não entendi nada. Talvez, por ora, eu não precise.

Satisfeito com a resposta, Paul a beijou. Uma batida na porta fez os dois soltarem um suspiro.

— Posso mandar o garçom embora.

Ele riu e fez que não.

— Não. De repente, fiquei faminta.

— Pelo menos não vamos desperdiçar o champanhe que eu pedi. — Ele a beijou uma vez e, em seguida, de novo, mais demoradamente, enquanto uma segunda batida se fazia ouvir.

Quando Paul abriu a porta para o garçom, Julia viu que ele pedira flores também, uma dúzia de delicados botões cor-de-rosa. Ela pegou uma do vaso e a segurou de encontro ao rosto enquanto o garçom arrumava a mesa.

— Duas mensagens para a senhorita — informou o garçom, entregando os envelopes a ela enquanto Paul assinava o recibo.

— Obrigada.

— Bom almoço — disse ele, abrindo um largo sorriso ao ver a gorjeta.

— Isso me parece uma grande indulgência — comentou Julia, ao se verem sozinhos novamente. — Champanhe, romance e flores, tudo isso no meio do dia e em um hotel. — Ela riu ao escutar a rolha estourando. — Adorei.

— Então teremos de fazer disso um hábito. — Ele levantou uma sobrancelha enquanto servia o champanhe. — Os ingressos para hoje à noite?

— Sim. Primeira fileira, no centro. Imagino como ele conseguiu.

— Meu pai consegue quase tudo o que quer.

— Gostei dele — continuou Julia, abrindo o segundo envelope. — Não é comum encontrar um homem tão parecido com sua imagem. Charmoso, refinado, sexy...

— Ah, por favor!

A risada dela foi baixa, forte e deliciada.

— Você é parecido demais com ele para gostar disso. Eu realmente espero que a gente...

A voz falhou e Julia ficou pálida como cera. O envelope caiu no chão enquanto ela estudava a folha em suas mãos.

UM ERRO NÃO JUSTIFICA O OUTRO.

Capítulo Dezenove
••••

$\mathcal{P}$AUL COLOCOU a garrafa e a taça de lado com tamanha rapidez que o champanhe espumou e transbordou pelo gargalo. Com as mãos sobre os ombros de Julia, ajudou-a a se sentar. Ela se encolheu na cadeira como se os ossos das pernas tivessem derretido. Os únicos sons no quarto eram o zumbido do aquecedor e o chiado das borbulhas na taça. Paul se agachou ao lado dela, mas Julia não olhou para ele, apenas continuou encarando o papel que segurava de modo tenso em uma das mãos, enquanto a outra pressionava a base do estômago.

— Solte o ar — ordenou ele, massageando os ombros dela. — Você está prendendo a respiração, Jules. Solte o ar.

O ar escapou num suspiro longo e trêmulo. Sentindo como se estivesse lutando contra uma forte corrente, ela inspirou de novo e se forçou a expelir o ar lentamente.

— Muito bem. Agora me conte: que negócio é esse?

Com um rápido e fraco sacudir de cabeça, Julia fez que não e entregou o papel a ele.

— "Um erro não justifica o outro"? — Curioso, ele ergueu os olhos novamente, a fim de analisá-la. Seus lábios não estavam mais sem cor, o que o deixou um pouco aliviado, mas as mãos estavam fortemente entrelaçadas sobre o colo. — Você sempre entra em choque por causa de ditados bobos?

— Quando eles me seguem quase dez mil quilômetros, sim.

— Se importa de me explicar?

Eles se levantaram ao mesmo tempo. Paul ficou parado e Julia começou a andar de um lado para o outro.

— Alguém está tentando me assustar — disse ela, um pouco para si mesma. — O que me deixa furiosa é que está funcionando. Esse não é o primeiro bilhete. Recebi um poucos dias depois de chegar na Califórnia. Ele foi deixado na soleira da porta da casa de hóspedes. Brandon o pegou.

— Naquele dia em que eu fui lá pela primeira vez?

— Isso mesmo. — Ela se virou para ele, fazendo o cabelo balançar sobre os ombros. — Como você sabe?

— Porque você estava com a mesma expressão atordoada e amedrontada nos olhos. Não gostei de ver isso na época, e gosto menos ainda agora. — Passou os dedos sobre o bilhete. — O outro dizia a mesma coisa?

— Não. Ele dizia: "A curiosidade matou o gato." Mas era igual a esse, um pedaço de papel dentro de um envelope. — A fisgada inicial de medo estava se transformando rapidamente em raiva. Era perceptível na voz dela, no jeito como exorcizava a emoção, as mãos crispadas e enfiadas nos bolsos do roupão, as passadas mais largas. — Encontrei outro em minha bolsa na noite da festa, e um terceiro no meio das folhas dos meus rascunhos, logo após a primeira invasão.

Paul entregou a Julia uma taça do champanhe quando ela passou por ele. Já que o champanhe não poderia mais ser usado para celebração ou romance, imaginou que pudesse, pelo menos, ajudar a acalmá-la.

— Por que você não me contou isso antes?

Ela bebeu e continuou andando.

— Não contei porque me pareceu mais apropriado contar à Eve. No começo eu não contei porque não o conhecia, e depois...

— Você ainda não confiava em mim.

A maneira como ela o fitou ficou em algum lugar entre constrangida e decidida.

— Você era contra o livro.

— Ainda sou. — Ele pegou uma cigarrilha na jaqueta da qual se livrara mais cedo. — Qual foi a reação da Eve?

— Ela ficou preocupada... muito, imagino. Mas escondeu isso bem e rápido.

—Típico. — Paul resolveu guardar sua opinião para si, pelo menos por enquanto. De modo distraído, pegou sua própria taça de champanhe e analisou as bolhas. Elas subiam rapidamente para a borda, cheias de vigor e energia. Assim como Eve, pensou. E, de modo estranho, assim como Julia. — Não preciso perguntar qual foi a sua reação. Por que você não me diz o que acha que esses bilhetes significam?

— Acho que eles são uma ameaça, é claro. — A voz de Julia vibrou com impaciência, mas ele apenas ergueu uma sobrancelha e tomou um gole do champanhe. — Ameaças vagas, bobas até, mas mesmo ditados tão banais podem se tornar sinistros quando são anônimos e surgem do nada. — Vendo que ele continuava em silêncio, ela afastou o cabelo que lhe caía sobre o rosto. O movimento foi rápido e impaciente, percebeu Paul, um gesto que seria igualmente natural em Eve. — Não gosto do fato de que alguém está tentando me enervar... não ria.

— Desculpe, foi o termo que você usou. Muito apropriado, por sinal.

Ela pegou o papel que Paul deixara sobre o carrinho do serviço de quarto.

— Receber isso aqui, a quase dez mil quilômetros de distância de onde os outros foram entregues, só pode significar que alguém me seguiu até Londres.

Paul tomou outro gole do champanhe, sem tirar os olhos dela.

— Alguém mais além de mim?

— É óbvio... — As palavras saíram cuspidas, e com raiva, percebeu Julia. Ela parou a frase no meio e soltou um longo suspiro. O quarto estava novamente entre eles. Será que tinha sido ela mesma quem estabelecera aquela distância, ou teria sido ele? — Paul, não acho que seja você quem esteja enviando esses bilhetes. Nunca achei. Esse tipo de ameaça indireta não combina com você.

Ele ergueu uma sobrancelha e tomou outro gole.

— Devo tomar isso como um elogio?

— Não, só estou sendo honesta. — Foi ela quem diminuiu a distância, aproximando-se e levando a mão ao rosto dele como se quisesse apagar as linhas de preocupação que haviam acabado de se formar. — Eu não pensava isso de você antes, e não penso... nem poderia... agora.

— Porque somos amantes.

— Não, porque eu te amo.

Um pequeno sorriso desenhou-se nos lábios dele ao erguer a mão para cobrir a dela.

— Você faz com que seja difícil para um homem continuar irritado, Jules.

— Você está irritado comigo?

— Estou. — Mesmo assim, plantou-lhe um beijo na palma da mão. — Mas acho melhor trabalharmos as prioridades. Em primeiro lugar, vamos ver se conseguimos descobrir quem deixou a mensagem na recepção.

Julia se sentiu incomodada por não ter pensado nisso antes dele. Essa era parte do problema — não estava pensando com clareza. Enquanto ele pegava o telefone, ela se sentou, lembrando a si mesma, que, se pretendia resolver a questão — e pretendia —, precisava não apenas manter a calma, como a objetividade. Tomou mais um gole do champanhe, e lembrou que estava bebendo de estômago vazio. Isso não ia ajudá-la em nada a pensar com clareza.

— Os ingressos foram entregues por um mensageiro uniformizado — informou Paul ao desligar. — O segundo envelope foi deixado sobre a mesa da recepção. Eles estão verificando, mas duvido que alguém tenha notado quem o deixou lá.

— Pode ter sido qualquer pessoa, qualquer um que soubesse que eu estava planejando vir para cá entrevistar seu pai.

— E quem sabia?

Ela se levantou e foi até o carrinho para beliscar alguma coisa.

— Eu não mantive a viagem em segredo. Eve, sem dúvida. Nina, Travers, CeeCee, Lyle... Drake, imagino. E qualquer pessoa que tenha perguntado a algum deles. Não foi isso o que você fez?

Apesar das circunstâncias, Paul achou engraçado ver Julia segurando o prato de camarões com molho de lagosta enquanto andava de um lado para o outro, levando as garfadas à boca como se estivesse comendo apenas para abastecer o corpo.

— Foi Travers quem me contou. Acho que a próxima pergunta é: o que você pretende fazer com relação a isso?

— Fazer com relação a isso? Acho que não tenho nada a fazer, a não ser ignorar. Não consigo me imaginar indo até a Scotland Yard. — A ideia, aliada à comida, ajudou a melhorar seu ânimo. Mais calma, ela colocou o prato quase vazio de lado e pegou o champanhe. — Já posso até ver. "Inspetor, alguém me mandou um bilhete. Não, não posso dizer que seja uma ameaça de fato. É mais um ditado. Acho bom o senhor escalar seus melhores homens para o caso."

Normalmente, ele teria achado admirável essa capacidade de adaptação. No entanto, nada mais parecia normal.

— Você não achou tão engraçado ao abrir o envelope.

— Não, não achei, mas talvez devesse ter achado. "Um erro não justifica o outro"? Como posso ficar tão incomodada com alguém que não consegue ser mais criativo do que isso?

— Estranho, eu achei inteligente. — Quando Paul se aproximou, Julia percebeu que sua tentativa de fazer graça não tinha surtido o menor efeito. — Se alguém descobrisse quem está enviando isso, a polícia provavelmente não daria a menor atenção, daria? Apenas palavras inofensivas, dizeres banais. Seria difícil provar qualquer ameaça. Sabemos, porém, que não é bem assim.

— Se você vai me dizer para desistir do livro...

— Acho que já percebi que isso é inútil. Julia, só não me deixe de fora. — Ele a tocou de leve, um simples afago em seu cabelo. — Deixe-me escutar as fitas. Quero ajudá-la.

Ela não podia mais negar. Ele não estava pedindo por arrogância, nem pelo próprio ego. Estava pedindo por amor.

— Tudo bem. Assim que a gente chegar em casa.

♦ ♦ ♦ ♦

Mesmo com Julia fora do país, Lyle encontrou muita coisa interessante nas idas e vindas da casa de hóspedes. Uma equipe de limpeza passou dois dias inteiros no lugar. Os caminhões levaram embora a mobília quebrada, os cacos de vidro, as cortinas rasgadas. Ele tinha dado uma espiada no interior antes de a equipe de limpeza chegar. A impressão era de que a casa havia sido o cenário de uma festa de arromba.

Sentia muito ter perdido a festa. Sentia mesmo. O nome do responsável por aquela destruição poderia valer uma quantia considerável. Só que ele passara a tal tarde em particular trepando alegremente com a empregada responsável pelo segundo andar da casa principal. Agora pensava no fato de que aquela trepada rápida — ainda que muito gratificante — tinha provavelmente lhe custado alguns milhares de dólares.

Ainda assim, havia outras formas de ganhar dinheiro. Ele sonhava alto, e tinha uma lista de prioridades. O item que encabeçava a lista era um Porsche. Nada deixava as garotas mais impressionadas do que um sujeito bacana num carro de luxo. Queria, também, seu próprio espaço, uma casa de praia onde ele pudesse se sentar no deque e observar todos aqueles biquínis minúsculos e os corpos que eles tentavam cobrir. Além disso, queria um Rolex e um guarda-roupa que combinasse com o relógio. Assim que conseguisse tudo isso, arrumar mulheres de classe seria como matar moscas.

Lyle imaginava que estivesse no caminho certo. Quase conseguia sentir o cheiro do protetor solar e do suor.

Mantinha um inventário cuidadoso em letras miúdas. O que havia sido retirado da casa de hóspedes, e o que fora colocado no lugar. Quem fazia as entregas. Mandara até fazer uma cópia da chave para poder perambular pela casa quando bem lhe aprouvesse. Tinha sido um tanto arriscado entrar na casa principal, mas escolhera bem a hora e conseguira fazer uma cópia do caderninho de telefones e da agenda de Nina Soloman.

Travers quase o pegara em flagrante espionando o quarto de Eve. A vaca abelhuda e mal-amada vigiava a casa como um cão de guarda. Ele havia ficado desapontado ao ver que Eve não mantinha nenhum diário. Isso valeria uma boa grana. Contudo, encontrara algumas drogas interessantes na mesinha de cabeceira, e uns bilhetes estranhos na gaveta da penteadeira.

O que diabos ela estava fazendo com bilhetes que diziam coisas como: "Não brinque com fogo"? Lyle decidiu manter os remédios e os bilhetes em segredo até descobrir se valiam alguma coisa.

Tinha sido moleza arrancar informações de Joe, o segurança que cuidava do portão. O homem já gostava de falar e, estimulado por uma cerveja e algumas histórias que o próprio Lyle contara, ele começara a vomitar aos borbotões.

Mesmo longe, Eve recebia muitas visitas.

Michael Torrent fora mandado embora após descobrir que Eve ficaria fora por duas semanas, gravando. Gloria DuBarry tinha dado uma passadinha para ver Eve e, em seguida, pedira para chamar Julia quando lhe disseram que Eve não estava. Ela própria fora embora com lágrimas nos olhos, segundo Joe, ao descobrir que não havia ninguém em casa.

Uns dois paparazzi haviam tentado entrar na casa disfarçados de entregadores, mas Joe os expulsara. A habilidade de Joe de sentir o cheiro de jornalistas era reverenciada por todos os moradores de Beverly Hills.

Ele permitira a entrada de Victor Flannigan, e abrira o portão novamente para ele sair menos de vinte minutos depois. A agente de Eve,

Maggie Castle, também dera uma passada por lá, tendo permanecido na casa uns quarenta minutos.

Lyle reuniu as informações. Tinha agora, em mãos, o que considerava um relatório muito profissional. Talvez devesse se tornar um detetive particular, pensou, enquanto se arrumava para a noite. Pelo que via na televisão, esses sujeitos estavam sempre cercados de garotas.

Escolheu uma cueca preta e deu um leve tapinha em seu membro predileto. Alguma jovem desconhecida ia se dar bem hoje. Rebolou para entrar numa calça de couro preta e, em seguida, fechou o zíper da jaqueta, também preta e de couro, que vestiu por cima da camiseta vermelha e justa. As mulheres adoravam homens com roupas de couro.

Pretendia entregar seu relatório e pegar a grana. Em seguida, daria uma passada em algumas boates até escolher a sortuda da noite.

♦♦♦♦

JULIA NÃO sabia ao certo o que esperar da atual mulher de Rory Winthrop. No entanto, qualquer que fosse a sua expectativa, jamais poderia imaginar que acabaria admirando e gostando de Lily Teasbury.

Nas telas, a atriz geralmente fazia o papel da heroína fútil e avoada, o que combinava com sua aparência de loura peituda, com olhos azuis e ingênuos. À primeira vista, era tentador atribuir a ela a imagem de alguém que ria e se insinuava muito.

Julia levou menos de cinco minutos para repensar sua opinião.

Lily era uma mulher inteligente, sagaz e ambiciosa que explorava a própria aparência, em vez de se deixar explorar por ela. Parecia muito à vontade na tradicional sala de estar da casa de Knightsbridge, com um jeito muito tranquilo e britânico, uma típica esposa num simples Givenchy azul.

— Eu me perguntava quando você finalmente viria nos visitar — falou ela para Paul enquanto servia os aperitivos. — Estamos casados há três meses.

— Não venho a Londres com muita frequência.

Julia já estivera sob aquele olhar duro e penetrante, e admirou Lily por encará-lo com aparente facilidade.

— Foi o que me disseram. Bom, você escolheu uma época horrível para uma visita. Esta é a sua primeira vez em Londres, srta. Summers?

— É, sim.

— Uma pena que esteja chovendo tanto. Mas, por outro lado, sempre acho que a melhor forma de conhecer uma cidade é vê-la no seu pior momento... assim como um homem... desse jeito, você pode decidir se consegue realmente conviver com todos os defeitos.

Lily se sentou, sorriu e tomou um gole do seu vermute.

— Essa é a maneira sutil de Lily me dizer que conhece todos os meus — intrometeu-se Rory.

— Não tem nada de sutil nisso — replicou Lily, pousando rapidamente a mão sobre a dele, mas, pensou Julia, com muita afeição. — Não faria o menor sentido tentar ser sutil quando estou prestes a escutar as reminiscências de uma das maiores paixões da vida do meu marido. — Sorriu para Julia. — Não se preocupe, não sou ciumenta, apenas terrivelmente curiosa. Não acredito em ciúmes, especialmente do passado. Quanto ao futuro, já avisei ao Rory que se ele se sentir tentado a repetir seus erros, não vou chorar, lamentar, implicar ou sair correndo aos gritos em busca do meu advogado. — Com delicadeza, ela tomou outro gole do vermute. — Eu simplesmente irei matá-lo, de maneira rápida e limpa, a sangue-frio e sem o menor arrependimento

Rory riu e fez um brinde à esposa.

— Ela me deixa aterrorizado.

Enquanto a conversa girava em torno dele, Paul começou a escutar e sentir com mais interesse. Ele jamais teria acreditado, mas começou a achar que havia algo realmente sólido entre seu pai e a mulher com quem se casara. Uma mulher mais jovem do que seu único filho — e que, à primeira vista, seria descartada como mais uma das louras peitudas, que gostavam de fazer biquinho, com as quais ele costumava se relacionar.

Lily Teasbury, porém, não era como nenhuma das outras. Após superar seu velho e preestabelecido ressentimento pelas mulheres do pai, ele a observou e a escutou com olhos e ouvidos de escritor. Viu os gestos sutis, os olhares de relance; escutou o timbre da voz dela, a risada rápida. E percebeu, não sem surpresa, que estava diante de um verdadeiro casamento.

Havia uma tranquilidade e um companheirismo que ele jamais sentira entre o pai e a própria mãe. E uma amizade que só percebera em um dos seus casamentos. Quando ele estava casado com Eve Benedict.

Ao passarem para a sala de jantar, Paul foi tomado por uma sensação de alívio e espanto. O alívio veio ao perceber que Lily não se enquadrava em nenhuma das duas categorias que atribuía a tantas das mulheres de Rory. Ela não iria fingir que se formara um instantâneo laço familiar entre eles. Nem o puxaria de lado para insinuar que estava aberta a um relacionamento mais íntimo.

O espanto veio pelo fato de que seus próprios instintos insistiam em lhe dizer que seu pai finalmente parecia ter encontrado alguém com quem compartilhar sua vida.

Julia experimentou o frango à cabidela e descalçou o sapato do pé esquerdo. O fogo ardia na lareira às costas de Rory e, acima deles, uma cascata de luzes de cristal iluminava a mesa. O aposento, com suas tapeçarias e cristaleiras, poderia parecer assustadoramente formal, porém uma sensação de aconchego sobressaía no modo como a mesa de jantar Regency se apresentava sem sua imponente extensão, no vaso de delicadas rosas como enfeite de centro, no aroma de madeira de macieira e no suave murmúrio da chuva. Ela libertou o outro pé.

— Não lhe falei como você estava maravilhoso ontem à noite — falou Julia para Rory. — Ou o quanto apreciei o fato de ter se dado ao trabalho de nos enviar os ingressos.

— Não foi trabalho nenhum — assegurou-lhe Rory. — Fiquei muito feliz por você e Paul terem desafiado o clima e comparecido.

— Eu não perderia por nada.

— Você gosta de *Rei Lear*? — perguntou Lily a ela.

— É uma história muito pesada e comovente. Trágica.

— Todos aqueles corpos empilhados ao final... e tudo devido à vaidade e à estupidez de um velho. — Ela piscou para o marido. — Rory está maravilhoso no papel, mas eu prefiro comédias. É tão difícil de representar quanto o drama, mas pelo menos saímos do palco escutando as risadas do público, em vez de urros de lamentação.

Rindo, Rory dirigiu seu comentário a Julia:

— Lily gosta de finais felizes. No começo do nosso relacionamento, eu a levei para assistir *Longa jornada noite adentro*. — Ele comeu uma garfada do arroz selvagem. — No fim, ela me disse que, se eu quisesse ficar sentado por várias horas assistindo uma situação miserável atrás da outra, seria melhor escolher outra mulher. Na vez seguinte, a levei para assistir um festival dos irmãos Marx.

— Por isso me casei com ele. — Ela esticou o braço e o tocou com as pontas dos dedos. — Depois que descobri que ele sabia de cor trechos inteiros dos diálogos de *Uma Noite na Ópera*.

— E eu achando que era porque eu sou tão sexy.

Lily sorriu para ele, revelando uma pequena covinha no canto esquerdo da boca.

— Meu amor, o sexo é restrito à cama. Um homem que compreende e aprecia a genialidade do humor é um homem com quem podemos conviver pela manhã. — Ela se recostou na cadeira de novo e olhou para Julia com um tremular das pestanas. — Você não concorda, querida?

— Paul nunca me convidou para nada, a não ser um jogo de basquete — respondeu ela sem pensar. Antes que pudesse se arrepender, Lily explodiu numa risada deliciada.

— Rory, você deve ter sido um pai terrível, se seu filho não consegue pensar em nada melhor do que um bando de homens suados tentando encestar uma bola.

— E fui mesmo, sem dúvida, mas o garoto sempre teve suas próprias ideias a respeito de tudo, inclusive mulheres.

— O que há de errado com o basquete? — perguntou Paul, continuando a comer calmamente. Como ele olhou para Julia ao perguntar, ela achou prudente responder com um evasivo dar de ombros. Julia ficava surpreendentemente linda envergonhada, pensou ele. A pele dela ficava ruborizada, e ela mordia o lábio inferior de um jeito muito sexy. Paul decidiu que ele próprio se certificaria de morder aquele lábio, assim como outras partes, um pouco mais tarde. — Você não quis ir comigo — lembrou-lhe.

— Não.

— Se eu a tivesse convidado para ir, digamos, a uma retrospectiva dos Três Patetas, você teria aceitado?

— Não. — Ela sorriu. — Porque você me deixaria nervosa.

Ele esticou o braço por cima da mesa e brincou com os dedos dela.

— E se eu te convidar agora?

— Você ainda me deixa nervosa, mas eu provavelmente arriscaria.

Enquanto pegava o vinho, Paul olhou para o pai.

— Pelo visto minhas ideias funcionam muito bem. Lily, o frango está delicioso.

— Obrigada. — Ela riu enquanto tomava um gole do vinho. — Muito obrigada.

Eles só retomaram o assunto Eve Benedict depois que o café e o conhaque foram servidos, já de volta à sala de estar. Julia ainda estava pensando na melhor forma de começar a entrevista quando Lily ofereceu a deixa:

— Infelizmente não pudemos comparecer à festa que Eve organizou recentemente. Fiquei surpresa por ser incluída no convite, e triste por ter perdido a festa. — Ela se enroscou na poltrona, revelando pernas bem compridas. — Rory me falou que as festas dela são incríveis.

— Vocês deram muitas festas enquanto estiveram casados? — perguntou Julia a Rory.

— Algumas. Jantares íntimos para poucas pessoas, churrascos, belos saraus. — Ele fez um círculo no ar com a mão. As abotoaduras de ouro reluziram sob a luz do fogo. — Sua festa de aniversário, Paul, lembra?

— Seria difícil esquecer. — Como sabia que era uma entrevista, olhou para Julia. Percebeu que Lily havia se recostado para escutar. — Eve contratou artistas circenses... palhaços, malabaristas, um sujeito que andava na corda bamba. Até mesmo um elefante.

— E o jardineiro quase pediu demissão quando viu o estado do jardim no dia seguinte. — Rory riu e girou o conhaque no copo. — Viver com a Eve não abre muito espaço para o tédio.

— Se você tivesse de escolher uma única palavra para descrevê-la, qual seria?

— Eve? — Ele pensou por alguns instantes. — *Indomável*, eu acho. Nada nunca a deteve por muito tempo. Lembro de uma vez em que ela perdeu um papel para Charlotte Miller... uma pílula difícil de engolir para Eve. Ela acabou fazendo o papel de Sylvia em *Spider's Touch*, o que lhe rendeu o prêmio de Cannes naquele ano, fazendo todos esquecerem que Charlotte tinha feito outro filme na mesma época. Cerca de uns vinte e cinco, trinta anos antes, estava ficando difícil arrumar bons papéis... atrizes de uma certa idade não eram muito prestigiadas pelos estúdios. Eve foi para Nova York e conseguiu um papel em *Madam Requests*, na Broadway. Viajou em turnê com a peça por um ano, ganhou um Tony, e Hollywood acabou lhe implorando que voltasse para casa. Se você analisar a carreira dela, vai ver que ela nunca escolheu um roteiro ruim. Ah, tiveram alguns não muito bons no começo, é claro. O estúdio a pressionou, e ela não teve muita opção a não ser aceitar. Ainda assim, em cada um deles, mesmo nos piores, sua atuação era a de uma verdadeira estrela. É preciso mais do que talento e ambição para conseguir isso. É preciso poder.

— Ele adoraria trabalhar com ela de novo — interveio Lily. — E eu adoraria vê-los trabalhando juntos.

— Não seria estranho para você? — perguntou Julia.

— Nem um pouco. Se eu não conhecesse o meio, talvez fosse um pouco difícil. E se eu não tivesse certeza de que Rory valoriza a própria vida. — Ela riu e ajeitou as pernas compridas e bem-torneadas. — De qualquer forma, tenho de respeitar uma mulher que consegue continuar amiga, amiga de verdade, do homem com quem foi casada. Meu ex e eu ainda nos detestamos.

— É por esse motivo que Lily não me deixa a opção do divórcio. — Rory esticou o braço e deu a mão à esposa. — Eve e eu gostávamos um do outro, entenda. Quando ela quis terminar o casamento, fez isso de um jeito cortês e razoável. Como a falha foi minha, não posso ter ressentimentos.

— Você disse que a falha foi sua... por causa das outras mulheres.

— Basicamente. Imagino que minha... falta de discrição no que diz respeito às mulheres é um dos motivos para o Paul ter sido sempre tão cauteloso. Não é verdade?

— Seletivo — Paul corrigiu o pai.

— Não fui um bom marido, nem um bom pai. Os exemplos que dei não foram nada admiráveis.

Sentindo-se desconfortável, Paul mudou de posição.

— Eu me saí bem o bastante.

— Com pouca ajuda da minha parte. Julia me pediu honestidade, não foi?

— Sim, mas se não se importa que eu diga... como alguém de fora... acho que você foi um pai melhor do que imagina. Pelo que me disseram, você nunca fingiu ser algo que não era.

Os olhos dele suavizaram.

— Obrigado por dizer isso. Descobri que uma criança pode se beneficiar tanto com maus exemplos quanto com bons. Depende da criança. Paul sempre foi esperto. Por isso, ele sempre foi exigente no que diz respeito ao sexo oposto, e tem pouca paciência com apostadores incautos. Foi exatamente minha falta de discernimento e cuidado que fez Eve acabar se cansando de mim.

— Ouvi dizer que você gosta de apostar. Você tem cavalos?

— Alguns. Sempre tive sorte com jogos de azar, talvez por isso ache difícil resistir aos cassinos, a um belo puro-sangue, a uma mão de cartas. Eve não fazia objeção às apostas. Ela mesma gostava de apostar de vez em quando. O problema é o tipo de gente com o qual você acaba entrando em contato. Não se pode dizer que agentes de apostas sejam a nata da sociedade. Eve evitava a maioria dos apostadores profissionais. Embora alguns anos depois do nosso divórcio ela tenha se envolvido com alguém fortemente ligado ao ramo. Isso também foi culpa minha, fui eu quem os apresentou. Na época, eu mesmo não sabia o quanto ele estava envolvido nisso. Mais tarde, me arrependi de tê-los apresentado um ao outro.

— Apostas? — Embora seus instintos estivessem em alerta, ela tomou um gole do vinho com toda a calma. — Não lembro de ter me deparado com nada sobre um envolvimento de Eve com apostas durante as minhas pesquisas.

— Não com apostas. Como eu disse, Eve nunca teve muito interesse em jogos de azar. Acho que não poderia dizer que ele é um apostador. Não podemos chamar alguém de apostador quando as probabilidades estão sempre a seu favor. O termo adequado, creio eu, seria *homem de negócios*.

Julia lançou um olhar de relance para Paul. A expressão nos olhos dele lhe trouxe rapidamente um nome à mente.

— Michael Delrickio?

— Isso mesmo. Um homem assustador. Eu o conheci em Las Vegas durante uma maravilhosa maré de sorte. Eu estava num jogo de dados no Desert Palace. Naquela noite, os dados pareciam belas mulheres ansiosas por me agradar.

— Rory geralmente se refere às apostas com termos femininos — interveio Lily. — Quando ele está perdendo, usa nomes de mulheres muito criativos para se referir aos dados ou às cartas. — Ela sorriu para ele de modo indulgente antes de se levantar para servir mais conhaque. — Uma noite fora, desperdiçada. Tem certeza de que não quer outra coisa além do café, Julia?

— Não, juro, obrigada. — Embora impaciente com a interrupção, a voz de Julia soou apenas ligeiramente curiosa ao retomar a conversa: — Você estava me falando sobre Michael Delrickio.

— Hum. — Rory esticou as pernas e envolveu o cálice com as duas mãos. Julia teve tempo de pensar que ele parecia o perfeito inglês em repouso... o fogo crepitando às suas costas, o conhaque aquecendo entre as mãos. A única coisa que estava faltando era um par de cães de caça deitados a seus pés. — Bom, conheci Delrickio no Palace depois que terminei de limpar as mesas. Ele se ofereceu para me pagar um drinque, alegando ser um fã. Eu quase recusei. Essas conversas muitas vezes são constrangedoras, mas descobri que ele era o dono do cassino. Ou, para ser mais preciso, o cassino pertencia à organização dele, assim como outros.

— Você disse que ele era assustador. Por quê?

— Deviam ser umas quatro da madrugada quando tomamos o drinque — falou Rory, devagar. — Ainda assim, ele parecia... bom, como um banqueiro num tranquilo almoço de negócios. Percebi que ele era muito articulado. Realmente um fã, não apenas do meu trabalho, como dos filmes em geral. Ficamos quase três horas falando sobre cinema e a produção de filmes. Ele me disse que estava interessado em financiar uma produtora independente, e que estaria em Los Angeles no mês seguinte.

Ele fez uma pausa para beber e pensar.

— Encontrei-o de novo numa festa que fui com Eve. Nós dois estávamos sozinhos, e muitas vezes acompanhávamos um ao outro a eventos, por assim dizer. Na verdade, Paul estava morando com ela enquanto estudava na Califórnia.

— Eu estava no segundo ano da Universidade da Califórnia — explicou Paul. Com um leve dar de ombros, ele pegou uma cigarrilha. — Meu pai ainda precisa me perdoar por ter me recusado a ir para Oxford.

— Você estava determinado a quebrar uma tradição de família.

— E quando fiz isso, você se tornou um defensor das tradições.

— Você partiu o coração do seu avô.

Paul deu uma risadinha.

— Ele nunca teve um.

Rory empertigou-se na poltrona, pronto para a batalha. De repente, recostou-se de novo com uma risada.

— Você está absolutamente certo. Deus sabe que você estava melhor vivendo com Eve do que comigo ou com sua mãe. Se você tivesse cedido e entrado para Oxford, o velho teria dado o melhor de si para transformar sua vida num inferno, assim como tentou transformar a minha.

Paul tomou um gole do conhaque.

— Acho que Julia está mais interessada em Eve do que na história da nossa família.

Com um sorriso, Rory fez que não.

— Eu diria que ela tem igual interesse pelas duas coisas. Mas vamos nos concentrar em Eve por enquanto. Ela estava particularmente linda naquela noite.

— Querido — ronronou Lily —, é uma grande grosseria você dizer isso na frente da sua atual mulher.

— Estou sendo apenas honesto. — Ele pegou a mão de Lily e beijou-lhe os dedos. — Julia insiste nisso. Acho que Eve tinha acabado de voltar de um spa. Ela parecia renovada, revigorada. Estávamos divorciados havia alguns anos e tínhamos retomado nossa amizade. Nós dois adorávamos o fato de que a mídia estava fazendo um grande alvoroço por nos ver juntos de novo. Em suma, estávamos nos divertindo. Talvez estivéssemos... desculpe, querida — murmurou ele para a esposa. — Talvez estivéssemos tentando reviver os bons momentos, mas eu a apresentei a Delrickio. A atração foi instantânea, o velho clichê da descarga elétrica, pelo menos da parte dele. Da parte dela, eu diria que Eve ficou intrigada. Basta dizer que foi Delrickio quem a levou para casa. Depois disso, só posso especular.

— Você ainda não respondeu a pergunta. — Julia botou a xícara vazia de lado. — Por que ele era assustador?

Rory soltou um leve suspiro.

— Eu lhe disse que ele estava interessado numa certa produtora. Ao que parece, a produtora não estava interessada nele, pelo menos a princípio. Três meses após eu apresentá-lo a Eve, ele... sua organização... se tornou dona da produtora. Escutei falar sobre alguns problemas financeiros, perda de equipamento, alguns acidentes. Soube através de sócios dos sócios que Delrickio tinha fortes ligações com... como é que vocês chamam hoje em dia?

— Ele é um mafioso — respondeu Paul com impaciência. — Não precisa ficar medindo as palavras.

— A gente tenta ser sutil — murmurou Rory. — De qualquer forma, havia suspeitas... apenas suspeitas... de que ele tivesse ligações com o crime organizado. Ele nunca foi indiciado. Sei que Eve se encontrou discretamente com ele por alguns meses, e depois ela subitamente se casou com aquele jogador de tênis.

— Damien Priest — comentou Julia. — Eve falou que foi Delrickio quem os apresentou.

— É bem possível. Delrickio conhece muita gente. Não sei muito sobre esse relacionamento em particular. O casamento durou pouco tempo. Eve jamais falou nada sobre os motivos que levaram a um fim tão repentino. — Ele lançou um olhar comprido em direção ao filho. — Pelo menos não comigo.

♦ ♦ ♦ ♦

—Não quero falar sobre Delrickio. — Assim que eles entraram na suíte, Paul tirou o paletó. — Você passou a maior parte da noite entrevistando. Descanse um pouco.

— Você pode me fornecer um outro ângulo. — Julia tirou os sapatos. — Quero a sua visão, a sua opinião. — Podia sentir a raiva de Paul esquentando pelo modo como ele afrouxou a gravata... dedos rápidos e tensos desfazendo o nó.

— Eu o odeio. Isso não é suficiente?

— Não. Eu já sei como você se sente com relação a ele. Só quero saber o porquê.

— Você poderia dizer que eu não tolero muito bem senhores do crime. — Paul também tirou os sapatos. — Sou estranho assim mesmo.

Insatisfeita, Julia franziu o cenho enquanto soltava os grampos do cabelo.

— Essa resposta poderia funcionar se não fosse o fato de que eu o vi com ele e sei que a intolerância é pessoal, e não por questões ideológicas. — Os grampos pinicaram sua mão. Ao abri-la e olhar para os grampos, percebeu que esse tipo de intimidade se tornara natural entre eles. O tipo chutar-os-sapatos-para-o-alto ou soltar-o-cabelo, comum entre amantes. A intimidade do coração, porém, era mais difícil. Perceber isso gerou uma pontada surda de dor que significava, ao mesmo tempo, raiva e mágoa.

Com os olhos fixos nele, ela soltou os grampos na mesa ao seu lado.

— Achei que tínhamos alcançado uma confiança mútua.

— Isso não tem nada a ver com confiança.

— Sempre tem a ver com confiança.

Ele se sentou, o semblante tão tempestuoso quanto o dela estava calmo.

— Você não vai deixar isso de lado.

— É meu trabalho — lembrou-o Julia. Ela andou até a janela para fechar as cortinas num movimento brusco e bloquear a tempestade. E para fechá-los ali dentro, de modo a só poderem fitar um ao outro sob a luz dourada do abajur. — Se você quer colocar isso num patamar profissional, por mim tudo bem. Eve pode me contar tudo o que eu preciso saber sobre Michael Delrickio. O que eu esperava era escutar o seu ponto de vista.

— Tudo bem; na minha opinião, ele é um verme que anda por aí num terno italiano. O pior tipo de verme, porque ele adora ser o que ele é. — Seus olhos brilharam. — Ele lucra com a miséria do mundo, Julia. E, quando rouba, chantageia, mutila ou mata, disfarça tudo isso dizendo que são apenas negócios. Para ele, é apenas isso, negócios, nem mais nem menos.

Ela se sentou, mas não pegou o gravador.

— Ainda assim, Eve se envolveu com ele.

— Acho que seria mais correto dizer que ela não sabia exatamente quem ou o que ele era antes de começar a se relacionar com ele. Sem dúvida, ela o achou atraente. Ele pode ser muito charmoso. É articulado, erudito. Ela gostava da companhia dele e, acredito eu, do poder.

— Você morava com ela na época — comentou Julia.

— Eu estava estudando na Califórnia, e fazia da casa dela o meu porto. Não sabia como ela e Delrickio tinham se conhecido até hoje. — Um detalhe, pensou, que não fazia a menor diferença. Sabia o restante ou, pelo menos, o suficiente. E agora, devido à sua própria tenacidade, Julia também saberia. — Ele começou a aparecer... para um mergulho na piscina, um jogo de tênis, um jantar. Eve foi a Las Vegas com ele umas duas vezes, mas, em geral, eles se encontravam na casa dela. Ele sempre mandava flores, presentes. Uma vez, levou o cozinheiro de um dos seus restaurantes e o obrigou a preparar um elaborado jantar italiano.

— Ele possui restaurantes? — perguntou Julia.

Paul lançou-lhe um rápido olhar de relance.

— Possui — respondeu, de modo indiferente. — Delrickio vinha sempre acompanhado por dois capangas. Ele nunca dirigia nem aparecia sozinho. — Julia fez que sim, compreendendo perfeitamente. Tal como os portões da propriedade de Eve, o poder exigia um preço. — Eu não gostava dele... não gostava da forma como ele olhava para Eve, como se ela fosse uma de suas drogas de orquídeas.

— Como assim?

Paul se levantou e foi até a janela. Sem conseguir relaxar, abriu as cortinas um pouquinho. A chuva havia parado, mas ele conseguia sentir a amargura do tempo mesmo por trás do vidro. Nem sempre era preciso ver a feiura para reconhecê-la.

— Ele cultiva orquídeas. É obcecado por elas. Era obcecado pela Eve também, sempre rondando, insistindo em saber onde ela estava e com quem. Ela gostava disso, especialmente porque, como se recusava a dizer, isso o deixava louco. — Ele olhou para trás e a pegou sorrindo. — Acha isso engraçado?

— Desculpe, é só que... bem, sinto uma certa inveja, acho, da maneira como ela lida tão habilmente com os homens em sua vida.

— Nem sempre — murmurou ele, sem devolver o sorriso. — Cheguei uma vez no meio de uma discussão, e o vi enfurecido, ameaçando-a. Mandei que ele saísse da casa, tentei tirá-lo de lá eu mesmo, mas seus capangas pularam em cima de mim como piolhos. Eve teve de se meter no meio.

Julia já não via mais graça alguma, sentiu apenas um filete de preocupação ao se lembrar de algo. Delrickio não tinha dito alguma coisa sobre ser uma pena que Eve não o tivesse deixado ensinar Paul a respeitar?

— Você tinha o quê? Uns 20 anos?

— Mais ou menos. Foi feio, humilhante e esclarecedor. Eve ficou furiosa com ele, mas ficou furiosa comigo também. Ela achou que eu estava com ciúmes... e talvez estivesse. Saí da briga com o nariz sangrando, algumas costelas machucadas...

— Eles bateram em você? — interrompeu ela, a voz esganiçada pelo horror do choque. Ele teve de rir.

— Querida, você não treina gorilas para brincar de adoleta. Poderia ter sido pior... bem pior, já que eu estava dando o melhor de mim para esganar o canalha. Você talvez não tenha escutado, mas tenho uma atração esporádica pela violência.

— Não — respondeu Julia com calma, mesmo sentindo o estômago revirar. — Não tinha. Esse episódio foi, hein, o motivo de Eve ter terminado com Delrickio?

— Não. — Ele estava cansado de falar, de pensar. — No que dizia respeito a Eve, seu relacionamento com Delrickio não tinha nada a ver comigo. E ela estava certa. — Devagar, como se espreitasse uma presa, ele se aproximou de Julia. E, como qualquer presa que pressente um caçador, ela sentiu uma rápida fisgada de alarme que fez com que seu coração disparasse. — Sabe como você está parecendo agora, sentada nessa cadeira, com as costas empertigadas e as mãos cruzadas sobre o colo? E com esse olhar solene, preocupado?

Como ele a fazia se sentir tola, ela mudou de posição.

— Eu quero saber...

— Esse é o problema — murmurou ele, curvando-se para envolver o rosto dela com as mãos. — Você quer saber, quando tudo o que precisa fazer é sentir. O que você sente quando eu lhe digo que não consigo pensar em nada, a não ser arrancar esse seu belo vestidinho, verificar se aquele perfume que eu vi você borrifar mais cedo continua impregnado em sua pele... bem aí... logo abaixo do seu maxilar?

Enquanto ele corria os dedos pela linha do maxilar dela, Julia se mexeu de novo. Erguer-se, porém, provou ser um erro de julgamento, pois apenas a fez colidir com força de encontro a ele.

— Você está tentando me distrair.

— Com certeza. — Ele puxou o zíper do vestido, rindo ao ver que ela tentava se esquivar. — Tudo em você me distrai desde o momento em que a conheci.

— Eu quero saber. — Ela tentou de novo, e ofegou ao sentir o vestido ser abaixado até sua cintura. De repente, a boca de Paul estava sobre a dela, e suas mãos, nem gentis nem sedutoras, mas com um fervor possessivo que beirava o frenesi. — Paul, espere. Preciso entender por que ela terminou com ele.

— Foi preciso apenas um assassinato. — Os olhos dele faiscaram ao puxar a cabeça dela para trás. — Assassinato a sangue-frio, calculado, cometido em prol do lucro. Delrickio havia apostado em Damien Priest, e decidiu eliminar a competição.

Julia esbugalhou os olhos, horrorizada.

— Você quer dizer que ele...

— Fique longe dele, Julia. — Ele a puxou para si. Julia pôde sentir o calor da pele dele através da fina camisa de seda. — O que eu sentia por Eve há tantos anos não chega aos pés do que eu sinto por você, do que eu faria por você. — Ele agarrou-lhe os cabelos, os dedos tensos, fechados com força. — Não chega aos pés.

Enquanto ela tremia, excitada, ele a puxou para o chão e provou que estava falando sério.

Capítulo Vinte
♦♦♦♦

Enfiada num roupão, Julia tomou um gole do conhaque. Sentia o corpo pesado de cansaço e sexo. Imaginou se seria essa a sensação de alguém que se via na praia depois de uma feroz batalha com um mar violento. Esgotada, feliz e tonta por ter sobrevivido à incomparável beleza e violência de algo tão primitivo e atemporal.

Enquanto o pulso voltava ao normal e a mente clareava, a palavra que Paul tinha dito antes de arrastá-la para aquele mar turbulento ecoou em sua cabeça:

Assassinato.

Percebeu, mesmo ali, sentada ao lado dele no sofá, os dois envolvidos pelo silêncio da intimidade, que esse equilíbrio entre eles poderia ser facilmente desestabilizado. Por mais frenético que houvesse sido o encontro de corpos, era agora, na quietude dos pós-sexo, enquanto o ar esfriava e se tornava menos denso, que eles precisavam estar em contato um com o outro. Não apenas o contato proporcionado por um simples dar de mãos, mas por aquela pequena e vital sensação de confiança mútua.

— Como você estava dizendo — começou ela, fazendo-o sorrir.

— Sabe de uma coisa, Jules, alguns diriam que você é uma pessoa focada. Outros a achariam apenas irritante.

— Sou uma pessoa irritantemente focada. — Ela pousou uma das mãos no joelho dele. — Preciso escutar isso de você. Se Eve fizer qualquer objeção ao que você me contar, a gente para por aqui. Esse é o acordo.

— Integridade — murmurou ele. — Não foi isso o que Eve disse que admirava em você?

Ele tocou o cabelo dela. Os dois ficaram sentados em silêncio por alguns instantes, antes de ele retomar a conversa, calmamente.

♦♦♦♦

ABALADA, JULIA levantou-se para servir-se de mais conhaque. Não dissera nada durante o relato de Paul sobre como o rival de Damien havia morrido, sobre a suspeita de Eve de que fora assassinato — um assassinato cometido a mando de Delrickio.

— Nunca mais falamos sobre isso — concluiu Paul. — Eve se recusou. Priest ganhou o título e, em seguida, se aposentou. O divórcio deles gerou uma certa comoção, mas que não durou muito. Passado um tempo, comecei a entender por que ela agira daquela forma. Nada poderia ser provado. Delrickio a teria matado se ela tentasse provar alguma coisa.

Antes de tentar falar qualquer coisa, Julia tomou um gole do conhaque e deixou o calor da bebida firmar sua voz:

— Por isso você era contra essa biografia? Tinha medo de que Eve contasse essa história e colocasse sua própria vida em risco?

Paul ergueu os olhos para ela.

— Eu sei que ela vai fazer isso. Na hora, no lugar e do jeito que achar que deve. Ela não esqueceu, nem perdoou. Se Delrickio desconfiar que ela lhe contou e que você está pensando em publicar, sua vida não valerá nem um centavo a mais do que a dela.

Com os olhos fixos em Paul, Julia se sentou ao seu lado. Precisava escolher bem as palavras. Todos aqueles anos sozinha, tomando suas próprias decisões, seguindo seu próprio código moral tornavam mais difícil se explicar.

— Paul, se você acreditasse, realmente acreditasse, que ir à polícia faria com que a justiça fosse feita, você viraria as costas mesmo assim?

— Esse não é o ponto...

— Talvez seja tarde demais para isso. No fundo, trata-se de instinto e emoção, e de toda aquela infinita área cinzenta entre o certo e o errado. Eve acredita nesse livro. E eu também.

Ele pegou uma cigarrilha e riscou o fósforo com violência.

— Colocar a própria vida em risco por alguém que está morto há quinze anos não faz sentido.

Julia analisou o rosto de Paul, obscurecido pelas sombras do abajur e pela fumaça.

— Se eu achasse que você acredita nisso, não estaria aqui com você. Não — disse Julia, antes que ele pudesse replicar. — O que existe entre nós não é apenas físico. Eu entendo você, acho que entendi desde o começo. É por isso que tinha medo de que isso acontecesse. Já me deixei levar pelas emoções. Foi um erro, mas como o resultado foi Brandon, não posso dizer que me arrependo. Isso agora... — Ela pousou a mão sobre a dele e, devagar, entrelaçou seus dedos. — É mais e, ao mesmo tempo, menos. Mais importante e menos superficial. Eu amo você, Paul, e amá-lo significa que preciso confiar em meus instintos, respeitar minha consciência... não apenas com relação a você, mas a tudo.

Paul permaneceu com os olhos fixos na brasa da cigarrilha, mais envergonhado pelas palavras dela do que imaginaria ser possível.

— Você não me deixa espaço para argumentar.

— Não deixo a mim mesma. Se eu lhe peço para confiar em mim, significa que preciso confiar em você. — Julia ergueu os olhos das mãos entrelaçadas e o encarou. — Você nunca me perguntou sobre o pai do Brandon.

— Não. — Ele suspirou. Teria de deixar de lado suas próprias objeções por enquanto. Era possível, embora improvável, que tivesse mais sorte com Eve. Julia se oferecer para falar sobre o pai de Brandon significava que eles haviam vencido mais uma defesa. — Não perguntei porque esperava que você fizesse exatamente o que está fazendo agora. — Abriu um sorriso. — Fui arrogante o suficiente para ter certeza de que isso aconteceria.

Ela riu, uma risada tranquila e agradável que o ajudou a relaxar.

— E eu sou arrogante o bastante para reconhecer que não teria contado se você me perguntasse.

— É, sei disso.

— Costumava ser, mas já não é mais tão importante manter as circunstâncias em segredo. Suponho que tenha se tornado um hábito. Eu achava, e ainda acho, que é melhor para Brandon que não se torne um problema. Se ele um dia perguntar, e eu sei que vai, vou contar a verdade. Eu amei o pai dele, do jeito que uma garota de 17 anos ama alguém. De forma idealista, impetuosa e romântica. Ele era casado, e lamento ter deixado minhas emoções encobrirem esse fato. Quando nos envolvemos, ele estava separado da mulher... pelo menos era o que ele dizia. Eu queria muito acreditar nisso, e me iludi achando que ele ia se casar comigo e, bem, me levar embora.

— Ele era mais velho.

— Quatorze anos.

— Alguém devia tê-lo castrado.

Por um momento, Julia apenas o encarou, mas então a indelicadeza do comentário proferido com aquele sotaque suave e elegante a fez cair na gargalhada.

— Ah, meu pai teria gostado de você, tenho certeza de que ele teria dito a mesma coisa se soubesse. — Ela o beijou com vontade e se recostou de novo, enquanto ele continuava com os olhos fixos nas sombras. — Sei que a responsabilidade maior foi dele. Mas uma garota de 17 anos pode ser bem persuasiva.

Devagar e com cuidado, Julia contou a Paul sobre Lincoln, sobre a insensata confusão de sentimentos que a haviam empurrado para o relacionamento, seu medo da subsequente gravidez, a tristeza pelo abandono de Lincoln.

— Eu não mudaria nada. Se tivesse de fazer tudo de novo, não iria contar a meus pais e arriscar magoar meu pai mais ainda. Ele via o Lincoln como um filho. E eu certamente não mudaria aquele encontro desastroso no sofá, ou Brandon não existiria. — Ao sorrir, sua expressão foi serena, confiante. — Ele me deu os melhores dez anos da minha vida.

Paul queria entender, mas não conseguia ver além da raiva em suas entranhas. Ela era uma criança, uma criança que lidara com as responsabilidades com mais cuidado e dignidade do que um homem com o dobro da sua idade.

— Ele não mantém contato com você nem com o Brandon?

— Não, e, hoje em dia, fico feliz por isso. Brandon é só meu.

— Que pena — falou Paul com calma. — Seria um enorme prazer matá-lo para você.

— Meu herói — retrucou Julia, passando os braços em volta dele. — Mas não por mim, Paul. Isso é passado. Tenho tudo o que preciso agora.

Ele tomou o rosto de Julia entre as mãos e correu os polegares por seu maxilar.

— Vamos nos certificar disso — murmurou, e a beijou.

Capítulo Vinte e Um

❖❖❖❖

Era tão bom estar em casa que Eve estava até ansiosa por uma sessão com Fritz. O fato é que sentia mais falta das doses de suor e esforço físico do que jamais admitiria para o treinador. Sentia também saudade das reclamações de Travers, da organização obsessiva de Nina. Da companhia de Julia. Devia estar ficando velha — percebeu, não muito satisfeita —, se começara a dar valor, como um velho sovina, às pequeninas coisas do dia a dia que costumava ignorar.

As filmagens tinham ido bem. Muito melhor do que ela previra. Em grande parte por causa de Peter — não apenas pelos bons e sólidos momentos de sexo, como pela paciência e entusiasmo dele no set, seu senso de humor, mesmo quando as coisas iam mal. Anos antes ela poderia ter cometido o erro de querer dar continuidade ao caso deles, de fingir, pelo menos para si mesma, que estava apaixonada por ele.

Ou então, certamente teria recorrido a todas as suas armas para fazê-lo se apaixonar por ela. O bom senso, porém, prevalecera, e eles haviam concordado em deixar os amantes na Geórgia e voltar para a Costa Oeste como amigos e colegas de profissão.

Um pensamento pequeno, mas a maturidade trazia perspectiva. Sabia que Peter a fazia se lembrar de Victor, do homem forte, charmoso e talentoso pelo qual se apaixonara tão perdidamente. O homem que ainda amava. Ó céus, como sentia falta dele! De todos os seus medos, o maior era que desperdiçassem o tempo que ainda tinham juntos.

Julia chegou cinco minutos depois. Estava ofegante por ter corrido, pela necessidade que sentira de correr. Assim que viu Eve fazendo os alongamentos, o corpo comprido e exuberante inacreditavelmente majestoso num conjunto de laicra em tom de safira, entendeu por quê. Sentira falta dela, pensou Julia. De seus comentários mordazes, de suas memórias honestas e ferinas, do ego gigantesco, da arrogância. De tudo. Riu consigo mesma enquanto via Eve trocar de posição para alongar outro músculo.

Nesse momento, Eve ergueu os olhos, pegou Julia sorrindo e sorriu de volta. Fritz observou as duas, os olhos passando de uma mulher para a outra. Ele ergueu as sobrancelhas de maneira especulativa, mas não disse nada. Alguma coisa foi transmitida em silêncio, algo que nenhuma das duas esperava. Eve empertigou o corpo, e Julia sentiu uma terrível vontade de se aproximar dela e abraçá-la, sabendo que seria abraçada de volta. Por fim, Julia cruzou a sala, mas apenas estendeu as mãos e entrelaçou os dedos com os de Eve, num aperto rápido de boas-vindas.

— Então, como foi lá no pântano?

— Quente. — Eve analisou o rosto de Julia e ficou satisfeita com o que viu ali. Uma felicidade tranquila, relaxada. — E como foi em Londres?

— Frio. — Ainda sorrindo, Julia colocou sua sacola de ginástica de lado. — Rory manda lembranças.

— Hum. Você sabe que o que eu realmente quero é a sua opinião sobre a atual mulher dele.

— Acho que ela é perfeita para ele. Ela me lembra um pouco você.
— Engoliu uma risada ao ver a incredulidade nos olhos de Eve.

— Querida, vamos ser sinceras. Não existe ninguém como eu.

— Você está certa. — Para o inferno com aquilo, pensou Julia. Seguindo seus próprios instintos, passou os braços em volta de Eve e deu-lhe um abraço forte e afetuoso. — Senti sua falta.

Os olhos de Eve se encheram de lágrimas, rápidas, inesperadas e difíceis de controlar.

— Gostaria que você estivesse lá comigo. Seus comentários sagazes teriam animado as horas de tédio entre os takes. Mas tenho a impressão de que você estava em ótima companhia em Londres.

Julia deu um passo para trás.

— Você sabia que Paul estava comigo.

— Eu sei de tudo o que acontece. — Eve passou o dedo pelo maxilar de Julia. — Você está feliz.

— Estou. Nervosa, tonta, mas feliz.

— Conte-me tudo.

— Vamos ao trabalho — interveio Fritz. — Vocês podem conversar enquanto malham. Não podem exercitar apenas a língua.

— Não dá para conversar e fazer abdominais ao mesmo tempo — reclamou Julia. — Não dá nem para respirar e fazer abdominais ao mesmo tempo. — Ele apenas abriu um sorriso.

Quando, por fim, Fritz a colocou nos pesos, Julia estava coberta de suor, mas conseguiu recuperar o fôlego. Enquanto ele rosnava as instruções, contou a Eve sobre Londres, sobre Paul e sobre os sentimentos que fervilhavam dentro dela. Era tão fácil falar com Eve que mal pensou nisso. Anos antes, tinha sido impossível falar com sua mãe sobre Lincoln. Agora não havia vergonha, nem medo.

Julia teve diversas oportunidades de desviar a conversa para Delrickio, mas achou que não era a hora. E, com Fritz ali, também não era o lugar. Em vez disso, decidiu abordar um tema que considerava menos delicado:

— Vou me encontrar hoje à tarde com o antecessor de Nina, Kenneth Stokley.

— Jura? Ele está aqui?

— Não, ele está em Sausalito. Vou pegar um avião e visitá-lo por algumas horas. Tem alguma coisa que você gostaria de me contar sobre ele?

— Sobre Kenneth? — Eve apertou os lábios enquanto terminava o exercício para as pernas. — Você talvez ache difícil entrevistá-lo. Ele é terrivelmente educado, mas não é muito expansivo. Eu gostava muito dele, e fiquei triste quando ele decidiu se aposentar.

— Achei que vocês tivessem se desentendido.

— Tivemos desentendimentos, mas ele era um assistente de primeira linha. — Ela pegou uma toalha com Fritz e secou o rosto. — Kenneth não gostava muito do meu marido. Marido número quatro, para ser mais exata. E eu achei difícil perdoá-lo por estar certo. — Ela deu de ombros e jogou a toalha de lado. — Decidimos que seria melhor pôr um fim no nosso relacionamento profissional e, sendo o homem simples que era, Kenneth tinha mais do que o suficiente para se aposentar em grande estilo. Você vai sozinha?

— Vou. Devo estar de volta às cinco. CeeCee vai tomar conta do Brandon depois da escola. Vou pegar a ponte aérea do meio-dia.

— Bobagem! Vá no meu avião. Nina irá providenciar tudo. — Ela descartou qualquer possibilidade de protesto com um brandir da mão. — Ele está parado, esperando para ser usado. Desse jeito, você pode ir e voltar na hora que achar melhor. Seu lado prático não deixará que recuse essa oferta.

— Você tem razão. Obrigada. Também queria conversar com você sobre Gloria DuBarry. Ela anda fugindo de mim.

Eve se agachou e massageou a panturrilha, de modo que Julia não conseguiu ver sua expressão. Contudo, a hesitação, embora rápida, foi notória.

— Não me lembro de você ter mencionado sua pequena... discussão com ela.

— Não achei necessário. Como você disse, você sabe tudo o que acontece.

— É verdade. — Ela sorria ao empertigar o corpo novamente, mas Julia achou ter percebido uma leve tensão. — A gente conversa mais tarde, tanto sobre Gloria quanto sobre outras coisas. Acho que se você tentar entrar em contato com ela de novo, Gloria será mais cooperativa.

— Certo. Tem também o Drake...

— Não se preocupe com ele — interrompeu Eve. — Quem mais você entrevistou?

— Sua agente, embora tenhamos sido obrigadas a interromper a conversa. Vou me encontrar com ela de novo. Consegui também uma rápida entrevista por telefone com Michael Torrent. Ele se referiu a você como a última das divas.

— Típico — murmurou Eve, desejando desesperadamente um cigarro.

Julia gemeu ao sentir os músculos tremerem.

— Anthony Kincade recusa-se terminantemente a falar comigo, mas Damien Priest foi muito educado e evasivo. — Ela citou uma lista de nomes, impressionante o bastante para fazer Eve erguer as sobrancelhas.

— Você nunca deixa a grama crescer sob os seus pés, não é mesmo, querida?

— Ainda tenho uma longa estrada pela frente. Eu esperava que você ajudasse a limpar o caminho até Delrickio.

— Não, isso eu não vou fazer. E vou lhe pedir que o deixe quieto. Pelo menos por enquanto. Fritz, não canse a menina demais.

— Eu não canso ninguém — replicou ele. — Eu ajudo a crescer.

Eve seguiu para o banho, enquanto Julia continuou sofrendo com os agachamentos. Assim que terminou, Nina apareceu.

— Está tudo certo. — Nina abriu um caderninho e pegou um lápis que trazia preso ao cabelo. — O estúdio mandará alguém para vir pegar a srta. B, portanto Lyle está a sua disposição. O avião estará pronto assim que você estiver, e um motorista irá lhe esperar no aeroporto para levá-la para a entrevista.

— Muito obrigada, mas não era necessário todo esse trabalho.

— Não é trabalho nenhum. — Nina riscou algo em sua lista e sorriu. — Juro, fica muito mais fácil se tudo estiver bem-organizado. Seu voo poderia atrasar, você poderia ter dificuldades em arrumar um táxi e... ah, sim, seu motorista em Sausalito é da Top Flight Transportation. Do aeroporto até a marina são cerca de vinte minutos de carro. E ele estará disponível para pegá-la na hora que você quiser, é claro.

— Ela é maravilhosa, não é? — comentou Eve, entrando de novo na sala. — Eu estaria perdida sem ela.

— Só porque você finge que não consegue lidar com os detalhes. — Nina enfiou o lápis de volta no cabelo. — Seu carro já deve estar esperando lá na frente. Quer que eu peça a eles para aguardarem?

— Não, já estou indo. Fritz, amor da minha vida, fico muito feliz em ver que você não perdeu seu jeito. — Eve plantou-lhe um demorado beijo que o deixou vermelho como um tomate.

— Eu te acompanho até a porta — disse Julia, adiantando-se e assumindo o lugar de Nina. A assistente hesitou, mas acabou cedendo.

— Então vou começar a dar as 500 mil ligações que preciso retornar. Devo esperá-la por volta das sete, srta. B?

— Se os deuses ajudarem.

— Me desculpe — começou Julia, quando elas saíram pelo jardim do meio. — Sei que não fui muito sutil, mas queria conversar mais um minuto com você.

— Nina não se ofende com facilidade. O que você queria me dizer que não podia falar na frente dela ou do Fritz? — Ela parou para admirar os botões de petúnias vermelho-amareladas que estavam prestes a desabrochar.

— Coisas demais para uma pequena caminhada até o carro, mas, para começar, acho que você precisa saber de uma coisa. Isso foi entregue na recepção do meu hotel em Londres.

Eve analisou o papel que Julia puxou de dentro da sacola. Não precisava desdobrá-lo para saber do que se tratava, nem mesmo lê-lo.

— Deus do céu!

— Ao que parece, alguém se deu ao trabalho de enviá-lo para lá. Paul estava comigo, Eve. — Julia esperou até Eve voltar a fitá-la. — Ele já sabe sobre os outros bilhetes também.

— Entendo.

— Me desculpe, sei que você preferiria que eu tivesse ficado quieta quanto a isso, mas...

— Não, não. — Ela interrompeu Julia com um brandir de mão e, em seguida, levou os dedos inconscientemente até a têmpora para esfregá-la. — Não, talvez seja melhor assim. Ainda acho que eles são apenas uma bobagem.

Julia guardou o papel de volta na sacola. Provavelmente não era o momento certo, mas queria dar a Eve tempo para pensar antes de abordar o assunto novamente.

— Sei sobre Delrickio, Damien Priest e Hank Freemont.

Eve deixou a mão pender ao lado do corpo. O único sinal de tensão foi um rápido fechar e abrir do punho.

— Bom, então não precisarei repetir essa confusão toda.

— Eu gostaria de escutar o seu ponto de vista.

— Tudo bem, então. Mas temos outras coisas para discutir primeiro. — Ela recomeçou a caminhar. Passou pela fonte, pelas rosas prematuras, pelas densas ilhas de azaleias. — Gostaria que você jantasse comigo hoje. Oito horas, tudo bem? — Entrou em casa de novo e atravessou o salão principal. — Espero que você venha com a mente e o peito abertos, Julia.

— É claro.

Eve hesitou diante da porta da frente, mas a abriu e saiu para a luz do sol novamente.

— Cometi vários erros, mas são poucos os que me arrependo. Convivi confortavelmente com as mentiras.

Julia esperou alguns instantes e, em seguida, escolheu as palavras com cuidado:

— Nas últimas semanas, comecei a desejar ser capaz de aceitar meus próprios erros e mentiras. Não é meu papel julgar você, Eve. E, agora que a conheço, nem poderia.

— Espero que você ainda se sinta assim depois de hoje à noite. — Ela tocou o rosto de Julia. — Você é exatamente o que eu precisava, exatamente.

Eve se virou e seguiu rapidamente para o carro, envolvida por um turbilhão de sentimentos. Mal cumprimentou o motorista ao abrir a porta. E, então, tudo entrou calmamente nos eixos.

— Espero que não se importe — disse Victor, no banco de trás. — Senti muita saudade de você, Eve.

Ela deslizou para o banco e se aconchegou nos braços dele.

♦ ♦ ♦ ♦

A IDEIA QUE Julia fazia de Kenneth Stokley era de um homem grisalho, severo e reservado. Ele tinha de ser um sujeito organizado, ou não teria trabalhado para Eve. Conservador, pensou, beirando a caretice. A voz dele era refinada, suave e escrupulosamente educada.

O primeiro sinal de que essa imagem que ela projetara podia estar errada foi a casa flutuante.

Era um primor de cabana, charmosa e romântica, de um azul suavemente desbotado, e com venezianas de um branco imaculado. Gerânios vermelho-sangue espalhavam-se de modo exuberante pelas jardineiras das janelas. Próximo ao belo telhado pontudo, havia uma enorme claraboia em vitral. Piscando para ajustar a visão, Julia identificou uma sereia sorrindo de maneira sedutora.

Seu deslumbre diante da sereia esfriou um pouco ao perceber a estreita ponte de cordas que ligava a casa à doca. Tirou os sapatos. Já no meio do caminho, escutou os acordes apaixonados de *Carmen* escapando pelas janelas abertas. Julia estava assobiando, dando o melhor de si para que o balanço da ponte não a deixasse sair do ritmo, quando a porta abriu.

Se eles estivessem por volta de 1970, Kenneth seria considerado um sósia de Cary Grant. Elegante, com cabelos prateados e a pele bronzeada, ele esbanjava charme com uma calça branca larga e um pulôver solto azul-celeste. Era o tipo de homem que faria qualquer mulher babar à primeira vista.

Julia quase perdeu o equilíbrio, e os sapatos, quando Kenneth saiu para ajudá-la.

— Eu devia ter lhe avisado sobre a entrada. — Ele pegou a pasta de Julia, deu a mão a ela e, graciosamente, foi andando para trás. — É inconveniente, eu sei; porém, tirando os mais desesperados, desencoraja todos os vendedores de aspirador de pó.

— É muito charmosa. — Ela soltou um leve suspiro ao pisar sobre a madeira firme do deque. — Nunca entrei numa casa flutuante.

— Ela é bem sólida — assegurou-lhe Kenneth, enquanto a analisava. — Além de garantir a possibilidade de sair navegando ao pôr do sol, se tivermos vontade. Entre, por favor.

Julia entrou. Em vez da esperada decoração com motivos náuticos, como âncoras e redes de pesca, ela se deparou com uma elegante sala de estar, decorada com sofás baixos em tons de pêssego e verde-hortelã. A madeira de teca e de cerejeira garantia aconchego ao ambiente, assim como o tapete Aubusson gloriosamente desbotado. Prateleiras de diversos tamanhos, abarrotadas de livros, cobriam uma parede inteira. Uma escada em espiral levava a uma varanda suspensa. A luz do sol era filtrada pela sereia e dançava pelas paredes claras num arco-íris.

— É uma casa adorável — comentou Julia. A surpresa e a apreciação em sua voz fizeram Kenneth sorrir.

— Obrigado. Algumas pessoas priorizam o conforto. Por favor, sente-se, srta. Summers. Eu estava terminando de preparar um chá gelado.

— Isso seria ótimo, obrigada. — Ela não esperava se sentir tão à vontade, mas sentada no sofá acolchoado, cercada por livros e por Carmen, era impossível se sentir de outra forma. Só depois que Kenneth entrou na cozinha contígua à sala foi que Julia percebeu que continuava descalça.

— Fiquei triste por ter perdido a recente festinha da Eve — disse ele, falando alto para que sua voz pudesse ser ouvida acima dos acordes da ópera. — Eu estava em Cozumel, mergulhando. — Ele voltou carregando uma bandeja laqueada com dois copos verdes e uma jarra grande. Fatias de limão e cubos de gelo nadavam no líquido dourado. — As festas da Eve são sempre diferenciadas.

Ele não se referia a ela como srta. Benedict, nem como srta. B, notou Julia.

— Vocês ainda mantêm contato?

Ele colocou a bandeja sobre a mesinha de centro e lhe entregou um copo antes de se sentar à sua frente.

— O que você quer saber, e me perguntou de maneira bastante educada, é se Eve e eu ainda nos falamos. Afinal, ela me despediu, literalmente.

— Tive a impressão de que houve uma discussão.

O sorriso dele foi caloroso e bem-humorado.

— A vida com Eve era cheia de discussões. Na verdade, agora que não trabalho mais para ela, nosso relacionamento ficou muito mais simples.

— Você se importa se eu gravar nossa conversa?

— Não, de jeito nenhum. — Ele a observou pegar o gravador e colocá-lo sobre a mesinha de centro. — Fiquei surpreso ao saber que Eve decidiu lançar esse livro. No decorrer dos anos, ela se irritou bastante com as biografias não autorizadas.

— Talvez essa seja a sua resposta. Uma mulher como a Eve jamais admitiria não ser a peça-chave no relato de sua própria história.

Kenneth levantou uma das sobrancelhas prateadas.

— E não estar no total controle desse relato.

— Verdade — concordou Julia. — Me conte como você veio a trabalhar para ela.

— A proposta de Eve surgiu no momento em que eu estava pensando em mudar de emprego. Ela me tirou da srta. Miller, e a competição entre elas forçou Eve a me oferecer um salário melhor... um pouco melhor. Havia também o incentivo extra de vir a ter meus próprios aposentos. Preciso dizer que duvidava que Eve pudesse ser entediante, e também já conhecia sua reputação com os homens. Assim sendo, hesitei. Foi vulgar, imagino, confrontá-la com isso e exigir que nosso relacionamento fosse estritamente profissional, sem nenhum contato físico. — Ele abriu outro belo sorriso, um homem divertindo-se com as lembranças. — Ela riu, aquela risada forte e sedutora, típica de Eve. Lembro que ela segurava uma taça de champanhe. Nós estávamos na cozinha da casa da srta. Miller, aonde Eve fora me procurar durante uma festa. Ela pegou outra taça na mesa, me entregou e brindou, fazendo os cristais tilintarem. "Vamos combinar uma coisa, Kenneth", disse ela. "Você fica fora da minha cama que eu fico fora da sua."

Ele ergueu a mão com a palma virada para cima e os dedos abertos.

— Como eu poderia resistir?

— E vocês mantiveram o acordo?

Se Kenneth se sentiu ofendido ou surpreso com a pergunta, não demonstrou.

— Sim, mantivemos o acordo. Eu a amava, srta. Summers, mas nunca fui um daqueles bobos apaixonados. Do nosso próprio jeito, forjamos uma amizade, e não havia sexo para complicar as coisas. Seria mentira se eu dissesse que jamais me arrependi desse acordo durante os dez anos em que trabalhei para Eve. — Ele pigarreou para limpar a garganta. — E, modéstia à parte, acredito que em alguns momentos ela também se arrependeu. Mas mantivemos a palavra.

—Você começou a trabalhar para Eve mais ou menos na época em que ela se casou com Rory Winthrop, não foi?

— Isso mesmo. Uma pena que o casamento não tenha dado certo. Ao que parece, eles eram mais melhores amigos do que companheiros. Havia também o garoto. Eve se apaixonou por ele desde o começo. E, embora muitos possam achar difícil de imaginar, ela foi uma excelente mãe. Vendo-o crescer, eu também me apeguei muito ao Paul.

— Jura? Como ele era... — Ela se tocou a tempo: — Quero dizer, como era a relação deles?

Ele percebeu o ato falho, assim como a expressão nos olhos dela ao fazer a pergunta.

— Presumo que você e Paul se conhecem.

— Sim, conheci a maioria das pessoas próximas a Eve.

Quando um homem passava a maior parte da vida servindo os outros, tornava-se sua segunda natureza captar os fatos a partir de gestos, tons de voz, frases.

— Entendo — disse ele, sorrindo. — Paul se tornou um homem muito bem-sucedido. Tenho todos os livros dele. — Apontou para as prateleiras. — Lembro de Paul criando histórias, lendo-as para Eve. Ela adorava escutá-las. Eve adorava tudo que vinha do Paul e, em troca, ele a amava sem questionar, sem restrições. Eles preencheram as lacunas na vida um do outro. Mesmo depois que Eve se divorciou de Rory e se casou novamente, ela e Paul continuaram muito próximos.

— Damien Priest. — Julia se inclinou para a frente, a fim de colocar o copo de volta na bandeja. — Paul não gostava muito dele.

— Ninguém que gostava da Eve gostava do Damien — retrucou Kenneth com simplicidade. — Eve achava que a indiferença de Paul com relação a ele era decorrente de ciúmes. A verdade pura e simples é que mesmo naquela idade Paul já era um excelente juiz de caráter. Ele havia detestado Delrickio de cara, e considerava Priest um homem desprezível.

— E você?

— Eu sempre me considerei um excelente juiz de caráter também. Você se importa de irmos para o deque lá de cima? Pensei em comermos alguma coisa leve.

◆◆◆◆

A REFEIÇÃO LEVE acabou sendo um pequeno banquete composto por uma suculenta salada de lagosta, minilegumes e um pão de ervas fresquinho e, para acompanhar, um suave e refrescante Chardonnay. A baía estendia-se logo abaixo, pontilhada por barcos, com suas velas infladas pela brisa perfumada do mar. Julia esperou até eles começarem a beliscar as frutas e queijos antes de pegar o gravador de novo.

— Pelo que me disseram, o casamento da Eve com o Damien terminou amargamente. Descobri também alguns detalhes sobre o relacionamento dela com Delrickio.

— Mas você quer o meu ponto de vista, certo?

— Sim, por favor.

Ele ficou em silêncio por alguns instantes, olhando na direção da água para um barco com uma brilhante vela triangular vermelha.

—Você acredita no mal, srta. Summers?

Uma pergunta estranha para ser feita em plena luz do dia, sob uma suave brisa.

— Sim, imagino que sim.

— Delrickio é o mal. — Kenneth virou-se de novo para ela. — A maldade está em seu sangue, em seu coração. Para ele, tanto o assassinato quanto a destruição da esperança e da vontade são apenas negócios. Delrickio se apaixonou pela Eve. Até mesmo um homem mau pode se apaixonar. A paixão por ela o consumia e, não tenho vergonha de admitir, me assustava na época. Entenda, Eve achava que conseguiria controlar a situação, assim como controlara tantas outras. Isso é parte da arrogância e do charme dela. Só que ninguém consegue controlar o mal.

— E o que ela fez?

— Durante muito tempo ela apenas brincou com isso. Eve se casou com Priest, que havia mexido com a vaidade e o ego dela. Ela fugiu com ele num impulso, em parte para colocar uma distância entre ela mesma e Delrickio, que estava se tornando cada vez mais controlador.

E perigoso. Houve também um incidente com o Paul. Ele havia surpreendido Delrickio ameaçando Eve fisicamente. Quando tentou intervir... de cabeça quente, preciso acrescentar... os sempre presentes capangas de Delrickio pularam em cima dele. Só Deus sabe o que eles teriam feito com o menino se Eve não tivesse se intrometido.

Julia lembrou da cena que Paul lhe descrevera. Fitou Kenneth com os olhos arregalados.

— Você está me dizendo que estava lá. Que viu tudo, viu Paul ser quase mutilado, ou coisa pior. E não fez nada?

— Eve lidou muito bem com a situação, posso lhe assegurar. — Ele limpou os lábios com um guardanapo de linho verde-limão. — No fim das contas, não fez a menor diferença eu estar lá, parado no topo das escadas, com um revólver de punho cromado calibre 32, destravado. — Ele riu e completou os cálices de vinho. — Quando vi que a arma não seria necessária, permaneci nas sombras. Foi melhor para a autoestima do garoto, você não acha?

Julia não sabia o que dizer, apenas continuou encarando o charmoso cavalheiro, cujo cabelo prateado esvoaçava vigorosamente ao sabor da brisa.

— Você teria usado a arma?

— Sem hesitar e sem arrependimento. De qualquer forma, Eve se casou com Priest pouco tempo depois. Ela trocou o mal pela ambição cega. Não sei o que aconteceu em Wimbledon. Eve nunca falou nada. Mas Priest ganhou o campeonato e perdeu a mulher. Ela o cortou definitivamente de sua vida.

— Então você não foi despedido por causa do Priest?

— Humm. Isso talvez tenha pesado. Eve achou difícil assimilar o fato de que estava errada e eu, certo. Havia, porém, outro homem, alguém que significava muito mais para ela e que, indiretamente, provocou o rompimento de nossa ligação profissional.

— Victor Flannigan.

Dessa vez ele não se deu ao trabalho de esconder a surpresa.

— Eve já lhe falou sobre ele?

— Já. Ela quer que o livro seja fiel aos fatos.

— Eu não tinha ideia de até onde ela pretendia ir — murmurou ele. — O Victor sabe...?

— Sabe.

— Ah. Bem, então; Eve sempre gostou de fogos de artifício. Durante mais de trinta anos, no decorrer dos quais houve dois casamentos, Eve Benedict só amou de verdade um único homem. O casamento, o cabo de guerra com a Igreja e a culpa pela doença da mulher tornaram impossível para ele manter um relacionamento aberto com Eve. Na maior parte do tempo, ela aceitou. Contudo, algumas vezes... lembro de uma vez em que a encontrei sentada sozinha no escuro. Ela disse: "Kenneth, quem quer que tenha dito que meio pão era melhor do que nenhum não estava com fome suficiente." Isso resumia o relacionamento dela com Victor. De vez em quando, Eve ficava com tanta fome que buscava alimento em outros lugares.

— E você era contra isso?

— Contra os casos? Eu certamente achava que ela estava desperdiçando a própria vida, em geral de forma imprudente. Victor a ama tão profundamente quanto ela a ele. Talvez seja por isso que eles causem tanto sofrimento um ao outro. A última vez que falamos dele foi pouco depois de o divórcio dela se tornar público. Victor foi até a casa para vê-la. Eles discutiram. Eu podia escutá-los gritando do meu escritório no segundo andar. Nina Soloman estava trabalhando comigo. Eve a contratara e me pedira para treiná-la. Lembro muito bem do constrangimento e da timidez de Nina. Ela estava longe de ser a mulher confiante e eficiente que você conhece. Naquela época, Nina era apenas um cachorrinho assustado e perdido que já sentira a força de um chute vezes demais. A gritaria a deixou perturbada. As mãos dela tremiam.

"Depois que Victor foi embora batendo os pés, ou foi expulso, não sei, Eve entrou como um tufão no escritório. Continuava furiosa.

Ela começou a cuspir ordens para Nina, até a pobre coitada sair correndo do aposento aos prantos. Foi aí que nós brigamos. Infelizmente, esqueci minha posição de empregado por tempo suficiente para dizer a ela que era uma idiota por ter se casado com Priest, em primeiro lugar, e que devia parar de tentar preencher a vida com sexo, em vez de aproveitar o amor que já possuía. Eu disse também várias outras coisas, provavelmente imperdoáveis, sobre seu estilo de vida, seu gênio e sua falta de gosto. Quando terminei, nós dois já estávamos calmos novamente, mas não havia mais como voltarmos às antigas posições de patroa e empregado. Eu disse coisas demais, e ela permitiu demais. Optei por me aposentar."

— E Nina assumiu o seu lugar.

— Creio que ela se afeiçoou a Nina. Eve sentia uma enorme pena da garota, pelas coisas terríveis que ela havia passado. Nina era grata, sabia que Eve tinha lhe dado uma chance que muitos negariam. No fim das contas, todos ficaram bem.

— Ela fala de você com muito carinho.

— Eve não é do tipo que guarda ressentimentos diante de palavras ou sentimentos honestos. Tenho orgulho em dizer que sou amigo dela há quase vinte e cinco anos.

— Espero que não se importe, mas preciso perguntar: você não se arrepende de nunca ter sido amante dela?

Ele sorriu por cima da borda da taça antes de tomar um gole.

— Eu não disse que nunca fomos amantes, srta. Summers, apenas que isso não aconteceu enquanto eu trabalhava para ela.

— Ah. — O bom humor nos olhos dele a fez responder com uma risada: — Acho que você não vai querer falar sobre isso.

— Não, se Eve quiser te contar, isso é problema dela. Mas as minhas lembranças são só minhas.

◆◆◆◆

Julia foi embora se sentindo sonolenta devido ao vinho, relaxada pela companhia e satisfeita com o dia de trabalho. Durante a breve espera no terminal de embarque, enquanto terminavam de aprontar o avião, ela etiquetou a fita e colocou uma nova no gravador.

Um pouco envergonhada pela fraqueza, enfiou dois comprimidos de Dramamine na boca e os ajudou a descer com a água do bebedouro. Ao endireitar o corpo, viu de relance um homem no outro lado do saguão. Por um momento, achou que ele a estava observando, mas disse a si mesma que estava sendo paranoica ao vê-lo virar a página da revista que, aparentemente, tinha toda a sua atenção.

Ainda assim, alguma coisa nele a incomodou. Havia algo familiar naquele cabelo queimado de sol, na pele bronzeada, no jeito descontraído de garoto de praia.

Julia se esqueceu de tudo isso ao receber o sinal de que podia embarcar.

Acomodou-se no avião, apertando o cinto e se preparando para o curto voo de volta para Los Angeles. Imaginou que Eve se divertiria bastante com suas observações a respeito de Kenneth durante o jantar daquela noite.

E, com sorte, pensou, enquanto o avião corria pela pista para decolar, esse seria seu último voo até voltar para casa.

Casa, pensou, agarrando os braços da poltrona quando o avião saiu do chão. Parte dela desejava a solidão de sua própria casa, a rotina, pura e simples. Contudo, como seria voltar para casa sozinha? Deixar para trás o amor, agora que o encontrara. O que aconteceria com seu relacionamento com Paul, com ele numa parte do país e ela na outra? Como poderia haver um relacionamento?

A independente e autossuficiente Julia, mãe solteira e mulher de carreira, precisava, e muito, de alguém. Ela continuaria a criar Brandon sem Paul, continuaria a escrever, continuaria vivendo.

Fechando os olhos, tentou se imaginar de volta, retomando a vida do ponto onde a deixara, prosseguindo em silêncio, solitária, pelo resto desta vida.

Não conseguiu.

Com um suspiro, apoiou a cabeça contra o vidro da janela. O que diabos ia fazer? Eles haviam conversado sobre amor, mas não sobre permanência.

Ela queria Paul, queria uma família para o filho, e queria segurança. E tinha medo de arriscar essa última em prol da possibilidade de vir a ter os outros dois.

Pegou no sono, embalada pelo vinho e por seus próprios pensamentos. O primeiro solavanco a acordou e a fez xingar a si mesma pela imediata fisgada de pânico. Antes que pudesse se forçar a relaxar, o avião fez uma curva acentuada para a esquerda. Julia sentiu o gosto de sangue na boca ao morder a língua, mas pior do que isso foi o gosto metálico do medo.

— Fique sentada, srta. Summers. Estamos perdendo pressão.

— Perdendo... — Julia engoliu de volta o primeiro grito histérico. O tom sério do piloto foi o bastante para lhe dizer que gritar não adiantaria nada. — O que isso quer dizer?

— Estamos com um pequeno problema. Mas estamos a apenas dezesseis quilômetros do aeroporto. Fique calma e não solte o cinto.

— Não vou a lugar algum. — Ela conseguiu dizer, e fez um favor aos dois abaixando a cabeça e enfiando-a entre os joelhos. Isso ajudava a tonteira, e quase aliviava o pânico. Ao se forçar a abrir os olhos novamente, viu uma folha de papel escorregar de debaixo do assento quando o avião entrou num mergulho:

FORA! APAGA-TE, CANDEIA TRANSITÓRIA!

— Ai, meu Deus! — Julia pegou o papel e o amassou entre os dedos. — Brandon. Ai, meu Deus, Brandon!

Ela não ia morrer. Não podia. Brandon precisava dela. Julia lutou contra o enjoo. O único compartimento que havia no alto se abriu e de lá caíram travesseiros e cobertores. Além das orações que fervilhavam em sua mente, tudo o que ela conseguia ouvir era o rugido engasgado do motor e o piloto gritando no rádio. Eles estavam se aproximando, e rápido.

Julia se endireitou e tirou o caderno da pasta. Sentiu o avião tremer ao atravessarem uma fina camada de nuvens. Seu tempo estava acabando. Escreveu um bilhete rápido para Paul, pedindo a ele que tomasse conta do Brandon e dizendo o quanto se sentia grata por tê-lo encontrado.

Soltou uma série de palavrões quando sua mão começou a tremer, a ponto de não conseguir segurar o lápis. De repente, fez-se silêncio. Ela levou alguns instantes para perceber, e mais um tempo para entender o que isso significava.

— Ai, meu Deus!

— Estamos sem combustível — disse o piloto por entre os dentes. — Os motores pararam. Temos um bom vento de cauda. Vou tentar fazer esse bebê planar. Eles estão nos esperando.

— Certo. Qual é o seu nome? Seu primeiro nome.

— Jack.

— Certo, Jack. — Ela respirou fundo. Sempre acreditara que a força de vontade e a determinação conquistavam quase tudo. — Eu sou Julia. Vamos pousar esse negócio.

— Certo, Julia. Agora, coloque a cabeça entre os joelhos e cruze as mãos atrás da cabeça. E comece a fazer todas as orações que conhecer.

Julia respirou fundo mais uma vez.

— Já estou fazendo isso.

Capítulo Vinte e Dois
♦ ♦ ♦ ♦

— É BOM proteger a bola — falou Paul, ofegante, simulando um ataque por cima do ombro de Brandon. O garoto resmungou e, com um giro do corpo, escapou, quicando a bola com mãos ágeis e uma profunda concentração.

Os dois estavam suando — ele mais do que o menino. A idade era uma merda, pensou, enquanto se desviava do cotovelo ossudo de Brandon. Ganhava do garoto em altura e alcance. Por isso estava se controlando para ir com calma. Afinal de contas, não seria justo...

Brandon mergulhou por baixo do braço de Paul e marcou uma cesta de dois pontos. Com os olhos estreitados, Paul apoiou as mãos nos quadris enquanto recuperava o fôlego.

— Empate! — gritou Brandon, fazendo uma dancinha rápida, a qual envolvia erguer os joelhos arranhados e rebolar o traseiro magricelo. — Seis a seis, meu chapa!

— Não fique tão convencido. Meu chapa. — Paul secou o suor que escorria por baixo da faixa que amarrara em volta da testa. Numa exibição de indiferente tranquilidade, Brandon usava seu boné dos Lakers virado para trás. Abriu um sorriso quando Paul pegou a bola. — Se eu tivesse colocado a cesta na altura certa...

— Sei, sei. — O sorriso de Brandon alargou. — Desculpas.

— Espertinho.

Sentindo isso como um tremendo elogio, Brandon soltou uma sonora gargalhada diante do comentário resmungado. Podia ver o bom humor nos olhos de Paul. Estava sendo um dos melhores dias da sua vida. Ainda não conseguia acreditar que Paul tivesse ido lá só para vê-lo — a *ele* —, com uma cesta, uma bola e o desafio para um jogo.

Sua felicidade não diminuiu nem um pouco quando Paul passou rapidamente por ele e encestou a bola com um lançamento silencioso.

— Jogada de sorte.

— Uma ova. — Paul passou a bola para Brandon. Talvez tivesse levado a cesta por impulso e a prendido acima da porta da garagem, imaginando que Brandon gostaria da oportunidade de treinar algumas encestadas de vez em quando. Até mesmo o desafio para o jogo havia sido impensado. A verdade era que ele também estava tendo um dos melhores dias de sua vida.

A visita daquela tarde fora, em parte, calculada. Estava apaixonado pela mãe do garoto, queria fazer parte da vida dela — e a coisa mais importante na vida de Julia era o filho. Não tinha muita certeza de como se sentia diante da ideia de arrumar uma família já constituída, ou de abrir seu coração e sua casa para o filho de outro homem.

Quando o jogo atingiu 10 x 8, a seu favor, Paul já havia esquecido tudo isso. Estava apenas se divertindo.

— Iupii!! — Brandon brandiu o punho, triunfante, ao fazer mais uma cesta. A camiseta do Bart Simpson estava completamente grudada no corpo até a altura dos ombros. — Estou bem atrás de você.

— Então se prepare para comer poeira.

— Vai sonhando!

Desconcentrado pela própria risada, Paul perdeu a bola. Como um cão de caça atrás de um coelho, Brandon atacou com vontade. Perdeu o primeiro lançamento, brigou pelo rebote e encestou na segunda tentativa.

Quando a poeira de Paul assentou, Brandon já o ultrapassara, 12 x 10.

— Eu sou o melhor! — Brandon saiu pulando pela quadra improvisada, com os braços esticados e os indicadores apontando para cima.

Com os olhos semicerrados e as mãos apoiadas nos joelhos, Paul observou a volta da vitória e inspirou fundo o ar quente da tarde.

— Eu peguei leve. Afinal, você é só uma criança.

— Mentiroso! — Saboreando o momento, Brandon deu uma volta em torno de Paul, com a pele ligeiramente bronzeada brilhante de suor e um sorrisinho debochado do Bart mau estampado na cara. — Eu peguei leve com *você* — replicou ele. — Porque você é velho o bastante para ser meu pai. — De repente, Brandon parou, constrangido pelo que acabara de dizer, mexido por seus próprios desejos e necessidades. Antes que se desse conta do que estava fazendo, Paul o agarrou, prendeu a cabeça dele e começou a lhe dar fortes cascudos, fazendo-o gritar de tanto rir.

— Tudo bem, seu falastrão. Melhor de três.

Brandon piscou e o encarou.

— Jura?

Ó Deus, pensou Paul, estava se apaixonando pelo garoto. Aqueles olhos grandes e famintos, aquele sorriso tímido. Toda aquela esperança, todo aquele amor. Se havia um homem na Terra que conseguia resistir àquele olhar, esse homem não era Paul Winthrop.

Paul abriu um sorriso largo e malicioso.

— A menos que esteja com medo.

— Eu, com medo de você? — Brandon gostava daquele contato, o abraço e o cheiro de homem, as provocações masculinas. Não tentou se soltar dos braços de Paul. — Impossível.

— Prepare-se para perder. Dessa vez vou acabar com você. Quem perder paga a cerveja.

Quando Paul o soltou, Brandon correu para pegar a bola. Estava rindo ao ver a mãe sair do jardim e se aproximar pelo caminho.

— Mãe! Ei, mãe! Olhe só o que o Paul trouxe. Ele disse que eu posso usar enquanto estivermos hospedados aqui. E eu ganhei a primeira partida.

Julia andava devagar, precisava andar devagar. A primeira e reconfortante onda de choque estava passando, deixando para trás pequenas marcas de medo. Ao ver o filho, o rosto sujo de terra e suor, o sorriso enorme, os olhos excitados, começou a correr. Levantou-o do chão e o apertou com força de encontro a si, enterrando o rosto na curva macia e molhada do pescoço dele.

Ela estava viva. Viva. E segurando sua vida em seus braços.

— Credo, mãe. — Ele não sabia ao certo se devia parecer constrangido ou incomodado na frente de Paul. Revirou os olhos uma vez, dando a entender que isso era algo que precisava aguentar. — O que foi que aconteceu?

— Nada. — Julia engoliu em seco e se forçou a afrouxar o abraço. Se começasse a balbuciar agora, só o deixaria assustado. E já passara. Ela estava ali. — Nada, só estou feliz em te ver.

— Você me viu hoje de manhã. — O olhar intrigado dele deu lugar à surpresa quando a mãe o soltou e envolveu Paul no mesmo abraço forte e possessivo.

— Em ver os dois — conseguiu dizer, e Paul sentiu o coração dela martelando de encontro ao seu peito. — Só estou feliz em ver os dois.

Em silêncio, Paul segurou o queixo e analisou o rosto de Julia. Reconheceu os sinais de choque, estresse e lágrimas. Deu-lhe um beijo longo e suave, e sentiu os lábios dela tremendo em contato com os seus.

— Feche a boca, Brandon — falou baixinho, aninhando a cabeça de Julia em seu ombro, a fim de acariciar-lhe o cabelo. — É melhor ir se acostumando a me ver beijar a sua mãe.

Por cima do ombro de Julia, viu os olhos do menino mudarem — cautela, suspeita. Decepção. Com um suspiro, Paul imaginou se seria capaz de lidar com os dois, mãe e filho.

— Por que não entra, Jules? Pegue algum refresco e sente-se. Eu já vou.

— Tudo bem. — Ela precisava ficar sozinha. Precisava de alguns instantes sozinha para tentar reunir os frangalhos restantes do seu autocontrole e não desmoronar. — Vou ver se preparo uma limonada. Vocês parecem sedentos.

Paul esperou até Julia estar dentro de casa antes de se virar de novo para o garoto. Brandon estava com as mãos enfiadas nos bolsos do short. Os olhos fixos no chão.

— Algum problema?

O menino apenas deu de ombros.

Paul imitou o gesto e andou até a camisa que havia tirado durante o calor da disputa. Pegou uma cigarrilha e travou uma rápida batalha com os fósforos úmidos.

— Acho que não preciso explicar para você esse negócio que acontece entre os homens e as mulheres — ponderou Paul em voz alta. — Ou por que beijar é algo tão popular.

Brandon continuou olhando de maneira determinada para seus tênis, os olhos quase vesgos.

— Não. Imaginei que não. — Para ganhar tempo, Paul deu uma tragada e, em seguida, expeliu a fumaça. — Acho que você merece saber como eu me sinto a respeito da sua mãe. — Brandon continuou em silêncio, confuso. — Eu a amo, e muito. — A declaração fez o menino levantar a cabeça para fitá-lo. Ele não estava com uma expressão muito amigável, percebeu Paul. — Talvez você demore um tempo para se acostumar com isso. Não tem problema, porque eu não vou mudar de ideia.

— Minha mãe não costuma sair com homens.

— Não. Acho que isso faz de mim um homem de sorte. — Deus do céu, será que havia algo mais difícil de encarar do que o olhar direto e penetrante de uma criança? Paul soltou um longo suspiro e desejou ter algo mais forte do que limonada para beber. — Escute, sei que você está imaginando se eu vou meter os pés pelas mãos e machucar a sua mãe. Não posso prometer que não vou, mas posso prometer que vou tentar não deixar isso acontecer.

Brandon tinha dificuldade em simplesmente pensar na mãe do jeito como Paul estava descrevendo. Ela era, no fim das contas, a sua mãe. Nunca lhe ocorrera que algo ou alguém pudesse machucá-la. A simples ideia fez seu estômago revirar. Para compensar, projetou o queixo para a frente, da forma como Julia fazia.

— Se você bater nela, eu...

— Não. — Paul agachou-se imediatamente para que os olhos deles ficassem nivelados. — Não estou falando em machucar nesse sentido. Jamais. Isso eu posso prometer. Estou falando em magoar os sentimentos dela, deixá-la infeliz.

A ideia reavivou algo praticamente esquecido, fazendo a garganta de Brandon doer e seus olhos se encherem de lágrimas. Lembrou-se de como ela ficara após a morte dos avós. E antes, naquela época nebulosa, quando ele era pequeno demais para entender.

— Como meu pai fez — declarou ele, tremendo. — Como ele deve ter feito.

Aquele era um terreno instável demais para Paul se aventurar.

— Isso é algo que você terá de conversar com ela quando os dois estiverem prontos.

— Acho que ele não quis a gente.

Paul pousou a mão sobre o ombro do menino.

— Eu quero.

Brandon desviou os olhos para algum ponto acima do ombro de Paul. Um passarinho passou velozmente em direção ao jardim, como um relâmpago azul brilhante.

— Então você veio aqui e me chamou para brincar por causa da minha mãe.

— Em parte. — Paul aproveitou a chance e virou o rosto do menino de volta para ele. — Mas não só por isso. Talvez eu tenha imaginado que as coisas ficariam mais fáceis entre mim e Julia se eu e você nos déssemos bem. Se você não gostasse de mim, eu não teria a menor chance. Mas a verdade é que eu gosto da sua companhia. Mesmo você sendo baixinho e feio e me vencendo no basquete.

Brandon era uma criança tranquila, de natureza observadora. Ele escutou a simplicidade da resposta de Paul e a compreendeu. E, olhando nos olhos dele, viu que podia confiar. Seus nervos se acalmaram e ele sorriu.

— Não vou ser baixinho a vida inteira.

— Não. — A voz de Paul ficou mais rouca ao responder o sorriso. — Mas você sempre vai ser feio.

— E sempre vou te vencer no basquete.

— Você está errado, e daqui a pouco vou provar isso. Mas, por ora, acho que alguma coisa está perturbando a sua mãe. Quero conversar com ela.

— Sozinho.

— É. Por que você não vai até a casa principal e convence a Travers a lhe dar alguns biscoitos? De novo.

Brandon ficou ligeiramente ruborizado.

— Não era para ela ter contado.

— Não era para ela contar para a sua mãe — replicou Paul. — As pessoas me contam tudo. E a verdade é que Travers costumava me dar biscoitos às escondidas também.

— Jura?

— Juro. — Ele se levantou. — Preciso de mais ou menos meia hora, certo?

— Certo. — Brandon se afastou, mas se virou ao chegar ao jardim. Um menino com o rosto sujo de terra, os joelhos arranhados e os olhos desconcertantemente sábios de uma criança. — Paul? Fico feliz que ela não tenha saído com caras até agora.

Paul não conseguia se lembrar de elogio melhor.

— Eu também. Agora, vá em frente.

Ele escutou a risada rápida de Brandon e, em seguida, se virou para entrar na casa de hóspedes.

Julia estava na cozinha, espremendo os limões devagar, mecanicamente. Ela havia tirado o paletó do tailleur e descalçado os sapatos.

A blusa azul-safira que usava fazia seus ombros parecerem muito brancos, delicados e frágeis.

— Estou quase acabando — disse ela.

Sua voz estava firme, mas Paul percebeu a tensão subjacente. Sem dizer nada, ele a puxou para a pia e lavou as mãos dela com água fria.

— O que você está fazendo?

Enxugou as mãos de Julia com um pano de pratos e desligou o rádio.

— Pode deixar que eu termino. Sente-se, respire fundo algumas vezes e me conte o que aconteceu.

— Não preciso me sentar. — Mas ela se apoiou na bancada. — E o Brandon? Onde ele está?

— Conhecendo você, imaginei que hesitaria em me contar qualquer coisa na frente dele. Ele foi até a casa principal.

Pelo visto, Paul Winthrop a conhecia bem demais, e em muito pouco tempo.

— Para que Travers dê a ele alguns biscoitos às escondidas.

Paul ergueu os olhos enquanto adicionava o açúcar.

— Como assim? Você tem uma câmera escondida?

— Não, apenas uma primitiva sensibilidade materna. Posso sentir o hálito de biscoitos a vinte passos de distância. — Ela abriu um débil sorriso e, por fim, se sentou.

Paul pegou uma colher de pau e mexeu o suco. Quando se deu por satisfeito, encheu um copo de gelo e despejou a limonada ácida sobre os cubos, fazendo-os estalarem.

— Foi a entrevista com o Kenneth que a deixou assim, tão perturbada?

— Não. — Ela tomou o primeiro gole. — Como você sabe que eu fui me encontrar com ele hoje?

— CeeCee me contou quando eu apareci para rendê-la.

— Ah. — Julia passou os olhos pelo lugar, só então percebendo que CeeCee não estava ali. — Você a mandou para casa.

— Eu queria passar algum tempo com o Brandon. Tudo bem?

Lutando para manter a calma, ela tomou outro gole. Não tivera a intenção de parecer rude.

— Desculpe. Minha mente fica saindo pela tangente. Claro que tudo bem. Brandon parecia estar se divertindo. Não sou uma grande rival numa quadra de basquete, e...

— Julia, me conte o que aconteceu.

Ela fez que sim, colocou o copo de lado e entrelaçou as mãos sobre o colo.

— Não foi a entrevista. Na verdade, ela foi ótima. — Será que tinha colocado a fita no cofre? Sem se dar conta, soltou as mãos e esfregou os olhos. Tudo parecia tão nebuloso, desde o momento em que juntara as mãos atrás da cabeça. Tentou se levantar e ir até Paul, mas as pernas não permitiram. Engraçado que seus joelhos enfraquecessem agora que tudo voltara ao normal. A cozinha cheirava a limões, o filho estava roubando biscoitos e uma leve brisa fazia o móbile tilintar.

Tudo voltara ao normal.

Começou o relato quando Paul afastou a cadeira e foi até a geladeira. Ele pegou uma cerveja, torceu a tampinha e tomou um longo gole.

— Não estou pensando com clareza — disse ela. — Talvez seja melhor começar do princípio.

— Tudo bem. — Ele se sentou na frente dela, dizendo a si mesmo para ser paciente. — Por que você não faz isso?

— Estávamos no avião, voltando de Sausalito — começou Julia, devagar. — Eu estava pensando que havia terminado quase todo o trabalho de pesquisa, e que em poucas semanas Brandon e eu estaríamos voltando para casa. Aí comecei a pensar em você, em como seria estar lá com você aqui.

— Que droga, Julia!

Mas ela sequer o escutou.

— Eu devo ter adormecido. Tomei Dramin antes do voo, e Kenneth havia servido vinho durante o almoço. Isso me deixou sonolenta. Acordei quando o avião... Acho que nunca te contei que tenho medo de voar. Bom, o problema não é voar, é ficar presa lá em cima, sem ter como escapar. E, dessa vez, quando o avião começou a sacolejar, eu disse a mim mesma para não ser uma boba, covarde. Mas o piloto disse... Julia passou as costas da mão por cima da boca — ele disse que estávamos com um problema. Estávamos descendo tão rápido!

— Ai, meu Deus! — Paul se levantou, assustado demais para perceber o modo brusco como colocou Julia de pé. Começou a apalpá-la, procurando ferimentos, verificando se ela estava inteira. — Está machucada? Julia, você se machucou?

— Não, não. Só mordi a língua — respondeu Julia, de modo distraído. Lembrava de ter sentido o gosto de sangue na boca e medo. — Jack falou que a gente ia conseguir. O combustível... havia algo errado com a mangueira de combustível ou o medidor. Eu só percebi quando, de repente, tudo ficou quieto. Os motores pararam. Eu só conseguia pensar no Brandon. Ele já havia perdido o pai, e eu não podia sequer imaginá-lo sozinho. Eu escutava o Jack xingando, e os chiados das vozes no rádio.

Ela tremia agora, rápida e violentamente. Paul fez a única coisa que sabia, pegou-a no colo e a aninhou de encontro ao corpo.

— Fiquei com tanto medo. Eu não queria morrer naquele maldito avião. — Com o rosto pressionado contra o pescoço de Paul, a voz de Julia saiu abafada: — Jack gritou para eu me segurar. E então nós batemos. A sensação foi como se eu estivesse batendo na pista de decolagem, e não o avião. E, então, nós quicamos... não como uma bola. Uma pedra... como uma pedra, se uma pedra pudesse quicar. Escutei o barulho de metal arranhando, o assobio do vento entrando pelas janelas. Havia sirenes. O avião começou a rabear, como um carro que perde o controle sobre o gelo, e havia as sirenes. Por fim, paramos, apenas paramos. Eu devia já ter soltado o cinto, porque estava me levantando quando Jack voltou. Ele me beijou. Espero que você não se importe.

— De jeito nenhum.

— Ótimo, porque eu o beijei de volta.

Ainda a ninando, Paul enterrou o rosto no cabelo dela.

— Se eu tiver a chance, eu mesmo vou beijá-lo.

Isso a fez rir um pouco.

— E então eu saí e vim para casa. Não queria conversar com ninguém. — Ela suspirou uma vez e, em seguida, mais duas, antes de perceber que ele a estava segurando. — Você não precisa me carregar.

— Não me peça para te colocar no chão agora.

— Não vou pedir. — Julia descansou a cabeça no ombro dele. Sentia-se segura, protegida, estimada. — Em toda a minha vida — murmurou —, ninguém nunca fez eu me sentir assim, da forma como você faz. — Sentindo a represa romper, ela virou o rosto para a curva do pescoço dele. — Desculpe.

— Não peça desculpas. Chore o quanto quiser.

O próprio Paul não se sentia muito firme ao carregá-la para a sala de estar, a fim de poder se sentar com ela no sofá e aninhá-la junto a si. Os soluços já estavam começando a diminuir. Ele devia saber que ela não se entregaria a nenhuma forte demonstração de fraqueza.

Ele podia tê-la perdido. A ideia não parava de rondar sua mente, formando seu próprio redemoinho de medo e raiva. Ela poderia lhe ter sido tirada assim, de forma rápida e terrível.

— Eu estou bem. — Julia endireitou o corpo o máximo que Paul permitiu para secar as lágrimas com as costas das mãos. — A ficha só caiu, caiu de verdade, quando eu vi você e o Brandon.

— Eu ainda não me recobrei. — As palavras saíram balbuciadas. Paul cobriu a boca de Julia com a sua, não da forma gentil que esperava fazer. Seus dedos penetraram o cabelo dela e se fecharam. — Nada teria sentido sem você. Eu preciso de você, Julia.

— Eu sei. — Ela se acalmou. Gostava da sensação de estar aninhada nos braços dele. — Eu também preciso de você, e não é tão difícil admitir isso quanto eu pensava que seria. — Acariciou o rosto dele com as pontas dos dedos. Era maravilhoso, libertador, saber que podia tocar alguém daquele jeito sempre que lhe desse na telha. E era libertador poder confiar. — Tem mais uma coisa, Paul. Você não vai gostar nem um pouco.

— Só não me diga que resolveu fugir com o Jack. — Mas ela não sorriu. — O que foi?

— Encontrei isso debaixo do banco do avião. — Julia se levantou. Mesmo sem tocá-lo, continuava sentindo-se conectada a ele. Sabia como Paul se sentiria mesmo antes de tirar o bilhete do bolso da saia e entregá-lo a ele.

Raiva, acompanhada por um medo inútil e impotente. Uma raiva que era diferente do ódio, menos volátil e mais desgastante. Julia viu tudo isso nos olhos dele.

— Eu diria que esse é um pouco mais direto — começou ela. — Os outros foram apenas avisos, ditados. Esse... acho que podemos dizer que é uma declaração.

— É assim que você chama isso? — Ele viu mais do que apenas as palavras. Ela havia amassado o papel na palma da mão, úmida devido ao medo, e borrado as letras. — Eu chamaria de assassinato.

Julia umedeceu os lábios.

— Eu não estou morta.

— Certo. — Ele se levantou soltando faíscas de raiva. — Tentativa de assassinato. Quem quer que tenha escrito isso, sabotou o avião. Eles queriam que você morresse.

— Pode ser. — Julia ergueu uma das mãos antes que ele explodisse. — Mas acho que queriam apenas me assustar. Se quisessem que eu morresse na queda, por que o bilhete?

Os olhos de Paul chispavam, furiosos.

— Não vou ficar aqui tentando entender uma mente criminosa.

— Mas não é isso o que você faz? Quando escreve sobre assassinatos, você não mergulha na mente do criminoso?

O som que Paul emitiu ficou em algum lugar entre uma risada e um rosnado.

— Isso não é ficção.

— Mas as mesmas regras se aplicam. Suas tramas são lógicas porque há sempre um padrão na conduta psicológica do assassino. Seja paixão, ambição ou vingança. O que for. Há sempre um motivo, uma oportunidade, uma razão, por mais distorcidos que sejam. Precisamos recorrer à lógica para solucionarmos isso.

— Foda-se a lógica, Jules! — Os dedos dele se fecharam em torno da mão que ela pousara suavemente em seu peito. — Quero você no próximo voo para Connecticut.

Julia ficou em silêncio por alguns instantes, dizendo a si mesma que ele estava sendo irracional apenas porque sentia medo por ela.

— Já pensei nisso. Pelo menos tentei pensar. Eu poderia voltar...

— Você vai voltar.

Ela fez que não.

— Qual seria a diferença? Já começou, Paul. Não posso apagar o que Eve me contou... mais do que isso, não posso apagar minha obrigação para com ela.

— Sua obrigação termina aqui. — Ele levantou o papel. — Com isso.

Julia nem olhou. Talvez fosse covardia, mas não ia se testar agora.

— Mesmo que isso fosse verdade... e não é... voltar para a Costa Leste não colocaria um ponto final nessa situação. Eu sei coisas demais sobre gente demais. Segredos, mentiras, situações constrangedoras. Talvez tudo terminasse se eu ficasse quieta. Mas não estou disposta a passar o resto da minha vida, da vida do Brandon, convivendo com esse talvez.

Paul odiava o fato de que parte dele, a parte racional, via sentido no que ela estava dizendo. A parte emocional, porém, queria apenas vê-la em segurança.

—Você pode anunciar publicamente que está abandonando o projeto.

— Não vou fazer isso. Não apenas porque vai contra a minha consciência, como porque não acho que fosse resolver. Eu poderia colocar um anúncio na Variety, na Publishers Weekly, no L.A. e no New York Times. Eu poderia voltar para casa e assumir outro projeto. Em algumas semanas, alguns meses, eu começaria a relaxar. E aí poderia acontecer um acidente, e meu filho acabar órfão. — Julia soltou a mão dele e a deixou cair ao lado do corpo. — Não, vou acabar com isso, e vou fazer isso aqui, onde sinto que tenho alguma vantagem.

Ele desejava discutir, exigir, enfiar Julia e Brandon num avião e levá-los para algum lugar bem distante. Contudo, o argumento dela fazia muito sentido.

—Vamos levar os bilhetes e nossas suspeitas até a polícia.

Julia concordou com um meneio de cabeça. O alívio por Paul estar com ela era quase tão debilitante quanto o medo.

— Mas acho que teremos uma chance melhor depois que Eve pegar o relatório do avião. Se eles encontrarem provas de que houve sabotagem, será muito mais fácil fazer a polícia acreditar na gente.

— Não quero você longe da minha vista.

Grata, Julia estendeu ambas as mãos.

— Nem eu.

— Então você vai concordar que eu passe a noite aqui, certo?

— Não apenas irei concordar, como eu mesma vou arrumar a cama no quarto de hóspedes.

— No quarto de hóspedes?

Ela sorriu como quem pede desculpas.

— Brandon.

— Brandon — repetiu Paul, puxando-a para si novamente. De repente, ela parecia tão pequena, tão delicada. Tão sua. — Eis o acordo. Até ele se acostumar, eu vou fingir que estou dormindo no quarto de hóspedes.

Julia pensou um pouco, acariciando as costas nuas de Paul.

— Em geral, tenho uma boa disposição para ceder. — Confusa, ela se afastou. — Onde está a sua camisa?

— Você devia estar em coma se não percebeu meu tórax gloriosamente despido. Eu e Brandon estávamos jogando basquete, lembra? Ficou muito quente.

— Ah, é verdade. Basquete. A cesta. Não havia uma cesta lá antes.

— Agora você está voltando — murmurou Paul, beijando-a. — Eu a prendi lá há umas duas horas.

Estava ficando cada vez mais fácil para Julia sentir o coração derretendo.

— Você fez isso pelo Brandon.

— Mais ou menos. — Ele deu de ombros enquanto brincava com o cabelo dela. — Imaginei que poderia deixá-lo deslumbrado com minha habilidade superior. Mas ele me passou a perna e me venceu. O garoto é durão.

Inacreditavelmente comovida, Julia tomou o rosto de Paul entre as mãos.

— E eu jamais pensei, jamais imaginei que pudesse amar alguém tanto quanto amo o meu filho. Até você aparecer.

— Julia! — Sem se dar ao trabalho de bater, Nina entrou correndo pela porta da cozinha e apareceu na sala. Era a primeira vez que Julia a via realmente esgotada. A pele dela estava pálida, os olhos arregalados, o cabelo, geralmente arrumado, em desalinho. — Ó céus, você está bem? Eu acabei de saber. — Assim que Julia se afastou de Paul, Nina a envolveu num abraço trêmulo, com um perfume sutil de Halston. — O piloto ligou. Queria saber se você tinha chegado bem. Ele me contou... — A voz falhou, e ela apertou Julia ainda mais.

— Eu estou bem. Pelo menos agora.

— Eu não entendo. Não entendo. — Nina se afastou, mas manteve as mãos fortes, acostumadas ao trabalho pesado, firmemente agarradas aos braços de Julia. — Ele é um excelente piloto, e o mecânico da Eve é o melhor do mercado. Não sei como um problema desses possa ter ocorrido.

— Tenho certeza de que iremos descobrir quando eles terminarem de examinar o avião.

— Eles vão verificar cada milímetro. Cada milímetro. Sinto muito. — Soltando um suspiro trêmulo, ela se afastou. — A última coisa que você precisa agora é me ver tendo uma crise de nervos. É só que quando eu escutei, precisei ver com meus próprios olhos que você estava bem.

— Nem um arranhão. Você está certa em dizer que Jack é um excelente piloto.

— O que eu posso fazer? — perguntou Nina, retomando sua habitual eficiência. Passou os olhos em torno da sala de estar recém-restaurada, satisfeita por Eve ter deixado que ela resolvesse a decoração. — Quer que eu lhe prepare um drinque? Um banho de banheira? Eu posso ligar para o médico da srta. B. Ele pode vir e lhe prescrever um tranquilizante para que você possa dormir.

— Acho que não vou precisar de nenhuma ajuda nesse sentido, mas obrigada assim mesmo. — Como ela parecia recobrada, Julia riu. — Na verdade, você é quem parece estar precisando de um drinque.

— Talvez eu precise me sentar — concordou ela, despencando no braço do sofá curvilíneo. — Você está tão calma!

— Agora — replicou Julia. — Alguns minutos atrás a história era outra.

Nina estremeceu e, em seguida, esfregou os braços para se livrar do calafrio.

— Na última vez que viajei de avião, nós enfrentamos uma tempestade. Foram os quinze minutos mais assustadores da minha vida a trinta e cinco mil pés de altitude. E acho que não chegou nem perto do que você passou hoje.

— Não é uma experiência que eu gostaria de repetir. — Julia escutou a porta de tela da cozinha bater. — O Brandon chegou. Prefiro que ele não saiba disso ainda.

— Claro. — Nina se levantou. — Sei que você não gostaria de deixá-lo preocupado. É melhor eu voltar para a casa principal e ver se consigo pegar Eve antes de Travers, para contar tudo a ela com calma. Travers despejaria de uma vez só.

— Obrigada, Nina.

— Fico feliz que esteja bem. — Apertou a mão de Julia uma última vez. — Cuide dela — falou para Paul.

— Pode deixar.

Nina saiu pela porta do terraço, e já começou a ajeitar o cabelo enquanto se afastava. Julia se virou e deu de cara com Brandon parado na porta da cozinha. Seus olhos estavam com uma expressão desconfiada, e ele exibia um suspeito bigode roxo acima do lábio.

— Por que ele precisa cuidar de você?

— É só um jeito de falar — respondeu Julia, estreitando os olhos. — Suco de uva?

Brandon cobriu grande parte do sorriso ao limpar a boca com as costas da mão.

— Refrigerante. Travers já tinha aberto a garrafa e coisa e tal. Achei que seria grosseria não beber.

— Aposto que sim.

— Uma disputa mano a mano deixa um homem sedento — interveio Paul.

— Isso mesmo — lançou Brandon de volta. — Especialmente quando ele vence.

— Valeu, seu pestinha, agora você está por sua conta!

Eles trocaram o que, na opinião de Julia, foram olhares muito masculinos antes de Brandon pular para se sentar numa poltrona.

— Você está bem? Paul disse que você estava perturbada com alguma coisa.

— Estou, estou bem — respondeu Julia. — Na verdade, estou ótima. Posso até ser persuadida a preparar alguns hambúrgueres gigantes *à la* Brandon.

— Legal! Com direito a batata frita e tudo mais?

— Eu acho que... ai, esqueci. — Ela pousou a mão sobre a cabeça do filho. — Eu prometi jantar com a Eve hoje. — Ao sentir a decepção dele, começou a fazer os ajustes. — Talvez eu possa ligar e remarcar.

— Não precisa fazer isso por causa da gente. — Paul deu uma piscadinha para Brandon. — O fedelho e eu damos conta do jantar.

— Eu sei, mas...

Brandon, porém, ficou interessado:

— Você sabe cozinhar?

— Se eu sei cozinhar? Sei fazer melhor do que isso. Posso dirigir até o McDonald's.

— Combinado! — Ele se levantou num pulo e, então, lembrando-se da mãe, lançou-lhe um olhar esperançoso. Uma ida ao McDonald's significava um monte de coisas maravilhosas. Inclusive não ter de ajudar a lavar a louça depois do jantar. — Você deixa, não deixa?

— Deixo. — Julia deu um beijo no topo da cabeça do filho e sorriu para Paul. — Claro que eu deixo.

Capítulo Vinte e Três
••••

Um banho longo e quente, com direito a óleos perfumados, cremes e loções. Quinze indulgentes minutos com pós e sombras. Quando, por fim, Julia vestiu a calça de noite rosa-gelo e a jaqueta drapeada, já estava totalmente recobrada. Tão recobrada que achou graça quando Paul insistiu em acompanhá-la até a casa principal.

— Você está com um cheirinho incrível. — Ele levantou o pulso dela, cheirou-o e, em seguida, deu-lhe uma mordiscada. — Quem sabe você não decide me fazer uma visita no quarto de hóspedes mais tarde?

— Eu posso ser persuadida. — Ela parou diante da porta principal, se virou e passou os braços em volta do pescoço dele. — Por que você não começa a pensar em maneiras de me persuadir? — Tocou de leve os lábios dele com os seus e, em seguida, surpreendeu e agradou a ambos entregando-se a um beijo demorado, de tirar o fôlego. — Agora vá comprar o seu hambúrguer.

Paul sentiu como se o sangue tivesse escorrido da cabeça direto até a virilha.

— Duas coisas — disse. — Coma rápido.

Ela sorriu.

— E qual é a segunda?

— Eu mostro quando você chegar em casa. — Ele começou a se afastar, mas parou e falou por cima do ombro: — Coma bem rápido.

Rindo consigo mesma, Julia tocou a campainha e decidiu tentar bater o recorde mundial no quesito velocidade para engolir um jantar.

— Oi, Travers.

Pela primeira vez, a governanta não bufou, apenas analisou Julia com o que, a princípio, pareceu preocupação. A expressão mudou rapidamente para irritação e desconfiança.

— Você a deixou preocupada.

— Eve? — perguntou Julia, enquanto a porta se fechava às suas costas. — Eu deixei Eve preocupada? — Deu-se conta de que não sabia se devia rir ou xingar. — Você está falando do avião? Não pode me culpar pelo avião quase ter caído, Travers.

Mas, pelo visto, ela podia, levando em conta a forma como se virou e voltou pisando duro para a cozinha, após apontar de modo irritado para a sala de visitas.

— É sempre um prazer conversar com você! — gritou Julia para as costas de Travers, seguindo em direção à sala.

Eve já estava lá, andando de um lado para outro, como uma fera exótica numa jaula elegante. Deixava para trás um rastro de emoções tão forte, tão intenso, que era quase visível. Seus olhos brilhavam, mas as lágrimas só começaram a escorrer depois que viu Julia.

Pela primeira vez, sentiu toda a sua força de vontade abandoná-la. Com uma sacudidela de cabeça impotente, encolheu-se no sofá e começou a chorar.

— Ah, não, por favor. — Julia cruzou a sala como um dardo, envolveu Eve em seus braços e tentou acalmá-la. A seda farfalhou quando Eve se virou para ela. Houve um encontro de perfumes, notas antagônicas que, de alguma forma, se mesclaram numa fragrância exótica. — Está tudo bem — disse Julia, de modo automático, as palavras tão reconfortantes quanto as mãos que acariciavam Eve. — Está tudo bem agora.

— Você podia ter morrido. Não sei o que eu faria — explodiu Eve e, logo em seguida, lutou para se recompor. Afastou-se, desejando, precisando avaliar o rosto de Julia. — Juro para você, Julia, nunca imaginei que alguém pudesse chegar tão longe. Eu sabia que tentariam impedir a publicação do livro, mas nunca pensei que tentariam machucar você para conseguir isso.

— Eu não me machuquei. Não vou me machucar.

— Não vai mesmo. Porque vamos parar por aqui.

— Eve. — Julia pescou um lenço no bolso e o entregou a ela. — Acabei de discutir tudo isso com o Paul. Parar agora não vai fazer a menor diferença, vai?

Ela levou um tempo secando as lágrimas.

— Não. — Devagar, sentindo a idade, Eve se levantou, foi até o bar, pegou a garrafa de champanhe que tinha sido aberta e descansava sobre o balcão e serviu uma taça. — Você sabe mais do que deveria. — Apertou os lábios cheios, pintados de vermelho. — Isso é culpa minha. Do meu egoísmo.

— É o meu trabalho — rebateu Julia.

Eve tomou um longo gole antes de servir uma segunda taça para Julia. A garota tinha ombros delicados, pensou. Aparentemente frágeis, embora fortes o bastante para aguentar um grande peso.

— Você não quer parar?

— Eu não poderia, mesmo que quisesse. E não, não quero. — Aceitou a taça que Eve lhe ofereceu e fez um brinde. — Estou nisso pelo tempo que durar.

Eve agarrou o pulso de Julia antes que ela pudesse beber. De repente, seus olhos pareceram muito secos e intensos.

— Você talvez venha a me odiar antes que tudo isso acabe.

Eve a segurava com tanta força que Julia podia sentir sua pulsação contra o polegar dela.

— Isso não vai acontecer.

Ela apenas anuiu com um meneio de cabeça. De um jeito ou de outro, já tomara sua decisão. A única coisa que restava a fazer era terminar o relato.

— Pegue a garrafa, por favor. Vamos comer no terraço.

Fileiras de luzinhas decoravam as árvores e velas iluminavam a mesa com tampo de vidro. Em pleno crepúsculo, o jardim estava em completo silêncio. Havia apenas o som da brisa atravessando as folhas e a música da água caindo na fonte. As gardênias estavam começando a florescer, e um suave aroma de romance pairava por todos os lados.

— Tenho tanta coisa para contar. — Eve fez uma pausa quando Travers apareceu com pratos de cogumelos recheados. — Você talvez ache que seja muita coisa de uma só vez, mas eu sinto como se já tivesse esperado tempo demais.

— Estou aqui para escutar, Eve.

Ela fez que sim.

— Victor estava me esperando no carro hoje de manhã. Nem sei como lhe dizer como foi maravilhoso estar com ele novamente, saber que, em nossos corações, estamos juntos. Ele é um bom homem, Julia. Aprisionado pelas circunstâncias, por sua criação e religião. Existe fardo maior do que tentar seguir o coração e a consciência ao mesmo tempo? Apesar de todos os problemas, e de toda a dor, fui mais feliz com ele do que muitas mulheres são numa vida inteira.

— Acho que compreendo. — A voz de Julia era como as sombras. Suave, reconfortante. — De vez em quando a gente ama sem o "felizes para sempre". Isso não faz com que a história seja menos importante.

— Não desista do seu "felizes para sempre", Julia. Quero que você encontre isso.

Travers apareceu com as saladas e franziu o cenho ao ver que Eve mal tinha tocado o primeiro prato, mas não disse nada.

— Me conte o que você achou do Kenneth.

— Bem... — Percebendo que estava faminta, Julia mergulhou na salada. — Em primeiro lugar, preciso dizer que ele não é o que eu esperava. Ele é mais charmoso, mais tranquilo, mais sexy.

Pela primeira vez em horas, Eve riu.

— Meu Deus, é verdade! Eu costumava ficar irritadíssima que o homem pudesse ser tão sedutor e, ao mesmo tempo, tão careta. Sempre a palavra certa na hora certa. Com exceção da última vez.

— Ele me contou. — Os lábios dela se curvaram. — Fico surpresa que ele tenha conseguido escapar inteiro.

— Foi um duelo de gigantes. Ele tinha razão nas coisas que me disse, é claro. Mas é difícil para um homem entender o que uma mulher sente quando precisa ficar em segundo lugar. Mesmo assim, sempre soube que podia contar com o Kenneth para qualquer coisa.

Enquanto Eve olhava fixamente para sua taça de champanhe, Julia escutou o farfalhar das folhas e o primeiro canto dos pássaros noturnos.

— Você sabia que ele estava no alto da escada na noite em que Delrickio passou dos limites e Paul quase foi surrado?

Os olhos verdes dela se ergueram novamente.

— O Kenneth?

— É, o Kenneth. No topo da escada, com uma arma carregada. E, aparentemente, pronto para usá-la. Você tem razão em dizer que pode contar com ele.

— Não acredito! — Eve botou o garfo de lado e pegou a taça. — Ele nunca me disse nada.

— Tem mais, se você quiser uma opinião.

— A sua eu quero.

— Acho que ele passou a maior parte da vida apaixonado por você.

Eve começou a rir, porém Julia continuou observando-a em silêncio. Lembranças, cenas, frases pela metade, momentos, tudo isso passou por sua mente, fazendo com que sua mão tremesse ao colocar a taça de volta sobre a mesa.

— Deus do céu, somos tão descuidados com as pessoas!

— Duvido que ele se arrependa disso!

— Mas eu, sim.

Eve permaneceu em silêncio enquanto Travers servia o salmão. Uma cacofonia de sons e vozes parecia martelar sua mente. Ameaças, promessas. Tinha medo de dizer coisas demais, e de que outras jamais fossem ditas.

— Julia, você trouxe o gravador?

— Trouxe. Você disse que queria me contar algumas coisas.

— Quero começar logo. — Ela fingiu comer enquanto Julia preparava o gravador. — Você já sabe como eu me sinto a respeito de um monte de gente. A forma como nossos destinos se entrelaçaram, a vida destrutiva que Travers e Nina levavam até me conhecerem. Kenneth, que eu tirei de Charlotte por puro despeito. Michael Torrent, Tony, Rory, Damien, todos os erros e suas diferentes consequências. Michael Delrickio, que mexeu com a minha vaidade e a minha arrogância. Por causa dele eu perdi o Drake.

— Não entendo.

— Foi Drake quem invadiu a casa de hóspedes e roubou. Ele queria as fitas.

— Drake? — Julia piscou diante da chama do fósforo que Eve riscou para acender um cigarro.

— Talvez não seja muito justo colocar toda a culpa no Michael. Afinal, Drake já estava comprometido havia anos. Mas prefiro culpá-lo. Ele sabia da fraqueza do garoto pelas apostas. Diabos, da fraqueza de Drake por tudo, e usou isso. Além de fraco, Drake era calculista e desleal, mas era parte da família.

— Era?

— Eu o despedi — respondeu Eve com simplicidade. — Como agente e como sobrinho.

— Isso explica por que ele não retorna as minhas ligações. Sinto muito, Eve.

Ela descartou a simpatia com um brandir da mão.

— Não quero perder tempo com o Drake. O que eu quero dizer é que todas as pessoas na minha vida exerceram uma certa influência sobre ela e, muitas vezes, umas sobre as outras também. Rory me deu o Paul, graças a Deus, e isso faz com que nós três estejamos ligados. Acho que se você estiver certa sobre essa tal de Lily, então nós estamos ligadas também.

Julia não conseguiu evitar o sorriso.

— Você gostaria dela.

— Provavelmente. — Ela deu de ombros. — Rory também me levou ao Delrickio, ao Damien. Você percebe como cada personagem que entra numa vida a altera, seja de forma sutil ou drástica? Se você eliminar um dos participantes, a trama toda pode tomar um curso diferente.

— Você diria que o Charlie Gray alterou a sua vida?

— Charlie. — Eve abriu um sorriso melancólico. — Charlie acelerou o inevitável. Se eu pudesse voltar atrás e mudar uma única coisa, seria o meu relacionamento com ele. Talvez se eu tivesse sido mais gentil, menos egocêntrica, as coisas tivessem sido diferentes para ele. — Seus olhos tornaram-se mais escuros ao fitar Julia. — Isso é parte do que eu quero dizer hoje. De todas as pessoas que conheci, que entrei em contato no decorrer da vida, foram duas as que mais me influenciaram. Victor e Gloria.

— Gloria DuBarry?

— É. Ela está furiosa comigo. Sente-se traída porque estou prestes a revelar algo que ela considera seu inferno pessoal. Não faço isso por vingança nem retaliação. E nem com tranquilidade. De todas as coisas que já te contei, essa é a mais difícil, e a mais importante.

— Eu te falei desde o começo que não iria julgá-la. Não vou começar a fazer isso agora.

— Mas você vai — respondeu Eve com calma. — No início de sua carreira, quando Gloria representava garotas jovens e inocentes e anjinhos sorridentes, ela conheceu um homem. Ele era de tirar o fôlego, bem-sucedido, sedutor, e casado. Ela me contou, não apenas porque éramos amigas, mas porque eu já tinha passado por uma situação semelhante. O homem era Michael Torrent.

— DuBarry e Torrent? — Nenhum outro casal teria deixado Julia mais surpresa. — Eu li tudo o que encontrei a respeito deles. Jamais houve qualquer boato sobre isso.

— Eles foram cuidadosos. E eu os ajudei. Entenda que Gloria estava completamente apaixonada. E, na época, ela ainda não vivia tão presa à sua imagem pública. Isso deve ter acontecido uns dois anos antes de ela conhecer e se casar com o Marcus. Gloria tinha um lado selvagem, uma paixão pela vida. Algo que, infelizmente, ela sublimou por completo.

Julia fez que não. Era mais fácil imaginar Eve pulando em cima de uma mesa para fazer um rápido número de sapateado do que imaginar Gloria sendo selvagem e apaixonada.

Não, nem pensar.

— Naquela época, Torrent era casado com... — Julia fez um cálculo rápido — Amelia Gray.

— A primeira mulher do Charlie, isso mesmo. O casamento deles desmoronou rapidamente. Tinha uma base fraca. Culpa do Michael. Ele havia usado todo o seu poder e influência para manter Charlie longe dos papéis principais, e nunca conseguiu aprender a conviver com isso.

Julia soltou um longo suspiro. Se o caso ilícito de Gloria tinha sido como um soco de esquerda, essa nova informação era um de direita.

— Você está me dizendo que Torrent sabotou a carreira do Charlie? Meu Deus, Eve, eles eram amigos. A parceria deles é lendária. E Torrent se tornou um dos nomes mais reverenciados na indústria cinematográfica.

— Tornou-se mesmo — concordou Eve. — Ele talvez tivesse terminado do mesmo jeito se houvesse sido paciente e leal. Mas ele traiu um amigo em decorrência dos próprios medos. Michael morria de medo de ser ofuscado pelo Charlie. Ele pressionou os estúdios, como algumas estrelas faziam na época, para que Charlie ganhasse apenas papéis coadjuvantes.

— E Charlie sabia disso?

— Ele talvez tenha suspeitado, mas jamais acreditaria. Michael também se divertiu com as mulheres do amigo. Ele me confessou tudo isso algum tempo depois do suicídio do Charlie. Esse foi o motivo para eu ter me divorciado dele, além do tédio excruciante. Ele se casou com a Amelia, e acabou carregando a culpa por vários anos. E, então, conheceu a Gloria.

— E você os ajudou? Depois de tudo o que ele fez e da maneira como você devia se sentir em relação a ele?

— Eu ajudei a Gloria. Charlie estava morto, e ela viva. Eu havia acabado de sair do meu desastroso casamento com o Tony, e as fofocas distraíram a minha atenção. Eles se encontravam no Bel Air Hotel, mas, na época, todo mundo que tinha um caso ilícito fazia isso. — Ela abriu um pequeno sorriso. — Inclusive eu.

Intrigada, Julia apoiou o queixo numa das mãos.

— Não era difícil para os participantes se manterem na linha? Dá até para imaginar as gorjetas milionárias que os funcionários do hotel deviam receber.

Eve riu e sentiu parte da tensão se dissolver.

— Foi uma época maravilhosa. — Viu a apreciação nos olhos de Julia. O interesse, sem nenhuma condenação. Pelo menos não ainda. — Excitante.

— O pecado geralmente é. — A imagem era vívida. Os astros e estrelas famosos, apaixonados, brincando de esconde-esconde com os jornalistas responsáveis pelas colunas de fofocas e as esposas desconfiadas. Amantes temporários num encontro vespertino... tanto pela excitação do pecado quanto pela satisfação do sexo. — Ah, o que não deve ter sido ser uma camareira nessa época! — murmurou Julia.

— Discrição era a palavra de ordem do Bel Air — retrucou Eve. — Mas, é claro, todo mundo sabia que aquele era o lugar para ir se você quisesse algumas horas de privacidade com o marido ou a esposa de outra pessoa. E Amelia Gray Torrent não era boba. O medo de serem descobertos fez com que Gloria e Michael passassem a se encontrar em hoteizinhos de quinta categoria. Minha casa de hóspedes ainda não estava pronta, ou eu a teria emprestado para eles. Ainda assim, eles conseguiram lidar muito bem com a situação. É irônico que estivessem fazendo um filme juntos enquanto amassavam os lençóis do hotel.

— The Blushing Bride — lembrou Julia. — Nossa, ele fazia o pai dela no filme.

— Imagine o que as colunistas Hedda e Louella teriam feito com essa informação!

Julia não conseguiu evitar, a simples ideia a fez cair na gargalhada.

— Me desculpe, tenho certeza de que a relação deles foi romântica e intensa, mas é "incestuosa" o bastante para ser engraçada. Toda aquela frustração paterna, aquelas travessuras filiais na tela e, em seguida, os dois saindo fora e alugando um quartinho por algumas horas. Já imaginou se eles tivessem confundido suas falas?

A tensão abandonou Eve por tempo suficiente para que ela risse por cima da borda da taça.

— Ai, céus, isso nunca me ocorreu!

— Teria sido fantástico. A câmera fechando em close enquanto ele diz: "Minha jovem, eu devia colocá-la debruçada no meu colo e lhe dar umas boas palmadas!"

— E, com os olhos faiscando e os lábios tremendo, ela responde: "Sim, papai, sim, por favor!"

— Corta! Perfeito. — Julia se recostou na cadeira. — O filme teria se tornado um clássico.

— Pena que nenhum dos dois jamais tenha tido muito senso de humor. Essa situação toda não os incomodaria tanto hoje.

Sentindo-se bem, Julia serviu um pouco mais de champanhe para as duas.

— Eles não podem realmente acreditar que as pessoas ficariam chocadas com algo que aconteceu há tanto tempo. Isso poderia ter sido um escândalo há trinta anos, mas, sério, Eve, quem ligaria para uma coisa dessas agora?

— A Gloria... e o marido dela. Ele é um sujeito antiquado. O tipo que teria jogado alegremente a primeira pedra.

— Eles são casados há mais de vinte e cinco anos. Não consigo imaginá-lo pedindo o divórcio por causa de uma indiscrição tão antiga!

— Não, nem eu. A Gloria, porém, vê as coisas de outra forma. Só que tem mais, Julia. Embora eu ache que o Marcus fosse acabar aceitando isso, ainda que com certa dificuldade, o que vou dizer agora irá testá-lo. — Ela fez uma ligeira pausa, sabendo que as palavras seguintes seriam como uma bola de neve lançada de uma montanha alta e íngreme. Em pouco tempo, não haveria mais como parar. — Assim que o filme foi lançado, Gloria descobriu que estava grávida do Michael.

Julia parou de rir. Essa era uma dor que compreendia bem demais.

— Sinto muito. Ficar grávida de um homem casado...

— Nos dá poucas opções — completou Eve. — Ela ficou apavorada, devastada. O caso com o Michael já estava desgastado. Gloria o procurou primeiro, é claro, furiosa e histérica. O casamento dele estava no fim, mas, com ou sem gravidez, ele não ia se amarrar a outra mulher tão cedo.

— Sinto muito — repetiu Julia, lembrando-se vividamente da própria situação. — Ela deve ter ficado apavorada.

— Os dois tinham medo do escândalo, da responsabilidade e de acabarem presos um ao outro por tempo indeterminado. Ela me procurou. Não tinha mais ninguém a quem recorrer.

— E você a ajudou, de novo.

— Fiquei ao lado dela, como amiga e como mulher. Gloria já se decidira pelo aborto. Eles eram ilegais na época e, muitas vezes, arriscados.

Julia fechou os olhos. O tremor veio rápido, do fundo da alma.

— Deve ter sido horrível.

— Foi. Descobri sobre uma clínica na França, e fomos para lá. Foi doloroso para ela, Julia, não apenas fisicamente. O aborto nunca é uma escolha fácil para uma mulher.

— Ela teve sorte por ter você. Se estivesse sozinha... — Ao abrir os olhos novamente, eles estavam marejados. Como veludo cinza molhado. — Qualquer que seja a escolha, é difícil fazê-la sozinha.

— Era um lugar muito estéril, muito silencioso. Fiquei sentada numa saleta de espera, com paredes brancas e revistas de moda, e tudo o que consegui ver foi a forma como Gloria cobriu os olhos com as mãos e começou a chorar quando eles a levaram. Foi muito rápido e, depois do aborto, eles me deixaram ficar com ela no quarto. Gloria ficou calada por horas a fio, até que virou a cabeça e me fitou.

— Eve — disse ela. — Sei que foi a coisa certa, a única solução, assim como sei que nada do que eu vier a fazer irá doer tanto quanto isso.

Julia secou uma lágrima que escorria por seu rosto.

— Tem certeza de que é necessário publicar isso?

— Acredito que sim, mas vou deixar a decisão nas suas mãos. O seu coração irá decidir depois que você escutar o resto.

Julia se levantou. Não sabia de onde tinha vindo o nervosismo, mas podia senti-lo borbulhando sob a pele, como uma coceira que não conseguia alcançar.

— A decisão não pode ser minha, Eve. O julgamento pertence a alguém que tenha sido afetado pela história, e não a uma observadora.

— Desde que veio para cá, você jamais foi apenas uma observadora, Julia. Sei que tentou ser, que teria preferido que fosse assim, mas é impossível.

— Talvez eu tenha perdido a minha objetividade, e espero conseguir escrever um livro melhor por isso. Mas não é meu papel decidir incluir ou apagar algo tão íntimo.

— Quem melhor do que você? — murmurou Eve, apontando para a cadeira. — Por favor, sente-se, deixe-me lhe contar o resto.

Ela hesitou, embora não soubesse bem por quê. A noite havia caído rapidamente, deixando apenas o brilho esparso das luzes e das velas. Eve parecia envolta por uma auréola de luz. Uma coruja piou na escuridão. Julia se sentou e esperou.

— Continue.

— Gloria voltou para casa e retomou sua vida. Cerca de um ano depois, ela conheceu o Marcus e começou uma nova história. Nesse mesmo ano, eu conheci o Victor. Nós não nos encontrávamos em hoteizinhos discretos ou espeluncas do gênero. O que nos manteve juntos não foi uma paixão ardente, mas um fogo baixo e constante. Em outros aspectos, suponho que nosso relacionamento tivesse muitas semelhanças com o de Gloria e Michael. Ele era casado, e embora fosse infeliz no casamento, nunca assumimos nosso caso publicamente. Eu sabia, embora tenha levado anos para aceitar, que, fora do nosso reduto particular, jamais seríamos um casal.

Eve passou os olhos em torno enquanto Julia continuava em silêncio. A luz da cozinha refletia nos gerânios. O luar derramava-se sobre a fonte, fazendo suas águas espumantes parecerem prata líquida. Um muro cercava tudo aquilo, separando-as do mundo lá fora.

— Nós nos encontrávamos aqui, nesta casa, e só algumas pessoas, que conhecíamos e confiávamos, sabiam do nosso segredo. Não vou fingir que eu não me sinto mal por isso, que não tenho raiva da mulher dele, e, às vezes, do próprio Victor, por tudo o que me foi roubado. Por todas as mentiras com as quais fui obrigada a conviver. E, acima de tudo, por uma mentira em particular.

Foi Eve quem se levantou agora para caminhar entre as flores, aspirar sua fragrância, como se elas pudessem lhe proporcionar a energia que não encontrara na comida sobre a mesa. Sabia que havia chegado o momento. O ponto principal de toda aquela história, a partir do qual não haveria mais como retroceder. Devagar, ela voltou para o lado da mesa, mas não se sentou.

— Gloria casou com o Marcus um ano após nossa viagem até a França. Dois meses depois, estava grávida de novo, e absurdamente feliz.

Algumas semanas depois disso, eu também fiquei grávida, e absurdamente infeliz.

— Você? — Após absorver o susto, Julia se levantou para tomar a mão de Eve entre as suas. — Sinto muito.

— Não sinta. — Eve apertou a mão dela. — Vamos sentar. Deixe-me terminar de contar a história.

Ainda de mãos dadas, elas se sentaram. A chama da vela ficou entre elas, iluminando e ocultando partes do rosto de Eve. Julia não sabia ao certo o que estava vendo. Luto, dor, esperança.

— Eu estava com quase 40 anos, e há muito desistira da ideia de ter filhos. A gravidez me assustou, não apenas por causa da minha idade, mas pelas circunstâncias. Eu não temia a opinião pública, Julia, pelo menos não por mim.

— Pelo Victor — murmurou Julia, compreendendo a dor da ferida.

— Sim, eu temia pelo Victor, e ele estava preso a outra mulher, pela lei e pela Igreja.

— Mas ele amava você. — Julia levou a mão de Eve ao rosto por alguns instantes, tentando reconfortá-la. — Como ele reagiu quando você contou?

— Eu não contei. Nunca contei a ele.

— Ah, Eve, como você pode ter escondido isso dele? O filho era dele também, ele tinha o direito de saber.

— Você sabe o quão desesperadamente ele queria ter filhos? — Com os olhos escuros e brilhantes, Eve inclinou-se para a frente. — Ele jamais, jamais se perdoou por ter perdido o primeiro filho. Sim, as coisas poderiam ter sido diferentes se eu tivesse contado. Ele teria se prendido a mim por causa da criança, da mesma forma como estava preso à mulher por culpa, religião e pesar. Eu não podia fazer isso, e não fiz.

Julia esperou enquanto Eve, com as mãos trêmulas, servia o champanhe.

— Eu entendo. Acho que entendo — corrigiu-se. — Nunca contei aos meus pais o nome do pai do Brandon pelo mesmo motivo. Não podia aguentar a ideia de que ele ficasse comigo apenas por causa de uma criança concebida por acidente.

Eve tomou um gole e, em seguida, outro.

— A criança estava dentro de mim e eu sentia, sempre sentirei, que a escolha era minha. Eu queria muito contar a ele, compartilhar aquela notícia mesmo que por um único dia. Contudo, isso teria sido pior do que mentir. Decidi voltar à França. Travers se prontificou a ir comigo. Eu não podia pedir isso a Gloria, não podia sequer contar a ela, não quando ela estava toda feliz escolhendo nomes e tricotando sapatinhos.

— Eve, você não precisa me explicar. Eu sei.

— Sim, você pode entender. Só uma mulher que já teve de encarar uma escolha dessas pode. Travers... — Eve lutou para acender um fósforo e recostou-se, agradecida, quando Julia fez isso por ela. — Travers também entendeu. — Soprou uma baforada de fumaça. — Ela teve um filho, mas, ao mesmo tempo, nunca pôde tê-lo de verdade. Assim sendo, Travers me acompanhou à França.

◆◆◆◆

Nada jamais parecera tão frio e sem esperança quanto as paredes brancas e nuas da sala de exame. A voz do médico era gentil, assim como suas mãos e olhos. Nada disso tinha importância. Eve passou pelo exame físico obrigatório e respondeu de modo distraído às perguntas que lhe fizeram. Sem jamais tirar os olhos das paredes brancas e nuas.

Assim era a sua vida. Vazia, nua. Ninguém acreditaria nisso, é claro. Não com relação a Eve Benedict, estrela, diva do cinema, uma mulher que os homens desejavam e as mulheres invejavam. Como alguém poderia entender que ela teria dado qualquer coisa, naquela altura da vida, para ser uma pessoa comum? A esposa comum de um homem comum tendo um filho comum?

Por ela ser Eve Benedict, pelo pai ser Victor Flannigan, aquela criança não podia ser comum. Ela não podia nem ser.

Não queria sequer pensar se seria menino ou menina. Mas, ainda assim, pensava. Não podia se dar ao luxo de imaginar como seria a criança se permitisse que aquelas células crescessem, se expandissem, se tornassem um ser. No entanto, imaginava, e com demasiada frequência. A criança teria os olhos do Victor. E ela iria se desmanchar de amor e desejo pelo bebê.

Não havia espaço para o amor, nem para o desejo.

Eve continuou sentada, escutando o médico explicar a simplicidade do procedimento e prometer, com aquela voz suave e tranquilizadora, que seria quase indolor. Sentiu o gosto das próprias lágrimas que escorreram pela bochecha e molharam sua boca.

Era tolice, e contraproducente, deixar-se levar pela emoção. Outras mulheres haviam encarado a mesma encruzilhada e passado por ela. Caso houvesse algum arrependimento, ela teria de conviver com ele. Desde que soubesse que tinha feito a escolha certa.

Eve não falou nada quando a enfermeira apareceu para prepará-la. Mais uma vez, mãos gentis e competentes, palavras tranquilizadoras. Tremeu só de pensar nas mulheres que não tinham a sua condição financeira. Nas mulheres cuja única solução para uma gravidez inviável era um escuro quartinho nos fundos de algum lugar.

Deitada em silêncio na maca, sentiu apenas a rápida fisgada da agulha. Para relaxá-la, tinham lhe dito.

Enquanto era levada, manteve os olhos fixos no teto. Em poucos instantes estaria dentro da sala de cirurgia. Em seguida, em menos tempo do que alguém levaria para contar o caso, estaria fora da sala novamente, recuperando-se num dos charmosos quartos individuais da clínica, observando as montanhas ao longe.

Lembrou-se, então, do jeito de Gloria ao cobrir os olhos com as mãos.

Fez que não. O anestésico a estava deixando sonolenta, grogue, entorpecida. Pensou ter escutado um bebê chorando. Mas não podia ser. Seu bebê ainda nem era um bebê de fato. E jamais seria.

Viu os olhos do médico despontando acima da máscara cirúrgica, aqueles olhos suaves, cheios de simpatia. Esticou o braço para pegar a mão dele, mas não a sentiu.

— Por favor... não posso... eu quero esse bebê.

♦♦♦♦

*A*o acordar, Eve estava na cama, num dos quartos individuais da clínica, com a luz do sol entrando pelas frestas das persianas. Viu Travers sentada numa cadeira a seu lado. Em silêncio, esticou o braço.

— Está tudo bem — disse Travers, pegando sua mão. — Você desistiu a tempo.

— Você teve o bebê — murmurou Julia.

— Era o bebê do Victor, concebido com amor. Algo raro e precioso. Enquanto eles me levavam para a sala de cirurgia, percebi que o que era certo para a Gloria não era para mim. Não sei se eu teria feito a escolha certa se tivesse ido até lá com ela.

— Como você pode ter tido uma criança e conseguido manter isso em segredo todos esses anos?

— Assim que tomei a decisão de levar a gravidez a cabo, fiz meus planos. Voltei para os Estados Unidos, mas fui para Nova York. Consegui que me escalassem para uma peça na Broadway. Levei um tempo para encontrar o roteiro, o diretor e o elenco certos. E tempo era exatamente o que eu precisava. Quando eu estava no sexto mês, e já não conseguia mais esconder a barriga, fui para a Suíça, para uma casa de campo que fizera meus advogados comprarem para mim. Vivi lá, com Travers, sob o nome de madame Constantine. Em suma, desapareci por três meses. Victor ficou louco tentando me encontrar, mas permaneci quieta. No final do oitavo mês, dei entrada num hospital particular, dessa vez como

Ellen Van Dyke. Os médicos ficaram preocupados. Naquela época, não era comum uma mulher ter o primeiro filho com aquela idade.

E sozinha, pensou Julia.

— A gravidez foi difícil?

— Cansativa — respondeu Eve com um sorriso. — E difícil, porque eu queria que o Victor estivesse lá comigo, mesmo sabendo que não era possível. Houve algumas complicações. Só descobri anos mais tarde que aquele seria meu único filho. Eu não podia mais engravidar. — Ela sacudiu a cabeça para se livrar da lembrança. — Entrei em trabalho de parto duas semanas antes do previsto. Pelo que me disseram, foi um parto razoavelmente rápido para um primeiro filho. Dez horas. Mas senti como se tivessem sido dez dias.

Conhecendo, como só as mulheres conhecem, a dor e o medo provocados pelo parto, Julia riu.

— Eu sei como é. O do Brandon levou treze horas. A sensação foi de que nunca ia acabar. — Os olhos delas se encontraram acima da chama das velas. — E o bebê?

— Minha neném nasceu pequena, com menos de três quilos. Uma coisinha linda. Rosada e perfeita, com olhos grandes e espertos. Eles me deixaram segurá-la um pouco. Aquela vida que crescera dentro de mim. Ela dormiu, e eu fiquei observando-a. Nunca, nem antes nem depois, senti tanta falta do Victor como naquela única hora da minha vida.

— Eu sei. — Julia cobriu a mão de Eve com a sua. — Eu não estava apaixonada pelo Lincoln. Pelo menos, já não estava mais quando o Brandon nasceu, mas, mesmo assim, eu o queria lá. Precisava que ele estivesse lá. Por mais que meus pais tenham sido maravilhosos, não era a mesma coisa. Fico feliz em saber que a Travers estava com você.

— Eu teria ficado perdida sem ela.

— E o que aconteceu com a criança?

Eve baixou os olhos para as mãos que elas mantinham unidas.

— Eu só tinha mais três semanas na Suíça antes de ter de voltar para começar os ensaios de *Madam Requests*. Deixei o hospital e a criança, porque senti que seria melhor cortar o laço rápido. Melhor para mim, quero dizer. Meus advogados já estavam com vários formulários em mãos de possíveis candidatos a pais adotivos, e eu averiguei um por um. Fiz questão de ter esse controle. Eu amava aquela menina, Julia. Queria o melhor para ela.

— Claro que sim. Nem posso imaginar o quanto você deve ter sofrido, sendo obrigada a abrir mão dela.

— Senti como se estivesse morrendo. Eu sabia que ela jamais seria minha filha. Minha única opção era me certificar de que ela tivesse o melhor começo possível. Eu mesma escolhi os pais e, no decorrer dos anos, apesar de os advogados serem contra, obriguei-os a me enviarem relatórios sobre o progresso dela.

— Ah, Eve, isso só pode ter prolongado seu sofrimento.

— Não, não. — A negação veio rápido, urgente. — Isso só confirmou que eu havia feito a coisa certa. Ela era tudo o que eu podia esperar. Linda e inteligente, forte, amorosa. E era jovem demais quando passou por uma dor muito semelhante. — Eve virou a mão para cima e entrelaçou os dedos com os de Julia. — Mas ela aguentou firme. Eu não tinha o menor direito de trazê-la de volta para a minha vida. Contudo, da mesma forma como a tirei, não tive escolha.

Foram os olhos, e não as palavras, que fizeram Julia prender a respiração. Eles estavam famintos, temerosos, e límpidos como vidro. Por instinto, Julia tentou soltar a mão, mas Eve a segurou com firmeza.

— Eve, você está me machucando.

— Eu não quero fazer isso, mas preciso.

— O que você está tentando me dizer?

— Eu pedi que você viesse para cá e contasse a minha história porque ninguém tem mais direito de escutá-la do que você. — Com a mesma determinação com que a segurava, Eve fixou os olhos em Julia.

— Você é minha filha, Julia. Minha única filha.

— Eu não acredito em você. — Julia se soltou com um safanão e se levantou com tamanha rapidez que a cadeira voou para trás. — O que você está tentando fazer é desprezível!

— Acredita, sim.

— Não. Não acredito. — Ela se afastou mais um passo e correu as duas mãos pelo cabelo. Cada inspiração era um suplício, um enorme esforço conseguir fazer o ar passar por aquele gosto amargo deixado pela raiva em sua garganta. — Como você pode fazer uma coisa dessas? Você sabe que eu fui adotada. Você inventou tudo isso, tudo, só para me manipular.

— Você sabe que eu não faria isso. — Eve se levantou devagar, apoiando uma das mãos sobre a mesa em busca de apoio. Seus joelhos estavam tremendo. — O que eu disse é verdade. — Seus olhares se encontraram e se mantiveram fixos um no outro. — Sei que você consegue sentir e enxergar a verdade dessas palavras. Se quiser, eu posso provar. Os registros do hospital, os documentos de adoção, a correspondência com os advogados. Mas você já sabe que é verdade, Julia... — Ela estendeu o braço, os olhos se enchendo de lágrimas ao ver a filha chorando.

— Não me toque! — gritou Julia, cobrindo a boca com a mão por medo de não conseguir parar.

— Querida, por favor, entenda. Não fiz nada disso para te magoar.

— Então, por quê? Por quê? — As emoções vinham em ondas, uma atrás da outra. Julia achou que fosse explodir sob o peso delas. Aquela mulher, aquela mulher que até alguns meses atrás não passava de um rosto numa tela, um nome numa revista, era sua mãe? Mesmo com vontade de gritar que isso era mentira, olhou para Eve, parada sob o luar, e percebeu que era verdade. — Você me trouxe aqui, me envolveu em sua vida, me fez de joguete, fez todo mundo...

— Eu precisava de você.

— Você precisava. — A voz de Julia cortou a de Eve como uma lâmina. — Você? Vá para o inferno! — Cega de dor, Julia deu um empurrão na mesa, que virou de lado. As taças de cristal e os pratos de porcelana chinesa se espatifaram no chão. — Maldita! Você acha que eu me importo? Acha que eu vou sair correndo e me jogar nos seus braços? Que, de repente, vou me derreter toda de amor por você? — Secou as lágrimas do rosto enquanto Eve permanecia em silêncio. — Pois não vou. Eu detesto você, a odeio por me contar, por tudo. Eu poderia matá-la por ter me contado, juro! Sai da minha frente! — Virou-se como um tufão para Nina e Travers, que tinham saído correndo da casa. — Saiam daqui. Isso não tem nada a ver com vocês.

— Voltem para dentro de casa — pediu Eve, baixinho, sem olhar para elas. — Voltem, por favor. Isso é entre mim e Julia.

— Não há nada entre nós — conseguiu dizer Julia, apesar do soluço que se formou em sua garganta. — Nada.

— Tudo o que eu quero é uma chance, Julia.

— Você teve a sua chance — retrucou ela. — Será que devo agradecer por você não ter me abortado? Tudo bem, muito obrigada. Mas minha gratidão termina no momento em que você assinou os papéis de adoção. E por quê? Porque eu não me enquadrava no seu estilo de vida. Porque fui um erro, um acidente. Isso é o que somos uma para a outra, Eve. Um erro. — A voz falhou devido às lágrimas, mas ela se forçou a continuar: — Tive uma mãe que me amou. Você jamais poderia tomar o lugar dela. E jamais a perdoarei por me contar algo que eu nunca quis, nem precisei saber.

— Eu a amava — disse Eve, com toda a dignidade que conseguiu reunir.

— Isso é apenas mais outra mentira. Fique longe de mim — ameaçou, quando Eve deu um passo à frente. — Não sei o que sou capaz de fazer se você se aproximar de mim. — Ela se virou e saiu correndo em direção ao jardim, para longe do passado.

Eve cobriu o rosto com as mãos e começou a se balançar para a frente e para trás, tentando bloquear a dor. Estava com o corpo mole, como o de uma criança, quando Travers apareceu e a conduziu para dentro de casa.

Capítulo Vinte e Quatro
♦ ♦ ♦ ♦

Julia não tinha como fugir do medo, da raiva ou da sensação de perda e traição. Enquanto atravessava o caminho enluarado que levava à casa de hóspedes, carregava todas essas coisas consigo, além da dor e da confusão que reviravam seu estômago, deixando-a enjoada.

Eve.

Ainda podia ver o rosto de Eve, aqueles olhos escuros e intensos, a boca grande e crispada. Com um soluço entrecortado, Julia levou os dedos aos lábios. Ó meu Deus, ó meu Deus, o mesmo formato, com o lábio inferior mais cheio do que o superior. Seus dedos tremeram ao fechá-los com força e continuar correndo.

Não percebeu Lyle parado na estreita varanda sobre a garagem, com um par de binóculos pendurado no pescoço e um sorriso satisfeito na cara.

Entrou no terraço como um tufão, a mão fechada em punho pressionada contra o estômago revolto. Lutou, em vão, para abrir a porta com a mão úmida. Xingou, chutou e tentou de novo. Paul abriu pelo lado de dentro e, em seguida, a segurou pelos ombros quando ela entrou tropeçando.

— Uau! — Ele soltou uma risada rápida ao firmá-la. — Você deve ter sentido muito a minha falta... — Parou no meio ao perceber que ela estava tremendo. Segurando-a pelo queixo, ergueu a cabeça de Julia e viu a expressão de choque em seu rosto. — O que foi? Aconteceu alguma coisa com a Eve?

— Não. — A expressão perdida, chocada, transformou-se em fúria. — Eve está bem, muito bem por sinal. Por que não estaria? Ela está no controle de tudo. — Tentou se livrar com um safanão, mas ele a segurou com firmeza. — Me solte, Paul.

— Assim que você me contar o que a deixou desse jeito. Vamos lá. — Ele a conduziu para fora de casa novamente. — Você parece estar precisando de um pouco de ar fresco.

— Brandon...

— Está dormindo. E já que o quarto dele fica do outro lado da casa, acho que nada do que você me disser aqui poderá incomodá-lo. Por que não se senta?

— Não quero me sentar. Não quero que você me segure, me acalme ou me dê tapinhas na cabeça. Quero que me solte.

Ele a soltou e levantou os braços, com as palmas viradas para fora.

— Feito. O que mais posso fazer por você?

— Não use esse tom de sarcasmo britânico comigo. Não estou com humor para isso.

— Tudo bem, Jules. — Paul apoiou o quadril na mesa. — Você está com humor para quê?

— Eu poderia matá-la. — Ela começou a andar de um lado para o outro do pátio, passando da luz para a sombra, e de volta para a luz. Ao se virar, arrancou um dos exuberantes gerânios rosados pelo caule e despetalou o broto. As pétalas aveludadas caíram no chão para serem esmagadas sob seus pés. — Esse negócio todo foi apenas uma das famosas manobras da Eve. Me trazer para cá, me contar seus segredos, fazendo com que eu confiasse nela... me importasse com ela. Ela tinha certeza... tanta certeza... de que eu cairia direitinho na armadilha. Dá para imaginar que ela achou que eu ficaria grata, que me sentiria honrada, lisonjeada, de me ver ligada a ela desse jeito?

Ele a observou jogar o caule destroçado longe.

— Não sei o que ela achou que você sentiria. Se importa de me contar os detalhes?

Julia ergueu a cabeça. Por um momento, esquecera que Paul estava ali. Ele estava em pé, recostado preguiçosamente contra a mesa, observando-a. Apenas observando. Eles tinham isso em comum, pensou com amargura. Havia aqueles que paravam e observavam, anotando, registrando, analisando com cuidado a forma como os outros viviam, como se sentiam, o que diziam ao serem conduzidos pelos dedos caprichosos do destino. Só que dessa vez era ela quem estava sendo manipulada.

— Você sabia. — Uma nova onda de raiva se formou dentro dela. — Todo esse tempo você sabia. Ela nunca esconde nada de você. E você ficou parado, observando, esperando, sabendo que ela faria isso comigo. Que papel ela lhe atribuiu, Paul? O do herói que vem calmamente reunir os pedaços?

A paciência de Paul estava se esgotando. Ele se afastou da mesa para encará-la.

— Não posso confirmar ou negar nada até você me dizer do que se trata.

— Ela é minha mãe. — Julia despejou as palavras em cima dele, sentindo o gosto amargo de cada sílaba. — Eve Benedict é minha mãe.

Sem perceber o que estava fazendo, Paul estendeu as mãos e segurou os braços de Julia.

— Sobre o que você está falando?

— Ela me contou ainda há pouco. — Não tentou se soltar. Em vez disso, fechou as mãos na camisa dele e se aproximou. — Ela deve ter achado que estava na hora de uma conversinha de mãe e filha. Afinal, só se passaram 28 anos.

Paul a sacudiu de modo brusco e rápido. A voz de Julia estava ficando histérica, e ele preferia a raiva:

— Ela te contou o quê? Exatamente o quê?

Julia ergueu a cabeça devagar. Embora continuasse segurando com firmeza a camisa de Paul, falou com calma, de forma clara, como se explicasse um problema particularmente complexo para uma criança meio burrinha:

— Que há 28 anos ela deu à luz, em segredo, uma filha na Suíça. E como não havia lugar em sua vida para tal inconveniência, entregou a criança para adoção. A mim. Ela me entregou para adoção.

Paul teria rido se não fosse o ar desolado nos olhos de Julia. Os olhos... a cor não, o formato. Bem devagar, levou as mãos aos cabelos dela. O tom não, mas a textura sim. Os lábios dela tremeram. E a boca...

— Deus do céu. — Sem soltá-la, olhou para o rosto dela como se nunca a tivesse visto antes. Talvez não tivesse, percebeu. Como mais poderia ter deixado passar as semelhanças? Ah, elas eram sutis, mas estavam lá. Como podia amar as duas e não ter visto, não ter notado? — Ela mesma lhe disse isso?

— Disse. Nem sei por que ela não pediu a Nina que fizesse um memorando. "Contar a Julia o segredo do seu nascimento durante o jantar. Oito horas." — Julia o soltou e se virou de costas para ele. — Ah, eu a odeio por isso. Eu a odeio pelo que ela roubou de mim. — Virou-se de novo tão rápido que o cabelo esvoaçou e caiu todo sobre um ombro só. A tremedeira havia passado, de modo que ela ficou parada, dura feito uma estaca, sob a luz branca e fria da lua, as emoções aflorando como se fossem suor. — Num segundo, minha vida mudou, minha vida inteira. Como é que tudo vai poder voltar a ser do jeito que era?

Não havia o que responder. Ele ainda estava tonto, lutando para digerir a simples informação que Julia havia jogado em cima dele. A mulher que amara durante quase toda a sua vida era a mãe da mulher que pretendia amar pelo resto dela.

— Você precisa me dar um minuto para digerir isso. Imagino o que você está sentindo, mas...

— Não. — A palavra escapou como lava de um vulcão. Na verdade, tudo em relação a Julia parecia quente, a ponto de ferver. Os olhos, a voz, os punhos fechados e trancados ao lado do corpo. — Você não faz a menor ideia. Houve momentos na minha infância em que eu pensei sobre isso. É natural, não é? Quem eram eles, esses pais que não me quiseram? Por que eles tinham me dado para adoção? Como seriam eles fisicamente, como seriam suas vozes? Inventei histórias... que eles haviam se amado desesperadamente, mas meu pai tinha sido assassinado e deixado minha mãe sozinha, sem um centavo. Ou que ela havia morrido no parto antes que ele conseguisse voltar para nos salvar, a ela e a mim. Um monte de histórias doces e fantasiosas. Mas eu deixei tudo isso para trás, porque meus pais... — Ergueu a mão para cobrir os olhos por alguns instantes, sentindo a dor dilacerá-la por dentro. — Eles me amavam, me queriam. Eu não pensava com muita frequência no fato de ter sido adotada. Na verdade, passava longos períodos sem sequer pensar nisso, tinha uma vida normal. Mas, de repente, tudo voltava. Quando eu estava grávida do Brandon, imaginava se ela se sentira daquele jeito. Triste, assustada e sozinha.

— Jules...

— Não, não faça isso, por favor. — Ela se encolheu no mesmo instante e abraçou o próprio corpo com força, num gesto de defesa. — Não quero ser abraçada. Não quero simpatia nem compreensão.

— Então o quê?

— Quero voltar no tempo. — A voz de Julia foi tomada por um profundo desespero. — Queria poder voltar no tempo, antes de ela começar a me contar essa história. E impedi-la. Fazê-la enxergar que essa mentira ela deveria levar para o túmulo. Por que ela não percebeu? Por que ela não viu, Paul, que a verdade arruinaria tudo? Ela roubou minha identidade, deixou cicatrizes em minhas lembranças e arrancou minhas raízes. Não sei mais quem eu sou. O que eu sou.

— Você é exatamente a mesma pessoa que era uma hora atrás.

— Não, será que você não percebe? — Julia estendeu as mãos, vazias. Assim como sua herança. — Tudo o que eu era foi construído em cima de uma mentira, e de todas as outras que a seguiram. Eve me teve em segredo, sob o nome de uma de suas personagens. Em seguida, foi embora e retomou sua vida exatamente do ponto em que a deixara. Ela nunca contou... — As palavras saíram trêmulas. Julia parou e, em seguida, continuou num sussurro rouco: — Para o Victor. Victor Flannigan é meu pai.

Esse foi o único detalhe que não deixou Paul nem um pouco surpreso. Pegou a mão de Julia, achando-a dura e gelada ao toque. Fechou os dedos dela dentro de sua própria mão para aquecê-los.

— Ele não sabe?

Ela fez que não. O rosto de Paul parecia pálido sob o luar, os olhos escuros. Será que ele percebia?, pensou. Será que ele percebia que estava olhando para uma estranha?

— Meu Deus, Paul, o que foi que ela fez? O que foi que ela fez com todos nós?

Apesar da resistência, ele a abraçou.

— Não sei quais serão as consequências, Julia. Mas sei que o que quer que você esteja sentindo, vai passar. Você sobreviveu ao divórcio dos seus pais, à morte deles. E colocou Brandon no mundo sozinha, sem um pai.

Ela fechou os olhos com força, na esperança de conseguir apagar a última imagem que tivera de Eve — as lágrimas começando a escorrer, deixando para trás apenas esperanças e necessidades.

— Como posso olhar para ela sem odiá-la, como posso não odiá-la por ter sido capaz de continuar sua vida sem mim com tanta facilidade?

— Você acha que foi fácil? — murmurou ele.

— Para ela, acho, sim. — Julia se soltou e secou as lágrimas com impaciência. A última coisa que queria sentir agora era empatia. — Merda! Eu sei o que ela passou. Incredulidade, pânico, desespero... conheço todas as fases. Meu Deus, Paul, sei muito bem como dói descobrir que você está grávida, sabendo que o homem que você ama, ou pensa amar, jamais ficará do seu lado.

— Talvez seja por isso que ela achou que podia te contar.

— Bem, foi um erro. — Julia estava se acalmando pouco a pouco, de forma metódica. — Também sei que, se eu tivesse decidido entregar o Brandon para adoção, eu jamais me meteria na vida dele de novo, fazendo-o imaginar, perguntar, reviver todas as dúvidas sobre não ter sido bom o suficiente.

— Se ela cometeu um erro...

— Ela cometeu um erro, sim — interrompeu Julia, soltando uma risada dura. — Eu sou esse erro.

— Já chega! — Se ela não queria simpatia, ele não lhe daria. — Pelo menos, você sabe que foi concebida com amor. Poucas pessoas no mundo têm essa certeza. Meus pais se tratam com educada repulsa desde que me entendo por gente. Esse é o meu legado. Você foi criada por pessoas que a amavam, foi concebida por outras que continuam se amando. Pode chamar isso de erro, mas eu diria que foi você quem levou a melhor.

Ela poderia ter jogado um monte de coisas em cima dele, palavras ferinas que lhe passaram pela mente, mas que despertaram tamanha vergonha e repulsa em si mesma que morreram antes de chegar à boca.

— Me desculpe. — A voz de Julia continuava dura, porém já não estava mais tão desesperada. — Eu não tenho o direito de descontar em você, nem de me entregar à autopiedade.

— Eu diria que você tem todo o direito de fazer as duas coisas. Não quer se sentar agora e conversar comigo?

Enquanto secava o restante das lágrimas, Julia fez que não.

— Não, estou bem, juro. Odeio perder a cabeça.

— Pois não devia. — Para acalmar a si mesmo, tanto quanto a ela, Paul afastou o cabelo de Julia do rosto com os dedos. — Você faz isso muito bem. — Porque parecia a coisa certa a fazer, ele a puxou de volta para seus braços e apoiou o rosto no topo da cabeça dela. — Você teve uma noite difícil, Julia. Talvez seja melhor descansar um pouco.

— Não sei se consigo. Mas eu não me incomodaria de tomar uma aspirina.

— Vou pegar. — Ele manteve o braço em torno dela ao caminharem de volta para a cozinha. As luzes acesas brilhavam alegremente, e o cheiro de manteiga no ar fez Julia imaginar que os hambúrgueres tinham sido seguidos por uma tigela de pipocas. — Onde você guarda as aspirinas?

— Deixa que eu pego.

— Não, eu pego. Onde?

Como sua mente parecia tão fraca e dolorida quanto o corpo, Julia cedeu e se sentou à mesa.

— Na cozinha, na prateleira de cima, do lado esquerdo do fogão. — Fechou os olhos novamente. Escutou o som da porta do armário sendo aberta e fechada e, em seguida, o barulho de água enchendo um copo. Com um suspiro, abriu os olhos mais uma vez e esboçou algo que passaria por uma débil tentativa de sorriso. — Explosões de raiva sempre me deixam com dor de cabeça.

Paul esperou que ela engolisse a aspirina.

— Que tal uma xícara de chá?

— Seria ótimo, obrigada. — Julia se recostou na cadeira, pressionou as têmporas com as pontas dos dedos e massageou devagar... até se lembrar de que esse era um dos gestos típicos da Eve. Entrelaçando as mãos sobre o colo, observou Paul pegar as xícaras e os pires e encher a chaleira de porcelana no formato de um burro.

Era estranho ficar sentada enquanto outra pessoa lidava com os detalhes. Estava acostumada a cuidar de si mesma, resolver os problemas, consertar as coisas quebradas. No momento, porém, sabia que estava usando toda a sua força de vontade, toda a sua energia para resistir à necessidade de abaixar a cabeça e se entregar a uma boa crise de choro.

E por quê? Essa era a pergunta que a incomodava. Por quê?

— Depois de todo esse tempo — murmurou. — Todos esses anos. Por que ela me contou isso agora? Ela disse que manteve os olhos em mim esse tempo todo. Então por que esperou até agora?

Ele estivera imaginando a mesma coisa.

—Você perguntou isso a ela?

Julia olhava fixamente para as mãos, os ombros caídos e os olhos ainda úmidos.

— Nem sei o que eu falei para ela. Eu fiquei cega de raiva, de mágoa. Tenho um gênio... forte, e é por isso que tento não perder a cabeça.

— Você, Jules? — perguntou ele com suavidade, acariciando o cabelo dela. — Gênio forte?

—Terrível. — Ela não conseguiu se forçar a retribuir o sorriso. — A última vez que perdi a cabeça foi há uns dois anos. Uma professora do Brandon o obrigou a ficar em pé, num dos cantos da sala, por quase uma hora. Ele se sentiu humilhado, se recusou a falar comigo sobre o assunto, portanto procurei a escola. Eu queria saber o que tinha acontecido, porque o Brandon não é de criar problemas.

— Eu sei.

— De qualquer forma, descobri que eles estavam fazendo cartões para o Dia dos Pais, para serem entregues no final do ano letivo, e Brandon não quis fazer. Ele, bem, simplesmente não quis fazer.

— Compreensível. — Paul despejou a água fervendo sobre os saquinhos de chá. — E?

—A professora disse que ele devia considerar aquilo como um trabalho qualquer, e, quando ele se recusou, ela o colocou de castigo. Tentei explicar a situação, que essa era uma área delicada para o Brandon. Ela soltou uma risadinha sarcástica e falou que ele era um menino mimado e voluntarioso, que gostava de manipular os outros. Disse também que se ele não aprendesse a aceitar sua situação, continuaria a usar aquele acidente de nascimento... essas foram as palavras dela... como desculpa para não se tornar um membro produtivo da sociedade.

— Espero que você tenha lhe dado umas boas porradas.

— Na verdade, eu dei.

— Não. — Ele teve de rir. — Jura?

— Não é engraçado — começou Julia, mas sentiu uma bolha de riso se formar em sua garganta. — Eu não lembro de bater nela exatamente, mas lembro de alguns dos nomes que a chamei antes que algumas pessoas entrassem correndo na sala para me tirar de cima dela.

Paul pegou a mão de Julia, colocou sobre a dele e a beijou.

— Minha heroína.

— Não foi nem de perto tão satisfatório quanto pode parecer. Na hora, eu fiquei enjoada e trêmula, e ela ameaçou me processar. Eles a acalmaram depois que a história toda veio a público. Nesse meio-tempo, tirei o Brandon da escola e comprei uma casa em Connecticut. Eu não ia permitir que ele se sujeitasse àquela forma de pensar, tão mesquinha. — Ela soltou um longo suspiro e, em seguida, outro. — Eu me senti exatamente da mesma forma hoje. Sei que, se Eve tivesse se aproximado de mim, eu teria batido nela, e só depois me arrependeria. — Olhou para a xícara que Paul colocou à sua frente. — Eu costumava imaginar de quem tinha puxado esse meu lado mau. Acho que agora eu sei.

— O que ela te contou hoje a deixou assustada.

Julia deixou que o chá entrasse em seu estômago e a acalmasse.

— Deixou mesmo.

Paul se sentou a seu lado e começou a massagear a base do seu pescoço, sabendo, por instinto, onde estava o nó de tensão.

— Você não acha que ela ficou assustada também?

Com cuidado, alinhando a base da xícara com a borda do pires, Julia ergueu os olhos.

— Sinto muito, mas ainda não consigo pensar nos sentimentos dela.

— Eu amo vocês duas.

Julia viu o que não tinha sido capaz de ver até então. Ele ficara tão chocado quanto ela, e quase tão magoado quanto. Continuava magoado, pelos dois.

— Qualquer que seja o resultado disso tudo, ela sempre será mais sua mãe do que minha. E, uma vez que nós duas amamos você, acho que precisaremos encontrar uma maneira de lidar uma com a outra. Só não me peça para ser razoável agora.

— Não vou. Vou te pedir outra coisa. — Ele a pegou pelas mãos e a obrigou a se levantar. — Me deixe te amar.

Era tão fácil, tão simples deixar-se envolver pelos braços dele.

— Achei que você nunca ia pedir.

♦ ♦ ♦ ♦

O QUARTO NO segundo andar estava envolto em sombras. Julia acendeu as velas enquanto Paul fechava as persianas. Os dois, então, se viram sozinhos na meia-luz, a iluminação dos amantes. Ela ergueu os braços para ele, num gesto de boas-vindas e de necessidade.

Paul a envolveu, compreendendo, sem que Julia tivesse de pedir, que ela precisava reafirmar sua existência, resgatar seu amor-próprio. Desse modo, quando ela encaixou o corpo no dele, jogou a cabeça para trás e ofereceu a boca, ele a tomou de forma lenta e gentil, desejando que ela se lembrasse de cada momento.

Com beijos longos e molhados, Paul a provou; o gosto de Julia continuava o mesmo. Uma carícia firme e possessiva, da cintura até o quadril, e de volta até a cintura. A sensação do toque continuava igual. Encostou o nariz na curva do pescoço dela e absorveu seu cheiro. Por baixo do delicado perfume, sentiu sua fragrância inconfundível. Isso também não havia mudado.

Ele não ia permitir que nada mudasse entre eles.

O terninho escorregou suavemente dos ombros de Julia. Desabotoando a blusa botão por botão, Paul deu um passo para trás, a fim de poder ver cada centímetro da pele que, aos poucos, ia sendo exposta. Sentiu a mesma excitação, o mesmo desejo enlouquecedor, ao abrir a blusa completamente e deixá-la escorregar para o chão com um sussurro sensual.

— Você é tudo o que eu sempre quis — disse. — Tudo o que eu sempre precisei. — Pousou um dedo sobre os lábios dela para impedi-la de falar. — Não, eu preciso dizer. Preciso mostrar para você.

Paul cobriu a boca de Julia com a sua, experimentando, provocando, até deixá-la tonta com um simples beijo. Enquanto seus dedos a despiam com suavidade e competência, ele murmurava, sem parar, palavras doces e carinhosas. A tensão nos ombros dela começou a ceder. A sensação oca de estômago revirado pelo estresse deu lugar a um remexer ardente de antecipação.

Um encontro mágico. Ou talvez o mágico fosse Paul. Ali, com ele, Julia podia apagar o passado, esquecer o amanhã. Só havia o interminável agora. Como ele podia saber o quanto ela precisava disso? E, nesse agora, havia apenas a sensação dos músculos enrijecidos sob seus dedos curiosos, o perfume das flores banhadas pela lua, as primeiras pontadas de fome.

Perdida nele, ela jogou a cabeça para trás e, enquanto ele descia com os lábios em direção a seus seios, alguns leves e impotentes gemidos ficaram presos em sua garganta.

— Do que você gosta? — perguntou ele, a voz ecoando dentro da cabeça dela. — Me conte o que quer que eu faça com você.

— Qualquer coisa. — Suas mãos úmidas passeavam pela pele dele. — Qualquer coisa.

Paul curvou os lábios e deslizou a língua pelo ponto mais sensível do seio, capturou o mamilo entre os dentes — quente, firme, perfumado — e, numa delirante combinação de prazer e dor, o sugou para dentro da boca.

Acataria as palavras dela literalmente.

Para Julia, era como se fosse a primeira vez com um homem. Ela sacudiu a cabeça, tentando clarear a mente para conseguir retribuir o prazer. Mas ele estava fazendo coisas com ela, coisas maravilhosas, loucas, inacreditáveis. Tudo o que ela conseguia era tremer, numa explosão de prazer atrás da outra.

Sua cabeça caiu para trás enquanto lutava para inspirar o ar que, de repente, ficara denso demais. Seus seios estavam tão pesados, os mamilos tão quentes que, quando Paul deslizou a língua por eles novamente, Julia soltou um gemido de surpresa em resposta ao forte orgasmo que lhe atravessou o corpo.

— Não consigo. — Tonta, ela fechou as mãos sobre os ombros de Paul, que começou a descer, traçando um caminho ardente por seu tórax. — Eu preciso...

— Aproveite — murmurou ele, dando-lhe pequenas mordiscadas na carne trêmula. — Você só tem de aproveitar.

Ele se ajoelhou na frente dela, segurou-lhe os quadris, impedindo-a de se mexer, e deslizou a língua pela fenda entre as coxas. Podia sentir as ondas de prazer percorrendo o corpo de Julia, seu próprio corpo sendo bombardeado pelos mesmos desejos misteriosos que a acometiam.

Ela teve outro orgasmo e, com um gemido entrecortado, fechou os dedos em volta do cabelo dele para trazê-lo mais para perto. Seus quadris agora se moviam com a rapidez de relâmpagos, incentivando-o a continuar. Quando a língua dele a penetrou, Julia ficou rígida, petrificada pelo espasmo ardente. Seus joelhos amoleceram. Ela teria caído se ele não a segurasse pela cintura e a forçasse a se manter ereta.

Implacável, Paul a suspendeu de novo, alimentando-se gananciosamente do próprio desejo dela. Queria — precisava saber que o corpo de Julia era um misto de sensações, que suas terminações nervosas chiavam a cada toque, que seu apetite combinava com o dele.

Assim que soube, assim que teve certeza, ele a arrastou para o chão e a levou mais longe. Mostrou-lhe mais.

Ele precisava parar. Ela morreria se ele parasse. Enquanto eles giravam entrelaçados sobre o carpete, Julia se agarrou a ele, o corpo mole num momento, tenso no seguinte. Até então, achava que eles já tinham compartilhado tudo o que havia para compartilhar. Acabara de descobrir que existia um outro nível de confiança, mais profundo. Ali, em meio às sombras profundas do quarto, não havia nada que ele pudesse pensar em lhe pedir, nada que ela não daria de boa vontade.

Em pouco tempo, porém, foi ela quem pediu. Ela quem quase implorou.

— Por favor, agora! Meu Deus, preciso de você agora!

Isso era tudo o que ele precisava escutar.

Com os olhos fixos em Julia, Paul grudou seu corpo no dela. Devagar, observando o prazer e a confusão faiscarem naqueles olhos cinza, passou as pernas dela em torno de sua própria cintura. E se lançou, trêmulo, centímetro por centímetro, até penetrá-la profundamente. Ofegante, Julia arqueou o corpo para recebê-lo, envolvê-lo, saboreá-lo.

Assim que os primeiros tremores passaram, Julia buscou a boca de Paul e os dois começaram a se mexer em sintonia. Uma nova sensação surgiu em meio à excitação, à paixão e à fome insaciável — uma sensação tranquila, calmante, de cura.

Com os lábios crispados, ela se agarrou a Paul, até não restar nada além de uma escuridão aveludada.

♦♦♦♦

Algum tempo depois, enquanto Julia dormia, Paul parou ao lado da janela, olhando para a única luz que conseguia ver através das árvores. Sabia que Eve estava acordada, mesmo enquanto sua filha dormia. Como ele, um homem tão firmemente ligado às duas, conseguiria encontrar um meio de confortar a ambas?

♦♦♦♦

Paul entrou na casa pela porta lateral. Antes de atravessar a sala de visitas, com seu suave perfume de rosas, e subir a escada da frente, deparou-se com Travers. Ela se aproximou correndo, batendo os chinelos com sola de borracha.

— Isso não é hora para visitas. Ela precisa descansar.

Paul parou com uma das mãos apoiada no pilar das escadas.

— Eve está acordada. Eu vi a luz acesa.

— Mesmo assim. Ela precisa descansar. — Travers deu um puxão rápido e audível na faixa de seu robe felpudo. — Eve não está se sentindo bem hoje.

— Eu sei. Conversei com a Julia.

Como um lutador desafiando alguém a lhe dar um soco, Travers projetou o queixo para a frente.

— Ela deixou a Eve num péssimo estado. Aquela garota não tinha o menor direito de dizer aquelas coisas, gritar e quebrar os pratos.

— Aquela garota — disse Paul, com calma — teve um choque terrível. Você sabia, não sabia?

— O que eu sei é problema meu. — Com os lábios apertados de quem guarda um segredo, ela apontou com a cabeça em direção ao topo da escada. — Assim como cuidar dela é função minha. O que quer que você tenha a dizer pode esperar até amanhã. Ela já sofreu demais por uma noite.

— Travers. — Eve saiu das sombras e desceu dois degraus. Usava um comprido robe de seda num tom vermelho-sangue. O rosto parecia um camafeu oval de marfim despontando dele. — Está tudo bem. Eu quero falar com o Paul.

— Você me disse que ia dormir.

Eve abriu um rápido sorriso.

— Eu menti. Boa-noite, Travers. — Ela se virou, sabendo que Paul a seguiria.

Como respeitava a lealdade, Paul lançou um último olhar para a governanta.

— Vou me certificar de que ela se deite logo.

— Vou te fazer cumprir a promessa. — Com um último olhar de relance para a escada, ela se afastou, batendo os chinelos e fazendo o robe esvoaçar às suas costas.

Eve esperou por Paul na sala de estar contígua ao quarto, com suas almofadas fofinhas e poltronas baixas e convidativas. O aposento exibia a desarrumação típica da noite — revistas descartadas; uma taça de champanhe já sem gás; um par de tênis jogado descuidadamente sobre o chão; um pano roxo e escarlate amarfanhado, o robe que ela usara antes do banho. Tudo em cores brilhantes, fortes e vívidas. Paul olhou para Eve e se sentou no meio de tudo aquilo, percebendo pela primeira vez, percebendo de fato, o quanto ela estava envelhecendo.

Era visível em suas mãos, que de repente pareciam delicadas e frágeis demais para o restante do corpo, nas linhas finas que, desde sua última visita ao cirurgião plástico, haviam voltado a se insinuar furtivamente ao redor dos olhos. Na exaustão que lhe velava o rosto como uma máscara fina e transparente.

Ela ergueu os olhos, viu tudo o que precisava ver estampado no rosto dele, e os desviou novamente.

— Como ela está?

— Agora está dormindo. — Ele se sentou na poltrona de frente para ela. Não era a primeira vez que aparecia ali tarde da noite para uma conversa. As almofadas eram diferentes, assim como os travesseiros e as cortinas. Eve estava sempre mudando alguma coisa.

Contudo, muita coisa continuava igual. Os aromas que ele aprendera a amar durante a infância. Os pós, perfumes e flores — todas as coisas que indicavam que aquele era o quarto de uma mulher, só permitido aos homens mediante convite.

— Como você está, gloriosa?

Ao sentir a preocupação genuína na voz dele, as lágrimas ameaçaram voltar, mas ela se forçou a contê-las.

— Irritada comigo mesma por ter lidado tão mal com a situação. Fico feliz que você estivesse lá para ficar com ela.

— Eu também. — Paul não disse mais nada, sabendo que ela falaria assim que estivesse pronta, e sem que ele precisasse induzi-la. Como a presença dele a reconfortava, Eve falou, como teria feito com poucas pessoas:

— Eu carrego esse segredo comigo há quase trinta anos, da mesma forma como carreguei a Julia por nove meses. — Ela tamborilou os dedos no braço da poltrona. Como se até mesmo esse som sussurrado a importunasse, parou e deixou os dedos quietos. — Eu a tive em segredo, o que me gerou uma dor e uma espécie de desespero que nenhum homem jamais compreenderia. Sempre achei que com o tempo... diabos, que quando eu ficasse velha... essa lembrança acabaria por se apagar. O modo como meu corpo mudou, os movimentos dentro do meu ventre. A emoção assustadora de empurrá-la para fora de mim e trazê-la ao mundo. Mas isso não aconteceu. — Fechou os olhos. — Deus, isso não aconteceu.

Ela pegou um cigarro na caixinha Lalique sobre a mesa e o passou entre os dedos duas vezes antes de acendê-lo.

— Não vou negar que tive uma vida plena, rica e feliz, mesmo sem ela. Não vou fingir que chorei e sofri todos os dias da minha vida por uma criança que segurei por apenas uma hora. Nunca me arrependi do que eu fiz, mas tampouco consegui esquecer.

Seu tom o desafiava a soltar as acusações. Eve ergueu os olhos e esperou por elas. Paul apenas tocou seu rosto com carinho.

— Por que você a trouxe para cá, Eve? Por que contou a ela?

Eve quase perdeu o seu já frágil autocontrole. Agarrou-se a ele e à mão de Paul. Em seguida, soltando-o, continuou:

— Eu a trouxe para cá porque havia algumas pontas soltas em minha vida que eu queria... reatar. Talvez tenha sido um apelo ao meu senso de ironia... ou à minha vaidade... querer que fosse a minha filha a responsável por reatar essas pontas. — Ela soprou uma baforada de fumaça. Por trás da fumaça, olhos fortes e determinados sobressaíam num rosto tranquilo e pálido. — Além disso, eu precisava do contato. Precisava vê-la, merda! Tocá-la, ver por mim mesma que tipo de mulher ela havia se tornado. E o garoto, meu neto, eu queria algumas semanas com ele, para tentar conhecê-lo um pouco. Se o preço a pagar por esse pecado for o inferno, que seja. Ele vale mais do que a maioria dos outros que cometi.

— Você disse isso a ela?

Eve riu e apagou o cigarro pela metade.

— Ela tem um gênio forte, e é orgulhosa. Não tive tempo de dizer quase nada antes que ela começasse a me atacar. O que foi perfeitamente compreensível. Afinal, eu quebrei um acordo. Eu a afastei de mim, não tinha o menor direito de tentar trazê-la de volta.

Ela se levantou e foi até a janela. Viu o próprio reflexo no vidro escuro, como um fantasma.

— Mas, por Deus, Paul, quanto mais tempo nós passávamos juntas, mais eu me importava com ela. Vi partes de mim mesma refletidas nela, assim como partes do Victor. Nunca na minha vida precisei tanto de uma pessoa que não fosse um homem. Nunca senti um amor tão intenso, tão abnegado por ninguém. A não ser você. — Ela se virou de volta, os olhos marejados. — Julia foi a criança que eu não pude ter. Você foi a criança que eu sempre quis.

— E você foi minha mãe, Eve. Julia teve a dela. Ela só precisa de tempo.

— Eu sei. — Ela se virou de novo, sentindo o coração mais pesado ainda. — Eu sei.

— Eve, por que você nunca contou ao Victor?

Cansada, ela apoiou a cabeça no vidro.

— Pensei nisso, tanto na época quanto umas cem vezes depois disso. Ele talvez tivesse deixado a mulher, você sabe. E talvez tivesse ficado comigo. Por mais que o Victor viesse a adorar a filha, imagino se ele algum dia me perdoaria. Eu nunca teria me perdoado por aceitá-lo nesses termos.

— E agora, vai contar para ele?

— Acho que essa decisão deve ser da Julia. — Ela lançou um olhar de relance por cima do ombro. — Ela sabe que você está aqui?

— Não.

— E você vai dizer a ela?

—Vou.

—Você a ama.

Embora isso não fosse uma pergunta, ele respondeu:

— Mais do que eu achei que fosse capaz de amar alguém. Eu a quero, e quero o Brandon. Qualquer que seja o preço.

Satisfeita, ela fez que sim.

— Vou lhe dar um conselho, mesmo que você não tenha pedido. Não deixe nada ficar no seu caminho. Nada. Muito menos eu. — Ela estendeu as mãos e esperou Paul se levantar e se aproximar para tomá-las. — Preciso resolver algumas coisas amanhã. Detalhes. Nesse meio-tempo, confio em você para tomar conta dela.

— É o que eu pretendo fazer, quer ela goste ou não.

— Então volte para lá. Vou ficar bem. — Eve ofereceu o rosto para que ele a beijasse, demorando-se um pouco mais do que o necessário. — Serei sempre grata por ter você.

— Por termos um ao outro. Não se preocupe com a Julia.

— Não vou. Agora, boa-noite, Paul.

Ele a beijou de novo.

— Boa-noite, gloriosa.

Assim que Paul saiu do quarto, Eve foi direto até o telefone e discou.

— Greenburg, aqui quem fala é Eve Benedict. — Jogou a cabeça para trás e pegou um cigarro. — Sim, droga, sei muito bem que horas são. Pode dobrar esses honorários absurdos que vocês, advogados, cobram. Preciso de você aqui em uma hora.

Ela desligou antes que ele pudesse protestar e sorriu. Sentia-se quase como a boa e velha Eve.

Capítulo Vinte e Cinco
♦ ♦ ♦ ♦

Menos de 24 horas após o acidente com o avião de Julia, Paul marcou um encontro com o piloto.

Jack Brakerman trabalhava para Eve havia mais de cinco anos, tendo arrumado o emprego através do próprio Paul. Enquanto fazia pesquisas para um livro que tratava de contrabando, briga e assassinato no ar, Paul havia ficado impressionado com o conhecimento e a habilidade de Jack.

Ao final das pesquisas, ele reunira material suficiente para dois livros, e Jack Brakerman pudera finalmente largar o trabalho como piloto de carga para assumir o transporte de passageiros particulares. Eve fora sua primeira cliente.

Paul marcou o encontro num restaurante perto do aeroporto, onde a comida era gordurosa, o café, quente, e o serviço, rápido. A mesa era uma rodela de madeira de compensado revestida de fórmica, que tentava, sem sucesso, parecer mármore. Alguém pusera uma música country no jukebox, e Hank Williams Jr. choramingava sobre uma mulher que o havia desprezado.

— Um lugar e tanto, não é? — Jack pegou um guardanapo em um porta-guardanapos de metal para secar as manchas molhadas deixadas pelos copos de clientes anteriores. — Não parece muita coisa, mas eles têm a melhor torta de mirtilo do estado. Quer uma fatia?

— Claro.

Jack fez sinal para a garçonete e informou o pedido com um simples gesto. Em poucos minutos, ela lhes serviu duas grossas fatias de torta, acompanhadas por duas canecas de um café fumegante.

— Você tem razão — comentou Paul, após a primeira mordida. — Está uma delícia.

— Eu venho aqui há anos, só por causa da torta. Então me conte — começou Jack, dando uma bela garfada na torta. — Está escrevendo outro livro?

— Estou, mas não é sobre isso que eu queria falar com você.

Jack anuiu com um meneio de cabeça e tomou um gole do café, sabendo que ele estaria forte e quente o bastante para abrir um buraco em seu estômago.

— Você quer falar sobre o que aconteceu ontem. Já preenchi o relatório. Pelo que estão dizendo, foi uma falha mecânica.

— Essa é a história oficial, Jack. Qual é a sua opinião?

— Alguém sabotou a mangueira de combustível. Um belo trabalho, realmente profissional. Fez parecer uma falha mecânica. Diabos, se o avião fosse de outra pessoa e eu próprio o tivesse checado, pensaria a mesma coisa. A mangueira estava com um pequeno furo. A maior parte do combustível foi derramada sobre a Sierra Madre.

Paul não queria sequer imaginar as montanhas e o que seus picos pontiagudos e implacáveis poderiam ter feito com um avião que estava liberando combustível.

— Só que o avião não é de outra pessoa.

— É verdade. — Com a boca cheia, Jack brandiu o garfo para enfatizar: — Eu conheço meu equipamento, Winthrop. O mecânico e eu mantemos aquele pássaro tinindo. A mangueira não podia estar velha, sem chance, não a ponto de abrir um buraco. Alguém mexeu nela, alguém que sabia o que fazer e como fazer. — Pegou o último pedaço de torta, engolindo-a com um misto de prazer e arrependimento. — Essa é a minha opinião.

— Estou mais do que disposto a concordar com você, Jack. Agora, a pergunta é: o que nós vamos fazer a respeito? — Paul ponderou por alguns instantes. O jukebox começou a tocar K.D. Lang, e sua voz melosa e masculina acrescentou um toque de classe ao escuro restaurante. — Me conte exatamente o que você fez ontem, depois que pousou em Sausalito.

— Isso é fácil. Descansei um pouco na sala de espera, conversei com alguns caras e fui almoçar com mais dois pilotos. Julia falou que estaria de volta às três; portanto, resolvi dar uma olhada na papelada, organizar meu plano de voo. Ela chegou na hora marcada.

— Imagino — falou Paul meio que consigo mesmo. — Ela geralmente é pontual. Você pode perguntar por aí, verificar se alguém viu qualquer pessoa perto do avião?

— Já fiz isso. As pessoas não percebem muita coisa quando não estão prestando atenção. — Com o cenho franzido, ele passou o garfo pelo prato, fazendo desenhos no que sobrara da calda. — Sabe o que está me deixando encucado? Quem quer que tenha feito isso conhece aviões. A sabotagem poderia ter sido feita de modo que caíssemos muito mais rápido, como, por exemplo, quando estávamos sobrevoando a baía, sem nenhum lugar para onde escapar. Do jeito como foi feito, o combustível foi vazando de modo lento e constante. Está percebendo aonde eu quero chegar?

— Continue.

— Se a pessoa nos quisesse mortos, poderia ter sabotado o avião de inúmeras outras maneiras e, ainda assim, fazer com que parecesse um acidente. Só posso chegar à conclusão de que a intenção não era nos matar. Por outro lado, as coisas poderiam ter dado errado, e nós teríamos morrido de qualquer jeito, portanto talvez ela não desse a mínima. Contudo, se o combustível tivesse acabado uns dez ou quinze minutos antes, a situação teria sido bem mais complicada. A sabotagem foi feita de modo que o combustível terminasse já perto o bastante para que um piloto bom como eu conseguisse trazer Julia para o chão sã e salva.

— Você está dizendo que a sabotagem foi uma estratégia para assustar?

— Não sei, meu amigo, mas se foi, acertou direto no alvo. — O rosto redondo e agradável se contorceu numa careta. — Fiz tantas promessas a Deus nos últimos cinco minutos que ainda estarei pagando na próxima vida. E, se eu fiquei morrendo de medo, não dá nem para imaginar o que a Julia deve ter sentido. — Ele lançou um olhar de relance para a torta de Paul enquanto pedia mais café.

— Sirva-se — disse Paul, empurrando o prato para ele.

— Obrigado. É fácil reconhecer uma pessoa com medo de voar mesmo quando ela está ocupada tentando se convencer de que consegue lidar com isso. Julia não gosta de se ver lá em cima, nem um pouco, mas ela aguenta a barra sem as muletas de praxe... cigarros, álcool, remédio para dormir. Quando falei para ela qual era a situação, ela ficou assustada, apavorada. Ficou tão branca que imaginei que ia desmaiar bem ali, nas minhas mãos, mas ela aguentou firme. Não gritou, nem chorou, apenas conversou comigo. E fez tudo o que eu lhe disse para fazer. A gente tem de admirar uma mulher assim.

— Eu admiro.

— Alguém queria assustá-la, assustá-la pra valer. Não posso provar, mas sei que foi isso.

— Eu vou provar — replicou Paul. — Escreva o que eu digo.

◆◆◆◆

LYLE TROCOU o peso do corpo de um pé para o outro enquanto aguardava na sala de estar de Delrickio. Não estava com vontade de se sentar, não com aquele gorila mal-encarado observando cada movimento seu. Contudo, tinha de admirar a roupa do sujeito. Tinha, sim. Poderia apostar seu próximo pagamento como o terno preto, feito sob medida, era de seda pura. E isso porque o sujeito era só um subalterno. Imaginou quanto o chefão devia ganhar ao ano.

Querendo passar uma tranquilidade indiferente, Lyle pegou um cigarro. Já estava com seu genuíno Zippo folheado a ouro na mão quando o leão de chácara falou:

— O sr. Delrickio não permite que se fume neste aposento.

— Ah, é? — Lyle tentou forçar um sorrisinho de desprezo e fechou o isqueiro. — Não esquenta, mano. Pra mim não faz a menor diferença.

Ele assobiava por entre os dentes quando o telefone que estava sobre uma delicada mesinha incrustada tocou. O segurança atendeu e soltou um resmungo.

— Pode subir — falou para Lyle, colocando o telefone no gancho.

Lyle achou o rápido e sério menear de cabeça semelhante ao de um bicho-papão. A revista que sofrera assim que passara pelos portões já dera uma abalada em seu ego. Gostaria de estar carregando uma arma. Queria ter uma para carregar. Isso o teria feito parecer mais durão.

Se recebesse o que imaginava pela informação, poderia comprar um arsenal inteiro.

O segurança bateu suavemente à porta no topo da escada e apontou com a cabeça, permitindo-o entrar. Lyle entrou.

Delrickio fez sinal para que ele se sentasse.

— Boa-noite — cumprimentou, tranquilamente. — Acredito que o combinado era eu entrar em contato com você, quando e se eu desejasse.

A voz gentil e amigável deixou Lyle com as palmas das mãos úmidas.

— Sim, senhor, é verdade, mas...

— Então só posso presumir que algo o impeliu a contrariar meus desejos.

Lyle sentiu um nó com a textura de uma bola de tênis se formar em sua garganta. Reunindo coragem, se forçou a engoli-lo.

— Sim, senhor. Consegui uma informação que acredito ser do seu interesse.

— E você não conseguiu encontrar um telefone que estivesse funcionando?

— Eu... ahn, bem, achei que gostaria de escutá-la cara a cara.

— Entendo. — Delrickio esperou em silêncio até Lyle passar a língua nos lábios ressecados duas vezes para umedecê-los. — Devo lembrá-lo que você é pago para observar e coletar informações, e não para achar nada. Contudo, vou esperar para decidir se sua atitude foi correta ou não até você me contar o motivo que o trouxe aqui.

— O avião de Julia Summers quase caiu ontem.

Ao escutar a notícia, Delrickio mal levantou as sobrancelhas. Jesus, como ele podia ter chegado a acreditar que aquele idiota poderia lhe oferecer qualquer coisa remotamente útil?

— Você me trouxe uma informação que eu já tenho. Não gosto de perder meu tempo.

— Eles estão achando que alguém fodeu... sabotou o avião. — Ele se corrigiu rapidamente. — Eu escutei os dois conversando, a Julia e o Winthrop. Ela estava muito abalada quando a peguei no aeroporto. Veja só, o que eu fiz foi o seguinte: esperei até eles mandarem o garoto para a casa principal e entrei na casa. Fiquei escutando o que eles estavam conversando do lado de fora. — Ao ver Delrickio tamborilando os dedos no tampo da mesa, Lyle se apressou: — Eles acham que alguém tentou matá-la. Havia um bilhete, e...

Delrickio ergueu a mão e ele parou no meio da frase.

— Que bilhete?

— Um bilhete que ela encontrou no avião. Pelo jeito como falou, não foi o primeiro. Paul tentou convencê-la a ir embora, mas ela não quis nem escutar.

— O que dizia o bilhete?

— Não sei. — Lyle empalideceu um pouco e pigarreou para limpar a garganta. — Eu não o vi. Só escutei os dois falando sobre isso. — Imaginou se devia entregar os bilhetes que encontrara no quarto de Eve, mas decidiu esperar um pouco.

— Isso tudo é muito interessante, mas não vale o tempo que estou perdendo nesta linda manhã.

— Tem mais. — Lyle fez uma pausa. Passara a noite inteira imaginando como apresentar aquele trunfo. — É uma bomba, sr. Delrickio, uma informação muito mais valiosa do que estou sendo pago para fornecer.

— Já que você não me forneceu nada muito interessante até agora, isso não me impressiona.

— Posso garantir que o senhor vai gostar de saber disso. Acredito que essa informação valha um bônus. Um bom bônus. Talvez até um emprego permanente. Não tenho a menor intenção de passar o resto da vida dirigindo um carro e vivendo em cima de uma garagem.

— Jura? — Delrickio disfarçou rapidamente seu desprezo. — Me conte o que você tem, que eu lhe digo quanto vale.

Lyle umedeceu os lábios novamente. Sabia que estava arriscando, mas a recompensa poderia ser inacreditável. Imagens de notas frias e mulheres quentes dançaram em sua mente.

— Sr. Delrickio, eu sei que o senhor é um homem de palavra. Se prometer que irá me pagar um preço justo por essa informação, eu lhe conto.

É pegar ou largar, pensou Delrickio, com um suspiro fatigado.

— Você tem a minha palavra.

Divertindo-se com a expectativa, Lyle deixou o silêncio perdurar por alguns instantes.

— Eve Benedict é a mãe biológica de Julia Summers.

Os olhos de Delrickio se estreitaram e escureceram. A raiva subiu por seu pescoço e tomou-lhe o rosto. Cada palavra foi como um picador de gelo perfurando um osso.

— Você acha que pode vir à minha casa, me contar essa mentira e sair vivo?

— Sr. Delrickio... — Lyle ficou com a boca seca ao ver o pequeno e letal .22 na mão de Delrickio. — Não. Pelo amor de Deus, não faça isso! — Ele se encolheu na cadeira como um caranguejo.

— Repita o que você disse.

— Eu juro que é verdade. — Lágrimas de terror começaram a escorrer de seus olhos. — Elas estavam no terraço, e eu, escondido no jardim, a fim de descobrir qualquer coisa que pudesse lhe interessar. Do jeito como nós combinamos. E... a Eve começou a contar a história de um caso entre a Gloria DuBarry e o Torrent.

— Gloria DuBarry teve um caso com Michael Torrent? Sua fantasia está cada vez mais elaborada. — O dedo dele acariciou o gatilho do revólver.

O medo fez com que a arma de calibre .22 parecesse um canhão.

— Foi o que a Eve falou. Deus do céu, por que eu iria inventar um negócio desses?

— Você tem um minuto para me contar exatamente o que ela disse. — Com calma, Delrickio olhou de relance para o majestoso relógio de pêndulo no canto do aposento. — Pode começar.

Gaguejando nervosamente, Lyle contou tudo o que se lembrava, sem jamais desviar os olhos do cano da arma. À medida que a história ia sendo contada, a expressão de Delrickio tornou-se menos intensa e mais especulativa.

— Então, a srta. DuBarry abortou um filho do Torrent. — Era uma informação interessante e potencialmente útil. Marcus Grant tinha um negócio muito bem-sucedido, e provavelmente faria objeções a que a indiscrição da mulher viesse a público. Delrickio arquivou a informação.

— E o que isso tem a ver com o fato de a srta. Summers ser filha da Eve?

— Eve contou para Julia que, cerca de um ano depois, ela também ficou grávida do Victor Flannigan. — A voz de Lyle subiu uma oitava, como uma cantora de ópera treinando as escalas. — Ela também pretendia abortar, mas mudou de ideia e teve a criança. E a entregou para adoção. Ela contou isso para a srta. Summers. Jesus, juro por Deus que a Eve disse que era a mãe dela. Ela chegou até a dizer que tinha documentos para provar. — Ele estava assustado demais para se mexer, até mesmo para secar o nariz que não parava de escorrer. — A Summers ficou louca, começou a gritar e a jogar as coisas. As outras duas... a Travers e a Soloman... apareceram correndo. Foi quando eu voltei para a garagem e fiquei observando. Mesmo de lá, dava para escutar a Summers gritando e a Eve chorando. Depois disso, a Summers voltou correndo para a casa de hóspedes. Achei que o senhor gostaria de saber disso. Não estou mentindo, juro!

Não, pensou Delrickio, ele não era esperto o bastante para inventar uma coisa daquelas, a clínica na França, o hospital particular na Suíça. Guardou o revólver de novo, ignorando o fato de que Lyle havia coberto o rosto com as mãos e estava soluçando.

Eve tivera uma filha, pensou. Uma filha que, sem dúvida, desejaria proteger.

Sorrindo consigo mesmo, Delrickio recostou-se na cadeira. Lyle era um idiota desprezível. Mas mesmo idiotas tinham a sua utilidade.

◆ ◆ ◆ ◆

JULIA JAMAIS vira tanto chintz reunido num só lugar. Obviamente Gloria pedira ao decorador que desse um ar aconchegante e antiquado ao escritório. E conseguira. Sem dúvida. Cortinas rosa cheias de pregas e babados. Poltronas tão acolchoadas e fofas que uma criança pequena poderia afundar nelas e jamais ser vista novamente. Tapetes redondos espalhados sobre o piso de tábuas corridas. Tachos de cobre e latão transbordando com lindos novelos ou flores secas. Mesinhas repletas de miniaturas. Espanar aquilo ali devia ser um pesadelo.

Tudo estava reunido e arrumado de um jeito que o visitante era obrigado a atravessar uma pista de obstáculos em estilo country, desviando aqui e ali para evitar chutar ou bater em alguma com o quadril.

Além disso, havia os gatos. Três gatos dormindo sob uma réstia de sol, enroscados uns nos outros, formando uma gigantesca e obscena bola de pelo branco e brilhante.

Gloria encontrava-se sentada a uma mesa pequena, com os cantos abaulados, mais condizente com o *boudoir* de uma dama do que com um escritório. Ela usava um vestido rosa clarinho de mangas compridas, com uma gola ao estilo dos quacres. Naquele vestido, Gloria parecia a própria imagem da pureza, um mulher saudável e benevolente. Contudo, nervosismo reconhecia nervosismo. Julia percebeu o estresse ao notar as unhas roídas. As suas próprias estavam um horror depois de passar uma manhã em agonia, tentando decidir se devia manter ou cancelar a entrevista.

— Srta. Summers. — Com um caloroso sorriso de boas-vindas, Gloria se levantou. — Diante da sua pontualidade, vejo que não teve dificuldades em nos encontrar.

— Não, nenhuma. — Julia se virou de lado para passar entre uma mesa e uma banqueta de apoio para os pés. — Agradeço por concordar em me receber.

— Eve é uma das minhas melhores e mais antigas amigas. Como eu poderia recusar?

Julia aceitou o convite de Gloria para se sentar. Pelo visto, o incidente na festa de Eve não seria mencionado. Contudo, as duas sabiam que isso dava a Julia a vantagem.

— Recebi a mensagem de que você não poderia almoçar comigo, mas não quer um café, um chá?

— Não, nada, obrigada. — Já ingerira café bastante naquela manhã para deixá-la ligada por uma semana.

— Então você veio conversar sobre a Eve — começou Gloria no tom de voz de uma jovial irmã de caridade. — Eu a conheço, ai, meu Deus, há mais ou menos uns trinta anos. Preciso confessar: na primeira vez que nos encontramos, ela me deixou apavorada e fascinada. Vejamos, foi pouco antes de começarmos a trabalhar...

— Srta. DuBarry. — Numa voz séria, exatamente o oposto do tom alegre e jovial de Gloria, Julia a interrompeu. — Tenho um monte de coisas para falar com você, um monte de perguntas a fazer, mas sinto que não conseguiremos ficar à vontade até esclarecermos um determinado ponto.

— Como?

A única coisa que Julia decidira com certeza naquela manhã foi que não se deixaria envolver em joguinhos.

— Eve me contou tudo.

— Tudo? — O sorriso permaneceu no lugar, porém, por baixo da mesa os dedos de Gloria se entrelaçaram nervosamente. — Sobre?

— Michael Torrent.

Gloria piscou duas vezes antes de assumir uma expressão tranquilamente impassível. Se o diretor tivesse pedido leve surpresa e educada perplexidade, ela teria acertado na primeira tomada.

— Michael? Bem, ele foi o primeiro marido dela; portanto, é natural que ela tenha conversado com você sobre ele.

Julia teve que reconhecer que Gloria era uma atriz muito melhor do que ela havia imaginado.

— Eu sei sobre o caso de vocês — retrucou com indiferença. — Sobre a clínica na França.

— Sinto muito, mas não estou entendendo.

Julia pegou sua pasta e a colocou sobre a delicada mesa.

— Pode abrir — disse. — Vasculhe tudo. Não estou com câmeras nem microfones escondidos. Isso é só entre nós, srta. DuBarry. Apenas eu e você, e tem a minha palavra de que o que você quiser que não saia desta sala não sairá.

Embora abalada, Gloria continuou usando a ignorância como defesa.

— Desculpe a minha confusão, srta. Summers, mas achei que tivesse vindo aqui para falar sobre o livro da Eve.

Julia mal conseguiu conter a irritação. Levantou-se e pegou a pasta.

— Você sabe exatamente por que estou aqui. Se vai ficar aí sentada, bancando a anfitriã abobalhada, estamos perdendo nosso tempo. — Fez menção de se dirigir para a porta.

— Espere. — A indecisão era uma agonia por si só. Se Julia fosse embora daquele jeito, só Deus sabe o quanto aquela história iria se espalhar. Ainda assim... como ela podia ter certeza de que já não havia ido longe demais? — Por que eu confiaria em você?

Julia tentou se acalmar, mas sem muito sucesso.

— Eu tinha 17 anos quando descobri que estava grávida, solteira e sozinha. Eu seria a última pessoa a condenar uma mulher por encarar uma situação dessas e tomar uma decisão, qualquer que seja.

Os lábios de Gloria começaram a tremer. As sardas que tinham feito dela a queridinha da América se destacavam em contraste com a pele leitosa.

— Ela não tinha o direito.

— Talvez não. — Julia voltou para a cadeira e botou a pasta de lado. — Ela me contou por motivos pessoais.

— É natural que você a defenda.

Julia enrijeceu o corpo.

— Por quê?

— Porque você quer escrever o livro.

— Quero, sim — respondeu Julia devagar. — Eu quero escrever o livro. Preciso fazer isso. Mas não estou defendendo a Eve. Só estou lhe dizendo o que eu sei. O que você passou mexeu muito com ela. E o modo como ela me contou a história não teve nada de vingativo ou condenatório.

— Só que a história não era dela. — Gloria levantou o queixo trêmulo. — E nem é sua.

— Talvez não. Contudo, Eve achou... — Julia titubeou. Por que era importante o que Eve tinha achado? — Passar por essa situação com você mudou a vida dela, e afetou uma decisão subsequente.

A decisão fui eu, pensou. Ela estava ali, vivenciando toda aquela dor, por causa da infelicidade que Gloria experimentara trinta anos antes.

— O que aconteceu com você foi além daquela clínica na França — continuou Julia. — Ficar ao seu lado durante o processo mexeu com ela. E, como consequência... a mudança de Eve afetou a vida de outras pessoas também.

A minha, dos meus pais. Do Brandon. Quando as emoções ameaçaram deixá-la sem voz, Julia inspirou fundo duas vezes.

— Isso é algo que nos une, srta. DuBarry, de um jeito que não sei nem como começar a explicar. Foi por isso que ela me contou. Por isso é que ela precisava me contar.

Gloria, porém, não conseguia enxergar além do seu próprio mundinho particular, que construíra com tanto cuidado. Um mundinho que estava vendo desmoronar à sua volta.

— O que você vai publicar?

— Não sei. Realmente não sei.

— Não vou conversar com você. Não vou deixá-la arruinar a minha vida.

Julia fez que não e se levantou. Precisava de ar. Precisava sair dali, daquela sala entulhada, e ir para algum lugar onde pudesse respirar e pensar.

— Acredite em mim. Isso é a última coisa que eu quero fazer.

— Eu vou impedi-la. — Gloria levantou-se num pulo, lançando a cadeira para trás, sobre os gatos, que miaram irritados. — Vou encontrar um meio de impedi-la.

Será que ela já havia tentado?, imaginou Julia.

— Seu problema não sou eu — respondeu com calma, virando-se e saindo da sala.

Mas Eve era, pensou Gloria, acomodando-se de volta na cadeira. Eve era.

♦♦♦♦

Drake imaginou que já tinha dado a Eve tempo suficiente para esfriar a cabeça. No fim das contas, eles tinham o mesmo sangue.

Certo, pensou, enquanto subia a escada da casa de Eve com uma dúzia de rosas nos braços. Armou um sorriso exuberante, arrependido nos cantos, e bateu.

Travers abriu a porta, deu uma olhada e fez uma careta.

— Ela está ocupada.

Vaca intrometida, pensou ele, soltando uma risada e entrando.

— Eve nunca está ocupada demais para mim. Ela está lá em cima?

— Está. — Travers não conseguiu evitar o sorriso presunçoso. — Com o advogado. Se quiser esperar, espere na sala de visitas. E nem pense em meter nada nos bolsos. Estou de olho em você.

Ele não tinha sequer a energia para se sentir insultado. O ar escapara de seus pulmões ao escutar a palavra "advogado". Travers o deixou sozinho, petrificado, no meio do corredor, com as rosas quase caindo dos braços.

Advogado. Seus dedos se fecharam de modo involuntário, mas Drake sequer sentiu a espetadela dos espinhos. Ela estava alterando a merda do testamento. A piranha sem coração o estava cortando do seu testamento.

Ela não conseguiria fazer isso. Drake sentiu uma fisgada de fúria e medo. Já estava no meio da escada quando conseguiu se controlar.

Esse não era o jeito de fazer as coisas. Recostado contra o corrimão, inspirou fundo algumas vezes. Se entrasse lá gritando, tudo o que conseguiria seria selar seu destino. Não podia permitir que os milhões escorregassem por entre seus dedos por causa de uma explosão-de fúria cega. Fizera por merecer aquele dinheiro, Deus era testemunha, e pretendia aproveitá-lo bem.

Seu polegar estava sujo de sangue. Drake o meteu na boca e sugou. O que precisava era usar de charme, se desculpar e fazer algumas promessas sinceras. Correu a mão pelos cabelos para ajeitá-los enquanto decidia se era melhor subir ou esperar lá embaixo.

Antes que decidisse qual seria a melhor opção, Greenburg começou a descer a escada. O rosto do advogado estava impassível, embora as olheiras entregassem que ele havia perdido uma noite de sono.

— Sr. Greenburg — cumprimentou Drake.

O advogado lançou um rápido olhar para as flores e, em seguida, fitou Drake. Levantou uma das sobrancelhas de modo especulativo antes de anuir com um meneio de cabeça e continuar a descer.

Raposa velha, pensou Drake, tentando fingir que suas entranhas não estavam tremendo. Verificou os cabelos novamente, o nó da gravata, e voltou a subir com sua melhor expressão de filho pródigo estampada no rosto.

Empertigou os ombros antes de entrar no escritório de Eve. Não podia parecer tão abatido. Ela não o respeitaria se ele se humilhasse. Deu uma leve batidinha na porta. Como não houve resposta, tentou de novo.

— Eve — chamou, com um suave quê de remorso na voz. — Eve, eu queria... — Girou a maçaneta. Trancada. Forçando-se a manter a calma, tentou de novo: — Eve, sou eu, Drake. Eu queria me desculpar. Você sabe o quanto significa para mim, não aguento mais essa nossa briga.

Sua vontade era botar a porta abaixo aos chutes e estrangulá-la.

— Só quero encontrar uma forma de resolver tudo com você. Não estou falando apenas de dinheiro... embora eu vá lhe devolver cada centavo... mas de tudo o que eu disse e fiz. Se você puder...

Ele escutou uma das portas do corredor abrir e fechar silenciosamente. Cheio de esperanças, virou-se, os olhos marejados de lágrimas. Mas quase rangeu os dentes ao ver que era Nina.

— Drake — falou ela, o constrangimento exalando pelos poros em ondas. — Sinto muito. Eve pediu que eu lhe dissesse... que ela está terrivelmente ocupada agora.

— Só preciso de alguns minutos.

— Sinto muito... Drake, sinto mesmo, juro, mas ela não quer ver você. Pelo menos, não agora.

Ele lutou para disfarçar a raiva com um manto de charme.

— Nina, você não pode falar com ela por mim? Eve sempre escuta você.

— Não dessa vez. — Ela pousou uma das mãos sobre a dele, num gesto de consolo. — Na verdade, não é o momento para tentar consertar nada. Ele teve uma noite difícil.

— O advogado dela esteve aqui.

— Sim, bem... — Nina desviou os olhos, perdendo, assim, o brilho venenoso nos dele. — Você sabe que eu não posso falar sobre os assuntos particulares dela. Se quiser um conselho, espere mais uns dois dias. Ela não está de bom humor. Vou fazer o que eu puder, quando for possível.

Ele jogou as rosas nos braços dela.

— Diga a ela que vou voltar. Não vou desistir.

Drake se afastou pisando duro. Voltaria depois, prometeu a si mesmo. E não daria a ela nenhuma escolha.

Nina esperou até a porta ser fechada antes de se virar e bater.

— Ele já foi, Eve. — Instantes depois, escutou a fechadura se abrindo e entrou.

— Sinto muito por deixar o trabalho sujo nas suas mãos, Nina. — Eve já estava voltando para sua escrivaninha. — Não estou com tempo nem paciência para ele hoje.

— Ele pediu que eu lhe entregasse isto.

Eve olhou de relance para as rosas.

— Faça o que quiser com elas. Julia já voltou?

— Não, ainda não.

— Certo, certo. — Descartou o assunto com um brandir da mão. Ainda havia muito a fazer antes de falar com sua filha de novo. — Quero que você atenda todas as minhas ligações, a menos que seja Julia ou Paul. E não quero ser incomodada por pelo menos uma hora. Ou melhor, duas.

— Preciso conversar com você.

— Sinto muito, querida, mas agora não dá.

Nina baixou os olhos para as flores e as colocou sobre a escrivaninha. Numa das pontas havia uma pilha de fitas.

— Você está cometendo um erro.

— Se estou, o erro é meu. — Impaciente, ela ergueu os olhos. — Já tomei minha decisão. Se você quiser, podemos conversar sobre isso. Mas não agora.

— Quanto mais longe isso for, mais difícil será consertar as coisas novamente.

— Estou fazendo o melhor que posso para endireitar tudo. — Andou até a câmera que instalara sobre um tripé. — Duas horas, Nina.

— Tudo bem. — As flores ficaram espalhadas sobre a escrivaninha como sangue.

Capítulo Vinte e Seis

♦ ♦ ♦ ♦

*P*AUL ESTAVA tão concentrado na cena que estava escrevendo que não escutou o telefone tocar; a secretária eletrônica atendeu.

Mas escutou a voz de Julia:

— Paul, sou eu, Julia. Eu só queria...

— Oi.

— Ah. — Suas ideias embaralharam. — Você *está* aí.

Ele olhou por cima do ombro para a tela do computador, onde o cursor piscava impaciente.

— Mais ou menos. — De modo deliberado, afastou a cadeira da mesa, pegou o telefone sem fio e saiu do escritório para o deque circular. — Você conseguiu dormir mais um pouco?

— Eu... — Não podia mentir para ele, mesmo sabendo que o único motivo para ele ter concordado em deixá-la sozinha era que ela havia prometido ficar na cama a manhã inteira, sem atender nenhuma ligação. — Na verdade, decidi fazer a entrevista.

— Você... — Julia se encolheu ao sentir a raiva de Paùl explodir do outro lado da linha. — Que droga, Julia, você prometeu que ficaria em casa. Não tinha nada que sair sozinha.

— Eu não prometi exatamente, e eu...

— Já chega. — Ele mudou o fone de orelha e correu uma das mãos pelo cabelo. — Onde você está?

— Estou numa cabine telefônica, no Beverly Hills Hotel.

— Me espere aí.

— Não. Que droga, Paul, pare de bancar o sir Gallahad por um minuto e me escute. Apenas me escute. — Ela pressionou os olhos com os dedos, na esperança de ajudar a aliviar a dor de cabeça que se insinuava por trás deles. — Eu estou bem. Estou num lugar público.

—Você está bancando a idiota.

—Tudo bem, estou bancando a idiota. — Com os olhos fechados, ela apoiou a cabeça na parede da cabine. Não conseguira sequer fechar a porta, simplesmente não conseguira puxar a porta e se trancar na cabine de vidro. O que a forçava a manter a voz baixa: — Paul, eu tive de sair. Estava me sentindo presa lá dentro. E eu achava, ou melhor, esperava, que conversando com a Gloria iria conseguir uma visão mais clara dessa situação toda.

Engolindo outro palavrão, ele apoiou o quadril no corrimão. Às suas costas podia escutar o sussurro das ondas quebrando na areia.

— E conseguiu?

— Droga, não sei. Mas sei que preciso conversar com a Eve de novo. Preciso de um pouco mais de tempo, mas depois vou voltar e tentar.

— Quer que eu esteja lá com você?

— Você... — Ela pigarreou para limpar a garganta. — Você pode esperar meu telefonema? CeeCee vai levar o Brandon para a casa dela depois da aula... para me dar tempo de conversar com a Eve. Nem sei o que eu vou dizer, ou como. Mas se eu souber que posso ligar para você quando tiver terminado, isso ajudaria bastante.

— Vou ficar esperando. Jules, eu te amo.

— Eu sei. Não se preocupe comigo. Vou resolver tudo.

— Nós vamos resolver tudo — corrigiu ele.

Assim que desligou, Julia ficou onde estava por alguns instantes. Não tinha certeza se já estava pronta para voltar e encarar Eve. A raiva e a mágoa ainda eram muito fortes. Não sabia ao certo quanto tempo mais levaria para aplacar qualquer uma dessas duas sensações.

Devagar, atravessou o saguão de novo e saiu do hotel. O calor da tarde estava começando a deixar o ar mais denso.

Como uma sombra, o homem que ela teria reconhecido do aeroporto saiu logo atrás.

◆◆◆◆

Drake chegou à conclusão de que estava cansado de perder tempo. Não seria mais o sr. Bacana. Estava irritado o bastante para subir no teto do carro sem se incomodar se arranharia ou não a bela pintura vermelha. Tampouco pensou duas vezes sobre a possibilidade de arruinar seu terno Savile Row escalando, desastrosamente, o muro da propriedade de Eve.

Ela achava que ele era um idiota, pensou, com raiva, ao arranhar as mãos nas pedras. Mas ele não era burro. Fora esperto o bastante para fazer um pequeno desvio ao sair da casa e desligar a energia central do sistema de segurança.

Pensando à frente — isso mesmo, estava pensando à frente. No seu futuro. A fivela do cinto bateu na pedra ao arrastar a barriga por cima do muro. Eve não podia ter feito a maldita secretária mandá-lo embora daquele jeito. Ela ia escutar o que ele tinha a dizer, e veria que ele estava falando de negócios.

Drake soltou um gemido ao bater no chão. O tornozelo esquerdo falhou e ele cambaleou para trás, caindo no meio de uma cerca de oliveiras russas. Os espinhos arranharam as costas de suas mãos ao tentar se colocar de joelhos.

Estava suando muito e respirando com dificuldade. Ela não ia cortá-lo do testamento. Com isso em mente, Drake se colocou de pé e saiu mancando em direção ao campo de golfe. Pretendia deixar isso bem claro. E de um jeito bem vingativo.

◆◆◆◆

O homem que seguia Julia viu o Porsche. Estava contornando a propriedade depois de observá-la atravessar os portões. Decidira passar o restante da tarde plantado no final do quarteirão, para o caso de ela sair de novo.

Era um trabalho chato, mas o dinheiro era bom. Um homem era capaz de tolerar muitos inconvenientes, como o calor, o tédio e ter de mijar numa garrafa plástica por seiscentos dólares ao dia.

Ao reconhecer o Porsche, uma curiosidade natural o fez encostar. O carro estava trancado, e brilhava de tão limpo, exceto por um par de pegadas no teto. Com um sorrisinho divertido, subiu no carro e deu uma espiada por cima do muro.

Bem a tempo de ver Drake passar mancando entre o campo de golfe e as quadras de tênis.

Levou apenas um momento para decidir pular o muro. Um homem esperto aproveitava uma boa oportunidade. Descobriria mais lá dentro do que ali fora. E, quanto mais descobrisse, maior o pagamento.

♦ ♦ ♦ ♦

JULIA ATRAVESSOU os portões no momento exato em que Gloria saía em seu Mercedes. Sem sequer um olhar de relance, Gloria acelerou e se afastou cantando pneus.

— Quase perdeu o para-choque! — gritou Joe. Ele sacudiu a cabeça enquanto, da janela, sorria para Julia. — Aquela mulher dirige pior do que a minha filha adolescente.

— Ela parecia perturbada.

— Estava com a mesma cara quando chegou.

— Ela ficou aqui muito tempo?

— Não. — Pegou um pacotinho de balas de cereja, ofereceu a Julia e, ao escutá-la murmurar uma recusa, jogou uma dentro da boca. — Uns quinze minutos. O movimento de gente entrando e saindo hoje está forte. Eu ficaria rico se cobrasse pedágio.

Julia riu, sabendo que era isso que ele esperava dela.

— Tem alguém com a Eve agora?

— Acho que não.

— Obrigada, Joe.

— Não tem de quê. Tenha um bom dia.

Julia prosseguiu devagar, tentando decidir se pegava o caminho da casa principal ou se seguia em frente. Seguindo seus instintos, pegou o caminho da casa de hóspedes. Não estava pronta, admitiu. Precisava de um pouco mais de tempo e de espaço.

Assim que saltou do carro, virou-se em direção ao jardim, e deixou-se perder nele. Às suas costas, uma cortina abriu uma nesga e, em seguida, se fechou novamente.

Era uma pequena indulgência se sentar num banco de pedra e esperar a mente esvaziar. De olhos fechados, podia absorver os sons e perfumes do jardim. O zumbido baixo das abelhas, o assobio dos pássaros entre as folhas exuberantes. Espirradeira, jasmim, lilás, todas aquelas doces fragrâncias combinadas com o cheiro mais forte e penetrante da terra molhada recentemente.

Sempre adorara flores. Nos anos em que morara em Manhattan, pusera gerânios nas janelas todas as primaveras. Talvez tivesse herdado de Eve esse amor, essa necessidade de estar cercada por flores. Mas não queria pensar nisso agora.

Julia foi se acalmando à medida que os minutos passavam. Enquanto a mente divagava, começou a brincar com o broche que prendera na jaqueta naquela manhã. O broche que a mãe — a única que conhecera — havia lhe deixado. Justiça. Tanto seu pai quanto sua mãe haviam devotado suas vidas à justiça. E a ela.

Lembrava-se de tantas coisas — dos pais a levando para a escola, assustadíssima, naquele primeiro dia, de ser abraçada e ninada. As histórias que lhe contavam na hora de dormir. O Natal em que ganhara a bicicleta, com sua cestinha branca na frente. A dor e a confusão que havia sentido quando o divórcio separou as duas pessoas que mais amava e de quem mais dependia no mundo. O jeito como eles haviam se unido durante sua gravidez. O orgulho que eles sentiam de Brandon; o modo como a haviam ajudado a terminar sua educação. A dor que sentira, e ainda sentia, em saber que havia perdido os dois.

Nada poderia apagar suas lembranças, ou suas emoções. Talvez fosse exatamente disso que tivesse mais medo. Medo de que se soubesse as circunstâncias de seu nascimento, isso, de alguma forma, viesse a apagar seu laço com as pessoas que a haviam criado.

Mas isso não ia acontecer. Mais firme, Julia se levantou. O que quer que fosse dito, o que quer que acontecesse entre ela e Eve, nada mudaria esse laço.

Ela sempre seria Julia Summers.

Agora estava na hora de encarar o restante da sua herança.

Voltou para a casa de hóspedes. Eve poderia encontrá-la lá, onde elas teriam mais privacidade. Parou na frente da porta para procurar as chaves na bolsa. Quando é que ia aprender a não soltá-las de qualquer jeito dentro do buraco negro que era sua bolsa? Assim que seus dedos se fecharam em torno delas, Julia soltou um suspiro de satisfação. Enquanto destrancava a porta, esboçou mentalmente um plano.

Iria se servir de uma taça de vinho branco, marinar o frango para o jantar e, em seguida, ligar para Eve. Não tentaria planejar a conversa, melhor deixá-la fluir naturalmente. Ao final, ligaria para Paul. Podia contar tudo a ele, pois sabia que ele a ajudaria a entender melhor a situação.

Talvez eles pudessem viajar com Brandon no fim de semana, só para poderem relaxar, passar um tempo juntos. Talvez fosse bom colocar uma pequena distância entre ela e Eve. Soltando a pasta e a bolsa em cima de uma cadeira, Julia se virou em direção à cozinha.

Foi quando a viu.

Ela só conseguiu olhar. Nem mesmo gritar. Como poderia gritar se não conseguia sequer respirar? Por um atordoante segundo, achou que fosse uma peça. Com certeza as cortinas se fechariam a qualquer instante, Eve abriria seu estonteante sorriso e receberia os aplausos.

Mas ela não sorriu, nem se levantou. Eve estava esparramada no chão, o corpo magnífico virado de lado, num ângulo estranho. Estava com um dos braços esticados e o rosto pálido apoiado nele, como se estivesse dormindo. Só que seus olhos estavam abertos. Duros e arregalados, sem vida.

O sangue escorria de um buraco aberto na base do crânio de Eve e empapava, como uma mancha negra, o belo tapete na frente da lareira.

— Eve. — Cambaleando, Julia deu um passo à frente, caiu de joelhos e tomou a mão de Eve entre as suas. — Eve, não. — Desesperada, tentou levantá-la, forçar o corpo sem vida a ficar de pé. Sua blusa ficou empapada de sangue e a jaqueta, manchada.

Julia, então, gritou.

Tropeçou ao se levantar correndo para pegar o telefone. Ainda tonta pelo choque, abaixou-se e pegou o atiçador de latão que estava caído no chão. Havia sangue nele. Com um gemido de repulsa, Julia o jogou de lado. Seus dedos tremiam tanto que ela já estava chorando convulsivamente quando, por fim, conseguiu discar para a polícia.

— Preciso de ajuda! — Dizer isso fez com que seu estômago fosse parar na garganta. Lutou para se controlar. — Por favor, acho que ela está morta. Vocês precisam me ajudar. — Arquejando, escutou as instruções passadas pela voz tranquilizadora da atendente. — Apenas venham — mandou. — Rápido! — Com esforço, passou o endereço e, em seguida, colocou o telefone de volta no gancho. Antes que conseguisse pensar, estava discando novamente. — Paul, preciso de você.

Não conseguiu dizer mais nada. Deixou Paul falando sozinho e soltou o telefone, a fim de voltar para junto de Eve. E segurar sua mão.

♦♦♦♦

Havia um grupo de policiais uniformizados junto aos portões quando Paul chegou. Mas ele já sabia. Incapaz de falar de novo com Julia do telefone do carro enquanto seguia de Malibu para lá, acabara conseguindo mais informações através de uma histérica empregada da casa principal.

Eve estava morta.

Paul disse a si mesmo que era um engano, uma brincadeira de mau gosto. Suas entranhas, porém, lhe diziam o contrário. Durante todo o longo e frustrante percurso, lutou para ignorar a sensação de vazio no fundo do estômago, a queimação seca na garganta. No entanto, assim que chegou ao portão, viu que era inútil ter esperanças.

— Sinto muito, senhor — falou o policial, aproximando-se da janela do carro. — Ninguém pode entrar.

— Sou Paul Winthrop — respondeu, sem rodeios. — Enteado da Eve Benedict.

Meneando a cabeça em assentimento, o policial se virou e pegou o comunicador que trazia preso ao cinto. Após uma rápida conversa, apontou para o portão.

— Por favor, vá direto até a casa de hóspedes. — Ele se sentou no banco do carona. — Tenho de ir com o senhor.

Paul não disse nada, apenas prosseguiu pelo caminho que já percorrera inúmeras vezes. Viu mais policiais uniformizados perambulando pela propriedade, distribuídos como se fossem equipes de busca. Para procurar o quê?, pensou. Ou quem?

Havia mais carros e mais policiais ao redor da casa de hóspedes. Um zunzunzum de rádios pairava no ar. Pontilhado por choros. Travers estava esparramada na grama com o rosto enfiado no avental, soluçando. Nina também, com os braços em volta da governanta, o rosto chocado e sem expressão molhado de lágrimas.

Paul saltou do carro e deu um passo na direção da casa, mas foi interceptado por um policial:

— Sinto muito, sr. Winthrop, o senhor não pode entrar.

— Quero vê-la.

— Só as pessoas autorizadas podem entrar na cena do crime.

Conhecia o procedimento, droga, tão bem quanto aquele policial metido a besta, recém-saído da puberdade. Virando-se, lançou um rápido olhar de gelar os ossos para o jovem policial.

— Quero vê-la.

— Olhe só, eu, ahn, vou checar, mas o senhor terá de esperar aqui até o legista liberar o local.

Paul pegou uma cigarrilha. Precisava de algo para disfarçar o gosto horrível deixado pela tristeza em sua boca.

— Quem está no comando?

— O tenente Needlemeyer.

— Onde ele está?

— Lá atrás. Ei! — chamou, vendo Paul se dirigir para os fundos da casa. — Ele está conduzindo uma investigação.

— Ele irá me ver.

Eles estavam no terraço, sentados a uma mesa alegremente decorada com flores. Paul passou os olhos rapidamente por Needlemeyer e fixou-os em Julia. Gelo. O rosto dela estava tão lívido, tão pálido, tão frio. Ela segurava um copo com as duas mãos, os dedos envolvendo-o com tanta força que pareciam estar colados.

E havia sangue. Tanto na saia quanto na jaqueta dela. O medo juntou-se ao pesar.

— Julia.

Ela estava tão tensa que deu um pulo ao escutar o próprio nome. O copo voou de suas mãos e se espatifou no chão. Por um segundo, Julia oscilou, como se, de repente, o ar tivesse ficado denso e pesado demais. Em seguida, saiu correndo em direção a Paul.

— Paul, ai, meu Deus, Paul! — Os tremores recomeçaram assim que ele a envolveu em seus braços. — Eve. — Foi tudo o que ela conseguiu dizer. E repetiu: — Eve.

— Você está machucada? — Ele queria afastá-la, para ver com seus próprios olhos, mas não conseguiu se forçar a soltá-la. — Me diga se está machucada.

Ela fez que não, inspirando fundo. Controle. Precisava recuperar o controle agora, ou jamais o recuperaria de novo.

— Ela estava na casa quando cheguei. Na casa, no chão. Eu a encontrei no chão. Paul, sinto muito. Sinto mesmo.

Paul olhou por cima do ombro dela. Needlemeyer não se mexera, continuava sentado em silêncio, observando.

— Você precisa fazer isso agora? — Paul exigiu saber.

— É sempre a melhor hora.

Eles se conheciam havia mais de oito anos, uma amizade nascida através das pesquisas de Paul.

Frank T. Needlemeyer sempre quisera ser um policial. E sempre parecera um aluno de graduação — formado em festas. Paul sabia que ele tinha quase 40 anos; porém, o rosto infantil não mostrava os sinais da idade. Profissionalmente, já tinha visto toda espécie de feiura que a humanidade tinha a oferecer. E, pessoalmente, sobrevivera a dois casamentos infelizes. Passara por tudo isso sem uma única ruga, um único fio de cabelo branco, mas com uma confiança teimosa de que para o bem triunfar bastava eliminar o mal.

E como eles já se conheciam, Frank sabia o quanto Eve Benedict significava para Paul.

— Ela era uma mulher e tanto, Paul. Sinto muito.

— Eu sei. — Não estava pronto para receber manifestações de simpatia, não ainda. — Preciso vê-la.

Frank anuiu com um meneio de cabeça.

— Vou providenciar. — Em seguida, soltou um suspiro silencioso. Obviamente a mulher de quem Paul falara na última vez em que eles haviam se encontrado era Julia Summers. Como ele a descrevera mesmo? Frank lembrou-se de Paul tomando uma cerveja direto do gargalo, sorrindo.

— Ela é teimosa, gosta de estar no controle. Provavelmente isso é decorrente do fato de ter de criar um filho sozinha. Ela tem uma risada fantástica... embora não ria muito. E me deixa profundamente irritado. Acho que sou louco por ela.

— Sei, sei. — Meio tonto devido ao álcool, Frank sorrira de volta.

— Mas quero saber sobre o corpo dela. Comece com as pernas.

— Maravilhosas. Absolutamente maravilhosas.

Frank já percebera que Paul estava certo com relação às pernas. No entanto, no momento a impressão era de que as pernas de Julia não a segurariam em pé por muito mais tempo.

— Não quer se sentar, srta. Summers? Se você não se incomodar, Paul pode ficar enquanto conversamos.

— Não, eu... por favor. — Ela agarrou a mão de Paul.

— Não vou a lugar algum. — Ele se sentou ao lado dela.

— Certo, agora vamos começar pelo princípio. Quer mais um pouco de água?

Ela fez que não. Acima de qualquer coisa, queria terminar com aquilo.

— A que horas você chegou em casa?

— Não sei. — Ela inspirou fundo. — Joe, o segurança que cuida do portão, talvez se lembre. Tive uma entrevista hoje de manhã com Gloria DuBarry. Depois disso, dei uma volta...

— Você me ligou por volta do meio-dia — interveio Paul. — Do Beverly Hills Hotel.

— Você costuma sair por aí dirigindo a esmo? — perguntou Frank.

— Eu estava com a cabeça cheia.

Frank observou a troca de olhares entre ela e Paul e esperou.

— Cheguei aqui na hora em que a Gloria estava saindo, e...

— A srta. DuBarry esteve aqui? — interrompeu Frank.

— Esteve, acho que ela veio aqui... para ver a Eve. Ela estava saindo quando eu cheguei. Conversei com o Joe por alguns minutos e, depois, parei o carro na frente de casa. Não quis entrar logo. Eu... — Ela soltou as mãos no colo, entrelaçando-as. Sem dizer nada, Paul cobriu-as com a sua. — Fui até o jardim e me sentei num banco. Não sei por quanto tempo. Depois, voltei para a casa.

— Por onde você entrou?

— Pela frente. Destranquei a porta da frente. — Ao sentir a voz falhar, Julia levou uma das mãos à boca. — Eu pretendia tomar um pouco de vinho e marinar um frango para o jantar. Foi quando a vi.

— Continue.

— Ela estava deitada sobre o tapete. E havia sangue... acho que fui até ela, tentei acordá-la. Mas ela...

— Você ligou para a polícia à uma e vinte e dois.

Um calafrio percorreu o corpo de Julia.

— Liguei para a polícia e, em seguida, para o Paul.

— E o que fez depois disso?

Ela desviou os olhos, tanto dele quanto da casa. Borboletas sobre voavam as aquilégias.

— Fiquei sentada com ela até a polícia chegar.

— Srta. Summers, sabe me dizer por que a srta. Benedict estava na casa de hóspedes?

— Provavelmente me esperando. Eu... nós estávamos trabalhando no livro.

— A biografia dela — disse Frank, anuindo com um meneio de cabeça. — Durante o período em que trabalhou com ela, a srta. Benedict lhe falou alguma coisa sobre alguém que poderia querer machucá-la?

— Muitas pessoas estavam incomodadas com o livro. Eve sabia coisas demais. — Julia baixou os olhos para as próprias mãos e, em seguida, o fitou. — Eu tenho as fitas, tenente, as fitas das minhas entrevistas com a Eve.

— Gostaria de ouvi-las.

— Elas estão lá dentro. — Num movimento rápido, convulsivo, seus dedos apertaram a mão de Paul. — Tem mais.

Julia contou a ele sobre os bilhetes, o arrombamento, o roubo e o avião. Enquanto falava, Frank ia fazendo pequenas e rápidas anotações, mas sem tirar os olhos dela. Estava diante de uma dama, pensou, prestes a ter um colapso nervoso, mas determinada a não deixar isso acontecer.

— Por que ninguém deu queixa do arrombamento?

— Eve quis lidar com isso a seu modo. Tempos depois, ela me contou que tinha sido o Drake... o sobrinho dela, Drake Morrison... e que ela já tinha resolvido tudo com ele.

Frank anotou as iniciais D. M. e, em seguida, as circulou.

— Vou precisar dos bilhetes também.

— Eles estão... junto com as fitas. No cofre.

Ele levantou ligeiramente uma das sobrancelhas, seu jeito particular de sinalizar interesse.

— Sei que isso é difícil para você, srta. Summers, e não há nada que eu possa fazer para tornar as coisas mais fáceis. — Pelo canto dos olhos, viu um dos policiais uniformizados sair pela porta da cozinha e sinalizar para que ele se aproximasse. — Depois que você descansar um pouco, precisarei que vá comigo até a delegacia para prestar um depoimento formal. Também gostaria de tirar suas impressões digitais.

— Por Deus, Frank.

Ele se virou para Paul.

— É o procedimento padrão. Precisamos verificar todas as impressões digitais que encontrarmos na cena do crime. Obviamente as suas estarão lá, srta. Summers. Eliminá-las vai nos ajudar.

— Tudo bem. Farei o que for preciso. Você precisa saber... — Julia fez um grande esforço para manter a respiração normal. — Ela era mais do que um tema para mim. Muito mais, tenente. Eve Benedict era minha mãe.

♦♦♦♦

Que confusão!

Frank não estava pensando na cena do crime. Presenciara muitas para se deixar afetar pelas consequências de uma morte violenta. Odiava assassinatos, considerava-os o pior dos pecados. Mas ele era um policial, de corpo e alma, e seu trabalho não era filosofar. Seu trabalho era encontrar um meio de alcançar a justiça, sempre escorregadia.

Estava pensando em seu amigo ao observar Paul parar ao lado do corpo coberto. Ao observá-lo se agachar para tocar o rosto da morta.

Frank mandara esvaziar a sala, o que não havia deixado os peritos muito satisfeitos. Eles ainda precisavam terminar de examinar e coletar as provas. Mas havia momentos em que era preciso burlar as regras. Paul tinha o direito de passar alguns minutos sozinho com a mulher que amara por 25 anos.

Podia escutar movimentos lá em cima, para onde mandara Julia, juntamente com uma policial. Ela precisava trocar de roupa, reunir quaisquer que fossem os itens que ela e o filho pudessem precisar. Ninguém sem um distintivo poderia entrar naquela casa por algum tempo.

Eve continuava linda, refletiu Paul. Perceber isso ajudou um pouco. Quem quer que tivesse feito aquilo, não conseguira destruir sua beleza.

Ela estava pálida demais, é claro. E totalmente imóvel. Fechando os olhos, lutou contra outra onda de revolta. Ela não desejaria isso. Paul quase podia escutar a risada de Eve, sentir o tapinha que ela costumava dar em seu rosto.

"Querido", diria ela, "fiz mais do que o suficiente durante uma vida, portanto, não chore por mim. Agora, eu espero... diabos, eu exijo, que meus fãs chorem copiosamente e trinquem os dentes. Os estúdios devem fechar as portas por 24 horas, um dia de luto. Quero, porém, que as pessoas que eu amo se reúnam numa festa de arromba e fiquem bêbadas."

Com carinho, Paul pegou a mão de Eve e a levou aos lábios uma última vez.

— Adeus, gloriosa.

Frank pousou uma das mãos em seu ombro.

— Volte comigo lá para fora.

Meneando a cabeça em concordância, ele se afastou de Eve. Só Deus sabia como ele precisava de ar fresco. Assim que pisou no terraço, inspirou uma forte golfada de ar.

— Como? — Foi tudo o que disse.

— Um golpe na base do crânio. Ao que parece, feito com o atiçador da lareira. Sei que não ajuda muito, mas o legista acha que a morte foi instantânea.

— Não, não ajuda. — Sentindo-se impotente, Paul enfiou os punhos fechados nos bolsos. — Preciso providenciar algumas coisas. Quando... quando você poderá devolvê-la para mim?

— Eu aviso. Isso é o melhor que eu posso fazer. Você vai ter de conversar comigo, oficialmente. — Ele pegou um cigarro. — Posso vir encontrar você, ou você pode ir até a delegacia.

— Preciso tirar a Julia daqui. — Paul aceitou o cigarro que Frank ofereceu e se inclinou para aproximá-lo da chama do fósforo. — Ela e o Brandon vão ficar comigo. Julia precisa de um tempo.

— Vou dar a ela o tempo que eu puder, Paul, mas você precisa entender. Ela encontrou o corpo, ela é a filha perdida de Eve. E ela sabe o que tem aqui. — Ele levantou a sacola com as fitas que pegara no cofre depois que Julia lhe dissera a localização e a senha. — Ela é a melhor pista que temos.

— Ela pode ser a sua melhor pista, mas está a ponto de ter um colapso. Force-a um pouco mais e ela irá arrebentar. Pelo amor de Deus, só estou pedindo uns dois dias.

— Vou fazer o que eu puder. — Ele soprou a fumaça por entre os dentes. — Não vai ser fácil. Os repórteres já estão rondando.

— Merda!

— Palavras suas. Vou manter o relacionamento de Julia e Eve em segredo pelo tempo que eu puder, mas isso vai acabar vindo à tona também. E, quando acontecer, eles vão cair em cima dela como moscas. — Ele ergueu os olhos ao ver Julia passar pela porta. — Tire-a daqui.

♦♦♦♦

D<small>RAKE</small> <small>PASSOU</small> ofegante pela porta e a trancou imediatamente. Graças a Deus, graças a Deus, pensou, repetidas vezes, esfregando as mãos trêmulas sobre o rosto pegajoso. Conseguira chegar em casa. Estava a salvo.

Precisava de um drinque.

Procurando poupar o tornozelo, atravessou a sala de estar mancando até o bar e pegou a primeira garrafa que viu. Um rápido giro da tampa e estava bebendo uma dose de vodca. Sentiu um rápido tremor, respirou fundo e tomou outra.

Morta. A rainha estava morta.

Drake soltou uma risadinha nervosa que terminou num soluço entrecortado. Como isso podia ter acontecido? Por quê? Se não tivesse escapado antes de Julia voltar...

Não tinha importância. Sacudiu a cabeça para afastar a ideia e, em seguida, levou a mão à testa, tonto. A única coisa que importava é que ninguém o vira. Desde que permanecesse calmo, na sua, tudo ia ficar bem. Ela não havia tido tempo de mudar o testamento.

Era um homem rico. Um magnata. Ergueu a garrafa num brinde, mas a soltou no chão e partiu correndo para o banheiro. Agarrando-se ao vaso, botou para fora o enjoo e o medo.

◆◆◆◆

Maggie Castle soube da notícia de uma das piores formas — através do telefonema de um jornalista querendo saber qual fora sua reação e pedindo uma declaração.

— Seu verme filho da mãe — começou ela. Sentada em sua cadeira giratória com estofamento de couro, Maggie jogou o corpo para a frente.

— Eu posso acabar com você por inventar uma mentira dessas! — Ela bateu o telefone com vontade. Com uma pilha de roteiros para analisar, contratos para revisar e telefonemas a retornar, não tinha tempo para brincadeirinhas de mau gosto.

— Idiota — resmungou baixinho, olhando com raiva para o aparelho. Um revirar do estômago a distraiu, e ela pressionou uma das mãos contra ele para tentar acalmá-lo. Estava morta de fome, pensou. A fome era tanta que mataria com prazer por um bom e suculento rosbife. Mas precisava entrar no vestido tamanho 42 pelo qual pagara três mil dólares, a noite do Oscar seria dali a menos de uma semana.

Espalhou três fotos à sua frente, como se fossem cartas de um baralho, e estudou os rostos sensuais. Precisava decidir para qual delas enviar o roteiro relativo a um excelente papel em um novo filme, ainda em desenvolvimento.

Um papel feito sob medida para Eve, pensou. Soltou um suspiro. Se ela fosse 25 anos mais nova. O problema era que nem mesmo Eve Benedict podia permanecer jovem para sempre.

Maggie mal ergueu os olhos quando a porta abriu.

— Que foi, Sheila?

— Srta. Castle... — Sheila ficou parada na porta, com uma das mãos na maçaneta e a outra segurando o umbral. — Ó céus, srta. Castle!

A voz trêmula fez Maggie levantar a cabeça. Seus óculos escorregaram para a ponta do nariz.

— Que foi? O que aconteceu?

— Eve Benedict... Ela foi assassinada.

— Mentira. — A raiva fez que com ela se levantasse. — Se é aquele imbecil ligando de novo...

— O rádio — conseguiu dizer Sheila, procurando um lenço no bolso. — Acabei de escutar no rádio.

Ainda furiosa, Maggie pegou o controle remoto e ligou a televisão. Após verificar dois canais, deparou-se com o boletim:

— Hollywood e o restante do mundo ficaram chocados esta tarde com a morte de Eve Benedict. A estrela de dúzias de filmes foi encontrada morta em sua casa, aparentemente vítima de um assassinato.

Com os olhos grudados na tela, Maggie voltou lentamente para sua cadeira.

— Eve — murmurou. — Ah, meu Deus, Eve.

◆◆◆◆

A ALGUNS QUILÔMETROS dali, trancado em seu escritório, Michael Delrickio estava com os olhos fixos na televisão, olhando sem ver as imagens que pipocavam na tela. Eve aos 20 anos, linda, cheia de vida. Aos 30, sensual, estonteante.

Não se mexeu. Não disse nada.

Morta. Perdida, acabada. Ele podia ter lhe dado tudo. Inclusive a vida. Se ela o tivesse amado o bastante, se tivesse acreditado nele, confiado nele, ele poderia ter impedido isso. Em vez disso, ela o desprezara, desafiara, detestara. E agora estava morta. Mas, mesmo morta, ainda podia arruiná-lo.

◆◆◆◆

GLORIA ESTAVA deitada em seu quarto, com as cortinas fechadas e uma máscara de gel refrescante sobre os olhos inchados. O Valium não estava ajudando. Tinha a impressão de que nada ajudaria. Nenhum remédio, nenhum truque e nenhuma oração ajudariam a endireitar as coisas novamente.

Eve era sua melhor amiga. Odiava não ser capaz de apagar as lembranças do que elas haviam compartilhado, o valor daquela intimidade feminina.

Claro que ficara magoada, zangada e com medo. Mas jamais desejara que Eve morresse. Jamais quisera que as coisas terminassem assim.

Só que Eve estava morta. Ela se fora. Por baixo da máscara calmante, lágrimas começaram a escorrer. O que seria dela agora?

◆◆◆◆

EM SUA BIBLIOTECA, cercado pelos livros que amava e que colecionara no decorrer de uma vida inteira, Victor olhava fixamente para uma garrafa fechada de Irish Mist. A melhor forma de ficar bêbado era com um bom e velho uísque irlandês.

E ele queria ficar bêbado, a ponto de não conseguir pensar, sentir ou respirar. Quanto tempo aguentaria ficar assim? Uma noite, uma semana, um ano? Será que poderia ficar assim por tempo o bastante para que, ao acordar, a dor já tivesse passado?

Jamais haveria uísque suficiente ou tempo o bastante para isso. Se tivesse a infelicidade de viver mais dez anos, jamais conseguiria sobrepujar a dor.

Eve. Apenas ela poderia fazer a dor ir embora. Ele jamais a abraçaria de novo, sentiria seu sabor, eles nunca mais ririam juntos ou se sentariam em silêncio no jardim, apenas apreciando a companhia um do outro.

Não era para ser assim. Sabia, no fundo do coração, que tudo poderia ter sido diferente. Tal como um roteiro ruim, mal-escrito, o final poderia ter sido revisado.

Ela o deixara, e dessa vez não haveria reconciliação, acordos ou promessas. Restavam-lhe apenas as lembranças, e os dias e noites vazios para revivê-las.

Victor ergueu a garrafa e a atirou contra a parede, onde ela se espatifou. Tossindo devido ao cheiro penetrante do uísque, cobriu o rosto com as mãos e amaldiçoou Eve com todas as forças.

♦♦♦♦

ANTHONY KINCADE estava exultante. Feliz. Soltou uma sonora gargalhada. Enquanto comia avidamente uma torrada com patê atrás da outra, mantinha os olhos fixos na televisão. A cada vez que um canal retornava à programação normal, ele trocava, procurando um novo boletim, uma recapitulação das notícias.

A piranha estava morta; nada poderia deixá-lo mais feliz. Agora, era apenas uma questão de tempo, lidaria com a tal Summers e recuperaria as fitas que Eve usara para provocá-lo.

Sua reputação, seu dinheiro e sua liberdade estavam seguros agora. Ela havia recebido exatamente o que merecia.

Esperava apenas que ela tivesse sofrido.

◆ ◆ ◆ ◆

Lyle não sabia o que pensar. Estava assustado demais para se preocupar com isso. A seu ver, Delrickio era o responsável pela morte de Eve — e ele estava ligado a Delrickio. Ele só espionara, é claro, mas homens como Delrickio jamais caíam. Eles se certificavam de que outra pessoa caísse no lugar deles.

Ele podia fugir, mas tinha certeza de que não podia se esconder. Não acreditava que dizer que havia passado a tarde inteira dormindo depois de ter fumado um belo baseado fosse ajudar muito com a polícia.

Merda, por que a bruxa fora morrer logo agora? Se ela tivesse esperado mais algumas semanas, ele já teria ido embora, com os bolsos cheios de dinheiro e o caminho livre. Que falta de sorte! Que tremenda falta de sorte!

Nu, sentou-se na cama com uma garrafa de cerveja entre os joelhos. Teria de inventar um álibi melhor. Tomou um gole da cerveja, botou o cérebro para funcionar e, de repente, sorriu. Tinha os cinco mil que Delrickio lhe dera. Se não conseguisse comprar um álibi com dois mil — mais a ajuda de seu famoso e incansável pau, então a vida não valia a pena ser vivida.

◆ ◆ ◆ ◆

Travers não permitiu que ninguém a consolasse. Nina tentou, mas ela se recusou a comer, a descansar e a tomar qualquer sedativo. Ficou sentada no terraço, olhando para o jardim. Recusara-se até mesmo a voltar para dentro de casa, por mais que Nina tivesse pedido ou tentado persuadi-la.

A polícia havia vasculhado a casa inteira, revirando gavetas, passando em revista, com suas mãos de policiais, os objetos pessoais de Eve. Contaminando tudo.

Nina a observava com os olhos vermelhos e inchados. Será que Travers achava que era a única que estava sofrendo? Será que ela achava que era a única a se sentir enjoada, assustada e perdida?

Nina virou-se de costas para o terraço. Jesus, precisava conversar, abraçar alguém. Podia pegar o telefone e ligar para uma dúzia de pessoas, porém os mais chegados acabariam lhe perguntando por Eve. Afinal, a vida de Nina Soloman só havia começado no dia em que Eve Benedict abrira as portas de sua casa para ela.

Agora Eve se fora e ela não tinha mais ninguém. Nada. Como uma única pessoa podia afetar tanto outra? Isso não era certo. Não era justo.

Nina foi até o bar e se serviu de uma generosa dose de conhaque. Ao tomar o primeiro gole, fez uma careta. Fazia anos que não bebia nada mais forte do que vinho branco.

Contudo, o sabor não lhe trouxe lembranças ruins. Em vez disso, ele a acalmou, lhe deu forças. Tomou mais. Ia precisar de toda a força que conseguisse reunir para encarar as semanas seguintes. Ou o resto de sua vida.

Esta noite. Ia se concentrar em passar somente por esta noite.

Como ia dormir ali, naquela casa enorme, sabendo que o quarto de Eve ficava no final do corredor?

Podia ir para um hotel — mas sabia que isso não seria certo. Ia ficar, e passar por aquela primeira noite. Depois pensaria na próxima. E na próxima.

◆◆◆◆

Quando Julia acordou, após passar o efeito do sedativo, já era mais de meia-noite. Ela não se sentiu desorientada, nem tentou se convencer de que tudo não passara de um pesadelo.

Assim que recobrou a consciência, soube logo onde estava e o que tinha acontecido.

Estava na cama de Paul. E Eve estava morta.

Sentindo a dor voltar, virou-se, desejando senti-lo, pressionar o corpo contra o dele, quente e cheio de vida. Mas o espaço a seu lado estava vazio.

Julia se forçou a se sentar e a se levantar da cama, embora sentisse o corpo leve demais e a cabeça tonta.

Lembrou-se que eles tinham ido de carro buscar Brandon — por insistência dela. Não suportaria que o filho soubesse da notícia pela televisão. Ainda assim, não conseguira contar tudo a ele, apenas que houvera um acidente — um patético eufemismo para assassinato — e que Eve havia morrido.

Brandon chorara um pouco, numa natural demonstração de emoção por uma mulher que havia sido gentil com ele. Julia imaginou como e quando encontraria coragem de dizer ao filho que essa mulher era sua avó.

Mas isso podia esperar. Brandon estava dormindo, em segurança. Talvez estivesse um pouco triste, mas estava seguro. Já Paul, não.

Encontrou-o no deque, observando o mar e as ondas negras que batiam contra uma areia também negra. Por um momento, achou que seu coração fosse se partir ao meio. Com a lua iluminando-o por trás, ela só conseguia ver a silhueta dele, as mãos enfiadas no fundo dos bolsos da calça que devia ter vestido ao deixá-la sozinha na cama.

Não precisava ver seu rosto, nem seus olhos. Nem escutar sua voz. Podia sentir sua tristeza.

Em dúvida se seria melhor ir até ele ou se manter afastada, Julia ficou onde estava.

Paul sabia que ela estava ali. Sentira seu perfume no instante em que ela pusera os pés no deque. E sua tristeza. Passara a maior parte da noite fazendo o que tinha de ser feito de modo automático. Dando os telefonemas necessários, bloqueando outros. Tomando a sopa que Julia insistira em esquentar, instigando-a a tomar o remédio que sabia que iria ajudá-la a relaxar.

Agora não lhe restavam forças nem para dormir.

— Quando eu tinha 15 anos, pouco antes de completar 16 — começou ele, ainda observando as ondas quebrarem na areia —, Eve me ensinou a dirigir. Eu tinha vindo visitá-la e, um dia, ela simplesmente apontou para o carro. Um maldito Mercedes. E me disse: "Entre, garoto. É melhor você aprender logo do lado certo da rua."

Ele pegou uma cigarrilha no bolso. A chama do fósforo iluminou a tristeza em seu rosto, mas logo apagou, devolvendo-o às sombras.

— Eu estava tão apavorado e tão animado que meus pés tremiam nos pedais. Dirigi por uma hora em Beverly Hills, engasgando, morrendo, subindo no meio-fio. Quase bati num Rolls-Royce, mas Eve nem piscou. Ela apenas jogou a cabeça para trás e riu.

A fumaça queimou sua garganta. Ele jogou a cigarrilha por cima da cerca e se debruçou sobre ela.

— Meu Deus, eu a amava tanto!

— Eu sei. — Julia foi até ele e o abraçou.

E assim ficaram os dois, em silêncio, abraçados e pensando em Eve.

Capítulo Vinte e Sete

O MUNDO CHOROU. Eve teria adorado. Ela estampou a capa da *People*, juntamente com um artigo de seis páginas.

O jornal da noite, *Nightline*, dedicou um bloco inteiro a ela. Quase todos os canais alteraram sua programação normal para exibir especiais sobre Eve Benedict. Inclusive os da TV a cabo. O *National Enquirer* publicou que o espírito dela estava assombrando os cenários de seu antigo estúdio. Ambulantes vendiam camisetas, canecas e pôsteres mais rápido do que eles estavam sendo produzidos.

Na véspera do Oscar, Hollywood brilhou em preto. Eve teria achado graça.

Paul tentou enterrar sua tristeza imaginando a reação dela aos tributos — espalhafatosa e triunfante. Mas havia tantas coisas, tantas, que o faziam se lembrar dela.

E havia também Julia.

Ela atravessava os dias fazendo o que tinha de ser feito, com uma energia constante e prática. Ainda assim, havia uma sombra de desespero em seus olhos que ele não conseguia aplacar. Ela dera seu depoimento a Frank, tendo ficado horas na delegacia, repassando cada detalhe que se lembrava. Só perdera seu perfeito autocontrole uma vez — na primeira vez em que Frank tocou uma das fitas. Assim que escutou a voz forte e sedosa de Eve, Julia colocou-se de pé num pulo, pediu licença e saiu correndo para o banheiro, violentamente enjoada.

Depois disso, ela se sentou e escutou cada fita, corroborando as informações com suas próprias anotações, acrescentando a data, a circunstância da entrevista, o humor, sua própria interpretação.

E durante aqueles três tenebrosos dias, ela e Brandon haviam ficado em Malibu, enquanto Paul cuidava dos preparativos para o funeral.

Eve não queria algo simples. E quando quisera? As instruções para Paul tinham sido deixadas com seus advogados, e eram claras como cristal. Ela comprara o jazigo — o excelente imóvel, como o chamava — quase um ano antes. Assim como escolhera seu próprio caixão. Um ataúde azul-safira brilhante, revestido por uma seda branca como a neve. Até mesmo a lista de convidados, com os lugares predeterminados, tinha sido incluída, como se Eve tivesse planejado sua última festa.

A música havia sido escolhida, assim como os músicos. O vestido com o qual deveria ser enterrada também fora selecionado — um reluzente longo esmeralda que ela nunca usara em público. Ele teria uma estreia grandiosa.

E, é claro, ela insistia para que seu cabelo fosse arrumado pelo Armando.

No dia do funeral, os fãs de Eve apinharam as ruas. Eles se reuniram na entrada da igreja, alguns chorando, outros tirando fotos, outros ainda esticando o pescoço para conseguir um rápido vislumbre dos famosos. Câmeras de vídeo zumbiam. Carteiras eram roubadas e, de vez em quando, alguém desmaiava. Uma bela produção, como Eve teria adorado. Nessa première em particular, faltavam apenas as luzes de palco.

As limusines chegaram, despejando seus luminosos ocupantes. Os ricos, os famosos, os glamourosos, os lutuosos. Os melhores estilistas exibidos em pretinhos básicos.

As pessoas ficaram de boca aberta, murmurando, ao verem Gloria DuBarry saltar do carro e se apoiar pesadamente no braço firme do marido. Seu vestido Yves Saint Laurent era complementado por um véu pesado.

Mais murmúrios, e algumas risadinhas, quando Anthony Kincade se arrastou para fora de uma limusine, o corpanzil atochado num terno preto.

Travers e Nina passaram em meio às pessoas em total anonimato.

Peter Jackson manteve a cabeça abaixada, ignorando os fãs eufóricos que o chamaram. Pensava na mulher com quem passara algumas noites ardentes, e em sua aparência numa manhã chuvosa.

Gritos de incentivo se fizeram ouvir quando Rory Winthrop saltou do carro. Sem saber ao certo como responder, ele ajudou a esposa a saltar e, em seguida, esperou por Kenneth junto ao meio-fio.

— Deus do céu, isto é um circo — murmurou Lily, imaginando se devia dar as costas ou mostrar seu melhor perfil para as câmeras espalhadas por toda parte.

— É mesmo. — Sorrindo, Kenneth passou os olhos pela multidão, que investia contra a barricada policial. — Eve continua a comandar o show.

Desviando os olhos de Kenneth, Lily deu o braço ao marido num gesto de apoio.

— Você está bem, querido?

Ele fez que não. Podia sentir a fragrância exótica do perfume da esposa, a firmeza de seu braço ao conduzi-lo. A sombra fria da igreja dava a impressão de querer envolvê-los com suas mãos mortas.

— Pela primeira vez em toda a minha vida, sinto que não sou imortal. — Antes de eles subirem os degraus da igreja, Rory viu Victor. Não havia nada que ele pudesse dizer, nenhuma palavra que fosse ajudar a aplacar o sofrimento tão nítido nos olhos do homem. Rory aconchegou-se à mulher. — Vamos começar logo esse show.

Julia sabia que conseguiria passar por isso. Sabia que precisava. Exibia uma calma aparente, embora suas entranhas estivessem se contorcendo de medo diante do ritual. Será que o rito fora criado para honrar os mortos ou entreter os vivos? Assim que a limusine encostou junto ao meio-fio, ela fechou os olhos com força por alguns instantes. No entanto, quando Paul lhe deu a mão, seus dedos estavam firmes e secos. Ela só se sentiu mal ao ver Victor na porta da igreja. Ele a fitou e, em seguida, desviou os olhos.

Ele não sabia, pensou ela, fechando as mãos em punhos. Victor não fazia ideia da intimidade com que haviam compartilhado a mulher que estavam prestes a enterrar.

Havia gente demais, pensou, com uma fisgada de pânico. Gente demais, todas demasiadamente perto, e pressionando para se aproximarem ainda mais. Observando, gritando. Podia sentir o cheiro delas, a pele suada, o hálito quente, a energia vibrante, consequente de um misto de tristeza e grande animação.

Os tremores recomeçaram, e Julia tentou recuar quando Paul a envolveu pela cintura. Ele murmurou alguma coisa, mas o zumbido em seu ouvido não a deixou escutar. Estava abafado demais lá dentro. Tentou dizer isso a ele, que a impelia escadas acima, em direção ao interior da igreja.

Uma música soava, não o lamento grave de um órgão, mas a melodia suave de um violino, mesclada às notas elegantes de uma flauta. A igreja estava lotada de gente e de flores. Ainda assim, o ar, antes denso, pareceu afinar e esfriar. A bela, porém sóbria indumentária daqueles que tinham vindo para a última festa de Eve foi ofuscada pela selva de flores. Sem coroas funerárias para Eve. Em vez disso, um mar de camélias, montanhas de rosas, braçadas de magnólias arrumadas como se fossem montinhos de neve. O cenário tinha beleza e glamour ao mesmo tempo. No centro do palco, onde Eve passara a maior parte de sua vida, estava o brilhante caixão azul.

— A cara dela — murmurou Julia. O pânico desapareceu. Mesmo envolta por um manto de tristeza, sentiu uma forte e vívida admiração.

— Imagino por que ela nunca tentou se tornar uma diretora.

— Ela acabou de fazer isso. — Não foi difícil sorrir. Paul manteve o braço em volta da cintura de Julia enquanto eles atravessavam o longo corredor em direção ao altar. Viu olhos tristes e solenes, e a mesma quantidade de penetrantes olhares de esguelha e poses estudadas. Aqui e ali, pessoas conversavam em grupinhos. Projetos seriam discutidos e acordos, feitos. Em Hollywood, ninguém perdia uma oportunidade.

Eve entenderia e aprovaria.

Julia não pretendia ir até o caixão, dar uma última olhada e dizer seu último adeus. Pura covardia, sabia disso. Contudo, ao ver Victor com os olhos fixos na mulher que amara por tantos anos, as mãos fechadas em punhos, os ombros caídos, não conseguiu ir direto para o banco.

— Eu preciso...

Paul fez que sim.

— Quer que eu vá com você?

— Não, eu... acho melhor ir sozinha. — O primeiro passo foi o mais difícil. Deu outro e, em seguida, mais outro. Ao parar ao lado de Victor, consultou o próprio coração. Aquelas eram as pessoas que a haviam concebido, pensou, a mulher que dormia lindamente sobre a seda branca. E o homem que a observava dormir com os olhos enlouquecidos de dor. Talvez não pudesse pensar neles como seus pais, mas podia sentir. Seguindo o próprio coração, Julia pousou uma das mãos sobre a dele.

— Ela amava você, mais do que qualquer outra pessoa. Uma das últimas coisas que Eve me contou foi que você a havia feito muito feliz.

Os dedos dele tremeram sob os de Julia.

— Eu nunca dei a ela o bastante. Nunca pude.

— Você deu mais do que imagina, Victor. Para muitos outros, ela era uma estrela, um produto, uma imagem. Mas, para você, Eve era uma mulher. *A* mulher. — Julia apertou os lábios, esperando que estivesse fazendo e dizendo a coisa certa. — Ela uma vez me disse que seu único arrependimento foi ter esperado até o filme terminar.

Ele se virou, desviando os olhos de Eve para fitar a filha que sequer sabia que tinha. Foi quando Julia percebeu que havia herdado os olhos do pai — aquele cinza puro e profundo que, dependendo das emoções, adquiria um tom de fumaça ou de gelo. A percepção a fez dar um rápido passo para trás, porém Victor segurou sua mão.

— Vou sentir muita falta dela, o tempo todo, até o fim da minha vida.

Julia deixou seus dedos se entrelaçarem e o conduziu em direção ao banco, onde Paul os esperava.

♦♦♦♦

A FILA DE carros que seguia em direção ao cemitério de Forest Hills estendia-se como um laço de fita preto por quilômetros. Nos carros, alguns choravam, sofrendo verdadeiramente. Outros apenas aproveitavam o frescor aconchegante das limusines alugadas, sentindo o luto de um jeito mais abstrato, surreal, como acontece com as pessoas ao escutarem no noticiário que alguma celebridade morreu. Elas apenas ficam sentidas pela morte do nome, do rosto, da personalidade. Isso não e um insulto à pessoa por trás do rosto, e sim um tributo ao impacto de sua morte.

Alguns estavam simplesmente gratos por terem sido incluídos na lista de convidados. Um evento daquela magnitude sem dúvida ganharia um bom espaço na mídia. Isso tampouco era um insulto. Apenas negócios.

Havia os que não estavam nem um pouco tristes, que, sentados na caverna escura de seus gigantescos e confortáveis carros, acalentavam uma felicidade tão sombria e vibrante quanto a pintura metálica que cintilava sob a luz do sol.

De certa forma, isso também era considerado um tributo.

Julia, porém, ao saltar do carro para percorrer o curto caminho até o túmulo, não se enquadrava em nenhuma dessas categorias. Já enterrara seus pais, já dera aquele longo e difícil passo que é passar de filha a órfã. Ainda assim, cada passo era um sofrimento profundo desgastante. Hoje enterraria outra mãe, seria obrigada a encarar, mais uma vez, sua própria mortalidade.

Parada, absorvendo a fragrância da grama, da terra e da cortina de flores, bloqueou o presente e deixou a mente voltar ao passado.

Viu-se rindo com Eve ao lado da piscina, se excedendo um pouco no vinho branco, falando com extrema franqueza. Como conseguira contar tantas coisas a ela?

Suando juntas, enquanto Fritz as torturava para entrarem em forma. Palavrões xingados, reclamações ofegantes. A estranha intimidade de duas mulheres seminuas capturadas na mesma gaiola de vaidades.

Segredos compartilhados, confidências trocadas, mentiras reveladas. Como fora fácil forjar uma amizade.

Não era isso o que Eve queria?, perguntou-se Julia. Conquistá-la como amiga, fazê-la se preocupar, forçá-la a ver que a atriz era uma pessoa completa, vulnerável. E então...

Que importância isso tinha? Eve estava morta. O restante da verdade, se é que havia um, jamais viria à tona.

Julia chorou, imaginando se um dia seria capaz de perdoar.

◆◆◆◆

— *Merda*! — Frank esfregou o rosto com as mãos. Estava sofrendo pressão por todos os lados. E só via um caminho, que o levava direto até Julia Summers.

Durante toda a sua vida profissional, sempre confiara no instinto. Um bom pressentimento podia guiar um policial pelo labirinto de suspeitos, evidências e procedimentos. Não se lembrava de nenhuma situação, em toda a sua carreira, em que seus instintos estivessem tão dramaticamente opostos aos fatos.

Estava tudo ali, na sua frente, no grosso arquivo que viera construindo nos últimos três dias.

Os relatórios laboratoriais, a autópsia, as declarações digitadas e assinadas pelas pessoas que ele ou um dos outros detetives havia entrevistado.

E o maldito tempo não podia ser ignorado.

No dia do assassinato, tanto a governanta quanto a secretária tinham visto Eve alguns minutos antes de uma da tarde. Gloria Dubarry tinha ido embora momentos antes, após uma curta conversa a sós com Eve. Julia Summers chegara aproximadamente à uma, conversara com o segurança do portão e entrara. A ligação de emergência fora feita da casa de hóspedes à uma e vinte e dois.

Julia não tinha álibi para esse vital espaço de tempo, os vitais vinte e dois minutos quando, segundo as provas, Eve Benedict fora assassinada.

O gancho do atiçador da lareira fora cravado na base do crânio. O ferimento e o golpe haviam resultado em morte. E as digitais de Julia Summers eram as únicas encontradas no atiçador.

Todas as portas estavam trancadas, exceto a da frente, que a própria Julia admitia ter aberto. Nenhuma chave fora encontrada no corpo de Eve.

As provas eram circunstanciais, é claro, mas infelizmente suficientes, mesmo sem levar em conta a discussão descrita nas duas declarações.

Aparentemente, receber a notícia de que era a filha ilegítima de Eve Benedict tinha levado Julia Summers a um acesso de loucura.

— Ela gritou, ameaçou. — Ele leu na declaração de Travers. — Escutei os gritos e fui correndo ver. Julia virou a mesa, espatifando toda a porcelana no chão. Seu rosto estava pálido como papel, e ela avisou a Eve para não se aproximar. Disse que a mataria.

As pessoas diziam isso o tempo todo, pensou Frank, coçando a nuca. Era apenas falta de sorte que a pessoa morresse de verdade pouco depois de alguém usar essa pequena frase tão lugar-comum.

O problema era que ele não podia pensar em sorte. Com o governador pressionando seu capitão, Frank não podia se dar ao luxo de deixar seus instintos o desviarem dos fatos.

Teria de intimar Julia para um interrogatório.

♦ ♦ ♦

O ADVOGADO PIGARREOU para limpar a garganta e passou os olhos em torno do aposento. Tudo estava exatamente como Eve havia pedido. Greenburg imaginou se ela sabia, ao lhe pedir para organizar tudo tão depressa, que seu tempo estava acabando.

Voltou à realidade. Não era homem de se entregar a fantasias. Eve lhe pedira rapidez porque ela estava sempre com pressa. A ferocidade com que o convocara para alterar seu testamento era a mesma que sempre demonstrara com relação a tudo. As mudanças tinham sido muito simples. Essa era outra das grandes qualidades de Eve, ser simples quando queria.

Quando ele começou a falar, todos na sala se calaram. Até mesmo Drake, que estava se servindo de outro drinque, parou no meio. Ao ver que a leitura começava com a lista rotineira de bens para os criados e as obras de caridade, Drake voltou a se servir. Afora o silêncio, o único som era o de líquido enchendo um copo de cristal.

A partilha dos bens era específica. Para Maggie, Eve deixou um determinado par de brincos de esmeralda e um colar de três fios de pérolas, além de um quadro de Andrew Wyeth que a agente sempre admirara.

Para Rory, um par de candelabros Dresden que eles haviam comprado durante o primeiro ano do casamento e um livro de Keats.

Gloria começou a chorar no ombro do marido ao escutar que havia herdado uma antiga caixinha de joias.

— Isso faz tanto tempo, a gente estava num leilão da Sotheby's — disse ela, com o coração partido. A culpa e a dor travavam uma violenta guerra dentro dela. — E Eve deu um lance maior do que o meu. Ah, Marcus.

Ele murmurou alguma coisa no ouvido da esposa. Greenburg pigarreou novamente e continuou.

Para Nina, ela deixou uma coleção de caixas Limoges e dez mil dólares para cada ano em que a assistente trabalhara para ela. Para Travers, uma casa em Monterey, os mesmos dez mil dólares para cada ano trabalhado e um fundo para seu filho que cobriria suas necessidades médicas pelo resto da vida.

Para a irmã, que não havia ido ao funeral e tampouco estava presente ali, na leitura, Eve deixou um pequeno bloco de imóveis alugados. Drake só foi mencionado de passagem, como já tendo recebido toda a herança que lhe cabia.

A reação dele foi previsível, previsível o bastante para que alguns dos presentes abrissem um sorrisinho cruel. Ele derramou o drinque, empesteando a sala com o cheiro de uísque de qualidade. A boca aberta de espanto foi enfatizada pelo tilintar dos cubos de gelo ao caírem do copo sobre a superfície brilhante do balcão do bar.

Enquanto os presentes observavam, alguns com interesse e outros com desprezo, ele sucumbiu a uma ira que o fez xingar, choramingar, balbuciar e xingar novamente.

— Piranha maldita! — Ele quase se engasgou com o ar que sugou para os pulmões. Seu rosto estava com uma cor doentia de borracha desbotada pelo sol. — Eu dediquei quase vinte anos da minha vida a ela. Eve não pode me cortar assim. Não depois de tudo o que eu fiz por ela.

— Fez por ela? — Maggie soltou uma risada rouca. — Você nunca fez nada pela Eve, exceto sugar sua conta bancária.

Ele deu um passo, quase bêbado o bastante para pensar em bater numa mulher na frente de testemunhas.

— E tudo o que você fez foi sugar seus quinze por cento. Eu era da família. Se você acha que vai sair daqui com esmeraldas ou qualquer outra coisa, enquanto eu saio de mãos vazias...

— Sr. Morrison — interrompeu o advogado. — O senhor tem todo o direito de contestar o testamento, é claro.

— Pode crer.

— Contudo — continuou ele, com serena dignidade —, preciso dizer que a srta. Benedict foi bem específica ao discutir seus desejos comigo. Tenho, também, uma cópia do vídeo feito por ela, onde declara, de uma forma menos convencional, esses mesmos desejos. O senhor irá descobrir que não só é bem caro contestar esse documento, como, provavelmente, não dará em nada. Mesmo que deseje fazer isso, terá que esperar até eu terminar o procedimento de hoje. Continuando...

Eve também deixou algo para Victor, sua coleção de poesias e um pequeno peso de papel, descrito como uma redoma de vidro com um trenó vermelho e oito renas dentro.

— "Para Brandon Summers, que considero um menino muito charmoso, deixo um milhão de dólares para sua educação e diversão, que deverá ser depositado num fundo até seu vigésimo quinto aniversário, quando ele poderá fazer o que bem entender com o dinheiro que ainda restar."

— Isso é ridículo — começou Drake. — Ela deixou um milhão, um milhão de dólares para um garoto qualquer? Um pestinha irritante que poderia ter saído direto das ruas?

Antes que Julia pudesse dizer qualquer coisa, Paul se levantou. A expressão no rosto dele fez seu sangue gelar. Julia imaginou como alguém conseguia sobreviver após encarar aquele olhar congelante.

Todos esperaram pelas ameaças. Uma rápida e violenta luta corpo a corpo não teria surpreendido ninguém Na verdade, eles teriam até gostado. Até mesmo Gloria parou de choramingar para assistir. Paul, porém, disse apenas uma frase, os olhos duros, frios e penetrantes:

— Não abra a sua boca de novo.

Ele falou baixinho, mas ninguém deixou de perceber a ameaça velada por trás das palavras. Ao se sentar de novo, Greenburg apenas anuiu com um meneio de cabeça, como se Paul tivesse dado a resposta correta a uma pergunta particularmente complicada.

— "O restante" — leu ele —, "incluindo todos os bens e imóveis pessoais, títulos, ações, investimentos e rendimentos, eu deixo para Paul Winthrop e Julia Summers, para ser dividido entre eles da forma como acharem melhor."

Julia não escutou mais nada. A voz monótona do advogado não conseguia penetrar o zumbido em seus ouvidos. Podia ver os lábios dele se mexendo, os olhos escuros e penetrantes fixos em seu rosto. Seu braço estava formigando, como se tivesse ficado sem circulação e o sangue estivesse voltando aos poucos, provocando fisgadinhas irritantes. Contudo, era apenas a mão de Paul puxando-a.

Julia se levantou sem perceber. Cega, com os pés buscando o chão como os de um bêbado, saiu da sala para o terraço.

Havia vida ali, os tons vibrantes das flores, o chamado alegre e insistente dos pássaros. E ar fresco. Podia sugá-lo, senti-lo percorrer o caminho até seus pulmões e, em seguida, expeli-lo de novo, como se ele também tivesse cor, textura e som. Inspirou um pouco mais, avidamente, e sentiu uma fisgada de dor atravessar-lhe o estômago.

— Vá com calma. — Com a mão sobre seus ombros, Paul falou baixinho e suavemente em seu ouvido.

— Não consigo. — A voz que ela escutou parecia muito fina, muito hesitante para ser sua. — Como eu posso? Isso não está certo, ela não devia ter me deixado nada.

— Ela achou que era o certo.

— Você não faz ideia das coisas que eu disse para ela, o modo como a tratei naquela última noite. Além disso... pelo amor de Deus, Paul, ela não me devia nada.

Pegando o queixo de Julia, Paul a forçou a olhar para ele.

— Acho que você está com medo do que sente que devia a ela.

— Sr. Winthrop. Com licença. — Greenburg cumprimentou os dois com um menear de cabeça. — Sei que hoje é um dia difícil para vocês, para todos nós, mas tem mais uma coisa que a srta. Benedict me pediu que fizesse para ela. — Estendeu um envelope acolchoado. — Uma cópia da fita que ela fez. O pedido foi para que o senhor, vocês dois, vissem isso depois da leitura do testamento.

— Obrigado. — Paul pegou o envelope. — Ela teria gostado da sua... eficiência.

— Com certeza. — A sombra de um sorriso iluminou-lhe o rosto fino. — Ela era uma mulher e tanto... irritante, exigente, cheia de opiniões. Vou sentir falta dela. — O sorriso desapareceu como se nunca tivesse existido. — Se vocês precisarem de qualquer coisa, não hesitem em me chamar. Vocês talvez tenham perguntas a fazer com relação a algumas das propriedades ou do restante dos bens. E, quando estiverem prontos, precisarei que os dois deem uma olhada em alguns papéis. Meus pêsames.

— Quero levar a srta. Summers para casa daqui a pouco — disse Paul. — Mas, antes, vamos entrar para ver o vídeo, e gostaríamos de um pouco de privacidade. Posso deixá-lo a... a cargo disso?

Algo que poderia ser interpretado como diversão brilhou nos olhos do advogado.

— Será um prazer.

Paul esperou até eles estarem sozinhos no terraço de novo. Através das portas de vidro que Greenburg havia fechado ao entrar chegava o som de vozes altercadas e lágrimas amargas. O velho advogado ia ter um trabalhão, pensou, virando-se para Julia. Os olhos dela estavam secos e o rosto, sereno. A pele, porém, estava tão pálida que ele imaginou se seus dedos não a atravessariam caso tentasse tocá-la.

— Talvez seja melhor assistirmos ao vídeo no quarto da Eve.

Julia olhou fixamente para o pacote que ele segurava. Parte dela, seu lado covarde, queria se virar, pegar o filho e fugir de volta para a Costa Leste. Será que, se tentasse com força o bastante, ela não conseguiria fingir que tudo tinha sido um sonho? Desde o primeiro telefonema, o primeiro encontro com Eve, até aquele momento?

Ao erguer os olhos, encontrou os dele. Aí ele teria sido um sonho também. Tudo o que eles haviam construído, compartilhado, tudo um sonho. E todas aquelas novas e frágeis esperanças desapareceriam como poeira.

— Tudo bem.

— Me dê só um minuto. — Ele entregou a fita a ela. — Entre pelo outro lado. Não vou demorar.

Não foi fácil voltar para dentro da casa, abrir a porta e entrar no quarto onde Eve costumava dormir, o quarto que ela tanto amava. Ele exalava um perfume de flores e cera de polir, além daquela ardente fragrância feminina inerente a Eve.

Travers arrumara tudo, é claro. Cedendo ao desejo, Julia correu os dedos pelo grosso cetim da colcha azul-safira. Ela escolhera um caixão da mesma cor, lembrou-se, puxando a mão rapidamente. Isso teria sido por ironia ou por consolo?

Fechando os olhos, apoiou a fronte na fria madeira entalhada da cama de dossel. Por um instante, só por um instante, queria apenas sentir.

Não, ela não estava cercada pela morte. E sim por lembranças de uma vida.

Paul não disse nada ao se juntar a ela. Nos últimos dias, Julia vinha se tornando mais e mais delicada. Ele próprio sentia a dor como um pequeno animal selvagem em seu estômago, metendo as garras, mastigando, dilacerando. Já o sofrimento dela parecia estar sugando, aos poucos e de forma insidiosa, sua vida e sua força. Paul serviu uma dose de conhaque para os dois e, ao falar, sua voz saiu deliberadamente fria e indiferente:

— Você precisa sair dessa logo, Jules. Andar por aí nesse transe não vai ajudar você nem o Brandon.

— Eu estou bem. — Ela pegou a taça e, em seguida, a trocou de mão. — Quero botar um fim nisso. Um fim definitivo. Assim que a mídia descobrir os termos do testamento...

— A gente lida com isso.

— Eu não queria o dinheiro dela, Paul, nem a casa nem...

— Seu amor — completou ele. Colocou a taça de lado e pegou o envelope. — O lance com a Eve é que ela sempre insistiu em dar a última palavra. Agora estamos presos a isso.

Os dedos que apertavam a taça ficaram mais brancos.

— Você espera, desde que descobri há uma semana que ela era minha mãe, que eu sinta qualquer tipo de obrigação, de conexão imediata ou de gratidão? Ela manipulou minha vida antes de eu nascer, e mesmo agora, depois de morta, continua manipulando.

Ele abriu o envelope e puxou a fita.

— Eu não espero que você sinta nada. E, se você aprendeu alguma coisa com ela nos últimos dois meses, sabe que ela também não ia esperar isso. — De costas para Julia, Paul meteu a fita no videocassete, sentindo os dentes afiados de sua própria angústia rosnarem para ele. — Posso fazer isso sozinho.

Maldito, pensou ela, maldito por fazê-la se sentir envergonhada. Em vez de responder, Julia se sentou no acolchoado sofá-cama e tomou um gole do conhaque. Paul se juntou a ela, porém, ao se sentar, o espaço entre eles pareceu muito maior do que apenas alguns centímetros.

Um rápido apertar do controle remoto e Eve preencheu a tela, do modo como havia preenchido muitas outras no decorrer de sua vida. A dor esmagou o coração de Julia com seu punho de ferro.

— Meus queridos, nem sei como dizer o quanto fico feliz em ver os dois juntos. Eu gostaria de poder fazer isso de um jeito um pouco mais formal, e em filme, em vez de vídeo. A película é muito mais lisonjeira.

A risada estrondosa de Eve ecoou pelo quarto. Na tela, ela pegou um cigarro e se recostou de volta na cadeira. Maquiara-se cuidadosamente, camuflando as sombras sob os olhos, as linhas em torno da boca. Usava uma camisa masculina fúcsia de gola alta. Julia percebeu quase de imediato que era a mesma camisa que ela estava usando ao encontrá-la esparramada sobre o tapete ensanguentado.

— Esse pequeno vídeo talvez se torne desnecessário se eu encontrar coragem para falar com os dois cara a cara. Se não, peço perdão por não ter contado sobre a minha doença. Considero o tumor um defeito que quis manter em segredo. Mais uma mentira, Julia. Essa, porém, não foi por puro egoísmo.

— O que ela quer dizer com isso? — murmurou Julia. — Sobre o que ela está falando?

Paul fez que não sabia, mas seu corpo enrijeceu.

— Quando recebi o diagnóstico, o prognóstico e todos esses outros ósticos, passei por todas aquelas fases que me disseram ser bastante típicas. Negação, raiva, tristeza. Vocês sabem como eu detesto ser típica. Receber a notícia de que você tem menos de um ano de vida, e menos do que isso ainda de funcionamento normal, é uma experiência deprimente. Eu precisava fazer alguma coisa para compensar isso. Precisava celebrar a vida, eu acho. A minha vida. Assim, tive a ideia de escrever o livro. Queria deixar claro o que eu tinha sido, o que eu havia feito, não apenas pelos meus famintos fãs, mas por mim mesma. E eu queria que minha filha, uma parte de mim, contasse a história. — Seus olhos se aguçaram ao se aproximar da câmera. — Julia, sei o quanto você ficou perturbada quando lhe contei. Acredite em mim, você tem todo o direito de me odiar. Não vou tentar me desculpar. Só posso esperar que, daqui a algum tempo, quando você estiver assistindo a este vídeo, já tenhamos chegado a algum tipo de acordo entre nós duas. Eu não fazia ideia do quanto você se tornaria importante para mim. E quanto o Brandon... — Ela fez que não e deu uma forte tragada no cigarro. — Não vou ficar sentimental. Estou contando que haverá choro e ranger de dentes quando minha morte for anunciada. E acho que isso será mais do que suficiente.

"Essa bomba-relógio na minha cabeça..." Abriu um ligeiro sorriso e esfregou as têmporas. "Às vezes, juro que posso escutar o tiquetaquear. Ela me forçou a encarar minha mortalidade, meus erros e minhas responsabilidades. Estou determinada a não partir deste mundo carregando arrependimentos. Se não tivermos nos acertado ainda, Julia, pelo menos terei o consolo de saber que fomos amigas por um tempo. Também sei que você irá escrever o livro. Se você tiver herdado um pouco que seja da minha teimosia, talvez não volte a falar comigo, portanto tive a precaução de preparar as outras fitas. Tenho quase certeza de que não deixei nada importante de fora."

Eve apagou o cigarro e pareceu levar um tempo para organizar os pensamentos.

— Paul, não preciso dizer o quanto você significa para mim. Por 25 anos, você me ofereceu um amor incondicional e uma lealdade que eu nem sempre mereci. Sei que vai ficar zangado por eu não ter contado sobre minha doença. Talvez seja egoísmo da minha parte, mas um tumor cerebral inoperável é uma coisa particular. Eu queria aproveitar o tempo que me restava sem que as pessoas ficassem me observando, me mimando ou se preocupando comigo. Agora, quero que pense apenas no quanto nós nos divertimos juntos. Você foi o único homem que jamais me causou nenhuma espécie de sofrimento. Vou lhe dar um último conselho: se você ama a Julia, não a deixe fugir. Ela pode vir a tentar. Deixei quase tudo o que eu tinha para vocês, não apenas porque os amo, mas porque isso irá complicar suas vidas. Vocês serão obrigados a lidar um com o outro por algum tempo ainda.

Os lábios de Eve tremeram ligeiramente, mas ela os controlou. Seus olhos brilhavam, marejados de lágrimas. Esmeraldas lavadas pela chuva.

"Malditos sejam, eu quero mais netos. Quero saber que vocês encontraram o que eu nunca tive. O amor pode ser celebrado não só na surdina, mas abertamente. Julia, você foi a criança que eu amei, mas não pude manter. Paul, você foi a criança que ganhei e tive permissão de amar. Não me desapontem."

Ela jogou a cabeça para trás e abriu um último e esfuziante sorriso.

"Ah, e eu não me importaria se vocês dessem o meu nome à sua primeira filha."

A gravação acabou e a imagem se transformou num chuvisco. Julia tomou outro longo gole do conhaque antes de conseguir falar:

— Ela estava morrendo. Esse tempo todo ela estava morrendo.

Num movimento brusco, Paul desligou o videocassete. Eve estava certa. Ele estava zangado, furioso:

— Ela não tinha o direito de esconder isso de mim. — Com os punhos fechados, colocou-se de pé num pulo e começou a andar de um lado para o outro do quarto. — Eu poderia ter ajudado. Existem especialistas. Medicina holística. Até mesmo cirurgias espirituais. — Parou e correu a mão pelos cabelos ao perceber o que estava dizendo. Eve estava morta, e não tinha sido por causa de um tumor cerebral. — Não faz diferença, faz? Ela gravou esse vídeo para que nós o assistíssemos depois que tivesse morrido silenciosamente em algum hospital. Em vez disso... — Virou-se para a janela, mas o que viu foi Eve esparramada sobre o tapete.

— Faz diferença, sim — replicou Julia, baixinho. — Faz muita diferença. — Ela colocou a taça de lado e se levantou para fitá-lo. — Eu gostaria de falar com o médico dela.

— Pra quê?

— Tenho um livro para terminar de escrever.

Paul deu um passo na direção de Julia, mas parou no meio do caminho. Ainda estava furioso demais para se arriscar a tocá-la.

— Como você consegue pensar nisso agora?

Julia viu e escutou a amargura. Não havia como explicar que escrever o livro, torná-lo importante, era a única forma de pagar a Eve a dívida de seu nascimento, pelo menos que ela conseguia ver.

— Eu tenho de pensar.

— Bem. — Ele pegou uma cigarrilha e a acendeu devagar. — Se a polícia conseguir resolver o caso em menos de um ano, você pode incluir o assassinato dela e acabar escrevendo o livro da década.

Os olhos de Julia ficaram sem expressão.

— É verdade — falou. — Espero que sim.

O que quer que ele pudesse ter dito, qualquer veneno que pudesse pensar em dizer, foi interrompido pelo som de uma forte batida à porta. Ao se virar de costas para atender, o rosto de Julia, antes composto, desmoronou. Ela pressionou a base da mão entre as sobrancelhas e lutou para se segurar até que estivesse sozinha.

— Frank.

— Sinto muito, Paul, sei que hoje está sendo um dia difícil. — Frank ficou parado sob o umbral da porta. Como estava ali oficialmente, não entrou; em vez disso, esperou pelo convite. — Travers me falou que você e a srta. Summers estavam aqui em cima.

— Nós estamos ocupados. O que quer que seja, não pode esperar até mais tarde?

— Infelizmente, não. — Ele olhou por cima do ombro de Paul e, em seguida, baixou a voz: — Estou quebrando algumas regras aqui, Paul. Vou tentar facilitar o máximo que eu puder, mas isso não vai ser bom.

— Você tem uma pista?

Frank meteu as mãos nos bolsos.

— Tenho, pode-se dizer que sim. Preciso conversar com ela, e preferiria fazer isso de uma vez só.

Paul sentiu uma tensão na nuca, uma fisgada forte e perturbadora que o fez ter vontade de bater a porta e recusar. Ao ver sua hesitação, Frank fez que não.

— Você só vai piorar as coisas.

Julia já se recobrara. Virou-se, com o rosto tranquilo, e cumprimentou Frank com um meneio de cabeça.

— Tenente Needlemeyer.

— Srta. Summers. Infelizmente, preciso lhe fazer mais algumas perguntas.

Seu estômago se contorceu diante da ideia, mas ela meneou a cabeça novamente, concordando.

— Tudo bem.

— Só que isso terá de ser feito na delegacia.

— Na delegacia?

— Sim, senhorita. — Ele puxou um cartão do bolso. — Preciso ler os seus direitos, mas, antes de fazer isso, eu lhe aconselho a ligar para um advogado. Um bom advogado.

Capítulo Vinte e Oito
••••

Era como estar presa no labirinto de um parque de diversões macabro. Toda vez que achava ter encontrado uma saída, virava uma esquina e dava de cara com mais uma parede negra.

Julia olhou fixamente para o espelho comprido da sala de interrogatório. Via seu reflexo, com a roupa preta usada no funeral, o rosto lívido contra o tecido de linho. Estava sentada à única mesa da sala, numa cadeira de madeira simples. Podia ver a fumaça que lhe irritava as narinas subindo num redemoinho em direção ao teto, uma translúcida névoa azulada. E o trio de copinhos de café, com um cheiro tão amargo quanto o sabor. E os dois homens em camisa de mangas curtas, com os distintivos pendurados nos bolsos.

Moveu os dedos para testar, unindo-os, entrelaçando-os. E viu seu reflexo fazer o mesmo.

Qual delas era ela?, pensou. Em qual das duas eles acreditariam?

Sabia que havia outros rostos por trás do vidro, observando-a. Olhando através dela.

Eles tinham lhe dado um copo de água, mas ela não conseguia se forçar a engolir. A sala estava quente demais, alguns graus acima do que seria confortável. Por baixo do terninho preto, sua pele estava úmida. Podia sentir o cheiro do seu próprio medo. Às vezes, sua voz tremia, mas ela segurava a explosão de histeria até estar firme de novo.

Eles eram tão pacientes e obstinados ao formularem as perguntas. Educados também, muito educados.

"Srta. Summers, você ameaçou matar a srta. Benedict?"

"Sabia que ela havia mudado o testamento, srta. Summers?"

"Srta. Summers, a srta. Benedict foi lhe ver no dia do assassinato, não foi? Vocês discutiram de novo? Você perdeu a calma?"

Não importava quantas vezes ela já tivesse respondido as perguntas, eles davam voltas e mais voltas até obrigá-la a respondê-las novamente.

Perdera a noção do tempo. Podia estar ali, naquela sala pequena e sem janelas, por uma hora, ou um dia. De vez em quando, pegava-se com a mente longe, divagando.

Queria se certificar de que Brandon havia jantado. Precisava ajudá-lo a estudar para o teste de geografia. Enquanto sua mente se voltava para essas coisas simples e corriqueiras, seguia respondendo.

Sim, tinha discutido com Eve. Ficara zangada e irritada. Não, não se lembrava exatamente do que tinha dito. Elas nunca haviam discutido as alterações no testamento. Não, nunca. Talvez tivesse tocado na arma do crime. Não tinha muita certeza. Não, não sabia dos detalhes do testamento de Eve. Sim, sim, a porta estava trancada ao chegar em casa. Não, não sabia se alguém a vira depois que passara pelos portões.

Julia repetiu inúmeras vezes tudo o que tinha feito no dia do assassinato, escolhendo com cuidado seu caminho pelo labirinto, refazendo suas próprias pegadas.

♦♦♦♦

Enquanto era fichada, Julia lutou para separar a mente do corpo. Olhou para a frente quando lhe pediram e piscou ao sentir o flash da câmera; sua foto estava sendo tirada para os arquivos. Virou de perfil.

Eles tiraram suas joias, sua bolsa e sua dignidade. Agora, não tinha mais nada a que se agarrar, a não ser os frangalhos de seu orgulho.

E a conduziram a uma cela, onde ela teria de esperar até a fiança ser determinada e paga. Assassinato, pensou, meio tonta. Acabara de ser indiciada por assassinato em segundo grau. Pelo visto, tinha escolhido um caminho totalmente errado ao percorrer o labirinto.

Ao escutar o clique das portas metálicas, foi tomada pelo pânico. Quase gritou, e sentiu o gosto de sangue ao morder o lábio inferior. Ó meu Deus, não me deixe aqui! Não me tranque nesta jaula!

Ofegante, Julia se sentou na beira do beliche, cruzou as mãos sobre o colo e esperou. Podia jurar que o ar ficava mais estagnado ao passar pelas grades. Alguém estava xingando, soltando uma série de obscenidades e outras vulgaridades, como uma lista de lavanderia. Podia escutar o choramingo dos viciados, as reclamações das prostitutas. Alguém chorando, soluços baixos, de cortar o coração, que ecoavam indefinidamente.

Havia uma pia presa na parede oposta à do beliche, mas tinha medo de usá-la. Embora estivesse tremendamente enjoada, achou melhor tentar se segurar do que se curvar sobre o imundo vaso sanitário.

Não ia passar mal. Não ia desmoronar.

Quanto tempo levaria para a mídia descobrir? Já podia até ver as manchetes:

FILHA DE EVE BENEDICT PRESA
PELO ASSASSINATO DA MÃE.
A VINGANÇA DA FILHA ABANDONADA.
O SEGREDO QUE ACABOU COM A VIDA DE EVE.

Imaginou se Eve teria gostado da publicidade e pressionou a boca com a mão para abafar um acesso de riso histérico. Não, nem mesmo Eve, com toda a sua capacidade de manipulação, com suas formas ladinas de manobrar os personagens de seu roteiro, poderia ter previsto aquele tipo de ironia.

Ao sentir as mãos começarem a tremer, voltou para o beliche e se encolheu num canto. Com os joelhos grudados no peito, abaixou a cabeça e fechou os olhos.

Assassinato. A palavra dançava em sua mente. Ao sentir a respiração falhar, apertou os olhos ainda mais. Por trás deles, via a cena se repetindo, da maneira como fora descrita na sala de interrogatório.

Viu-se discutindo com Eve. A fúria aumentando. A mão se fechando em torno do atiçador da lareira. Um único golpe, desesperado e violento. Sangue. Muito sangue. E seu próprio grito enquanto Eve caía a seus pés.

— Summers.

Julia ergueu a cabeça. Seus olhos estavam com um brilho enlouquecido, e ela piscou furiosamente para colocá-los em foco. Será que tinha dormido? Tudo o que sabia era que estava acordada agora, e ainda na cela. A porta, porém, estava aberta, e havia um guarda parado do lado de dentro.

— Sua fiança foi paga.

♦ ♦ ♦ ♦

O PRIMEIRO IMPULSO de Paul ao ver Julia foi correr e abraçá-la. Contudo, bastou um rápido olhar para perceber que ela iria se quebrar como a casca de um ovo em sua mão. Ela precisava mais de força do que de consolo, pensou.

— Pronta? — perguntou, dando a mão a ela.

Julia não disse nada até eles se verem na rua. Ficou chocada ao perceber que ainda era dia. A rua estava apinhada de carros, trabalhadores tentando chegar em casa para o jantar. Algumas horas antes, algumas poucas horas, eles haviam enterrado Eve numa bela manhã de céu azul. Agora, ela estava sendo acusada de tê-la matado.

— E o Brandon?

Paul tomou-lhe o braço ao senti-la cambalear, mas ela continuou andando, como se não tivesse percebido sua própria fraqueza.

— Não se preocupe. CeeCee está cuidando de tudo. Ele pode passar a noite na casa dela, a menos que você queira ir buscá-lo.

Deus do céu, ela queria vê-lo. Abraçá-lo. Cheirá-lo. Contudo, lembrou-se do próprio reflexo ao receber a permissão para se vestir. Seu rosto estava pálido, com olheiras profundas. E os olhos, apavorados.

— Não quero vê-lo até eu ter... só mais tarde. — Confusa, parou ao lado do carro de Paul. Era engraçado, pensou, que agora que estava livre, fora da jaula, não soubesse o que fazer a seguir. — Eu devia... eu devia ligar para ele. Preciso explicar... de alguma forma.

Julia cambaleou de novo. Paul a pegou e a colocou sentada no carro.

— Você pode ligar para ele mais tarde.

— Mais tarde — repetiu ela, fechando os olhos.

Julia não falou mais, e ele esperou que ela tivesse dormido. No entanto, enquanto dirigia, viu a mão dela se fechar algumas vezes com força. Tinha se preparado para lágrimas, um acesso de raiva ou de fúria. Não sabia ao certo se algum homem podia se preparar para aquela espécie de fragilidade perigosa.

Ao sentir o cheiro do mar, Julia abriu os olhos. Sentia-se anestesiada, como se tivesse acabado de acordar de uma longa doença.

— Para onde estamos indo?

— Para casa.

Ela pressionou a têmpora com uma das mãos, como se pudesse forçar a realidade de volta.

— A sua casa?

— É. Algum problema?

Paul olhou para ela, mas Julia tinha se virado de volta para a janela, de forma que ele não conseguiu ver sua expressão. Ele pisou no freio com força demais ao parar na frente de casa. Os dois foram lançados para a frente e para trás. Quando ele finalmente fechou a porta do seu lado, ela já estava em pé na rua.

— Se você não quiser ficar aqui, é só me dizer para onde quer ir.

— Eu não tenho para onde ir. — Julia se virou para ele com os olhos abatidos. — E ninguém a quem recorrer. Eu não achei que você... fosse me trazer para cá. Me querer aqui. Eles acham que eu a matei. — As mãos dela tremeram tanto que a bolsa caiu. Após se agachar para pegá-la, não encontrou forças para se levantar novamente. — Eles acham que eu a matei — repetiu.

— Julia. — Paul estendeu a mão para ajudá-la, mas ela se encolheu.

— Por favor, não faça isso. Não me toque. Não vou conseguir manter o resto de orgulho que ainda tenho se você me tocar.

— Para o inferno com isso. — Ele a pegou no colo. Enquanto Paul a carregava para dentro de casa, os primeiros soluços começaram a estremecer-lhe o corpo.

— Eles me jogaram numa cela. Fizeram um monte de perguntas, repetidas vezes, e me jogaram numa cela. Trancaram a porta e me deixaram lá. Eu não conseguia respirar lá dentro.

Mesmo com os lábios apertados numa linha fina, Paul murmurou palavras de consolo:

— Você precisa se deitar um pouco. Descansar.

— Eu ficava pensando na aparência dela quando a encontrei. Eles acham que eu fiz aquilo com ela. Deus do céu, eles vão me levar de volta para lá! O que vai acontecer com o Brandon?

— Eles não vão te botar de volta naquele lugar. — Após deitá-la na cama, tomou o rosto dela entre as mãos. — Eles não vão botá-la de volta naquele lugar. Acredite em mim.

Ela queria acreditar nisso, mas tudo o que conseguia era se ver presa dentro daquele espaço pequeno e gradeado.

— Não me deixe sozinha, por favor. — Agarrou as mãos dele, as lágrimas queimando seus olhos. — Me toque. Por favor. — Puxou a boca de Paul para a dela. — Por favor!

Consolo não era a resposta. Palavras tranquilizadoras e carícias gentis não espantariam o desespero. O que ela precisava era de paixão, rápida e fulminante, forte, imediata. Ali, com ele, ela podia esvaziar a mente, preencher o corpo. Tateou em busca dele, os olhos ainda úmidos de choque e pavor, o corpo arqueando de encontro ao dele enquanto o puxava pelas roupas.

Não houve palavras. Julia não queria palavras; até mesmo as mais suaves a fariam pensar. Ainda que fosse por pouco tempo, queria apenas sentir.

Paul desistiu de tentar aplacar os medos dela. Não havia medo algum na mulher que rolava com ele na cama, na boca ávida e nos dedos curiosos que despertavam espasmos de prazer por todo o seu corpo. Tão desesperado quanto ela, rasgou-lhe as roupas, desejando vê-la, senti-la. A pele quente e úmida vibrando sob suas mãos, o perfume selvagem e sensual dos desejos, a fragrância sedutora de uma mulher.

A luz penetrou o quarto, impregnada com as chamas do crepúsculo. Julia ergueu-se sobre ele, o rosto sem a palidez de antes, mas agora corado, cheio de vida. Agarrou os pulsos de Paul e trouxe suas mãos aos seios. Jogando a cabeça para trás, ela o envolveu e o absorveu profundamente.

O corpo dela se enrijeceu e estremeceu com o orgasmo. Com os olhos fixos nele, pegou sua mão e beijou a palma. Em seguida, com um grito de desespero e triunfo, cavalgou-o depressa, com vontade, como se sua vida dependesse disso.

♦♦♦♦

Julia dormiu por uma hora numa exaustão sem sonhos. Mas então a realidade começou a se insinuar sorrateiramente, contornando suas defesas, arrancando-a do sono e acordando-a por completo. Controlando-se para não soltar um grito de alarme, ela se sentou na cama. Tinha certeza de que estava de volta na cela. Sozinha. Trancada.

Paul se levantou da cadeira onde estivera sentado, observando-a, e se aproximou da cama para tomar-lhe a mão.

— Estou aqui.

Ela levou alguns instantes para conseguir voltar a respirar.

— Que horas são?

— Ainda é cedo. Eu estava pensando em descer para preparar o jantar. — Pegou o queixo dela antes que ela pudesse fazer que não. — Você precisa comer.

Claro que sim. Precisava comer, dormir, caminhar e respirar. Fazer todas essas coisas normais, a fim de se preparar para o anormal. Havia também outra coisa que precisava fazer.

— Paul, preciso ligar para o Brandon.

— Hoje?

Querendo se livrar da sensação de sonolência, Julia desviou os olhos; virou-se para a janela e para o rugido do mar.

— Eu devia ter ido buscá-lo, mas não tinha certeza se aguentaria. Tenho medo de que ele escute ou veja alguma coisa na televisão. Preciso explicar tudo a ele, prepará-lo.

— Vou ligar para CeeCee. Por que não toma um banho longo e quente e umas duas aspirinas? Eu vou estar lá embaixo.

Julia puxou os lençóis enquanto ele seguia para a porta.

— Paul... obrigada. Por isso e por antes.

Ele se encostou no umbral. Cruzou os braços e levantou uma sobrancelha. Ao falar, sua voz assumiu um tom deveras britânico e muito divertido:

— Está me agradecendo por ter feito amor com você, Jules?

Incomodada, ela deu de ombros.

— Estou.

— Bom, nesse caso, suponho que deva dizer que não tem de quê, minha querida. E não se esqueça de ligar. Qualquer hora.

Ao escutá-lo descendo as escadas, Julia pegou-se fazendo algo que não sabia se seria capaz de fazer novamente. Pegou-se sorrindo.

♦♦♦♦

O BANHO AJUDOU, assim como as poucas garfadas da omelete preparada por Paul que ela conseguiu comer. Ele não esperava uma conversa.

O que ela devia a ele era outra coisa. Paul parecia entender que ela precisava pensar com cuidado sobre o que diria para o filho. Como ia contar ao menino que sua mãe estava sendo acusada de assassinato.

Julia andava de um lado para o outro da sala quando escutou o carro encostando. Com as mãos unidas, virou-se para Paul.

— Acho que seria melhor...

— Você falar com ele sozinha — completou ele. — Vou estar no escritório. Não me agradeça de novo, Jules — disse ao vê-la fazer menção de falar. — Não vou ser tão compreensivo dessa vez.

Enquanto ele subia a escada, ela xingou baixinho e com violência. Recomposta, Julia abriu a porta. Lá estava Brandon, sorrindo para ela, a mochila pendurada num dos ombros. Ele conseguiu se segurar para não sair despejando todas as coisas que havia feito durante o dia. Lembrou-se do que ela tivera que fazer. Sua mãe tinha ido a um enterro, e seus olhos pareciam tristes.

Atrás dele, CeeCee estendeu a mão para Julia. O silencioso gesto de apoio, de confiança, fez com que sua garganta pinicasse.

— Me ligue — disse CeeCee. — Se precisar de alguma coisa, me ligue.

— Eu... obrigada.

— Me ligue — repetiu CeeCee, dando uma rápida afagada nos cabelos de Brandon. — A gente se vê, garoto.

— Tchau. Ah, e diz pro Dustin que eu o vejo na escola.

— Brandon. — Ó céus, pensou Julia. Estava tão certa de que havia se preparado. Mas ele estava com os olhos fixos nela, o rosto tão jovem, tão confiante. Fechou a porta atrás de si e o levou para o deque. — Vamos ficar aqui fora um pouco.

Ele já sabia tudo sobre a morte. A mãe lhe explicara quando os avós tinham morrido. As pessoas iam embora para o céu, como anjos ou algo parecido. Às vezes, elas ficavam muito doentes, ou sofriam um acidente. Ou, então, eram feitas em pedacinhos, como os garotos do filme

Halloween que ele e Dustin tinham saído da cama para assistir no vídeo umas duas semanas antes.

Não gostava de pensar muito nessas coisas, mas imaginou que era sobre isso que a mãe queria conversar com ele.

Ela continuava segurando sua mão. Com força. E observava a escuridão, onde só era possível ver a espuma branca das ondas batendo contra a areia. Atrás deles, as luzes de casa estavam acesas, portanto ele conseguia ver o rosto da mãe e a forma como seu longo roupão azul balançava ao vento.

— Ela era uma mulher bacana — começou Brandon. — Ela costumava conversar comigo, me perguntar sobre a escola e coisa e tal. E ria das minhas piadas de o que é, o que é. Fico triste que ela tenha morrido.

— Ah, Brandon, eu também. — Julia inspirou fundo. — Ela era uma pessoa muito importante, e você vai escutar muita coisa a respeito dela... na escola, na televisão, nos jornais.

— Estão dizendo que ela era uma deusa, mas ela era uma pessoa de verdade.

— Isso mesmo, ela era uma pessoa de verdade. E as pessoas de verdade fazem coisas, tomam decisões, cometem erros. Se apaixonam.

Ele mudou de posição. Julia sabia que o filho estava naquela idade em que conversas sobre o amor o deixavam desconfortável. Normalmente, isso a faria rir.

— Tempos atrás, Eve se apaixonou. E teve um bebê. Ela e o homem não podiam ficar juntos, portanto ela teve de fazer o que achou que era o melhor para o bebê. Tem muita gente boa que não pode ter seus próprios filhos.

— Então elas adotam, como a vovó e o vovô adotaram você.

— Isso mesmo. Eu amava os seus avós, e eles me amavam. E amavam você. — Ela se virou e se agachou para pegar o rosto dele entre as mãos. — Mas descobri, há alguns dias, que o bebê com quem Eve não pôde ficar era eu.

Ele não se encolheu em choque, apenas sacudiu a cabeça, como se tentasse captar o sentido daquelas palavras.

— Você está dizendo que a srta. B era a sua verdadeira mãe?

— Não, sua avó foi minha verdadeira mãe, a pessoa que me criou, me amou e cuidou de mim. Mas Eve foi a pessoa que me trouxe para este mundo. Ela era minha mãe biológica. — Soltando um suspiro, Julia afagou o cabelo do filho. — Sua avó biológica. Depois que vocês se conheceram, você acabou se tornando muito importante para ela. Eve tinha orgulho de você, e sei que ela gostaria de ter tido tempo de lhe dizer isso pessoalmente.

Os lábios dele tremeram.

— Se você era filha dela, por que ela não ficou com você? Eve tinha uma casa grande, dinheiro e tudo mais.

— Nem sempre o problema é uma casa grande e dinheiro, Brandon. Há outros motivos, motivos mais importantes, que fazem alguém tomar uma decisão dessas.

— Você não me entregou para adoção.

— Não. — Julia encostou o rosto no dele e sentiu o amor, tão intenso, tão palpável, como na época em que ele ainda estava em seu ventre. — Mas o que funciona para uma pessoa nem sempre funciona para a outra. Ela fez o que achou que era o certo, Brandon. Como eu posso ficar triste por isso se acabei ganhando a vovó e o vovô?

Com as mãos apoiadas sobre os ombros do filho, ela se sentou nos calcanhares.

— Estou contando tudo isso agora porque as pessoas vão falar. Quero que você saiba que não tem do que se envergonhar, nem do que se arrepender. Você tem todo o direito de se sentir orgulhoso por ser neto da Eve.

— Eu gostava muito dela.

— Eu sei. — Sorrindo, conduziu-o até um banco que havia junto à cerca de proteção do deque. — Tem mais uma coisa, Brandon, e isso não vai ser fácil. Preciso que você seja corajoso, e preciso que acredite que tudo vai dar certo. — Com os olhos fixos nos do filho, esperou até ter certeza de que conseguiria dizer o restante com tranquilidade: — A polícia acha que eu matei a Eve.

Ele nem sequer piscou. Em vez disso, seus olhos se encheram de raiva e sua pequena boca se crispou.

— Isso é burrice!

Aliviada, Julia riu e apoiou o rosto na cabeça de Brandon.

— É verdade. É muita burrice.

— Você não mata nem aranha. Eu posso dizer isso a eles.

— Eles vão descobrir a verdade. Mas talvez leve algum tempo. Eu talvez tenha de ir a julgamento.

Ele enterrou o rosto no peito dela.

— Como aconteceu com o juiz Wapner?

Ao senti-lo tremer, Julia começou a niná-lo, como fazia quando ele era um bebê e sofria de cólicas terríveis.

— Não exatamente. Mas não quero que você se preocupe. Eles vão acabar descobrindo a verdade.

— Por que nós não podemos simplesmente ir embora? Por que não voltamos para casa?

— Nós vamos. Quando tudo isso terminar, nós vamos. — Ela o abraçou. — Eu prometo.

♦♦♦♦

EM SEU quarto, onde havia se escondido para beber e remoer, Drake se preparou para dar um telefonema. Estava feliz da vida que a piranha estivesse enterrada em problemas até o pescoço. Nada lhe daria mais prazer do que ver a prima ir para a cadeia por assassinato.

No entanto, mesmo com ela fora do caminho, ainda havia Paul interpondo-se entre ele e todo aquele dinheiro. Talvez não houvesse um jeito de revogar o testamento, de colocar suas mãos na herança pela qual tanto trabalhara.

Mas havia sempre uma saída. E a estivera guardando para o momento certo.

Tomou um gole de vodca Absolut direto da garrafa e sorriu ao escutar o telefone chamar.

— Sou eu, Drake — falou, sem preâmbulos. — Nós precisamos nos encontrar... Por quê? Bem, é simples. Tenho algumas informações que são do seu interesse. Tipo: o que você estava fazendo, entrando sorrateiramente na casa de hóspedes e vasculhando as anotações da minha querida prima Julia? Ah, e tem outra coisa que a polícia ia adorar saber. Como, por exemplo, o fato de que o sistema de segurança estava desligado no dia em que Eve foi assassinada. Como é que eu sei? — Ele sorriu de novo, já contando o dinheiro. — Eu sei um monte de coisas. Sei que Julia estava no jardim naquele dia. Sei que outra pessoa entrou na casa de hóspedes, onde Eve a esperava, e depois saiu sozinha. Totalmente sozinha.

Ele escutou, sorrindo para o teto. Meu Deus, era muito bom estar no controle novamente.

— Ah, tenho certeza de que você tem milhões de motivos e explicações. Você pode apresentar tudo isso aos policiais. Ou... pode me convencer a esquecer tudo. Eu poderia ser convencido, digamos, por duzentos e cinquenta mil dólares. Pra começar. Razoável? — perguntou, com uma risada. — Sim, eu vou ser razoável. Vou lhe dar uma semana para arrumar o dinheiro. Uma semana, contando a partir de hoje. Melhor à meia-noite. É uma hora muito poética. Traga o dinheiro para a minha casa. O dinheiro todo; caso contrário, irei direto até a promotoria salvar minha pobre prima.

Drake desligou e, em seguida, decidiu escolher um nome no seu caderninho preto. Estava com vontade de comemorar.

◆◆◆◆

Rusty Haffner pensava em sua própria saída. Passara a vida jogando com as probabilidades e, embora tivesse perdido mais do que ganhado, sentia que ainda continuava no jogo. Fora forçado pelo pai a entrar para os Fuzileiros Navais assim que terminara o ensino médio. Precisara de muito jogo de cintura para atravessar o período de recrutamento, tendo escapado por um triz de um afastamento desonroso.

Mas aprendera como usar o "Sim, senhor", como puxar o saco dos superiores e se livrar dos problemas.

Estava entediado com seu trabalho atual, e tinha vontade de abandoná-lo. Isso se o pagamento não fosse tão bom. Seiscentos dólares por semana para vigiar uma mulher era uma oferta difícil de recusar.

Agora, porém, o velho Rusty estava imaginando se havia um jeito de passar uma camada de manteiga um pouco mais grossa em seu pão.

Enquanto comia um iogurte de amora, assistia ao noticiário das onze. Estava tudo ali. Julia Summers, a garota de classe que ele estivera vigiando por semanas. Não era uma surpresa e tanto descobrir que ela era a filha de Eve Benedict? E que era a principal suspeita do assassinato da velha cocota? E, o mais interessante para ele, Rusty P. Haffner, era que ela estava prestes a herdar uma boa parte dos bens que, segundo os boatos, estavam estimados em mais de cinquenta milhões de dólares.

Uma garota de classe como a tal Summers ficaria muito agradecida à pessoa que a ajudasse a sair daquela confusão. Muito mais agradecida do que seiscentos por semana. Grata o bastante, pensou Rusty, lambendo a colher, para deixar um homem numa boa situação financeira pelo resto da vida.

Talvez seu cliente atual ficasse um tanto irritado, a ponto de querer lhe causar problemas. Mas por, digamos, dois milhões — em dinheiro — ele poderia resolver isso.

Capítulo Vinte e Nove
♦ ♦ ♦ ♦

Suado, revigorado e satisfeito com o mundo em geral, Lincoln Hathoway voltou de sua corrida matinal e entrou na cozinha. A cafeteira Krups estava terminando de passar o café. Verificou a hora. Seis e vinte e cinco. Perfeito.

Se havia algo que ele e Elizabeth, sua esposa há quinze anos, concordavam, era com a harmonia. Eles levavam uma vida tranquila. Lincoln gostava de ser um dos mais respeitados advogados criminais da Costa Leste, e ela, de ser a esposa e a anfitriã de um homem bem-sucedido. Eles tinham dois filhos espertos e bem-educados que não conheciam nada além de fartura e estabilidade. É verdade que haviam passado por momentos difíceis dez anos antes, mas tinham superado sem praticamente nenhuma mágoa. Poderiam lhes dizer que os anos os haviam jogado numa rotina insípida, mas era exatamente assim que eles queriam.

Como sempre, Lincoln pegou a caneca com os dizeres: ADVOGADOS RESOLVEM TUDO ATRAVÉS DE REUNIÕES — um presente que sua filha Amelia lhe dera pelo seu quadragésimo aniversário. Costumava tomar sua primeira caneca de café sozinho, assistindo ao noticiário da manhã na televisão da cozinha, antes de subir para tomar um banho. Era uma boa vida, pensou, ligando o aparelho. O apresentador anunciou uma novidade estarrecedora em relação ao caso do assassinato de Eve Benedict.

A caneca que Lincoln segurava escorregou e se espatifou no chão. O café colombiano escorreu como um rio pelo brilhante piso de ladrilhos brancos.

— Julia. — O nome dela escapou como um sussurro de seus lábios enquanto puxava uma cadeira.

♦ ♦ ♦ ♦

Ela estava sentada sozinha, enroscada num dos cantos do sofá. O caderno no qual tentava escrever balançava precariamente em suas mãos. Disse a si mesma que precisava fazer uma lista, enumerar as prioridades. O que tinha de ser feito.

Precisava de um advogado, é claro. O melhor que pudesse bancar. Isso talvez significasse que teria de hipotecar sua casa pela segunda vez. Talvez até mesmo vendê-la. O dinheiro de Eve — caso tivesse pensado em usá-lo — não estava disponível. Enquanto fosse suspeita de tê-la matado, não poderia se beneficiar dele.

Os benefícios da morte. Sempre achara isso um termo estranho. Ainda mais agora.

Precisava se certificar de que Brandon ficasse bem. Durante o julgamento. E depois, se... Não era hora de pensar no *se*. Não tinha parentes. Tinha amigos, muitos dos quais já haviam tentado entrar em contato com ela. Mas para qual deles poderia entregar seu filho?

Esse era o ponto onde a lista havia parado; a partir dali, não conseguira ir adiante.

O telefone tocava de poucos em poucos minutos. Ela escutava a secretária atender, e a voz de Paul informando que ninguém estava disponível. Além dos repórteres, havia os que ligavam por estarem preocupados. CeeCee, Nina, Victor. Ó céus, Victor. Ao escutar a voz dele, fechou os olhos. Será que ele sabia? Que suspeitava? O que eles poderiam dizer um ao outro agora que não fosse causar ainda mais sofrimento?

Queria que Paul voltasse logo. Ao mesmo tempo, queria que ele demorasse, para que ela pudesse ficar mais um pouco sozinha. Ele lhe dissera apenas que tinha coisas a resolver. Não lhe dissera o quê, e ela não perguntara.

Ele próprio havia levado o Brandon para a escola.

Brandon. Precisava acertar a vida do filho.

Quando o telefone tocou de novo, Julia ignorou. Contudo, a urgência na voz a fez escutar. Ao reconhecer quem era, seus olhos se fixaram no nada.

— Julia, por favor, me ligue assim que puder. Cancelei meus compromissos de hoje e vou ficar em casa. Acabei de escutar, no noticiário desta manhã. Por favor, me ligue. Não sei nem como dizer o quanto... Me ligue. O telefone daqui é...

Devagar, sem sequer perceber que havia se levantado e atravessado a sala, ela pegou o telefone.

— Lincoln. Sou eu, Julia.

— Ah, graças a Deus! Eu nem sabia se eles tinham me dado o número certo. Tive de mexer alguns pauzinhos no Departamento de Polícia de Los Angeles.

— Por que você está me ligando?

O que ele escutou não foi amargura, mas surpresa. Isso tornou a vergonha quase insuportável:

— Porque você está prestes a encarar um julgamento por assassinato. Não posso acreditar, Julia. Não posso acreditar que eles tenham provas suficientes para levá-la a julgamento.

A voz dele continuava igual, percebeu ela. Clara e precisa. Por motivos que não conseguia compreender, imaginou se ele ainda passava as cuecas.

— Eles parecem achar que sim. Eu estava lá. Minhas digitais estão na arma do crime. E eu a ameacei.

— Meu Deus. — Ele correu uma das mãos pelo cabelo louro e macio. — Quem está te representando?

— Greenburg. Ele era o advogado da Eve. Na verdade, ele está procurando outra pessoa. Greenburg não trabalha com direito criminal.

— Escute, Julia. Não fale com ninguém. Você me escutou? Não fale com ninguém.

Ela quase sorriu.

— Isso significa que devo desligar?

Ele jamais entendera o senso de humor dela; portanto, ignorou e continuou:

—Vou pegar o primeiro voo que conseguir. Sou membro da Ordem dos Advogados da Califórnia; portanto, não terei problemas. Agora, me passe o endereço de onde você está.

— Por quê? Por que você quer vir aqui, Lincoln?

Ele já estava pensando nos motivos e nas explicações que daria à esposa, aos colegas, à mídia.

— Eu devo isso a você — respondeu com seriedade.

— Não. Você não me deve nada. — Ela estava segurando o telefone com as duas mãos. — Você percebeu, por acaso lhe ocorreu que você não perguntou sobre ele? Você sequer perguntou sobre ele.

No silêncio que se seguiu, ela escutou uma porta bater. Virando-se, viu Paul parado, observando-a.

— Julia. — A voz de Lincoln soou baixa, apaziguadora. — Eu quero ajudar você. Pode achar o que quiser de mim, mas você sabe que eu sou o melhor. Deixe-me fazer isso por você. E pelo garoto.

O garoto, pensou ela. Ele sequer conseguia dizer o nome de Brandon. Julia apoiou a cabeça na mão por alguns instantes, lutando para deixar de lado as emoções. Lincoln dissera uma coisa que era a mais pura verdade. Ele era o melhor. Não podia deixar o orgulho atrapalhar sua chance de liberdade.

— Estou em Malibu — disse, e passou o endereço. — Até, Lincoln. Obrigada.

Paul não disse nada, apenas esperou. Não sabia ao certo o que estava sentindo. Não, pensou, sabia sim. A sensação que tivera ao entrar em casa e perceber com quem ela estava falando tinha sido idêntica a um tiro no peito. E, agora, estava sangrando por dentro.

— Você escutou — começou ela.

— Sim, escutei. Achei que tínhamos combinado que você não ia atender nenhuma ligação.

— Me desculpe, mas precisei atender.

— Claro, naturalmente. — Ele se balançou para a frente e para trás nos calcanhares. — Ele a ignora por dez anos, mas você tinha de atender o telefonema dele.

Sem perceber o que estava fazendo, Julia levou a mão ao estômago, que começava a ficar embrulhado.

— Paul, ele é advogado.

— Foi o que escutei. — Andou até o bar, mas achou melhor ficar na água mineral. Um drinque agora seria como jogar gasolina no fogo. — E, obviamente, ele é o único advogado do país com qualificação para assumir o seu caso. Ele vai aparecer aqui com sua pasta prateada e salvá-la das garras da injustiça.

— Não posso me dar ao luxo de recusar uma oferta de ajuda, de quem quer que seja. — Ela pressionou os lábios, precisando manter a voz calma. Sentia uma vontade terrível de passar correndo por ele e abrir a porta. — Talvez você me considerasse uma pessoa melhor se eu tivesse cuspido na cara dele. Talvez eu me considerasse uma pessoa melhor também. Mas não tenho certeza de que conseguirei sobreviver se eles me mandarem para a cadeia. Além disso, estou com medo, estou com muito medo pelo Brandon.

Paul botou o copo de lado e andou até Julia. Ao parar diante dela, esfregou seus braços, numa carícia gentil.

— Vamos combinar o seguinte, Jules. Vamos deixá-lo exercitar sua mágica de advogado. E, quando tudo estiver terminado, nós dois cuspimos na cara dele.

Ela o abraçou e colou o rosto no dele.

— Eu te amo.

— Já estava na hora de você me dizer isso novamente. — Erguendo o rosto dela, deu-lhe um beijo. Em seguida, a puxou para o sofá. — Agora, sente-se um pouco enquanto eu conto o que andei aprontando.

— Aprontando? — Ela tentou sorrir, imaginando se algum dia eles teriam uma conversa normal.

— Andei bancando o detetive. Que escritor de mistério não é um detetive frustrado? Já comeu?

— O quê? Paul, você está pulando de um assunto para o outro.

— Acabei de decidir, vamos conversar na cozinha, enquanto comemos alguma coisa. — Ele se levantou, pegou-a pela mão e saiu arrastando-a. — Gosto de observá-la comer enquanto falo. Acho que o Brandon deixou um pouco de manteiga de amendoim.

— Você está sugerindo um sanduíche de manteiga de amendoim?

— Com geleia — declarou, pegando o pote de Skippy. — Isto é cheio de proteína.

Ela não teve coragem de dizer a ele que não estava com fome.

— Eu preparo.

— Não, deixe que eu faço, é a minha especialidade — lembrou-lhe.

— Sente-se. O dia que eu tiver de encarar um julgamento por assassinato, deixo você me mimar.

Ela conseguiu sorrir.

— Combinado. — Julia o observou cortar o pão, imaginando se ele se lembrava daquele primeiro dia em que conhecera Eve. Com um pequeno suspiro, olhou para o vaso de dólar sobre o peitoril da janela, logo atrás dele. Será que Paul havia percebido que, até ela e Brandon se mudarem para lá, a planta estava morrendo? Um pouco de água, um pouco de fertilizante, e ela estava brotando novamente. Era necessário tão pouco para manter uma vida!

Sorriu de novo quando Paul colocou o prato diante dela. Era bom ter um sanduíche de manteiga de amendoim com geleia, e alguém para amar.

— Você não cortou o pão em triângulos.

Ele levantou uma das sobrancelhas.

— Homens de verdade não comem pães cortadinhos. Isso é para boiolas.

— Graças a Deus você me avisou, caso contrário, eu continuaria cortando os do Brandon e deixando-o envergonhado. — Ao pegar um deles, a geleia transbordou pelos lados. — Pois bem, você andou bancando o detetive.

— O que chamamos de trabalho de campo. — Ao se sentar, esticou o braço para prender o cabelo dela atrás da orelha. — Conversei com Jack, o piloto do avião. Ele disse que pode jurar, na sua opinião de especialista, que a mangueira de combustível foi sabotada. Pode não ser muita coisa, mas pelo menos prova que algo estava acontecendo, que alguém de fora a estava ameaçando. Talvez ameaçando Eve também.

Ela se obrigou a comer, a alimentar esperanças.

— Certo. Acho importante convencer a polícia de que alguém estava enviando ameaças... por causa do livro. As fitas. Se eles escutaram as fitas, não entendo como podem achar que eu... — Ela fez que não. — Não há como provar que alguém, além de Eve e de mim, sabia o que havia nelas.

— A questão é criar uma *dúvida razoável*. Isso é tudo o que precisamos. Quero me encontrar com a Travers — acrescentou ele. Queria falar com honestidade sobre isso, mas também queria escolher as palavras com cuidado. — Ela ainda está arrasada, Jules. A vida da Travers estava totalmente ligada à da Eve... por tudo o que Eve fez por ela e pelo seu filho.

— E a Travers acredita que eu a matei.

Ele se levantou, a fim de pegar um drinque para os dois. A primeira coisa que encontrou foi uma garrafa de Chablis, e imaginou que o vinho branco combinaria perfeitamente com o sanduíche de manteiga de amendoim.

— Ela precisa botar a culpa em alguém. E quer que esse alguém seja você. O lance com a Travers é que muito pouca coisa acontecia naquela casa sem que ela soubesse. O fato de Eve ter escondido a doença de todo mundo, inclusive dela, apenas prova o quanto Eve era habilidosa e determinada. Alguém mais esteve na propriedade naquele dia. Esteve na casa de hóspedes. Travers é nossa melhor chance de descobrirmos quem foi.

— Eu só gostaria... eu gostaria que ela entendesse que nada do que falei naquela noite foi de coração. — A voz de Julia engrossou. Ela pegou a taça, mas a colocou de volta na mesa, sem beber. — Eu nunca quis que aquela fosse a última lembrança que Eve pudesse vir a ter de mim. Esse é um arrependimento que terei de carregar pelo resto da vida, Paul.

— Isso seria um erro. — Ele cobriu a mão de Julia com a dele e a apertou ligeiramente. — Ela a trouxe para cá para que vocês pudessem se conhecer melhor. Um incidente, algumas palavras ditas de cabeça quente não mudam nada. Fui ver o médico dela, Julia.

— Paul. — Ela entrelaçou seus dedos com os dele. Naquele momento, cada toque, cada contato parecia precioso. — Você não devia ter feito isso sozinho.

— Eu queria fazer isso sozinho. Ela foi diagnosticada no ano passado, pouco depois do Dia de Ação de Graças. Na época, Eve disse que não estava com ânimo para peru ou torta de abóbora, e que ia passar uma ou duas semanas no spa Golden Door, a fim de ser paparicada e rejuvenescida. — Ele fez uma pausa, lutando com as próprias emoções. — Ela deu entrada no hospital para fazer os exames. Ao que parece, Eve vinha sentindo dores de cabeça, mudanças de humor e visão embaçada. O tumor estava... bom, para simplificar, já era tarde demais. Eles podiam lhe dar remédios para aplacar os sintomas. E ela continuaria vivendo normalmente. Mas não podiam curá-la.

Paul a fitou. Em seus olhos, Julia viu um poço de sofrimento escuro, atroz.

— Eles não tinham como impedir o desenvolvimento do tumor. E lhe disseram que ela tinha um ano, no máximo. Eve foi direto ver um especialista em Hamburgo. Mais exames, o mesmo resultado. Ela deve ter decidido então o que faria a seguir. Foi no começo de dezembro que ela falou para mim e para Maggie sobre o livro. E sobre você. Eve queria aproveitar o pouco tempo que lhe restava sem que aqueles que amava soubessem disso.

Julia olhou para o vaso de plantas, florescendo sob o sol.

— Ela não merecia que parte desse tempo lhe fosse roubado.

— Não. — Ele tomou um gole do vinho, num brinde silencioso. Mais outro adeus. — E ela ficaria furiosa se soubesse que quem fez isso escapou impune. Não vou deixar isso acontecer. — Levou sua taça à de Julia, numa espécie de brinde à cumplicidade que fez a garganta dela arder. — Tome o vinho — disse. — Faz bem à alma. E vai ajudá-la a relaxar, tornando mais fácil para mim seduzi-la.

Julia piscou para conter as lágrimas.

— Manteiga de amendoim com geleia e sexo, tudo numa tarde só. Não sei se posso aguentar.

—Vamos ver — replicou Paul, colocando-a de pé.

♦♦♦♦

PAUL ESPERAVA que Julia dormisse por uma ou duas horas. Saiu do quarto, deixando as persianas abaixadas e o ventilador de teto ligado para espantar o calor.

Como a maior parte dos contadores de histórias, podia formular uma trama em qualquer lugar — no carro, na sala de espera do dentista, num coquetel. Contudo, descobrira no decorrer dos anos que seu lugar de maior inspiração era o escritório.

Arrumara o escritório como tinha arrumado o restante da casa. Para seu proveito. O espaço arejado no segundo andar era onde passava a maior parte do tempo. Uma das paredes era toda de vidro, só céu e mar. Quem não entendia o processo da escrita não acreditava que ele estivesse trabalhando ao vê-lo apenas sentado, olhando para fora, observando as mudanças na luz e nas sombras, os mergulhos das alegres gaivotas.

A fim de compensar o incômodo de ter de usar a cabeça e a intuição para bolar uma história, Paul transformara seu espaço de trabalho numa ode ao conforto. As paredes laterais eram tomadas por livros. Alguns referentes a pesquisas, outros apenas para seu prazer. Dois fícus idênticos vicejavam em pesados vasos de pedra. Certo ano, Eve havia invadido seu santuário pessoal e pendurado pequeninas bolas vermelhas e verdes nos galhos finos das duas árvores, no intuito de lembrá-lo que, quer ele tivesse ou não um prazo para a entrega do livro, o Natal estava se aproximando.

Paul ingressara alegremente na era dos computadores, e trabalhava num pequeno PC. Ainda fazia anotações em pedacinhos de papel que, em geral, perdia. Mandara instalar um excelente aparelho de som no aposento, certo de que iria gostar de escrever ao som de Mozart ou Gershwin. Contudo, levara menos de uma semana para admitir que detestava a distração proporcionada pela música. Mantinha também uma pequena geladeira abarrotada de refrigerantes e cerveja. Quando se envolvia com um livro, chegava a passar dezoito horas trancado ali dentro, antes de decidir sair cambaleando, meio cego, de volta para a realidade.

Portanto, foi para lá que ele foi, a fim de pensar em Julia e no mistério que precisava resolver para provar a inocência dela.

Paul se sentou, recostou-se na cadeira e olhou para o céu, tentando esvaziar a mente.

Se estivesse tentando bolar uma trama comum, ela seria a assassina perfeita. Calma, pacata e demasiadamente controlada. Reservada. Reprimida. Resistente a mudanças. Eve aparecera e destruíra a vidinha simples e bem-organizada que ela havia construído para si mesma. O gênio forte acabara atravessando a capa exterior de controle e, num momento de desespero e fúria cega, ela a matara.

A promotoria talvez dissesse isso, pensou. Lançando ainda uma herança de alguns vários milhões como incentivo extra. Claro que eles teriam dificuldade em provar que Julia já sabia do testamento. Ainda assim, talvez não fosse tão difícil convencer um júri — se chegasse a isso — de que Julia era a confidente de Eve.

A rainha do cinema, velha e doente, um busca do tempo perdido, do amor de uma criança que entregara para adoção. Eles podiam pintar Eve como uma vítima vulnerável, encarando sua doença sozinha e de forma corajosa, tentando desesperadamente criar um laço com a filha.

Eve iria bufar e dizer que era uma porcaria.

Matricídio, pensou. Um crime bem feio. Achava que a promotoria ficaria muito feliz em conseguir uma condenação por assassinato em segundo grau.

Acendeu uma cigarrilha, fechou os olhos e tentou descobrir o motivo pelo qual a cena não se encaixava direito.

Julia era incapaz de matar. Isso era, é claro, sua própria opinião, mas dificilmente funcionaria como defesa. Era melhor tentar se concentrar nas forças externas e nos fatos básicos do que em seus sentimentos.

Os bilhetes. Eles eram um fato. Ele mesmo estava com Julia quando ela recebera um. Ela não fingira o choque e o medo. A promotoria poderia argumentar que ela era filha de uma atriz, e chegara até mesmo a pensar em atuar. Mas ele duvidava que até mesmo Eve conseguisse representar com tanta frieza.

O avião fora sabotado. Será que alguém realmente acreditaria que ela teria arriscado sua vida e a chance de deixar um filho órfão apenas para criar um efeito?

As fitas. Ele havia escutado as fitas, e o conteúdo delas era volátil. Qual daqueles segredos valeria a vida de Eve?

Paul não tinha dúvida de que ela morrera para que uma mentira fosse preservada.

O aborto de Gloria. As perversões de Kincade. A ambição de Torrent. A ganância de Priest.

Delrickio. Ele queria acreditar do fundo do coração que Delrickio tinha sido o responsável. No entanto, não conseguia fazer as peças se encaixarem. Será que um homem que lidava com a morte de maneira tão fria ia perder o controle e matar alguém de um jeito tão imprudente?

Tinha sido um crime nascido da oportunidade. Quem quer que o tivesse cometido não tinha como saber ao certo a que horas Julia retornaria, ou se o jardineiro não estaria passando na frente da janela, indo podar as roseiras.

Mas isso não resolvia a questão do sistema de segurança. Ninguém além dos empregados estava na propriedade. Ainda assim, alguém havia entrado.

Paul perguntou a si mesmo o que teria feito se quisesse confrontar Eve, sozinho, sem que ninguém soubesse. Não seria difícil fazer uma visita normal e depois ir embora, desviando-se rapidamente para desligar os alarmes. Em seguida, voltar. Encará-la. Perder o controle.

Gostava disso. Gostava muito, exceto pelo detalhe de que a polícia havia chegado, e os alarmes estavam ligados.

Precisava falar com Travers de novo, com Nina e com Lyle. E com todos os outros, até o empregado mais insignificante.

Tinha de provar que alguém podia ter entrado. Alguém assustado o bastante para enviar os bilhetes. Alguém suficientemente desesperado para matar.

Cedendo a um impulso, pegou o telefone e discou.

— Nina, sou eu, Paul.

— Ah, oi, Paul. Travers falou que você ia dar uma passada aqui. — Deu uma olhada em torno do escritório, nas coisas que estava guardando cuidadosamente em caixas de papelão. — Estou arrumando as coisas, tirando as minhas. Aluguei uma casa nas montanhas até... até eu decidir o que vou fazer da minha vida.

— Você sabe que pode ficar aí o tempo que quiser.

— Obrigada. — Pegou um lenço no bolso. — Estou preocupada com a Travers, mas não aguento mais ficar aqui, sabendo que a srta. B nunca mais vai chegar correndo com algum pedido impossível. Ó céus, Paul, por que isso tinha de acontecer?

— Isso é o que temos de descobrir. Nina, sei que a polícia interrogou você.

— Mais de uma vez — respondeu ela, soltando um suspiro. — E agora foi a vez do promotor. Ele tem quase certeza de que terei que testemunhar no tribunal a respeito da discussão. E sobre Julia.

Ele percebeu o modo como a voz dela mudou, como ficou mais travada.

— Você acha que foi ela, não acha?

Nina baixou os olhos para o lenço de papel rasgado, jogou-o longe e pegou outro.

— Sinto muito, Paul, sei que você gosta muito dela. Mas, sim, não vejo outra explicação. Não acho que ela planejou nada. Acho que nem teve a intenção. Mas aconteceu.

— Mesmo que pense assim, Nina, acho que você pode me ajudar. Estou testando uma pequena teoria. Você pode me dizer quem apareceu para visitar a Eve no dia do assassinato? E na véspera?

— Ai, Paul!

— Sei que é difícil, mas me ajudaria muito.

— Tudo bem, então. — Num movimento rápido, Nina secou os olhos, meteu o lenço no bolso e pegou a agenda que não tinha guardado na caixa ainda. — Drake esteve aqui, e Greenburg. Maggie e Victor estiveram na véspera. Ah, e você, é claro. Travers falou que você veio ver a Eve, portanto anotei na agenda dela.

— Eficiente como sempre. — Resolveu testar outra possibilidade: — Eve tinha alguma coisa com o motorista?

— Lyle? — Pela primeira vez em dias, Nina riu com vontade. — Não! A srta. B tinha classe demais para querer tipos como ele. Ela gostava do modo como ele complementava o carro. Só isso.

— Mais uma coisa. O dia que aconteceu. Vocês tiveram algum problema com os alarmes? Alguém mexeu neles?

— Os alarmes? Não, por quê?

— Só estou verificando todas as possibilidades. Nina, escute, me avise depois que você tiver se acomodado na casa nova. E não se preocupe com a Travers. Eu cuido dela.

— Eu sei. Manterei contato, Paul... Sinto muito — completou ela, sem saber ao certo o que dizer. — Sinto muito por tudo.

— Eu também. — Ele desligou, ainda pensando. Discou o segundo número deliberadamente devagar, e esperou que o transferissem para Frank.

— Não tenho muito tempo, Paul. As coisas estão fervendo por aqui.

— Julia?

— É. Tem um figurão vindo da Costa Leste por causa dela.

— Eu sei.

— Ah, sim, imagino que sim. De qualquer forma, ele quer tudo o que nós temos sobre o caso, todos os papéis, sem exceção. O sujeito é muito influente, mesmo aqui, portanto o promotor que se certificar de que estejamos com tudo direitinho. E até ele já mandou um detetive almofadinha para ficar de olho na gente.

— Hathoway trabalha rápido.

— É verdade. — Ele baixou a voz: — E o promotor está trabalhando ainda mais rápido. Ele quer esse caso, Paul, quer muito. Esse assassinato envolve um monte de coisas... dinheiro, poder, projeção, escândalo. E isso vai dar a ele um excelente espaço na mídia.

— Me diz uma coisa Frank. Tem como você verificar se o sistema de segurança foi desligado naquele dia?

Frank franziu o cenho e checou seus papéis.

— Ele estava ligado quando nós verificamos.

— Mas será que ele pode ter sido desligado antes e depois religado?

— Por Deus, Paul, você está atirando a esmo. — Como não recebeu resposta, Frank murmurou por entre os dentes: — Tudo bem. Vou falar com os rapazes do Departamento de Eletrônica, mas não acho que você vá conseguir nada com isso.

— Então me dê outra pista. Você vai falar com o motorista de novo?

— O Garanhão da Califórnia? Pra quê?

— Pressentimento.

— Droga, esses escritores de suspense! — Mas ele já estava anotando. — Claro, posso dar outra prensa nele.

— Eu gostaria de estar por perto quando você fizer isso.

— Tudo bem, por que não? Para que eu preciso de pensão se posso viver das minhas boas ações?

— Mais uma coisa.

— Manda. Quer que eu entregue os arquivos para você? Suma com alguma prova? Atazane uma testemunha?

— Eu adoraria. Enquanto estiver fazendo isso, por que não verifica as companhias aéreas? Veja se alguém ligado a Eve viajou de avião para Londres no mês passado. Por volta do dia doze.

— Sem problema. Isso deve levar de dez a vinte horas. Algum motivo em particular?

— Eu te falo depois. Obrigado.

Agora, pensou Paul ao desligar o telefone, teria de esperar pelas respostas. Depois brincaria com elas para ver se tinha uma trama plausível.

Capítulo Trinta
♦♦♦♦

Era uma longa viagem da Filadélfia até Los Angeles. Nem mesmo voar de primeira classe podia eliminar o jet lag e a fadiga da viagem. Lincoln Hathoway, porém, parecia ter acabado de sair do alfaiate. O terno de gabardine risca de giz azul-marinho não apresentava um único amarrotado. Os sapatos feitos a mão brilhavam como espelho. E o cabelo louro, com um corte conservador, estava perfeitamente no lugar.

Paul gostava de pensar que era a aparência impecável que o fizera detestar o homem à primeira vista.

— Lincoln Hathoway — cumprimentou ele, estendendo a mão tratada por manicure. — Estou aqui para ver a Julia.

Paul ficou feliz que sua própria palma estivesse áspera de areia.

— Paul Winthrop.

— Sim, eu sei. — Não que ele o tivesse reconhecido pela foto da capa dos livros. Lincoln não tinha tempo para desperdiçar com ficção. Mas fizera sua secretária reunir todos os recortes disponíveis sobre Julia nos últimos seis meses. Sabia quem era Paul, assim como sabia qual era a relação dele tanto com a vítima quanto com a acusada. — Fico feliz em ver que a Julia tem um lugar discreto para ficar até termos resolvido tudo isso.

— Na verdade, estou mais preocupado com a paz de espírito dela do que com discrição. — Fez sinal para Lincoln entrar, decidindo que ia ser um prazer detestar o sujeito. — Quer um drinque?

— Um copo de água mineral com uma rodela de limão seria ótimo, obrigado. — Lincoln era um homem de formar opiniões rapidamente. Em geral, era necessário avaliar os jurados apenas pela aparência e pela linguagem corporal. Viu em Paul um homem rico, impaciente e desconfiado, e imaginou como poderia usar essas qualidades a seu favor se o caso fosse a julgamento. — Sr. Winthrop, como ela está?

Assumindo subitamente a imagem do britânico arredio, Paul se virou e entregou o copo a ele.

— Por que não pergunta a ela?

Julia estava parada na porta, com um braço protetor em volta de um garoto magro, de olhos escuros. Ela havia mudado naqueles dez anos, pensou Lincoln. Não mais irradiava entusiasmo e confiança, e sim controle e cautela. O cabelo louro-escuro, que costumava pender livremente, estava preso, deixando à mostra um rosto mais marcado, mais elegante.

Olhou para o garoto, sem se dar conta dos quatro parados ali, num silêncio tenso. Buscou algum sinal, algum traço físico que pudesse ter passado dele para a criança que nunca vira, nem desejara. Pura curiosidade humana, e ego.

Mas Lincoln não viu nada de si mesmo refletido no garoto franzino e desgrenhado. Isso o deixou aliviado, levou embora a culpa e o medo que haviam se instaurado nele durante o voo. O menino era filho dele — nunca duvidara disso —, mas, ao mesmo tempo, não era. Seu mundo, sua família e sua consciência estavam seguros; percebeu isso no breve instante que levou para olhar, avaliar e rejeitar.

Julia viu tudo — a maneira como os olhos dele pousaram em Brandon, pairaram nele por alguns instantes e, em seguida, o descartaram. Apertou o filho ainda mais, querendo protegê-lo de um golpe que ele sequer podia sentir. E, então, relaxou. Seu filho estava seguro. Qualquer dúvida que ainda pudesse ter com relação a contar a ele o nome do pai desapareceu. Para ambos, o pai dele estava morto.

— Lincoln. — Sua voz saiu tão fria e reservada quanto o menear de cabeça que ofereceu como cumprimento. — Foi gentil da sua parte vir tão rápido.

— Só sinto pelas circunstâncias.

— Eu também. — A mão deslizou do ombro do filho para a curva do pescoço. — Brandon, este é o sr. Hathoway. Ele é um advogado que trabalhava com o vovô. O sr. Hathoway veio aqui nos ajudar.

— Oi. — Brandon viu um homem alto, de aparência sóbria, com sapatos brilhantes e aquela expressão boba de "que menino grande!" que alguns adultos assumiam sempre que eram apresentados a uma criança.

— Oi, Brandon. Não se preocupe, nós vamos cuidar de tudo.

Paul não podia aguentar. Se a situação fosse outra, tinha certeza de que daria uma porrada no sujeito por ser tão indiferente.

— Vamos lá, garoto. — Estendeu a mão. Brandon a tomou de bom grado. — Vamos subir e ver que tipo de confusão a gente consegue arrumar.

— Bom, então... — Lincoln se sentou, sem sequer um olhar de relance para o filho que subia a escada. — Por que não começamos?

— Isso realmente não significou nada para você, não é mesmo? — perguntou Julia baixinho. — Vê-lo não significou nada.

Ele levou os dedos até o perfeito nó Windsor da gravata. Estivera receoso de que ela fizesse uma cena. Claro que estava preparado caso isso acontecesse.

— Julia, como eu falei para você há alguns anos, não posso me dar ao luxo de acalentar nenhum tipo de laço afetivo. Fico muito agradecido por você ter sido madura o suficiente para não procurar a Elizabeth, triste por não ter aceitado minha ajuda financeira e feliz por você ser bem-sucedida o bastante para não precisar dela. Naturalmente, sinto que tenho uma grande dívida com você, e fico muito, muito chateado por encontrá-la numa situação em que precisa dos meus serviços.

Ela começou a rir — não a risada fina e esganiçada de um ataque histérico, mas uma sonora e estrondosa gargalhada que deixou Lincoln estupefato.

— Desculpe — disse, despencando numa cadeira. — Você não mudou nada. Sabe, Lincoln, eu não tinha muita certeza do que ia sentir ao vê-lo de novo. Só não esperava não sentir nada. — Soltou um pequeno suspiro. — Bom, vamos deixar a gratidão de lado e fazer o que tem de ser feito. Meu pai tinha um enorme respeito por você como advogado e, como a opinião dele tem um grande peso para mim, você terá minha total cooperação e, enquanto isso durar, minha confiança absoluta.

Ele apenas anuiu. Apreciava uma boa dose de bom senso.

— Você matou Eve Benedict?

Os olhos dela faiscaram. Ele ficou surpreso em ver uma fúria tão profunda e volátil surgir tão depressa.

— Não. Você esperaria que eu admitisse se tivesse matado?

— Sendo filha de dois dos melhores advogados com os quais trabalhei, sabe que seria tolice mentir para a pessoa que irá representá-la. Agora, continuando... — Ele pegou um caderninho e uma caneta Mont Blanc. — Quero que me conte tudo que você fez, todos com quem falou e tudo o que viu no dia do assassinato de Eve Benedict.

Ela relatou tudo e, em seguida, repetiu. Depois, guiada pelas perguntas dele, repetiu pela terceira vez. Ele fez poucos comentários, apenas meneou a cabeça de tempos em tempos enquanto fazia anotações com sua letra clara e precisa. Julia se levantou uma vez para completar o copo dele e se servir de um.

— Ainda não tive tempo de estudar as provas contra você. Obviamente, avisei o promotor e o investigador que irei representá-la. Consegui uma cópia de alguns relatórios da promotoria antes de vir para cá, mas ainda não pude analisá-los com cuidado.

Ele fez uma pausa, cruzando as mãos sobre o colo. Julia lembrou que Lincoln sempre tivera esse jeito quieto e controlado. Isso, aliado à tristeza que vira em seus olhos, havia atraído uma adolescente romântica e impressionável. Agora, embora os gestos fossem os mesmos, no lugar da tristeza, via astúcia.

— Julia, tem certeza de que destrancou a porta ao entrar na casa naquela tarde?

— Tenho. Tive de parar e procurar pelas chaves. Desde que a casa fora invadida, eu tomava o cuidado de sempre deixá-la trancada.

Ele permaneceu com os olhos fixos nos dela e a voz calma.

— Tem certeza?

Ela fez menção de responder, mas parou e se recostou na cadeira.

— Quer que eu minta, Lincoln?

— Quero que você pense com cuidado. Destrancar a porta é um hábito, algo que uma pessoa pode achar que fez por ser um gesto automático. Especialmente depois de um choque. O fato de você ter dito à polícia que destrancou a porta da frente, e todas as outras estarem trancadas pelo lado de dentro quando eles chegaram na cena do crime, a deixa numa situação muito difícil. Nenhuma chave foi encontrada no corpo da morta, nem nos arredores da casa. Dessa forma, ou a porta estava destrancada ou alguém, alguém que tinha a chave, deixou Eve entrar.

— Ou a pessoa pegou a chave de Eve depois de matá-la — interveio Paul, descendo a escada.

Lincoln ergueu os olhos. Apenas um ligeiro crispar dos cantos da boca revelou a irritação diante da interrupção.

— Obviamente esse é um ponto de vista que podemos explorar. No entanto, como as provas sugerem um crime passional, talvez seja difícil convencer o juiz de que havia alguém na casa com Eve, que a matou e depois teve a presença de espírito de pegar a chave e trancar a casa de novo.

— Mas esse é o seu trabalho, não é? — Paul foi até o bar. Seus dedos chegaram a roçar a garrafa de uísque, mas ele recuou, decidindo pegar apenas uma água tônica. O mau-humor que tentava conter não precisava do estímulo de álcool.

— O meu trabalho é proporcionar a melhor defesa possível a Julia.

— Sinto muito por tornar as coisas mais difíceis para você, Lincoln, mas eu destranquei a porta com a minha chave.

Ele contraiu os lábios e verificou suas anotações.

— Você não fala nada sobre ter tocado na arma do crime, o atiçador da lareira.

— Porque não me lembro se toquei ou não. — Subitamente cansada, ela correu uma das mãos pelo cabelo. — Mas devo ter tocado, caso contrário minhas digitais não estariam nela.

— Poderiam estar, se você tiver acendido a lareira em algum momento nas duas últimas semanas.

— Mas não acendi. As noites têm sido agradáveis.

— A arma foi encontrada a alguns metros do corpo. — Ele pegou um arquivo na pasta. — Posso lhe mostrar algumas fotos?

Ela sabia o que ele queria dizer com isso, mas não tinha certeza da resposta. Buscando forças, esticou o braço. Lá estava Eve, esparramada no tapete, com seu rosto belíssimo, de tirar o fôlego. E o sangue.

— Deste ângulo — dizia Lincoln — dá para ver o atiçador logo ali. — Ele se debruçou e apontou para um ponto na foto. — Como se alguém o tivesse jogado ali, ou o deixado cair ao se afastar do corpo.

— Eu a encontrei assim — murmurou Julia, sentindo a própria voz abafada pelo rugido em sua mente e pelo enjoo forte que lhe revirava o estômago. — Lembro que fui até ela e peguei sua mão. Acho que falei seu nome. Percebi que ela estava morta. Me levantei, tropecei. Peguei o atiçador... eu acho... ele estava sujo de sangue. Minhas mãos também. Eu o joguei no chão porque precisava fazer alguma coisa. Ligar para alguém. — Ela jogou a foto longe e se levantou, trêmula. — Com licença. Preciso dar boa-noite ao Brandon.

Assim que Julia desapareceu escada acima, Paul se virou para Lincoln.

— Você precisava fazer isso com ela?

— Sim, precisava, infelizmente. E ainda vai piorar. — Num gesto rápido, Lincoln virou uma folha do caderno. — O promotor é um homem muito determinado e competente. E, como todos do gabinete da promotoria, ambicioso e ciente do valor de um julgamento célebre. Temos de apresentar uma alternativa plausível para toda e qualquer prova que ele tiver. Também temos de levantar uma dúvida razoável, não apenas aos olhos do juiz e dos jurados, se o caso chegar a tanto, mas do público. Agora, pelo que pude perceber, você e Julia têm um relacionamento pessoal...

— Você percebeu, é? — Com um sorriso lento e cruel, Paul se sentou no braço de uma poltrona. — Deixe-me esclarecer as coisas para você. Agora, a Julia e o Brandon me pertencem. Nada me daria mais prazer do que quebrar alguns ossos pequenos e vitais do seu corpo pelo que você fez com ela. Mas, se você for tão bom como escutei falar, se for a melhor chance de livrá-la dessa acusação, então farei qualquer coisa que me pedir.

A mão que segurava a caneta relaxou.

— Então sugiro que, em primeiro lugar, a gente esqueça o que aconteceu entre mim e Julia há mais de dez anos.

— Exceto isso — replicou Paul, sorrindo de novo. — Tente novamente.

Lincoln já vira sorrisos mais agradáveis em criminosos que condenara.

— Seus sentimentos pessoais com relação a mim só vão machucar a Julia.

— Não. Nada irá machucá-la novamente. Inclusive você. Se eu não achasse isso, você não teria passado por aquela porta. — Com os olhos fixos em Lincoln, pegou uma cigarrilha. — Não é a primeira vez que trabalho com a escória.

— Paul. — Julia o repreendeu baixinho enquanto descia a escada.
— Isso não vai ajudar.

— Esclarecer as coisas sempre ajuda, Julia — rebateu ele. — Hathoway sabe que embora eu o deteste, ele pode contar com a minha cooperação.

— Eu vim aqui para ajudar, e não para ser julgado por um erro que cometi há mais de dez anos.

— Cuidado, Lincoln — soltou Julia antes que conseguisse se segurar. — Esse erro está lá em cima, dormindo. Estou aceitando sua ajuda não apenas por mim, mas por causa dele. Brandon nunca teve pai. Não posso suportar a ideia de que ele venha a me perder também.

Apenas um ligeiro rubor que subiu do pescoço até as faces indicou que ela havia acertado direto no alvo.

— Se pudermos manter nossos sentimentos fora disso, teremos uma chance muito melhor de impedir que isso aconteça. — Satisfeito por ter resolvido o assunto, ele continuou: — Vocês dois conheciam a vítima, o funcionamento da casa, os amigos e inimigos dela. Seria de grande ajuda se vocês me contassem tudo o que puderem sobre as pessoas próximas a ela. Qualquer um que pudesse ganhar com sua morte, financeira ou emocionalmente.

— Além de mim? — perguntou Julia.

— Talvez devamos começar por você e pelo sr. Winthrop. Só um esboço rápido. Reservei uma suíte no Beverly Hills Hotel, e vou trabalhar lá. Meyers, Courtney e Lowe concordaram em me ceder dois de seus assistentes, e minha própria secretária chegará amanhã. — Deu uma olhada no relógio, que já trocara para o horário da Costa Oeste, e franziu o cenho. — Depois que eu me acomodar, teremos de fazer algumas entrevistas mais aprofundadas. Na segunda de manhã, vou entrar com um pedido para tentar conseguir prorrogar a audiência.

— Não. — Subitamente enregelada, Julia esfregou os braços. — Sinto muito, Lincoln, mas não suporto a ideia de arrastar isso por mais tempo.

— Julia, preciso de tempo para montar sua defesa. Com sorte, podemos impedir que isso vá a julgamento.

— Não quero bancar a difícil, mas preciso resolver isso logo. Adiamentos só dão mais tempo para o sensacionalismo. Brandon já é grandinho para ler o jornal, ver o noticiário. E eu... para ser franca, não aguento esperar muito mais.

— Bom, temos o fim de semana para decidirmos isso. — Ou, pensou Lincoln, para que ele conseguisse convencê-la. — Agora, me fale sobre Eve Benedict.

◆◆◆◆

Quando Lincoln foi embora já eram quase duas da manhã, e, ainda que de forma relutante, Paul desenvolvera um certo respeito pela eficiência do homem. Podia até achar irritante a organização exagerada do advogado. Lincoln mudara de folha a cada novo tópico, usara um garfo para comer os brownies que Julia havia servido com o café e sequer afrouxara o nó da gravata durante aquela longa e repetitiva noite.

Paul, porém, também percebera seus olhos se estreitando ao escutar sobre os bilhetes, e a expressão de puro prazer ao lhe explicarem a conexão de Eve com Delrickio.

Ao ir embora, ele não parecia um homem que estava a quase vinte e quatro horas sem dormir. Despedira-se deles com tanta educação que a impressão era de que eles tinham compartilhado um jantar amigável.

— Sei que eu não tenho nada com isso. — Paul fechou a porta e se virou para Julia. Ela buscou forças, ressentida pelo fato de que teria de se explicar novamente, viver tudo novamente. — Mas preciso saber. — Ao se aproximar dela, afastou o cabelo que lhe pendia na frente do rosto. — Ele pendurava as roupas e dobrava as meias antes de vocês transarem?

Julia se surpreendeu com a própria risada, embora não com o conforto que sentiu ao descansar a cabeça no ombro dele.

— Na verdade, ele dobrava as roupas e enrolava as meias.

— Jules, preciso dizer uma coisa: seu gosto melhorou. — Com um beijo rápido e estalado, Paul a pegou no colo e a carregou em direção à escada. — Depois que você tiver dormido por pelo menos umas doze horas, irei lhe provar.

—Você pode me provar agora. Eu durmo depois.

— Ótima ideia.

◆◆◆◆

Nem mesmo colocar Brandon num avião, sabendo que ele ficaria a milhares de quilômetros do olho do furacão, serviu para consolá-la. Queria o filho de volta. Queria sua vida de volta.

Encontrava-se com Lincoln diariamente, sentando-se na suíte que ele havia reservado, bebendo café até ter certeza de poder senti-lo abrindo um buraco em seu estômago. Conversara, também, com o detetive que ele havia contratado — outra intromissão em sua vida, outra pessoa para meter o bedelho no que restava da sua privacidade.

Era tudo tão organizado — os arquivos, os livros de direito, o tocar insistente dos telefones. A impecável eficiência de tudo isso ia, aos poucos, deixando-a mais calma. Até ver outra manchete, outra matéria no noticiário. De repente, voltava todo o medo de ver seu nome, seu rosto e sua vida sob o escrutínio público. E seu destino nas mãos da justiça, cuja cegueira nem sempre favorecia os inocentes.

Paul a impedia de desmoronar. Ela não queria a muleta. Não tinha se prometido que jamais deixaria sua felicidade, segurança e paz de espírito sob a responsabilidade de outra pessoa que não dela própria? Ainda assim, só o fato de poder contar com ele lhe dava a ilusão dessas três coisas. E, por sentir pavor de que isso fosse uma ilusão, recuava, afastando-se silenciosamente dele, de pouquinho em pouquinho, até colocar uma grande distância entre eles.

Ele próprio estava exausto, desencorajado pelo fato de que seu conhecimento na delegacia não o estava ajudando a descobrir a verdade.

Frank o deixara assistir ao interrogatório de Lyle, mas o antigo motorista se recusara a alterar sua história. Ele não tinha visto, escutado ou dito nada de errado.

O fato de as finanças de Drake estarem uma confusão não o incriminava. Pelo contrário, Eve ter dado a ele uma generosa quantia algumas semanas antes de ser morta pesava a seu favor. Por que ele mataria a galinha dos ovos de ouro?

A conversa que tivera com Gloria só piorava ainda mais as coisas. Tremendo e chorando, ela admitira ter discutido com Eve no dia do assassinato. A culpa que sentia era palpável. Ela dissera coisas terríveis e depois fora embora, furiosa, tendo voltado correndo para casa a fim de confessar a história toda para o marido chocado.

Enquanto Julia descobria o corpo de Eve, Gloria chorava nos braços do marido, implorando perdão.

Como Marcus Grant, a governanta e o empregado responsável pela piscina tinham escutado o choro de Gloria à uma e quinze, e o trajeto de carro da casa de Eve até a de Gloria não tinha como ser feito em menos de dez minutos, era impossível ligá-la ao crime.

Paul ainda achava que o livro era a chave. Toda vez que Julia saía, ele escutava as fitas, tentando descobrir uma frase, um nome que lhe desse alguma pista.

Certo dia, ao chegar em casa, cansada de repassar com Lincoln tudo que teria de dizer na corte, ela escutou a voz de Eve:

"Ele dirigia com um chicote numa das mãos e uma corrente na outra. Nunca conheci ninguém que pudesse ser tão grosseiro ou que conseguisse melhores resultados. Pensei que o odiasse... na verdade, cheguei a odiá-lo mesmo durante o filme. Mas, quando o senador McCarthy e seu comitê de cretinos foram atrás dele, eu fiquei furiosa. Esse foi o principal motivo de ter me juntado a Bogie, Betty e os outros na viagem a Washington. Eu nunca tive muita paciência com a política, mas, por Deus, estava preparada para lutar com unhas e dentes. Talvez nós tenhamos feito um bem, talvez não, mas pelo menos eles tiveram de nos escutar. É isso o que vale, não é, Julia? Certificar-se de que você será ouvido em alto e bom som. Não quero ser lembrada como alguém que ficou sentada num canto enquanto os outros abriam o caminho."

— Ela não vai ser — murmurou Julia.

Paul virou-se para ela. Estivera tão concentrado nas fitas que quase esperava ver Eve sentada ali, pedindo que ele acendesse seu cigarro ou abrisse uma garrafa de vinho.

— Não, não vai. — Desligou o gravador e analisou Julia. Na última semana, ela quase não o deixara vê-la daquele jeito, pálida e aterrorizada. Mas estava ali, como sempre, logo abaixo da máscara de controle. Contudo, sempre que essa máscara ameaçava cair, ela se fechava e se distanciava dele. — Sente-se, Julia.

— Eu ia fazer um café.

— Sente-se — repetiu ele. Ela se sentou, mas na beirada da cadeira, como se fosse pular a qualquer momento caso ele se aproximasse demais. — Recebi uma intimação hoje. Terei de testemunhar na audiência de amanhã.

Julia não olhou para ele; em vez disso, focalizou os olhos em algum ponto entre eles.

— Entendo. Bom, isso já era esperado.

— Vai ser difícil para nós dois.

— Eu sei. Sinto muito. Na verdade, andei pensando, enquanto voltava para cá, se não seria melhor, mais fácil, eu me mudar para um hotel... só até tudo isso terminar. Ficar aqui está dando munição demais para a mídia, e apenas tornando mais difícil uma situação já impossível.

— Isso é bobagem.

— Isso é um fato. — Ela se levantou, esperando conseguir sair de fininho. Mas já devia saber. Ele se levantou também e bloqueou seu caminho.

— Tente. — Com os olhos estreitados e perigosos, Paul a agarrou pelas lapelas e a puxou para si. — Você veio para ficar.

— Alguma vez lhe ocorreu que eu talvez queira ficar sozinha?

— Já, já me ocorreu, sim. Mas sou parte da sua vida, e você não vai me deixar de fora.

— Eu talvez não tenha uma vida! — gritou ela. — Se eles decidirem me levar a julgamento amanhã...

— Você vai ter de lidar com isso. Nós vamos ter de lidar com isso. Você precisa confiar em mim, droga! Não sou um garotinho de 10 anos que precisa de proteção. E definitivamente não sou um cretino sem personalidade para deixá-la carregar todo o fardo sozinha enquanto eu volto para minha vidinha feliz.

Os olhos dela adquiriram um tom de fumaça.

— Isso não tem nada a ver com Lincoln.

— Até parece. E nunca mais me compare a ele nessa sua cabecinha.

O rosto de Julia estava corado agora, e a respiração ofegante. Para Paul, a explosão significava muito mais do que uma dúzia de palavras amorosas.

— Me solte.

Ele levantou uma sobrancelha, sabendo que era um gesto sarcástico.

— Claro. — Paul a soltou e meteu as mãos nos bolsos.

— Isso não tem nada a ver com Lincoln — repetiu ela. — Nem com você. O problema é comigo. Deixe esse excesso de testosterona de lado e entenda. É a minha vida que estará em jogo no tribunal amanhã. Você pode uivar e bater no peito o quanto quiser, mas isso não vai mudar nada. Não me restam muitas escolhas, Paul, e se eu quiser sair por aquela porta, é o que irei fazer.

— Por que não tenta? — sugeriu ele.

Irritada, ela se virou. Paul a alcançou antes que ela chegasse na escada.

— Eu te falei para me soltar.

— Ainda não terminei de uivar e bater no peito. — Como ele tinha certeza de que ela tentaria bater nele, agarrou-lhe os pulsos e os prendeu nas costas. — Espere um pouco. Que merda, Julia! — Diante do perigo de despencar escada abaixo, Paul pressionou as costas de Julia contra a parede. — Olhe para mim. Olhe, droga! Você está certa com relação às escolhas. — Com a mão livre, forçou-a a erguer a cabeça. — Você quer desistir de mim?

Ao olhar para Paul, Julia viu que ele a deixaria fazer isso se quisesse. Talvez. Mas se virasse as costas para ele, e o que eles haviam construído, se arrependeria pelo resto da vida. Os sobreviventes conviviam com seus erros. Não fora isso que Eve lhe dissera? Contudo, alguns erros você não podia se dar ao luxo de cometer.

— Não. — Ela o beijou, e sentiu sua força e calor. — Me desculpe. Me desculpe.

— Não precisa pedir desculpas. — O beijo dele tornou-se mais ávido, mais premente. — Só não fuja de mim.

— Estou com tanto medo, Paul. Com tanto medo.

— A gente vai dar um jeito nisso. Acredite.

Por alguns instantes, ela acreditou.

◆◆◆◆

Drake estava se sentindo como o homem de um milhão de dólares. Ou, pelo menos, de 250 mil. Em 24 horas, teria o dinheiro na mão e o mundo a seus pés. Tinha certeza de que Julia acabaria indo a julgamento e, com sorte, seria condenada. Assim que isso acontecesse — e com dinheiro em sua conta bancária —, não seria muito difícil conseguir uma parte dos bens de Eve. Não gostava de saber que Paul ficaria com a metade, mas podia viver com isso. Com um bom advogado, tinha certeza de que conseguiria botar as mãos na parte de Julia.

A lei não permitiria que ela usufruísse a herança. E, de qualquer forma, para onde estava indo, ela não precisaria do dinheiro.

No fim das contas, tinha dado tudo certo.

Satisfeito consigo mesmo, ligou o som no máximo e se sentou com um formulário de apostas. No próximo fim de semana, levaria uma pequena quantia para Santa Anita. Seria comedido, apostaria apenas alguns poucos milhares de dólares na égua que haviam lhe indicado, e talvez conseguisse transformar aquele primeiro pagamento num montante razoável.

Claro que seu "investidor" não sabia que aquele era apenas o primeiro pagamento. Drake começou a assobiar, acompanhando Gloria Stefan e imaginando que poderia arrancar ainda uma boa quantia de sua fonte por mais um ou dois anos. Depois disso, sumiria. Riviera, Caribe, as Ilhas. Qualquer lugar onde as praias e as mulheres fossem quentes.

Pegou uma taça de champanhe. O Dom Pérignon era uma comemoração antecipada. Tinha combinado de encontrar uma gatinha muito sexy na boate Tramp, mas a noite só começaria dali a uma ou duas horas.

Nossa, estava morrendo de vontade de dançar. Enquanto ensaiava alguns passos da conga, o champanhe escorreu por entre seus dedos. Feliz, Drake os lambeu.

Ao escutar a campainha, pensou em ignorá-la, mas riu consigo mesmo. Provavelmente, era a sortuda da noite. Quem poderia culpá-la por querer começar a noite mais cedo? Em vez de se encontrarem na boate, eles poderiam começar brincando por ali mesmo.

Ao escutar a campainha pela segunda vez, Drake passou a mão pelo cabelo e, por impulso, desabotoou a camisa. Segurava a taça de champanhe numa das mãos ao abrir a porta. Embora não fosse a sortuda da noite, fez um brinde à sua visita.

— Que bom. Só esperava te ver amanhã. Mas tudo bem. Estou pronto para negociar. Entre. Vamos tomar uma taça de champanhe enquanto resolvemos isso.

Sorrindo consigo mesmo, ele voltou para o lugar onde deixara a garrafa. Pelo visto, não tinha começado a celebrar cedo demais.

— O que me diz de fazermos um brinde à nossa querida Julia? — Ele encheu uma segunda taça até a borda. — À querida prima Julia. Sem ela, nós dois estaríamos chafurdando na merda.

— Talvez seja bom você checar os sapatos.

Drake se virou, achando a piada excelente. Ainda estava rindo quando viu o revólver. Não sentiu a bala que se alojou entre seus olhos.

Capítulo Trinta e Um

Espectadores e jornalistas apinhavam a rua diante do fórum. Para Julia, o primeiro teste do dia seria atravessar aquela multidão. Lincoln lhe dera instruções sobre como fazer isso. Andar rápido, mas sem parecer apressada. Não abaixar a cabeça — dava a impressão de culpa. Tampouco mantê-la erguida demais — parecia arrogância. Ela não deveria dizer nada, nem mesmo o tradicional "sem comentários", não importa qual fosse a pergunta.

A manhã estava quente e ensolarada. Julia tinha rezado para que chovesse. A chuva talvez mantivesse alguns curiosos e acusadores em casa. Em vez disso, ao saltar da limusine, deparou-se com um daqueles belos dias do sul da Califórnia, sem uma nuvem no céu. Com Lincoln de um lado e Paul do outro, atravessou a parede humana que clamava por sua história, seus segredos, seu sangue. Apenas o medo de tropeçar e acabar linchada ajudou a ignorar o doloroso aperto em seu estômago, o tremor incontrolável das pernas.

Lá dentro havia mais ar, mais espaço. Julia tentou controlar a náusea. Dali a pouco estaria tudo terminado. Ponto final; passado. Eles acreditariam nela, tinham de acreditar. Aí estaria livre para recomeçar. Livre para agarrar aquela esquiva chance de uma nova vida.

Fazia anos que não entrava num tribunal. De vez em quando, nas férias de verão, os pais deixavam que ela os assistisse tentar convencer um júri. Ali dentro, eles não pareciam seus pais, mas semideuses. Atores num palco, gesticulando, manipulando, andando de um lado para o outro como pavões. Talvez sua vontade de atuar tivesse sido despertada num desses momentos.

Não, pensou. Essa vontade lhe fora transmitida através do sangue. Herdara isso de Eve.

Ao sinal de Lincoln, Paul se aproximou e pegou as duas mãos de Julia entre as suas.

— Está na hora de entrar. Vou estar logo atrás de você.

Ela fez que sim, levando a mão ao broche que espetara na lapela. A balança da justiça.

A sala de audiência estava lotada. Em meio às figuras desconhecidas, Julia viu alguns rostos familiares. CeeCee abriu um sorriso rápido e encorajador. Travers estava sentada ao lado da sobrinha, rígida, o rosto com uma expressão dura e feroz. Nina estava com os olhos fixos nas mãos entrelaçadas sobre o colo, sem desejar ou sem conseguir encarar Julia. Delrickio, acompanhado por seus guarda-costas de olhos frios, a observou de modo impassível. Os olhos de Gloria brilhavam, marejados de lágrimas, e ela torcia um lenço na mão enquanto se encolhia sob o braço protetor do marido.

Maggie, já quase sem batom de tanto morder os lábios, ergueu os olhos e, em seguida, os desviou. Kenneth debruçou-se na frente dela e murmurou alguma coisa para Victor.

Foi o jeito dele, a expressão de infelicidade e sofrimento que a fez titubear. Teve vontade de parar, de gritar sua inocência, sua raiva, seu pavor. Tudo o que podia fazer era prosseguir e se sentar.

— Lembre-se — dizia Lincoln —, isso é apenas uma audiência preliminar. Ela irá determinar se há provas suficientes para um julgamento.

— Eu sei — respondeu Julia, baixinho. — Isso é só o começo.

— Julia.

Ela enrijeceu ao escutar a voz de Victor, mas se obrigou a virar. Ele envelhecera. Os anos o haviam alcançado em algumas poucas semanas, criando bolsas sob os olhos e linhas em torno da boca. Julia pousou uma das mãos sobre a grade que os separava. O mais próximo que qualquer um dos dois poderia chegar de uma tentativa de toque, acreditava ela.

— Não sei o que dizer. — Ele sugou o ar para os pulmões e o deixou escapar suavemente. — Se eu soubesse, se ela tivesse me dito... sobre você, as coisas teriam sido diferentes.

— Não era para ser, Victor. Eu ficaria muito, muito triste, se ela tivesse me usado para que isso acontecesse.

— Eu gostaria de... — Voltar no tempo, pensou. Trinta anos, trinta dias. Tanto um quanto o outro era impossível. — Eu não tive a oportunidade de apoiá-la antes. — Ele baixou os olhos, ergueu uma das mãos e a pousou sobre a dela. — Gostaria que você soubesse que estou aqui para apoiá-la agora. E o menino, Brandon.

— Ele... ele sente falta de ter um avô. Vamos conversar quando tudo isso tiver terminado. Todos nós.

Ele anuiu com um meneio de cabeça e puxou a mão.

—Todos de pé!

Os ouvidos de Julia começaram a zumbir quando as pessoas se levantaram. Ela observou o juiz entrar na sala e tomar seu lugar atrás da mesa. Meu Deus, ele parecia aquele velho ator, Pat O'Brien, pensou, sabendo que isso era bobagem. Gordo, com as faces coradas e um jeitão irlandês. Sem dúvida, Pat O'Brien saberia reconhecer a verdade ao escutá-la.

O promotor era um homem magro e agitado, com costeletas grisalhas e o cabelo cortado à escovinha. Obviamente ele não levava a sério os avisos sobre excesso de exposição ao sol, visto que apresentava um bronzeado acentuado e uniforme, que fazia seus olhos azul-claros brilharem em contraste.

Ele tinha a voz de um evangelizador. Sem prestar atenção às palavras, Julia escutou apenas as variações no tom de voz.

As provas foram apresentadas. O relatório da autópsia, do laboratório. E as fotos, é claro. Enquanto observava o promotor apresentar cada uma, a imagem de Eve esparramada sobre o tapete congelou em sua mente. A arma do crime. A roupa que estava usando no dia, cheia de manchas em tom de ferrugem: o sangue, agora seco.

Observou os especialistas chegarem ao banco das testemunhas e, pouco depois, saírem. O que eles estavam dizendo não importava. Lincoln obviamente não concordava com isso, visto que, de tempos em tempos, se levantava e objetava, escolhendo as próprias palavras com cuidado.

Mas as palavras não importavam, pensou Julia. As fotos falavam por si sós. Eve estava morta.

Quando o promotor chamou Travers, ela andou até o banco como costumava andar pelos corredores da casa, arrastando os pés. Como se relutasse em gastar a energia necessária para levantar um pé, depois o outro.

Travers havia prendido o cabelo, e usava um vestido simples de operária, totalmente preto. Agarrando a bolsa com as duas mãos, manteve os olhos fixos à frente.

Ela não relaxou, nem mesmo quando o promotor começou, com delicadeza, a fazer as primeiras perguntas. A voz dela só se tornou mais dura ao explicar seu relacionamento com Eve.

— E, como amiga e empregada de confiança — continuou o promotor —, a senhora teve a oportunidade de viajar com a srta. Benedict para a Suíça em... — Ele verificou suas anotações antes de citar a data.

— Sim.

— Qual foi o motivo da viagem, sra. Travers?

— Eve estava grávida.

A declaração provocou um burburinho entre os espectadores. O juiz bateu o martelo.

— E ela teve a criança, sra. Travers?

— Meritíssimo. — Lincoln se levantou. — A defesa reconhece que a srta. Benedict teve a criança, a qual entregou para adoção. E que essa criança é Julia Summers. O Estado não precisa desperdiçar o tempo da corte tentando provar o que já foi estabelecido.

— Sr. Williamson?

— Muito bem, meritíssimo. Sra. Travers, Julia Summers é a filha de Eve Benedict?

— Sim. — Travers lançou um rápido olhar cheio de ódio na direção de Julia. — Eve sofreu muito com essa adoção, mas fez o que achou que seria melhor para a criança. E nunca deixou de acompanhar o desenvolvimento dela. Eve ficou arrasada quando soube que a garota estava grávida. Disse que não suportava pensar que a filha teria de passar por tudo aquilo que ela própria havia passado.

Lincoln aproximou-se de Julia.

— Vou deixá-la continuar. Isso estabelece um vínculo.

— E ela sentia o maior orgulho — continuou Travers. — Eve ficou superorgulhosa quando a garota começou a escrever. Ela costumava conversar comigo, já que ninguém mais sabia.

— Então ninguém, além da senhora, sabia que Julia Summers era filha de Eve Benedict?

— Não, só eu.

— Pode nos dizer por que a srta. Summers estava vivendo na casa da srta. Benedict?

— Por causa do livro. Aquele maldito livro. Na época, eu não sabia de onde ela tinha tirado a ideia, mas nada do que eu disse a fez desistir. Ela falou que estava matando dois coelhos com uma cajadada. Tinha uma história para contar e queria um tempo para conhecer a filha. E o neto.

— E ela contou para a srta. Summers a verdade sobre o parentesco delas?

— A princípio, não. Eve demorou algum tempo para contar, pois tinha medo de como a garota reagiria.

— Protesto. — Lincoln se levantou com uma graça estudada. — Meritíssimo, a sra. Travers não tem como saber o que se passava na cabeça da srta. Benedict.

— Eu a conhecia — rebateu Travers. — Melhor do que ninguém.

— Deixe-me reformular a frase, meritíssimo. Sra. Travers, a senhora testemunhou a reação da srta. Summers quando a srta. Benedict lhe contou sobre o parentesco?

— Elas estavam no terraço, jantando. Eve estava eriçada como um gato. Eu estava na sala de visitas. Escutei os gritos dela.

— Dela?

— Dela — cuspiu Travers, apontando para Julia. — Ela estava gritando. Quando eu apareci, ela virou a mesa. Os pratos de porcelana e os copos de cristal se espatifaram no chão. Os olhos dela estavam com um brilho assassino.

— Protesto.

— Mantido.

— Sra. Travers, pode nos dizer o que a srta. Summers disse durante o incidente?

— Ela disse: "Não se aproxime de mim! Eu jamais irei perdoá-la!" E disse também... — Travers lançou um olhar furioso na direção de Julia. — Ela disse que poderia matá-la por isso.

— E no dia seguinte a srta. Eve Benedict foi assassinada.

— Protesto.

— Mantido. — O juiz assumiu uma leve expressão de censura. — Sr. Williamson.

— Retiro, meritíssimo. Sem mais perguntas.

Lincoln foi rápido na rebatida. A testemunha acreditava que todos que diziam "eu poderia matá-lo", num momento de raiva, estavam falando literalmente? Que tipo de relacionamento Eve e Julia tinham estabelecido durante as semanas em que haviam trabalhado juntas? Durante a discussão, nascida de uma situação de choque, Julia havia tentado bater em Eve ou feri-la fisicamente?

Ele era esperto, mas estava claro que Travers acreditava na culpa de Julia.

Nina sentou-se no banco, uma mulher elegante e eficiente num Chanel rosa-claro. Ela relatou suas observações sobre o incidente. Lincoln achou o jeito reticente e hesitante dela mais danoso do que o testemunho de Travers.

— Na mesma noite, a srta. Benedict pediu que o advogado fosse até lá.

— Sim, ela exigiu que ele fosse imediatamente. Queria alterar o testamento.

— E a senhorita sabia disso.

— Sim, sabia. Quero dizer, depois que o sr. Greenburg chegou, Eve me pediu para anotar e transcrever as alterações. Eu havia testemunhado seu testamento anterior, e não era segredo para ninguém que, nele, ela deixava a maior parte dos bens para Paul Winthrop, mas com uma generosa parcela para seu sobrinho, Drake Morrison.

— E nesse?

— Ela abriu uma poupança para Brandon, o filho da Julia. Deixou mais algumas coisas para outras pessoas e o restante deveria ser dividido entre Julia e Paul.

— E quando foi que o sr. Greenburg voltou para que a srta. Benedict assinasse o novo testamento?

— Na manhã seguinte.

— Alguém mais sabia sobre essa alteração?

— Não posso afirmar com certeza.

— Sim ou não, srta. Soloman?

— Drake apareceu, mas Eve se recusou a recebê-lo. Sei que ele viu o sr. Greenburg saindo.

— Ela encontrou mais alguém nesse dia?

— Sim, a srta. DuBarry deu uma passada por lá. Ela foi embora pouco antes da uma da tarde.

— A srta. Benedict pretendia encontrar mais alguém?

— Eu... — Ela pressionou os lábios. — Sei que ela ligou para a casa de hóspedes.

— A casa onde Julia Summers estava morando?

— Isso mesmo. Ela me mandou manter a tarde livre. Isso foi pouco depois de a srta. DuBarry ir embora. Em seguida, foi para o quarto e ligou para a casa de hóspedes.

— Eu não falei com ela. — Julia sussurrou para Lincoln. — Não falei mais com ela depois daquela noite no terraço.

Ele apenas lhe deu um tapinha na mão.

— E depois da ligação?

— Ela me pareceu perturbada. Não sei se conseguiu falar com a Julia ou não, mas só ficou no quarto por mais um ou dois minutos. Ao sair, ela me disse que ia até a casa de hóspedes conversar com a Julia. — Seus olhos inquietos dardejaram na direção de Julia e, em seguida, voltaram a se fixar no promotor. — Eve disse que elas iam resolver as diferenças.

— A que horas foi isso?

— À uma. Talvez uma e um, uma e dois.

— Como pode ter tanta certeza?

— Eve me entregara várias cartas para digitar. Assim que ela saiu, fui para meu escritório fazer isso, e olhei para o relógio que tenho em cima da mesa.

Julia parou de escutar por alguns instantes. Já que seu corpo não podia se levantar e sair, pelo menos a mente podia. Imaginou-se de volta em Connecticut. Plantando flores. Passaria uma semana fazendo isso, se quisesse. Arrumaria um cachorro para Brandon. Vinha pensando nisso há algum tempo, mas ficava adiando a ida ao abrigo para escolher um, por medo de querer pegar todos.

E um balanço para a varanda. Queria um balanço na varanda. Poderia trabalhar o dia inteiro e, no final da tarde, quando tudo estivesse resolvido, poderia se sentar, balançar e observar o cair da noite.

— O Estado chama Paul Winthrop.

Ela devia ter emitido algum som, pois Lincoln pousou a mão sobre a dela por debaixo da mesa e a apertou. Não como um gesto de conforto, mas de aviso.

Com os olhos fixos em Julia, Paul respondeu às perguntas de forma sucinta, pesando as palavras.

— O senhor poderia contar para a corte a natureza do seu relacionamento com a srta. Summers?

— Estou apaixonado pela srta. Summers. — Um ligeiro sorriso escapou-lhe dos lábios. — Totalmente apaixonado.

— E o senhor também tinha um relacionamento muito próximo com a srta. Benedict.

— Sim, eu tinha.

— O senhor não achava difícil manter um relacionamento com duas mulheres diferentes, mulheres que trabalhavam juntas e que, na verdade, eram mãe e filha?

— Meritíssimo! — Lincoln, o retrato da mais pura indignação, botou-se de pé num pulo.

— Ah, eu gostaria de responder. — A voz calma de Paul sobressaiu em meio ao burburinho na sala. Ele desviou os olhos de Julia e os fixou no promotor. — Não era nada difícil. Eve foi a única mãe que eu conheci. Julia é a única mulher com quem desejo passar o resto da minha vida.

Williamson juntou as mãos na altura da cintura e começou a bater um indicador no outro.

— Então o senhor não tinha problemas com isso. Imagino se duas mulheres dinâmicas achariam tão fácil compartilhar o mesmo homem.

A raiva faiscou nos olhos azul-claros, mas Paul manteve a voz fria e desdenhosa.

— O que o senhor está insinuando não apenas é idiota como revoltante.

Ele nem precisava ter respondido. Lincoln já estava objetando em meio ao burburinho da sala.

— Retiro — replicou Williamson rapidamente. — Sr. Winthrop, o senhor presenciou a discussão entre a falecida e a srta. Summers?

— Não.

— Mas o senhor estava na propriedade.

— Eu estava na casa de hóspedes, tomando conta do Brandon.

— Então o senhor estava presente quando a srta. Summers retornou, logo após o incidente no terraço.

— Sim, estava.

— Ela lhe contou o que estava sentindo?

— Sim. Julia estava irritada, chocada e confusa.

— Irritada? — Williamson repetiu devagar, como se estivesse saboreando a palavra. — Duas testemunhas declararam que a srta. Summers saiu do terraço furiosa. O senhor está dizendo que, em poucos minutos, essa fúria acalmou e que ela estava apenas irritada?

— Eu sou um escritor, sr. Williamson. Escolho minhas palavras com cuidado. *Furiosa* não é o termo que eu usaria para descrever o estado de Julia ao chegar em casa. *Magoada* seria o termo mais apropriado.

— Não vamos perder tempo com aulas de semântica. O senhor recebeu uma ligação da srta. Summers no dia do assassinato?

— Sim.

— A que horas?

— Por volta da uma e vinte da tarde.

— O senhor lembra sobre o que conversaram?

— Não houve conversa nenhuma. Julia mal conseguia falar. Ela me pediu para ir para lá, imediatamente. Disse que precisava de mim.

— Que precisava do senhor — repetiu Williamson, meneando a cabeça em assentimento. — O senhor não acha estranho que ela tenha sentido necessidade de ligar quando sua mãe estava morta a alguns metros de distância?

Quando a corte entrou em recesso, de uma às três, Lincoln levou Julia para uma salinha pequena. Havia um prato de sanduíches e um bule de café, mas ela não tocou em nenhum dos dois. Não precisava de mais outro ensaio detalhado para se lembrar de que se sentaria no banco assim que terminasse o recesso.

Duas horas nunca passaram tão rápido.

◆◆◆◆

— A DEFESA CHAMA Julia Summers.

Ela se levantou, ciente dos olhares e murmúrios às suas costas. Ao se sentar no banco das testemunhas, virou-se e encarou esses olhares. Erguendo a mão direita, jurou dizer a verdade.

— Srta. Summers, a senhorita sabia, ao vir para a Califórnia, que Eve Benedict era sua mãe biológica?

— Não.

— Então por que a senhorita atravessou o país para vir morar na casa dela?

— Eu havia concordado em escrever a biografia dela. Eve desejava não só oferecer sua total cooperação, como também manter um certo controle. Decidimos que eu e meu filho ficaríamos na casa dela até o primeiro esboço estar pronto e aprovado.

— Durante esse período, a srta. Benedict lhe confidenciou alguma coisa a respeito de sua vida privada?

Julia lembrou-se das duas sentadas ao lado da piscina, suando na sala de ginástica. Eve num roupão vibrante, sentada no chão, construindo um porto espacial com Brandon. As imagens passaram rápido, ferindo-lhe os olhos.

— Eve foi muito franca, muito aberta. Ela queria que o livro contasse tudo. Com honestidade — murmurou. — Não queria mais mentiras.

— A senhorita teve a oportunidade de gravar as conversas com ela e com as pessoas ligadas a ela, tanto pessoal quanto profissionalmente?

— Sim. Eu trabalho a partir de entrevistas gravadas e anotações.

Lincoln andou até sua mesa e pegou uma caixa cheia de fitas.

— Essas são as cópias das entrevistas que a senhorita realizou desde janeiro deste ano?

— Sim, esses rótulos são meus.

— Gostaria de apresentar as fitas como prova.

— Meritíssimo, o Estado protesta. As fitas contêm as opiniões e lembranças da falecida, suas observações pessoais a respeito de determinados indivíduos. A autenticidade das informações não tem como ser comprovada.

Julia não prestou atenção ao argumento. Não via razão para as fitas serem apresentadas como prova. A polícia já havia escutado os originais, e nada do que tinham escutado os levara a alguma outra direção.

— Não vou permitir que as fitas sejam usadas nesta audiência — decidiu o juiz. — Uma vez que o sr. Hathoway não tem como estabelecer uma influência direta na defesa da acusada. Escutar as memórias da srta. Benedict no momento irá apenas nos desviar do assunto. Prossiga.

— Srta. Summers, no período em que realizou essas entrevistas, a senhorita recebeu alguma ameaça?

— Eu recebi bilhetes. O primeiro foi deixado na soleira da porta da casa de hóspedes.

— Seriam esses os bilhetes?

Ela baixou os olhos para os papéis na mão dele.

— Sim.

Lincoln perguntou a ela sobre a reação de Eve aos bilhetes, sobre o voo de volta de Sausalito, sobre a discussão, seus sentimentos e seus últimos passos no dia do assassinato.

As respostas dela foram calmas e sucintas, como ele havia instruído.

Em seguida, foi a vez do promotor:

— Srta. Summers, alguém a viu receber esses bilhetes?

— Paul estava comigo quando recebi o de Londres.

— Ele estava presente quando o bilhete lhe foi entregue?

— Ele foi enviado para a minha suíte no hotel, junto com a comida que havíamos pedido.

— Mas ninguém viu quem o entregou, ou quando.

— Ele foi deixado sobre a mesa da recepção.

— Entendo. Então qualquer um pode tê-lo deixado lá. Inclusive a senhorita.

— Qualquer um poderia. Mas não fui eu.

— Acho difícil acreditar que alguém se sinta ameaçado por ditados tão tolos.

— Mesmo algo tolo pode ser ameaçador quando é anônimo, especialmente depois de Eve começar a me fornecer informações delicadas e bombásticas.

— Esses bilhetes anônimos não foram encontrados entre seus pertences, mas na penteadeira da falecida.

— Eu os entreguei a ela. Eve queria resolver isso por conta própria.

— Eve — repetiu ele. — Vamos falar sobre ela, e sobre essas informações bombásticas. A senhorita confiava nela?

— Sim.

— E desenvolveu uma certa estima por ela também, certo?

— Sim.

— Mas se sentiu violada, traída, quando ela lhe revelou que a senhorita era a criança que ela teve fora do casamento, em segredo, e que entregou para adoção?

— Sim — respondeu Julia. Quase podia sentir Lincoln encolhendo.
— Eu fiquei chocada e magoada.

— A senhorita usou a palavra *manipulada* naquela noite, não usou? Disse que ela havia manipulado a sua vida.

— Eu me senti assim. Mas não tenho certeza do que eu disse.

— Não tem certeza?

— Não.

— Porque estava furiosa demais para pensar com clareza?

— Protesto.

— Mantido.

— A senhorita ficou zangada?

— Sim.

— E ameaçou matá-la?

— Não sei.

— Não sabe? Srta. Summers, é comum a senhorita ter problemas em se lembrar de suas palavras e ações durante incidentes violentos?

— Eu não costumo ter incidentes violentos.

— Mas já teve. Não é verdade que atacou uma professora por punir seu filho?

— Meritíssimo, realmente!

— Estou apenas estabelecendo o temperamento da acusada, meritíssimo. As situações em que ela partiu para uma agressão física.

— Negado. A acusada responda, por favor.

Ela devia achar graça. Julia imaginou se dali a alguns anos conseguiria rir de tudo isso.

— Isso aconteceu uma vez, eu agredi uma professora que menosprezou e humilhou meu filho por ele não ter pai. — Olhou para Lincoln. — Ele não merecia ser punido por causa das circunstâncias de seu nascimento.

— Foi assim que a senhorita se sentiu? Menosprezada e humilhada pela revelação da srta. Benedict?

— Senti que ela havia roubado a minha identidade.

— E a odiou por isso.

— Não. — Ela ergueu os olhos novamente, encontrando os de Victor. — Eu não a odiava. E não odeio o homem que ela amava desesperadamente, com o qual me concebeu.

— Duas testemunhas declararam, sob juramento, que a senhorita gritou em alto e bom som que a odiava.

— Naquele momento eu a odiei.

— E no dia seguinte, quando ela foi até a casa de hóspedes para, palavras dela, resolver as diferenças, a senhorita pegou o atiçador da lareira e, estimulada por esse ódio, a matou.

— Não — sussurrou ela. — Eu não fiz isso.

◆◆◆◆

Devido ao peso das provas físicas, Julia seria obrigada a encarar um julgamento. A fiança foi estipulada em quinhentos mil dólares.

— Sinto muito, Julia. — Lincoln já estava escrevendo alguma coisa para seu assistente. — A gente te tira daqui em menos de uma hora. Eu te garanto que o júri irá absolvê-la.

— Quanto tempo? — O olhar de Julia se voltou para Paul ao sentir as algemas se fechando em torno dos pulsos. Escutou os cliques metálicos e se lembrou da porta da cela batendo. — Brandon. Ai, meu Deus, ligue para a Ann, por favor. Não quero que ele saiba.

— Aguente firme. — Paul não pôde abraçá-la nem tocá-la. Tudo o que pôde fazer foi observar enquanto a levavam embora. Agarrou Lincoln pela lapela. A violência em seus olhos refletia apenas a ponta do iceberg de emoções que esmagava seu peito. — Eu pago a fiança. Vá tirá-la de lá. Faça o que for preciso para impedir que a tranquem numa cela. Entendeu?

— Eu não acho...

— Apenas faça.

◆◆◆◆

Quando Julia saiu, a multidão continuava reunida na porta do tribunal. Ela prosseguiu como num sonho, imaginando se já não estaria morta. Ainda podia sentir os pulsos gelados pelo contato com as algemas.

Lá estava a limusine. A limusine de Eve. Mas não Lyle, pensou, perplexa. Um novo motorista. Entrou no carro. Lá dentro estava limpo, fresco e seguro. Com os olhos fechados, escutou o barulho de líquido sendo derramado num copo. Conhaque, percebeu, quando Paul lhe entregou a taça. Em seguida, escutou a voz dele, tão fria quando o interior da limusine:

— E então, Julia, você a matou?

A fúria atravessou o choque com tamanha rapidez e força que ela sequer teve consciência de se virar, arrancar os óculos escuros e jogá-los no chão. Antes que pudesse dizer qualquer coisa, Paul segurou seu queixo com firmeza.

— Mantenha essa expressão. — A voz dele ficou mais áspera: — Até parece que vou ficar sentado vendo você se deixar abater por eles. Não é só a sua vida que está em jogo.

Ela se afastou e usou o conhaque para se acalmar.

— Nenhuma solidariedade?

Paul trancou o maxilar e virou o conhaque de uma só vez.

— Fiquei arrasado quando eles a levaram embora. Satisfeita?

Julia fechou os olhos novamente.

— Me desculpe. Descontar em você não vai ajudar em nada.

— Claro que ajuda. Pelo menos você não está mais com uma cara de quem vai derreter e escorrer pelas frestas do chão. — Paul levou uma das mãos à nuca de Julia para tentar desfazer o nó de tensão. Os dedos dela se contorciam sobre o colo enquanto ela lutava para controlar os nervos. Dedos compridos, pensou ele, com as unhas ferozmente roídas até o sabugo. Com delicadeza, Paul os ergueu e deu um beijo neles. — Sabe qual foi a primeira coisa que me atraiu em você?

— O fato de eu fingir que não estava atraída por você?

Ele riu ao ver o modo como os lábios dela se curvaram nos cantos. Sim, ela ia lutar. Por mais frágil que estivesse, Julia não deixaria de lutar.

— Bom, não só isso... esse curioso senso de distância. Mas, acima de tudo, o jeito como você entrou na sala de visitas da Eve naquela primeira noite. Havia uma expressão em seus olhos.

— Jet lag.

— Fique quieta e me deixe terminar. — Ele a beijou e a sentiu relaxar um pouquinho. — Uma expressão que dizia claramente: não gosto desses jantares onde as pessoas ficam de papo-furado, mas terei de aguentar. No entanto, se alguém me alfinetar, eu alfineto de volta.

— Se bem me lembro, foi exatamente o que você fez.

— É, foi mesmo. Eu não gostava da ideia do livro.

Julia abriu os olhos e o fitou.

— O que quer que aconteça, não vou desistir dele.

— Eu sei. — Vendo que Julia estava a ponto de começar a chorar, Paul beijou-lhe os olhos fechados e a puxou para si, para que ela pudesse descansar a cabeça em seu ombro. — Agora, relaxe. Estaremos em casa logo, logo.

◆◆◆◆

O TELEFONE ESTAVA tocando quando eles entraram em casa. Num acordo tácito, os dois o ignoraram.

— Acho que vou tomar um banho — disse Julia. Já estava no meio da escada quando escutou o bipe da secretária eletrônica.

— Julia Summers. — A voz era amigável, animada. — Bom, talvez você não tenha retornado ainda do seu grande dia. Faça um favor a si mesma, me ligue. Meu nome é Haffner, e tenho algumas informações interessantes que estaria disposto a ceder por um certo valor.

Você talvez queira saber quem mais andou perambulando pela casa no dia em que Eve Benedict foi morta.

Ela parou com uma das mãos no corrimão. Ao se virar, Paul já pegara o telefone e estava apertando o botão de atender.

— Meu número é...

— Aqui quem fala é Winthrop — interrompeu Paul. — Quem é você?

— Apenas um espectador interessado. Vi você e sua querida Julia saindo do tribunal. Dia difícil.

— Quero saber quem é você e o que você sabe.

— E ficarei muito feliz em lhe contar, meu amigo. Por um preço. Acho que, digamos, duzentos e cinquenta mil, em dinheiro, cobririam minhas despesas.

— Eu estaria pagando pelo quê?

— Você estaria pagando por uma dúvida razoável, que é o que posso lhe oferecer. Isso é tudo o que você precisa para manter essa bela dama fora da cadeia. Me encontre no letreiro de HOLLYWOOD às nove, traga metade do dinheiro e a moça. Aí, se quiser que eu fale com os tiras, ou com o juiz, arrume o restante. Serei todo seu.

— Os bancos já fecharam.

— Ah, sim, que pena! Tudo bem, eu posso esperar, Winthrop. Mas será que ela pode?

Paul olhou por cima do ombro. Julia estava a um metro, dura como uma estaca. Seus olhos estavam fixos nos dele. Viu neles algo que não via há dias. Esperança.

— Eu arrumo o dinheiro. Nove horas.

— Vamos deixar os tiras de fora por enquanto. Se eu sentir o cheiro de algum, negócio desfeito.

Os olhos de Julia acompanharam o movimento de Paul ao desligar o telefone. Tinha quase medo de falar, de pronunciar as palavras.

— Você acha... acha que ele pode ter visto alguém mesmo?

— Alguém mais esteve lá. — Antes que conseguisse organizar os pensamentos, o telefone tocou de novo. — Winthrop.

— Paul, sou eu, Victor. Eu queria saber... ela está bem?

Paul olhou para o relógio.

— Victor, quanto você pode arrumar em uma ou duas horas, em dinheiro vivo?

— Dinheiro? Pra quê?

— Para a Julia.

— Meu Deus, Paul, não me diga que ela pretende fugir!

— Não. Mas não tenho tempo para explicar. Quanto?

— Em uma ou duas horas? Quarenta, talvez cinquenta mil.

— Já resolve. Vou passar por aí para pegar. Oito horas, tudo bem?

— Tudo bem. Vou dar alguns telefonemas.

Julia levou a mão à boca e, em seguida, a deixou cair, num gesto de impotência.

— Só isso? — falou. — Nenhuma pergunta, nenhuma condição. Não sei o que dizer.

— Vai saber, quando chegar a hora. Posso conseguir mais cinquenta ou sessenta mil no caixa eletrônico. E quanto a sua agente? Será que ela consegue te arrumar o resto?

— Sim, sim. — Julia sentiu as lágrimas se acumulando ao pegar o telefone. Só que dessa vez não eram lágrimas de medo, e sim de desesperada esperança. — Paul, vou te pagar cada centavo. E não estou falando só do dinheiro.

— Vamos logo com isso. Seja rápida, quero ligar para o Frank.

— A polícia? Mas ele disse...

— Ele vai ficar escondido. — Havia algo nos olhos de Paul. Entusiasmo. Um entusiasmo sombrio e perigoso. — Não vou entregar o dinheiro e ficar parado, vendo o sujeito ir embora. Não depois de ele ter esperado e deixado você passar por esse inferno. Ligue logo, Julia. Temos de preparar uma armadilha.

♦ ♦ ♦ ♦

Haffner acendeu um cigarro e se recostou contra a perna do gigantesco "H". Gostava dali. Era um lugar bacana e tranquilo para se fazer negócios. Chutando para o lado uma lata vazia de Diet Coke, imaginou quantas beldades haviam aberto as portas do paraíso bem ali, naquele lugar.

As luzes da cidade cintilavam no vale abaixo. Mas ali, se você esperasse o bastante e ficasse em silêncio, podia escutar, ao longe, algum coiote uivando para a lua que começava a despontar no céu.

Haffner estava pensando em ir acampar depois que pegasse o dinheiro. Yosemite, Yellowstone ou Grand Canyon. Sempre gostara de se ver cercado pela natureza. E merecia essas férias, que conquistara de forma quase honesta. Havia um monte de gente que ganhava para testemunhar. A única diferença era que seu preço era alto.

Escutou o motor de um carro e apagou o cigarro, afastando-se do letreiro e se escondendo nas sombras. Se Winthrop ou a garota tentasse alguma gracinha, voltaria para o lugar onde escondera o carro e se mandaria.

Eles se aproximaram em silêncio, andando lado a lado. Ao ver a sacola na mão de Paul, Haffner sorriu. Uma barbada, pensou. Ia ser uma barbada.

— Ele não está aqui.

Haffner quase ficou com pena ao escutar a tensão na voz de Julia.

— Ele vem.

Ela fez que sim e começou a virar a cabeça para um lado e para o outro, procurando.

— Talvez a gente devesse ter chamado a polícia. É perigoso vir aqui sozinho.

— Ele só quer o dinheiro — disse Paul, tentando acalmá-la. — Vamos fazer do jeito dele.

— Bem pensado. — Haffner saiu das sombras. Ergueu uma das mãos na frente dos olhos para protegê-los do brilho da lanterna de Paul e riu. — Aponte esse facho para baixo, meu filho, não precisa me cegar.

— Haffner?

— Esse é o meu nome. Bem, bem, Julia. Que bom ver você de novo!

Ela meteu a mão dentro da bolsa enquanto o analisava.

— Eu te conheço. Já te vi.

— Claro que sim. Venho te seguindo há semanas. Um pequeno trabalhinho para um cliente. Sou um investigador particular. Bem, costumava ser.

— No elevador, do lado de fora do escritório do Drake. E no aeroporto, em Sausalito.

— Você tem bons olhos, querida.

— Para quem você está trabalhando? — exigiu saber Paul.

— Para quem eu *estava* trabalhando. Meus serviços já não são mais necessários, visto que Eve está morta e nossa querida Julia aqui está enfiada na lama até o pescoço.

Paul agarrou Haffner pela camisa de algodão, arrebentando parte da costura.

— Se você teve alguma coisa com a morte da Eve...

— Calma, calma! Você acha que eu estaria aqui se tivesse? — Ergueu as duas mãos, sorrindo. — Tudo o que eu fiz foi um serviço de vigilância para uma figura interessada.

— Quem?

Haffner pensou um pouco.

— Visto que não vou receber mais nada dessa pessoa, acho que não tem problema eu contar. Kincade, Anthony Kincade. Ele me pediu para ficar de olho em você, Julia. O livro que você e Eve estavam escrevendo deixou o sujeito apavorado.

— Os bilhetes — disse ela. — Era ele quem estava enviando os bilhetes.

— Não sei nada de bilhete nenhum. Ele me pediu para segui-la, queria saber com quem você estava falando. Kincade me comprou um equipamento de vigilância bem legal, de modo que consegui escutar algumas entrevistas. Material suculento. DuBarry ter feito um aborto foi uma notícia e tanto. Quem teria imaginado? Eu a segui depois que você deixou a casa dela. Você perambulou um bocado naquele dia, Julia. Devia estar com a cabeça cheia. Depois que chegou em casa, dei a volta na propriedade e... — Ele fez uma pausa, sorrindo. — Ficarei feliz em lhe contar tudo a respeito disso. Depois que eu vir o dinheiro.

Paul jogou a sacola para ele.

— Pode contar.

— Relaxe, meu amigo. — Haffner botou a sacola sobre uma pedra e a abriu. Pegando uma caneta laser, iluminou os bolos de notas. Maná caído do céu. — Eu confio em você. Afinal, isso é apenas uma pequena troca de favores.

— Você disse que viu alguém mais na propriedade naquele dia — incitou-o Julia. — Como você entrou? Joe estava cuidando do portão.

— Homens como eu geralmente não são convidados a passar pelos portões de Beverly Hills. — Satisfeito consigo mesmo, Haffner pegou um pacotinho de balas. Enfiando uma na boca, começou a mastigar. Julia sentiu o cheiro de laranjas. — Vi um carro parado ao lado do muro. Isso me deixou curioso. Assim sendo, subi no teto do carro para dar uma espiada por cima do muro e, sabem quem eu vi? — Ele olhou de Julia para Paul. — Não imaginam? Vi Drake Morrison atravessar o campo de golfe mancando. Deus do céu, imagine só, ter um campo de golfe no seu jardim.

— Drake? — Julia apertou a mão de Paul. — Você viu o Drake?

— Ele estava um desastre — continuou Haffner. — Acho que caiu ao pular o muro. Esses executivos não são muito atléticos.

— E quanto ao alarme? — perguntou Paul.

— Não sei dizer. Mas imagino que ele tenha cuidado disso, ou não teria conseguido pular o muro. Vendo que o caminho estava livre, pulei também. Imaginei que Kincade poderia me pagar um extra se eu conseguisse uma informação quente. Não pude me aproximar muito, o terreno era aberto demais. Drake estava indo em direção à casa principal, mas, de repente, parou e tentou se esconder atrás de uma palmeira, como se tivesse visto alguém. Em seguida, ele mudou de direção e seguiu para a casa de hóspedes. Não deu para chegar muito perto porque ele estava rodeando a casa, procurando um lugar para se esconder próximo a uma das janelas. Pouco depois, ele recuou e saiu correndo como se estivesse sendo perseguido por demônios. Tive de mergulhar no meio de uns arbustos. Pensei em dar uma olhada por mim mesmo, mas, antes que eu conseguisse me aproximar, você apareceu. — Apontou com a cabeça para Julia. — Eu a vi saltar do carro e seguir para o jardim. Imaginei que seria melhor sair dali logo, antes que alguém religasse os alarmes.

— Você me viu. — Julia empurrou Paul para o lado, a fim de confrontar Haffner sozinha. — Você me viu. Sabia que eu estava dizendo a verdade e ficou calado.

— Ei, estou aqui agora. E, se vocês me trouxerem a outra metade do dinheiro, eu conto tudo para o promotor, sem problemas. Mas só posso contar para eles o que eu vi. Até onde sei, você poderia ter voltado do jardim e acertado a mulher.

Julia deu uma bofetada nele com tanta força que Haffner perdeu o equilíbrio e colidiu contra uma pedra.

— Você sabe que eu não a matei. E sabe que Drake viu quem foi. Mas esperou até eu estar desesperada o bastante para vender a minha alma.

Haffner limpou a boca com a mão enquanto se levantava.

— Continue assim e eu conto para o promotor que você tentou me subornar para servir de álibi. Você não significa nada para mim, moça. Portanto, seja boazinha ou eu posso desistir de cumprir com minhas obrigações cívicas.

— Obrigações cívicas o caralho — falou Paul. — Conseguiu o suficiente, Frank?

— Consegui, Paul, mais do que o suficiente. — Frank surgiu na clareira com um grande sorriso estampado no rosto.

— Filho da puta. — Haffner deu um passo antes de Paul acertá-lo com um cruzado de direita.

— Concordo plenamente.

— Rusty? Rusty Cretino Haffner? — perguntou Frank, satisfeito, obrigando Haffner a se colocar de pé. — Eu lembro de você. Você se lembra de mim? Sou o tenente Francis Needlemeyer, e você está preso por extorsão, omissão de provas e por ser um pé no saco. Espere um pouco que já leio os seus direitos. — Após colocar as algemas, Frank pegou um comunicador portátil. — Estou aqui com um imbecil de merda para vocês recolherem.

— Estamos a caminho, tenente. A propósito, a recepção estava alta e clara.

Capítulo Trinta e Dois
◆◆◆◆

— O PROMOTOR QUER o Morrison logo, rápido e depressa. — Frank assobiava ao saltarem do carro e atravessarem o caminho até a casa de Drake. — Já falou com o seu advogado?

— Já. — Julia secou as palmas úmidas na calça. — Ele já deve estar perturbando o seu capitão. Lincoln disse que você não ia deixar que Paul e eu o acompanhássemos até a casa do Drake.

— Não posso fazer nada se vocês apareceram sem aviso. — Ele piscou para Paul. — Na verdade, imagino que o Morrison vá abrir a guarda mais rápido se vocês estiverem junto.

— Eu mesmo gostaria de forçá-lo a abrir a guarda — murmurou Paul. — Pedacinho por pedacinho.

— Faça isso. Mas espere até termos conseguido uma declaração dele. Jesus, como ele aguenta escutar uma música nessa altura? — Frank tocou a campainha e, em seguida, começou a esmurrar a porta.

— O canalha viu quem a matou. — Paul apertou a mão de Julia com tanta força que ela chiou. — Eve deu a ele uma vida decente, mas ele nunca ligou a mínima. Ele está tentando usá-la depois de morta como a usava em vida. Pelo dinheiro.

— Ele teria uma chance melhor de conseguir botar as mãos no dinheiro se Julia fosse condenada. — Ainda assobiando, Frank bateu de novo. — Agora ele vai ter de encarar uma acusação por obstrução da justiça. O canalha está em casa. O carro dele está aqui. As luzes estão acesas e o som está ligado. Morrison! — berrou. — É a polícia. Abra a porta. — Lançou um olhar de esguelha para Paul.

Compreendendo o que o amigo estava insinuando, Paul botou uma das mãos nas costas dela.

— Espere no carro, Julia.

Compreendendo também, ela afastou a mão dele.

— Até parece.

Frank suspirou.

— Afastem-se. — Chutou a porta três vezes antes de conseguir arrombá-la. — Estou fora de forma — falou consigo mesmo, puxando o revólver. — Mantenha Julia aqui fora até eu dizer que vocês podem entrar.

Assim que Frank entrou, Julia afastou os braços de Paul com um safanão.

— Vocês acham que eu vou esperar aqui fora? Ele sabe quem a matou. — Ela sacudiu a cabeça com violência. — Paul, ela era minha mãe.

Paul imaginou se ela sabia que era a primeira vez que falava de Eve assim, como se tivesse aceitado o fato. Anuindo, deu a mão a ela.

— Fique perto de mim.

De repente, a música parou. Ao pisarem no vestíbulo, a casa estava silenciosa. Paul olhou para o alto da escada e se posicionou de modo a proteger Julia com seu corpo.

— Frank?

— Aqui nos fundos. Merda! Não a deixe entrar!

Mas ela já havia entrado. Pela segunda vez, Julia encarou uma morte violenta. Drake estava deitado de costas, no lugar onde havia caído. O chão à sua volta estava coberto por cacos de cristal. O cheiro de sangue e champanhe velho impregnava o ar — pelo visto, a festa havia terminado muito mal.

◆◆◆◆

— Eu preciso saber. — Uma hora depois, Julia estava sentada na sala de estar da casa de Paul, forçando-se a manter a calma. Observou o rosto de Lincoln ao perguntar: — Eles acham que eu o matei?

— Não. Você não teria motivo. E, provavelmente, nem oportunidade, o que eles poderão comprovar assim que estabelecerem a hora da morte. Pelo visto, foi trabalho de um profissional.

— Profissional?

— Um único tiro, muito limpo. Saberemos mais daqui a um ou dois dias.

— Um ou dois dias. — Sem saber ao certo como conseguiria aguentar mesmo que fossem apenas uma ou duas horas, Julia pressionou os olhos com os dedos. — Ele podia ter me livrado, Lincoln. Drake está morto e tudo o que eu consigo pensar é que se tivéssemos tido mais dois dias, ele poderia ter me livrado.

— Ele talvez ainda a livre. Com a declaração de Haffner, e o fato de Drake ter sido assassinado, o caso contra você fica muito frágil. Isso prova que alguém mais esteve na propriedade, que o sistema de segurança não estava funcionando. Haffner também confirma o fato de que você se dirigiu para o jardim ao chegar, em vez de para a casa. E que alguém, provavelmente Eve, já estava lá dentro. Drake não teria espiado pela janela, nem ficado assustado o bastante para fugir correndo se a casa estivesse vazia.

Cautelosa, Julia se agarrou de leve a esse fio de esperança.

— Se ainda assim tivermos de ir a julgamento, é isso o que você vai usar.

— Se ainda tivermos de ir, sim. Isso proporciona dados mais do que suficientes para criarmos uma dúvida razoável, Julia. O promotor sabe disso. Agora, quero que você durma um pouco.

— Obrigada. — Ela se levantou para acompanhá-lo até a porta. O telefone tocou. — Eu atendo — disse para Paul.

— Deixe tocar.

— Se for um repórter, vou ter o prazer de desligar na cara dele. Alô? — Os olhos dela ficaram sem expressão. — Sim, claro. Só um minuto. Lincoln, é o seu filho.

— Garret? — Ele já tinha dado um passo na direção do telefone ao sentir uma pontada de vergonha. — Minha, hum, família decidiu vir para cá por alguns dias. As crianças estão de férias.

Como ela não respondeu, ele pegou o telefone.

— Garret, você chegou! Sim, eu sei que o voo atrasou. É bom escutar a sua voz. — Ele riu e se virou de costas deliberadamente. De costas para a sala, para Julia. — Bom, ainda são onze e pouco aqui, portanto não é tão tarde assim para estar acordado. Sim, nós iremos a um jogo de futebol e à Disneylândia. Diga à sua mãe e à sua irmã que já estou voltando para o hotel, portanto me esperem. Sim, sim, daqui a pouco. Tchau, Garret.

Ele desligou e pigarreou para limpar a garganta.

— Desculpe. Dei esse número a eles. O voo atrasou em St. Louis, e eu fiquei um pouco preocupado.

Ela o fitou.

— Não tem problema nenhum. É melhor você ir.

Ele foi embora. Bastante apressado, pensou Julia.

— É irônico, não é? — disse, assim que se viu sozinha com Paul. — Esse menino é apenas poucos meses mais novo do que o Brandon. Quando Lincoln descobriu que eu estava grávida, ele ficou tão assustado com o que poderia acontecer que voltou correndo para a mulher. Acho que dá para dizer que eu salvei o casamento dele e, em parte, sou responsável pelo nascimento do meio-irmão do Brandon. Ele me pareceu um garoto muito esperto e bem-educado.

Paul quebrou a cigarrilha ao meio ao apagá-la.

— Mas eu ainda ficaria feliz em esfregar a cara do Hathoway numa parede de concreto por você. Pelo menos por uma ou duas horas.

— Já não me sinto mais zangada. Nem sei ao certo quando isso aconteceu. Ele, porém, continua fugindo. — Ela foi até Paul e se aninhou em seu colo. — Já não estou fugindo mais, Paul, e sei exatamente quando isso aconteceu. Foi naquela noite, em Londres, quando ficamos acordados até tarde e eu lhe contei tudo. Todos os segredos que jamais teria pensado em contar a um homem. — Levantou a cabeça e deixou seus lábios brincarem com os dele. — Assim sendo, acho que não quero que você esfregue a cara do Lincoln numa parede de concreto. — Com um suspiro, traçou um rastro de beijos pelo pescoço de Paul. — Talvez você possa apenas quebrar o braço dele.

— Combinado. — Ele fechou os braços em volta dela, num movimento tão súbito que ela resfolegou. — Nós vamos ficar bem — murmurou, com o rosto enfiado no cabelo de Julia.

Eles dormiram assim, aninhados no sofá, enroscados um no outro e completamente vestidos. A batida na porta um pouco depois das seis fez com que acordassem no susto e olhassem um para o outro.

Eles seguiram para a cozinha. Frank se sentou enquanto Julia colocava uma frigideira para esquentar no fogão.

— Tenho boas e más notícias — começou ele. — A má notícia é que o promotor ainda não está pronto para retirar as acusações.

Julia não disse nada, apenas pegou uma caixa de ovos na geladeira.

— A boa notícia é que a investigação foi reaberta. A declaração do Haffner pesa a seu favor. Precisamos verificar alguns pontos, provar a ligação dele com Kincade. Ajudaria muito se o velho Rusty tivesse espiado pela janela, já que Morrison não vai poder contar a ninguém o que viu naquele dia. Contudo, o simples fato de que eles estiveram lá joga por terra um dos argumentos da promotoria. O principal ponto contra você era o tempo, e o fato de que todas as pessoas lá dentro tinham um álibi. Se a polícia acreditar na história do Haffner, esses dois pontos perdem sentido.

— Se — repetiu Julia.

— Escute, o canalha adoraria poder desmentir tudo. Ele está irritadíssimo com o fato de vocês terem armado para cima dele, mas, por outro lado, conhece o jogo. Haffner sabe que, se não cooperar, as coisas vão ficar mais difíceis para o lado dele. A promotoria, por sua vez, adoraria poder descartar essa declaração, mas não pode fazer isso sem livrá-lo também. Assim que confirmarmos que ele foi sincero ao dizer que estava trabalhando para Kincade e seguindo você, a promotoria terá de engolir o restante. Morrison estava na propriedade na hora do crime, viu alguma coisa e agora está morto. — Frank soltou um suspiro de satisfação ao ver a caneca de café que Paul colocou na sua frente. — Estamos tentando conseguir uma permissão para verificar os registros telefônicos dele. Seria interessante descobrir com quem ele falou desde o assassinato.

Eles estavam conversando sobre assassinato, pensou Julia. E isso enquanto o bacon chiava e o café fumegava. Do lado de fora da janela, um pássaro estava empoleirado na cerca do deque, cantando como se sua vida dependesse disso.

A cinco mil quilômetros dali, Brandon estava na escola, resolvendo problemas de matemática ou fazendo um teste de vocabulário. Havia um certo conforto nisso, percebeu ela. Em saber que a vida dele continuava com seu ciclo contínuo e sossegado mesmo enquanto a dela parecia estar girando enlouquecidamente numa órbita esquisita.

— Você está dando um duro danado para me tirar dessa confusão. — Julia botou o bacon de lado para escorrer.

— Não gosto de ir contra os meus instintos. — Frank acrescentou um pouco de leite ao café para não queimar a língua. Tomou um gole e deixou a cafeína entrar em seu organismo. — E tenho uma resistência pessoal em deixar alguém que cometeu um assassinato escapar. Sua mãe era uma mulher incrível.

Julia pensou nas duas. A advogada dedicada que ainda encontrava tempo para preparar biscoitos ou arrumar uma bainha. A atriz dinâmica que se agarrara à vida com as duas mãos.

— Era mesmo. Como você quer seus ovos, tenente?

— Durinhos — respondeu ele, sorrindo para ela. — Duros como pedra. Li um dos seus livros. O que conta a vida de Dorothy Rogers. Você desencavou um material muito interessante.

Julia quebrou os ovos na frigideira e observou as claras borbulharem.

— Ela teve algumas experiências interessantes.

— Bom, para alguém que interroga pessoas como meio de vida, eu gostaria de saber qual é o seu truque.

— Não tenho truque nenhum, juro. Quando você conversa com as pessoas, elas não conseguem esquecer que você é um policial. O que eu faço é escutar, basicamente isso; assim, elas se envolvem com a própria história e esquecem que eu estou ali com um gravador.

— Se você vendesse essas fitas, ganharia uma fortuna. O que faz com elas depois que termina o livro?

Ela virou os ovos, satisfeita ao ver que as gemas não se desmancharam.

— Guardo. As fitas não têm grande valor sem as histórias que as conectam.

Paul botou a caneca de lado de forma barulhenta.

— Só um minuto.

Julia se virou com um prato cheio de comida e o viu sair correndo da cozinha.

— Não se preocupe. — Frank se levantou para pegar o prato. — Eu como a parte dele.

Cinco minutos depois, Paul berrou do topo da escada:

— Frank, quero que você dê uma olhada nisso.

Resmungando, Frank despejou mais bacon em seu prato e o levou consigo. Julia seguiu logo atrás, com uma caneca de café em cada mão.

Paul estava no escritório, parado na frente da televisão, observando Eve.

— Obrigado. — Ele pegou uma das canecas e apontou com a cabeça para o televisor. — Jules, quero que você escute isso com atenção.

— ... tomei a precaução de fazer as outras fitas...

Ele apertou o botão de pausar e se virou para ela.

— Que outras fitas?

— Não sei. Ela nunca me entregou fita nenhuma.

— Exatamente. — Ele a beijou com vontade. Ela podia sentir o entusiasmo dele extravasando pelas pontas dos dedos que pressionaram seu ombro. — Então, onde elas estão? Eve fez as fitas depois que você a viu pela última vez. Ela não as entregou a Greenburg. Nem para você. Mas pretendia.

— Pretendia — repetiu Julia, buscando uma cadeira. — E ela foi até a casa de hóspedes para me ver, para se encontrar comigo.

— Para dá-las a você. E esclarecer o restante das mentiras.

— A gente vasculhou o lugar inteiro, de cabo a rabo. — Frank botou o prato de lado. — Não havia fita nenhuma, exceto a que estava no cofre.

— Não, porque alguém as pegou. Alguém que sabia o que havia nelas.

— Como alguém poderia saber? — Julia olhou de volta para a televisão, para a imagem congelada de Eve. — Como, se ela as fez naquela noite, ou na manhã seguinte? Eve não saiu de casa.

— E quem esteve lá?

Frank pegou seu caderninho e virou as páginas.

— Flannigan e a agente dela, DuBarry. Ela pode ter dito alguma coisa a eles que eles não gostaram de ouvir.

Julia se virou de costas. Não podia sequer imaginar a possibilidade de ter sido Victor. Já perdera duas mães. Não tinha certeza se conseguiria sobreviver à perda de outro pai.

— Eve ainda estava viva depois que cada um deles foi embora. Como eles poderiam ter voltado sem que Joe percebesse?

— Da mesma forma como Morrison entrou — ponderou Frank. — Embora seja difícil acreditar que alguém mais tenha pulado o muro.

— Talvez não tenha. — Com os olhos fixos em Eve, Paul afagou os cabelos de Julia. — Talvez a pessoa não precisasse se preocupar com entrar e sair. Porque já estava lá dentro, sempre esteve. Alguém que supostamente deveria estar com ela. Alguém em quem ela confiava o suficiente para explicar o que havia feito.

— Você está sugerindo um dos empregados — murmurou Frank, e começou a virar as folhas novamente.

— Estou sugerindo alguém que vivia na casa. Que não precisava se preocupar com o sistema de segurança. Alguém que a seguiu até a casa de hóspedes. Que poderia ter matado Eve num momento de raiva, e Drake a sangue-frio.

— Temos a cozinheira, o jardineiro, o ajudante do jardineiro, duas arrumadeiras, o motorista, a governanta e a secretária. Todos têm um excelente álibi para a hora do assassinato.

A impaciência de Paul chispou como ondas fumegantes de vapor.

— Talvez um deles tenha inventado o álibi. Faz sentido, Frank.

— Isso não é um dos seus livros. Assassinatos reais são mais complicados, as peças não se encaixam tão bem.

— Elas sempre montam o mesmo quadro. Haffner disse que alguém saiu da casa principal, que Morrison mudou de direção e foi direto para a casa de hóspedes. Ele não parou na garagem, o que, por mais que eu fosse adorar enquadrar aquele canalha nojento, elimina o Lyle. Acho que estamos atrás de alguém próximo a Eve. Alguém que sabia os passos de Julia, para que os bilhetes pudessem ser entregues sem que ela percebesse.

— Haffner pode ter passado os bilhetes — ponderou Julia.

— Por que ele se daria ao trabalho de negar? Ele nos contou todo o resto. Quero saber quem seguiu você até Londres... e até Sausalito.

— Pesquisei a lista de passageiros dos voos para Londres, Paul. Já te falei que não encontrei ligação nenhuma.

— Você está com a lista?

— No arquivo.

— Seja camarada, Frank, peça que enviem a lista para cá por fax.

— Meu Deus. — Ele olhou para Julia e, em seguida, para Eve na tela da televisão. — Certo, certo, por que não? Estou mesmo cansado de carregar um distintivo.

De alguma forma, aquilo era pior, pensou Julia. Esperar. Esperar enquanto Frank dava o telefonema, enquanto Paul fumava e andava de um lado para o outro. Esperar que o equipamento eletrônico funcionasse e lhes desse outro fiapo de esperança. Viu as folhas sendo cuspidas pelo fax; havia centenas de nomes. Só um deles importava.

Eles desenvolveram uma rotina de trabalho. Julia analisava uma folha e a passava para Paul. Ele estudava outra e a entregava a Frank. Ela sentiu um arrepio estranho ao ver seu nome em meio ao de tantos desconhecidos. E lá estava o nome de Paul, no Concorde. Ele estivera impaciente para encontrá-la, pensou, com um ligeiro sorriso. Zangado, agressivo e exigente. Ao voltarem de lá, ele se tornara seu mundo.

Julia esfregou os olhos cansados e pegou outra folha. Trabalhando de forma metódica, tentou analisar e imaginar um rosto e uma personalidade para cada um daqueles nomes.

Alan Breezewater. Um corretor bem-sucedido de meia-idade e careca.

Marjorie Breezewater. Sua adorável esposa que gosta de um bom jogo de cartas.

Carmine Delinka. Uma promotora de lutas de boxe com sonhos de grandeza.

Helene Fitzhugh-Pryce. Uma divorciada londrina voltando de uma sessão de compras na Rodeo Drive.

Donald Frances. Um jovem e promissor publicitário.

Susan Frances. A jovem e atraente esposa de Donald, nascida em Londres, buscando o sucesso como produtora de programas televisivos.

Matthew John Frances. O filho de 5 anos deles, animado por estar indo visitar os avós.

Charlene Gray. Julia bocejou, sacudiu a cabeça para acordar e tentou se concentrar. Charlene Gray.

— Ai, meu Deus.

— Que foi? — Paul já estava debruçado sobre o ombro dela, lutando contra a vontade de arrancar a folha de sua mão.

— Charlie Gray.

Com o cenho franzido, Frank ergueu os olhos de sua própria folha. O branco em torno das íris estava vermelho de cansaço.

— Achei que ele estivesse morto.

— Ele está. Cometeu suicídio no final da década de 1940. Mas tinha uma filha, na época ainda bebê. Eve me contou que não sabia o que havia acontecido com ela.

Paul já encontrara o nome.

— Charlene Gray. Acho que é um pouco tarde para pensarmos em coincidência. Como podemos encontrá-la?

— Me dê umas duas horas. — Frank pegou a folha e duas fatias do bacon já frio e seguiu para a porta. — Eu te ligo.

— Charlie Gray — murmurou Julia. — Eve gostava muito dele, mas ele gostava mais. Muito mais. Ela partiu o coração do Charlie ao se casar com Michael Torrent. Ele deu a ela rubis e seu primeiro teste para o cinema. Foi seu primeiro amante. — Um arrepio desceu por seus braços. — Meu Deus, Paul. Será que foi a filha dele quem matou a Eve?

— Se ele teve uma filha, quanto anos ela teria agora?

Julia massageou as têmporas com as pontas dos dedos.

— Uns cinquenta e poucos. — Estancou. — Paul, você não acha realmente...

— Você tem alguma foto dele?

As mãos dela estavam começando a tremer. Mas, dessa vez, de entusiasmo.

— Tenho. Eve me deu centenas de fotos e cartazes de filmes. Lincoln está com tudo.

Paul fez menção de pegar o telefone, mas parou no meio do caminho.

— Espere um pouco. — Virando-se para uma das prateleiras na parede, correu o dedo pelos títulos das fitas. — *Desperate Lives* — murmurou. — O primeiro filme de Eve... estrelando Michael Torrent e Charles Gray. — Deu um rápido aperto na mão de Julia. — Vamos assistir um filme, meu amor.

— Vamos. — Ela sorriu. — Mas sem pipoca.

Ela prendeu a respiração enquanto Paul tirava a fita de Eve do videocassete e enfiava a cópia do filme. Murmurando consigo mesmo, ele adiantou a fita, passando pelo aviso do FBI e os créditos.

Eve aparecia logo na primeira cena, andando de maneira elegante por uma calçada do que supostamente era a cidade de Nova York. Usava um chapéu caído sensualmente sobre um dos olhos. A câmera fechou nela, capturando seu rosto jovem e vibrante, e, em seguida, acompanhou o movimento de Eve ao se curvar, girar o corpo e correr um dedo lentamente pela costura da meia-calça.

— Ela foi uma estrela desde o primeiro filme — comentou Julia. — E sabia disso.

— Vamos combinar o seguinte. A gente assiste o filme inteiro na nossa lua de mel.

— Na nossa...

— A gente fala sobre isso depois. — Enquanto Julia tentava decifrar se tinha recebido uma proposta de casamento, Paul foi adiantando o filme. — Quero um close. Vamos lá, Charlie. Aí. — Enquanto pronunciava essa simples palavra de triunfo, apertou o botão de pausar. Charlie

Gray, com o cabelo penteado para trás e a boca repuxada num sorriso de autocensura, olhou de volta para eles.

— Ai, meu Deus, Paul. — Seus dedos se fincaram nos ombros dele como garras. — Ela herdou os olhos do pai.

Com um sorriso amargo, Paul desligou o videocassete.

— Vamos conversar com a Travers.

♦ ♦ ♦ ♦

Sempre arrastando os pés, Dorothy Travers ia passando de um cômodo ao outro na casa vazia, espanando a poeira, polindo os vidros, alimentando seu ódio.

Anthony Kincade destruíra todas as chances de ela um dia vir a acreditar num relacionamento saudável com um homem. Como consequência, concentrara todo o seu amor em duas pessoas. Seu pobre filho, que ainda a chamava de mamãe, e Eve.

Jamais houvera algo de sexual em seu amor por Eve. Estava farta de sexo desde antes do fim de seu casamento com Kincade. Para ela, Eve era como uma irmã, uma mãe, uma filha. Embora Travers adorasse sua própria família, o fato de Eve ter sido arrancada de sua vida lhe gerava tanto sofrimento que ela só conseguia tolerá-lo envolvendo-o com uma capa de amargura.

Ao ver Julia entrar na casa, ela se lançou à frente com os braços esticados e os dedos curvados em garras.

— Assassina filha da mãe! Eu vou te matar por ter tido a ousadia de entrar aqui!

Paul a agarrou pelos pulsos e lutou para imobilizar os braços musculosos.

— Pare com isso! Que droga, Travers! A casa é da Julia!

— Ela vai arder no inferno antes de conseguir colocar os pés aqui dentro! — Chorando copiosamente, Travers lutou para se soltar.

— Ela partiu o coração da Eve e, como se isso já não fosse o bastante, a matou.

— Me escute. Drake foi assassinado.

Travers parou de lutar por tempo suficiente para recuperar o fôlego.

— Drake? Morto?

— Ele levou um tiro. Nós o encontramos ontem à noite. Temos uma testemunha que o viu, aqui, no dia em que a Eve foi morta. Travers, o sistema de segurança tinha sido desligado. Drake pulou o muro.

— Está tentando me dizer que foi o Drake quem matou a Eve?

Paul ganhara sua atenção, mas, mesmo assim, só afrouxou a mão um pouquinho.

— Não, mas ele viu quem foi. É por isso que está morto.

O olhar de Travers voltou-se de novo para Julia.

— Se ela conseguiu matar a própria mãe, pode muito bem ter matado o primo.

— Julia não matou o Drake. Ela estava comigo. E ficou comigo a noite inteira.

As linhas no rosto de Travers se aprofundaram.

— Ela o deixou cego. Usou o sexo para deixá-lo cego.

— Quero que você me escute.

— Não enquanto ela estiver nesta casa.

— Vou esperar lá fora. — Julia fez que não antes que Paul pudesse protestar. — Está tudo bem. É melhor assim.

Assim que Julia bateu a porta às suas costas, Travers relaxou.

— Como você pode ter dormido com essa vagabunda? — Quando Paul a soltou, ela meteu a mão no bolso para pegar um lenço. — Achei que Eve significasse alguma coisa para você.

— Você sabe que sim. Venha cá, sente-se. Precisamos conversar. — Paul a acomodou numa das poltronas da sala de visitas e se agachou a seus pés. — Preciso que você me fale sobre a filha do Charlie Gray.

Uma chama brilhou nos olhos de Travers antes de ela baixá-los.

— Não sei do que você está falando.

— Eve sabia. E ela confiava em você mais do que em qualquer outra pessoa. Ela teria lhe contado.

— Se ela confiava em mim, então por que não me contou que estava doente? — Atordoada pela dor da perda, ela enterrou o rosto nas mãos dele. — Que estava morrendo?

— Porque ela amava você. E porque não queria que o tempo que lhe restava fosse maculado com piedade ou arrependimentos.

— Até mesmo isso lhe foi roubado. O pouco tempo que lhe restava.

— Verdade. E eu quero, tanto quanto você, que a pessoa responsável por isso pague pelo que fez. Só que não foi a Julia. — Paul agarrou suas mãos antes que ela pudesse empurrá-lo. — Mas foi alguém que ela amava, alguém que trouxe para sua vida. Ela encontrou a filha do Charlie, não encontrou, Travers?

— Sim.

Capítulo Trinta e Três
••••

A LUZ DO sol refletia-se nas águas profundamente azuis da piscina. As ondulações geradas pela fonte que a alimentava se alargavam, espalhando-se até desaparecerem. Julia imaginou quem nadaria ali agora. Se esse alguém tiraria a roupa, pararia sob o jato de água e soltaria uma risada.

Sentiu uma tremenda vontade de fazer isso, rapidamente, enquanto estava sozinha, numa homenagem à mulher que havia amado por tão pouco tempo.

Em vez disso, observou um beija-flor, um pequeno e colorido míssil, passar voando por cima da água, pairar sobre uma vibrante petúnia vermelha e sugar seu néctar.

— Julia.

O sorriso que começava a se desenhar nos cantos da boca congelou. Julia sentiu o coração dar um pulo e parar na garganta. Devagar e com cuidado, relaxou os dedos que haviam se fechado em punhos e, invocando qualquer habilidade para atuar que pudesse ter herdado de Eve, virou-se para encarar a filha de Charlie Gray.

— Nina. Não percebi que você estava aqui. Achei que já tivesse ido embora.

— Quase. Eu ainda precisava encaixotar mais algumas coisas. É inacreditável a quantidade de tralha que a gente acumula em quinze anos. Você soube do Drake?

— Soube. Por que a gente não entra? Paul está aqui.

— Eu sei. — Nina soltou um rápido suspiro, que mais pareceu um soluço. — Eu o escutei conversando com a Travers. Ela não sabia que eu tinha vindo um pouco mais cedo e estava lá em cima. Nada disso devia ter acontecido. Nada. — Ela enfiou a mão num envelope pardo e puxou um revólver calibre 32. A luz do sol refletiu no cromado da arma, ofuscando-as. — Gostaria que houvesse um outro jeito, Julia. Gostaria mesmo.

Encarar a mira de um revólver deixou Julia mais zangada do que com medo. Não que ela se achasse invencível. Parte de sua mente reconhecia que a bala poderia atravessar seu corpo e acabar com sua vida. Mas a forma como a ameaça fora feita, com tamanha educação, lançou por terra qualquer noção de cautela.

— Você está aí se desculpando como se tivesse faltado a um almoço de negócios. Meu Deus, Nina, você a matou!

— Eu não planejei nada — falou Nina num tom levemente irritado, levando uma das mãos ao peito. — Deus sabe que eu fiz todo o possível para convencê-la a mudar de ideia. Eu pedi, implorei, enviei os bilhetes, numa tentativa de deixá-la assustada. Quando percebi que nada estava funcionando, enviei mais bilhetes para você. Até mesmo contratei alguém para sabotar o avião.

Em algum lugar do jardim, um passarinho começou a cantar.

— Você tentou me matar.

— Não, de jeito nenhum. Sei que o Jack é um excelente piloto, e minhas instruções foram muito claras. O objetivo era apenas assustá-la, fazê-la entender que precisava parar com as pesquisas para o livro.

— Por causa do seu pai.

— Em parte. — Ela semicerrou as pestanas, mas Julia ainda conseguia ver o brilho nos olhos de Nina através delas. — Eve arruinou a vida dele, acabou com ela. Por muito tempo, eu a odiei por isso. Contudo, ela me ajudou tanto que chegou um momento em que eu não conseguia mais odiá-la. Passei a gostar muito de Eve, Julia, muito mesmo. Tentei até perdoá-la. Você tem de acreditar em mim!

— Acreditar em você? Você a matou e não estava nem aí para o fato de que eu é que ia pagar por isso.

Nina crispou os lábios.

— Uma das primeiras coisas que Eve me ensinou foi sobre sobrevivência. Qualquer que seja o preço, eu vou terminar com isso.

— Paul já sabe, e a Travers também. Além disso, a polícia está verificando seu nome verdadeiro, Charlene Gray.

— Antes que eles consigam ligar Charlene a Nina Soloman, eu já terei desaparecido. — Nina lançou um olhar de relance por cima do ombro para a casa principal, satisfeita por Paul e Travers ainda estarem conversando. — Não tive tempo de pensar em todos os detalhes, mas parece que só tem um jeito.

— Me matar.

— Tem de parecer suicídio. Vamos dar um passeio até a casa de hóspedes. Um retorno à cena do crime... a polícia vai gostar disso. Você vai escrever um bilhete confessando ter matado a Eve, e o Drake. Essa é a arma que eu usei. Ela não é registrada, portanto ninguém poderá chegar a mim através dela. Posso prometer que será rápido. Fui treinada pelo melhor. — Ela fez sinal com o revólver. — Anda logo, Julia. Se o Paul aparecer, terei de matá-lo também. E depois a Travers. Você vai ser responsável por uma chacina.

O beija-flor afastou-se da petúnia e passou velozmente por cima da água de novo. Tomada de surpresa pelo vibrante míssil vermelho e pela fúria inesperada com que ele voou em sua direção, Nina cambaleou para trás, fazendo com que seu primeiro tiro desviasse totalmente do alvo. Aproveitando a oportunidade, Julia se lançou sobre ela numa fúria cega. As duas perderam o equilíbrio e caíram na piscina.

Num misto de braços e pernas, elas foram direto para o fundo. Auxiliadas pela própria flutuação da água, Julia e Nina voltaram à superfície com um bater desesperado de pés e mãos, engasgadas. Julia sequer escutou o próprio urro de ódio ao sentir seu cabelo ser puxado com violência. A dor embaçou sua visão, mas aumentou sua fúria. Por um breve instante, viu o rosto de Nina salpicado de água, como pequenas gotas de diamantes. Fechou as mãos em torno do pescoço da antiga secretária e apertou. Seus pulmões puxaram o ar de modo automático antes de ser novamente arrastada para o fundo.

Através da cortina de água, viu os olhos de Nina, o brilho selvagem de pânico refletido neles. Julia teve a satisfação de vê-los se fecharem ao acertar, dentro da água, um soco no estômago de Nina. Sua própria cabeça bateu com força contra o fundo da piscina, forçando-a a trincar os dentes para não gritar. Pequenas luzinhas começaram a dançar por trás de seus olhos enquanto se contorcia e chutava, tentando acertar algum ponto vulnerável de sua oponente. Julia ignorou os arranhões e hematomas, mas o zumbido em seus ouvidos e a queimação em seu peito a obrigaram a voltar à superfície em busca de ar.

Berros e gritos ecoaram em sua mente ao mergulhar e agarrar a blusa de Nina, que tentava escapar para a borda lateral da piscina. Lágrimas escorriam de seus olhos e pingavam de suas bochechas. Não sabia ao certo quando começara a chorar.

— Piranha! — xingou por entre os dentes. Jogando o braço para trás, a fim de obter impulso, deu um soco no rosto de Nina e, em seguida, a levantou pelo cabelo para acertá-la de novo.

— Pare. Julia, meu amor, pare. — Lutando para avançar dentro da água e alcançar Julia, Paul a pegou pelo braço. — Ela desmaiou. — Ele passou um braço por baixo do queixo de Nina para impedi-la de afundar. — Ela arranhou você. Seu rosto.

Julia fungou e passou uma das mãos no rosto para limpar o misto de lágrimas e sangue.

— Ela luta como uma garota.

Paul teve vontade de rir ao escutar o tom frio e zombeteiro de Julia.

—Travers está ligando para a polícia. Você consegue chegar à borda sozinha?

— Claro. — Assim que a alcançou, começou a ânsia de vômito.

Sem sequer um olhar de relance para trás, Paul deixou Nina inconsciente na borda da piscina e correu para Julia.

— Bote para fora — falou baixinho, segurando a cabeça dela em suas mãos trêmulas. — Você engoliu mais água do que devia. Isso, garota. — Ele afagou a cabeça de Julia, dizendo palavras tranquilizadoras, enquanto sua tosse engasgada cedia e a respiração voltava ao normal. — Essa foi a primeira vez que a vi em ação, campeã. — Puxando-a para si, abraçou-a com força. — Minha amazona. Não me deixe esquecer de nunca irritá-la a esse ponto.

Julia respirou fundo e sentiu o ar passar queimando por sua garganta machucada.

— Ela estava com uma arma.

— Está tudo bem. — Ele a apertou ainda mais. — Já passou. É melhor a gente entrar.

— Deixe que eu a levo. — Com o rosto sério, Travers se abaixou e envolveu Julia numa gigantesca toalha de banho. — Você cuida daquela ali. E você, vem comigo. — Passou o braço em volta da cintura de Julia. — Vou pegar roupas secas e preparar uma boa xícara de chá para você.

Paul secou a água do rosto e observou Travers conduzir a filha de Eve para dentro de casa. Em seguida, levantou-se e foi ver a filha de Charlie.

♦ ♦ ♦ ♦

Enrolada num dos vaporosos roupões de seda de Eve e reanimada pelo chá batizado com conhaque, Julia recostou-se contra a pilha de almofadas que Travers ajeitara à sua volta.

— Não sou tão paparicada assim desde que tinha 12 anos e quebrei o braço andando de patins.

— Isso ajuda Travers a lidar com a culpa. — Paul parou de andar de um lado para o outro e acendeu uma cigarrilha.

— Ela não tem de se sentir culpada por nada. Travers acreditava que tinha sido eu. Deus do céu, houve momentos em que eu mesma quase acreditei. — Ela se virou e gemeu.

— Você devia me deixar chamar um médico, Jules.

— Os paramédicos já me examinaram — lembrou-lhe ela. — São só alguns arranhões e hematomas.

— E um ferimento de bala.

Julia olhou de relance para o próprio braço, com um curativo logo acima do cotovelo.

— Meu Deus, é só um arranhão. — Ao ver que ele não sorriu, estendeu a mão. — Sério, Paul, o tiro passou de raspão, como nos filmes. A mordida que ela me deu no ombro está doendo mais. — Com uma careta, ela tocou o ponto com cuidado. — Tudo o que eu quero é ficar bem aqui, com você.

— Chegue um pouco para lá — pediu Paul, sentando-se ao seu lado quando ela abriu espaço. Tomou a mão de Julia entre as suas e a levou aos lábios. — Você com certeza sabe como deixar um homem de cabelos em pé. Envelheci cinco anos quando escutei o tiro.

— Se você me beijar, vou dar o melhor de mim para lhe devolver esses anos.

A intenção de Paul ao se curvar sobre Julia foi de lhe dar um beijinho leve. Mas ela passou os braços em volta do pescoço dele e o puxou para si. Com um gemido rouco de desespero, ele a apertou de encontro ao corpo e despejou todos os seus desejos e promessas, toda a sua gratidão, naquele simples encontro de lábios.

— Detesto interromper — falou Frank da porta.

Paul sequer olhou para o policial; em vez disso, roçou os lábios com carinho sobre os arranhões no rosto de Julia.

— Então não interrompa.

— Desculpe, meu amigo, mas estou aqui em caráter oficial. Srta. Summers, vim lhe dizer que todas as acusações contra você foram retiradas.

Paul a sentiu estremecer. A mão dela se fechou em sua camisa enquanto ele levantava os olhos para fitar o amigo.

— É claro, depois que ela agarrou a assassina para vocês.

— Fique quieto, Winthrop. Vim também oferecer uma desculpa oficial por tudo o que você passou. Posso pegar um desses sanduíches? Estou faminto.

Paul olhou para o prato de frios que Travers deixara sobre a mesa.

— Pegue um sanduíche e se mande.

— Não, Paul. — Julia o afastou o suficiente para conseguir se sentar. — Preciso saber o porquê. Preciso saber o que ela quis dizer com relação a determinadas coisas que me falou. Ela conversou com você, não foi?

— Conversou. — Frank começou a preparar um sanduíche gigantesco de presunto, salame, peito de frango, três tipos diferentes de queijo e fatias grossas de tomate. — Ela sabia que não tinha como escapar. Você tem alguma coisa para beber?

— Verifique o bar — disse Paul.

Impaciente, Julia se levantou e foi pegar um refrigerante para ele.

— Quando Nina falou que ia me matar, ela prometeu que seria rápido. Disse que havia aprendido com o melhor. Você sabe de quem ela estava falando?

Frank pegou a garrafa que ela lhe ofereceu e fez que sim.

— Michael Delrickio.

— Delrickio? Nina se envolveu com Delrickio?

— Foi como Eve a conheceu — respondeu Paul. — Sente-se. Vou repetir o que a Travers me contou.

— Boa ideia. — Sem se dar conta do que estava fazendo, Julia sentou-se na poltrona sob o retrato de Eve.

— Ao que parece, o histórico de Nina é um pouco diferente do que ela lhe contou. Ela não teve uma infância pobre, embora tenha sido abusiva. Charlie deixou uma herança considerável para a mãe dela.

Mas não foi o suficiente para aplacar seu ódio. A mãe de Nina descontou esse ódio na filha... física e emocionalmente. Além disso, parece que houve um padrasto por um tempo. Tudo isso é verdade. O que ela deixou de fora foi o fato de que a mãe tentou envenená-la contra Eve, dizendo que ela havia traído Charlie, provocado a morte dele. Quando Nina fugiu de casa, aos 16 anos, era uma garota muito confusa e vulnerável. Ela trabalhou nas ruas por um tempo e depois foi para Las Vegas. Passou a trabalhar em casas noturnas e a se prostituir. Foi assim que conheceu Delrickio. Ela devia ter uns 20 anos na época, e era muito esperta. Ele viu o potencial da garota e começou a usá-la como acompanhante para seus clientes mais importantes. Eles tiveram um caso por alguns anos. O problema é que ela acabou se apaixonando por ele. Nina já não queria mais entreter os clientes de Delrickio. Queria um trabalho decente e algum tipo de compromisso da parte dele.

— A garota tinha um péssimo gosto — comentou Frank, com a boca cheia. — E não sabia julgar as pessoas. Delrickio a manteve em Las Vegas até ela fazer uma cena, quando, então, mandou um de seus capangas ensinar-lhe uma lição. Isso a silenciou por um tempo. Segundo Nina, ela ainda sentia alguma coisa por ele, não conseguia esquecê-lo. Quando descobriu que ele estava envolvido com outra garota, procurou a pobre e retalhou o rosto dela. Delrickio gostou da iniciativa e decidiu contratá-la.

— Foi quando Eve entrou em cena — interveio Paul. Acariciou o braço de Julia, de forma lenta e ritmada, como se tivesse medo de perder o contato. — Dessa vez quem se apaixonou foi Delrickio. Como ele não conseguia se livrar de Nina, mandou alguns gorilas tentarem convencê-la. Eve descobriu e, como tinha acabado de saber... através do Priest... a que ponto Delrickio era capaz de chegar, decidiu fazer uma visita a Nina. Ela estava no hospital, muito machucada, e terminou contando tudo a Eve.

— E quando Eve descobriu que ela era a filha do Charlie — completou Julia, baixinho —, a trouxe para sua casa.

— Isso mesmo. — Paul olhou para o quadro. — Ela deu a Nina a oportunidade de recomeçar, ofereceu a ela sua amizade e obrigou Kenneth a treiná-la. E, durante todos esses anos, mentiu por ela. Mas quando Eve decidiu que queria esclarecer todas as mentiras, que queria que a verdade fizesse parte do seu legado, Nina entrou em pânico. Eve prometeu a ela que esperaria até ter certeza de que podia confiar em você antes de lhe contar tudo, mas achava que Charlie merecia essa honestidade. Ela tentou argumentar com Nina, dizendo que ela era o símbolo de a que ponto as mulheres conseguem chegar.

— Nina não suportou — continuou Frank. — Ela gostava da imagem que havia construído. A mulher de carreira séria e competente. Nina não queria que seus contatos nas altas-rodas soubessem que ela havia trabalhado como prostituta para um mafioso. Ela não planejou matar Eve, não conscientemente, mas ao descobrir que Eve colocara a história inteira numa fita e que ia lhe entregar, Nina surtou. O restante é fácil de deduzir.

— Ela seguiu Eve até a casa de hóspedes — murmurou Julia. — Elas discutiram. Nina pegou o atiçador da lareira e bateu em Eve. Ela deve ter ficado assustada, mas, como é uma mulher muito organizada, limpou as digitais da arma e pegou as chaves... lembrando-se da briga que eu e Eve havíamos tido na véspera.

— Ela escutou seu carro — prosseguiu Frank. — E a viu seguir para o jardim. Foi quando teve a ideia de jogar as suspeitas sobre você. Fugiu dali rapidinho. Foi ela quem religou o sistema de segurança. Nina ficou assustadíssima quando descobriu que o alarme estava desligado. Imaginou logo que isso poderia complicar as coisas, portanto religou-o e voltou para seu próprio escritório. Ah, e tomou o cuidado de ligar para a cozinha, para que Travers e a cozinheira soubessem que ela estava ocupada transcrevendo as cartas.

— Mas ela não sabia que Drake a vira. — Julia se recostou na poltrona e fechou os olhos.

— Ele tentou chantageá-la. — Frank sacudiu a cabeça enquanto preparava outro sanduíche gigantesco. — Ela tinha dinheiro para pagar, mas não podia deixar essa ponta solta. Com ele morto e você a caminho da prisão, Nina sabia que escaparia impune. Travers era tão leal a Eve que jamais teria contado a ninguém sobre o passado dela... e tampouco tinha motivos para fazer isso.

— Eu os escutei — lembrou-se Julia. — Na noite da festa, escutei Nina e Delrickio discutindo. Ela estava chorando.

— Vê-lo de novo não foi muito bom para a saúde mental de Nina — interveio Frank. — Ela ainda amava o filho da puta. Ele disse a Nina que, se ela quisesse provar seu amor, teria de fazer Eve desistir do livro. Ela deve ter começado a surtar naquela noite. Imagino que parte do veneno injetado pela mãe ainda estivesse correndo em seu sangue. Ao ver que não conseguiria fazer Eve desistir do livro por bem, apelou pro mal.

— É engraçado — falou Julia, meio que consigo mesma. — Tudo começou com Charlie Gray. Ele deu a Eve o pontapé inicial. Foi a primeira história que ela me contou. E agora tudo termina com ele novamente.

— Não deixe esse sanduíche desmoronar ao sair — murmurou Paul, apontando para a porta.

— Como? Ah, sim. O promotor já notificou o Hathoway. Ele pediu para dizer a Julia que ligasse, caso ela tivesse alguma pergunta. Ia levar o filho a um jogo de futebol. A gente se vê.

— Tenente. — Julia abriu os olhos. — Obrigada.

— O prazer foi meu. Sabe de uma coisa? Não tinha percebido antes o quanto você se parece com ela. — Deu outra dentada no sanduíche. — Ela sem dúvida era uma bela mulher. — Foi embora, comendo.

— Tudo bem? — perguntou Paul.

— Tudo. — Julia inspirou fundo. Sua garganta ainda queimava um pouco, mas servia para lembrá-la que ela estava viva, e livre. — Estou bem. Sabe o que eu gostaria? Eu gostaria de uma taça de champanhe, bem cheia.

— Isso nunca foi problema nesta casa. — Paul foi até a geladeira atrás do balcão do bar.

Levantando, Julia se aproximou e parou do outro lado do balcão. O roupão de Eve escorregou de um dos seus ombros. Enquanto o observava, ajeitou o roupão e deslizou os dedos pelo tecido — demorando-se por alguns instantes, como se estivesse tocando um velho amigo. Paul sorriu ao ver o movimento, mas não disse nada. Julia imaginou se ele havia percebido que o perfume de Eve ainda estava impregnado na seda.

— Tenho uma pergunta.

— Pode mandar. — Paul arrancou o lacre de metal e começou a torcer o arame.

— Você pretende se casar comigo?

A rolha pulou. Paul ignorou o champanhe que transbordou pelo gargalo e a fitou. Os olhos dela transmitiam cautela, exatamente como ele gostava de vê-los.

— Pode apostar.

— Que bom! — Ela anuiu. Seus dedos deslizaram pela seda e encontraram os dele sobre o balcão. Qualquer que fosse sua história passada e futura, era, antes de mais nada, dona do seu próprio nariz. — Isso é ótimo. — Empertigando-se, inspirou fundo novamente. — O que você acha de Connecticut?

— Bom, na verdade... — Ele fez uma pausa para servir o champanhe em duas taças. — Estive pensando que está na hora de uma mudança de ares. Ouvi dizer que Connecticut tem muitos atrativos. Como, por exemplo, as folhas caindo no outono, a possibilidade de esquiar e mulheres muito sensuais. — Ofereceu uma das taças a ela. — Você acha que tem espaço para mim lá?

— Acho que sim. — Ao ver que ele levantara a taça para fazer um brinde, Julia fez que não. — Garotos de 10 anos são barulhentos, exigentes e têm pouco respeito pela privacidade.

— Brandon e eu já nos entendemos. — À vontade, ele se debruçou sobre o balcão. Sentiu o perfume de Julia, e só o dela. — Ele acha a ideia de eu me casar com a mãe dele muito boa.

— Você está dizendo...

— E — continuou Paul —, antes que você comece a se preocupar com o fato de eu não ser o pai biológico dele, gostaria de lembrá-la que só encontrei minha mãe aos 10 anos de idade. — Pousou uma das mãos sobre a dela. — Quero o pacote completo, Jules... você e o garoto. — Levou a mão de Julia aos lábios e ficou satisfeito ao vê-la abrir os dedos para acariciar seu rosto. — Além disso, Brandon está na idade certa para começar a cuidar dos irmãos que nós vamos arrumar para ele.

— Certo. Então o acordo é dois por um. — Ela bateu sua taça na dele. — Você conseguiu uma barganha e tanto.

— Eu sei.

— E nós também. E então? Vai ficar aí ou vai vir aqui me dar um beijo?

— Estou pensando.

— Bom, pense rápido. — Ela riu e abriu os braços para recebê-lo. Paul a ergueu e a beijou sob o retrato da mulher que vivera sem arrependimentos.

Este livro foi composto na tipografia Joanna MT Std,
em corpo 12/18, e impresso em
papel off-white no Sistema Cameron da
Divisão Gráfica da Distribuidora Record.